钱中文文集

第 二 卷

文学发展论

钱中文 著

中国社会科学出版社

2010年，在家中

2000年在泰山之巅

左二起刘烜、吴元迈、钱中文、许明、童庆炳、陆贵山等
（1995年，济南）

前排左起童庆炳、张炯、杨义、钱中文、章培恒、陆贵山、邓绍基
（2004年，广州）

前　言

文学理论书籍中，文学发展的问题探讨得很不充分。有的著作说，文学的发展是为社会生活、社会斗争所决定的，文学发展的自身规律就是继承与革新。这样的文学发展观自然有其一定的道理，但显得过于直线化了。有的理论说，文学的发展是文学形式的发展；有的说这是由于读者接受作品之后引起的以读者为中心的文学发展。

这里的分歧意见，看来是缺乏一个比较一致的文学观念所致。但是对于理论研究来说，寻求一个比较科学、一致的文学观念目前还只是它的一个理想。

比如说，各种文学理论著作都承认文艺学包括文学理论、文学批评和文学史三个部分，并且都认为自己的理论是最科学的。如果我们不是静态地而是动态地观察它们，例如放到文学发展中去，那么可以看到，作品本体论者把作品视为一个自我满足的结构的分析，本身可能独到，但用这种观点只能写出风格史、体裁史，而不是文学史。文学接受理论极有新意，它调整了文学观念的偏颇，但用这一观点研究的文学史，将是以读者为中心的接受文学史，创作主体不见了。如果用文学完全是阶级斗争的反映观点写成文学史，常常会使文学依附政治，在文学现象取舍上发生偏向。说主体论是文学理论的出发点，文学中的不少问题可以得到进一步的解释，但进入文学发展，不少问题单从主体也说不清楚。所以文艺学的三个方面，面临着一个整合过程，能否找出贯穿文学的理论、发展、历史的线索，或一种能使理论形态与历史形态相互浸润、融合的思想？

 前　言

　　本书通过对文学发展过程的研究，力求探索这一过程中的一些规律性现象，提出自己的见解；同时进行整合的探索，努力在一定意义上显示出理论、方法的完整与彻底。这是很困难的工作，但却是值得为之奋斗的，这种出发点并不一定都会得到大家的同意，但却值得一试。

目　录

第一编　文学发生与文学本体观念

第一章　文学发生和神话思维 (3)
第一节　从发生学角度看文学起源 (3)
第二节　原始思维与神话意识 (7)
第三节　神话思维特征 (17)

第二章　文学形式的发生 (22)
第一节　自觉审美意识的逐渐形成 (22)
第二节　神话演变与神话原型 (26)
第三节　文学的前形式 (34)
第四节　诗歌形式发生的前奏 (39)
第五节　前文学向文学过渡的审美中介的确立 (47)
第六节　诗歌呼唤形式 (49)
第七节　艺术思维的新质与"有意味的形式" (53)

第三章　文学观念的形成与演变 (57)
第一节　文学观念的发生与文化背景 (57)
第二节　19世纪的文学观念和方法 (63)
第三节　20世纪文学观念的对峙与走向 (70)

目 录

第四章　文学观念 ………………………………………… （97）
　　第一节　方法论问题：主导、多样、综合 ……………… （97）
　　第二节　文学是审美意识形态 …………………………… （104）
　　第三节　文学是审美本体系统——文学本体论 ………… （114）

第二编　文学本体的发展

第五章　文学体裁的审美特性、规范与反规范 ………… （159）
　　第一节　体裁的历史划分 ………………………………… （159）
　　第二节　体裁的审美特性 ………………………………… （161）
　　第三节　体裁的规范与反规范 …………………………… （165）
　　第四节　文化交流和其他影响 …………………………… （173）

第六章　文学发展中的主体性和群体性 ………………… （176）
　　第一节　创作个性 ………………………………………… （176）
　　第二节　文学风格 ………………………………………… （186）
　　第三节　文学流派 ………………………………………… （201）
　　第四节　文学思潮 ………………………………………… （206）

第七章　创作原则原型与类型系统 ……………………… （220）
　　第一节　创作方式的原型 ………………………………… （220）
　　第二节　文学创作方式的多向流变 ……………………… （227）
　　第三节　浪漫主义 ………………………………………… （235）
　　第四节　现实主义 ………………………………………… （240）
　　第五节　象征主义 ………………………………………… （257）

**第八章　20世纪文学创作原则多元化与艺术假定性的
　　　　　多向选择** …………………………………………… （274）
　　第一节　社会思潮蜂起与艺术思维的重大转折 ………… （274）

第二节　现实主义创作原则系统 …………………… (284)
　　第三节　现代主义创作原则系统 …………………… (292)
　　第四节　两大创作原则系统比较分析及其诗学特征 …… (299)
　　第五节　大宗文艺、后现代主义 …………………… (308)
　　第六节　激情、艺术假定性与创作原则的选择 ……… (319)
　　第七节　创作原则发展的规律性问题 ……………… (324)

第三编　文化系统中的文学

第九章　文学与文化精神 ………………………………… (333)
　　第一节　文学与民族文化精神和国际文化 …………… (333)
　　第二节　文学与审美文化 …………………………… (346)
　　第三节　审美与非审美文化的宗教与文学 …………… (357)
　　第四节　文学与非审美文化 ………………………… (364)

第四编　文学史问题

第十章　文学史 ……………………………………………… (383)
　　第一节　文学史：历史的和现代的形态 ……………… (383)
　　第二节　文学史理论类型 …………………………… (394)
　　第三节　构架与问题 ………………………………… (403)

参考文献 …………………………………………………… (408)

跋 …………………………………………………………… (413)

第一编
文学发生与文学本体观念

本编与过去一般文学理论中有关文学发展论述的不同之处，在于力图探索文学这种艺术形式的发展过程，它的原始性的思维特性，前文学形式以及由前文学向文学过渡的审美中介，文学形式的真正发生。然后论述文学观念的种种历史形态和我们的文学观念——文学本体观念及其构成，建立文学本体论。

第一章 文学发生和神话思维

第一节 从发生学角度看文学起源

如果我们把文学起源的理论梳理一下，那么可以说，主张文学起源于人的本性说的理论是相当繁多复杂的。不少中外古代、现代的理论书籍，大多持这种见解，但源于人的本性的理论出发点又各不相同。例如，有表现本性说，有模仿本性说，有游戏本性说的。此外，还有文学起源于劳动说，巫术说。在一个时期里，劳动说在我国曾风行一时，其他学说都一一遭到批判。

本书不拟久留在对上述理论的介绍上，因为各种文学理论书籍已对它们做过很多评说。我们想直接进入我们自己的论题范围。

文学起源问题需要从发生学的角度加以探讨。发生学就是把对象的发生看作一个过程，研究它的产生过程中的种种因素，辩证地了解和认识这些因素之间的相互作用，综合地、系统地观察对象的形成与演变。歌德说过："有一个情况对我很有利，在观察事物之中，我总是注意它们的发生学过程，从而对它们得到最好的理解。"[①] 对于文学艺术的起源来说，也就是在它产生之时的萌芽状态去探讨它，把握它，用历史的观点去了解它。这样就要从生理学的观点，从思维语言学的观点，从审美的观点，从心理学的观点，从历史社会学的观点，也即从多种角度给以观察，在综合中做出相应的结论。

在讨论文学产生的论述中，一般往往把诗歌作为文学的最初的萌

[①] 转引自《朱光潜美学文集》第4卷，上海文艺出版社1984年版，第455页。

 第一编　文学发生与文学本体观念

芽形式,这是有一定道理的。有文字记载的诗歌,是文学的初级形态。但是这种初级形态的文学,存在不过几千年,实际上,它还难以说明文学的起源,它不过是文学演变中的一个后来的环节,文学的产生,文学萌芽的产生,恐怕还应往前上溯,推移到它的原始状态。黑格尔在论及艺术的类型时指出,"'象征'就它的概念来说,还是就它在历史上出现的次第来说,都是艺术的开始,因此,它只应看作艺术前的艺术"①,也即出现真正艺术之前的准备阶段的艺术。这种艺术就是原始初民所创造的"前艺术"、原始艺术。在这种"前艺术"中,自然包括了原始的、非现代意义上的文学形态在内。因此需要明确文学起源研究的对象是其起源阶段的形态,是文学的原始形态,文学的真正萌芽,而不是后来已成形的文学形式。如果对象的界限不明确,那么对象的研究也不能得到明确的解决。

其次,从发生学的角度看,应该研究原始文学或前文学产生时的动因,从审美、社会、心理等方面,探索原始初民进行精神创造的契机。没有主体对客体因素的把握,不能使客观现实化为心理现实,就谈不上主体的创造。后世的文学起因研究中,不乏这种探索,其中科学因素与荒谬的论证并存,不必匆忙地把它们当成各种错误理论任意否定,任意否定不能赋予自己的研究以权威性,而只能缩小自己探讨问题的视野,显示自己的局限。

再次,既然需要探索"前文学"的形式,它的创作的动因,那就不能不考虑原始初民的思维特征、语言特征。毫无疑问,原始初民与现代人的思维是有区别的,但后者是由前者发展而来,它们既有不同,又有共同处。把握到原始初民的思维特征,有助于对他们创造动因的理解。

再其次,如果我们进一步推论,那么人的生理本性中的审美特性,自然是一个必须探索的问题,这在过去的文学起源的论述中,几乎未有触及,即使有所涉及,往往把这种生理因素绝对化,并由此把它斥为唯心主义理论。普列汉诺夫曾经引用了达尔文关于人的本性与

---

① [德]黑格尔:《美学》第 2 卷,朱光潜译,商务印书馆 1979 年版,第 9 页。

审美关系的观点:"人的本性使他能够有审美的趣味和概念。他周围的条件决定着这个可能性怎样转变为现实。"① 人的本性具有一种创造的天性,审美的天性成分或是条件,在其发展过程中经历着各种变化。这是为艺术的实践、经验所证明了的。但是这种生理上的潜力如何发展起来,如何促进人的真正的艺术创造,汇入艺术作品,这一领域,目前深入者不多。

如果从上述几个方面来进一步考察文学艺术起源于劳动说,那么我们以为,某些文艺现象是可以被这种学说说明的,而不少其他文学现象的起源问题就难以得到解决了。单用这种理论来统括文学艺术的起源,就会显示出它的矛盾的两重性:一是过于宽泛,二是又过于狭隘。

不少论著在论述这一命题时,一般都引用恩格斯的话:"只是由于劳动,由于和日新月异的动作相适应,由于这样所引起的肌肉、韧带以及在更长时间内引起的骨骼的特别发展遗传下来,而且由于这些遗传下来的灵巧性以愈来愈新的方式运用于新的愈来愈复杂的动作,人的手才达到这样高度的完善,在这个基础上它才能仿佛凭着魔力似地产生了拉斐尔的绘画、托尔瓦德森的雕刻以及帕格尼尼的音乐。"② 或是说,原始初民为了协调劳动过程中的集体动作,提高劳动生产率,交流感情和思想认识,于是在生产过程中按照一定拍子,伴随着匀称的动作与挂在身上的各种东西发出的有节奏的声响,形成了音乐节奏。当这种节奏与一定的有意义的语言结合时,就形成了最早的诗歌。"劳动创造了美"。

恩格斯的这段有名的话,实际上讲的是艺术生产的物质条件,而并不涉及起源。毫无疑问,劳动创造了人自身,也创造了人类社会,劳动神圣。劳动者借劳动工具之助,改造物质世界,创造物质财富;同时人在劳动中也创造了精神财富。但是这里说明的是劳动的作用和

---

① [俄]普列汉诺夫:《没有地址的信 艺术与社会生活》,曹葆华、豐陈宝、杨民望译,人民文学出版社1962年版,第17页。

② 《马克思恩格斯选集》第3卷,人民出版社1972年版,第509—510页。

 第一编　文学发生与文学本体观念

精神财富创造的物质条件,而不是文学艺术创造的动因,不是审美的、社会的、心理的创作的起因。如果由于劳动实践是人类、社会最基本的实践活动,因而也把它看成是文学艺术的起源,那么,其他意识形式的起源,也都可以用劳动来说明了。这样的说明显然大而无当、过于宽泛了。当然,一些古代的诗歌,与劳动关系甚为密切,如大家引用的"举重劝力之歌",前呼后应,主要是在劳动时发生的。这种情况,在现时的旧式农村的体力劳动中仍很普遍。拜尔顿说,非洲的某些黑人部落,听觉发展较慢,但对节奏十分敏感:"划桨人配合着桨的运动歌唱,挑夫一面走一面唱,主妇一面舂米一面唱。"有的部落妇女手上戴着一动就响的金属环子。她们聚在一起磨麦子时,随着手臂有规律的运动,就唱起歌来,与环子的节奏十分和谐,她们特别喜欢音乐中的节奏,节奏愈强的调子,就愈喜欢。① 普列汉诺夫引用毕歇尔的观点,认为这种节奏,"决定于一定生产过程的技巧操作性质,决定于一定生产的技术"②。从发生学的观点看,这种说法是有一定道理的,即节奏是由劳动中的某种生产技术引发出来的。原始初民在劳动中发现节奏,喜爱节奏,并且按照它的拍子,唱起歌来,劳动时的活动固然是一种启发。但是还要看到,一,原始初民发现节奏,喜爱有节奏的动作,以致唱起歌来,还有着原始的审美的、心理的、生理的和社会方面的原因。例如,企图通过集体的合作,以协调节奏,通过简单的呼喊,从心理感觉上减弱或转移生理上的重负,并从这种协调的节奏中感到愉快,而不是单纯出于劳动的原因。二,表达自己简朴的感情,即由劳动而得到收获的愿望和喜悦。劳动本身在这种场合固然是创造艺术的必要条件,引起人们创造的条件之一。但是触发人们创造的要求,并且创造了某种形式的艺术,却主要是为了表现自己在劳动中所体验到的那种愿望与感情的发泄,而非劳动本身。那些模仿劳动动作的舞蹈,如模仿狩猎的动作、狩猎时呼喊、恐

---

①　[俄]普列汉诺夫:《没有地址的信　艺术与社会生活》,曹葆华、豐陈宝、杨民望译,人民文学出版社1962年版,第37、38页。
②　[俄]普列汉诺夫:《没有地址的信　艺术与社会生活》,曹葆华、豐陈宝、杨民望译,人民文学出版社1962年版,第35—36页。

吓的叫喊、跳跃等，可能有传授知识、学习技巧的意识；但另一方面，劳动动作的模仿、组织，却可能还有别的意识，如游戏以至巫术意义。艺术生产是一种精神生产，与物质紧密相联，它如果在某种意义上反映了物质生产那也是一种曲折的反映，况且它本身是一种独立的创造，所以不能把两者等同起来。物质生产在于满足人的机体的需要，使生命得到维持，使种族得以绵延。精神生产则在于显示人的内在的生命、精神力量，使人的心灵获得愉悦，使人的精神得到丰富，获得发展。精神生产虽受制于物质生产，两者的目的互为协调，但动因是不一样的。因此用早期马克思的"劳动创造了美"的说法来说明文学艺术起源于劳动，这就把马克思原话的具体针对性弄模糊了。马克思说："劳动为富人生产了奇迹般的东西，但是为工人生产了赤贫。劳动创造了宫殿，但是给工人创造了贫民窟。劳动创造了美，但是使工人变成畸形。"① 第一，马克思在这里所说的美，大体上是指工人制造的产品的完美性，美的产品。第二，退一步讲，如果一定要把这一论点移入起源说，那么立刻就会出现论证上的困难，例如，美固然可以由劳动创造，但还有作为自然存在形态的美的客观性一面，这就并不需要经过人的劳动。因此，劳动创造了美的说法，只能对具体的所指事物有限制地使用，随意引用，就失去了问题的针对性了。

第二节　原始思维与神话意识

把什么形态确立为文学发生时期的研究对象？文学发生时期的研究对象，应是在原始社会产生的大量的口头传说和神话，和传说、神话创造的思维特征。当然，如果从现代的文学角度、要求来说，神话不是文学；它不具备现代意义上的文学的特点，它甚至也不是现在传诵的那种优美的神话故事。要是从起源、发展的观点看，它是一种极其原始的文学，可以称它为文学前的文学，或者前文学。真正意义上的文学，在我国，也不过两千多年的历史。

---

① 《马克思恩格斯全集》第42卷，人民出版社1979年版，第93页。

 第一编 文学发生与文学本体观念

我国神话研究是晚近的事。我国记载神话的《山海经》，在古代被称为"地理志"，鲁迅称它为"巫书"，到茅盾才把它称为神话。在西欧，文艺复兴时期神话被视为人类个性的解放，感情、愿望的表现，是古代宗教、哲学、寓言的一种形式。18世纪的启蒙学者则把神话视为愚昧与欺骗。19世纪古典人类学派泰勒等认为神话是人类的幼稚天真的前科学。20世纪的精神分析学派、结构主义学派都对神话做过探讨。

马克思在论及希腊神话时，采用了格林兄弟和谢林的关于神话的观点，即认为神话是一种无意识的精神创造，是原始初民对世界的无意识的反映，以及神话是人类童年时期创造的相关的思想。他说："任何神话都是用想象和借助想象以征服自然力，支配自然力，把自然力加以形象化……希腊神话，也就是已经通过人民的幻想用一种不自觉的艺术方式加工过的自然和社会形式本身。"① 一般以为这里说的神话就是希腊、埃及神话。其实，神话本身的命题要宽泛得多。人们今天读到的希腊神话，已经是人类进入文明门槛时期的产品，是经过很多代原始初民辗转相传、加工改造、系统化的东西了。在此之前，无疑存在着大量原始状态的神话与传说，即文学的最初萌芽。很明显，在这时期，人的意识、思维、语言已经发展起来，但还未有文字，无法记载，从而也淹没了无数原始神话。不过，这里着重要探讨的是：这种无意识精神创造是如何形成的？

人类的意识，形成于使用工具的劳动过程中。当人能够意识到对象的存在，能够认识到自己与对象的相互关系，这时他就从动物中蜕化出来了。动物把自己本身与自然现象视为一体，单凭本能是意识不到这一点的，只有人才加以区别。人脱离了动物的本能反应活动，转向真正的认识与思维。人的思维作为人的认识，是在与社会意识的发展统一中实现的。"人的思维的最本质和最切近的基础，正是人所引起的自然界的变化，而不单独是自然界本身；人的智力是按照人如何

---

① ［德］马克思：《〈政治经济学批判〉导言》，见《马克思恩格斯选集》第2卷，人民出版社1972年版，第11页。

第一章 文学发生和神话思维

学会改变自然界而发展的。"① 人的意识首先是对周围环境的一种意识，对自然的意识，但仍带有动物的特性，因为那时人与其他动物一样，仍然屈服于自然的威力之下。"这是纯粹畜群的意识，这里人和绵羊不同的地方只在于：意识代替了他的本能，或者说他的本能是被意识到了的本能。"② 与此同时，原始初民的语言也开始形成与发展起来。语言和意识一样，同样产生于劳动过程中。在群体劳动中，人们迫切要求交换思想，在群体交往、劳动实践中，原始初民改善自己的发音器官，语言的产生和发展，又促使人的脑髓进一步发展，两者互为影响。语言给思维活动提供了有效的媒介，而成为思维活动的载体。所以语言和意识具有同样长久的历史。

了解原始初民的思维，对于探知艺术思维的产生极有意义。分析原始思维，实际上也就是从审美心理、社会、甚至生理的综合角度切入文艺的发生研究。那么原始思维具有一些什么特征呢？

心理学家认为，原始思维不具备意识的所有形式，语言意义范畴与生物的本能思想的范畴处于共存状态；自觉意识十分模糊，被意识到的东西也极为有限。同时，还不能完全意识到自己与群体的关系。意大利学者维柯探讨了这种思维特征。他说原始初民的本性，还类似动物本性，即"各种感官是他们认识事物的唯一渠道"。他们没有推理力，浑身都是旺盛的感觉力和生动的想象力，同时，"这种想象力完全是肉体方面的，他们就以惊人的崇高气魄去创造"，所以他们的宗教、神话、语言等，都通过这种想象力来形成的。例如由于无知，他们对一切自然现象都感到好奇，于是"他们想象到使他们感觉到和对之惊奇的那些事物的原因都在天神"。"同时，他们还按照自己的观念，使自己感到惊奇的事物各有一种实体存在，正像儿童们把无生命的东西拿在手里跟它们游戏交谈，仿佛它们就是些活人。"③ 他们看到大自然雷电交作，以为冥冥之中有威力无比的神灵存在，按照人的本

---

① 《马克思恩格斯全集》第 20 卷，人民出版社 1971 年版，第 573—574 页。
② 《马克思恩格斯全集》第 3 卷，人民出版社 1960 年版，第 35 页。
③ ［意］维柯：《新科学》，朱光潜译，人民文学出版社 1986 年版，第 161、162 页。

性，把上天想象为一个有生命的东西，把整个自然界看成是一个巨大的生物。于是维柯把原始初民的思维比作儿童思维加以研究，提出了原始思维混沌性、具体性的特征，即原始初民的思维的产物，诗、神话、伦理、政治、经济观念，都是混合于一起的。维柯的这些论点，虽然是在实证材料不很充分的条件下得出的，含有不少推理成分，但很有科学价值，给人以很大启发。

　　法国学者列维－布留尔力图在语言、人类学材料的基础上，来描述原始思维特点。他提出了"集体表象"与"互渗律"这两个基本概念。所谓"集体表象"，是法国社会学派人类学家杜克盖依姆提出来的，列维－布留尔作了自己的说明。他认为原始人的思维只具表象思维，没有抽象思维，所以不同于现代人的思维，并且不能把两者加以比较。"我们将拒绝把原始人的智力活动归结为我们的智力活动的较低级形式。"他说原始初民在"一个许多方面都与我们不同的世界不相符合的世界中生活着、思考着、感觉着、运动着和行动着。因此，生活的经验向我们提出的那许多问题在他们那里是不存在的……因为他们的表像系统使他们对这些问题不感兴趣"①。同时这些"表象系统"世代相传。人们从诞生之日起，就处于那个套住了同族的、狭小的世世代代所有成员的感觉、思维和行为之中，受到这个"集体表象"的支配。这种集体表象，把事件、感觉和运动混为一体。由于原始初民周围的世界是充满神秘的，所以列维－布留尔强调这种"集体表象"是一种神秘的现象，是一种前逻辑思维。这里就产生了所谓"互渗律"问题。列维－布留尔认为："在原始人的思维的集体表象中，客体、存在物、现象，能够以我们不可思议的方式，同时是它们自身，又是其它什么东西。它们也以差不多同样不可思议的方式发出和接受那些在它们之外被感觉的、继续留在它们里面的神秘力量、能力、性质、作用。"② 列维－布留尔未能说明这种神秘性是什么，反而赋予了这种思维以真正的神秘性，并把原始初民的思维与现代人的思

---

① ［法］列维－布留尔：《原始思维》，丁由译，商务印书馆1985年版，第69、374页。
② ［法］列维－布留尔：《原始思维》，丁由译，商务印书馆1985年版，第69—70页。

第一章 文学发生和神话思维

维截然割裂开来。但是,他收集的大量实证材料,是极为丰富和有趣的,足以使我们解除这种思维的神秘性外衣。在原始初民那里,既然主体、感情、想象、运动、存在都被融为一体,他们自然就难以划分主客体,而形成主体、想象、观念、客体相互渗透、互为影响的思维特征。对这一特征,后世不少学者都持同论。如卡西尔认为,原始思维在真理和外观之间没有区别界限,同样,在"只是'想象'的感觉和'真实'的感觉之间,在愿望和满足之间、在图像和事物之间也没有区别。"① 但是卡西尔认为:"原始人的智力必然是原逻辑的或神秘的,这似乎是与我们人类学和人种学的证据相矛盾的。我们可以看到,原始生活和原始文化的许多方面,都表现出我们自己的文化生活中所熟知的各种特点。"②

今天的不发达的部落,如北美洲的曼丹人,其思维仍处于原始状态,对客体与它的反映不加分辨,合二而一。他们以为画家画出来的人物肖像,与它的原型一样,是有生命的。当一个画家画了他们那里的野牛时,一个曼丹人说:"我知道这个人把我们的许多野牛收进他的书里去了,因为他作这事的时候,我在场,的确是这样,从那时起,我们再也没有野牛吃了。"③ 曼丹人看见了自己首领的肖像画,以为首领可以同时在两个地方活动,画家是个巫师。"肖像能够占有原型的地位并占有它的属性"。又如原始初民普遍认为,人和他的影子是一体的,要是他人踩了他个人的影子,就是踩了他本人一般,这种原始的思维痕迹,一直保留到今天的我国一些地方的民俗中。图腾崇拜古时极为流行,这种思维形态贯穿着"互渗律"。巴西北部的一个部族因崇拜水生动物而把自己说成是水生动物;波罗罗人则自夸是金刚(长尾)鹦鹉,这根本不是说他们死后会变成金刚鹦鹉,而是"硬要人相信他们现在就已经是真正是金刚鹦哥了",人与鹦鹉成了同一实体,他们要别人承认他们既是人又是鸟。土人或原始初民,在确

---

① [德]卡西尔:《符号形式的哲学》,转引自卢卡契《审美特性》第1卷,中国社会科学出版社1986年版,第15页。
② [德]卡西尔:《人论》,甘阳译,上海译文出版社1985年版,第102页。
③ [法]列维-布留尔:《原始思维》,丁由译,商务印书馆1985年版,第38页。

 第一编　文学发生与文学本体观念

定因果关系时，不顾它们相互间的实际联系，他们"在事物和现象之间确立互渗，亦即确定神秘属性的共性，是通过转移、接触、传染、亵渎、远距离作用以及其它许许多多方法和行动来实现的"①。原始思维只顾及神秘力量的作用和表现，而完全不顾逻辑及其基本规律，即矛盾律的制约和要求。

　　同时，原始思维具有表象的特点，形象性的特征特别强烈。原始初民还不善于对事物进行概括、归纳，抽象思维尚不发达。但由此他们善于把握单个事物的特征，因此语言中缺乏概括性名称。卢卡契说：原始民族的"词的构成比我们所用的词要无可比拟地接近于知觉，而远离概念……剥去感性具体的直接标志——往往经过各种中介——把一个对象的、集合体或行为的概念在一个词中固写下来，这需要数千年之久的历史道路"②。例如，澳大利亚某些土著居民没有树、鱼、鸟等属名，但有种种关于树、鱼、鸟的专门用语，如鲷鱼、鲈鱼、鲻鱼等等，区别很清楚；有的土著部落没有树的概念，但对每种灌木都有专门的称呼。他们不能抽象地表现硬的、软的、热的、冷的、圆的、长的、短的等特性，但用石头、大腿、月亮等物来替代，而且说话总要伴之以手势，力图把他们想要用声音表达出来的东西传到对方的眼睛中去。我国古代人的思维中的这种方式也是极为广泛的。例如马，古代就不泛用，而专用具有各种特色的马的名称。如身黑而胯白的马叫作"骊"，黄白相间的马叫"騜"，青白毛混杂的马叫"骓"，黄白毛混杂的马叫"駓"，纯黑的马叫"骊"，浅黑杂白的马曰"駰"，黄色有白斑的马曰"骠"，黄脊黑马曰"騽"，毛色呈鳞状斑的马曰"驒"，身黄嘴黑的马曰"騧"，赤色骏马曰"骅"，毛色清白相间的马曰"駂"，赤白杂色的马曰"騢"等等。这里区分很是讲究，自然，这种区分已经是很后的事了。

　　由于生活需要、劳动实践，由于天赋、体力、偶然性而自发地引

---

① 见列维-布留尔《原始思维》《附录》，甘阳译，商务印书馆1985年版，第460页。
② [匈] 卢卡契：《审美特性》第1卷，徐恒醇译，中国社会科学出版社1986年版，24页。

起的分工，使得原始初民的思维不断发生变化，表现为原始初民的"自我意识"的逐渐形成与确立。"自我意识"使人进一步走向文明，形成了主体与对象的关系，为后来我与非我的进一步区分，奠定了基础。"自我意识"的特征之一，即想象力的形成。"从这时候起意识才能真实地这样想象：它是同对现存实践的意识不同的某种其它的东西；它不想象某种真实的东西而能够真实地想象某种东西。"① 原始初民的想象力已发展到这样的地步，它能够脱离主体所经历的现实，形成一般的极为粗糙的观念，而发挥其潜在的创造力。正如摩尔根在《古代社会》一书中说的："对于人类进步贡献极大的想象力这一伟大的才能此时已经创造出神话、故事和传说等等口头文学，这种文学已经对人类产生了强大的刺激作用。"② 摩尔根指的"此时"，说的是人类"野蛮时期"，它发展了蒙昧时代的原始初民的语言、政治、宗教、建筑技巧等方面。同时，"此时"的"人类的较高属性便已开始表现出来了，个人的尊严、语言的流利、宗教的感情，以及正直、刚毅和勇敢已开始成为其性格的共同特点；但是，残忍、诡诈和狂热也同样是共同的特性。在宗教方面，对自然力的崇拜，对于人格化的神和伟大的神灵的模糊概念、原始的诗歌创作，公共的住宅……都属于这一阶段。在这个阶段，还产生了偶婚制家族，产生了按氏族和胞族组成的部落联盟"③。但是由于原始初民对周围现象缺乏科学的认识，所以也往往会使想象力的创造性导向消极面。在对存在和意识的非科学的消极因素的影响下，往往会出现臆想，产生幻觉、幻影，使人不是想象某种真实东西，而是能够想象某种东西，从而把臆想的东西当作某种可能与存在着的东西。原始初民的这种完全相信自己感觉和印象的极端感觉论，使他们对一切感觉和印象、梦境和幻想都信以为真，既不靠实践检验，也不凭判断、批判取舍，从而在认识上走向谬误。

---

① 《马克思恩格斯全集》第3卷，杨东莼、马雍、马巨译，人民出版社1960年版，第35页。
② [美]摩尔根：《古代社会》下册，商务印书馆1983年版，第539、538—539页。
③ [美]摩尔根：《古代社会》下册，商务印书馆1983年版，第539、538—539页。

 第一编　文学发生与文学本体观念

同时还应指出，这种想象带有极大的感情冲动的成分，具有浓烈的感情色彩。原始初民的心理与神经并不稳定。据人类学家研究，原始人要比现代人更为神经过敏，感情更为丰富。"由于生活条件艰难竭蹶，由于种种危险和灾害从四面八方袭来，由于这类原因，原始人在神经系统上持续不断地蒙受创伤。"① 加上表达思想的符号的不足，他不得不求诸感情的丰富表现，于是常常产生种种狂暴的感情。所以有人认为，原始初民心理病患者、喜怒无常者，在比例上要比现代人大得多。当他们面对生活的惶惶不安，在内心压抑，在强大自然威力面前感到绝望等消极因素的影响下，他们的想象来帮助他们了。那种种超自然的朦胧的虚幻观念、模糊的宗教意识便油然而生，他们从虚幻的想象中得到慰藉。

原始初民在长期的历史发展中，形成了家族、氏族以至部落，他们长期处于这种关系之中，形成了人与人之间的关系的观念。他们运用这种认识去理解自然现象，用这种关系去接近对象，借家族关系之助，来解释自然，把周围的天地、山川、草木都视为不同族的集团，把自然人格化。他们看到动物有如人类一样，具有五官四肢和生命，面对植物的不断荣枯，日月、水火、雷电、冰霜、雨雪这些现象的变幻无常，不可捉摸，于是便萌生了万物有灵的观念。当然这里所说的万物，也只是指原始初民所接触到的自然而言。泛灵论的观念，是原始初民认识世界的一条途径，是他求知的一种方法。一切动物都对新异的动因产生反应，即生理学上的朝向反射。人的这种反射，较之动物有更加复杂的心理形式，但他们也只能根据自己贫乏的知识，来解释自然，而这些知识往往原本就是歪曲的反映。例如类似于原始初民的西非人，认为人的影子是他的灵魂，因此他们害怕自己影子的消失。"说来真使人觉得奇怪，只见人们在炎热的夏天的早晨那样愉快地穿过密林或者草地，但他们遇到空地或者村子的广场时，却是十分小心翼翼地绕着走，不径直穿过去，你很快就会发现，他们只是在中

---

① ［苏］约·克雷维列夫：《宗教史》上册，王光睿、冯加方、李文厚等译，中国社会科学出版社1984年版，第16页。

第一章 文学发生和神话思维

午,才这样走,这是因为害怕失去影子。"至于晚上,为什么不怕失去影子?回答是:"在黄昏什么危险也没有,因为晚上所有的影子都要在'大神'的影子里休息并采得新的力量,难道我在早晨没有看见,不管是人的、树木甚至大山的影子是多么大多么长吗?"① 费尔巴哈在《宗教的本质》中谈到,希腊人相信当一棵树被砍倒时,树的灵魂是要悲痛的,是要诉诸司命之神进行报复的。罗马人若不拿一头小猪献给树神作禳解,便不敢在自己的土地上砍倒一棵树木。奥斯佳克人当杀死一头熊时,要把皮挂在树上,向它做出种种崇敬的姿势,表示他们杀死它是万分抱歉的。他们相信这样一来,就可以客客气气地把这只被他们杀死的动物能够加在他们身上的灾祸解除了。② 这种万物有灵的观念,在我国古代传说中极多,有的成为民俗,一直流传至今天。

拜物教、图腾崇拜是在类似的情形下形成的。图腾意为"他的亲属"。原始初民为了求得生存与发展,把某种动物或是植物,或是无生命的自然现象,视为自己的祖先,确认与它的血缘关系,加以神圣化而顶礼膜拜,认为被崇拜的图腾,会保护他们,帮助他们繁殖和生存;他们严禁杀害那些被视为图腾的动物,把刻有图腾的标志,藏于秘密的地方,不许妇女与未成年的男子接近,只有氏族首领才可以取动。这种现象在各部族、氏族中都存在过。氏族大概是由一个女始祖传下来的血缘团体,所以人们也用这种关系去看待周围生活现象。我国史书,记载中以动物命名的氏族很多。如黄帝的氏族为有蟜氏,神农的氏族为神龙氏,尧的氏族为有骀氏,舜的氏族为穷蝉氏。炎帝族得黄帝族之助,攻杀蚩尤,炎黄两族又在阪泉大战,黄帝统率熊罴、貔貅,打跑了炎帝。这里说的熊罴、貔貅,就是氏族的图腾。传说中太皞、少皞的部落为"夷鸟",都是崇拜鸟的。在少数民族中有蛇氏族。东北的鄂温克族人认为自己与熊有血缘关系,以父母系最高辈称

---

① [法]列维-布留尔:《原始思维》,丁由译,商务印书馆1985年版,第46页。
② [德]费尔巴哈:《费尔巴哈哲学著作选集》下卷,荣震华、王太庆、刘磊等译,商务印书馆1984年版,第461页。

 第一编 文学发生与文学本体观念

呼。他们打死了熊,不能说熊死了,只说是睡了。吃熊肉之前,要学乌鸦叫,然后说,"是乌鸦吃你的肉,不是我们吃你的肉"。

巫术是原始宗教意识的表现,是与图腾崇拜一起发展起来的。原始初民看到自然具有无限威力,人在它的面前,显得无比渺小与无能为力。但是又幻想通过某种神秘力量,人可以对自然施加影响,达到他的目的。在狩猎时期,人们期望出猎能获得收获,但并非每次行动都能如愿,甚至还要发生不测,于是就去求助巫术。例如跳起舞蹈,施用咒语,进而斋戒,目的在于迫使野兽出现。北美土人跳野牛舞,是想通过舞蹈的魔力,把野牛召唤出来。跳者头上戴着从野牛头上剥下的带角的牛皮头,手挽弓箭或执着长矛,要跳到野牛出现为止。猎物出现了,猎人又要遵守另一种禁忌,施行一种巫术,以获得对猎物的一种神秘权力。于是与巫术相关,就广泛地出现了仪式。施行巫术,也就是实现仪式,两者在性质上是同义的,而一切巫术,实际上是广义的神话观念。狩猎的开头的仪式,目的不仅在于召唤野兽的出现,而且还在于防止被猎取的动物和体现该种一切动物的报复;收场的仪式,则是安抚已死动物的灵魂,让双方继续保持友好关系。例如在加拿大,在狩猎中打死了熊时,猎人要把长烟袋锅塞进熊的嘴里,并从烟袋嘴吹气,以便让烟充满熊的喉咙,并向熊的灵魂念咒语,恳求它不要因身首异处而怀恨在心,不要妨害他们今后打猎。在某些部落的印第安人那里,熊被打死后要给它洗去血迹、污泥,并把它抬进屋里,让它坐在首领的对面,给它戴上镶花的首领帽子,在熊毛上撒些绒毛,并在它面前摆上一盘食物,周围的印第安人则口头地或用手势请它进餐,表示一种礼节的仪式。

19 世纪的英国人类学家弗雷泽在《金枝》中谈到原始初民相信巫术有几种作用。"第一是'同类相生'或果必同因;第二是物体一经互相接触,在中断实体接触后还会继续远距离的互相作用'。前者可称之为'相似律',后者可称作'接触律'或'触染律'。巫师根据第一原则即'相似律'引申出,他能够仅仅通过模仿就实现任何他想做的事;从第二个原则出发,他断定,他能通过一个物体来对一个人施加影响,只要该物体曾被那个人接触过,不论该物体是否为该人

身体之一部分。基于相似律的法术叫作'顺势巫术'或'模拟巫术'。基于接触律或触染律的法术叫作'接触巫术'。"① 不少人类学家认为,这几种巫术,在原始初民中间相当普遍,并被他们解释为艺术的起源。如索尔蒙·雷纳克首先提出艺术起源于狩猎巫术的理论,史前洞岩艺术的发现,很能说明这方面的问题。例如,有的史前洞岩壁画,深入洞穴八百码处,地处黑暗,在这种地方作画,恐怕主要是出于一种神秘的目的。有的洞穴的犀牛画,人要平躺在地上,才能在岩石的缝隙处见到,而且地势极险,处在不为人轻易发觉的地方,观者还要冒着生命的危险。有的洞岩野牛画上,有多支枪矛刺着,有的画还表现为几只野牛身体重叠,根据考察,显然是不同时代画的,带有神秘的目的,为祈祷猎获野兽施用巫术咒语而用。

由泛灵论而引起的种种传说,由图腾崇拜、施行巫术而发生的故事绘画,作为人类学的材料自然是最适当不过的;作为原始的历史材料,用以进行社会研究,也是理所当然的。但是另一面,这些材料本身,又可看作后来的神话的原始形态,古老的民间传说,故事的萌芽与原型。上述所举的例子,既是人类文明思想的原始的历史记述,又是一种原始性的艺术创造。

第三节 神话思维特征

原始思维与神话思维实际上是不能分开的。这里所说的"原始",是指思维的初级阶段而言,而所说的"神话",是指思维的特征。

从上面分析看,神话思维就是原始初民对他们周围现实的一种普遍的认识和把握世界的方式。他们的这种万物有灵论,作为一种认识世界的方式,不免使后人感到幼稚,但这种稚拙的思维,其内涵却极为丰富。这是一种混合性的思维,人们可以从中看到,它包括了后世出现的各种思维的萌芽,如理论认识思维,宗教思维,艺术思维,

---

① [英] 弗雷泽:《金枝》上,徐育新、汪培基、张泽石译,中国民间文艺出版社1987年版,第19页。

 第一编　文学发生与文学本体观念

等等。

神话思维最基本的特征是拟人化。拟人化是原始初民真诚地把各种事物、现象都想象成有生命的东西。所谓主、客不分，就是客体被主体赋予了生命，使对象同一于自己，使自己同一于自然，自然现象被赋予了人的特征。所谓"互渗律""相似律""接触律"，可以说是拟人化的不同表现形式，它们同样赋予对象以生命，草木有生命，山川河流有生命。动物与人不同，仅在于类的区别。同时还确认一种非人间的力量，可以影响到他们的生存，于是就设法沟通人神之间的感情。为了能够把握对象，就出现了神秘的舞蹈、祈祷，以获得神灵的好感，保障他们生活，帮助他们实现自己的愿望。他们创作了神秘的咒语，以为它们能够为对方所理解，并受到震慑，从而制服他们所要猎取的对象的灵魂。这种把握世界思维的方式，看来主要是依靠臆想，即把虚构等同于现实，把虚幻当成一种现实的力量，从而表现出一种原始的蒙昧色彩。

但是如果认为这种思维完全是一种消极的臆想，那它就没有生命了。可以这样认为，这是一种精神的又是实践的把握世界的方式。例如图腾也好，洞岩画也好，巫术咒语也好，一方面它们是精神现象，另一方面，它们又都要求实施于生活，付诸行动，所以又不同于纯粹的精神现象。虽然，其后果并不能使原始初民如愿以偿。以人的生命赋予一切现象，使一切现象人化，获得人的灵性，描绘它们人一样的情思，人与人化了的自然的相互关系。这样看来，神话思维所形成的神话果实，不仅是人的认识的开始，同时也是对人的形象的描写的开始，而拟人化手段，我们知道，为神话之后的民间故事、传说、流传至今的高级阶段的神话的创造，开辟了真正的道路。

第二，拟人化虽然源于原始初民的愚昧意识，但是它充满了强烈的虔诚的感情。这对于认识来说，固然包含着非科学的成分，但是感情的真诚、执着，却是艺术思维的最根本特征。拟人化赋予对象以人的特征，从本质上说，也就是赋予对象以人性，人的感情，人的情思，使对象成为被感受了的对象、心理化了的对象。也就是说，人在神话里，不仅描写自己的感情、心理，同时也描绘了那些被夸张了

第一章 文学发生和神话思维

的、神秘化了的人的自己感情、心理的折射。感情、心理因素的描绘与表现，是审美反映的最根本的特性。

第三，神话思维的审美与非审美的特征。原始神话作为原始初民对世界的认识与把握，不是概念的分析与综合，而是以表象、形象联合一起的故事的演述，来表达自己的观念的。各民族关于开天辟地的神话，故事各有同异，它们的目的是为了认识周围现实，给现实世界以一种解释。从这一角度来说，神话思维是非审美的。后人在研究它们时，取向各有不同，例如历史学家就从中察看历史的痕迹，用以解释原始初民的生活情状，等等。

但是如上所说，为神话思维所驱动的各种对象，被感情化了，被人格化了。而人格化、感情化主要表现在大量的模拟中。例如中国神话说，天地混沌如鸡子，盘古生其中。印度的神话说，水生出一个金蛋，蛋化为羊，羊又变为人，从人口中造出众神。这种模拟，在原始的神话思维中极为普遍。卢卡契说："在初始的原本的日常思维中，对客观现实直接反映进行连接和转化的基本的主导形式中，最重要的一种方式是类比。"① 他又说，类比在原始时代是有决定意义的。在原始时代特别是在巫术时期，在所有生活表现以及传达形式中，类比具有主导意义。例如在原始思维中名称所具有的神秘化成分大大助长了这种倾向，卢卡契在这里指出了类比在原始初民认识中的重大作用。由于没有确切的概念，由于运用大量具体事物，并赋予它们以不可思议的力量与作用，所以具有极大的神秘性。在这种情况下，类比并不要求证明什么，"它把自己与其它事物相对比，而不是相结合"。歌德也指出过，类比是一种"没有完结，不会指望有什么最终的东西"的现象。

正由于这一特征，卢卡契认为，歌德指出了"以类比形式对世界的把握会通向审美反映的方向"。"歌德所强调的类比的松弛性和伸缩余地，构成了艺术对比的一种有利土壤……有些为科学嫌恶的东西，

---

① ［匈］卢卡契：《审美特性》第1卷，徐恒醇译，中国社会科学出版社1986年版，第18页。

在这里都成为美谈。"① 这种原始性的模拟，主要是一种形象的模拟，自然不具科学性。可是不具科学性的类似，恰好具有审美性。其次，我们看到，这种原始性的模拟，带有极端的夸张性，而且夸张得失去了分寸感。但是正是由于这一原因，使这种夸张带有古拙的质朴感。例如，把世界和鸡子相比，从现代的观点看，显得不伦不类，然而这既是原始初民的一种实际生活体验，同时也可以说，这是他们对世界的一种审美描写。

第四，神话思维具有功利性与非功利性、目的性与非目的性的特征。普列汉诺夫在《没有地址的信》中，提出了下述著名的原理："如果我们不把握着下面这个思想，劳动先于艺术，总之，人最初是从功利观点来观察事物和现象，只是后来才站到审美的观点上来看待它们，那么我们将一点也不懂得原始艺术的历史。"② 接着在第四封信里，他又从不同角度重申了这一思想："必须记住，从历史上说，以有意识的功利观点来看待事物，往往是先于以审美的观点来看待事物的。"③ 他引用大量人类学材料来说明这一问题，他的意思是明白不过的，劳动先于艺术。就是说人的功利观点先于审美观点。这里出现了很有意思的问题：功利观点的出现早于审美观点，毫无疑问，原始初民制造出最初的工具，是为了实用，但是后人在评价这些器具时，不仅认为它是工具，而且也把它视为艺术品。同样，神话创造是为了认识，但却被我们看作是前文学。在这里，功利与审美如何摆法？两者是否矛盾？

事实上，矛盾是不存在的，或者说如果有矛盾，那也是表面的。从根本上，却主要是统一的。这里统一的契机就在于神话思维的意识与无意识特性。

---

① ［匈］卢卡契：《审美特性》第 1 卷，徐恒醇译，中国社会科学出版社 1986 年版，第 21、22 页。

② ［俄］普列汉诺夫：《论艺术》，曹葆华译，生活·读书·新知三联书店 1973 年版，第 93 页。

③ ［俄］普列汉诺夫：《论艺术》，曹葆华译，生活·读书·新知三联书店 1973 年版，第 108 页。

第一章　文学发生和神话思维

当普列汉诺夫提出人最初从功利观点来看待现象事物，以至他自己的创造，只是在后来才以审美的目光看待它们，这自然是事实，但是只说了一半。我们以工具为例。原始初民创造工具，目的是为了实际使用，谈不上审美问题。但是后人从这原始的工具上感觉到了美，这作何解释？这主要是原始初民的审美感觉尚不发达，他在他所处的环境中，首先要解决温饱，审美是真正其次的东西。但是这个"其次"，却极为复杂。原来人进行工具制作，必须按照事物本身的规律。"人却懂得按照任何一种的尺度来进行生产，并且懂得怎样处处都把内在的尺度运用到对象上去；因此，人也按照美的规律来建造。"① 原始初民按需要制造工具，由于在实践中把握了事物的内在尺度，所以在他的创造中也就初步体现了事物的完美，也即不自觉地、无意识地按照美的规律而造形。他的创造活动显示了两重性，一是他意识到自己活动的实用目的，二是他意识不到他的活动的美，所以这种美，对于他来说还只是一种潜在的形态，只是一种具有必然性的无意识表现。这就是问题的特殊性所在，也是它的实质所在。如果不承认这点，那么就不好解释今人与古人的思维的同一性，就会重犯列维－布留尔的谬误。如果只看到今人与古人思维的同一性，而认为工具的创造，也就是美的创造，以为这就是美的自觉创造，这似乎又把问题简单化了。

---

① 《马克思恩格斯全集》第42卷，人民出版社1979年版，第97页。

第二章 文学形式的发生

第一节 自觉审美意识的逐渐形成

前面探讨了神话思维的一些特征,下面拟从理论方面分析这种思维的结构及其演变。

卡西尔在《人论》中反对把神话与艺术等同起来,他认为弗雷泽提出的巫术艺术与我们的科学思维很难区别开来①的论述,是难以成立的,这种观点我们是同意的。但是神话思维作为前科学的思维方式,是有它的价值的。这里的重要问题是,如何探索这种混合性思维的发展,也即它走向解体的方式。

如前所述,从原始神话的功能来看,原始初民把神话实际视为一种认识的手段。通过神话,显示了原始初民对于客观事物,已有一定的观察、识别能力。另一方面,原始神话的表现形式,又是一种感知的方式。仿佛有一副双重面目:"一方面它向我们展示了一个概念的结构,另一方面又展示了一个感性的结构。它并不是一大团无组织的混乱观念,而是依赖于一定的感知方式。如果神话不以一种不同的方式感知世界,那它就不可能以其独特的方式对之做出判断或解释。""神话兼有理论的要素和一个艺术创造的要素。"② 卡西尔把神话的结构,看作是概括的结构和感知的结构的结合,是理论要素和艺术要素的结合,而这两种结合,又主要是建立在感情基础和感知世界的方式

---

① [德] 卡西尔:《人论》,甘阳译,上海译文出版社1985年版,第97页。
② [德] 卡西尔:《人论》,甘阳译,上海译文出版社1985年版,第97、96页。

上的，所以认为神话是感情的产物，它们的产品都染上了这些色彩。原始初民虽已有区别事物的能力，但在关于自然和生命的认识中，两者的区别，都被更强烈的生命湮没了："他深深地相信，有一种艺术的不可磨灭的生命一体化（solidarity of life），沟通了多种多样形形色色的个别生命形式。"① 在这种精神之下，神话世界乃是一个戏剧般的世界，一个关于各种活动、人物、冲突力量的世界，并都映照于各种自然现象之中。神话的感知总是充满了这些感情的质，它所感到的一切，都充满着欢乐与悲伤、欢欣鼓舞或意志消沉的气氛。在卡西尔看来，神话的理论结构要素，全都受制于感情的统一性的。

自然，如果神话思维总是为感知的方式所束缚着，使原始初民处于静止不动的生命一体化的过程之中，那么人类思维就难以发展。然而人类思维毕竟向前发展了，并在思维演变中出现了飞跃。这种思维的进步，必然使神话思维发生解体。当然，所谓解体，不是使神话思维消失于无，而是使其分裂为多种形式的思维。

神话思维的这种变化的原因，可以先从其自身的结构中去寻找。神话和宗教思维，并不是完全无条理的、非逻辑的，但是它们的条理性又主要依赖于感性的统一性，而非逻辑法则。"感情的统一性是原始思维最强烈最深刻的推动力之一"。把感情的统一性视为思维变迁的推动力之一，这一思想是深刻的，但是还需要对思维结构的整体进行观察。如前所说，神话思维的结构，大体分为两个方面，即感知方式和理性认识方式，两者相互结合，并以前者为主导。但是这种结构并非静止的结构，没有生命的结构。"我们不能把神话归结为某种静止不变的要素，而必须从它的内在生命力中去把握它，从它的运动性和多方面性中去把握它，总之要从它的动力学原则中去把握它。"② 这里所说的内在的生命力，运动性，多方面性，动力学原则，就存在于这个结构，它们就是这种结构本身的功能。正是这一结构本身各种因相互依赖和矛盾运动，使其自身发生解体而又获得进一步的发展。

---

① ［德］卡西尔：《人论》，甘阳译，上海译文出版社1985年版，第105页。
② ［德］卡西尔：《人论》，甘阳译，上海译文出版社1985年版，第97页。

思维运动是人类实践活动的反映，是人类的外部动作不断内化活动的结果。思维结构实际上是一个矛盾的统一体，当它受到劳动实践的影响，这个结构的不同层面就会发生相应变化，使原来的静止状态失去平衡，产生矛盾运动，相互制约而又各自变化，出现新的同化与顺应，形成新的构建和思维的不断内化、深化与简缩的过程。随着人的实践活动的发展，认识活动的深入，这个过程最突出的表现就是神话思维的混合性、统一性结构发生解体，之后，分化而为抽象的理论思维、宗教思维、艺术思维。神话思维的分化与不同类型的思维的自身的独立，使人类有可能告别原始，走向文明与现代的门槛。

神话思维发生瓦解，其关键在于它的结构运动及其分裂，使得原来无处不在的拟人化原则，不断受到限制与缩小。以理性的因素不断清除拟人化成分，一面衍化而为一种独立的初级理论思维，进而演变成为科学；一面使拟人化原则进一步与理性因素结合起来，发展成为宗教、艺术思维。结果是一面不断清除拟人化因素，建立科学思维，一面又使拟人化原则在另一些领域里获得巨大的发展，这标志着人类的自我意识进入了一个新的水平面。

自我意识是人类认识反映精确化的表现。卢卡契说："反映的精确性是每一种生物生存的条件，没有反映能力的必然要死亡。"[①] 这里说的当然不是机械的反映论。人在认识的反映过程中，通过长期的实践经验，改进了自己的生理器官，而不断把握着理解事物的客观规律性。人通过工具的使用，通过劳动过程，从自然界分离开来，成为活动的主体而与自然对立。自然对象只是由于劳动对象或劳动工具才成为对象，只有通过劳动才形成"主体——对象关系"。"形成中的人、甚至原始人与自然界在极大范围内还是联结在一起的，主体和对象之间、人和环境之间的界限长期是变动的、不确定和不分明的。'我'和'非我'的严格区分是人的意识非常晚近的形式。"[②] 主体与客体，

---

① ［匈］卢卡契：《审美特性》第1卷，徐恒醇译，中国社会科学出版社1986年版，第47页。

② ［德］恩斯特·费肖尔：《艺术与人类》，转引自卢卡契《审美特性》第1卷，徐恒醇译，中国社会科学出版社1986年版，第50页。

我与非我的区分，也使得人进而区分了想象与现实，挣脱了拟人化的思维方式，使得理论与艺术各自逐渐成为一种独立的形式。"要真正科学地把握客观现实，只有与人格化、拟人化的直观方法彻底决裂才有可能。"古希腊的哲学家们从与科学联系在一起的艺术、宗教中，看到了这种障碍物，所以他们把拟人化当作他们精神上的主要敌人，而这已是进入文明时代的事情了。

自觉的审美意识的出现，和人的自我意识的确立是相互促进的。可以说，神话思维本身就是一种审美意识，它通过拟人化的方式，把整个世界，把主体与客体，把现实与想象，把我与非我混合于一起。但是，这是一种非自觉的审美意识。非自觉的审美意识从神话思维中分化出来，成为半自觉的审美意识，它和理论思维成为独立的思维形式，在时间上几乎是相等的。"两者都是缓慢地、充满矛盾地和不均衡地由日常生活、思维和感情中分离开来的。这是一个长期的发展过程，直到每一种反映构成人类活动的一个特殊领域，成为独立的……直到对客观现实反映的这种特殊方式成了它的特性，直到它的规律性首先在实践中以后又在 理论中被认识。"① 如果科学使自己成为独立思维的根本途径在于不断排除拟人化，从而在旧有思维的分化过程中双方不断表现出日益明显的矛盾性、渐进性，那么审美意识在充分保留非自觉性的情况下，则进一步发展了拟人化原则，并且继续了一个很长的过渡阶段，甚至在其高度发展的阶段，仍然保持着与宗教的密切联系，以致两者在外表上仍然难分难解。宗教、艺术都诉诸拟人化，但是两者又各不相同。宗教拟人化，继续着原始神话—艺术的精神，崇尚自然神灵，把对超验的彼岸世界的幻想，当作现实。这是对人和现实关系的虚构，是对人与人，对人与自然关系的一种幻想的非现实化，但却是超验的彼岸世界的虚构。这种虚构的方式具有审美特征。而艺术审美的拟人化，是形成真正的自我意识、开掘人身上的潜能的此岸世界的真实的虚构。我们从黑格尔在谈及艺术的需要时，可

---

① ［匈］卢卡契：《审美特性》第 1 卷，徐恒醇译，中国社会科学出版社 1986 年版，第 161 页。

以看到这种审美拟人化的根本特性，在于"人是一种能思考的意识，这就是说，他由自己而且为自己造成他自己是什么……自然界的事物只是直接的、一次的，而人作为心灵却复现他自己，因为他首先作为自然物而存在，其次他还为自己而存在，观照自己，认识自己，思考自己，只有通过这种自为的存在，人才是心灵。"① 人通过对自己的观照，形成对自己的观念，又通过实践活动来认识自己。"人通过改变外在事物来达到这个目的，在这些外在事物上面刻下他自己内心生活的烙印，而且发现他自己的性格在这些外在事物中复活了。人这样做，目的在于要以自由人的身份，去消除外在世界的那种顽强的疏远性，在事物的形状中他欣赏的只是他自己的外在的现实。"② 我们当然可以按照我们自己的见解去理解黑格尔把人的自由理性的需要，解释为艺术的起源，我们所理解的自由理性，就是人的审美需求，理解自己，通过对现实的投影，复现自己的心灵，引起观赏的需要，从而形成更高级的拟人化。

第二节 神话演变与神话原型

随着原始初民走向文明的大门，人的自我意识和自觉审美意识的逐渐形成，神话思维发生解体，这种种因素，自然要导致神话的解体。我们来观察一下神话的形态和它的解体过程是怎样发生的。

中、外神话中都有开天辟地的原始神话形态，而且在内容上出奇地一致。《太平御览》引徐整《三五历记》，有盘古开天辟地的故事。其中说："天地混沌如鸡子，盘古生其中。万八千岁，天地开辟，阳清为天，阴浊为地。盘古在其中，一日九变，神于天，圣于地。天日高一丈，地日厚一丈，盘古日长一丈，如此万八千岁，天数极高，地数极深，盘古极长，后乃有三皇……"徐整在《五运历年纪》中又说："首生盘古，垂死化身，气成风云，声为雷霆，左眼为日，右眼

---

① [德] 黑格尔：《美学》第 1 卷，朱光潜译，商务印书馆 1979 年版，第 38—39 页。
② [德] 黑格尔：《美学》第 1 卷，朱光潜译，商务印书馆 1979 年版，第 39 页。

为月，四肢五体为四极五岳，血液为江河，筋脉为地理，肌肉为田土，发髭为星辰，皮毛为草木，齿骨为金玉，精髓为珠石，汗流为雨泽；身之诸虫，因风所感，化为黎氓。"希腊神话也有这种说法：宇宙天地原本不分，混沌一团。或说黑暗之神爱莱蒲司与其母夜之神生子光明与昼，两子逐走父母，代为主宰。看到地球上的混乱，两人命其子爱神为助手，于是天地始分。爱神又以箭射入地，乃生万物。①北欧也流传这类神话。又如造人神话方面，女娲的故事是极为有名的。《风俗演义》说："俗说天地开辟，未有人民，女娲抟黄土为人，剧务，力不暇供，乃引绳于絚泥中，举以为人。故富贵者黄土也，贫贱者絚人也。"《圣经》记上帝耶和华用尘土抟人，将气吹入鼻孔，使之有灵魂，这就是亚当。后又从亚当身上取下一根肋骨，做出亚当妻子夏娃，使之繁衍人类。

神话意识把自然万物都一一神话化，星辰日月都被视为神的化身，农业、畜牧业都有发明、管理的神；特别是神谱中的英雄，人与自然斗争，以建立秩序的神话，神话英雄争夺帝位的话，吸引着原始初民，使他们产生莫大的兴趣。例如我国女始祖女娲补天，夸父追日，精卫填海，羿射九日，缴大风，杀凶兽凿齿、九婴，诛修蛇，擒封豨（野猪），嫦娥奔月，鲧、禹平洪水，黄帝、蚩尤大战，炎、黄阪泉争雄，等等。西欧神话则有众神之王宙斯，普罗米修斯盗天火给人类而受罚，以及诸神参与人间部落斗争的故事，等等。

谈到中西神话，如果做些比较，则可发现它们的重大不同之处，主要在于民族文化精神的不同特征。西方神话中是神绝对地统治世界、世人，甚至不让人类取得天火，获取光明。诸神因自己的权威、性格、情欲、代表着各自的城邦利益不断引起争斗，定要征服他人为自己之阶下囚，却又显示了其智慧与蛮勇，甚至人性的一面，演绎着故事，这种精神至今被传承着。而中国的神话，主要描绘诸神（实际上为上古时期氏族的首领）甚至世俗之人，与危及人的生存的自然灾害、为民除害的斗争。高山挡路，就率领子孙移山；十日高照，就射

---

① 见茅盾《神话研究》，百花文艺出版社1981年版，第39页。

下九日，为民除害；少女被海淹死，就化作为小鸟精卫，每日衔石填海不止；共工与颛顼争为天子不胜，怒而触不周之山，使天柱折，地维绝。女娲炼五色石以补苍天，断鳌足以立四极。天不足西北，故日月星辰移焉，地不足东南故百川注焉。这些神话、寓言，显示了神话中的英雄的智慧、勇气、坚毅、奋斗、自信的无比的伟力与牺牲精神，它们成了我中华民族生生不息的伟大精神的象征。

在文字发明之前，无疑这类神话的传说，以口头讲述的形式代代相传，但是采用何种口头形式，这是值得研究的问题。一般说来，在原始初民中间流传的涉及开天辟地、氏族祖先起源的故事，恐怕也只在一定的场合才讲。这一定场合，就是带有原始宗教祭祀性质的仪式。仪式在原始人中间与巫术具有同等意义。那种大规模的祭祀仪式，实际上就是祭神活动，目的是为部落消灾降福。这时巫祝口诵巫词，把神话与神秘传说杂到一起，歌颂英雄祖先。由于这类神话中的主宰人物反映了各自的社会关系，也即野蛮时代高级阶段的社会关系，所以具有"神圣性"，它们的内容事实上只为少数人秘密传授，代代相传。毫无疑问，口头式的代代相传，会使神话的内容不断发生变化。

但是促使神话发生变化，还有更为重要的原因。如我国商代氏族极多，每个氏族都有自己的氏族始祖诞生的神话，西周也是如此。但是从整个历史来看，我国未有神话体系流传下来，这主要是在商代、西周时代，神话意识慢慢为理性意识所替代，神话也逐渐历史化了。传至东周，先祖英雄神话增加，原来的那些超自然的神祇神灵，"人化"为历史传说中的英雄，先祖世界与神灵世界，明确划分为不同的世界，并向各自的方向发展。东周是中国政治、经济、社会、文化大变革的时代，知识、技术普遍发达。"士大夫与平民之间都产生了在世界观上的觉醒，因而造成神话支配势力的减弱与理性力量的发达。"[①] 崛起的儒家，不言"怪力乱神"，这在世界文化史中是一个十分奇特的现象。这样，神话在儒家手里遭到大力的删削，并力图对它

---

① 张光直：《中国青铜时代》，生活·读书·新知三联书店1983年版，第284页。

们进行合理的解释，于是神话的流传、发展与创造遭到了极大的遏制，或使其改变了原来的意义。一些神话被保存着，一些神话则受到理性主义的消解。黄帝四面、夔一足的神话，就被孔子消解，这是大家熟悉的例子。这样，黄帝、帝尧、大禹等人物，都一一被改造为"历史人物"，列入"世本帝系"，同时他们在祭礼的仪式上，也都被看作祭祀帝王的先祖来看待。倒是和这种"中原文化"有一定距离的楚文化，仍然充满了绮丽的神话幻想和神秘色调。在屈原的作品里，有女娲、后稷、王亥（牧神）等神话人物的出现。那里有关于最尊贵的天神伏羲的祭歌，有驾龙辀、举长矛、射天狼的东君太阳神的神姿描绘，等等。他的《九歌》，据有的学者考证，表现了两千多年前居住在云梦泽一带的被古史称为"濮越"的古印度尼西安人的多种祭神仪式。他的《国殇》和《礼魂》，则描写了猎头仪式，这种仪式遗风，仍可在今天印度尼西安人中间找到①，可备一说。但是他的《天问》却动摇了古神话的神性的威严，对神秘的万物和空漠无垠的宇宙，诸神的神力创造，提出了种种疑问，给神话打上了伟大的人性的烙印。

我国汉族神话十分丰富，但未形成瑰丽的、庞大的神话系统，当今我国的不少神话研究者，都承认我国神话的分散与零祇，他们使用新的观点与方法，正在重新阐述神话，拓展它们的内涵，使之具有叙事性、系统性，这方面已取得了令人瞩目的成就。② 我国少数民族文学中的神话、史诗就很繁荣。西欧、印度神话保存得比较完整，在它们基础上衍生了不少巨著，自成系统。神话对后世文学影响十分巨大，就希腊神话来说，"希腊神话不只是希腊艺术的武库，而且是它的土壤"③。就是说，希腊神话一方面本身就是希腊艺术的组成部分，另一方面，它又成了培育新的艺术的源泉，成为神话原型。神话被解体了，但作为神话原型在后世的文学创作中被吸收继承下来，这就是

---

① 见《光明日报》1984年10月24日。
② 袁珂：《中国神话通论》，巴蜀书社1991年版；潜明兹：《中国神话学》，宁夏人民出版社1994年版。
③ 《马克思恩格斯选集》第2卷，人民出版社1995年版，第28页。

需要说明的思想。

神话原型这一术语，借自容格与诺·弗莱的论著。容格从心理学的角度提出人的心理深层存在一种"集体无意识"，并认为"集体无意识主要是由'原型'所组成的"，"与集体无意识的思想不可分割的原型概念，指心理中的明确的形式的存在，它们总是到处寻求表现。神话学研究称之为'母题'；在原始人心理学中，原型与列维·布留尔所说的'集体表象'概念相符"。①容格认为人类这种本能心理现象作为集体无意识而保留下来，并通过它们使人看到了艺术创作的动因。

弗莱提出文学作品叙述方式中有一种神话叙述方式。他在《文学即整体关系：弥尔顿的〈黎西达斯〉》一文中，提出原型"指一种在文学中反复运用并因此而成为约定性的文学象征或象征群"。一些现象的"约定性的历史起源，可以上溯到古代仪式中去，但其更为深远的源头则永远是潜在的，不仅存在于文学中，而且也存在于生活中"②。后来，弗莱进一步明确了文学原型的概念，他说："关于文学，我首先注意到的东西之一是其结构单位的稳定性"，并认为文学中的主题、情景、人物类型，都可找到原型。这样，弗莱就把所有文学纳入了他的神话—原型系统，划出了多类意象以及四种体裁，如喜剧、传奇、悲剧、反讽，并使喜剧和春天对应，叙述英雄之诞生；传奇对应于夏天，叙述英雄之成长与胜利；使悲剧与秋天相合，描写英雄之死亡；反讽与冬天相呼应，描绘英雄死后之世界，构成文学循环运动。弗莱为文学追根溯源，揭示文学发展之原型，其公式是有启发意义的。不过把文学发展纳入这种类似季节变化的循环轨道，很难自圆其说。因为文学终究是一种社会文化现象，不是按照一个循环圈滚动的。不过他与容格的理论中的原型思想，可以借用来说明文学和神话的某些关系。

---

① ［瑞士］容格：《集体无意识的概念》，见叶舒宪选编《神话—原型批评》，陕西师范大学出版社1987年版，第104页。
② ［加］诺·弗莱：《文学即整体：弥尔顿的〈黎西达斯〉》，见叶舒宪选编《神话—原型批评》，陕西师范大学出版社1987年版，第310页。

第二章　文学形式的发生

原始的神话思维的解体，实际上就是人的思维进一步的发展与精细化，并从非自觉、保留非自觉因素，逐渐走向自觉。

文学的产生，它的基本精神与基本形式，孕育于神话、故事传说之中，并与之一脉相承，这就是神话原型。我们可以把神话原型分作几个方面，如审美意识的原型，这是最基本的方面，还有如故事、主题的原型，审美的形式的原型以及人物特征原型等，从这些方面来加以考察。

先说审美意识的原型。原始初民的神话思维由于为拟人化所贯穿，所以本质上接近于审美意识。这种对世界万物所引起的美感，深深地积淀于人类的心灵之中。

可以这样说，后世多种主要的美感范畴，都已在神话中萌生。例如崇高这一审美范畴，这是初民在长期的实践活动中，对自然的永恒，宇宙的无穷，生命活动的奥秘，人类改造自然的伟力，所引起的那种感受。生活在深山老林、空旷平原、崇山峻岭、大河上下、海洋边岸，观察着狂风暴雨、雷电交加、日出日落、月盈月亏等奇妙的大自然的变幻；一面体验到人在自然面前的渺小，一面又感受到自己改造自然的伟力的喜悦。古人的这种心理意识，带有神秘的色彩。于是在他们创造的神话里，表现为天神的至高无上，身大无比，变幻自如，无所不能，为创世、为造福子民而甘愿牺牲一切的献身精神。如盘古的开天辟地，女娲的抟人、补天，都充溢着一种古老的崇高精神。这种审美意识逐渐成为人的心理积淀，在后世用文字记载下来的神话中显现了出来。在我国文学中，屈原的作品明显地受到神话中这种崇高的审美意识的影响，其辞气势浑厚，意象壮美，变幻无穷。古希腊神话中的崇高的审美意识同样十分突出，如有宙斯主宰一切的威严，有通过普罗米修斯所宣扬与表彰的那服务于人类的伟大、崇高的献身精神，在后世各个时代，起到惊世骇俗、推动潮流的作用。

又如悲剧的审美意识，也是一种古老的心理积淀。自然的破坏力量，巨大的灾难感、水灾、旱灾、饥饿、动物的威胁，无法控制的病与死，氏族、部落之间的战斗、杀戮，都为悲剧意识提供了精神、心理的积累。另一方面，悲剧意识的形成，也与不断举行的仪式有关。

祭祀仪式上总要供上牺牲，有猎物，有时甚至是活的人。当古人进入农牧时期，观察着植物的生与死循环往复，绵延不断。为了有利于繁衍，他们就创造了死神与再生神，并把这种现象移入社会生活。"为了纪念这些神之死而举行祭仪时，因他们的死而引起的悲痛被因他们的复活而引起的欢乐和喜悦所代替。"同时随着人的死亡与复生，人们开始希望摆脱人世的痛苦，希望得到永生。"悲剧是歌颂难以弥补的损失的悲壮的歌，是颂扬人永生的欢乐的赞歌。"①

神话悲剧，有的和崇高结合一起，如普罗米修斯偷火给人类而被钉于高加索；精卫填海，刑天死后还继续反抗上帝，等等。另一种悲剧意识具有神秘意味，如俄狄浦斯之死。弑父娶母，在远古时期是一种正常现象，但是随着文明、伦理的发展，悲剧虽然可以承袭古老的弑父娶母的故事，却受到了新时期的伦理道德的否定，英雄人物的悲惨结局，正是英雄人物自身的行为的结果，宿命因素与社会因素相结合于一起。

至于后世与宗教相关的悲剧，主要表现为一种灾祸、苦难、痛苦，如欧洲中世纪与基督教有关的悲剧；另一种是东方型的，如表现人生之痛苦，死后升入天堂；或以轮回转世来解决现世的悲剧冲突意识。随着人的自觉意识的提高，人代替了神，产生了各种爱情悲剧，各类个人的悲剧，民族的悲剧，以至国家的悲剧等。它们的内涵各不相同，但悲剧的原型大体一致的，即个人的死亡或苦难，对人与社会具有不可弥补的损失、崇高的不朽价值，等等。

又如喜剧意识，在原始社会，这一意识的形成原因，有几个方面，一是狩猎、收获后的娱乐、庆祝活动；二是仪式活动中的喜庆、娱神场面。此外，当然还有生活实践中的种种因素。这种种方面逐渐形成与积累着喜剧、滑稽的审美意识，成为原型，在后世的生活、文学中获得发展。例如，中世纪西欧的狂欢节活动，每年有2—3个月之久，这时节日往往成为全民的节日。平常的各种社会秩序，这时全

---

① [苏]鲍列夫：《美学》，乔修业、常谢枫译，中国文联出版公司1986年版，第97、98页。

被颠倒过来，原来的崇高与威严，变成了滑稽与渺小，而国王与乞丐，都沉浸于平等的狂欢。这在中世纪的民间文化与稍后的《堂吉诃德》《巨人传》中，都有反映。

第二方面是母题、故事情节的原型。这一线索广泛地深入到后世文学的各种体裁之中。例如，像创世记的故事、造人、启蒙人类的主题，在创作中一直绵延至今。屈原的《离骚》《天问》《九歌》等作品，广泛地运用神话材料，其中"有些神话还是首见，成为原始的记录。如鲧神话中的'鸱龟曳衔'一事，'化为黄熊'一事，羿神话中的'射河伯、妻雒嫔'一事，'献蒸肉之膏后帝不若'一事，等等，都是"①。《楚辞》之前的《穆天子传》，则纯为神话小说。其后汉赋、汉魏六朝诗歌中，神话影响极多。李白、李商隐、李贺，都曾用神话题材写作。《西游记》《封神演义》，都是很有影响的神话小说。这些作品采用大量神话主题、情节，推进了文学中的浪漫主义潮流的形成。

神话母题原型的运用，在西欧文学史中更为突出。几乎历代都有伟大作家利用神话题材写作。但丁的《神曲》，莎士比亚的不少剧作，歌德的《浮士德》，弥尔顿的诗作，等等，这一传统一直延伸到当代西欧文学，如乔伊斯的《尤里西斯》，以至一些评论家认为，文学在向神话回归。如前所说，弗莱就把整个文学的发展，纳入了神话原型的研究。

第三，从形式的角度看，神话实际上是各种艺术形式的源头。原始神话在某种意义上是和仪式相通的。仪式是神话的主要实现方式、保存方式。在仪式上，有关于神圣始祖的起源的叙述，有祝愿部落生生不息的简单的祷文，有关于禳解灾祸的咒语的说唱，有哑剧式动作，有祭祀、供奉牺牲的过程，以及这一类的祷文、祝词。这种种形式，即仪式上的歌唱、舞蹈、雕塑式的偶像的萌芽，逐渐演化成为后世的诗歌、故事叙述和传说。毫无疑问，这些形式因素，在日常生活中就已存在。例如古人群众性的狩猎大收获，往往是一种盛大的欢乐

---

① 袁珂：《中国神话传说》上册，中国文艺出版社1984年版，第51页。

的庆祝，这既是初民的一种生活方式，又是一种盛大的"文艺"演出。这时有故事的叙讲，传说的回忆，也有表达强烈感情、显示身体运动节奏的舞蹈，有猎人在行猎中灵活的技巧和力的表现，动物的种种形态的模拟。其时，野性的呼喊，如火如荼的原始热情，激荡奔放，满足着初民感情的需要，审美的需求。格罗塞讲道："能给予快感的最高价值的，无疑是那些代表人类感情作用的摹拟舞蹈，最主要的例如战争舞和爱情舞；因为这两种舞蹈也和操练式的及其他摹拟式的舞蹈一样，在满足、活泼和合律动作和摹拟的欲望时，还供献一种从舞蹈里流露出来的热烈的感情来洗涤和排解心神。"[①] 而仪式的作用就在于把日常生活中的各种演唱、表演，集中起来，程序化起来，进行综合与提高，形成后世艺术形式的原型。

第四，人物形象塑造方面。神话一般叙述事件发生的过程，而这过程中的主要对象是神与英雄。其中特别是神的形象，完全是按照人形的一种纯粹的、夸张的幻想，描绘也极简单。它们无所不能，充满了神性与神秘感。就形象而论，女娲是人头蛇身，炎帝是牛头人身，教人播种五谷，被尊为"神农"。黄帝传说有四面，是中央天帝，不但治理神国，也治理鬼国，是人、神的祖先。这类幻想式的形象，距离真正的人间的人物形象甚远，但是在后来的神话故事中常常被发展、更新。

第三节　文学的前形式

神话思维的不断分化，自觉审美意识的逐渐形成，拟人化手段的使用的专门化与范围的缩小，促进了理论思维与宗教思维、艺术思维的日益分离。原始神话一面被保留下来，一面又被不断改造，同时又出现了新的形式，即语言艺术的形式。自然，达到现代意义上的文学形式，是要经历一个漫长的过程的。

根据后世出现的诗歌、叙事故事、戏剧等文学形式来看，可以断

[①] ［德］格罗塞：《艺术的起源》，蔡慕晖译，商务印书馆1984年版，第167页。

言，在这些形式形成之前，必然存在着与之相应的形式因素，后来的文学形式，就从它们演化而来。就文学形式的发生而论，神话只是其总源，从总源到文学形式，必定存在许多中间环节，虽然前面已触及这一问题，但这正是需要深入一步探讨的。

我们主要讨论诗歌这种文学形式。

诗歌的产生，不少学者认为与仪式有关。这里讲的自然是广义的仪式。例如，在游乐仪式上的狂热的感情、粗野的叫喊，首先是满足着初民感情宣泄的需要。这类呼喊，大都缺乏内容，浅薄而粗野，很少有高超的思想表现。原始初民一般在低级的感官的快乐范围里选择材料，"粗野的物质上的快感，占据了极大的领域"[1]。据 H. 维尔纳的描述，如果说原始初民有了抒情歌谣的话，那么，它们总是与手势、音响分不开的，它们都是些没有意义的语言，纯粹的废话；他们在歌舞中吟唱，以便宣泄饱餐一顿或狩猎胜利后的狂欢。"就在这抒情的叫喊声中，在对饥渴的痛苦的呼唤声中，后来，在对燃烧的性欲的赤裸裸的表示中，以及在对死亡的无可奈何的悲叹中，我们发现一切高级形式的抒情诗的萌芽。"[2]

19 世纪末俄国文艺学家 A. 维谢洛夫斯基的历史诗学的研究，系统地提出了诗歌源于古代民间仪式的观点。他认为原始的混合性的艺术，是一种有节奏的动作，并与音乐、歌谣、语言因素结合一起。由于其时语言尚十分简单，一般即兴的短句或叫喊，并无多大意义，但往往起着节奏的作用。这种仪式上的叫喊，随后就慢慢变为与简单的音乐相结合的合唱的语言成分，因此，诗歌的萌芽源于这种集体仪式活动。这位学者认为，随着风尚的变化，仪式、典礼合唱中原来纯属即兴的无意义的叫喊，慢慢被赋予了意义，这时诗的萌芽形态，就真正破土而出了。仪式、典礼混合性的活动中，有合唱，同时也就有了领唱、轮唱，于是便慢慢成为诗的形式。"歌是用多种多样互相补充

---

[1] ［德］格罗塞：《艺术的起源》，蔡慕晖译，商务印书馆1984年版，第184页。
[2] 转引自李斯托威尔《近代美学史评述》，蒋孔阳译，上海译文出版社1980年版，第197页。

的诗节交替编成的。""礼仪和祭祀的合唱的范围愈来愈稳定,由于动作要求有规则的节奏,所以就同文词更紧密地结合起来,于是便形成了更稳定的文学形式和民间故事图式,这些作品随歌曲、格律一起,脱离了仪式,并在仪式之外,获得了审美性质。"① 仪式中的原始的合唱、独唱、轮唱,开始时实际上只是一些叠字叠句,它们起到节奏的作用,表现初民的高兴与悲叹,从而成为真正抒情诗的源头。但是,真要使诗歌成为诗歌,必须脱离仪式。独立出来的歌词,一是它的确形成了自己特有的形式,二是它不仅以形式娱人,同时还要有点什么引起人的类似的感受。无论抒情诗,还是叙事诗,大体都是如此。

A. 维谢洛夫斯基关于诗歌起源民间仪式的论述,广泛地引用了人类学、民间文学所提供的资料,是很有启发的。但是,他的一些论点是有争议的。例如苏联的文学研究家梅列津斯基认为,神话和仪式是不可分的,仪式常常演出神话。但把仪式视为诗歌发展源头,把神话视为戏剧发生的母体,是一种机械论的观点。又如,维谢洛夫斯基用"偶然性"来解释诗歌文本的出现,梅列津斯基认为这也是不能服人的,原始诗歌不是即兴之作,不是个人印象的简单的表现,也不是集体主观性的自发的自我表现,原始诗歌是一种有目的的活动。原始初民根据词有魔幻力量的信仰,认为形式与内容都是神圣的,仪式上使用的词汇,即使只有一个词,也被认为是有神奇力量的,所以"偶然性"产生诗歌不占主导地位。② 但是,我们以为不应把这一问题的提法绝对化起来,因为在远古,事物恐怕一开始都具有偶然性的因素,不能忽视偶然性是一种伟大的创造力量。维谢洛夫斯基对传说在叙事作品产生过程中的作用估计不足,对非仪式的叙述传统,对原始仪式综合性中的文本的作用同样不够重视。他力图使仪式脱离神话,结果把语言艺术发生中的内容方面的成分,使之完全从属于仪式,忽视了原始仪式意识形式的混合性,忽视了仪式和神话语义上的一致

---

① 转引自[俄]尼古拉耶夫、库里洛夫、格利舒宁著《俄国文艺学史》,生活·读书·新知三联书店1987年版,第179页。

② 见《世界文学通史》第1卷,莫斯科,科学出版社1983年版,第23页。

性。但是，维谢洛夫斯基关于抒情诗起源仪式的论述，还是一种有力的理论。合唱、叠句，趋向抒情，而集体合唱到个人领唱，使唱者由集体变为个人，变为诗人。这自然是人的自我意识的确立与审美意识走向自觉的表现。

诗歌产生于仪式、神话，这是一个重要方面，问题还在于要透过神话、仪式而窥见其动因。因此，用一种单一的理论来阐明诗歌的发生，就往往会出现顾此失彼的情景。李斯托威尔在论述原始诗歌发生学时的一些观点，还是值得重视的。他说："原始艺术在每一个地方，都严格地和个人或集体的实用动机，热衷于保存和延续个人以及个人所属的种族的激情混在一起，纠缠在一起，并受它的支配。游戏、性欲、饥渴、战争、魔术仪式、日常劳动、生活方式、思想和事件的传达和纪念，这一切都在或大或小的程度上对艺术活动的发展作出了贡献，并对它的产品打上了不可磨灭的印记。"原始艺术是有用的，实用的，并且"完全没有从生物学的利害感中解脱出来"[①]。不妨设想，那种原始的野性的呼喊，作为诗歌的萌芽，都与上述各个方面有关，即使它粗俗、浅薄，但神秘而充满活力。

至于叙事诗，一般认为，它起源于原始初民想把历史的、当前的事件传达给他人，或使之代代传递而形成，与神话仪式有着密切关系。但是也有人如英国的鲍乌拉认为，在原始部落中不存在叙事诗[②]，只存在歌谣、戏剧、神话，而神话通常用散文故事叙讲，这也是一种观点。

随着社会生活的不断发展，农业经济的出现，古人的生活渐趋稳定、丰富，社会结构更有组织，人与人的关系也日益复杂，例如出现了阶级关系，有了压迫、剥削、不平、贫困；家属、血缘关系缩小，但更形牢固。与此相应，人的感情世界渐趋深刻、细腻，同时较之往昔，人对自然的盲目性不断减少，形成一种更高级的自然的人化与感

[①] 转引自李斯托威尔《近代美学史评述》，蒋孔阳译，上海译文出版社1980年版，第203—204页。

[②] 见《世界文学通史》第1卷，莫斯科，科学出版社1983年版，第26页。

受。这种种方面，都促进了人的语言的发达，审美感受的复杂化。他们一面叙说着神话、传说，唱着歌谣，合唱着征战的胜利与失败、欢乐与悲伤，同时还有关于婚丧喜庆、各种仪式的歌，如春天的仪式的歌，歌颂春之繁荣，秋之收获，生死相依，回环不已的世界感受。

与此同时，也要看到神话、仪式中不仅有唱，而且还有叙述部分。神话不仅在仪式活动中得到操演，而且也在仪式之外被人讲述。随着神话思维的解体，一部分为大家公认的神话，仍然保持着神圣的特性，而另一部分则逐渐失去其神圣性，流传于一般初民中间。于是在神话这棵大树的主干的影响下，产生了传说，神奇的民间故事，作为口头文学，为语言艺术的新形式的发生，开辟了道路。

传说、神奇故事与神话不同，如果要对两者进行比较，那么神话具有一种神圣的意识，它们在隆重的仪式上被操演，它们的主人公是人类的祖先，或部落的创始人。他们开天辟地，治水治害，被人们顶礼膜拜，从而成为指导一切意识形式的源泉，自然也为民间故事、传说的出现，提供了条件。而传说、神奇故事的特征，在于它们的非神圣化，在于它们似乎可信又不可信。柳田国男说："可能有过这样的蒙昧时代，凡是知道传说内容的人，都深信不疑地奉为事实，但现在相信的人是越来越少了。"他又说："传说的一端，有时非常接近于历史……而其另一端又与文学相近，有时简直要像融于其中。"[①] 它们一般人都可以听，供人娱乐，甚至听后也使人害怕。其中有神话式的人物，有启蒙的英雄，有力大无比的勇士，他们为民造福，为民除害。此外，传说中有妖魔鬼怪，山神地灵，树精花妖，食人巨兽，等等。"神话转而为民间故事的几个基本阶段是：非仪式化与非神话化，对神话事件的真实性的严格信仰的减弱，自觉虚构的发展，神奇幻想中民族学具体性的逐渐消解，普通人代替了神话英雄，神话的早年时代代之以神怪的不确定时代，起源因素弱化或丧失了，从集体命运转向对个人命运的关注，从宇宙的命运转向社会的命运，与此相关，出现

---

① ［日］柳田国男：《传说论》，连湘译，中国民间文艺出版社1985年版，第26、30页。

了一系列新的情节和某些结构上的限制。"① 总之，民间故事中的一切都显得世俗化了，这里的主人公关怀的不是人类的生存，而是为自己个人，寻找吃的、用的，甚至女人，而不懈努力，做出冒险。他们以自己的美德，得到神明的保护，或得到野兽的帮助而达到目的。这里也有神话式的人物，但更多的是一般的人、妖婆、魑魅魍魉、冬老人、水妖，而图腾形象为普通家畜的形象所排挤。于是，从故事的语义看，宇宙的语码变成了社会的语码了。

第四节　诗歌形式发生的前奏

　　从神话到用文字记载下来的诗歌，历时久长。我国的《诗经》《楚辞》，印度的《吠陀》中的《梨俱吠陀本集》《罗摩衍那》，希腊的《伊利昂纪》和《奥德修纪》，都被认为是后世文学的源头。从它们的形式来看，有抒情诗、叙事诗、神话史诗等。它们是各国神话、传说、民间故事长期发展、流传、创新的必然结果。这些作品都创作于二千年之前，是运用不同文字和文学语言记载下来的文学珍品，显示了这些国家的高度文明。

　　前面主要讨论原始初民的神话、仪式、传说、民间故事的发生，也即文学的萌芽，雏形，前文学，那么现在就面对成文的、形式古朴典雅、完美的诗歌、史诗，真正的文学了。

　　从神话走向文学，语言因素的变化，是主导的变化。因此，必须从语言的各个方面来探讨文学形式的发生。第一，语言作为符号，是古人群体生活、相互交际的产物。古人的原始性的语言，作为原始思维的载体，是一种近于艺术思维的语言。原始时代，人的语言在神话、巫术意识的观照下，往往被赋予了物质的力量，即语言不是作为表现思想的符号，而是被作为事物本身，或一种力量的存在。例如巫术中的咒语就是如此，事物名称、动作，被当作事物、行动本身。神

---

　　① ［苏］梅列津斯基：《史诗和长篇小说历史诗学导论》，莫斯科，科学出版社1986年版，第51页。

话也是如此，它被当作一种真实的存在，一种神秘的现实力量的体现。

随着思维的日益分化与发展，拟人化原则不断受到限制，开始形成科学语言与文学语言，从此语言艺术展现了一个全新的面貌。不过在后世的一些诗歌中，无论作为形式也好，实际作用也好，仍然存在着思维的混合性特征。如后来用诗体写成的自然科学论说，以及把诗当作具有实际效力的语言使用的有趣活动，如《左传》中载有一些国家办理外交全用当时流行的一些话语作相互应酬、对答，双方全借赋诗示意，以致孔子后来说"不学诗无以言"，使诗的作用几乎等于实用语言的一部分。但是从根本上来说，诗的语言、文学的语言，已开始形成一种专门的语言，与科学、理论性的语言分离了开来。作为语言，不论怎么区分其类型，其本身都是具有涵义的，即使是没有实际意义的虚词，在特定的语境中也是如此。既然语言都具有意义，那么，文学语言与科学语言分离开来的标志是什么呢？区别就在于科学语言的指实性特征，与文学语言的非指实的虚拟性特征。使用科学语言的结果，目的在于通过语言的实际意义，揭示出这语言以外的一个实在的世界，或是正确的反映，或是一种谬误的描述。文学语言使用的结果，就在于通过语言实际意义，创造出一个并非真实的虚设的世界。这就是两种语言不同的实质所在。文学使用的语言，与科学语言同属一种语言，自然具有同样意义，但何以与科学语言不同，却创造了一个虚构的世界？其关键就在于文学创作避开了语言的陈述功能，而充分利用了其表现功能。

表现功能由语言与语意的游离现象即"语义游离"和"语义抑制"现象组成。所谓"语义游离"，即语言可分为属类名称和专有名称，属类名称的词汇的组织，形成涵义结构系统，这种涵义结构具有广泛、普适的特点，即它与所指的对象形成脱节，造成一种不确定性。不是为了认识，却为感情所把握的"语义游离"，形成了描写中的"空洞幻想的自由"。例如"蒹葭苍苍，白露为霜"，任何人可以根据自己的生活经验想象出一幅深秋苇塘的景色来，没有实指性质。另一种情况是，"人们可能有意无意地使涵义结构失去根基，切断了它与指称对象之间的指称关系"①。所使用的文字符号与对象之间的正确无误的关系已不复存在。"这些词语在主观交流的范围内有市场，但在所指范围内却没有意义"②，形成所谓"语义抑制"。例如，历史人物、城市地名都是实在的，这里并不排斥语词的实指意义，但在语义被游离的语境中，其语义受到了抑制。

语义游离、语义抑制使语言的使用，在不丧失其本身的意义的情况下，不同程度地脱离其所指对象，引向更为广阔、更为模糊和多义，为走向新的虚构世界的创造，提供了可能，从而使其自身成为艺术的语言、文学的语言。文学语言通过词、句的组合，构成最基本的审美单位，进而形成与单个词义截然不同的语言的审美结构，造成种种审美意象。

文学语言的这一特性，使之与科学、理论语言区别了开来。这一区别，实际上也正成了文学与科学的最基本的区分之一。当然，也要看到，在不少作品中，这两种特性都存在。当作品偏重于语言的指称性、陈述性一面时，它们往往就是历史、哲学、伦理著作；当它偏重于非指称性和表现性一面时，它们就是文学作品；如果加以综合考察，它们可以称作历史，或哲学著作，也可称作文学作品，如《左传》。而有的文学作品，往往杂有许多指称性的叙写，也具有史料价值，如《伊利昂纪》等。关于《诗经》，孔子就说过，通过它，可以"多识草木鸟兽之名"，这也是应予承认的。

第二，文学语言的形成，是和语言的极大的丰富性分不开的。以《诗经》为例，这时的语言已获得了高度的发展。如果把它与格罗塞在《艺术的起源》一书中所收集的原始歌谣，即那些发达很晚的原始部落的歌谣相比，那么前者已摆脱了原始歌谣的语言的单一、感情的简直、物质化的欲望的特点，而真正进入了文明时代；语言表现的感情细腻，涉及的方面繁多。《诗经》中的《国风》是 15 个国家的民

---

① ［美］贝克：《艺术中的意义判断》，见李普曼编《当代美学》，邓鹏译，光明日报出版社1986年版，第183页。

② ［美］贝克：《艺术中的意义判断》，见李普曼编《当代美学》，邓鹏译，光明日报出版社1986年版，第184页。

间地方歌谣的汇集，语言统一，音韵一致，都是经过"雅"化了的。《雅》《颂》则是士大夫的创作，或为仪式或为祭祀而写，自然都用雅言。这种规范化了的语言，对我国后世的语言的统一和文学的创作，起了重大的影响。

《诗经》一书，据人统计，使用了2949个单字，而不少字是一字多义，按字义计算，约使用了3900多个单音词。而《诗经》的创作时代，正好是汉字语言词汇转向双音词、形成不少复合词的时代，这使语言的表达功能大为加强，大为丰富。胡朴安在《诗经学·诗经之博物学》一书中统计，其中有105种草名，75种树木名，各类器物名称300余种[①]，还有其他种种名词。如人物名词，就已分成各种各样，有黎民、人民、农夫、大王、蟊贼、同僚、先祖、孝子、孙子、老夫、妇人、文人、寡妇、私人、善人、圣人、君子、庶民、众人，等等（《周颂》《大雅》）。在《小雅》里，就有先人、哲人、大人、仆人、谋夫、征夫、男子、女子、天子、农人、牧人、富人、死人、公子……爪牙，等等。在《国风》《鲁颂》《商颂》中，就有美人、好人、家人、大夫、先君、寡人、公侯、童子、后生、叔父、硕人、狂夫、元子、舟子，等等[②]。显示各种动态的复音词，表示各种动作、行为变化的形容词，双声、叠韵的各种形容词、虚词、语气词，都已广泛使用，并完全脱离了诗歌的原始状态。两千多年前，我国语言的词汇就已这么丰富，词意的区别就已这么细致、确切，真令人惊叹不已；其中大量词汇，我们今天仍在使用。

第三，从语言和音乐韵律的关系来说。原始诗歌总是和音乐结合在一起的，娱乐性的诗歌，仪式上的、口头传诵的诗歌，都离不开唱。《诗经》的三个组成部分风、雅、颂都从音乐得名。风是地方的乐调，"国风"就是各国的地方土乐；雅是正的意思，雅乐即夏乐，官方音乐；颂是宗庙祭祀乐歌，因此这些诗都是唱的。《墨子·公孟篇》说：儒者诵诗三百，弦诗三百，歌诗三百，舞诗三百。《史记》

[①] 见胡朴安《诗经学·诗经之博物学》，商务印书馆1928年版。
[②] 见夏传才《诗经语言艺术》，语文出版社1985年版，第3页。

讲到孔子时说,"三百五篇,孔子皆弦歌之",以正其声。外国的早期诗歌也是唱的,即使像史诗那样的鸿篇巨制,也不例外。《奥德修纪》写到有关诸神和英雄的故事,就是由音乐师演唱出来的。"这时使者也来了,带来了忠诚的乐师,那是缪刹女神最宠爱的人;女神给了他不幸,也给了他幸福;她剥夺了他的视觉,但给了他甜蜜的歌喉,使者庞托诺在宴会的众人当中给乐师做了一把银镶的座椅,靠着大柱,又把清音的琴挂在上面,一个木橛上,并且告诉他怎样可以拿到……他们吃饱喝足之后,缪刹女神就引动乐师,让他唱英雄们的光荣事迹;他们的声名直达广天……"① 可以看到,无论中外,诗歌都是合乐诵唱的。不为诵唱的诗歌也是有的,但在尚未产生文字的条件下,很难流传和保存下来。

对于诗歌的发生来说,仪式、舞蹈中的呼喊、应和、音顿而逐渐形成的节奏,起着直接的促进作用。有的学者认为,节奏起源于劳动,所以诗歌也是劳动的产物。例如毕歇尔认为,节奏产生于劳动之中,人在劳动中由于持续的体力、精神紧张而产生疲劳,只有通过劳动的自动化、运动的无意识化才能减少,从而促使力量的支出得到调节,在生理上得到平衡,使身心获得轻松感。"一个运动持续愈短,愈容易一致,每一种劳动活动至少由两种因素组成,一种较强,一种较弱;上升和下降,推动和牵引,伸张和压缩等,这样就使它的量度大大简化,这种运动好像受到了自身的抑制,因此,我们总是把有同一强度和在同样时间内运动的规则性重复看作节奏。"② 随着劳动而产生的节奏,作为一种音响,通过后天的习得而进入意识,成为一种潜在的"萌芽的审美自在存在"③。劳动节奏是一种不分音节、但是按照节奏的呼喊。毕歇尔说:"在劳动中,原始人在歌咏方面所迈出的第一步,并不是按某些音节的抑扬规则将富有意义的词排列起来。使

---

① [古希腊]荷马:《奥德修纪》,杨宪益译,人民文学出版社1979年版,第90—91页。
② [德]毕歇尔:《劳动与节奏》,转引自卢卡契《审美特性》第1卷,徐恒醇译,中国社会科学出版社1986年版,第208页。
③ [德]毕歇尔:《劳动与节奏》,转引自卢卡契《审美特性》第1卷,徐恒醇译,中国社会科学出版社1986年版,第210页。

自己思想感情达到快适并使别人能够理解，而是一种与劳动性的歌声相适应的序列，以便加强给他带来轻松化的感情，提高积极的情趣。第一批劳动歌谣是由构成语言和词的原始材料的那种简单自然音响组成的，这样形成的歌谣，只是由无意义的音响序列构成，在其表演过程中只把这种音乐效果和声音节奏作为运动节奏的支承材料来看待。为什么这两种节奏相互间具有一致性呢？这种必然性是由对呼吸的共同依赖关系决定的。"① 毕歇尔的观点是劳动中产生节奏，以弱化劳动强度，使生理上获得适应，同时节奏又与人的呼吸有关，而第一批歌谣由此随着节奏应运而生。从一个方面来看，毕歇尔的这种理论是很有道理的，诗歌形式的发生，确与节奏相关，而节奏又与人的生理节奏、劳动节奏紧相联系。但是由此把诗歌的发生归结为劳动，那就把问题绝对化了、片面化了。事实上，劳动只是提供了诗歌产生的可能与背景，并不是产生的原因本身。固然，一些诗歌的发生，直接与劳动有关，这种情况也是存在的。但真正的诗歌的出现，恰恰是摆脱劳动的结果，这也是事实。

卢卡契对毕歇尔的评价甚高。毕歇尔从发生学的角度出发，把节奏视为人的审美特性之一。节奏最早源于劳动，但重要的是，如果这种节奏确实对诗歌的节奏发生了影响，那么就应从中找出中介因素，或中间环节，而不是做直接的、简单的比附。

诗歌的节奏要成为客观现实的反映，只有不断超越具体的劳动过程，并与劳动相分离，才能形成具有审美意义的节奏。毕歇尔认为，诗歌的形式不是诗人的随意"杜撰"，而是由劳动节律逐渐变化为诗歌节律的，即它是由打夯的声音和打击节奏形成的，在原始的劳动歌声中，人的声音只能服从并伴随着这种节奏。卢卡契则认为："古代诗歌虽然众所周知是由劳动节律的这些因素构成，但都不再保有某种劳动的节律，而是由这些因素的一系列其它观点所制约的组合方式形成。"② 他

---

① ［德］毕歇尔：《劳动与节奏》，转引自卢卡契《审美特性》第 1 卷，徐恒醇译，中国社会科学出版社 1986 年版，214 页。

② ［匈］卢卡契：《审美特性》第 1 卷，徐恒醇译，中国社会科学出版社 1986 年版，第 222 页。

第二章 文学形式的发生

认为，节奏在巫术、仪式中脱离了日常生活，包括劳动在内，才获得了审美特性。这一观点我们是同意的。正是这样，诗歌在仪式上获得了其萌芽的形式的。当然，也不能把这里的原因同样加以绝对化。

节奏引起了人的审美趣味，也培养了人的审美的形式感，即把对生活的各种感受，通过一定节律表现出来，因此节奏很可能是一种最早的审美形式。仪式上的集体的呼喊、重复，然后又发展到个人的领唱等等。照格罗塞的说法，原始初民的抒情诗，只需采用一种审美的有效形式，即节奏的反复就成。初民用以咏叹他们悲伤和喜悦的歌谣，"也不过是用节奏的规律和重复等等最简单的审美形式作这种简单的表现而已"①。这些歌谣以口头的韵律的形式，传达着初民的感情。节奏感作为审美的形式，或一种形式感，对初民的吸引力极强，以致为了获得这种形式感，从这种形式感中获得审美的愉快，而多半不是劳动的愉快，他们对歌谣的形式往往比对歌谣唱了什么还更加注意。在一些部落里，一些著名的歌谣，"甚至在不懂他们的语言的部落里也有人爱唱"。又如"许多澳洲人，不能解释他自己家乡所唱的许多歌谣的意义……他们对于歌的节拍和音段比歌的意义还看得重要些"②。为了要变更和维持节奏，他们甚至将辞句重复转变到毫无意义的地步。这种情况是完全可能的，为了迁就节奏，一些诗歌的文本往往成了"没有意义的感叹词的节奏的反复"③。

歌德与席勒都深刻地认识到节奏的形式的功能。席勒在给歌德的一封信中，谈到在戏剧中审美化了的节奏，可以"按照一个规律处理所有的人物和环境，虽然它们在一个形式中表现着内在的区别，节奏由此迫使诗人和他的读者由性格的区别中达到某种普遍的东西，即纯人性的东西"，节奏"构成了诗歌创作的氛围"④。卢卡契认为席勒在论述中提出了节奏的三种职能。一是节奏使相互结合的内容上异质的

---

① ［德］格罗塞：《艺术的起源》，蔡慕晖译，商务印书馆1984年版，第176页。
② 转引自格罗塞《艺术的起源》，蔡慕晖译，商务印书馆1984年版，第189页。
③ 转引自格罗塞《艺术的起源》，蔡慕晖译，商务印书馆1984年版，第198页。
④ 席勒致歌德的信，1797年11月24日；转引自卢卡契《审美特征》第1卷，徐恒醇译，中国社会科学出版社1986年版，第226页。

东西同质化；二是节奏的意义在于选择重要的东西而排除次要的细节；三是节奏能为具体作品创造一个统一的审美氛围。① 节奏的这些审美功能，是经过长期的转化而获得的，也即经过作为审美中介的仪式、巫术活动而获得。"巫术所反映的节奏不断由它的实际的起源中分化出来，把它用于新的运动和歌唱形式中，从而创造了各种形式之间新的变化和组合，而不排除和削弱它的秩序化职能。"② 节奏获得了形式的特性，成为一种抽象的形式要素。照卢卡契的说法，这是一种"非世性"的特征，即节奏作为世界形式要素的反映，在一定意义上它是无内容的，因此节奏又可涉及任何内容，成为一种形式的格局。但是，"审美形式特征的标志正在于，它始终是具有一定内容的形式"，只要形式的抽象因素不能与内容有机地结合起来，就必然会导致节奏的僵化。同时，节奏又都具有激发感情的功能，当节奏开始成为形式，激发也就成了目的。

卢卡契把节奏的发生与生理因素联系起来的论述，其积极的意义就在于反对把生理因素作为审美形式的主导，而只把它作为综合条件之一。自然中的日夜的更替，季节的转换，脉搏的律动特征，确实对节奏的形成都是有影响的。

节奏形成音顿，促使诗歌用韵，这在中外语言艺术形式的发生中都是如此。从《诗经》收入的诗歌来看，除少数无韵诗，都是合韵的，它与节奏一起，形成诗歌的韵律。《诗经》中的诗，有的句句用韵，即一韵到底，有的隔句用韵，有的一、三、四句用韵。王力的《诗经韵读》，集古今音韵研究之大成，注明了每一篇的各句的韵脚。诗中的叠字、叠句、双声叠韵、重章叠唱的使用，造成了诗歌的节律感、音乐感，使诗能诵能唱。叠字即重言，音响悠扬，富于节奏感，善于绘声绘色，刻画心理。叠句即句子之重叠，连续反复，交错使用，加强了诗的节奏。双声叠韵，增强诗的音乐性、意境感。重章叠

---

① 见卢卡契《审美特征》第1卷，徐恒醇译，中国社会科学出版社1986年版，第226、227页。

② 见卢卡契《审美特征》第1卷，徐恒醇译，中国社会科学出版社1986年版，第226、227页。

唱，采用章节复沓的形式，以咏唱同一章节，往回反复，大大增强了感情的抒发，形成浓重的抒情氛围。钱穆在《略论中国音乐（一）》一文中说："中国文学重情，故能和合进音乐，而融会为一体。而中国文学又有一大特点，如诗辞之有韵是也……使吟诗者，留有余情不绝之味。所谓一唱三叹，唱者一人，叹者三人，于句末着韵处增叹，遂使此诗句之韵味，益见有余而不尽。"[①] 这种抑扬起伏、节奏鲜明、回环往复、余韵无穷的抒发，创造了无比优美的诗的意境。

第五节 前文学向文学过渡的审美中介的确立

在艺术手法方面，可以说此时已积累了大量经验。如赋、比、兴的表现方法已广泛运用。借物起兴，先言它物，然后引起所咏之事，或是用作定韵、起情，这几类表现方法一般混合使用，形成诗歌艺术的跃进，关于这方面的成就，前人早就有论述。如刘勰曾指出："是以诗人感物，联类不穷；流连万象之际，沉吟视听之区；写气图貌，既随物以宛转；属采附声，亦与心而徘徊。故灼灼状桃花之鲜，依依尽杨柳之貌，杲杲为出日之容，瀌瀌拟雨雪之状，喈喈逐黄鸟之声，喓喓学草虫之韵。皎日嘒星，一言穷理；参差沃若，两字穷形。并以少总多，情貌无遗矣。虽复思经千载，将何易夺。"[②] 可见，《诗经》时代，古人的审美感受已非常细腻，表现手段已趋丰富、多样。

也有人从赋、比、兴的使用数量上进行考证。有人认为《诗经》中兴多于比、赋，有人则认为赋运用得最多，兴次之，比更次之[③]。由于认识不同，角度各异，所以较难取得一致意见。

但是赋、比、兴的审美价值还没有被充分认识。我以为不仅要把赋、比、兴看作是一种表现方法，更重要的它们是人的审美能力的质的飞跃，是从前文学走向文学的审美中介的确立，是文学审美特征的

---

① 钱穆：《现代中国学术论衡》，岳麓出版社 1986 年版，第 258 页。
② （南北朝）刘勰：《文心雕龙·物色》下卷，范文澜注，人民文学出版社 1961 年版，第 693—694 页。
③ 见谢榛《四溟诗话》卷二，七六，人民文学出版社 1962 年版，第 53 页。

最终的形成。

比较一下上古歌谣《弹歌》与《诗经》中的诗歌。《吴越春秋》中的《弹歌》无疑运用了赋体,这是一种有节奏的文字简练的叙述,描绘一幅行猎的图景。从文字上看,它只是提供了一个最简单不过的文本,一个骨架。作为一种极其粗糙的审美意识的表现,它接近于后世的纪实文学,开始获得文学的一些初级特征,这是前文学。《诗经》中的诗歌的叙事性描写与之比较,则就复杂多了,而且获得了审美的新质。首先,诗歌作品扩大了创作者的主体因素,人的审美感受力逐渐走向精细化,人的感情、情绪、思想在语言、节奏的丰富中,具有了感情的血肉。其次,创作主体性的加强,改变了叙述、表达的方式,形成了具有个性特征的多种叙述角度,如有描写、对话、设问性的叙述,等等。

但是创作主体的审美特性的加强,更为明显地表现在赋、比、兴的运用上。赋、比、兴的广泛使用,使它们原本不那么紧密的关系逐渐融合,这种融合最终使文学从前文学中脱颖而出。"比者,以彼物比此物也",也就是比喻,取比。在《诗经》中,比喻有明喻、暗喻或隐喻,借喻与对喻。所谓兴,即见到一种景物而触动创作主体内心,引起感受而发出歌唱。原始诗歌作为一种生命律动的自由表现,应该说也是通过赋、比、兴来寻找形式的,但是比、兴在古歌谣中的成分极小,在我看来,它们尚处在一种隐潜状态。《周易》中的一些卦爻辞已有明显的变化,比、兴的成分大大增加,成了从前文学走向文学的中介物,或过渡中的"活化石"。

赋、比、兴的融合,是人对自然、社会审美观照的不断深入与把握,是从对自然、社会的无意识的人化,走向自然、社会的有意识的人化,是人由无意识的生命本能的创造,走向自觉的审美创造。当然,这不是现代意义上的自觉。总之,是人的审美的隐潜状态,走向显形,由单一而走向丰富。由于这种审美能力的发展,人把自己与自然、社会自觉地沟通起来,进行比较,在心理感受中找到契合,形成多种形象的排比,广泛地抒情,从而使人的审美表现成为可能。赋、比、兴的重要性,正在于这种相互融合,而不是它们的单独的存在。

融合促成了一种全新的审美结构,即抒情诗与叙事诗。以叙述来说,这种融合摆脱了原来的单向叙述,使叙述成为审美叙述,使主体的原始野性的呼喊,变成音韵多变的抒发感情的叙述,从而创建了一种诗的意境,使诗歌成为真正的文学,使文学获得了本质特征。

比、兴通过对人物、事物的抒写,来暗示一种独特的意义,或一种普遍的意义,引起歌唱其他事物,赋予并加强人物、事物的感情色彩。毫无疑问,比、兴的出现,特别是兴的广泛运用在这里具有象征意味。但这里的象征已与原始神话里的象征不同。神话的世界具有两重性,既是现实的,又是象征的,但这是一种总体象征,它奇特、超自然,具有神秘色彩。在《诗经》里,象征从总体象征演变而为局部的象征,成了一种艺术手段。象征一般通过联想,暗示其物,以此物代替他物,在约定俗成的条件下,往往成为一种符号,例如海棠象征女性,鱼则成了爱情、婚媾之象征。

从《楚辞》的抒写来看,如前所说,那里有神话世界、传说世界,但已不是神话。从神话、传说到《楚辞》的根本性的审美中介因素,仍是赋、比、兴以及它们的融合。比较一下上古神话与屈原的作品,前者是一种简要的幻想叙事,叙讲图腾式的先人及其功绩,如女娲;记述幻想中的先祖英雄传说,如夸父;此外,还有在民间巫术操作中出现的山神地灵。但是,这些传说、神话、巫唱始终未能成为文学。而屈原的作品同样写了幻想的世界,人鬼山神,奇花异草,祥物瑞兽,却充满了浓郁绚丽、光华夺目的神话色彩,成了文学,其原因在于通过大量赋、比、兴的运用,使故事的叙写成为一种充溢主体的审美感情的艺术创造。赋、比、兴再次显示了它们是创造主体的审美感受的成熟的表现,它们使艺术思维最终从神话思维中分化出来,使艺术思维成为审美把握世界的独立方式。

赋、比、兴是文学对自身的发现。

第六节　诗歌呼唤形式

在文学语言极大发展,韵律形成,艺术手法丰富,赋、比、兴作为前文学向文学过渡的审美中介的确立的基础上,诗歌呼唤着形式。

《诗经》中的大部分诗,以四言体为主,除此而外,尚有一言、二言、三言、五言、六言、七言、八言、九言的句式。一、二、三言诗作,数量极少,它们的原始的形式感较强,看来与初民的舞蹈、仪式以及劳动中的简单的呼喊有关。《弹歌》说是黄帝时代的歌谣,用的是二言形式:"断竹,/续竹,/飞土,/逐宍(同肉)!"描写的是一幅行猎图。如果再往后探源,则可以从《周易》中看到诗歌的发展痕迹。《周易》是一部具有哲学性质的筮书,其中收集了一些以诗歌形式写就的卦爻辞,具有丰富的文学价值。高亨在《周易杂论》一书中指出,其中一部分短歌,"都是韵律和谐、节拍清晰,而且都是句法整齐,可以咏唱"①。赋、比、兴的手法在这些卦爻辞中已广泛运用。如《中孚·六三》:"得敌,或鼓或罢,或泣或歌。"说的是虽然打胜了敌人,但有人高兴,有人悲伤。《丰·上六》:"丰其屋,蔀其家,窥其户,阒无其人,三岁不觌。"《睽·上九》:"睽孤见豕负涂,载鬼一车,先张之弧,后说之弧,匪寇,婚媾。"又如《大过·九二》:"枯杨生稊,老夫得其女妻。"《大过·九五》:"枯杨生华,老妇得其士夫。"《中孚·九二》:"鸣鹤在阴,其子和之。我有好爵,吾与尔靡之。"在这些诗歌中,有二言、三言、四言、五言、六言的句式,看来似乎很难说哪一种诗的形式占有绝对优势。但是到了《诗经》时代,四言诗成了主导,而且不同国家的诗作都被统一到这种形式之中,这不能不说是一种审美趣味的选择。

如何来看待这种审美意向呢?首先,这时社会已从奴隶社会发展到封建社会,人的关系日益复杂,有主子的奴役,有穷人、奴隶的被迫劳动,有征战,有游乐,有反抗暴政,有灾祸,有流浪,有劳动的愉快,有对爱情的渴望和思念,等等。由此产生了日益丰富、复杂的感情和心理,以及更加细腻的感受。这不能不说与农业社会的生活有关。其次,诗歌的流行,仍然主要在人民中间,如果过去多用一、二、三言的句式来表现感情,那么现在已经不够了。这是因为,从字

---

① 高亨:《周易杂论》,齐鲁书社1987年版,第63页。

义来说，字少，无疑在意义上显得单薄，局限很大，这是一。二，看来一、二、三字的句式，音顿强烈，在舞蹈、游乐中，适用于表现狂喜的情绪和比较简单的急剧动作，音调显得急促。如前面提到的"断竹"歌就是如此。节奏短促，如集体反复吟唱，气氛就显得分外紧张而浓郁，带有一种原始的野性的味道。然而进入西周社会的人，精神世界有了较大的丰富，文明因素不断增长，原始的简陋的表达方式，已不能满足统治者与老百姓的审美需要，也希望有精巧一些的形式，来表现较为稳定一些的、复杂一些的感情。这就要求句子的意义增多，音韵多变，节奏舒缓，整齐均匀，容量增大的诗章，于是便由一、二、三言走向四言。四言诗词类丰富，意义扩大，可以描绘细致感情；四言诗重章叠唱，音调悠扬，抒情咏怀，韵味增加；四言诗叙事铺陈，可扩大情节，讲述故事，向史诗演化。加上后来儒家的乐而不淫、哀而不伤、怨而不怒的审美趣味和选择的影响，大大地减弱了诗歌的原始野性，而显得温文尔雅，风姿绰约，形成了我国抒情诗的伟大传统。

《诗经》的神话色彩并不强烈，其中除少数几首涉及神话故事外，大部分诗作，特别是抒情诗作，好像距原始的诗歌是那样遥远。但是稍后出现的南方文学的代表——《楚辞》，却与《诗经》大不相同，而与神话、传说的传统一脉相承，不过这已不是那种粗糙的神话文本和民间传说，却是精美绝伦的新的诗体。《楚辞》可以让人更加清楚地看到文学形式的发生，即广泛地综合神话、巫词、祭祀、仪式、传说、民歌等因素，利用它们的内容，改造它们的内涵，借用它们的原始形态，炼制自己的诗式，保持了那种如火如荼的巫风与热情，显示着艺术创造的自由精神。前面提及的原始神话的种种原型，如审美意识的原型，故事、题材的原型，审美形式的原型，在文采华美、国色天香的屈原作品中，一一凸现了出来。这里出现了一个极为有趣的现象：从内容上看，屈原的作品似应在《诗经》之前，它那奇特浓郁的神话气氛，它那汪洋恣肆的无垠想象，它那绚丽神秘的神人风采，它那虚幻多变的魔巫之风，似和原始神话更为接近，而其形式却更为成熟。从形式看，《诗经》自应在《楚辞》之前，而其内容却似应在

《楚辞》之后。这种奇特的现象，自然只有进入不同地区的文化发展的综合探讨之中，才能获得解答。

《天问》有一个神话、传说的世界，但它被作者悬吊在一个硕大无比的疑问中。原来神话里的不容置辩的神圣秩序，在这里被打上一长串问号，它们是什么，怎样的起源，为什么这样而趋于瓦解？从遂古之初，谁传道之，上下未形，何由考之？冥昭瞢暗，谁能极之？一直问到成王弑君自立，忠名何以更加显著，等等。这里涉及天文、地理、历史、神话，以及国家、民俗等方面。它不同于《周易》、老庄、《山海经》解释世界的方式，却以无神论的目光观察宇宙，追本溯源，寻求解答。

但是，还有另一个璀璨辉煌的神话世界，这就是《九歌》的神话系统。这个体系里的神话人物，与上述系统不同，都具有人的灵性与血肉。这里有天之尊神东皇太一，即伏羲，有云中君云神，有水神湘君、湘夫人，有大司命与少司命，有东君太阳神、山鬼，阵亡将士之魂。总之，天地日月，山神地鬼，以及香草美人，都出现在诗中。

《楚辞》的诗歌形式，如《天问》，明显受到《诗经》影响。在《诗经》中，即使是祭祀的歌，也是四言句式，显得端庄肃穆。《九歌》就不同了，它受到南国诗歌《周南》《召南》的影响，同时又为南歌《越人歌》所浸润。《越人歌》即湘水流域的土著古越人的民歌。屈原采用《越人歌》的歌体，来描述越人的祭仪。史书说："楚地信巫鬼而重淫祀。""南方既是山川相缪之区，又是夷夏交接之域，在楚国强盛起来以后，从典章制度到风土人情，无不参差斑驳。蒙昧与文明，自由与专制，乃至神与人，都奇妙地组合在一起，社会色彩比北方丰富，生活节奏比北方欢快，思想作风比北方开放，加上天造地设的山川逶迤之态和风物灵秀之气，就形成了活泼奔放的风格，而活泼奔放的极致便是怪诞以至虚无。"①"淫祀"的习俗，活泼欢快的文化心理，富于变幻的山川地貌，绚丽多彩的神话传说，句式多变的民歌巫唱，就促成了以五、六、七言为主的楚辞形式。这些句式可容

---

① 张正明：《楚文化史》，上海人民出版社1987年版，第253页。

纳更多的意思，节奏上比四言更多变化，更加舒畅；而不少虚词、语气词的运用，使得节奏更富抑扬顿挫；不同的句式交相配合，在整齐中见错落，在错落中更为铿锵动听，愈见其无穷韵味。

用文字记载下来的语言艺术的形式，也就是文学形式的发生，也就是真正的文学的诞生。

第七节　艺术思维的新质与"有意味的形式"

如果把作为真正的文学的诗歌，与在它之前漫长时期里流传的神话、诗歌、传说、民间口头文学比较一下，那么可以说，文学创作的艺术思维，较之神话思维，甚至解体后的神话思维已有很大不同。首先，这主要是拟人化（既是思维方式，又是手段）虽然在哲学著作中仍有所表现，但已逐渐成为文学创作的本质特征，人的审美意识由非自觉并继续保留这一特性，而走向自觉。以《楚辞》为例，《九歌》中的诸神与原始神话中的诸神，好像都是神，其实他们的差异很大。如果原始的神话是初民的集体创造，并把它与现实等同，那么《九歌》已改变了其原始形态，使之成为一种纯粹的文学形态，一种文学创造。人通过自己的感情体验，审美地观照现实，形成一种新的自然人化，以自己的感情心理赋予对象，寄托着自己的情思。于是诸神就成了人的自觉的创造，通过神的世界，又折射出人的精神世界。像湘君、湘夫人，既是水神，又是像人一样的懂得爱恋之情的游荡于水乡的精灵。同时，拟人化又成了一种具体的艺术手段。例如《诗经》中的拟人化了的鸟，它已与民间故事、传说中会说话的鸟已大不相同。它口吐人言，它所讲述的遭遇，都积淀着人的感情与情思，以及人的希望与理想，从而获得了社会心理的特征，使得这种拟人化，成为人的审美自觉使用的一种手法。

其次，审美意识走向自觉，使得审美感情走向升华，使人的喜怒哀乐，获得更为丰富的内容，从而加强了社会性，甚至带有社会集团的特性。就拿诗歌中的爱情来说，这时的爱情的歌唱，已不是一种原始的野性的呼喊，一种性感的赤裸裸的表达。这时的爱情描写与咏唱，成了一种美好的理想、生活追求的象征，性的要求被掩盖了，升华为一种为人们所宝贵的感情，以致因为达不到这种感情而在心灵上痛苦万分，并受到欣赏者的同情。同时，爱情开始受到社会准则的制约，既有高尚与卑俗之分，也有优美与丑恶、美满和不幸之别。传说中的王子与公主的爱情，与妖婆、魔怪破坏的敌对性特征，逐渐减弱，以至消失，更多是出现了可能受到可畏的人言干预的爱情，或害怕被主子看中而强抢去的那种忡忡忧心，或因丈夫喜新厌旧而遭遗弃的呼号，或因丈夫远戍边地，关山阻隔，重逢无日的那种惆怅与痛苦。总之，人的感情由于文化的发展而日趋社会化，逐渐形成了一种审美理想。

再次，如果原始的诗歌、故事、传说是人民的一种集体创作，人类往往是一种类的代表，或是善与恶的象征，那么作为文学的诗歌，开始走向个人的创造，此时的创作者开始成为创作的主体。当然，这中间无疑是存在着一个很长的过渡期的。像《诗经》虽然大多为民间创作，但不少诗作已具有了个性的特征，特别是一些抒情诗、叙事诗，诗人的个性相当突出，其中抒情、写景，与一般民歌不可同日而语。至于在屈原的作品中，渗透全部诗作的是其强大的诗人的独创精神。希腊史诗是集体创作，但是人物开始有了个性化的某些因素，而渐渐摆脱了脸谱化。

克莱夫·贝尔在《艺术》一书中，提出艺术是一种有意味的形式，随后在西方现代艺术中，"有意味的形式"被使用得相当广泛。用"有意味的形式"来描述艺术，确是富有魅力的。但是，应用于文学形式的发生，我们可以做出不同于贝尔的解释。贝尔说，一切艺术品的"共有的性质"，就是"有意味的形式"，"在各个不同的作品中，线条、色彩以某种特殊方式组成某种形式或形式间的关系，激起我们的审美感情。这种线、色关系的组合，这些审美的感人的形式，我称之为有意味的形式"。"有意味的形式，就是一切视觉艺术的共同特性。"贝尔又说："如果把一件物品本身看作目的，就比把它看作达到目的之手段或看作与人类利害相关的物品更令人感动，即有更大意味。""不论你怎样来称呼它，我现在谈的是隐藏在事物表象后面的并赋予不同事物不同意味的某些东西，这种东西就是终极实在本身。"①线条、色彩关系的组合，形成有意味的形式；有意味的形式能够激起我们的审美感情；线条、色彩表现的是不应与人类有利害关系的事物，它们所以成为有意味，在于它表现了事物表象之后的一个终极的实在。贝尔的这一理论，富有启发性，但也疏漏自见，并未说清楚"意味"何在，而具有某些神秘主义的色彩，有的国外学者也认为这一理论不能自圆其说②。但是，如果借用过来，对"有意味的形式"做些新的探讨、解释，这对于用来说明文学形式的发生，却是很有意义的。

这里的关键在于对"有意味"如何理解？有意味的形式到底是什么？是什么因素构成了有意味？是什么激起了审美感情？

如前所说，原始初民在舞蹈、歌唱中只重节奏、形式而不重歌辞的现象，这是十分可能的。这种节奏作为一种有规律的活动，无疑具有意味，因而使人为之激赏，但它终究未能保留下来，为什么？主要没有文字记载，因为纯形式的东西是难以存在的。现在回到以文字记载下来的诗歌来说。"断竹，续竹，飞土，逐宍"这首歌，被认为是最古老的歌之一。这首歌不是声调悠扬的歌，伴以舞蹈，也不是轻歌曼舞；它大概也不是古人行猎时唱的歌，而是围猎后的一种回忆，一种描绘，一种节奏强烈、急促的舞蹈与欢乐的齐唱。对于古人来说，这首歌的意味在哪里呢？又怎算是有意味的形式呢？意味之一，这首歌的歌词虽然简单，但词义丰富，涵盖面大，它们同时都是双音词，较之原来简单的单音词，要复杂得多。这歌通过词序的展现，再现了一幕一幕的行猎图，这里也许有狩猎知识的传授，技巧的训练，使人在回忆与再现的欢乐中感受到一种意味。如果此歌只是一种即兴的音响，不具上述意味，它就难以流传下来了。意味之二，就在于这歌的强烈的节奏与音韵，激发了一种使人愉快的感情。它既是生理的，使

---

① ［英］贝尔：《艺术》，周金环、马钟元译，中国文艺联合出版公司1984年版，第4、47页。
② 见贝尔《艺术》中译本前言，周金环、马钟元译，中国文艺联合出版公司1984年版，第9页。

唱者、舞者可以舒展强有力的手脚；又是心理的，在反复叫喊、追逐的模拟中，显示着人的智能与蛮勇，惊恐与喜悦，再次体验了对力的崇敬，显示了一种感情化了的理想，确证了人的本身的力量。意味与词意不可分，也与韵律密切相关，这些因素的和谐融合，形成了一种有意味的形式。不仅词意有意味，而且韵律也具有意味。文学这种形式的发生，也就是一种有意味形式的发生。

再以《蒹葭》一诗为例。从表层看，它的意味在于其歌词的顺序，展现了一幅深秋景色，有人在苇塘边寻找他（或她）的所爱。这里有对爱情的热烈的追求，也有可望而不可得的无限惆怅。同时这种深沉的情绪，很难用节奏强烈、言词短促的句式加以表现，却在富有音乐性的、婉转舒展、回环往复的曲调中抒发出来，造成了一种意味。

如果再深入一步，何以此情此景与音乐的交融形式，激发了人们的审美感情？有意味的形式后面的"终极实在"是什么？在我们看来，这就是人类在长期劳动实践过程中，通过种种生活经验、自然变幻、感情变化逐渐形成的审美的心理沉积。其中既包括感受、感情、知觉和认识，也兼容对自然节律、线条、色彩、音响乃至语言变化的种种感受，组成一种人类共同的无意识的心理储存。它既是生理的、心理的，给予人以快适，与人的种种现实的感受、感情相适应；又是社会的，与人的升华了社会审美理想相一致，成为有意味的形式创造和审美需求的内驱力。

这种以语言文字为载体的、积淀着人类生存意蕴的"有意味的形式"，就是审美意识的形态——现代意义上的文学。

第三章　文学观念的形成与演变

第一节　文学观念的发生与文化背景

文学作为一种独立的审美形态，从混合状态中分化出来，这大约发生于国家形成期。但是从理论上对于这种现象做出比较科学的认识，则是晚近的事。无论在我国，或是欧洲，在19世纪之前，可以说不存在现代人那种对文学的理解。因此，我们拟在下面简述一下古代文学的演变以及形成不同观念的主导思想。

章炳麟在《文学总略》中说："文学者，以有文字著于竹帛，故谓之文；论其法式，谓之文学。"把任何文字的记载，论及文的法式称之为文学，这是文学的极端广义的理解。它把一切文化学术现象都包括到文学中去了。这几乎是重述了两千多年前古人的文学观，而并未触及文学的本质特征。周秦时期，文学就作广义解。当时文学包括学术在内，两者分不开来。文学有"文章""博学"的意义。孔子的文学观念从《论语》中可见到，其中说及的"文学"，实际上是指遗文、文章、典籍、博学，讲到"诗"偏于文章，讲到"文"，则偏于"博学"。稍后，荀子、墨子谈的"文学"，都指就文化知识而言。到了两汉，文学、文章分了开来，文学指的是学术著作，而文章指的是属于词章一类的作品。魏晋南北朝之间，出现了文章、文学合一的趋向，并且有了文笔之分。有韵为文，即美感文学，无韵为笔，即应用文学。但是到了唐代，主张文以载道，反对骈骊，又提倡以笔为文，文笔不分。到了宋代，又走向文章、博学合一，取消了文学与文章的区别、文与学的区别。在元、明、清的几百年中，对文学仍然未能做出科学的解释。直到清末民初,才出现比较科学一些的阐述,如鲁迅的《摩罗诗力说》。

西欧文学观念也经历了类似的过程。欧洲人曾把一切印刷品都称为文学,把与文明有关的一切都纳入文学。有的学者主张将文学限于"名著"范围,这样可以对一些历史、哲学名著,采取狭义的审美观点而纳入文学。19世纪前,欧洲语言中并不存在现代意义上的"文学"一词。托多罗夫在《文学的概念》一文中说,在许多语言中,例如在非洲语言中,统称一切文学作品的词并不存在。特里·伊格尔顿在《文学理论导论》中也说到,在18世纪的英国,文学"表示社会上有价值的写作和总和:哲学、历史、杂文、书信以及诗歌等等。一篇文字是否可以称为'文学',并不在于它是不是虚构的——18世纪对于新出现的小说这一形式是否可以算作文学,是非常怀疑的——而是在于它是否符合某种'纯文学'标准"。这意思就是说文学的标准是思想意识性的,看其能否体现某一社会集团的价值准则与口味而定,"而街头小调,通俗传奇乃至戏剧,则没有资格称为文学"。在此之前,欧洲文学一直被称作"诗歌",这是亚里士多德《诗学》所留下的影响。《诗学》研究的对象是诗,并对诗作了分类。后世学者在《诗学》的影响下,把各种体裁的作品都称为"诗"。例如早期的别林斯基在"诗歌"的名义下讨论了各种小说、诗歌、戏剧。文学一词传入俄国已是18世纪,19世纪的俄国的国粹主义者拒用这个外来词,而仍沿用文辞、文录等名词。但是文辞包括一切书写的东西,包括文录与文学,这是一个极端宽泛的概念。文录是一些有价值的文字记载,而文学,别林斯基认为是与印刷术的概念联系在一起的,得到公众支持的,并以个别人物的创造为标志的。这类作品主要是指优美文学,一批诗意的、艺术性的作品①。

文学正名只是表层的问题。事实上,不管人们把文学现象叫作什么,它总是一种独立的审美存在。文学观念中的重要问题,是人们在

---

① [俄]别林斯基:《别林斯基选集》第3卷,满涛译,上海译文出版社1980年版,第115—130页。

创造文学的过程中间，赋予了它以什么样的主导思想，在形成这一民族的文化传统、文化心理过程中，发挥了何种作用，这种观念对于今日的文学发展利弊如何。

我国古代文学观念中的文学范畴虽然不断变化，未有定论，但是作为长期的封建意识形态的整体，却有着它的独特的主导思想。这一主导思想或主导精神，就是封建正统观念，它影响着我国几千年的文学发展。当然，封建社会遗留下来的文学，并不都是封建文学。封建社会的伟大作家，通过自己的作品，既不同程度地受到封建思想的束缚，又对人民表达了深切的同情。那么如何来考察他们所受的影响呢？我们可以从文学的价值、功能入手，进行分析。

首先是历代典籍、文人对文学功能的论述。《尚书·舜典》记载了古人对诗、歌的价值及功能的看法："诗言志，歌永言，声依永，律和声，八音克谐，无相夺伦，神人以和。"说明诗是用以表达人的志趣、意愿的；歌在徐徐咏唱中，突出诗的意义。这里谈到诗言志，诗乐不分。诗言志这个思想，对后世的文学创作、理论影响甚大。孔子在《论语》中进一步发挥了有关诗的作用的说法："诗可以兴，可以观，可以群，可以怨，迩之事父，远之事君，多识于鸟兽草木之名。"这样，诗被赋予了启发、鼓舞、感发、认识社会现实与自然现象等作用。《汉书·艺文志》谈到"故古有采诗之官，王者所以观风俗，知得失，自考正也"。这是说过去统治者把诗看作是体察、了解民情的工具，反馈的信息源。"群"即交流感情、相互提高，"怨"即讽刺不良政治或社会风尚，兴、观、群、怨概括了古人对文学功能的认识。《毛诗序》同样从几个方面谈及诗、乐的作用："治世之音安以乐，其政和；乱世之音怨以怒，其政乖；亡国之音哀以思，其民困。故正得失，动天地，感鬼神，莫近于诗。先王是以经夫妇，成孝敬，厚人伦，美教化，移风俗。"诗乐合一，用以移风易俗，教化人伦，其后历代文人都表述过类似思想。朱自清先生在《诗言志》一书中，曾指出了古代诗歌与政治、教化的密切关系。

但是我们如果深入一步，则不难觉察，这一关于文学功能的认识，是为封建文化的正统观念所支持的。荀子在《乐论》中讲了

"君子以钟鼓道志",即言志,那么在《儒效篇》则把这种志上升到"圣人之志"了。到了极权主义的汉代,董仲舒"罢黜百家,独尊儒术",企图使封建思想一统天下,于是诗言志的中心思想,被转向为封建圣人立言。荀子"宗经""征圣"的主张,后来为扬雄、刘勰所发展。《文心雕龙》开宗明义提出"原道""征圣""宗经"的要求,要人效法圣人的经典,向圣人学习,"道沿圣以垂文,圣因文而明道","论文必征于圣人,必宗于经",以儒家经书为准,效法五经作文。掌握了权力的曹丕则大讲"盖文章,经国之大业,不朽之盛事";而陆机则提出"济文武于将坠,宣风声于不泯",使文学属于立言范围的不朽盛事,提高到治国安邦的地位;魏征后来提出文可以"经纬天地,作训垂范","风谣歌颂,匡主和民";而韩愈继而提出"文以载道",竭力使文载以儒家思想。宋朝理学家进而在理论上提倡君臣父子一套,把封建统治与伦理观念合法化。

  上述种种论述,大体表述了下面几个思想:文学是经国之大业,是一种政治性的活动,从而无限地夸大了文学的作用与地位;文学要维护封建纲常,立忠孝思想,要征圣、宗经,到"厚人伦,美教化",维护封建道德伦理;文学是统治者观察民情的手段,等等。总之,文学的高度政治化、伦理道德化,与维护封建统治相结合,成了我国文学观念的一个主导思想。这一思想反映了封建社会中的文学的价值、功能,不过这一功能显然是被夸大了的。当然还要看到另一方面,在儒家思想中,也存在部分民主因素,如孔子的仁,就是爱人,"博施于民,而能济众"。这种精神后来演化为范仲淹的"先天下之忧而忧,后天下之乐而乐"。

  上述文学观念反映到文学创作中,情况要复杂得多。事实上,那种直接宣扬封建政治、伦理道德的作品固然不少,但能够传之后世的作品并不多。作品一旦转向统治阶级的狭隘利益,就会失去它的生命。倒是那些与现实生活比较接近,或适逢乱世,或个人遭际比较坎坷的人,由于对人民怀有深厚的同情,写出了大量优秀之作。国家兴亡的忧患意识,对下层人民的悲惨遭遇,亲人之间的离愁别绪,纯洁爱情的不幸伤逝的深厚同情,啸聚山林的反抗意识,成了民族文学的创造的主导精神。但是它与上述的文学思想并不隔绝,这就是这种文学比较务实、崇尚功利的儒家入世精神。那些优秀作家,一旦进入自己的创作对象,就不可能去演绎观念,而会去展示人的心态、人际精神关系的纠葛。但是我们又可看到,在他们的各种优美描绘的后面,又明显地凸现出某种观念来,这就是儒家的中庸之道,表现在文学创作中是一种中和之美,即有所不满,有所"怨刺",但必须"温柔敦厚",哀乐都应有节制,不能过度。所谓"哀而不伤,乐而不淫"即是,都要"止于礼"。极少数着意描写农民抗争的金刚怒目式的作品,到最后仍被赋予怨而不怒的归宿。

不过,情况的复杂性还在于,儒学自汉代以来,已不是原来意义上的儒学了。董仲舒独尊儒家之学,但在他手里,儒学实际上已变为儒道合流的学说。董仲舒弄神说怪,所著《春秋繁露》,有以神秘的阴阳学说附会儒家经义,构思出求雨止雨仪式,儒生与方士开始合流。"汉代的儒把燕、齐方士推演阴阳五行、占星变、言灾异、信機祥、迎神送鬼、求雨止雨那一套都算作儒家内容。这是儒、道(道术、道士)合流的儒。"① 隋唐时期,形成三教鼎立的局面,佛教思想一直影响到统治阶级上层。宋、明以后,儒学带有走向宗教化的迹象(但非宗教),佛教转向衰微,但精神已透入独盛的儒教。佛道两教,教义不同,但都规避社会现实。由于它们不正视苦难,而诉诸精神,幻想彼岸,所以提倡涵养静坐。"存天理,灭人欲",教人如何通过精神的冥想,消灭罪恶,拯救灵魂,进入天国;主张祠祀求福,长生不老,转向冥界。表现在文学中,如果说,儒家多面向现实,比较务实,风格凝重,则佛道崇尚清静无为,冥思玄想,崇尚"大音希声,大象无形"的思辨的空灵,显示出超然、淡泊、飘逸、高妙和与世无争的精神。

儒道佛三家实际上相辅相成互为补充,它们长期结合,造成了我国民族文化心理结构与性格特征。儒家重入世,重人道;佛道重出

---

① 任继愈主编:《中国佛教史》第1卷,中国社会科学出版社1985年版,"序"第3—4页。

世，重神道。但在人们心理中，这两种处世态度往往汇合在一起，或前后交替出现。正是这种文化心理结构，影响着文学，成为文学观念的主导精神，并促成了不同的艺术把握世界的思维方式，赋予艺术思维以不同的风格特征。关于这点，我们在后面还要论及。当古代作家处于入世的精神境界，为国家、个人的忧患意识所支配，因忧愤而创作，其时诗文多半面向现实；当出世精神占上风，其时一般都倾向唯美，会从自然中去寻找审美的慰藉。

西欧的文学观也很复杂。我们只能就其一个阶段的主导精神来说。例如，在文艺复兴后的几个主要国家的文学里，其主导精神是新兴的资产阶级人道主义。正是这种精神，左右着文学的流变。这种文化精神强调的是自由、平等、博爱、个性。但丁在《飨宴篇》中谈到，"人的高贵，就其许许多多的成果而言，超过了天使的高贵"。拉伯雷在《巨人传》里说："人们按自己的需要，自由自在地生活"，"想做什么就做什么"。总之，文艺复兴之后的哲学、文学，对人充满了歌颂，把爱看成了诗的基本原则，要求表现人性人道，普遍的爱，追求普遍的和谐，歌颂人的全能，并要使人成为神的典范。在这种思潮的荡涤下，中世纪封建思想全面崩溃，退居一隅，眼见着日益衰落。

由此相对地来说，西欧的资产阶级意识精神无疑显示了其开放性特征；而中国的传统意识，为各种纲纪礼制所制约，显示了封闭性特点。表现到文学观念中，中国的文学观念始终脱不开纲常伦理的束缚，而西欧的文学理论却歌颂人性、个性及其发展。表现到文学作风中，中国文学就显得含蓄、洗练、委婉、曲折；由于受到《诗经》影响，言志、抒情，重在表情、立意；形式短小，但尺幅万里，意味隽永，极富美感。西欧文学则热情直露，率真坦荡，阔大深沉。钱锺书先生在《中国诗与中国画》一文中谈到中西文学的不同特点，认为："中国旧体诗大体上显得感情有节制，说话不唠叨，嗓门儿不提得那么高，力气不使得那么狠，颜色不着得那么浓，在中国诗里算得'浪漫'的，比起西洋诗来，仍然是'古典'的；在中国诗里显得'坦率'的，比起西洋诗来，仍然是含蓄的；我们以为词华够浓艳了，看惯纷红骇绿的他们还欣赏它的素淡；我们以为'直恁响喉咙'了，听惯大声高唱的他们只觉得不失斯文温雅。同样，从束缚在中国的诗传统里的人看来，西洋诗空灵的终嫌着痕迹，淡远的终嫌有火气，简净的终嫌不够惜墨如金。"①

第二节　19世纪的文学观念和方法

19世纪是欧洲文学观念急剧变化的时代，其特点是各种文学观念蜂起，形成了不同学派。产生这种现象有其深刻的文化背景。首先是社会制度的改变，例如法国大革命引起了社会物质、精神生活的动荡，而促进社会思想、理论之探索，社会科学、哲学、历史科学的研究极有成绩。德国思辨哲学影响重大，特别是历史主义的形成，对其他学科之研究起了推动作用。此外，自然科学中的重大发明创造，它的科学方法，以及这种方法影响下形成的实证主义哲学思潮，也极为流行。它们促进着各种文学观念的产生。

19世纪多种文学观念自成系统。有斯达尔夫人和丹纳的文化历史学派的文学观念，进一步演化而成的社会学派文学观念；有圣佩韦为首的传记学派的文学观念；有别林斯基等人的历史审美学派的文学观念；有德、俄心理学派的文学观念；有德、俄神话学派的文学观念。此外，还有19世纪末出现的象征主义文学观念和马克思主义的文学观念，等等。

由于17—18世纪欧洲阶级斗争的发展，资产阶级势力不断扩大，19世纪前后，德国、法国的启蒙主义者涉及文学问题时，都谈及它与社会环境的关系，认识到文学不是一种孤立的社会现象。斯达尔夫人写出《从文学与社会制度的关系论文学》（简称《论文学》）一书，从书名就可见出她对文学理解所采取的新颖角度。她在对欧洲文学的评价中，提出了地域、气候、环境、不同民族精神对文学的影响。例如她从地理上把欧洲文学划为南北，并从地理条件、气候条件对居民

---

① 钱锺书：《旧文四篇》，上海古籍出版社1979年版，第14—15页。

影响而形成不同的民族性格,观察文学的差异。她认为南方文学风格清新、明丽,富有时代精神,而北方文学关怀痛苦,富于想象,文风沉郁而多思考,多个人风格①,等等。斯达尔夫人这种自然环境、民族精神决定文学的观念,对后来的实证主义文学观影响极大。

19世纪上半期,孔德的实证主义哲学思想席卷了西欧思想界。实证主义要求一切观念从感觉、经验出发,并要求实证于经验、现象与事实。丹纳运用这种哲学观点,结合19世纪的进化思想,探索了艺术现象的发生、演变和灭亡。他说他的美学"从历史出发,而不是从主义出发"。在《艺术哲学》中,他提出决定艺术面貌的是种族、环境、时代三原则,并以大量例证来阐发他的理论。在《〈英国文学史〉序言》一文中,丹纳集中地阐发了他的观点。他说:"我们所谓的种族,是指天生的和遗传的那些倾向,人带着它们来到这个世界上,而且它们通常更和身体的气质与结构所含的明显差别相结合。"②他把人的勇敢、胆小视为天性,或是特殊的本能、永久的本能,等等。至于环境,丹纳认为种族总是处于一定的环境里,这就是自然界。此外还有社会环境,如政治环境、国家政策、宗教传播,都影响着艺术。丹纳将种族因素视为创作的"内力",把环境当作"外力"。但是"除了永恒的冲动和特定的环境外,还有一个后天的力量",这就是时代精神。"一个民族的情况就像一种植物的情况;相同的树液、温度和土壤,却在向前发展的若干不同的阶段里产生出不同的形态,芽、花、果、子、壳,其方式是必须有它的前驱者,必须从前驱者的死亡中诞生。"③后天的动力也叫"精神气候","有一种'精神的'气候,就是风俗习惯与时代精神"④。有了这种精神气候,人的才干才能发展;气候改变,才干也变。

---

① 见斯达尔夫人《论文学》,徐继曾译,人民文学出版社1988年版,第145—152页。
② [法]丹纳:《〈英国文学史〉序言》,见伍蠡甫主编《西方文论选》下卷,人民文学出版社1964年版,第236页。
③ [法]丹纳:《〈英国文学史〉序言》,见伍蠡甫主编《西方文论选》下卷,人民文学出版社1964年版,第240页。
④ [法]丹纳:《艺术哲学》,傅雷译,人民文学出版社1963年版,第34页。

丹纳用三要素解释了艺术的产生与发展，同时指出艺术的目的在于显示事物的"主要特征"。"我们只说艺术的目的是表现事物的主要特征；表现事物的某个凸出而显著的属性，某个重要观点，某种主要状态。"① 据丹纳说，这事物的主要特征，原存在于现实之中，但既不充分，也不占主导地位。"艺术目的就是要把这个特征表现得彰明昭著；而艺术所以要担负这个任务，是因为现实不能胜任。在现实界，特征不过居于主要地位；艺术却要使特征支配一切。特征在现实生活中固然把实物加工，但是不充分……人感觉到这个缺陷，才发明艺术加以弥补。"② 丹纳认为特征有等级之分，一种是深刻的、内在的、先天的、基本的，是原素或材料的特征，这是一种不易变化的重要特征。另一种是浮表的、派生的、配合的特征。文学作品的价值在于表现前一种特征。"文学价值的等级每一级都相当于精神生活的等级。""艺术表现了特征，就具备特征在现实事物中的价值。特征本身价值的大小决定作品价值大小。"丹纳认为伟大作品之所以伟大，就在于它们"都表现一个深刻而经久的特征，特征越经久越深刻，作品占的地位越高"。但是什么特征最具有价值呢？在丹纳看来，这就是最具道德价值的特征，这就是爱，这是"一种超乎一切之上的动力"，爱是最有益的特征，"在我们所要建立的等级上显然占第一位"③。

丹纳的艺术三因素说，在19世纪的艺术思想中独树一帜。我们细加考察，他的观点不无一定道理。他进一步发展了斯达尔夫人开始的文化史派观点，在艺术理论中形成了文化史学派。文化史学派与艺术社会学派十分接近，它的特点是承认文学艺术与社会、现实、历史有着广泛的联系，是一种社会精神现象；承认文学受到社会、历史的制约，而形成各自的特点。他通过特征的论述，认为文艺表现了民族的心灵，"看到他们的幻想的种类和境界，看到他们梦境的范围和关

---

① [法]丹纳：《艺术哲学》，傅雷译，人民文学出版社1963年版，第23页。
② [法]丹纳：《〈英国文学史〉序言》，伍蠡甫主编《西方文论选》下卷，人民文学出版社1964年版，第25页。
③ [法]丹纳：《〈英国文学史〉序言》，伍蠡甫主编《西方文论选》下卷，人民文学出版社1964年版，第358, 373, 376页。

系，参悟哲理的深度和由此而引起的迷惑，宗教与制度的根源。"① 他说17世纪君主政体之下的全部思想感情，可从拉辛的作品中摘录出来。至于《神曲》和《浮士德》则是欧洲史上两个重要时期的缩影。丹纳的论证，资料丰富，言词雄辩，笔墨不多，但十分精彩，展现了艺术发展中的一些规律性现象。

但是严格说来，丹纳的以实证主义哲学为基础的文艺观是有严重缺陷的。首先，他把文学、艺术与植物模拟是不可取的。这种观点看来是唯物主义的，实际是一种庸俗的唯物主义。二，把物质现象对精神现象的制约关系，规范得太死，导出的因果关系太绝对化了，这就走向了机械决定论。三，把环境中的自然、社会因素等量齐观，却忽视了它们的相互关系是不一致的，所以也并不科学。四，这一学派对文学艺术的最重要的审美特征论述十分薄弱。

在俄国，19世纪上半期的别林斯基的文学观念与方法，是值得注意的现象。西欧文学理论界对他相当陌生。别林斯基提出了一系列文学观点，例如文学是形象的思维说，"艺术是对真理的直观的观察，或者说是寓于形象的思维"；"诗是把现实作为可能性，加以创造性的再现"；"文学是一个民族在他的灵智和幻想的文辞作品中历史地表现出来的民族意识"。他主张文学必须与生活接近，反对为艺术而艺术。他认为文学是美的，这是它的先决条件，但不能停留在这点上："光是有美，艺术还是不会得到什么结果的，特别在我们今天是如此。"② 别林斯基对于艺术再现生活的观点并不像有的人理解得那样庸俗。别林斯基说："我们光有经验主义的现实的美，还是不够的：我们在欣赏它的时候，毕竟还是要求着另外一种美，不愿意把对于大自然的最准确的摹写，对于大自然现象的最成功的模仿，称为艺术。我们把这种东西叫做技术。"③

---

① ［法］丹纳：《艺术哲学》，傅雷译，人民文学出版社1963年版，第362—363页。
② ［俄］别林斯基：《别林斯基选集》第3卷，满涛译，上海译文出版社1980年版，第582页。
③ ［俄］别林斯基：《别林斯基选集》第3卷，满涛译，上海译文出版社1980年版，第582页。

别林斯基提出文学是一种有理想的东西，应反映时代精神。他说理想不是幼稚的幻想，也不是夸张，而是为幻想所照亮把事实提高为创作绝品的力量。他提出文学要关怀普通人的命运，并为写实的"自然派"文学作了激烈辩护，把文学中的民主主义思想发挥到了极致。

看来，别林斯基文学观中社会学的成分很大，但认为它是一种社会学文学理论，那就太简单了。别林斯基十分了解文学的特征，因此，当他提出对文学批评的基本观点时，他就阐发了审美的、历史的方法论，同时这也是他的文学批评观。他说："确定一部作品的审美优点的程度，应该是批评的第一要务。当一部作品经受不住审美的评论时，它就已经不值得加以历史的批评了；因为如果一部艺术作品缺乏非常重要的历史内容，如果在它里面，艺术本身就是目的，那么，它毕竟还可能具有哪怕是片面的、相对的优点；可是，如果它虽然具有生动的现代兴趣，却并不标志着创作和自由灵感的痕迹，那么，它无论在哪一方面都不可能具有任何价值，它即使具有迫切的兴趣，当强制地在与它格格不入的形式里表现出来时，这兴趣也将是毫无意思的，荒谬绝伦的。"① 这段话对于理解别林斯基十分重要。这一文学观念、理论的形成较丹纳为早，从对文学的理解上来说，也较深刻。

在19世纪法国，圣·佩韦的传记学派的文学观和方法也流行一时。圣·佩韦与丹纳不同，他把文学视为作家性格、心理气质的表现，所以认为，要了解文学就必须了解作家个人。圣佩韦从另一个角度接受了实证主义的影响，认为要抓住作家的一切方面，包括他的癖好，把握作家的有关种种材料，亲人回忆，等等。他在评论《泰纳的〈英国文学史〉》一文中，指出"丹纳先生尽管善于应用他的方式、方法，这种方式、方法都没有能顾及这个重要之点。他始终停留在外部，让所谓才能、天才的这个独特性从网孔中漏出去，尽管这网十分精细"②。应该说，这一批评切中丹纳的文学观的要害，但是这也正是

---

① ［俄］别林斯基：《别林斯基选集》第3卷，满涛译，上海译文出版社1980年版，第595页。
② ［法］圣·佩韦：《丹纳的〈英国文学史〉》，见伍蠡甫主编《西方文论选》下卷，人民文学出版社1964年版，第205页。

圣·佩韦传记文学观的严重缺陷之处，即恰恰把文学、作家与社会脱离开来，把作家生活中的并无必然联系的东西凑在一起的缺陷。

19世纪纯文学观开始流行开来，这是对启蒙主义走向实用主义的逐渐滋生的一种反动；同时在康德的审美趣味的非功利性的理论中已露出端倪。这种思想在德国、法国、俄国都有。歌德有首小诗《歌手》，写的是一位歌手为国王唱了歌，不受国王赏赐，说"我只是像鸟儿那样歌唱"，表示了他唱歌不为其他目的，只是为自己高兴、欢快而唱。在功利主义盛行的年代，歌德的这句诗被德国、俄国的不少文人用来宣传艺术只是为了艺术。19世纪30年代初，戈蒂耶在自己的诗集序文里，攻击功利主义者、乌托邦主义者、一切目的论者。戈蒂耶反对资产阶级实用主义，反对资产阶级势利俗气，要求在文学艺术中清除任何道德因素、思想因素，甚至把诗歌表现感情也当成"资产阶级白痴"的行径，宣传艺术的无条件自由，形成了文学艺术中的"为艺术而艺术"的纯文学主张。戈蒂耶一面创作纯形式美的诗作，同时大力颂扬波德莱尔所表述的思想："诗很少像人们所希望的那样去渗透自我、审问良知或回忆以往的热情，因为除了它自身之外，诗没有其它目的；它也不存在其它目的。因为，没有一首诗会比纯然为了写作的快乐而写的诗更伟大，更高尚，更真正配称为诗。"①"为艺术而艺术"随后发展为"巴纳斯"诗派的信条，成为象征主义艺术思想的出发点。关于这点，将在后面详论。

在俄国，围绕纯艺术思想的争论，与普希金的几首诗如《诗人》《诗人与群众》《致诗人》有关。俄国的"为艺术而艺术"的宣扬者认为普希金就是纯艺术的主张者。普希金在上述诗作中，有愤世嫉俗的情思，也有诗人与功利要求的内心的冲突。"愚蠢的人""贱民"，提出诗人为什么歌唱，想把人们引向何方？诗人回答说，你是穷困、烦恼的劳苦的人和奴隶，你是大地贱民，并非上天的子民，只要得到些利益就已心满意足，而诗人为灵感而诞生，为甜蜜的声音和祈祷而生。在另一首诗里，诗人又说，诗人啊，不要看重世人的喜好，狂热

---

① 转引自戈蒂耶《回忆波德莱尔》，陈圣生译，辽宁人民出版社1988年版，第32页。

赞美的喧闹不过是过眼云烟，任人去嘲讽讥笑，自由的智能会把你引上自由之路，不为那些业绩去谋求功名利禄，等等。通过诗作来看，普希金所说的"贱民""愚蠢的人"，并非指一般的群众，而是指一批旧道德的卫道者，他的愤慨与不满针对他们而发。俄国的纯艺术主张者如安年柯夫、杜特什金等人以为普希金主张纯艺术，反对任何功利，反对诗歌与生活现实的联系，说他只是形式美的创造者，当然是极为片面的。这种文学观后来受到别林斯基、车尔尼雪夫斯基等人的批评。

在英国，"为艺术而艺术"的文学观念也流行一时，特别在王尔德的一些论述里。王尔德反对现实主义，认为一切坏艺术，都因它们要回到生活和自然。他主张："艺术除了表现它自己之外，不表现任何别的东西。艺术有独立的生命，正和思想有独立的生命一样，而且完全按照艺术自己的种种路线向前发展。"① 王尔德把艺术的意义绝对化到这种地步："生活是艺术的最好的学生、艺术的唯一学生。"②

19世纪末，心理学派的文学观开始流行起来。该派的代表人物之一冯特，认为艺术主要表现人身上的一切，如外在世界的印象，和其个人的精神的运动；艺术是艺术家痛苦感受的升华，这种痛苦感受一旦得到表现，艺术家就此得到了解脱，或者说得到了超越。有的学者认为"诗歌作品是人的内心生活的表现"，主观感受的表现。他们把诗人分为表现型、体验型诗人，表现了文学观念上的心理化倾向。心理学派逐渐把文学创作集中到作家个性、心理因素上去，以揭示创作的奥秘。

19世纪多种文学观念的出现，说明了文艺学作为科学已开始觉醒。文学社会学派，文化史派，审美、历史学派，心理学派，纯艺术论，还有其他学派，都带着自己特有的不同程度的优点和局限，申述对文学的理解。如果我们大致把它们归纳一下，则可以看到，一类文

---

① ［英］王尔德：《谎言与衰朽》，见伍蠡甫主编《西方文论选》下卷，人民文学出版社196年版，第116页。
② ［英］王尔德：《谎言与衰朽》，见伍蠡甫主编《西方文论选》下卷，人民文学出版社196年版，第114页。

学观注意的是文学与其他因素的关系,通过这种关系的联结与分析,来理解文学;另一类文学观注意的是文学作品本身的构成因素的发掘,来理解文学。我们可以在20世纪的文学观中看到,这两种倾向,是如何汇集着各种矛盾与冲突,引起进一步争论与对文学进一步加深认识的。

第三节　20世纪文学观念的对峙与走向

一　转折的内驱力

20世纪的文学观念随着社会历史的发展、文化背景的演变,形成了众多的对立的派别。一方面,有对19世纪文学理论的继承与更新,另一方面,一些在19世纪不占主导地位的文学主张,或者说理论的萌芽,获得了新的土壤而迅速发展。

变革的酝酿早在19世纪下半期就开始了。19世纪的文学理论学派的科学性是处在不同层次上的,其中主导的学派在阐明文学与生活、社会的关系上,是社会学的、文化历史的、印象主义的、传记式的。其中还有以历史唯物主义为指导的马克思主义文学观。到了20世纪,这些学派有的走向衰落,有的走向深入,有的历尽曲折,时起时伏。

19世纪末、20世纪初,对于上述文学观念以及文学研究方法,唯美主义、精神科学学派早就表示了不满。王尔德说:"唯一美的事物,就是与我们无关的事物。"德国精神科学学派的创始人狄尔泰,在19世纪90年代就提出,反对从文学与现实生活关系的角度,来阐明文学本质。他认为文学需要的是感受,而现实则是另一回事,这是两个不同的现象,原则上很难沟通,根本不存在文学现象为外部的现实条件所决定的问题。文艺学应研究文学现象内在的意义,它的内在的规律性。狄尔泰竭力想挣脱自然科学方法的束缚,以建立精神科学,目的是清除唯物主义,以改造认识论。他认为唯物主义的文艺学流派,把审美的文学现象,变成了非审美的文学语言,认为这一学派忽略了审美。关于这点,甚至连伏尔夫冈·凯塞尔也认为,狄尔泰把作品内容过于孤立起来，而忽视了一部文学作品的其它本质特征。"假如因为这个缘故，艺术作品的统一与完整消失不见，那么由于狄尔泰强加于文艺学的那些目的更加强了这种情况。"①

20世纪初，这种对文学日趋内向的理解，日益扩展开来。一些人对19世纪的社会学式、历史主义式、传记学式、印象主义式的文学研究啧有烦言，认为它们最大的缺点是在阐述文学作品时都离文学作品愈来愈远。1910年3月，美国批评家爵·艾·斯宾根在一篇演讲中借一位印象派批评家之口说："我的批评，的确倾向于离艺术愈来愈远，而是在说明我自己；但是，一切批评都倾向于离开艺术品，而以某种东西去代替它。印象主义者用自己去代替艺术品……历史学派的批评使我们离开了艺术品，去探讨艺术家的环境、时代、种族和诗派，……心理学的批评领着我们离开了诗，吩咐我去研究诗人的传记；我希望欣赏《解放了的普罗米修斯》，却被要求去熟悉雪莱个人。教条的批评按照种种规则和标准来检验艺术作品，也不见得更接近艺术品多少……美学把我引入比这更要远的迷途，要我去思索艺术和美……一切的批评都倾向于把兴趣从艺术品转移到某种别的东西……"②可以说，斯宾根这段话比较集中地概括了19世纪各种文学批评的特征及其不足，真实地反映了批评界对它们的厌烦情绪，要求更新的期望。20世纪的文学观念，挣脱了19世纪文学观念的框架，大有夺门而出的势头。

二 马克思主义文学观念的更新

一个奇特的现象是，苏联文艺学既是20世纪马克思主义文学理论的源头，又是形式主义文学理论的滥觞。

涉及马克思主义文艺学，我们必须稍稍回溯到19世纪马克思与恩格斯有关文学问题的论述，虽然在19世纪他们的文学观念并未发

---

① ［瑞士］凯塞尔：《语言的艺术作品》，陈铨译，上海译文出版社1984年版，第293页。
② ［美］斯宾根：《新批评》，见刘若端、罗式刚、卞之琳等译《现代美英资产阶级文艺论文选》下编，作家出版社1962年版，第341—342页。

生很大影响。马克思、恩格斯像社会、历史学派一样，把文学视为社会现象，他们把历史唯物主义与辩证唯物主义作为观察文学艺术的哲学基础，从而更新了文学艺术观念。他们认为，文学艺术是社会生活的反映，是一定社会的经济基础上的意识形态上层建筑，指出了经济是文学艺术产生、发展的最终的决定性因素。不过在生产与文学艺术之间，又存在各种中介，它们相互影响。恩格斯在致布洛赫的信中说："这里表现出这一切因素间的交互作用，而在这种交互作用中归根到底是经济运动作为必然的东西通过无穷无尽的偶然事件……才成为它所成为的那样。这样就有无数互相交错的力量，有无数个力的平行四边形，而由此产生出一个总的结果，即历史事变。"① 恩格斯接着说："各个人的意志……虽然都达不到自己的愿望，而是融合为一个总的平均数，一个总的合力……每个意志都对合力有所贡献，因而是包括在这个合力里面的。"② 这是马克思恩格斯的历史观的表述，也是一种历史发展的系统论思想的表述。文学艺术与其他意识形态，和经济基础一起，组成了一个系统，它们相互关联，组成一种合力，文学艺术则有如对合力有所贡献的每个意志。马克思恩格斯在论及经济起最终作用的同时，提出了发展的不平衡问题，从而避免了机械决定论。在方法论方面，即具体对待文学作品的时候，恩格斯在19世纪50年代提出了审美的、历史的方法，而马克思在《1844年经济学哲学手稿》中，则提出了主体身上审美的发生、审美的起源、发展问题。

普列汉诺夫在其一系列的著作中，表达了马克思主义的文艺社会学观点。他以丰富的原始诗歌、绘画的材料，阐述了艺术起源，在《从社会学观点论18世纪法国戏剧文学和法国绘画》中，提出了"社会技术和经济与社会的艺术两者之间"存在着因果联系，"从社会学的观点看，18世纪法国社会的特征首先是这样一个情况：它是一个划分成阶级的社会。这一情况不能不影响艺术的发展"③。他力图证明

---

① 《马克思恩格斯全集》第37卷，人民出版社1971年版，第461页。
② 《马克思恩格斯全集》第37卷，人民出版社1971年版，第462页。
③ [俄] 普列汉诺夫：《普列汉诺夫美学论文集》第1卷，曹葆华译，人民出版社1983年版，第469页。

文学、绘画的发展，与当时阶级斗争、艺术创作者的阶级地位密切相关。他说："为了理解艺术是怎样地反映生活的，就必须了解生活的机制。在文明民族那里，阶级斗争是这种机制中重要的推动力之一。"① 他以为只有考虑到这一点事实以及它的多种变化，才能弄清楚文明社会的"精神的历史"，"社会思想的进程"。他指出使人民意识到自己尊严的伟大社会运动强有力地推动了他们的审美意识的发展，提出艺术服务于一定的政治观点，认为这"并没有妨害它绽开出彩色缤纷的花朵来"。② 他在《艺术与社会生活》中全力论证文学与社会的关系，指出围绕这一问题有两种观点，一是艺术家为社会而存在，抱着"艺术应当促进人的意识的发展、社会制度的改善"的目的，二是与上述观点相反，认为艺术本身就是目的。他以为任何一个政权，只要注意到艺术，就不能不以功利主义态度对待艺术。但他也认为，并非任何功利的艺术都是进步的，因为也有落后反动的功利主义。至于对"为艺术而艺术"的主张，普列汉诺夫一再指出它是艺术家在"与周围社会环境之间无法解决的不协调的基础上产生的"③。这种社会学观点，使人耳目一新，但可以讨论，例如艺术是否都与阶级斗争相关，是否都服务于一定政治目的，产生纯艺术除了社会根源，还要不要考察另一方面的条件，如人的审美思维的发展等。无疑普列汉诺夫的观点，较之丹纳等人的观点是大为丰富了。

把文学与阶级意识、阶级斗争联系在一起，是20世纪初马克思主义文学观的基本倾向。这在一定阶段文学观念的发展中，是一种进步表现。例如高尔基就大力宣传过这种思想。他说："文学是社会阶级集团的意识形态——感情、意见、企图和希望——之形象化的表现。它是阶级关系的最敏感忠实的反映；它利用民族、阶级、集团底

---

① ［俄］普列汉诺夫：《普列汉诺夫美学论文集》第1卷，曹葆华译，人民出版社1983年版，第496页。
② ［俄］普列汉诺夫：《普列汉诺夫美学论文集》第1卷，曹葆华译，人民出版社1983年版，第496页。
③ ［俄］普列汉诺夫：《普列汉诺夫美学论文集》第2卷，曹葆华译，人民出版社1983年版，第829页。

全部经验来达到它的目的。"① 他认为长篇小说是一种宣传手段，这种观点对后世影响很大。这种观点在一定的时候强调是可以的，但是不能绝对化。卢纳察尔斯基不仅注意到文学的社会、阶级性，而且还强调过创作、审美中的生理、生物学因素和无意识、直觉等现象。与此同时，苏联初期文学观念问题上开始出现庸俗化倾向，形成一种庸俗社会学。自称左翼阵线的作家们，把文学创造与生产完全等同起来，把审美需求与社会订货等同起来，把艺术功能与政治任务等同起来，从而使文学变成了"生产意识形态"。弗里契、彼列维尔泽夫、阿尔瓦托夫等理论家与诗人，成了这一学派的代表人物。他们传播机械决定论、作家出身决定论，把经济制度对艺术的影响绝对化，以此套用到作家身上，以为他们写出来的作品，不过是他们心理的反映，从而用"阶级等同物"的描述，偷换了审美的历史的评价。20世纪30年代开始，列宁的反映论受到重视，重新界定了文学观念。但是对反映论的阐述与应用，表现出了简单化倾向、机械论倾向。因此使得一些西方学者，不问马克思主义文艺理论本义，总把它与庸俗社会学相提并论。20世纪50年代，苏联美学中提出审美本质问题，并且波及文学观念。但在文学理论中占主导地位的是意识形态本性论的观点。

  卢卡契的文学观念，在20世纪马克思主义文学理论中，以其广博的文学知识、宏大的理论体系而独树一帜。20世纪20年代他出版了《历史和阶级意识》，曾贬低反映论，夸大主观性的作用，并反对把辩证法应用于自然界。30年代，卢卡契致力于"伟大的现实主义"的宣传。60年代，他出版了《审美特性》，竭力从反映论的角度来阐述审美起源、文学本质。卢卡契确定，各种实际生活存在以及人的心理是第二性的，从这一理论出发，卢卡契认为文学是"现实的反映"②。这被韦勒克不满地说成是他的"着迷的中心警句"③。卢卡契认为，"如果把日常生活看作是一条长河，那么由这条长河中分流出

---

① [苏]高尔基：《俄国文学史》，缪灵珠译，上海译文出版社1979年版，第1页。
② [匈]卢卡契：《审美特性》第1卷，徐恒醇译，中国社会科学出版社1986年版，第1页。
③ [美]韦勒克：《西方四大批评家》，林骧华译，复旦大学出版社1983年版，第72页。

了科学和艺术这样两种对现实更高的感受形式和再现形式"。艺术不可能是现实生活的直接反映,不是"机械的照相式的异生,"而存在着"一种不可避免的主观成分"。卢卡契从反映论导出艺术模仿论,但这不是直接的模仿,而是能动的反映。在关于小说的主张中,他反对描写,主张叙述,认为作家应该是创作者,而不是描写者。卢卡契把反映论全面应用于艺术领域,提出并阐述了对现实的审美态度的形成,日常生活的反映转向审美反映的精细化问题,这些方面的论证都有深度。他的理论,在马克思主义文艺观中占有重要地位。

三 我国的文学观念演变

20世纪我国文学观念的发展,可划分为几个阶段加以论述。一是20世纪初20年间,二是20—30年代,三是在这以后。30年代以前这一阶段,19世纪、20世纪初的外国文学思潮涌入我国,强调为社会服务的激进的俄国文学思想,与弱小民族的反抗强暴的东欧国家的文学,在我国文学界发生极大影响。原因在于它们比较适合我国当时国情。

戊戌政变失败后,康有为、梁启超都认为小说是政治斗争工具,反对过去把小说视为"小人之邪说"。康有为激烈抨击经史、八股并把小说与它们并提,力图通过小说来影响群众。梁启超在维新变法失败后,在《小说与群治之关系》一文中,进一步发挥了康有为的思想,他批评我国古代小说宣传升官发财、才子佳人、江湖盗贼、妖巫鬼怪,认为它们败坏国民道德;而且他竟把"中国群治腐败之总根源"也归罪于小说。这自然把问题本末倒置了。同时,他以为"小说为文学之最上乘",具有"熏""浸""刺""提"等多种作用。他提出要改革小说:"欲新一国之民,不可不先新一国之小说。故欲新道德,必新小说;欲新宗教,必新小说;欲新政治,必新小说;欲新风俗,必新小说;欲新学艺,必新小说;乃至欲新人心,欲新人格,必新小说。何以故?小说有不可思议之力支配人道故。"[①] 应当指出,梁

[①] 梁启超:《小说与群治之关系》,见《梁启超文选》下,中国广播电视出版社1992年版,第3页。

启超见看到小说的感染力量,它的作用和特征,并力图使小说摆脱封建思想的束缚,提高小说在文学以至在社会上的地位,是很有积极意义的。但是他对小说的作用估计过高,在他那里小说简直能负起国家兴亡之责了,这是典型的儒家思想,实际是为他的政治上的改良主义服务的。

鲁迅早期的文学观也很激进。他要求文学应为"独立自由人道"而进行斗争,"发为雄声,以起其国人之新生"。他以为文学可以改造国民性,所以便弃医从文。但对文学作用的科学评价来说是无疑太高了。20世纪20年代初,"文学研究会"成立,提倡文学要"为人生",这对后来我国新文学的发展,意义重大。文学研究会的成员认为:"将文艺当作高兴时的游戏或失意时的消遣的时候,现在已经过去了,"他们"相信文学是一种工作"。正是在这些观念的影响下,他们集合在一起。郑振铎在《新文学的建设》一文中说:"文学是人生的自然的呼声。人类情绪的流泄于文字中的,不是以传道为目的,更不是以娱乐为目的,而是以真挚的情感来引起读者的同情的。"

马克思主义文学思想从20世纪20年代就传入了我国,促进了我国的文学观念的更新。从30年代起到60年代,有两个最根本的观点是一贯强调了的。一是把文学看作是一种意识形态,上层建筑,认为一切文艺都是阶级文艺,并为政治服务。毛泽东在《新民主主义论》中说:"一定的文化是一定的社会的政治和经济在观念形态上的反映"。在《在延安文艺座谈会上的讲话》中确立了人民文艺的思想,又说:"文艺是从属于政治的"。这一思想,改造了旧有的文学观念,在阶级斗争激化的时期,它对文艺创作起了良好的推动作用,出现了一批优秀作品,包括新中国成立后创作出来的为群众喜闻乐见的作品。20世纪50年代以后,这一观点和文艺工作,逐渐被纳入了"以阶级斗争为纲"的错误轨道,使文艺成为人为的阶级斗争的工具,宣传各项政策的手段。在这种理论观念的指导下,庸俗的文艺思想弥漫肆虐,文学被等同于政治。大量优秀的文学作品,横遭贬抑,制造了一片文化沙漠。马克思主义文学观念和阶级分析方法与权力相结合,就被严重歪曲与滥用,致使文学失去了自身对象,同时也就失去自身。

二是在文学从属于政治的思想指导下,强调了它的认识、教育作用,这一观念对文艺工作发生过良好的影响。但随后文学创作被论证为一种认识,从而与其他意识形态等同起来。于是文学的其他多种功能,特别是审美功能,其他如娱乐功能、宣泄感情的功能,一一遭到否定与批判。这种观念必然导致下述结果:文学被贬为一种令人厌烦的说教。在"文化大革命"动乱中,这一错误的文学观念发展到顶端。出现这一情况,除了上述原因,也还有其他原因,即我国文化建设虽然受到革命的无产阶级思想理论的指导,但实际上是几千年的封建思想和资产阶级思想,不断在发生影响,要确立科学的文学观,还必须进行长期的探索。在文学中,"文以载道",要看载什么道,在错误方向的条件下,这种观念会得到恶性发展,最后完全走向非文学化和反文学的道路。

此外,要指出的是,半个世纪以来,苏联的文学观念对我国的文学理论影响很大。特别是 20 世纪 50 年代,它在我国传播了一些马克思主义文艺知识,另一方面它本身教条化、简单化的东西不少,影响着我国文学界与学校的教学工作。但是作为最基本的文学观念都是我们自己的,在简单化、庸俗化方面,大大超过了苏联文学理论,而且自成体系。

四 科学主义文学思潮的突破性尝试

文学艺术中的形式主义学派早在 20 世纪的第二个十年里就正式形成了,如前所说,它的出现是对 19 世纪实证主义文学观的一个反动,这也是文学自身特征认识深化的结果。

形式主义者的情绪与前边谈及的美国批评家斯宾根的情绪极为相似,认为过去的文艺学研究对象,不是文学本身,而是作家生平及其他,所以陷入了传记学、心理学、历史学、哲学的领域,成了社会学的附庸。文学应该独立,不接受哲学、象征主义方法的干预,它不是意识形态,也不依赖于意识形态。象征主义的方法对作品的语言风格,作随心所欲的解释,其他方法则忽视艺术本身的特征,所以要求文学研究探索文学自身,与其他的科学研究脱离开来,建立"文学科学"。

在关于形式主义问题的争论中,艾亨鲍姆于1925年的《"形式方法"理论》一文中说,人们指责形式方法脱离美学、心理学、哲学、社会学,完全正确,因为"这一脱离(特别是脱离美学)对于当今艺术科学来说或多或少是典型现象",因为它集中注意力于艺术的具体问题,要在一般美学前提之外,重新提出艺术形式的理解问题,它的革新。他说:"当形式主义者出现之时,'学院派'的艺术研究完全忽视了理论问题,并且由于它用了陈旧的美学、心理学、历史学'公理'而显得萎靡不振,丧失了研究的对象感,以致这门科学本身的存在,成了一种虚幻。"① 他说同学院派斗争,几乎不需花什么力气,用不着破门而入,因为它并非堡垒,连门也没有,而不过是穿堂大院。艾亨鲍姆说,使形式主义者联合起来的口号,是语言日益从被象征主义者掌握的哲学和宗教倾向的桎梏下解放出来的口号。他认为他们奉行的是"新的科学的实证主义":"拒绝哲学前提,抛弃心理学和美学的解释",声称"与哲学、美学和艺术的意识形态理解切断联系。这是事物本身的情况所要求的。"② 形式主义者反对文学的意识形态性,所以便离开了传统文艺学中文艺与生活的关系问题。什克洛夫斯基说:"艺术总是独立于生活,在它的颜色里,永远不会反映出飘扬在城堡上那面旗帜的颜色"。另一位形式主义学派的主要代表人物罗曼·雅柯布森曾经提出:"诗歌对其表述的对象是漠不关心的。"③ 形式主义者的这一观点是基于这一认识:诗歌的语言不同于日常的语言,日常语言指物,具有指代性的特点,诗歌语言则无指代性,并不指代自身之外的对象,倒是一种自足现象,与现实关系中的具体事物无关,所以也不与现实生活构成什么关系,例如"诗

---

① [苏]艾亨鲍姆:《"形式方法"理论》,见茨维坦·托多罗夫编选、蔡鸿滨译《俄苏形式主义文论选》,中国社会科学出版社1989年版,第22、23—24页,译文有改动。

② [苏]艾亨鲍姆:《"形式方法"理论》,见茨维坦·托多罗夫编选、蔡鸿滨译《俄苏形式主义文论选》,中国社会科学出版社1989年版,第22、23—24页,译文有改动。

③ [苏]雅柯布森:《当代俄罗斯诗歌》,见《诗学著作选》,莫斯科,进步出版社1987年版,第275页。

之花在任何一束花中都找不到。"又如奥西普·布里克说："'奥波亚兹'主张，没有诗人或文学形象，只有诗和文学。"为了保持对象的"客观性"，形式主义者也把主体性因素、想象性因素排除于文学之外。

形式主义者反对意识形态的理论，不关心文学描写的对象，那么他们对文学作何理解就成为一个很有意思的问题。什克洛夫斯基早年有一篇题为《词之复苏》的文章，就已提出旧词更新的作用问题。后来写了一篇有名的论文《艺术即手法》。在此文中，他认为文学艺术的特性、它的本质，就存在于技巧之中。什克洛夫斯基提出，文学的特性就是"奇异化"（остранение）①，就是使形式变得复杂化起来。"艺术的目的，就是要使人像幻觉那样去感觉事物，而不是像认识那样去感觉事物。艺术的手法就是事物'奇异化'的手法，就是增加感知难度和长度，使形式变得困难起来的手法。因为在艺术中，感知接受过程自成目的，并应被延长。艺术是感受事物制作的方式，而艺术中被制成的东西并不重要。"②这一理论认为，艺术是一种感知，感知是以技巧来完成，重要的是如何感受，而什么被感受并不重要，手法就是使对象发生变异、奇异化。一些文学语言用多了，习以为常了，就变成老生常谈。手法、技巧的目的、作用就是使原来的语言发生变异，使人意料不到，出人意料。为此目的，就要去增加感知的难度，延宕感知过程，使形式复杂化起来，使感知变得困难起来，不为人所一览无余。什克洛夫斯基后来在《新体裁》的《谈内容》一文中说："那时候我谈奇异化，就是谈感觉的更新。在这种情况下，你应问问自己，如果艺术不反映现实，你想更新什么？"③

上述观点透露了一个重要信息，即文学艺术可以独立生活，是可以不融入主体因素的。文学表现什么并不重要，主要的是技巧及其变

---

① остранение，亦译奇特化、陌生化。
② ［苏］什克洛夫斯基：《艺术即手法》，见《散文论》，苏联作家出版社1983年版，第15页。
③ ［苏］什克洛夫斯基：《什克洛夫斯基文集》第2卷，莫斯科文艺出版社1983年版，第291页。

异、奇异化，所以文学研究的任务就被限于手法范围之内。日尔蒙斯基说："一般诗学或理论诗学的任务，就是对诗的技巧进行系统的叙述。"① 所以文学作品也就被归结为手法、技巧的总和，而文学的发展，也就变为手法的发展。什克洛夫斯基说，艺术是靠技巧发展起来的。但是，按他的这种解说，艺术实际上被限于形式的范围内。因此在《罗扎诺夫》中我们又可读到："文学作品是一种纯粹形式；它不是物品，也不是材料，而是各种材料的关系。正如任何一种关系一样，这是一种零维度的关系。因此，无论是作品的规模，还是作品的分子和分母的算术关系都无关紧要，重要的是它们的关系。无论是戏谑作品还是悲剧作品，无论是世界第一流作品还是不登大雅之堂的作品，无论是世界和世界对立，还是猫和石头对立，反正彼此全都一样。"② 这样就把文学从技巧而归结为纯粹形式问题。由于排斥内容，于是形式被夸大到极不适当的地步。

和上述手段、技巧息息相通的另一著名论点，即雅柯布森提出的"文学性"问题，实际上这是奇异化理论的必然的转换与概括。致力于奇异化的研究，也就是文学性的研究。雅柯布森与什克洛夫斯基相呼应，认为"文学科学如果想成为科学，则必须承认'手法'是其唯一的'主人公'"③。他从语言角度提出，"诗歌是自身具有价值的……语词的外观"，"诗歌是具有审美功能的语言"，"这样，文学科学的对象不是文学，而是文学性，即使一部作品成为文学作品的东西"④。雅柯布森通过对赫列勃尼柯夫诗作的分析，探讨了变形与情节手法的语言结构，艺术手法的具体运用，也即文学性。雅柯布森提出了诗歌语言的特征问题，认为"诗歌正是意在表现的表述，是受制于

---

① 见《开端》1921年第1期，转引自《世界艺术与美学》第7辑，文化艺术出版社1986年版，第10页。
② [苏] 什克洛夫斯基：《罗扎诺夫》，苏联"诗语研究会"出版社1921年版，第41页。
③ [苏] 雅柯布森：《当代俄罗斯诗歌》，见《诗学著作选》，莫斯科，进步出版社1987年版，第275页。
④ [苏] 雅柯布森：《当代俄罗斯诗歌》，见《诗学著作选》，莫斯科，进步出版社1987年版，第274页。

内在规律的。在那里，那种既是应用语言也是感情语言所具有的交际功能，被压缩到了最低限度。诗歌对其表述的对象是漠不关心的。"① 后来雅柯布森提出语言有多种功能，其中之一即"诗的功能"。"作为交际的指向性，集中注意力为交际自身而交际，这就是语言的诗的功能。"诗的功能是语言艺术的主导的中心功能。"这一功能在加强符号可感性的同时，加深了符号与对象之间的根本性的对分。"② 把诗的交际功能缩到最低限度，漠视诗歌所表述的对象；认为诗的功能是为交际自身而交际，并加深能指与所指之间的"对分"，就使这一理论出现了不少疏漏。

形式主义学派注意到了表现形式之差异，提出"词之复苏""语音的""组词的"变化以及"奇异化""文学性"等等，确有新意。它通过语言结构的分析，力图把文学研究引向文学本体，这是在文艺学中的一个突破性尝试。不过由于这一学派对文学本体的理解十分狭隘，特别是雅柯布森，在20世纪50年代末提出了诗学归属语言学的问题。他说："诗学研究话语结构问题，有如艺术学研究绘画结构一样。由于语言学是关于话语结构的总体科学，所以诗学可以被看作语言的组成部分。"③ 这一观点无疑把文艺学与语言学的对象混淆了。所以我们看到，雅柯布森的"文学性"，主要还是侧重于语言因素方面的探索。在这一点上托多罗夫也持类似倾向④。

一般认为，"新批评"派是形式主义文学理论的又一阶段。从这一派的批评观点来说，它同样竭力反对19世纪的实证主义，摈弃社会学、传记研究、心理学、哲学等方法，强调文学研究对象的本身客观性。它把注意力集中在作品的内在结构上，以"意图谬误"切断作品与作者的联系，即认为作品和作家的创作意图是难以合拍的；以

---

① [苏] 雅柯布森：《当代俄罗斯诗歌》，见《诗学著作选》，莫斯科，进步出版社1987年版，第275页。
② [苏] 雅柯布森：《语言学与诗学》，见巴里亚柯夫编《结构主义：赞成与反对》，莫斯科，进步出版社1975年版，第202、203—203页。
③ [苏] 雅柯布森：《语言学与诗学》，见巴里亚柯夫编《结构主义：赞成与反对》，莫斯科，进步出版社1975年版，194页。
④ 见拙文《法国文艺理论流派印象谈》，载《文艺研究》1985年第4期。

"感受谬误"切断与读者的联系,即读者阅读,效果各不相同,因此真正客观的东西在于作品本身,文学是一种"自主的叙述"。关于"新批评"在下一章还要论及。

结构主义的文学观念与"新批评"的文学观念同又不同。如果"新批评"开始建立了文学作品本体的观念,那么结构主义文论主要把语言学原理移入了文学研究,文学被理解为一种语言结构。语言学研究语言,目的不在研究个别语言,而是语言系统,即语言的规律性现象。结构主义文论研究的则是文学结构规律,即"文学性"。托多罗夫说:"结构诗学的对象不是文学作品本身,它们感兴趣的是文本特种类型表达的属性。这样,任何作品仅仅被视为某种更为抽象结构的实现……正是在这一意义上,结构诗学感兴趣的不是真实的,而是可能的作品,换言之,它感兴趣的是那种事实独特的特征,即抽象的属性。"[①] 这种文学性属性在托多罗夫的《〈十日谈〉语法》一文中被作了具体分析,这就是把语言学的研究,如语义、句法、语汇搬入文学研究。叙述句法的单位是句子,句子的主语和谓语;而叙述语的分类是专用名词、形容词和动词。他把这种理论套用到《十日谈》的故事上,抽象出了一个语言学规定的预先的结构设想,即文学性属性。这一文学性已不同于雅柯布森的文学性,后者与文学特性还有一定联系,而前者则成了一种语言学式地理解文学作品结构的模式了。

结构主义文学理论的另一倾向即文学的符号学观点。罗朗·巴尔特在《符号学原理》一书中,根据索绪尔的语言学理论,提出了"第二性语言",或第二性记号系统。"这种语言的基本单位(成分)已经不是词素和音素,而是与物或事相关联的更大的语言构成。这些物或事开始仿佛在语言之下,但决不是在语言之外发生能指作用。"[②] 这种语言系统在自然语言的基础上构成,罗朗·巴尔特使它的"所指"与"能指",按照丹麦语言学家叶尔姆斯列夫的观点,转化为

---

① [法]托多罗夫:《诗学》,见巴里亚柯夫编《结构主义:赞成和反对》,莫斯科,进步出版社1975年版,第41页。

② [法]罗朗·巴尔特:《符号学原理》,见《世界艺术与美学》第6辑,文化艺术出版社1985年版,第25页。

"确指"与"泛指",认为文学研究的旨趣就在探索"泛指",而"文学性"就存在于第二性的记号系统之中。这种推断,使得作为第二性记号系统的文本,也变成了"约定俗成的"、非理性的东西。

从这一观点出发,罗朗·巴尔特推论道:"文学就是非现实,或更确切地说,它完全不是现实的类似拷贝,而恰如其反,它是对语言本身的非现实性意识。因而,最'现实'的文学恰恰是意识到它首先是语言的文学……在这种情况下,所谓现实主义不应是摹仿现实,而应是认识语言:最'现实主义的'作品不是'反映'现实的作品,而是以世界为内容……但也许要研究语言本身最深在的非现实本质的作品。"① 罗朗·巴尔特的观点当然是对的,当他指出文学不等于现实的拷贝。但当他以这一命题来代替文学与现实、历史的关系时,他无疑使他的论证失去科学性了。

从上述说法,罗朗·巴尔特推导出另一重要观点,即作品的多义性。他认为泛指含义即第二性记号系统的涵义是文学所特有的,因此文本本身的涵义是空洞的。文学有如时装,它们的涵义都是不稳定的,它们的能指意义在于显示自己的功能,所以"时装和文学的本质……都是意指作用,而不是它们的意义"。这样,作品必然是多义的,对文学作品批评来说,解释也必然是多样的,不存在哪种解释更为正确的问题,凡是解释都是合理的、正确的。"文学科学既不能附加也不能发现什么涵义,它只能描述意义是按照什么逻辑产生的。"所以,在罗朗·巴尔特看来,作品愈是多义,或者说愈包含歧义,它本身就愈高妙。"我们今天是一半从美学上,一半从伦理上更加喜欢公开表明的多义系统,而且,这些系统中的文学探索愈是向思考靠拢,我们就愈喜欢……崇拜涵义说一不二的文学是'坏'文学,反之,公开反对单义蛊惑的文学是'好'文学。"② 罗朗·巴尔特的观点,无疑有启迪意义,它给现代主义中的一些流派的创作,在理论上

---

① 转引自赫里斯托·托多罗夫《评罗朗·巴尔特的文学研究观点》,见《世界艺术与美学》第6辑,1985年,第85—86页。
② [法]罗朗·巴尔特:《符号学原理》,见《世界艺术与美学》第6辑,文化艺术出版社1985年版,第78、83页。

作了论证,所以对于解释其中一些着眼语言探索的花样翻新,意义晦涩,难以辨析的作品,也即把文学视为"自主的叙述"的这类作品是比较合适的,但对于其他类型的大量文学作品,就不完全如此;或是说,它预先就把后一类作品贬入"坏"文学之列,采取不屑一顾的态度,使理论故作高深莫测和趣味的孤傲高雅。

结构主义文学观的兴起,是对文学社会学、历史主义研究的一种反拨,是对法国长期为朗松学派所影响的理论的突破。它排斥历史,宣布"作者死了",作品出来后,就与作者无关,把作品完全看作一种客体,排除了对创作主体的研究。它拒绝对文学作品做出价值判断,它感兴趣的是封闭于作品自身的形式结构、表现形式,而不是文学表现了什么。它寻求的是一种永恒的、抽象的、概括的形式结构的规律。"一切结构主义活动,不管是内省的或诗的,是用这样一种方式重建一个'客体',从而那个客体产生功能(或'许多功能')的规律显示出来。"① 而这种抽象的、永恒的形式结构,就是结构主义者的创造。结构主义者在叙事理论方面的研究中,成绩斐然,但由于其自身理论的局限,陷入了"语言的牢房",使他们主张的文学研究,失去了文学性内涵。

值得注意的是 1984 年,一位结构主义的代表人物茨维坦·托多罗夫出版的《批评的批评》一书,对文学观念作了新的理解。他在此书中引进了原本属于人本主义的观念,如人道、道德等问题,提出"文学是与人类生存有关的、通向真理与道德的话语"②。他认为文学与价值是分不开的,文学是一种意识形态,具有认识作用,不存在抽象的文学。这使得他与社会学派的文学观接近了起来。他以为要把文学置于复杂的关系中,如作者、时代、文学传统等关系中加以研究,这无疑又使他向历史主义学派靠拢。他提出批评要做出价值判断,追求真理。托多罗夫的观点的变化,也可视为一位结构主义者对结构主

---

① [法]罗朗·巴尔特:《结构主义——一种活动》,见蒋孔阳主编《20 世纪西文美学名著选》下卷,复旦大学出版社 1988 年版,第 415 页。
② [法]托多罗夫:《批评的批评》,王东亮、王晨阳译,生活·读书·新知三联书店 1988 年版,第 178 页。

义文学观念局限性的清醒认识。

五 人本主义文学思潮的实绩

这类文学观念侧重于创作者主体,并力图把文学观念建立在主体性的基础上。如表现主义文学观、精神分析学派文学观、原型批评和接受理论的文学观。

表现主义美学观在西欧极有影响,各派的观点显然不一。克罗齐的直觉主义美学,是力主表现说的美学,对文学观念、创作、批评影响极大。克罗齐所说的直觉,是指人的最低阶段的感性认识。他以为在直觉界线以下的感受,即无形的物质,这是人的心灵无法觉察与了解的。如要了解它,就要赋予它以形式。克罗齐以为只有通过直觉、感情才能转化为意象,成为客观世界事物。在这种哲学基础上,克罗齐提出直觉就是表现人的主观感情,直觉和艺术都是"抒情的表现",所以直觉也就是艺术。这样,艺术完全被归结为一种由主观生发开来的现象,与现实生活脱离了开来。同时由于把直觉活动视为认识活动的低级阶段,所以又使得这种感情活动与理性活动分离开来,排斥理性认识,也即排斥了艺术的理性特性,并切断与哲学、伦理科学之间的联系。克罗齐说:"那些叫做诗、散文、诗篇、小说、传奇、悲剧或喜剧的文字组合,叫做歌剧、交响乐、奏鸣曲的声音组合,叫做图画、雕像、建筑的线条组合,不过是再造或回想所用的物理的刺激物。"[①]

克罗齐的直觉主义艺术思想,对科林伍德的《艺术原理》具有直接的影响。科林伍德在这一著作中,从不同方面论述了艺术是感情的表现,艺术或表现感情或唤起感情。艺术表现时所提出的事实,究竟确有其事或者只是一个设想,这无关紧要。"当说起某人要表现感情时,所说的话无非是这个意思:首先,他意识到有某种感情,但是却没有意识到这感情是什么;所意识到的一切是一种烦躁不安或兴奋激

[①] [意]克罗齐:《美学原理美学纲要》,朱光潜、韩邦凯译,外国文学出版社1983年版,第107页。

动;他感到,它在内心进行着,但是对于它的性质一无所知。处于这种状态的时候,关于他的感情他只能说:'我感到……我不知道我感到的是什么。'他通过做某种事情把自己从这种无依靠的受压抑的处境中解救出来,这种事情我们称之为表现他自己。"① 这是一种和语言有关的活动,人通过说话表现他自己。艺术家感到压抑,把这种感情加以发泄、表现,然后感到轻松,获得解脱。这样,科林伍德就把表现或自我表现,归结为艺术。他认为再现与模仿不是艺术特点,巫术艺术,娱乐艺术,带有目的的艺术也非真正的艺术,而是"伪艺术",只有"自由表现的艺术""想象的艺术",才是真正的艺术。这些观点显然具有机械论的味道,形而上学的性质,但也揭示了艺术创作的一个方面的特征。他曾谈到感情表现有多种形式,艺术表现感情不同一般的感情宣泄,而应予个性化。"诗人越理解自己的任务,他就越有可能避免给他的种种感情贴上这种或那种一般种类实例的标签,而呕心沥血地在表现中把它们个性化,并通过表现揭示它们与同类其它感情之间的差异。"②

弗洛伊德主义的文学观在人本主义文学思潮中独树一帜。在精神分析学的范围中,弗洛伊德说他自己的主要贡献是发现了无意识研究的方法。他把意识与无意识视为心理分析的前提,认为任何一个特殊过程,首先都是属于无意识的心理系统,认为从这一条件出发,在一定条件下,无意识才会过渡到有意识系统。后来弗洛伊德将意识无意识的结构,分为"三部人格",即伊德(本我)、自我、超我的说法。伊德主要是指本能冲动。无意识的本能,包括性的本能、追求快乐的生的本能、追求死的本能。同时无意识又被分为两个方面,即不能转化为意识的部分和能转化为意识的部分,重要的是前一种,它成为人的心理的核心力量,控制人的行为,人的活动的动机全根源于此,并成为一切文化创作的源泉:"我们认为这种性的冲动,对人类精神最

---

① [英]科林伍德:《艺术原理》,王至元、陈华中译,中国社会科学出版社1985年版,第112—113页。
② [英]科林伍德:《艺术原理》,王至元、陈华中译,中国社会科学出版社1985年版,第116页。

高文化的、艺术的和社会的成就，作出了最大的贡献。"① 自然本能的欲望无处不在，它的作用如此被推崇，被看成是一种创造动力。当无意识想得到表现而又冲突不出去时，就改变形式，乔装打扮而成为梦。"梦是一种（受压抑的）愿望（经过改装）的满足。"② 文学艺术就是无意识的升华，就其本性来说，就是"白日梦"。作家创作原本为了满足本能欲望，如对金钱、名望、女人的追求。当创作一旦获得成功，于是作家由此而得到补偿。

在弗洛伊德看来，文艺创作是一种从幻想到现实的逆向运动。"艺术从来就是摈弃现实的人，因为他不能接受现实的条件，即放弃原始本能欲望的满足，所以他便到自己的幻想世界里去获取补偿，以尽情满足自己的情欲与充满野性的愿望。但是他终究发觉有条可以从幻想世界返回现实世界的途径，这就是用其天赋适应的方式，使幻想形成一种新的现实的类似物，而人们也就认可这是一种对现实的有价值的反映。"③

弗洛伊德的这种理论，有助于对创作无意识、性心理、自我观察、自由联想等方面的认识，使文学向人的心理纵深深入；同时这种泛性论又把人放到自然关系上去，一些文学流派在其影响下，在创作中专事无意识、性心理的发掘，加强了文学的极端的非理性主义色彩。

容格接受了弗洛伊德的无意识理论，而不同意把无意识泛性论化，他提出了"集体无意识"的主张。他把人的精神分成三个层次：意识是表层现象，意识之下是带有个人特征的无意识，即后天无意识。在这种无意识之下，是所谓"集体无意识"。这是精神的深层，"是从人的祖先的往事遗传下来的潜在记忆痕迹的仓库，所谓往事，它不仅包括作为单独物种的人的种族历史，而且也包括前人类或动物的祖先在内。集体无意识是人的演化发展的精神积淀，它是经过许多

---

① ［奥］弗洛伊德：《精神分析引论》，高觉敷译，商务印书馆1984年版，第9页。
② ［奥］弗洛伊德：《梦的解析》，赖其万、符传孝译，中国民间文艺出版社1986年版，第90页，据志文出版社版本翻印。
③ 见弗洛伊德《精神分析引论》，高觉敷译，商务印书馆1984年版，第301—302页。

世代的反复经验的结果所积累起来的积淀"①。容格认为,集体无意识是意识的原始状态,一切行为的发动力量。文学的任务不是去写意识,不是去表现后天无意识,而是去表现集体无意识,人类共有的深层精神。所以他人的个人生活、个性特征对于艺术创作来说是非本质的。

此外还有存在主义文学观、文学接受的文学观。存在主义者深感人的存在的痛苦与不安,主张"自我选择",以自己决定自己的存在。萨特主张文学要介入现实,介入现实的各种斗争。"不管你是以什么方式来到文学界的,不管你曾经宣扬过什么观点,文学把你投入战斗;写作,这是某种要求自由的方式;一旦你开始写作,不管你愿意不愿意,你已经介入了。"在萨特看来,写作与阅读互为依存。不存在为自己的写作,精神产品既是具体的,又是想象的,只有在作者与读者的联合努力下,才能出现。所以"只有为了别人,才有艺术;只有通过别人,才有艺术"。写作"召唤读者并通过把作者通过语言的揭示,转化为一种存在,即只求助于别人的意识以便自己被承认为对于存有的总汇而言是本质性的东西"②,向读者的自由呼吁,协同产生作品。这样,文学作品被看作为作者与读者的共同协同的创造。"在艺术责任的核心中,我们看到了道德责任。"这种文学观,无疑启发了后来的文学接受理论。

文学接受理论与其说是一种文学史向文学理论挑战的理论,不如说是一种建立在主体性理论上的文学观念的理论。这种理论在英加登那里已初见端倪,萨特的关于阅读的理论无疑是一种补充。姚斯等人的接受理论强调了读者的作用,并提出了以读者为中心的文学史观,关于后一点,后面还会论及。把读者的阅读,列入文学作品的观念之中,强调了读者的主体性作用,改变读者的被动地位,更新了人们对文学作品甚至文学观念的认识,这一思想应该说是对20世纪文论的

---

① 转引自舒尔茨《现代心理学史》,杨立能、沈德灿译,人民教育出版社1982年版,第359—360页。

② 柳鸣九编选:《萨特研究》,中国社会科学出版社1981年版,第24、6、20页。

重要贡献。

六 后现代主义文学观念

早在20世纪50—60年代，西方学者发现，第二次世界大战后的西方文化，与第二次世界大战前已大不相同。随着社会生活的激烈变化，各种文化思潮、社会思潮的兴起，而使整个社会的文化风尚大为改观，不少学者根据社会演变中表现出来的种种特征，纷纷宣布，当代西方社会已进入了后现代，各种文化现象特征已表现为后现代主义的特征。这一重要信息，直到20世纪80年代才引起我们的重视。但是，后现代主义虽在西方风行了几十年，研究者趋之若鹜，不过仍然是一个在不断争论的问题。就是说，人们关于后现代主义的看法不尽一致，说法相异，有时争论还很激烈。我们看到，催其到来者有之，身体力行者有之，批判者有之，惶惑不安者有之。总之，无论后现代也好，后现代主义也好，都牵动着西方社会千万人的心，左右着他们的生活与文化风尚。

后现代文化、文学艺术的出现，都是同后现代社会的形成密不可分的。在这里简要地描述一下后现代社会的状况是必要的。在这一点上，西方学者的观点并不一样，但都承认，第二次世界大战后的西方社会确是发生了巨大的变化。

这一巨大变化，从根本上说是西方战后社会、经济发展而引起来的。第二次世界大战后的20世纪五六十年代，人们发现，反法西斯的战争，并未给世界带来安宁。东西对抗，冷战代替了热战，军备竞赛，原子战争阴影笼罩着世界，侵朝战争、阿尔及利亚战争、对进步人士的迫害、美国两大工联联合、宣布放弃阶级斗争，原来的一批左派文人转向右倾，极右势力猖獗，等等。这一时期的人们普遍地怀有一种压抑感。这里，明里暗里交织着社会阶层内部的复杂斗争。同时官僚主义盛行，军国主义横行，越南战争，激进抗议不断。但是到了20世纪60年代末，由于官方加强镇压，斗争很快瓦解，反抗运动随之烟消云散，悲观情绪急速蔓延开来。这是一方面。

另一方面，第二次世界大战后的西方，进入了一个高速发展的时代。美国学者贝尔认为,美国已进入"后工业社会",这是"人与人竞争的社会","是以信息为基础的'智能技术'同机械技术并驾齐驱"的面向未来的社会。他认为,在这个资本主义社会里,经济、政治、文化三方面的不协调性,它们的根本性的对立矛盾已经完全形成。美国的另一位学者詹姆逊认为,西方社会已进入资本主义晚期。他把资本主义发展分为三个时期:古典时期、帝国主义时期、后现代主义时期。这后现代社会的特征是,技术高速发展,信息、媒介如电视以及20世纪80年代的计算机、录像机,作为新技术的代表,已进入千家万户,广告爆炸,浸透着高级消费逻辑的各种形象与意识,裹胁着千千万万的人们,改变着他们的思想与生活方式。法国哲学家利奥塔德在1979年发表的《后现代状况:关于知识的报告》一书中指出,后现代就是"对元叙事的怀疑态度"。何谓元叙事?即西方启蒙运动后形成的崇尚"同一性"、整体观的思辨哲学,与倡导自由、平等、博爱、科学求真的基本话语。后现代主义还认为,叙事与科学的范式不可通约。这就是说,过去的一切思想、理论全都遭到了怀疑。后现代文化哲学现象,正是在西方社会、经济发生大变动时期形成的一种文化景观。

后现代主义原本表现在文艺创作、批评方面,但是很快渗入其他文化领域,形成一股后现代主义文化思潮。我们先来看看,在这个高科技、全面商品化、高消费、同时夹杂着压抑气氛的社会里,在文化领域发生了些什么。

科技日新月异的发展,揭示了人的能力的无限可能性。对自然奥秘的深入探索,科学家的卓有成效的研究,理应使人的认识与理论具有更多的敞亮的品格。但是对于不少人来说,甚至不少科学家来说,却并未在精神上摆脱神秘主义的束缚,而陷入了哲学上的怀疑论与极端的相对主义。对事物的相对性的认识,是可能的,但相对主义的极端化,必然导致对价值与真理的怀疑,放弃终极追问,对待万事万物持有一种亦此亦彼、什么都成的思维方式。这不得不令人看到科技发展中的某些环节的失衡。例如,科技飞速发展,建立起了自己的霸权,几乎形成了对人们的绝对统治。教育形式发生了急剧的变化,接受知识教育中的人文因素急剧减弱，使人想起人文科学日渐失灵，因为人们如今只需坐在终端机前就能获得大量信息，得到各种知识、情报。传统的哲学受到了强有力的挑战，在商品化的影响下，它的合法化地位都受人怀疑，于是慢慢被迫放弃其合法化的责任。例如像现实这样的重大问题，有的学者在谈起后现代主义理论原则时说，在过去现实一直被描绘成一棵根深蒂固的大树。但在后现代主义那里，这种形象描写早已过时。一些人把现实描述成"一种向四面八方延伸而没有明显中心的块茎"[1]，就是说现实不过是缺乏根叶的弥漫性现象而已。"如今没有一种合理的观点，能说明世界可以呈现为一个绝对的事实。"[2]

一百多年来，西方学者经历了上帝之死，父亲之死，知识分子之死，作者之死，一直到人的主体性之死。"上帝、国王、父亲、理性、历史、人文主义，已经匆匆过去，虽然在一些信仰园地中余烬犹燃。我们已杀死了我们的诸神。""现在我们一无所有，没有一样东西不是暂时的、自我创造的、不完整的，在虚无之上我们建立我们的话语。"[3] 美国学者查尔斯·纽曼在《后现代氛围——通货膨胀时代的虚构行为》中谈及，在资本主义后期，通货膨胀导致文化的反常性。他引用一位学者的话说，在这个时代，"一切都动摇了，而且每一个人愈来愈变得匮乏……所有的人都是百万富翁，但所有的人都一无所有。从来没有谁忘记自身的突然贬值，因为它太令人痛心疾首……以后自然的趋势就是寻找某种比自身价值更少的东西……"[4]。"知识激增，使人目不暇接，发现万事万物那么多的看法都可以自圆其说，对一切都感到毫无把握，没有一种解释能独霸称雄。"[5] 当我们看到西方

---

[1] [美]约翰·墨菲：《后现代主义对社会科学的意义》，见王岳川、尚水编《后现代主义文化与美学》，北京大学出版社1992年版，第171页。

[2] [美]约翰·墨菲：《后现代主义对社会科学的意义》，见王岳川、尚水编《后现代主义文化与美学》，北京大学出版社1992年版，第145页。

[3] [美]伊哈布·哈桑：《后现代的转向》，刘象愚译，时报文化出版企业有限公司1993年版，第279页。

[4] 转引自查尔斯·纽曼《后现代氛围》，见王岳川、尚水编《后现代主义文化与美学》，北京大学出版社1992年版，第151页。

[5] 转引自查尔斯·纽曼《后现代氛围》，见王岳川、尚水编《后现代主义文化与美学》，北京大学出版社1992年版，第152页。

学者——出来诉说自己在后现代气氛中所体验的不安、惶惑、恐惧，而陷入虚无、飘忽无定之中时，那是令我们不胜同情的，因为我们自己也有过类似的人生体验。但是如果让这些惶惑与虚无，变为理论的出发点与框架，使非理性转为反理性，那就会陷入极端的相对主义与虚无主义而难以自拔。

在这种文化气氛中，还夹杂着各种原因形成的反抗情绪。20世纪50年代（也许还要早）文艺中已经出现了反抗现代主义创作的作品。一些作家如"新小说"作家，要求文学彻底回归自身，宣称文学写作就是文字游戏，与意义、价值无关。这种反抗是复杂的文学自身运动的一种表现。当现代主义文学兴起时，它就曾以反抗的形式出现过，现在轮到新的主义来反抗它的传统了。现代主义成了攻击的对象。此外还有社会压抑而滋生的反抗情绪，20世纪60年代进步势力遭到镇压、瓦解之后，理论家们在寻找一种手段，以便对现状进行抵制。后结构主义学者克里斯蒂娃说，需要"引入一种心理分析……一种平衡机制、一种矫正法来抵制政治的论述，否则，这种政治论述，将随心所欲地成为现代宗教，成为我们终极的解释"[1]。这种手段其实早就出现了，它不是什么心理分析，它就是语言。

这就是说，极端的相对主义与虚无主义，既是社会性的，也是理论性的。这一思潮源于近百年来酝酿、修正、流行于西方的语言哲学、语言学哲学。语言哲学、语言学哲学渗入各种哲学思潮，如分析哲学、阐述学、存在主义之中。解构主义反对结构主义式的事物自我封闭的稳定结构，认为后者建立在二元论的基础之上，即统一的、完整的基础之上。解构主义认为，事物所以被看成统一、完整，乃是承认它只有一个中心、有一个本质面、有重点，而其余部分都被忽略了。事实上，事物没有本质和现象、内和外之分，也不具隐显之别，而只存在着差异，没有分明的界线。承认事物有中心、有本质，是几千年来形成的语言中心主义和形而上学在起作用，应予推倒。

---

[1] 转引自伊哈布·哈桑《后现代的转向》，刘象愚译，时报文化出版企业有限公司，1993年，第276页。

法国哲学家德里达力图颠覆索绪尔语言学中的说话与写作、语言与言语、所指与能指的那种二元结构的等级关系。索绪尔语言学将语言与言语分离开来，认为言语较之语言，与人们有更为直接的联系，更直接反映着人们的原意；认为语言的本质是说话，说话在前，写作是说话的表现，是对语言的描述；并且由于其符号的固定性，而失去了人们表现原初意识的生动性。它由于用字符进行书写，作者表现为不在场，所以就只能求诸读者不断解释，于是误解丛生。所以在书写与具备直接性的言语之间，就形成了一个等级。德里达使用"颠倒"与"改变"为手段，来消解语言的二元结构。他反对把写作置于从属地位而给予说话以优先权，即反对说话具有先天的特权。

德里达认为，说话较之书写并无优势可言，原因在于说话有时也会有模糊不清，也可能去重复书写的东西。而书写的物质性，则可以通过联接而生成意义，还可流传下去，所以语言、说话与书写是一种平等的关系。这种思维方式，使原来的言语中心主义发生了变化，使中心位移、中心边缘化，二元对立遭到解构。德里达的解构并非只在语言学中进行。他认为整个西方的科学知识、哲学，都是语言学式的类似结构，必须像颠覆语言学那样，对它们进行全面颠覆，建立新的科学基础。为了不使用原有哲学的概念，他自己创设了一套名词，如分延、踪迹、替补等一系列术语，以有别于传统哲学，最终消解了传统哲学的真理观、价值观。

解构主义反对事物只具单一本质的说法，而主张事物本质的多元性；它认为意义并不存在于事物本质的表现之中，而是因事物本身呈现差异而不断产生的，就像游戏一样，是一种不断的纯粹的进展。这样一来，解构主义实际上将语言当成纯粹的能指活动的过程。在这一活动中，所指也不断变为能指而与能指融二为一。德里达在《书写语言学》中说过："本文之外没有什么东西……从来就不存在什么东西，而只有补充物的意指作用，它们只能在不同的参考链索中涌现出来。"解构主义不承认传统、权威、稳定不变的二元结构，这确是看到了传统思维模式的弱点，抓住了这种思维模式带来的问题。思维模式应是多样化的，世界发展的模式也是如此。

但是，一，由于解构主义认为在本文之外一无所有，这实际上就把本文提升到了本源地位，所以解构主义认为我们无法了解它物，如果有它物的话，那也只存在于语言之中。我们与外界的联系，实际变成了一种语言关系，因为我们无法超越语言。这样语言脱离了现实而成了独立体。不是语言描述现实，而是现实与历史存身于语言之中。"语言是本身的表达"，知识不在语言之外，而是在语言的细微差别之中找到的。语言生于自身的蜕变，它可以提供一大堆"现实"。事实是不真实的，也不是虚假的，而是语言上的东西。二，由于语言成了存在的本源，所以早就出现了"说话的是语言，而不是人"，是语言说人，而不是人说语言的说法。于是人的主体性遭到了放逐。到了解构的语言模式中，人就彻底地死去了，世界就成了一个没有人的主体性的世界。应该说，语言对于人是有支配力量的，特别是舆论性的、权威性的本文，在这一点上，解构主义是抓住了问题的。但由此而把问题推向极端，丧失了分寸感，就走向谬误了。三，由于崇尚语言能指作用的自我创造，于是写作就成了一种无尽演变的游戏追逐。认为意义诞生于语言差异的不断的变化之中，拼凑联结之中，于是，意义便成了那变幻无定的链索上的踪迹，而那些企图建构于意义之上的价值、精神、真理便纷纷下滑而遭到解构。因为在解构的运作过程中，不再有一个支撑点，可以使真理、秩序合法化。如果说，还存在着什么真理的话，那么拉康说，"真理来自表述，而不是来自现实"。真理与现实无关。至于对于任何理论，解构主义的态度是一律予以解构。美国文论家保罗·德·曼的《对理论的抵制》一文谈到，任何理论都无法逃脱解构的命运，文本的细读，都导致对其原有逻辑的对抗。"无论什么东西都无法克服对于理论的抵制，因为理论本身就是这种抵制。"[①] 这样，解构主义不仅推倒了由传统文化积累起来的理论大厦，而且也把人们千百年来的历史、现实社会的实践活动都弃之一边。

---

① ［美］保罗·德·曼：《对理论的抵制》，见王逢振、盛宁、李自修编《最新西方文论选》，漓江出版社1991年版，第227页。

后现代主义的哲学说,所谓真理、秩序,都借助于形而上学的二元结构,被置于中心地位,是由人们设想、假定出来的。这种说法不是毫无根据。但是又要看到,这种设想是在历史、现实的社会实践中人与世界相互关系的结果,是人在社会实践中不断的否定与肯定、改造与创建、认识与超越的结果。在千百年的历史中,一些真理仍是真理,一些原有的真理,已被证明是谬误;而在今后人类的实践中,将会继续发现真理,并不断产生谬误。那么能否因为发现某些谬误,甚至是灾难性的人类谬误,而将所有真理都推倒呢?至于秩序也是如此。有时秩序成了桎梏,在打碎这些桎梏时,能否将全部秩序尽行粉碎呢?人既然是社会性的动物,他的进化的结果,能否让他再回到不具意识的原始森林中去呢?全面消解历史,现实将何以确立?未来又在何方?

后现代主义哲学消解权威、传统话语,使中心靠向边缘,同时它也消解了西方的政治结构、政治权威话语的束缚。其实这种消解只是一种形式性的纯粹话语性的消解,所得的安慰实际也是有限的。但是这种哲学的中心思想,在西方文化生活中,特别在后现代文化氛围的营造中,却是很有影响的。事实上,人、历史实践是消解不了的,后现代主义消解的只是人的精神品格与价值。这个失去了主体价值、精神品格的人,在米歇尔·福柯看来,不过"是短命的历史化身",有如"沙滩上的足迹",浪涛打来就荡然无存,被称作是"万物之灵"的人类的那些"荒芜而又瘟疫横行的城市行将崩溃"。这不是西方的没落,而是西方文明的终结了。贝尔认为,这种观点看起来十分时髦,其实不过是把一种思维推向荒唐逻辑的游戏。

人既然被视为沙滩足迹,转瞬即逝,无所谓价值与精神,自然也遑论目标与理想了,于是自然只有依靠自然本能行事。事实上,早在20世纪初,一些哲学流派、心理学流派就已提出过这类主张。贝尔认为,由于后现代主义反对美学对生活的证明,"结果便是它对本能的完全依赖","它以解放、色情、冲动自由以及诸如此类的名义,猛烈打击着正常行为的价值观和动机模式。人在自我失落中自我娱乐,而趣味鉴赏则无需挑剔"①。在发达国家，这种文化与这样的人，在在皆是。

　　后现代主义文学正是上述后现代主义哲学、文化观的一种反映。在后现代主义文化中，哲学、文学的界限已不甚分明。哲学依靠文学，文学依靠哲学，相互阐述，互为补充，有时甚至两者相通。理查德·罗蒂在其《后哲学文化》一书中说，文学理论一词，"与'尼采、弗洛伊德、海德格尔、德里达、拉康、福柯、德·曼和利奥塔德等人的讨论'，基本上是同义词"②。现实的消解，生存的失望，人的主体的解体，热衷于语言的游戏，反抗传统、价值，发展极端的人本主义与科学主义，进而否定它们，这大体反映了后现代主义的文学思潮的情况，本书在后面还会论及。

---

　　① ［美］丹尼尔·贝尔：《资本主义文化矛盾》，蒲隆、赵一凡、任晓晋译，生活·读书·新知三联书店1989年版，第99页。
　　② ［美］理查德·罗蒂：《后哲学文化》，黄勇编译，上海译文出版社1992年版，第98页。

第四章 文学观念

第一节 方法论问题：主导、多样、综合

20世纪文学理论，显示了文学观念的复杂多样。从方法论的角度来看，有以"人本主义"思想为指导的文学观念，如表现主义、精神分析理论、存在主义的文学观念以及文学接受理论的文学观念；有贯穿"科学主义"思想的文学观念，如形式主义、新批评、结构主义、现象学的文学观念，等等。于是形成了在人本主义与科学主义对立中有关文学本质的多种不同的理解。

如果对上述各种文学观念有所了解，那么可以发现下面几个特点：第一，这些派别都力图以自己特有的观念来概括文学的全部本质，但实际上并未做到。第二，这些理论观念从不同方面触及了文学本质的某些特征，由于它们涉及的方面不同，所以它们说明问题的程度、它们的价值也各自相异。第三，它们或自成体系或自成一说，有的比较开放，有的自我封闭性强。从它们的发展历史来看，文学观念的变化，成了一种不断更迭的现象，它们都标榜自己正确，而一种观念的出现，往往是对前一种观念的否定或贬低，因此，它们相互之间的排他性非常突出。它们在自己规定的范围里，自有其一定的合理性，但从文学观念的整体性观察它们，那种以偏概全的缺陷就十分明显，包括在总体上相当错误的观念。这使人看到，由于它们不同程度地抓住了文学的某些特征，我们在梳理它们时，不能不加鉴别地接受，或简单地给以否定；我们应当看到它们的理论价值各不相同，并处在不同的层次上。

同时还要看到，在20世纪，不仅仅只有上述几种类型的理论。如前所说，20世纪前期几十年的苏联文学理论，不光是形式主义文学理论的源头，而且也是马克思主义文学理论的滥觞。马克思主义者把文学理论视作文学科学的组成部分。半个多世纪以来，由于时代、地域、认识的不同，出现了苏联、中国、西欧不大相同的马克思主义文学理论，从而又形成了不同的文学观念。因此可以说，就文学观念来看，大体上存在着三大潮流，它们各自又包括不同的派别。

这样看来，文学观念是一个极其复杂的现象。我们不必同意人本主义的、科学主义的各种文学观念，但是又必须看到这些观念中的某些合理因素。马克思主义文学观念有许多优点，但是它本身必须得到充实和丰富，但在不少重要的方面又庸俗化了。为了使其更加科学，适应当代文学发展的需要，这就要求在马克思主义的原则、精神的指导下，从其他理论中吸取合理的因素，形成既有主导原则，同时又不是单一地，而是多方面地理解文学现象的方法。对于文学理论研究来说，事实上很难用一个简单的定义说明文学现象，而应当看到文学观念、文学的本质是一种多层次现象，需要多方面地对它们进行阐述。所谓层次，就是事物整体所表现出来的不同方面。层次是建立在差别和不同的基础上的，没有差别就无所谓层次。同时不同层次自有其量和质的规定性，从而从不同层次可以见到不同本质的表现，一个事物由于其多层次而形成多本质。

文学的多本质的提法是科学的吗？不是有一种说法，多本质性就是无本质性吗？其实，事物的多本质性是一种客观存在，它的合理性在于不是把事物看成一种平面的单一的现象，而是把它看成各种因素有机的综合体。黑格尔讲到人的思想时说："人的思想由现象到本质，由所谓初级本质到二级本质，不断深化，以至无穷。"[①] 这个观点是深刻的，事物、现象都是如此，它们都是一个整体，各有自己复杂的结构，多种因素，不同层面，以及层面的相互交叉。它们各有自己的发展过程，在各自的历史中，每个阶段表现为发展、流动着的一个环

---

① 见《列宁全集》第55卷，人民出版社1990年版，第213页。

节，各个环节表现了每个阶段的本质方面。人们能够不断接近各种现象，把握现象的初级本质、二级本质……同时也要看到，现象、事物的本质、联系，不仅是纵向的，而且还有横向的联系和扩展，所以事物、现象又都是一个不断被认识和难以穷尽的整体。文学观念的多本质即无本质的思想，主要和过去把一定层次的观念定于一尊，用它代替其他的层次的观念有关。

文学观念是一个整体，这个整体又可以分为不同的层次，这些层次又具有各自的质的规定性，进而形成文学观念的多本质性。就文学本质观念的整体而论，在国际文艺理论界，这是一种多元化现象。韦勒克的文学本质观不同于波斯彼洛夫的文学本质观，蔡仪、叶以群的文学观不同于凯塞尔的文学观，形式主义学派与精神分析学派的文学观大为异趣，阐释学的文学观念与存在主义的文学观念也大相径庭。我们可以不同意上述某些文学观念，或对其中某些观念持某种保留态度，但不能绝对否定它们，因为它们在探索文学本质时，都涉及了某些特征，只是它们表现出来的真理品格有高低之别。有的从哲学的角度触及了文学的本质面，有的从本体论角度只是触及文学的某种层次的特征。出现这种现象的原因，一方面固然是由于各国学者的主体条件、艺术哲学观点不同而引起，另一方面，确实也要看到文学是一种极其复杂的多层次现象。各个层次的现象都有各自的对象，不同层次的对象就要求运用不同的方法。所以，从总体来看，任何单一方法的研究，都难以穷尽文学本质观念的全部意义、全部特点。方法的单一，常常会造成观念的片面性，形成不同程度的局限。

文学观念既然具有不同层次、不同本质的特性，那么，总体的文学观念是否就是这些不同层次、本质特性的相加呢？不是的，事物的不同层次，实际是一个系统，从总到分的研究的思想方式。所谓系统方法，就是把对象放在系统的结构形式中加以考察的一种方法，它始终处于整体与部分、整体与外部环境的相互联系、相互制约、相互作用的关系之中，综合地考察对象，以达到对问题的最佳处理。系统的思想一般包含下述几个方面：整体思想，联系和制约观点，有序观点，动态观点，最优化观点。将系统论观点应用于文学观念的分析研究，是完全适用的。可以而且应该把文学观念看成一个系统，来分析它的组成部分。当然，不能说过去的文学观念都是缺乏系统思想的。刘勰的《文心雕龙》，一般认为"体大思精"，它对古代文学从理论上作了系统的概括，它把儒家的"宗经""征圣"思想系统，提到了指导思想的地步。当然这也要具体分析，这些主张的提出，主要是为了反对当时文学创作中的形式主义倾向而提出来的。亚里士多德的《诗学》，涉及面很窄，但它也有系统，到了20世纪，它受到形形色色的形式主义的歪曲。一些当代文学理论著作，有的系统观念的自觉性比较薄弱，它们不是常常孤立地、机械地排列概念，就是排他性非常强烈，所以整体逻辑观念也有待调整。

那么，把系统的观念、方法移入文学理论研究，就解决问题了吗？事情当然没有这样简单。系统思维是一种理论，但主要是把握事物整体的思维方法，而思考的逻辑，尚不是理论逻辑本身。文学研究的目的，在于阐明各个层次的文学观念，所以它还应具有适合于自身的方法。不使用这种方法，只求诸系统思想，理论本身就会成为空洞的架子。由此采用系统的思想方法，目的是为了改善理论逻辑自身。

文学现象不仅是一种存在。文学现象的各种因素一旦结合起来，都是发展的、历史的，它的本质特征、它的描写对象、它的倾向、它的感情色彩、它的形式，都处于流动变化之中。由此，文学研究必须探讨文学历史发展的特征。不建立这种观点，很容易孤立地去看待文学现象，使文学的有机因素相互隔离，这正是形式主义、新批评、结构主义文学研究的通病。

把系统的观点、方法，与文学观念本身的理论逻辑、历史观点结合起来，构成文学理论的基本方法是适宜的。首先，文学观念确是一个多层次、多系统、多本质的现象。其次，研究文学观念的方法，也是多种多样的。系统思想可以赋予文学观念与文学研究方法以系统性特征。从文学观念方面来说，构成文学的观念系统；从方法论方面说，构成研究的方法系统。

研究文学观念的系统方法，首先是审美哲学方法。使用这种方法的目的，在于从总体上来把握文学的主导特征。在这一层次中，我们将把文学看成是一种审美文化现象或形态。在社会文化系统中，物质文化与精神文化，审美文化与非审美文化相对应而又交叉，形成总体文化与各种分支系统。文学作为审美文化现象，将抽象为一种审美意识形态。

其次，要运用由于文学本身特征而形成的各种方法，阐述文学观念的第二层次的多种本质特征，即文学本体的诸种特征。一，文学作品是文学的核心，必须从审美本体论来分析作品本身结构，阐明作品本体特征，也即作品的存在形式。二，必须环视作品的前因后果，进入审美的创造系统，研究审美反映结构，结构的功能，审美反映的动力源，主客体关系，即创作主体与现实包括非现实的关系和审美价值创造系统。三，继而研究文学的接受与欣赏，它的历史存在形态，进入审美价值的再创造系统。

再其次，通过历史分析，进一步探讨文学本体发展演化而成的诸形态及在历史发展中的规律性现象，在发展中优先选择的创作原则，它在世界范围内发展的趋向，它和审美文化系统和非审美文化系统的关系，以揭示文学观念的第四层次的本质特征。

最后，文学观念的研究，将进一步讨论文学史及其方法论问题。

如何对待文学理论研究中的人本主义与科学主义？有人认为文学不能研究，不是一门学问，只有作家才能阅读、欣赏，这种陈旧的观点，曾受到韦勒克的驳斥。[①] 韦勒克认为文学研究是一门科学，这一观点我们是同意的。但是他又认为，文学研究只使用"绝对文学"的研究方法，这就形成了"新批评"文学研究的偏颇。文学研究就是从一定的认识、观点，在阅读、感受、欣赏的基础上，对文学现象进行分析、综合，概括出普遍的规律性，阐明各种现象的独特性，以不断深化对文学的认识，由此而形成不同的方法系统，就成了文学科学的不同的组成部分。这是问题的一个方面。

另一方面，当今科学技术发展迅猛，在这一强大潮流的影响下，

---

① 见韦勒克、沃伦《文学理论》，刘象愚、邢培明、陈圣生等译，生活·读书·新知三联书店1984年版，第1—2页。

社会科学与自然科学之间的联系将得到进一步的加强，社会科学本身会日益变为一个开放的领域。文学理论也是如此，它将会在与其他科学进一步的联系中获得创新与发展，会不断出现一些新的边缘科学，一些新的课题，在综合、交叉的网络中，引起文艺科学的新的进步与突破。不过，这个过程将是一个渐变的过程，而且也并不是所有的文艺理论家都热衷于将自然科学的方法简单地搬进文学理论领域。20世纪60—70年代，苏联文艺界也有一些人主张应使文学"科学化"，但并未出现真正有价值的实绩。

韦勒克不同意把自然科学方法随意搬入文学研究领域。他认为文学研究有其自身的方法，这就是所谓智性的方法。他指出在现代科学飞速发展之前，文学研究早就获得重大进展，而并非一无成效。他认为自然科学方法应用于文学研究领域很为有限，原因在于自然科学和人文科学，"在方法论和目的上都存在着差异"，"大部分提倡以科学方法研究文学的人，不是承认失败，宣布存疑待定了结，就是以科学方法将来会有成功之日的幻想来安慰自己"。这种观点虽有相当的道理，但可能有些不合当今的潮流了。有趣的是，就是有的自然科学家，也并不同意人们不假思索地把自然科学研究方法移植到了文学研究中去。像控制论的创始人维纳，对于把他的理论搬到社会科学中的做法是持怀疑态度的。他说："数学公式的应用，一直与自然科学的发展伴随一起，现在也成了社会科学的风尚。这就像一些落后民族采用西方的非民族服装和议会制度，因为他们模糊地觉得，这些魔术般的衣着和仪式，会使他们立刻跻身于现代和现代工艺之列。"信息论的创始人申农也表述过类似的思想。这些学者担心的主要是人们把他们的理论简单化，生吞活剥，随便套用，然后宣布这就是新的发明。

如何正确地对待这些方法，引进或使用它们，首先要考虑到文学艺术本身的特征。选择今天的科学方法应用于文学研究，也是必需的，其目的是更加科学地阐明对象，使对象获得新义，或开辟新的科学研究领域。如果应用科学的方法，使文学研究对象失去了质的规定性，则这种方法就无助于文学特征的阐明。其次，科学方法的运用，是为了能够弥补过去的方法的不足，或阐而不明的问题，以揭示过去所不能说明的规律性现象，从而使原来的理论有所丰富，有所进步。如果起不到这种作用，反而使文学研究概念化了、公式化了，那么这类方法未必会有多少生命力。由此看来，科学方法既要积极引进，又要排除盲目性，要避免不切实际的科学主义。

至于人本主义，主要强调研究、理论的建立，应以人本身为中心，突出人的主观因素、主体性。强调人的主观因素、主体性，充分认识人的主观能动性，并把它们反映到理论的建构中去，这对于克服机械论、庸俗社会学，十分必要。但是也要看到，建立在人本主义基础上的各个现代文学理论流派的文学观念，如表现主义、直觉主义、生命冲动、自然本能、绝对意志、自由选择、读者创造作品等理论，都把人的主体性、主观因素发挥到了绝对化的地步，以至把人的主体特征和文学的本质特性弄成了一个东西，在对抗唯物主义、庸俗社会学的同时，陷入了极端的主观主义，走入了新的庸俗化。

我国文艺理论界这几年也很强调主体性、主观因素的作用，这是十分必要的。文学理论的改造，必须吸收被西方理论家抽象地发展了的主观的能动方面的合理因素。可以这样说，不加强对主观因素、主体性的深入的科学的研究，我们的美学、文学理论是很难提出新的课的，很难会取得长足的进步。但是人本主义倾向在我国文学理论中也极为突出，它表现为把主体性、超越性都说成了文学的本质，使文学观念失去了应有的界限。

我们的文学理论的指导思想，既非科学主义，也非人本主义，而是历史的、辩证唯物主义。它既强调科学、逻辑、本体论，又注重历史观点，人的主观能动作用，这是两个方面的有机结合，并构成了方法论的主导方面。与此同时，文学观念作为一种多层次现象，也就要求使用多种不同的方法。就方法本身来说，有的方法概括面广，有的就较狭隘。

我们可以使用审美哲学的方法，阐明最根本层次的文学本质观念，也可使用作品内在结构的方法，来阐明作品本体、文学本体其他层次的观念，等等。还可以使用其他的方法，包括有鉴别地使用外国文学理论所应用的多种方法，在多样的基础上，形成一种综合的观念。当然，这种多样、综合，并不是把自己的方法系统，搞成一个大杂烩，有什么就接受什么，并一律标之以新方法，而是一种有主导的多样和综合，这就是我们的具体的方法论。一种宏阔的、比较符合实际的文学观念，在主导方法之下，必然可以容纳多种方法；一种教条式的狭隘的文学观念，只会允许一种方法，排斥其他方法。

看来，有主导地走向综合，也是国际上文艺理论研究中的一种趋势。如前所说，原来遵循科学主义的一些西方学者，也已意识到自己的方法观念的局限性，而把人本主义的某些原则引入了自己的研究，如某些结构主义理论家；而所谓后结构主义，实际上又正是对科学主义方法的一种反拨。

第二节　文学是审美意识形态

我们在前面把诗语的体裁，最初的文学，看作审美意识的形态，但是后来人们对于这一问题的认识要复杂得多。

各种文学理论著作，都围绕文学是什么的问题，而形成各自的文学本质论。韦勒克的"绝对'文学'"观点引出的文学观念，在西欧相当流行，它把文学的本质特征规定为"虚构性"，文学就是作家的虚构物。某些结构主义者把"文学性"视为文学本质特性。也有学者认为文学是符号体系，等等。在苏联，文学本质的观念大体表现为两种倾向：一种是从认识论出发，把文学的本质规定为一种特殊的认识，一种意识形态。先是认为文学与其他科学一样，对象相同，不同处仅在于反映手段的差别。文学用形象思维，科学用抽象思维。后来发现这种理论的缺陷，即把两者的对象混同了。波斯彼洛夫的"意识形态本性论"是近几十年来一种很有代表性的观点，在苏联文艺理论界比较流行。它论证了文学何以是意识形态。波斯彼洛夫认为，有两种世界观，即抽象的世界观和"对世界的具体感受"的世界观，文学主要在后者的制约下产生的。文学作为一种意识形态，它的特殊对象，它的特性，都只能从这种意识形态本性加以说明，所以文学的本质特性是社会意识形态性。苏联另一种重要倾向是文学的审美本性论。这一派的理论认为，文艺的本质特性，不在思想内容，而在创作的对象本身。"艺术所揭示出来的，构成艺术思想内容的一切本质，乃是人的本质，即首先是社会的本质。"[①]"人是绝对的审美对象：只有从这个对象出发，我们才能从审美方面评价一切其它的现象。"从这一基本观点出发，"绝对的审美对象和艺术的特殊对象是一个东西。这就是说艺术和审美具有同样的客观基础，即具有同样的内容的特征。因此，不仅艺术的形式，而且艺术的全部实质，都应该是肯定是审美的"[②]。这一派的学者的具体观点不尽相同，但都把艺术的本质归结为审美。其中有人在批评前一派的观点时，提出谁要是否定艺术的审美特性，谁就是把艺术归结为赤裸裸的观念形态，回到庸俗社会学。波斯彼洛夫则认为，审美学派在批评艺术的认识本性时，取消了艺术作品作为意识形态的倾向问题和艺术作品认识的客观性问题，"因为美在艺术作品中的产生和存在，是与作品内容在意识形态上正确的倾向性，与作品内容在认识上的客观性不可分的"[③]。

我国目前有关文学艺术本质的观点，和这两派十分相似。有主要以认识论的观点来阐述文学本质及其特性的，最近十几年出版的文学理论书籍都持此说。以认识论作为出发点的文学本质论，一般把文学界定为社会意识形态，上层建筑，力图从经济基础与上层建筑、意识形态的系统，为政治服务，来确定文学的地位及其本质特性。应该说，这种阐述自有其特点，文学确实是认识生活的一种意识形态。问题在于，它只是阐明了文学本质特性的一个方面。如果要以这点来代替文学本质特性总体的把握，这就使文学与理论不分了。因为，文学虽然具有认识因素、认识作用，但文学并非只是认识。人们并不是仅仅为了满足认识才需要创造文学的。所以如果局限于这一点，那么文学的其他的重要的本质特性，就得不到合乎规律的阐明。以文学的功

---

① [苏]布罗夫：《艺术的审美实质》，高叔眉、冯申译，上海译文出版社1985年版，第60页。
② [苏]布罗夫：《艺术的审美实质》，高叔眉、冯申译，上海译文出版社1985年版，第218—219页。
③ [苏]波斯彼洛夫：《论美和艺术》，刘雁冰译，上海译文出版社1981年版，第61页。

能问题为例，在把文学当作认识的思想指导下，文学首要的、最根本的功能被视为认识作用，而审美作用则被置于认识、思想教育作用之后。所以从这一类理论著作来看，使人感到文学的审美功能倒好像是一种从属性的品格，而不是文学的首要的特性和它本身的真正特性。

文学理论中的另一种观点认为，文学的本质特性是审美，因而持此说者竭力反对认识论、反映论、意识形态这类观念，并认为这些观念只会导致文学理论的简单化。从一方面来说，认识论、反映论这类观念，在过去几十年里确实有被滥用的现象。这是在对文学的急功近利的思想指导下进行简单化的解释的结果。但另一方面任意否定、绝对排斥认识论、反映论、意识形态等观念在文学理论中的使用，正是一种极端偏颇的表现。不能认为，上述观念与文学格格不入，以为只要把它们排斥掉，文学理论就会科学化了；不能因为可以多角度，用多种方法研究文学，原有的方法观念就得彻底废除。事情没有那么简单。审美观念的确立，是具有本质意义的，不深入研究，就难以使文学理论深入一步，但是否这样就够了呢？同时，近些年来，也有把文学本质归结为自我表现、感情的说法，或从心理学观点来规范文学本质，或如前面提到的认为文学的本质特征就是主体性、超越性，等等。

把文学视为一种复杂的现象，一个复杂系统，从而对它进行多层次、多角度地综合研究已为不少人所接受。从社会文化系统来观察文学，从审美的哲学的观点出发，把文学视为一种审美文化，一种审美意识形态，把文学的第一层次的本质特性界定为审美的意识形态性，是比较适宜的。

马克思在《〈政治经济学批判〉导言》一文中，谈到几种文化模式的创造方式。人们把握现实时，有理论的方式，有"艺术、宗教、实践—精神的掌握"。当然，与理论方式相对应的，还有实践的方式。实践的方式就是社会实践行动，劳动生产，对现实的改造，也即物质文化的创造。理论的掌握即精神的掌握，它的主导方式是"把直观和表象加工成概念"，创造纯精神文化。第三种方式是实践—精神的把握，在这里，把艺术与宗教两者并提，说明两者把握现实的方式是具有同一性的。实践—精神的方式，并不是两者简单的相加，这是一种具有实践特征的精神把握。它一部分产品属于物质文化，一部分产品属于精神文化，并形成一个物质文化与精神文化的共生地带。苏联学者 M. 卡冈运用系统论的方法，把种种文化现象加以系列化，提出"艺术创作活动中精神方面和物质方面的相互关系有规律的、逐步的和渐次的（可以说是光谱式的）"观点，并列表①如下：

精神文化

"实用"语言艺术过渡地带，演说艺术，艺术政治作品	
纯语言艺术创作地带	
音乐创作地带	
……………………	
纯艺术的物体——造型地带	
复功用建筑艺术的过渡地带	
在手工基础上	在工业基础上（工艺品设计艺术）

物质文化

这一文化的序列，一方面对于理解精神文化和物质文化之间的各种艺术文化的各自位置有一定的启发。例如它揭示语言艺术——文学创作在艺术文化这一过渡地带，最接近于精神文化，但较之实用的语言艺术，它的"物质方面的思想分量和意义得到重大增长"。例如，在诗歌语音、声调、散文的视觉荷载中都有表现。另一方面，又有助于我们了解文学把握现实的特征。在这个文化系统中，比较容易看到审美文化与非审美文化的区别和联系，以及不同形态的审美文化的各自特征。

文学的审美的意识形态特性的阐明，在于对文学把握现实特有的对象、创作主体特征和特有的把握方式的认识。

---

① ［苏］卡冈：《作为系统的艺术文化》，见《美学和系统方法》，凌继尧译，中国文联出版公司1985年版，第92、95页。

文学描写的是以人为中心的整个世界，人及其相互关系，人的精神生活等文化现象；社会生活、政治变动、征战斗争、伦理道德、哲学、历史的思考；个人的喜怒哀乐、悲欢离合，尽收其中。但只有为作家所感受了的生活整体现象，才能成为创作的对象。描绘这些现象，如果以为创作只是像现在人们庸俗地理解反映都是机械的反映，那么这种活动就真的成了一般的摹写活动了。事实上并非如此，稍微把问题深入一步，可以看到，这种活动非但只有作家才能进行，而且对于每个时代来说，在文学史上流芳千古的，也只有少数作家而已。重视现实生活只是解决了文学创作的源泉问题、创作的出发点问题，而同样重要的是那种具有独特的审美感觉、审美能力的创作主体，对于具有审美特征的现实那种有所发现的感受与认识。

人在长期的实践过程中，培养了一种审美的特殊感觉、审美能力，积累了审美的经验，丰富并扩展了人的本质。马克思写道："只是由于人的本质的客观地展开的丰富性，主体的、人的感性的丰富性，如有音乐感的耳朵、能感受形式美的眼睛，总之，那些能成为人的享受的感觉，即确证自己是人的本质力量的感觉，才一部分发展起来，一部分产生出来。因为，不仅五官感觉，而且所谓精神感觉、实践感觉（意志、爱，等等），一句话，人的感觉、感觉的人性，都只是由于它的对象的存在，由于人化的自然界，才产生出来的，五官感觉的形成是以往全部世界历史的产物。"① 审美感觉的对象化，是人的本质的丰富，是审美主体的确证。具有美的特征的现实，只有对于具有审美感觉、能力的人，才是真实的存在；通过审美主体的把握，形成被主体所深切感受了的心理化了的现实，这时就出现了审美对象的变化。现实的形态，它的特征，它的精神，人与人之间的关系，他们的感情的纠葛，一旦通过创作主体的感受的过滤，感情的折射，就被赋予了创作主体的感情特征与理解，而失却了原状。出现了两个方面的审美对象化：一是现实生活的对象化，二是作家主体的本质特性的对象化，并在同一过程中走向融合。进而主体把被感受了现实特征，物化于自己的作品之中，改造着他

---

① 《马克思恩格斯全集》第42卷，人民出版社1979年版，第126页。

感受的一切，创造了一种新的现实。这种新的现实表现为一种意识形式——审美意识形态。这种意识形态如果不具主体的感情思想特征，就不可能是审美的创造物。所以在审美文化中间，只存在文学意识形态。也因此，文学的根本特性就在于审美的意识形态性。

格林兄弟认为神话是人民的幻想，神话借用了想象；而幻想、想象的手段是虚构，这几乎是审美文化共生地带各种文化现象的一个共同点。这一地带的审美实践，不同于其他类型的实践改造，这是一种具有实践特征而实为精神的活动，虚构性就是这种审美实践的基本特征之一。韦勒克在其《文学理论》中提出文学的虚构性，并以此作为文学的本质特征，这是对的。但仅仅限于虚构性，那么文学和宗教就很难区分。虚构性是文学的本质特征，与此相应，文学创作还要真实性，与现实生活的精神、特征相一致，自然并非简单的形似。符合现实生活精神、特征的虚构的真实，这是此岸世界的虚幻的真实。宗教就不是如此，它固然通过虚构、幻想而形成，但它所追求的是彼岸世界的虚假的真实。

在批评把文学本质归结为认识时，人们重新提出了感情说。毫无疑问，唯理主义是很偏颇的。对于审美文化地带来说，感情是它的血肉和土壤。有的门类的艺术，以表现感情为主，如音乐。但是这个地带的各个部门，不是一个孤立的飞地，它以不同方式接壤着非审美文化的精神文化与物质文化，并且吸收着后者渗透过来的不同特性，所以审美文化同样具有某些非审美文化的精神文化的特性。更重要的是，审美文化中的感情与思想认识，是互为表里的。当然，两者在文学中的关系，并不是机械的、一半对一半的平分秋色的结构。思想在文学创作中不能自我完成，它必须通过感情的传达而得以体现。有时，甚至艺术描写并不显示什么认识，但不可能没有感情的表现。在审美意识中，感情联结着种种心理因素，如感知、想象、无意识活动，但同时也表现着理性的认识。正是在这点上，感情不仅是对象本身，而且也是艺术表现的中介。但把文学本质完全归结为感情，仍然不能根本解决问题，因为感情是对象本身，但又不是对象全部。

在对现实的把握中，物质文化与精神文化的生产，各有自己明确的目的，形成一定的成果，或是物质建筑，或是一定的理论。处于两种文化共生地带的文学，与两种文化的共同之处，在于它具有一定的实践的目的性，通过特定的艺术形式而传达出来的一定的感情思想，用以影响读者，这自不待言。但另一方面，正如费尔巴哈说的，"艺术并不要求把它的作品当做现实"，问题也正在这里。文学描写生活现象，包括表现某种感受的东西，都是虚构，为了达到这种虚构的真实，它必须想方设法达到艺术的完善。从这一点来说，它好像是为了自身，从而具有非目的性的特征。目的性与非目的性，组成了文学这种审美文化本质的又一特性。青年马克思说："诗一旦变成诗人的手段，诗人就不成其为诗人了。作家绝不把自己的作品看做手段，作品就是目的本身；无论对作家或其他人来说，作品根本不是手段，所以在必要时作家可以为了作品的生存而牺牲自己个人的生存。"① 这段话明显地有着谢林的艺术思想的影响，在一定程度上是正确的。艺术作品创造就是目的自身，作家创作时不把自己作为手段，在为完成自身目的中展示创作心态的自由，形成艺术自身的完美，显示自己创作的个性。也就是说，为了这一目的，以致创作主体在创造过程中会出现不理会艺术的其他意义、作用等现象。但是，十分明显，创作构思，设想写作什么，又是有目的性的。作品一旦完成，他要使它成为手段。不把自己的作品看作手段，在创作的心态中是存在的。但作品是为了进入流通，为了交际，所以它又是手段。不少论者为了说明作家创作的无目的性，引用马克思论述英国诗人弥尔顿就像春蚕吐丝，凭其天性创作。但是从未有一位论者来谈谈弥尔顿的"天性"是什么。是他的自然本能吗？其实稍稍读点诗人的诗，可以发觉，诗人创作长诗《失乐园》等作品，虽以圣经、宗教故事为题材，但作为政治诗人，他的倾向性是极其突出的，诗的目的性是十分明确的。如果说长诗描写撒旦反抗上帝，而且双方使用了枪炮，那么其中许多情节正是"包含有英王和国会间内战的回声"。革命诗人弥尔顿的创造天性，看来就是像春蚕吐丝一般，非把他自己对革命失败后的感受表现出来不

---

① 《马克思恩格斯全集》第1卷，人民出版社1956年版，第87页。

可的那种很有目的的本性，这是反动的外力所阻挡不住的。可见，无目的、非手段的特性，又是以有目的、是手段为前提的。否则，作家的艺术活动就会与蜜蜂筑巢、蜘蛛结网的营生无异。人在审美创造中，恐怕是不能去追求蜜蜂与蜘蛛的自由的。

在这个文化系统中，相当部分精神文化具有意识形态①的特征；而意识形态的理论，又与哲学的认识、方法有关。目前，哲学的方法是不受重视的。当然，文学理论对于哲学方法的冷淡不是没有原因的。首先，在相当长的一个时期里，文学理论主要使用哲学方法，并以哲学方法代替了文学理论本身的方法，甚至使得哲学方法成为文学理论的唯一方法。结果，以意识形态涵盖了文学，使意识形态的特征代替了文学的特征，使文学理论失去了自主性，失却了自身的对象，变为纯意识形态的理论。其次，这种哲学方法由于往往遭到庸俗化的侵袭，所以涉及反映论时只强调客体而漠视主体，只重视静态而忽视动态，从而阉割了文学的审美性，使这种方法黯然失色。因此对于哲学方法的理解，必须进行新的探索与调整。

其实，阐述问题，进行概括，总要运用哲学方法，不使用这种方法，就使用另一种方法。这是对各种学科的具体现象进行抽象，揭示出它的最一般规律的方法。因此在方法论系统中，我们把它与审美方

---

① 20世纪80年代甚至到90年代，我国学术界关于"意识形态"问题，曾不断展开过讨论。有的学者从词源学角度，探讨这一术语与具有类似意义的术语，区分了意识形态、意识形态的形式与意识形式。有的外国学者探讨了马克思如何使用这一术语，发现在不同场合使用时，意识形态的不同含义有十多种之多。也有学者引用恩格斯在1893年给梅林的信中所做的解释，来了解意识形态这一术语："意识形态由所谓的思想家有意识地、但是以虚假的意识完成的过程。推动他的真正的动力始终是他所不知道的，否则这就不是意识形态的过程了。因此，他想象出虚假的或表面的动力……他只和思维材料打交道，他直率地认为这种材料是由思维产生的，而不去研究任何其他的、比较疏远的、不属于思维的根源。"（《马克思恩格斯选集》第4卷，人民出版社1972年版，第501页）。20世纪20年代，这一术语引入我国后，主要是在各个阶级的思想体系、思想理论、意识形式的意义上混合使用的，它们具有多大的合理性、进步性或虚假性，都只能在社会实践中得到检验。本书提出"文学是审美意识形态"，并不是像极端的庸俗机械论者批评的那样，是审美加意识形态，而是把审美意识作为人的本质的确证，从审美意识的发生、形成开始的。正是具有审美意识的人，在自己的长期实践活动中，产生了不断积淀着生存意蕴的语言、文字结构，进而使审美意识发生演变，物化而为审美意识形式，创造了"有意味的形式"，最后发展而为现代意义上的审美意识形态——文学。

法置于首位。在自然科学范围内，任何一门具体学科，如果要使自己的理论有序化、规律化，就必须进行哲学概括。恩格斯说："不管自然科学家采取什么样的态度，他们还是得受哲学的支配。问题只在于：他们是愿意受某种坏的时髦哲学的支配，还是愿意受一种建立在通晓思维的历史和成就的基础上的理论思维的支配。"[1] 爱因斯坦深知哲学的力量，所以他把哲学喻为全部科学之母。贝塔朗菲在阐述系统论思想时，认为黑格尔和马克思的辩证法，是现代系统论的历史渊源。我国著名科学家钱学森说："世界上的一切理论，都是一层一层地概括的，到了最高层次就是哲学，就是人认识客观世界、改造客观世界总结出来的最高原理、最有普遍性的原理。"[2] 自然科学潮流的进展，纵然十分神速，但无论如何离不开哲学的结论。所以当自然科学都在奔向哲学的概括，文学理论怎么能反其道而行之？

从哲学的角度看，文学确实是一种意识的形式，即人对现实的意识反映。在这一点上，它与其他意识形态如哲学、道德、政治具有共同性。但是仅仅满足于这点是不够的，因为哲学所概括的是一般的、抽象意义上的文学，它的意识形态性；而这一般的意识形态性，只有当它处于非文学的纯意识体系之中才有意义。文学理论所要研究的是文学之所以为文学的、具体的意识形态，即一种审美的意识形态。因为文学的审美特性并非外加，它是文学这种意识形态固有的本性，它来自文学的独特对象、创作主体和把握它的特有的方式之中。没有审美特性，根本不可能存在文学这种意识形态，而文学的意识形态性，不过是文学审美特性的一般表现。所以在文学理论中，只存在文学的意识形态，只有在这一形态中，文学才具有主体性特征，才能是它自己，才能来谈它的创造。所以讨论文学特性，必须使审美方法与哲学方法融为一体。文学理论中的"意识形态论"，强调了存在与意识的关系，以及文学在意识形态体系中的种种联系与地位，突出了意识形

---

[1] 《马克思恩格斯全集》第20卷，人民出版社1971年版，第552页。
[2] 钱学森：《关于马克思主义哲学和文艺学美学方法论的几个问题》，见《文艺研究》1986年第1期。

态的共性。在这里，构成文学本质特性的审美，往往变成了一种从属的特征，以致使审美不能一开始就成为文学本性特征的有机组成部分。文学理论中的审美本质论者，只承认文学的本质特性是审美，排斥意识形态性，也自有它的难处。例如，把文学艺术特征归结为审美的看法，曾在20世纪五六十年代的苏联文艺理论中广为流行。理论家们从庸俗社会学中挣脱出来，发现了"审美"一词，好像找到了问题答案，从此把文学艺术界定为"审美活动""审美手段"，便以为理论上的难题就迎刃而解了。但是据卡冈说，当人们的雀跃欢呼渐趋平静，这种理论带来的新的困难又暴露了出来。首先人们对"审美"的理解不尽相同，接着又明确了审美范围广于文学艺术范围。在这种情况下，把文学艺术的实质与功用再归结为审美就不合理了。[①] 这是有道理的。文学的审美本性论由于其理论的单一性，给自己造成许多困难，使文学的本质特性变成只剩下没有花朵的颜色和香味的特征。

　　对于意识形态要做分析。如前所说，如果以一般意识形态观点的理解来涵盖文学，犹如某些理论著述所做的那样，常会导致实用主义、淡化文学特征。重要的在于文学不是一种抽象的意识形态，而是审美意识形态。当审美的特性与意识形态特性结合到一起时，这种系统性使对象发生了质的变化。一，文学的审美描写，确是反映了一定人群、集团、阶级的感情和思想倾向的，显示了它的作为具有倾向性的意识形态性。二，但是文学的审美描绘，又可揭示人类共同人性的要求，表现人的普遍感情和愿望，使它超越一定群体、集团、阶级的感情、思想倾向，从而成为文学的审美意识形态性的另一种表现。三，在文学中，有相当部分的作品，描写自然景物，寄情山水之间，有的固然明显地寓有作者的情愫，有的则不甚分明，也不易看清楚。更重要的是它们只以优美的状物写景的审美特性一面，吸引着各时代的读者。不能否认，这是文学的审美的意识形态性的又一种表现。虽然，后两种意识形态性和前一种意识形态性都是文学的特性，但是由

　　[①] 见卡冈《艺术的社会功用》，《美学和系统方法》，凌继尧译，中国文联出版公司1985年版，第152、153页。

于审美角度、把握的不同，所以两者的特性和性质都发生了变化。历史上流传下来无数优秀作品，读者固然可以透过作者经历、社会的分析，从中窥见它们所表露的思想倾向。但是由于它们所描写的对象的特殊性，这种情绪经过读者的新的接受与改造，具有极大的涵盖面，而往往超越集团、阶级关系。同时更由于审美的特殊处理，而具有极大的普适性，和更为广泛的社会性以至全人类意义。那些原本不具倾向性的艺术描绘，就更是如此。人类童年时期的文学或前文学，由于其艺术思维的特性及其不可重复性而获得全人类意义，而后期阶级社会中的优秀的文学，同样由于其艺术思维的特征，由于其独特的艺术发现而具有全人类性。这样看来，文学作为审美的意识形态是有阶级性的、倾向性的，同时另一方面，又具有广泛的社会性、全人类性，否则就难以沟通人们。而一旦失却这种沟通，就必然会在文学与人们之间筑起巴比伦塔，使文学走向消亡。

这就是我们要把审美的和哲学的方法结合在一起，来探讨文学第一层次本质特征的缘故。这两种方法的结合，揭示了文学的常态特征，使人看到作为语言艺术的文学的特性既非单纯的意识形态性，也非单纯的审美。强调意识形态性是必要的，但如果局限于这点，会使其审美特性变为附属物；强调、突出审美特性是必要的，但如果只见这一特性，又会砍削了文学的另一本质特性。

文学作为审美的意识形态，以感情为中心，但它是感情和思想认识的结合；它是一种自由想象的虚构，但又具有特殊形态的多样的真实性；它是有目的的，但又具有不以实利为目的的无目的性；它具有社会性，但又是一种具有广泛的全人类性的审美意识的形态。

第三节 文学是审美本体系统——文学本体论

文学第二层次的本质特性，是它的本体特性，文学本体主要阐明作为审美意识形态的文学存在的形式。首先，文学存在的方式是作品的存在。作品是文学的文本，文学本体的种种特征，都是由这个文本本体的存在，发生种种裂变而形成的不同状态。作品一头联系著作者，一头联系着读者，在作者与读者的活动关系中，作品是一个中心环节，更为重要的是三个方面的结合，才能形成文学的整体。作品的存在，不可能没有作者的创造。对于文学整体来说，不是作品归作品，创造归创造。所以，第二，在我们看来，作者的审美创造活动，正是文学本体的组成部分；同时也应当把审美价值创造看作文学本体的第二层次的特性。第三，作者创造作品，是为了进入流通，转入读者之手；读者购买、阅读作品，是为了满足自己的精神需要。那种扬言为文学而文学，为写作而写作，在出版社与市场面前不过是一种矫情的表现。更为重要的是，作品的流传，没有读者参与，就不能进行审美价值再创造，就不能使文学获得历史的生命。因此，作品的静态结构和动态发展，它的共时状态与历时状态，它的创造，构成了文学的本体系统。这三个方面，就文学本体的构成而论，缺一不可。作品只是提供了一个文本，一个图式，它可以根据自身的构成因素，建立作品本体，而不能像"新批评"那样，把作品本体说成是文学本体。自然，像形式主义诸学派排除创作主体和阅读主体，而企图建立文学本体论，也只能是空中楼阁。而如果忽视、排除读者接受、阅读的创造，则可能把阅读变成对读者的单纯的灌输，最终在极端的功利主义的驱使下，使创作遭受损失。排除阅读、接受的环节，就无法实现作品的审美价值与功能，进行审美价值的历史再创造，最终作品只能作为无读者的文本而存留在书架上，无法转化为文学。

一　文学是语言结构的审美创造

把文学作品视为一个整体，这种观点早就存在。我国古代文论中有关作品的构成、遣词造句的论述极多；西欧 20 世纪前的文论中有关作品的研究也不少。一些作家也提出作品结构问题，例如爱尔兰作家乔伊斯在小说《一个青年艺术家的画像》中，就通过一位主人公之口说道："节奏……是任何一个美的整体的一部分同另一部分之间，或任何一个美的整体同它的一部分或各部分之间，或者作为一个美好的整体的一部分的任何部分和这个美的整体之间的首要形式上的美学关系"①。托尔斯泰在给斯特拉霍夫的一封信里,也谈到结构的作用。他说:"在我所写的全部作品,差不多是全部作品中,指导我的是,必须将彼此联系的表现自己的思想联结一起,但是,每一个用词句表现出来的思想,如果单独地从它所在的联结中抽出来,那就失掉了它的意义,而大大失色。"②这里所说的"联结",就是指作品的那种相互联系、制约的结构关系。但是对结构、对作品整体真正给予注意,并进行理论分析,则是由形式主义者开头的。

20世纪第一个十年和20年代,俄国形式主义学派的理论力图把文学观念集中于作品本身。艾亨鲍姆在《"形式方法"理论》(1925年)一文中一开始就说:"对于'形式主义者'来说,原则性的问题不是研究的方法,而是作为研究对象的文学。"③但是,形式主义者理解的文学,实际上是作品形式。因此什克洛夫斯基早在《艺术即手法》(1916年)中就对别林斯基的形象思维理论、波捷普尼亚的关于形式、内容的两分法进行了批评,相应地提出我们在前面已经引用过的艺术的目的、艺术的变异、奇异化等论述,"艺术是靠手法的理性发展起来的"。他并把这种研究称之为内在规律的研究。在《散文论》一书的前言中他说:"我的文学理论研究语言的内部规律,如果用工厂方面的例子做比喻,则我感兴趣的不是世界棉纱市场的行情,不是托拉斯的花招,而是棉纱的支数和纺织方法。"④这里所说的内在规律,实际上就是指形式、手法而言。应当说,他的"奇异化"的手法理论十分有名,而且在某种程度上的确很有道理,但把艺术创造、进展完全归结为手法的不断"奇异化",其偏颇也很明显。格尔申宗说:"文学是形式的王国","不存在艺术视觉的演变,只有艺术形式的演变,就诗歌的本质来说,不可能存在诗歌本质的历史,但可以有

---

① [爱尔兰]乔伊斯:《一个青年艺术家的画像》,黄雨石译,外国文学出版社1983年版,第243页。
② 《文艺理论译丛》第1册,人民文学出版社1957年版,第231页。
③ [俄]艾亨鲍姆:《"形式方法"理论》,见托多罗夫编选《俄苏形式主义文论选》,蔡鸿滨译,中国社会科学出版社1989年版,第19页,译文有改动。
④ [苏]什克洛夫斯基:《散文论》,苏联作家出版社1983年版,第8页。

诗的形式技巧的历史"①。形式主义者将文学作品归结为形式的创造，然后把作品的内容因素都归结到形式一边，或加以否定，把作品的构成因素分为材料和方法，而手法则如何使材料发展为形式结构。所以雅柯布森提出文学研究的任务，是探索文学材料特有的属性，即"文学性"。

但是，无论是形式、手法也好，无论是文学材料特有的属性、文学性也好，内部规律也好，他们主要从两个方面探讨问题，如前所说，一是语言问题，二是作品结构问题，借前者建立手法系统，借后者建立形式理论。

对形式主义者来说，具有方法论意义的手段是，对语言进行比较，即从语言学角度把语言分成"诗的语言"和"应用的语言"，日常的语言。如果讲话人出于纯粹的交际目的，则这类语言属于应用语言系统，这类语言概念如声音、语法等等，不具独立价值，它们不过是交际的手段。但当实用目的转到第二位，这时就出现了另一个语言系统，这类语言概念就获得了"自我价值"。什克洛夫斯基说这是"玄妙的语言"，与日常语言有别。雅柯布森认为诗歌是"对普通语言有组织的违反"，表现在三个方面。一是声音结构，认为诗歌里的词"具有使发音'停滞'或'受阻'的作用"；二是诗歌利用了韵律与普通句法之间的矛盾形成一种"紧张关系"；三是诗歌中的语义与普通语言中的语义的差异。艾亨鲍姆指出："语词一进入诗歌，它们似乎就脱离了普通话语，它们的四周气氛就具有新的意义。"② 这种差异，照什克洛夫斯基的说法，就是"奇异化"作用的表现，就是建构新的手法系统的基础。

如果说诗歌的修辞技巧、创造诗的语言，使原有的日常语言变成不平常的语言，那么从结构方面来说，就是利用叙述和情节之间的差异，又形成奇异化。作品的形式结构就是情节结构。形式主义者把

---

① ［俄］格尔申宗：《诗人的幻想》，转引自《世界艺术与美学》第7辑，文化艺术出版社1986年版，第15页。
② 转引自安纳·杰弗森、戴维·罗比等著《西方现代文学理论概述与比较》，陈昭全、樊锦鑫、包华富译，湖南文艺出版社1986年版，第22页。

"作品中人物的生活事件"称作"法布拉"——本事或故事叙述,本事构成情节素材。本事之于情节,有如应用语言之于诗的语言。作品的创作,就在于情节对一般故事叙述即本事起到奇异化作用。所以作品的价值不在于内容,而在于奇异化手段的使用。这种表现,可以是叙述结构的变化,也可以是语言游戏。艾亨鲍姆把果戈理的《外套》就看作是游戏文学。结果文学的发展,仅仅被看成是语言、结构奇异化的历史。

形式主义理论使文学研究转向作品本体,并力图使研究科学化,它提出一些论点,如"奇异化",如形式结构,如本事和情节,如作品自身特征,如"文学性",都是有启发意义的,是一种使文学研究摆脱19世纪各种方法的突破性的尝试,但由于其明显的局限性,所以并未做到使理论科学化。

继苏联形式主义之后,20世纪30年代初在波兰出现了英加顿的《语言的文学作品》和20世纪30—50年代出现了英美的"新批评派",以及凯塞尔的现象学的文学研究。这些理论的兴起与流传,可说是对19世纪实证主义、浪漫主义文学理论的真正反拨。这些理论派别提倡作品本体论,按照它们的观点,探讨文学本质特征,不应在文学作品之外进行,即不应与社会等其他因素联系起来考察,而只能限于作品本身。就是说作品本身是一个独立的存在,是一种活动的机体。"新批评"的理论家兰色姆说"本体即诗的存在的现实",是"作品为它本身而存在的固有的自律性"。韦勒克在《文学理论》中对本体作了进一步概括,他说所谓作品的"本体论",就是"艺术作品似乎是一种独特的可以认识的对象,它具有特别的本体论地位。它既不是实在的……也不是精神的……也不是理想的……它是一套存在于主观之间的理想观念的标准的体系"[①]。如何理解这种具有生命的独立体,它的本体论地位呢?布鲁克斯在《形式主义批评家》一文中说:"文学批评在于对它的对象(作品——引者注)作出描述和评

---

① [美]韦勒克、沃伦:《文学理论》,刘象愚、邢培明、陈圣生等译,生活·读书·新知三联书店1984年版,第164页。

价。文学作品所关心的是作品的统一性问题……文学作品是否形成为一个整体，以至在建立这一整体中各部分的相互关系。在一部作品中形式关系可以包括但必然可以超过逻辑关系。在一部成功的作品里，形式与内容是不可分离的。形式就是意义。文学最终是隐喻的和象征的。"① 作品是独立的、统一的，形式与内容不可分离，形式就是意义，文学就是象征。这就是"新批评"本体论文学观的基本思想。从这一基本观点出发，"新批评派"把其他文学批评派别所研究的内容，都排除在文学本体研究之外。这些派别就是韦勒克在《文学理论》中所说的"外缘研究"，即传记研究、心理研究、社会学研究、思想史、哲学史研究，等等。他说："文学研究合情合理的出发点是解释和分析作品本身。无论怎么说，毕竟只有作品能够判断我们对作家的生平、社会环境及其文学创作的全过程所产生的兴趣是否正确。"② 他认为研究作品，不能把它的内容与形式分割开来，于是便引进了"结构"和"材料"的观点。他说，一件艺术作品的美学效应并非只存在于内容中；但如果以为只存在于形式中，也不能说明问题，并与事实不符。他提出如果把原先的内容形式依照审美目的组织起来的部分，称为"结构"，而无审美意义的部分称为"材料"，就可能好一些。"'材料'包括了原先认为是内容的部分，也包括了原先认为是形式的一些部分。'结构'这一概念也同样包括了原先的内容和形式中依审美目的组织起来的部分。这样，艺术品就被看成是一个为某种特别的审美目的服务的完整的符号体系或者符号结构。"③ 那么，这个完整的符号体系是如何建立起来的呢？在这里韦勒克使用了著名的"层次说"。层次说是英加顿较早地使用于作品研究的。后来，德国的尼古拉·加特曼在其《美学》一书中也曾用了"层次说"。

英加顿在其《文学的艺术作品》一书中，从现象学的观点剖析作

---

① [美] 布鲁克斯：《形式主义批评家》，转引自《南京大学学报》1986年第1期。
② [美] 韦勒克、沃伦：《文学理论》，刘象愚、邢培明、陈圣生等译，生活·读书·新知三联书店1984年版，第145页。
③ [美] 韦勒克、沃伦：《文学理论》，刘象愚、邢培明、陈圣生等译，生活·读书·新知三联书店1984年版，第147页。

品，提出了作品的四层次的模式。这一层次说在其他论著中也屡提及。"一，这一或那一语言声音组成，首先是词的声音；二，词的意义，或某种高级语言单位，首先是句子的意义；三，作品涉及的事物，或是个别部分描写的对象；四，这一或那一类的外观，于其中我们可以见到相应的描写对象。"① 按照这一层次结构的原则，首先涉及的是词，有的词有审美意义，有的词是中性的，当它们按一定程序结合起来构成句子，词就获得新意；由词组成的句子就出现了相对完整的意思。句子与句子的组合，又形成了所要表现的某些形象。最后，由于不同层次的描写的不断递进，审美信息量的不断增加，结构功能的不断发挥，艺术形象、事件、意境也不断出现、组合，便形成了一个完整的艺术世界。英加顿后来用作品结构的二维性特征，进一步阐述了层次说。在《文学作品结构的二维性》一文中，他说，当我们阅读一首诗，一方面，先是一字一字，一句一句，一部分一部分地读过去，直到最后，组成一维，在这一维中，一般看到词句相互更替的不同阶段，作品各部分的序列。另一方面，在每个句子的组成中，会碰到一定数量的因素（或叫层次），它们相互联系，形成审美信息量的递增，构成另一个维。这两维共同进展，相互交叉、渗透，形成一个统一的结构，也即一个具有功能和意义的结构，即文学作品。他后来在《艺术的和审美的价值》一文中，概括为"文学作品首先和主要是语言学的构造。它的基本结构是由双重语言学层次组成：一层是现象和语言学的声音现象层；另一层是词、句子意义层，由于有了词和句，出现了较高水平的意义单位，作品的再现内容与表现主观东西的那些方面就出自这些单位"②。英加顿的层次说与二维性结构的理论，对于阐明文学作品的存在、形成是具有开创性意义的。

韦勒克根据英加顿的理论，提出文学作品存在的形式问题，这就是他在《文学理论》中提出的"内缘研究"的构架。他在《比较文学的危机》一文中说："我把艺术作品的研究称为'内缘的'，而把

---

① ［波兰］英加顿：《美学研究》俄译本，苏联外国文学出版社1962年版，第24页。
② ［波兰］英加顿：《艺术的和审美的价值》，载《文艺理论研究》1985年第3期。

研究它同作者的思维、同社会等等的关系称为'外缘的'。可是这样说，并不意味着内缘的研究仅仅是形式主义的，或不适当的唯美主义的。经过仔细考虑才形成的符号和意义分层结构的概念，正是要克服内容和形式这个老矛盾。"[①] 他说他不愿把文学与语言等同起来。"按照我的理解，可以说这些语言成分，构成了两个底层层面：即声音层和意义单位层。但从这两者产生出情境，人物和新的'世界'，这个'世界'绝不同于任何一个单一的语言成分，更不同于任何外部装饰的形式的成分。在我看来，唯一正确的概念是一个断然'整体论'的概念，它视艺术品为一个多样统一的整体，一个符号结构，但却是一个有涵义和价值，并且需要用意义和价值去充实的结构。"[②] 这就是韦勒克的文学作品本体论观念，它和英加顿的观念大体是一致的。

英加顿和韦勒克的文学本体论观念有几个方面是值得肯定的。一，他们强调文学研究要研究作品本身，从作品本身去解释作品。二，这一理论的主导是面向作品，力图把握作品的整体性，从声音、语词、句子，研究走向客体所体现的世界，通过结构的多种层次，研究由形式种种因素而走向内容，主张内容与形式的统一，从而显示作品存在的方式。就这一点来说，这不失是一种很有启发意义的理论探索。三，这一本体论观念注意语言、符号特性，深化了文学语言的研究。

但是，韦勒克的文学作品本体论理论的疏漏也是极为明显的。把文学研究分为"内缘的"与"外缘的"，虽不失是一种分析方法，如果绝对化了，把作家、读者的因素，把社会、个性、心理诸因素排斥于作品研究之外，那实际上就大大缩小了文学作品本体的意义。又如"结构""材料"的理论，从作品形成的过程来说，从语词、句子的结构的分析来说，是有其理论意义的；但就整个作品的内容、形式的关系来说，问题就没有那么单一了，它们还不能完全涵盖内容和形式

[①] ［美］韦勒克：《比较文学的危机》，见张隆溪选编《比较文学译文集》，北京大学出版社1982年版，第31页。

[②] ［美］韦勒克：《比较文学的危机》，见张隆溪选编《比较文学译文集》，北京大学出版社1982年版，第31页。

的统一问题。

这种理论上的缺陷，在"新批评"的发展中表现得更为清楚。例如，"新批评"理论家把作品看成是一个独立的自在物，而把作品反映了作者的感情、思想的说法称作"个人邪说"，同时也反对研究读者对作品的影响。这种思想早在托·艾略特的《传统与个人才能》和《批评的功能》等论文中已表露出来。艾略特认为，诗人的个人经验和感情要进入作品，先要使它们非个人化。"诗人没有什么个性可以表现，只有一个特殊的工具，只是工具，不是个性，使种种印象和经验就在这个工具里用种种特别的意想不到的方式来相互结合。""诗不是放纵感情，而是逃避感情；不是表现个性，而是逃避个性。"① 接着，这种观点就成了卫姆塞特等人的"意图谬误"说，使作品进一步与作者脱离开来。稍后"新批评派"的另一位理论家克莱恩曾经说过："诗人之所以成为诗人，不在于表现诗人自己的内心和周围的世界，不在于解决心理的道德的问题，不在于传达某人对世界的感官和娱乐读者，也不是这样那样运用文字，如此等等，虽然这一切都可能出现于其作品中。但是诗人的主要任务，在于从语言材料和经验中所获得的艺术手段，建构各种不同的完美形式，通过它们，我们可以在接受过程中主要见到某种完美的价值，而非那些技艺性的技巧。就这点来说，诗歌批评首先是探索那些独特的特征和力量，同时还有组成它们的必要的、包含于任何完美的诗意形式中的种种因素。"② 诗人个人、内心、世界、世界感官、道德等等，与完美形式、价值相比，似乎都相形见绌。这样"新批评派"的作品本体论，就以作品的一种存在方式为中心，构成了一种独立于作者、读者的封闭系统。

把作品视为封闭的自足系统，在伏尔夫冈·凯塞尔的《语言的艺术作品》一书中也有着集中的表现。凯塞尔认为过去的历史、传记方法，不研究作品本身，却把作品置于文学之外的各种现象的关系中，

---

① [英] 艾略特：《传统与个人才能》，见赵毅衡编选《"新批评"文集》，中国社会科学出版社1988年版，第30、32页。

② 转引自 [德] 罗贝尔特·维伊曼《"新批评"和资产阶级文学的发展》俄译本，苏联，进步出版社1965年版，第112页。

他以为这样做,恰恰把语言的艺术作品的本质忽略了。"一个作品不是作为别的事物的任何反映,而是自我封闭的语言结构。研究工作最迫切的要求应当是规定各种创造性的语言力量,理解这些力量的共同作用和透彻阐明个别作品的完整性。"① 凯塞尔反对过去的方法的单一化,这是对的。但把文学作品视为一个孤立的、自给自足的语言结构的本体,并以这一研究代替文学研究,又走向一个极端去了。

但是,不管怎么说,英加顿和韦勒克所阐述的作品存在的方式,为文学本体论的探讨开辟了一条道路,其理论价值应予肯定,作品的层次说已得到较为广泛的承认。这一理论已如上述,它先由声音层面出发,形成语义运动,在不同阶段的递进中,构成一种具有涵义的形式,联接而为艺术世界。这里各个层次的推进,表现为内容与形式的同步发展,最后在共同结束时同步完成。布鲁克斯在《释义的邪说》中谈到,诗的本质结构好像是建筑和绘画结构,又像是芭蕾舞和一篇乐章的结构,或戏剧的结构,也是这个意思。他强调内容与形式的不可分性,形式不是内容的附加物。兰色姆则认为,形式是内容安排的秩序,等等。

然而,这种理论与方法不能完全令人满意,原因在于按照作品的语义运动,隐喻、象征的分析,实际上对一部分艺术作品,如诗歌,通过层层递进的分析,确是可以穷尽其涵义的,因此文本的分析是最基本的。但是对于另一些诗歌,就不那么简单了。而对于大量复杂的作品如小说,使用这一方法固然能够理解到文本的意义,但是又使人明显觉得,即使探及隐喻、象征的涵义,还只是停留在一个层次上,或第二个层次上。关于这点,有的西方文艺理论家也看到了这种作品本体论的理论上的不足之处。例如,特里·伊格尔顿在其1983年出版的《20世纪西方文学理论》中谈到,"新批评"家忽略作者的写作意图和读者的感情反应,认为"诗意味着它所意味的东西,并不在乎诗人的意图,或者读者由之获得的主观感情"。他同时指出,"新批评"实际上把诗当成偶像,像"艾略特的批评,对于文学作品实际上

---

① [瑞士]凯塞尔:《语言的艺术作品》,陈铨译,上海译文出版社1984年版,第1页。

表达的东西不屑一顾：他的注意几乎完全限于语言的性质，感觉的类型，以及意象与经验的关系，等等。新批评家很难把《项狄传》《战争与和平》视为象征的严密组织起来的结构"。同时，伊格尔顿关于"新批评"流行一时的原因分析得也是很有意思的。其中之一，就是"以新批评方式阅读诗，就意味着不对任何事情做出承诺：诗所教给你的一切就是'无为'，即对任何特定事物的冷静的、思辨的、无可指摘地公正的拒绝"①。

除了上述作品本体论的方法，还有一种分析作品构成的方式，这就是我国和苏联文学理论广泛采用的分解作品组成因素的方式。一般将作品的组成分解为内容与形式，两者依存而又统一。然后分析内容诸要素，如题材、主题、人物、环境、情节等；而把语言、结构、表现手法、体裁归结为形式诸要素。这样的作品本体研究，有它自身的优点，可以对各个因素进行独立的、详尽的分析，然后再并合为整体，确立形式与内容的统一。它的缺点是，缺乏一个主导的贯穿思想。作品的种种构成因素实际上只是被罗列出来，可多可少，相互之间缺乏那种辩证性与真正的契合性和整体性。这里的问题不在于内容决定形式，因为没有形式也无所谓内容，而在于两者的真正的有机统一。另一缺点是，这样的划分，容易导致对文学作品的单一化的理解与模式化的分析，形成只重视内容而轻视形式因素，造成形式因素常常被剥离、被抛弃的情况。有时形式被理解为一件容器，可以随时注入内容。例如，把语言列为形式因素就是如此，文学作品使用的语言，并非语言学中的语言，而是超越了语言规范的活生生的、具有内容性的语言。把文学语言完全划到形式一边，就使语言变成语言学中的抽象语言了。

看来，两种作品本体论的阐述，都有不足之处。文本分析找出了一条道路，但还只是一种静态的、共时的方法，还缺乏动态的、历时的、纵向剖析的作品观念，这就是症结所在。赫拉普钦科在《永恒·

---

① ［英］伊格尔顿：《二十世纪西方文学理论》，伍晓明译，陕西师范大学出版社1986年版，第63页。

文学作品的内在属性与功能》一文中说:"文学作品的结构与功能的相互关系吸引了形式结构主义方法拥护者的注意。不过,无论是解决问题的共同方法,还是他们研究的结果,都未能揭示文学作品的真正的结构。"这不取决于结构主义者把艺术结构视为文法范畴的一定系统,或是把形式的其他因素视作一个统一体;这不取决于是否把艺术结构当作封闭于自身的交际语言表现进行分析,或是作为被实现了的诗的代码进行分析。问题在于:"文学作品的结构的任何阐述,没有为作品的多样的历史存在提供'出路';因而它们的功能相应地解释得甚为片面,同时也并不正确。功能被归结为'纯'审美的感知,艺术的直觉。"①

托尔斯泰和歌德都曾说过,如果要他们说出他们创作的作品的主题思想,他们说这不仅说不好,而且还要形诸笔墨,对所描述的东西再作描写。意思无非是说,思想内容不能从形式中剥离出来。作品的艺术形式,应是指充满了艺术内容的形式,或是凝固了的形式化的内容。文学作品的形式,具有内容性,是具有内容性的形式,是作品内容的整体的显现。任何艺术作品的内容,都具有形式感,因此内容的展现,也就是形式的展现。但是,对于理论而非单纯的直觉、审美的感知来说,思想内容不仅是存在的,而且是可以和形式分离加以剖析的。作品有它自己内在深层思想,有作者的个性特征,有作者灌注于作品的感情思想,有他的审美理想、审美评价,以及读者在阅读中所产生的种种因素,等等。这样看来,原来的层次说,放到作品的历史分析之中,就显出了一种横向的、共时的波浪层次的推进,而对于波浪之下的深层结构的底层激流,就难以探及。因此,建立作品本体的整体化观念,需要把上述两个不同方向的分析,结合起来,使之不仅形成一个平面的、静态的、共时的结构,而也要构筑一个立体的、动态的、历时的结构,使它们的各个组成部分相互充实,形成一个新的系统。这就要使层次逻辑、历史方法融合起来,使语义、符号的方法

---

① [苏]赫拉普钦科:《赫拉普钦科选集》第4卷,莫斯科,文艺出版社1982年版,第212页。

与社会、心理、传记的方法沟通起来，形成互补。不仅揭示作品的表层结构，而且也深入到作品的深层结构；重视语言、符号的功能，同时也充分见到主体意识在作品中的地位。

作品的内容与形式是客观存在，它们的理论通过形式结构，可以进一步有序化，同时它们的结合，又可使结构理论脱去形式主义的外衣，赋予结构以新质。要是认为内容和形式在理论上绝对不能分开分析，那么，人们就只能停留在阅读与欣赏上，而无法对作品的高低上下进行分析，做出判断，从而会导致对各种作品优劣不分，一视同仁。分析作品的内容与形式，目的不是割裂它们，而在于理解它们在特定的情境下的各自特征，理解作品的本体，它的存在的真正形式，它们的融合与神离现象。当作品在可以听到的、见到的、被感受的表层结构，与通过分析、理解的深层结构，有序地交织在一起，重叠在一起而获得统一，这时形式就转向内容，而整个作品的内容，包括创作主体的思想、评价与个性特征，就转化为形式，它的语言结构的审美创造本质，就得到了丰满的体现。因此，我们所说的作品的本体，不仅是英加顿、韦勒克的层次论所不断递进而获得的本体，同时也是包含创作主体因素的作品本体。

作品本体是文学本体的核心部分。也可以说，文学本体是作品本体的自然延伸。作品本体论讨论作品存在的方式，文学本体论则讨论文学所能涉及的范围，它的创造和历史存在，其中后两个问题，将在后面分节讨论。

罗曼·雅柯布森作为一位享有盛名的语言学家，在其活动早期曾提出过"文学性"的问题，但是如前所说，他说的"文学性"只是探讨语言通过什么途径成为文学语言、诗的语言，这当然和文学的本体论相去甚远。我们注意到托多罗夫在他的《诗学》里曾力图建立一个结构主义的诗学体系。他同样使用了"文学性"一词。但他不同于雅柯布森，他说他是从文学的角度来论述的。主张的诗学与阐明个别的作品不同，不在于阐明作品的意义，而力图理解它们的规律性，这好像有点讨论文学本体论的味道。他说他的理论从文学本身内部探求规律，这样，诗学就体现了文学的"抽象"观点和"内在"观点。

这类研究不对作品进行分析，不收集经验事实，而只是把具体的作品作为抽象结构的例证。如前所说，这是从语言学中抽取出的一个"结构"，即"文学性"。这种文学抽象结构的研究，大大缩小了文学本体应有之义，所以也非真正的文学本体论。他的其他观点，如语言音位时间的式、角度与时态，等等，倒是有助于文学语言方面的研究的。

美国批评家艾布拉姆斯在《镜与灯》一书中谈及文学批评时，提出的一个式子是很有意义的，这就是以作品为中心的三个方向的辐射：作品和世界、艺术家、欣赏者①的各自的双向关系。这实际上就是在上面提及的文学涉及范围、它的创造和历史存在。应当把形式主义、新批评、结构主义学派所排斥的多种因素，即文学所描写的一切，如被审美反映而进入作品的有关现实、历史、社会关系、社会意识、人的心理因素，归到文学本体范围。因为实际上，不管文学是人的一种生命的自由体验，人的生存状态的展现，甚至是一种生产，一种自由的象征，归根到底，它不能不是对现实、历史的全面的艺术感受的描绘，即使是真实的也罢，虚构的也罢，其中心点必然表现了各个阶层的人的内心生活，社会的文化现象。文学的本体诚然是文学的，因此包括作品本体的构成在内。但是如果排除了上述描写进文学作品之中的和阅读中出现的各种因素，那么文学的本体就只剩下俄国形式主义者的艺术技巧的综合，手法的"奇异化"，"新批评派"的封闭的结构，结构主义的"文学性"观念了。

二　文学是主体的审美创造与审美价值创造系统

作品本体联系着作品的创造，作品是由作家的创作来实现的。文学本体不仅包含作品，同时也包含作品的创造，即审美主体的创造和文学审美价值的创造系统。

如何来界定审美创造的根本特征？很长一个时期以来，文学理论

---

① 见［美］艾布拉姆斯《镜与灯》，郦稚牛、张照进、童庆生译，北京大学出版社1989年版，第6页。

根据反映论的原则，提出文学是现实生活的反映，这一观念一直沿用至今。在新观念不断涌进文学理论的今天，一些人仍然认为，文学创作只要按照认识论、反映论的原则行事，就万事大吉了；而另一些人认为现在的文学创作突破了反映论；也有把过去文学中的不景气、简单化现象，都说成是提倡反映论的结果，取消反映论。

其实，反映论是并不那么容易被取消的。只要我们承认文学是一种审美意识的表现，不管是忠实地再现了现实的创造也好，自我表现也好，非现实的创造也好，不管描绘得如生活本身那样也好，荒诞变形也好，现实精神的折射也好，幻想也好，在本质上它仍是一种独特的现实的反映，或是一种极其曲折的反映。反映论说明的是现实和意识的关系，是人对现实进行思考的最一般的方式，也是人类一般意识的属性，它的涵盖面无限宽广。我们前面谈到的三种把握现实的方式，任何一种都是受制于反映论的规律的。

就拿心理现象来说吧，情绪这种现象是极为复杂的了，它很大程度上属于生理现象，是复杂的生化过程的产物。不过心理学著作中有不少实验的例子，证明这种独特的生理机制总是在外界条件的激发下引起的。就以小说中那种常常出现的某个主人公感到一阵"莫名的烦愁"之类的情绪来说，莫名则是莫名了，紧接着不得不描写出情绪的判断，否则也是莫名不起来的，因为绝对抽象的莫名的情绪是难以存在的。这里说的"莫名"，不过是烦愁这种早就储存着的情绪在遭到控制与压抑之后，以突然、纷乱、无序的状态表现、放射出来而已。皮亚杰的发生认识论在某些方面使反映论进一步具体化了。他提出认识活动的辩证过程是，"认识既不是起因于一个有自我意识的主体，也不是起因于业已形成的（从主体的角度来看）、会把自己烙印在主体之上的客体；认识起因于主客体之间的相互作用，这种作用发生在主体和客体之间的中途，因而同时既包含着主体又包含着客体"，"不能看作是在客体的预先存在着的特性中预先决定了的，因为客体只是通过这些内部结构的中介作用才被认识的"①。他提出认识中格局、同

---

① ［瑞士］皮亚杰：《发生认识论原理》，王宪钿等译，商务印书馆1981年版，第21、16页。

化、顺应、平衡等观念，较好地说明了反映活动的心理过程。格局即图式，是主体对世界的原有认识，主体在认识活动中受到刺激，对刺激做出反应，并通过格局予以同化，把自己的行为加以组织，把经验的内容同化为自己的思想形式，这时发生顺应作用，以适应新的环境，达到平衡，形成整个心理智力的发展过程。认识是心理发生的结构不断进展的结果。看来从认识的心理发生过程来看应是适用于文学创造的。

但是适用并不等于直接应用，问题也正在这里，用人的这种哲学的普遍思维方式，来解释文学创作，必须谨慎行事，否则容易引起对文学创作简单化、庸俗化的理解。认识要求反映事物之真，而反映则要比认识宽泛，它包含了对事物之真的要求，但又可离开事物"世界的外貌"。在相当长的时间里，我们总是说文学是现实生活的反映，一般地说，这一观念是正确的。但是细加考察，就觉得这种说法有明显的不足之处，从哲学的普遍性角度说，这是对的，但从文学的角度看，就不够确切。一，因为按照这种说法，可以说哲学、政治学同样是现实生活的反映。所以，这种说法，尚未体现文学本身属性，即审美属性。文学创作是一种审美反映[①]，是对现实生活的审美观照，而不是一般的反映论的演绎，也即对反映论的直接搬用。反映论用于文学活动，必须通过审美中介，精化为审美反映，而这个中介对于文学来说，却又是本身属性。由此，在文学理论、批评中说文学是现实生活的反映，是不够确切的，并未进入文学范畴。二，在相当长的时期里，除了用哲学范畴来代替审美范畴，还出现另一种失误，即把文学创作作为具体描写的反映手段，与反映论相提并论。但审美反映有其自身结构，把作为艺术把握世界的总体方法，与具体的艺术描写方法等量齐观，必然会导致对审美反映的简单化理解，大大地缩小了审美反映的内涵。三，一些论者的评论文章要求文学真实描绘生活、揭露现实的阴暗面的同时，往往强调有什么就写什么，不要隐瞒，提倡忠实反映，努力再现，看来再现论是最好不过的了。可时隔不久，还是

[①] 这里采用了拙文《最具体的和最主观的是最丰富的》的观点，见第一卷。

这些论者，捡到了一个新理论后又把新理论说成是最好的，于是把被他们简单化了的再现论说成是排斥表现的，再现进而变为摹写，摹写就是复制，复制就是无创造，无创造就是非艺术。现实主义主张在审美反映中有所侧重，但从来不反对表现，也不反对浪漫主义的自我表现，它反对的只是那种极端的自我表现。而一些现代主义作家对现实主义的指责，有时达到了莫名其妙的程度。

讨论审美反映，在于阐明审美反映是一种审美实践、创造活动，还是一种僵死的摹写？这就要对审美反映的性质、结构、结构的系统质进行分析。

反映活动是一种能动的实践活动，是主体对客体的认识与改造，是一种主体的创造活动。审美反映更是如此，没有主体的审美创造，反就无所谓反映。这是一种灌满生气的、千殊万类生命体的艺术创造，是一种有着巨大的自由曲折多变，可以使幻想脱离现实创造新的现实的反映。斯托洛维奇说："艺术品能够反映世界、描绘世界……同时它不总是再现外部世界的容貌……艺术在反映客观世界时，创造、制造新的世界和新的现象，通过创造性劳动物化艺术意识。"[①]

作家对生活中的事物、现象、特征产生了兴趣，在感受感知的基础上，产生了对于对象的感情、思想评价，力图对感性的意象的审美形式，予以物化。在这个过程中，既有感知和认识，也有感情和思想，既有想象和意志，也有愉悦和评价。这种种因素，相互交织，相互渗透，联成几个主要层面，即心理层面，感性认识层面，语言符号层面，实践、功能层面，组成一个以创作主体为中心的审美反映结构的联结体。

首先，心理层面是审美反映结构的最基本层面。从一定意义上说，创作过程就是审美心理过程的实现。这一层面的主要成分有感受、感知、感情、想象、联想、幻想等。审美感受是心理活动的发动，印象、情绪的积累，进而引起审美的感知；是一种带有某种情

---

① ［苏］斯托洛维奇：《审美价值的本质》，凌继尧译，中国社会科学出版社1985年版，第171页。

绪、感情、联想特征的视觉、听觉的心理反应；一种受到审美观念的影响的视觉对象的变形的心理形态；一种听觉对象的弱化或是强化；一种引起情绪落潮、高潮的心态；一种由于上述各种原因引起的心灵状态的变异。审美感情则是对事物、现象特有的复杂态度的体会，或是同情，或是反感，或是高兴、愉悦、狂喜，或是烦愁、悲伤，或是在审美过程中所激发的多种感情复合的体验。审美感情具有一定的定向性、突发性、持久性、渐变性，并被理性所渗透。审美想象具有强烈的感情色彩，可分为随意性想象，一种再现现实的再现性想象，这是一种按照现实构思的思维模式，再现现实的真实的想象；一种意在揭示精神的表现性想象，那种能在事物的变形中走向幻想的想象。审美感受、感知、想象的结合，构成了审美的心理过滤层。创作中的任何因素，正是通过这一过滤层，才能成为审美反映的范畴。

其次，审美反映通过感情的认识层面而获得深层意义。在这一层面中，既有社会的、政治的因素，又包括伦理道德成分，问题在于这些因素不是抽象的认识，而是感情化了的认识因素。一些人害怕认识因素，极力淡化它，甚至不写它，但并不妨害文学审美反映描写这些因素。在一般情况下，特别是在鸿篇巨制中，由于感情、认识层面总与心理层面交织在一起，因此如果心理层面遭到弱化、破坏，那么认识层面将成为赤裸裸的社会学的表现。但是，如果弱化或有意避开感情的认识层面，心理层面可能会变得空灵；同时也会出现另一种可能，使心理层面徒具架子，过分空虚而走向虚无。其时审美活动及其意义，都将被大大缩小，很可能转化为纯形式的追求。

再次，审美反映是通过语言、符号、形式的运用而实现的。整个审美反映过程，大体是创作主体在心理、认识层面不断酝酿、不断寻找形式、赋予形式，最终同时完成获得物化的过程。文学创作不是按照一般语言学规律，而是按照各个作家各自运用的话语规律行动，这种话语规律被语言学家称作"超语言学"（或元语言学）。多种语言形式的追求，对于开掘与扩大心理、认识层面极有意义。语言是符号，如用于作品本体研究是极为自然的。但把作为语言艺术的文学创作完全视为符号系统，就不符合事实了。有一种主张，如美国符号学家皮尔斯说的:"每一个思想就是一个符号。""任何东西,只要能引起我们即使是些微的兴趣,激起我们特殊的、哪怕是无足轻重的感情,这种感情就成了事物的符号的述语。"这样,连感情也成了符号现象。艺术创作与感情思想不可分,所以艺术也成了符号现象。卡西尔在《人论》中也说:"艺术确实是符号系。"① 当然也有人提出,文学艺术与符号是绝对无关的说法。在文学中实际上存在着审美符号,这是象征、借喻等手段多次使用,取得稳定的属性而形成的。审美符号的出现,显示了艺术形式,手段的多样性。审美符号是创作中的对现实的一种审美关系,具有约定俗成的特点,例如象征、拟人化、寓意等。但是如果把象征、寓意说成是文学作品本身,就不符合事实了。因为对现实的审美符号的使用,只是艺术手段的一部分,否则就把文学作品简单化了。

再其次,审美反映是一种心灵化了的实践功能反映。这种反映贯穿着创作主体的思想、意志和评价因素。这些因素作为主观因素,为感性所渗透,为认识所充实,形成一种感情思想的评价,和贯穿着主体意志的实践力量。

这样看来,审美反映既是一种感性活动,又是一种理性活动;既是一种感性的具象活动,又是一种渗透着理性的思考,既是一种感情的愉悦活动,也是包含了在感性形态中呈现的哲学、政治、道德宗教因素的认识活动、意志活动、实践的功能性活动。这是一种以感情活动为中心的上述各种活动的综合。在以具象的、显性的、感情的形态为存在的语言形式的构架中,隐形的无所不在的思想,始终是它的血肉。如前所说,审美反映既类似于对世界的精神把握,又是一种接近于对世界的实践把握。它之所以不是一种纯粹的精神把握,在于它的产品具有极强的实践功能的特性;它之所以不是一种纯粹的实践把握,在于它的产品是一种虚构物,并非为了实用。

这种由一系列有机、有序层次组成的审美反映结构,并不是一种静态的模式,而是一种动态的、不时变化着的审美主体的功能活动,

---

① [意]卡西尔:《人论》,甘阳译,上海译文出版社1985年版,第200页。

即审美主体的创造活动。审美反映结构作为创造活动的有序、有组织的形式，也是一种从格局、同化、顺应到平衡的特殊模式，它的各个层面相互交织，不断重新组合，形成一种新的系统质，在这一系统质的基础上，产生出新的功能来。在这一过程中，创作主体时时寻求着各种方式对现实的审美把握。在心理、认识、语言、符号等形式中，寻求种种新的平衡，时时调整着主体与客体的相互关系，主体对客体的改造形式，构成种种审美创造与价值创造的模式，进行心理的实验与选择，使之成为这种结构的内在支撑点。

主体进入实践活动，自然以事物、现象提供的客观条件为前提，进而了解、把握客体，探知其特征与规律。从这点来说，主体是受制于客体的。审美反映从现实生活出发，现实生活为审美反映提供了源泉。但是创作主体一旦将自己置于这一前提之下，现实生活就进入了主体的把握。这时审美主体就获得了自由，它能够调动自己的积极性和创造力，能动地去消灭主客体之间的界限，形成新的观念。现实生活在审美主体的干预下，形态发生变异。开始是转化为被感受了的现实，被感情所渗入的现实，被诸种主观因素分解、融合了的现实，成为创作对象的心理现实。这是一种获得了主观形式、融合着主观色彩的统一体。当它进一步 在艺术构思中实现时，这时它就转化为内容与形式的结合体，这已是一种审美心理现实，一种充满了主体的感情、思想评价的新现实。先是现实生活，继而是心理现实，再后是审美心理现实。

当然，在创作过程中，它们的界限并不是绝对的，划得一清二楚的，而是相互融合，不断组合，时时变化的。鲁迅在谈创作《阿Q正传》时说，他的目的在于画出国民的灵魂，虽然十分困难，但"也只得依了自己的观察，孤寂地将这些东西写出，作为在我眼里所经历的中国人生"。这"眼里所经历的中国人生"，就是鲁迅把握了的"心理现实"，就是创作对象。清人郑板桥关于画竹谈到眼中之竹、胸中之竹、手中之竹的观点，极好地揭示了审美反映中现实变化的形态。

在审美反映中，客体就此消失了吗？是消失了，可以说审美反映消灭了客体，但是客体的客观性特征被保留了下来。在主体的感情把握中，它大致被赋予了事物现象的原有形式，显示了人们熟悉的事物的特征。不过更为重要的是，审美反映中的客观性特征，表现为主体通过多种艺术手段，揭示事物本身的精神和特征，它的内在的本质和灵魂。没有这种揭示，形似的反映将成为摹写式的反映，简单、肤浅的反映。审美反映既描写事物的外显形式，同时表现事物的内隐特征，而具有显示真理的品格。在这种情况下，即使是夸张、荒诞，也能曲折地展现经过各种折射后所显示的客观性特征来。同时在审美反映中，被反映的不仅是事物、现象、人物、人及其精神特征，而且还有审美主体，他的感情与思想。托尔斯泰说："每一个艺术作品只要是真正的艺术作品，就都是艺术家的真挚的感情的表达……"①。有的作家认为："真正展现人物的所有品质是不够的，要坚决用他个人的眼光来照亮人物。"② 事实上，对于作家的主观因素，不仅不要求它们避开，而且要求他们积极介入，这样就涉及审美反映结构的两种基本功能：再现与表现。

近几年来，有关再现与表现谈得甚多，渐渐使它们成了两种对立的现象，这主要是现代主义作家多方宣传的结果。他们反对现实主义，但又不是按现实主义原有的样子去理解，而用自己的想当然的观点去解释它，把现实主义说成是僵死的反映，刻板的摹写，缺乏创造，等等，以为唯有长于表现、变形的作品才算创造，结果使得这种再现、表现的形而上学的人为对立论大为流行。在审美反映中，如果说人们的感情、思想可以通过他们各自的行为、动作而得以体现，并赋予其外形，那么作家的感情、思想、理想的表现方式就不同了，它们有如润物春雨，只能渗透于对事物的客观描写之中，附丽于人物身上，通过艺术的整体画面的显现而得以表现。在这种场合，审美反映结构的功能就是再现与表现。文学创作这时既是对现实的审美反映，反映成了创作的具体方式，又是表现，表现作家自我。反映与表现，

---

① [俄] 托尔斯泰：《艺术论》，丰陈宝译，人民文学出版社 1958 年版，第 127 页。
② [俄] 陀思妥耶夫斯基：《1873，作家日记》，见《俄国作家论文学创作》第 3 卷，苏联作家出版社 1955 年版，第 148 页。

相互依存，互为表里。由此，反映非但不排斥表现，即作家的自我表现，而且必须与自我表现结合起来，否则，反映将是失去主体的反映，非审美的僵死的反映。我们把创作活动称为审美反映，自然是包含主体的创造性的表现成分在内的。

反映与表现虽然相互一致，但在不同的艺术形式活动中，它们的表现方式又各有所侧重。在叙事作品中，一般着重客观画面的描写，客观性占有优势，作者本人隐而不露；甚至在叙事长诗中，作者的主观性虽大大加强，但整体画面的显现仍以客观性为主。至于在抒情诗、感事诗、哲理诗、散文诗中，虽然也会出现客观景物的形象，甚至图情并茂，但其主导情势则是作家的感受、感情、思想的抒发和表现，主观性特征占有优势。这种创作特征，就是一般所说的表现。所以当作家主要描写事物的客观性及其本质特征，这时反映包含了表现，反映同时也意味着表现，否则反映将是没有反映者的反映，反映本身就不可思议。当作家通过作品主要表现人物情愫，作家本人的主观情绪、感情，此时表现必然受制于生活的激发，否则表现将是失去客体引发的表现，虽然这种激发往往并不那么直接。以描写客观事物为主的艺术再现，意在通过各种艺术形象的塑造，生活形象的描绘，揭示出事物的本质特征；以突出人物、作者感情的主观性特征为主的表现，意在通过主体的审美抒发，震动和折射，显示出人和事物的精神特征。这样看来，审美创造中的再现与表现，都提供"新现实"，或是重建以客观性特征为主导的生活的"新现实"，或是重建充满浓郁的主观性特色的感情、心理的"新现实"，两者都是创造，就其艺术品格来说，不存在孰高孰低的问题。

在审美反映中，存在着一种情况，即主体可以把全部客观特征加以全面主观化，把主观特征全面对象化，形成审美反映中的主体倾向主观的全面倾斜，这是由于心理现实在长期的积累中，可以转化为心理积淀，并渐渐转化为主观因素。同时也要看到，心理现实中的主、客观因素，不是按照固定的比例排列的，而是不断流动转化的，其中主观因素具有思维的联想性、跳跃性、切割整体的灵活性。所以主体可以通过它的种种特性，打破现实的时序、空间，进行新的组合。主体的主观性，可以消灭存在与观念之间的绝对界限，赋予客观性因素以主观形式，并使之获得主观性特征，这都是在心理现实的基础上进行的。在这一过程中，原来的主观因素可以不断对象化，获得客观性特征；而原来已经获得的主观形式，渗入了主观精神的客观因素，被进一步主观化，从而形成不断进行着双向交流的转化过程，进一步显示出审美主体的能动的积极性来。

于是在创作中便形成两种类型的主观倾斜。一种是主体在拥抱世界中，具有较大的历史感。这时主体的着眼点是历史、时代、人的命运；他吞吐世界，把握着时代精神，他的审美创造物显示了巨大的主观性，而且处处为这种强大的主观性所照亮。透过这种无处不在的主观性，读者不仅可以见到主体的强大的魂魄，而且从他身上仍然可以体验到客观性特征，看到审美反映中的创新。例如文学史上气度恢宏的浪漫主义作家及其作品。

另一种情况是，由于主体在复杂的世界面前感到不安、迷惘、陌生，甚至悲观失望，由此缺乏历史感，因此常常潜入自我意识的角落，沉入自己内心世界的边缘，从中寻找慰藉。例如现代主义文学中的一些流派作家，竭力摒弃对象中的客观性因素，把自身的无意识、直觉、梦幻加以绝对化，当成文学唯一的对象和内容，在理论上和实践上走向极端。梦幻、幻觉、无意识等现象，往往是现实的意识的折射，反映了部分的真实；而其大部分现象，则是无实际内容的低级的心理现象。描述这一类现象，有时可以创作出变幻莫测、绚丽多彩的篇章。但专门去捕捉这类现象，挖空心思地去寻找梦幻，如通过吸毒去催发幻想，就把对象绝对地主观化了，在实践中很可能变成杂乱的幻觉的堆积，缺少沟通而使人难以理解。英国艺术理论家赫伯特·里德说："我们现在已经达到了哲学相对论阶段，在这一阶段，除了创造自己的不能被看作是随意作出的、或者甚至是荒谬的现实之外，无疑，现实表现为无可选择的主观事实。"[①] 西班牙哲学家奥特加·伊·加塞特说："艺术家在外部世界面前闭上眼睛，把视线转向自己的内

---

① ［英］赫伯特·里德：《现代艺术哲学》，英文版，法伯出版社1952年版，第21页。

心的主观全景。"① 文学任务主要在于表现主观心理要素，而不予考虑主观心理要素与现实因素的关系。

这是现代主义文学创作理论的一个典型模式。由于文学的源泉、对象被绝对主观化，于是必然把文学的本质完全倾斜于"自我表现"。

审美反映结构的能动精神是显而易见的，它表现了主体的创造精神，但是再深入一步，还应从这结构追溯到创作的动力源，即审美心理定势。审美心理定势是审美反映的深层结构，是审美创造的内驱力，它影响着审美反映结构的强度和趋向。所谓审美心理定势，说的是创作主体心理从来就不是一块白板，在其创作之前，早就形成了一种态势。创体主体心理很像一块储放着种种感情颜料已经经过调配的调色板。那绚丽多彩的感情颜料，就是主体所拥有的审美趣味、个人气质、人生经验、艺术修养以及广泛的文化素养等种种因素，它们组成了审美反映的内结构，即深层心理结构。这一结构中的种种因素，就其对获得它们的主体来说，是自觉的，有意识的；但就获得它们之后发挥功能来说，则是无意识的。这样，审美心理定势就被赋予了无意识性，而这种无意识积累愈多，深层心理结构就愈有活力，创作主体的感受力正是在这一结构的基础上形成的。感受力是一种极其敏锐的悟性，也是一种极其尖锐的感情倾向，一种主体对客体的极为迅速的感情反应，情绪表现，一种迅速同化现实的感情力量。作家身上的感受力，有如有音乐感的耳朵和能接受任何形式美的眼睛，是他的一种天赋本质与后天习得的结合，也是他作为作家本质力量的确证。

感受一经触发，它就搅拌着深层心理结构所具有的种种因素，使之发酵变化，进而促使原来的静态格局的变化，使之转变为一个新的格局。新的格局一经形成，就会要求主体按它所设想的模式，采取行动，通过创作实践而获得满足。例如创作主体在偶然中触及的事物，由于它与积蓄已久的、处于无意识状态的审美心理定势息息相通，可以立刻为主体的深层心理所观照，形成一种发动，而走向创作实践。

---

① 转引自《国外现代艺术研究》，莫斯科，艺术出版社1964年版，第32页。

原来的审美心理定势既已发生变异，于是由顺应走向新的平衡，形成新的审美心理定势，要求创造力得到外化，并寻找一种新的构成形式，以获得审美创造的满足。

主体的审美心理定势是一种不断变化着的动态的心理现象，一方面，它明显地受制于主体的社会、政治、道德、哲学观念的影响，其中特别是人和社会的因素，影响着主体的审美心理结构的强度和趋向。主体对人与社会的独特的认识，往往会使主体产生一种使命感的境界，由此而形成感动力的一个组成部分，它一旦被激活，就能融成喷薄而出的激情，使主体走向创作自由。另一方面，审美心理定势所以是动态的，在于它与构成它的各种潜在的因素息息相关。如文化修养的不断提高，艺术素养的积累，个人气质的变化与定型，人生经验的进一步丰富，都会如润物细雨，潜移默化地推进着它的转变。这种强大的无意识力量，极有影响地左右着创造的品格，同样支配着审美心理结构的强度与趋向。

这样看来，审美心理定势的结构因素是自觉地获得的，但在创作的准备中采取了无目的、非自觉形式，这些因素在构成系统的功能质时则具有无意识的特征，这对于了解创造的深层心理动力源的形成，是很重要的。

一个时期内，我们一些有深厚底子的作家创作了不少优秀之作。同时也要看到，由于庸俗社会学的猖獗，创作主体的审美心理定势受到压抑，不少作家的创造力受到遏制。主体审美趣味的划一化，艺术修养、文化素养被当作资产阶级的需要，使得审美心理定势变为一块白板，一块灰板；同时对社会和人的认识的教条化，使主体失去了探索的可能。主体成了失去创造力的惰性的"客体"，被一股外在力量可以随意驱使的"客体"。"文化大革命"宣告了创作主体的死亡。例如，"人是一切社会关系的总和"，从政治学观点讲，完全正确。它描绘了作为社会的人的一般，相应地用于作家对人的认识也是适用的。但是，作家进入具体的人物创作时，这种认识必须经过审美中介的过滤而形成具体感受的认识。文学作品在描绘社会、历史的变动时，往往涉及人物的种种方面。但作为被描绘的主人公，他是一个有个性的人，他不可能在社会生活中面面俱到，表现出种种社会特征，"一切社会关系的总和"。作家只能就其某个方面或相关的几个方面，表现出他的主导特征。一旦什么关系都写到了，平均化了，成了社会关系的总和，他就会成为一个抽象的人、理论化的人，而不是文学创作所要求的人。几十年来，一些权势人物总是要作家用理论、政治认识代替具体的审美感受与体验，而遏制了作家的创造力的。

社会和人在新时期复苏了过来。人成了反思的主体，人发现现实社会并不是像过去宣传的那样是一曲浪漫的狂想曲，也不是处处是战场，而是混杂着理想和痛苦、诗和冷酷的实体。人有奋斗、自强、忍受灾难、医治创伤、战胜邪恶的伟力，但他也是一个充满七情六欲的人，而有的人还是崇高和平庸、伟大和鄙俗的结合体。这种接近社会和人的真相的认识，给主体提供了思索、发挥积极性的可能。作家们由于审美心理定势，由于社会和人的基本观念的不断改变，由于如哲学、外来思想的积极影响，文化接受的广泛性而不断得到丰富。每次变化，又给主体带来了新的积极性，新的眼光，新的观察力，新的体验，新的发现，促使他走向审美反映的新岸。

我们在上面论述了主体的创造活动，提出审美反映结构，它的构成的各个方面，以及审美反映的深层结构审美心理定势等。这里谈的是审美创造方式，实际上已经触及审美创造的目的问题。文学特性的一个方面，就是它具有不以实利为目的的无目的性，但又是具有目的的，那么，这目的是什么呢？这就是审美价值的创造。

人们创造产品，这是一种生产，生产是为了创造价值，一种使用价值，以满足需要。马克思说：价值"实际上表示物为人而存在"。他又说："'价值'这个普遍的概念是从人们对满足他们需要的外界物的关系中产生的。"[①] 价值产生于事物对人的关系之中，没有主体的需求关系，就无所谓价值。价值必然要引出标准，用什么判断价值，这就是功利与效用。功利的观点是人类社会最古老的观点，各种物品的生产只能在"效用""合适"的基础上形成价值。我们在前面谈

[①] 《马克思恩格斯全集》第19卷，人民出版社1963年版，第406页。

到，最古老的工具的制造，就是为了使用，为了适用于生活的需要，为了生活的实际效用。人一开始就是很讲究功利的，这是生存状态使然，合适与效用产生价值。商品的使用价值就在于满足人的社会需求。

同样，审美价值产生于人的审美需求之中。在人的形成与他的社会发展中，审美需求作为他感情地、诗意地观照世界与把握世界的一种方式，成了他的生存需求的一个组成部分。可以说，人的审美活动、创造活动，是人的生命、精神的本质力量的一种自由表现，是人的自我满足、自我表现的实现。"创作，任何一种艺术的基础，是人的本性的一种完整的固有特征，即使仅仅因为它是人性必不可少的属性，它就可以拥有存在和发展的权利。"① 审美价值的创造，是人审美活动的必然结果，并且成为整个社会生产的组成部分。但是，作为人的本质活动之一的审美活动的范围极为宽广，不少生活中的非文学审美创造的活动，也可以进入人的审美活动。因此，在这里，我们想把人的审美活动及其审美价值的创造，限于文学创作的范围之内进行论述，否则涉及面太宽。

作家创作文学作品，进行艺术生产，不仅仅是为了实现自我，而且也是为了社会的需求。这几乎是艺术生产一开始就具有的本质特征。为个人写作，写些自娱性质的东西，或是写些不能引起人们同感、不为人们理解的东西，也是可以存在的，但是由此其价值也就仅仅局限于个人。作品作为一种艺术生产的产品，如果不能进入流通，不能满足社会需要，也就难以形成文学价值，不能创造文学价值。文学的价值，只有当其作品发挥了效用与功利时，才能存在。

在文学价值的创造中，最根本性的创造自然是审美价值的创造，这是不言而喻的。在文学价值创造的问题上，历来是存在着歧见的，直至现在。一种意见极力反对文学中的功利主义，认为文学价值仅在于审美，除此而外，别无其他。这种看法一般被称作唯美主义，或叫

---

① ［俄］陀思妥耶夫斯基：《陀思妥耶夫斯基论艺术》，冯增义、徐振亚译，漓江出版社1988年版，第11页。

做"纯审美"理论。20世纪80年代,美学中的"纯审美"的理论十分流行,原因是,几十年来我国文学创作的功利主义走向了极端,走到了令人生厌的地步,并给文学生存制造了严重的危机,这为"纯审美"理论的张扬,提供了可能。"纯审美"理论从一个方面来说,是有道理的,因为审美价值的创造,这是文学创作的最根本性的特征与需要,否则文学将会失去自身的规定性。可以这样说,任何文学作品,都应具有创造审美价值的品格,而任何成功的文学作品,都必须以创造、提供审美价值为目的。但是,在"纯审美"的论者那里,所谓审美创造往往被归结为创作的无目的性,认为创作而有目的,这必然违反创作规律,就使创作实用化、庸俗化了。这无疑击中了文学理论中的庸俗社会学的要害,但无补于对文学创作整体的理解。"纯审美"的形式化理论也十分有名,例如我们已在前面提到的有的文学理论派别,因另一些派别过分重视文学的外在因素,而提倡文本的技巧、手法,封闭于作品自身的结构,进而排斥内容,结果走向了另一个极端。创作无目的的纯审美理论,形式化的纯审美理论,大大地限制了审美价值的产生,和审美价值创造的实际过程是不相协调的。

从创作本身来说,任何文学作品的创作,都是为了创造审美价值。对于审美价值的出发点与理解,自然,在各个文学派别那里,在各类作家那里是大不相同的,这就是问题所在。现实型的作家、浪漫型的作家审美趣味不同,审美理想各异,所以他们创造的审美价值大不一样。十分明显,我们不能以现实主义文学所创造的审美价值,来否定、贬低浪漫主义文学所创造的审美价值,或是相反。在流派纷呈的20世纪,审美趣味的裂变与多样,尤其如此。现实主义文学与表现主义诗歌并存,意识流小说与荒诞派剧作竞妍。这些不同的文学创作流派通过形式繁多的作品,创造了多种审美样式,但是在创造各自理想的审美价值方面,却是一致的。因此从整体上说,不同的文学创作都追求自身所特有的审美价值,这不仅可能,而且也是必然的。最近几十年间,还出现了反审美、反价值的文学流派与文学创作,不过,这类文学流派与文学创作,违反艺术创作本性，它们很可能因其标新立异而活跃于一时，但恐怕难以持久，原因在于它们缺乏使自身的存在成为可能的应有的价值，也就是说，它们使自己所描写的对象，削平了深度、放逐了意义，价值只剩下淡淡的影子了。

从总体上说，文学作为审美创造，它的目的就在于创造纯粹的审美价值，这是它的根本方面。但是用纯粹的审美价值，来涵盖文学创作所能创造的全部价值，在理论上恐怕是必须进行探讨的。在纯粹的审美价值之下，其实还隐藏着其他价值，因此纯粹的审美价值其实并不纯粹。那么文学创作还创造其他什么价值呢？实际上，除了作者全身心地在审美体验中制造的审美价值外，他还描写了一些人物的命运，他们生存的悲欢，他们的道德面貌，他们之间的争斗，他们的信仰，甚至宗教信仰，还有他们所处地方的风俗人情，从而形成了文学创作不同的价值，例如认识价值、道德价值、政治价值、宗教价值等。这些价值就其原有的品格来说，是非审美的，这是十分清楚的。但是它们进入了文学创作，又被审美所浸润与物化。这些现象在文学创作中所以能构成某种价值，都必须被置于审美关系之中，否则它们将难以自立，不能形成艺术价值。一位俄国学者在谈及艺术价值时说道："艺术价值不是独特的自我封闭世界。艺术可以具有许多意义：功利意义和科学认识意义，政治意义和伦理意义。但是如果这些意义不交融在艺术的审美冶炉之中，如果它们同艺术的审美意义折衷地共存并处，而不有机地纳入其中，那么作品可能是不坏的直观教具，但是永远不能上升到真正的艺术高度……艺术价值把审美与非审美交融一起，因而是审美价值的特殊形式。"① 除此之外，文学创作还具有纯粹的工具、资料价值，即作品中的某些描写，可以为某些研究者提供了解、搜集某一社会某个时期的风尚习俗、经济状况、衣着饮食情况的素材、统计材料等。这些不同层次的价值形成了文学创作审美价值的系统，同时也构成了审美主体创造的组成部分。

---

① ［苏］斯托洛维奇：《审美价值的本质》，凌继尧译，中国社会科学出版社 1985 年版，第 167 页。

三 文学接受是文学审美价值的再创造系统

作家的创造过程一旦结束,就出现了物化的审美新现实,它的存在形式就是作品本身,这是一种静态存在。还有一种动态的存在,就是作品得以流传、获得生命的存在,而作品的生存或存在,就涉及文学接受,文学接受是文学审美价值的再创造,是使作品得以转化为文学的过程。

文学接受理论的主要之点是,突出了读者在作品及其历史存在中的地位,并且把他看成是一个有机环节。我们把这种观念看作是文学本体论的组成部分,文学本体论包括它的历史存在方式在内,就显得完整了。

文学接受理论的出现,开始于一些人见到作者意图与读者读后的理解不一致。例如法朗士就说过:"我敢于肯定,我们对于《伊里昂纪》和《神曲》中的每一行诗的理解,不会和原先赋予它的意义是一样的。生命意味着变化,我们的思想用笔记述下来,在我们身后获得的生命是从属于这一规律的:它们只有不断地变化,成为与原先产生于我们心灵之中,而后问世时不相类似的东西;为我们后代所赞赏的东西,对我们来说将是完全陌生的东西。"[①] 法朗士不止一次表述过这个思想。英加顿则进了一步,他提出文学作品本身,包含有许多空白,作品所提供的,不过是一副骨架,一个纲要,其余要由读者来完成。所以从上述理论看来,读者的作用被大大提高了。英加顿说:"严格地说,文艺作品并非审美接受的具体对象,就它本身来说,它好像不过是一副骨架,在一系列关系中由读者去填补和充实,而在某种情况下,会出现变化与曲解。"他以为只有如此,作品才能成为"审美接受和欣赏的直接对象"。[②] 英加顿提出作品是一种图式化的东西,是需要予以具体化的东西。"图式化""具体化",作为作品结构的特性,是他的层次说的进一步发展。在他看来,层次实际就是图

---

① 参见《法朗士文集》第2卷,苏联作家出版社俄译本,第527页。
② [波兰] 英加顿:《美学研究》,俄译本,苏联外国文学出版社1962年版,第72页。

式，这中间存在着明确的和不确定的东西，一些因素"处于实现的状态，而其中有些只是潜在的"。于是阅读者、欣赏者出来充实作品，使作品"具体化"，"观赏者通过他在鉴赏时合作的创造劳动，促使自己像普通所说的那样去'解释'作品"，"去充实作品的图式结构，至少部分地丰富了不确定的领域，实现仅仅处在潜在状态的种种要素"，去"重建"作品。同时，一个作品的"具体化"，因不同的读者而异，但同时"还取决于各种历史条件"。"在不同时代，完全同样的艺术作品以不同方式的具体化出现的事实，以及作品仿佛改变了自己性质和面貌而失去了它作用于观赏者的力量，并难以完善地显示其潜在价值的事实……说明审美和艺术价值的相对性和主观性理论，为什么如此地流行，似乎如此地有道理。"①

始于20世纪50年代，兴盛于60—70年代的文学接受理论，甚至包括后结构主义理论、阐释学理论，都受到英加顿的理论的影响。文学接受的倡导者从几个方面提出问题。一是认为，作品只是一种文本，文本留有许多空白点，像英加顿那样认为，在阅读过程中，是需要加以具体化的，所以文本是多义的。关于这点阐释学派的伽达默尔就认为，读者所理解的作品意义，与原作者给定的意义是不一样的，它们总是由解释者的历史环境乃至全部的客观的历史进程共同决定的。德国学者伊塞尔则认为，从文本中，"我们只想见文本中没有的东西"；文本写出的部分给人以知识，但"只有没有写出的部分才给我们想见事物的机会；的确，没有未定成分，没有文本中的空白，我们就不可能发挥想象"。他认为，必须用两极的观点看待作品："作品本身既不与文本等同，也不与具体结果等同，而总是介乎两者之间的某一地方。"② 二是读者的问题。这一问题不少论者多有涉及。萨特就曾说过，每一文学文本在写作时，作者就注意到了潜在读者。而伊塞尔允许读者拥有相当的自由，认为不同读者可以自由地按照不同方式将作品具体化，没有一种可以用尽它在语义方面的潜力的独一无二的

---

① ［波兰］英加顿：《艺术的和审美的价值》，载《文艺理论研究》1985年第3期。
② ［德］伊塞尔：《阅读活动》，中国社会科学出版社1991年版，第29页，译文有改动。

正确解释①，但不是随心所欲，要受文本限制。所以作品在一定程度上决定于读者。之后，美国学者费什则宣称，对于一个作品来说，真正的作者是读者。他认为读者不能满足于文学企业中的合作者的角色，而应推倒老板自己掌权，这当然走到本末倒置的地步了。

接受理论的贡献，在于它重视读者的作用，指出了阅读行为对于作品、创作的影响，文学的社会价值与潜价值，等等。接受理论对于文学的历史存在、历史功能的阐述，是很有意义的。但是正如我们在前面所指出的，近代一种文学理论的出现，往往是对前一种理论的否定，它关心的只是自己的理论的形态，而未能从整体、系统上来把握文学本体。在我们看来，文学本体论不仅包括作品本体、主体创造系统与审美价值创造系统，同时也包括作品的历史存在、作品的接受。

文学接受理论的出现，深化了人们对文学的认识，它把读者的作用提到了理解文学的存在和生命的理论高度。这种理论一般认为出现于20世纪60年代末70年代初。但是应当指出，在此之前，一般教学用的外国文学理论著作，很少涉及读者的作用，或根本不提，如苏、美的《文学理论》。而我国近几十年出现的文学概论这类著作，却都注意到了作品产生之后的社会功用，并辟有专门章节进行论述。这些论著中有关文学欣赏、批评的专章，都认为文学欣赏也是一种艺术思维活动，是人类艺术实践的一个方面；指出，没有这一环节，文学作品的功能就不能发挥；并且还论述了欣赏活动的性质、规律现象，读者对创作、批评的影响。应当说，这是我国文学理论著作的一个突出之点。因此就不好说，我国过去的文学理论无视读者的主体性，等等。但是从总体来说，还未形成一种自觉的理论，来阐明读者对文学存在、发展的重大作用，来探讨文学何以能存在下来，形成它的历史的存在，它的历史的生命，并使这种认识成为文学发展的有机组成部分。

作家创作结束，作品本体便得到确立。但是如前所说，只有当作

---

① 见伊格尔顿《20世纪西方文学理论》，伍晓明译，陕西师范大学出版社1986年版，第101页。

品与读者发生联系,满足了读者的需求,进入读者意识,作品才有生命,才能存在下去。这样说来,文学的存在,它的本身的价值,实现并完成于读者的接受。不同时代的读者不断阅读它,它便不断获得历史存在的形式,形成文学本体的历史发展,从而获得历史的生命。如果文学作品一旦失去了读者的兴趣,失去了读者的阅读,一旦它们被束之高阁,那么它们也就失去了自己的生命。一些作品自它们产生之日起,历经各代变化而久传不衰,如《三国演义》《水浒》;一些作品问世后,毁誉不一,而后进入了世界文学的殿堂;另一些作品当时红极一时,尔后不受注意,如英国的马格、本·琼生的剧作;还有一些作品则相反,当时无人阅读,默默无闻,而后身价陡增,如某些现代主义者的作品。毫无疑问,从一方面来看,这些现象都是由读者的阅读行动所造成的,是阅读行为造成了某种价值使然。似乎可以这样说,阅读造成价值。在这一点上,伊塞尔的话是不无道理的,即作品处于文本与具体化之间,这个地方就是阅读。英加顿则认为不同时代读者不断显示作品的潜价值。在作品的历史存在过程中,读者的地位复杂多样,这促使文学作品的功能发生变异,发生转移。有各式各样的读者,于是就有各式各样对文本的理解,对人物不同的理解;同时由于时代的发展,于是就为多种阅读提供了更多的机会。因此读者是自由的,有一千个读者,就有一千个哈姆雷特。这一句名言,印象主义批评家特别喜欢重复它,它的确也含有不少真理因素,但我在下面还要作另一种说明。

至于在历史过程中,文学作用的转移,也是很有意思的。据新闻报道,日本的一些企业家,指定《三国演义》为该企业成员的必读书。《三国演义》是一部内涵极其复杂的著作,它功能多样,为广大人民所喜闻乐见。可以给人们提供一些历史知识,给人以智慧。如果换一个角度,比如对于不同职业的人来说,它可以教给政治家们如何出谋划策,玩弄手段;可以为军事家们提供克敌制胜的锦囊妙计,等等。今天这部小说却成了日本企业家的案头之书,是否可以说,小说的功能发生了变化、转移,转到商业、竞争方面来了?是否可以说,日本企业家赋予了小说新的功能?他们和罗贯中一起"创造"了新的

《三国演义》？充实了《三国演义》的生命？可以这么说，但仅是问题的一面。

另一方面，问题又不尽如上述。读者的主体性的作用是巨大的，但把它夸大到不适当的地步，把读者的主观意识绝对化，就会形成疏漏。比如，文学作品是否真是一副图式性的骨架，一本说明书，它的生命在于由读者补充空白？显然并不完全如此。空白是存在的，补充是需要的，甚至那种补充的东西是作家意识不到的，也可能是作家意识中模糊的东西。但是作品还有明确的东西；作家想传达于人的东西，他所明确把握的东西，使读者为之感动、为之笑、为之哭、为之震惊、为之战栗的东西，这就是我们在上面论及的创作主体在作品创作中所创造的审美价值。没有这些东西，作品本身就不可能存在。上述种种现象，总不能用空白去代替吧。应该分析读者"创造"的到底是什么。一，在接受过程中，读者由于各自的主观条件不同，对作品形成了不同的理解。只是在这种意义上，才可算是一种"创造"，而这种"创造"与作者的创造是不很相同的，否则，就无须作家存在了。二，不同的理解实际上是脱离不开作品文本的，读者只能依据文本所表现、所暗示的方面去"补充"文本的"空白"，但他从根本上不能脱离开文本。拿一千个读者就有一千个哈姆雷特的"箴言"来说吧，一些人想以此说明，文学作品是多义的，同时由于读者趣味不同，仁者见仁，智者见智，难做定论，不能强求一致。但是在我看来，读者主体的自由是相对的，有限度的，他只能在作者提供的文本的基础上，做出与其自身审美修养、文化心态相应的解释，他的自由要受到文本的约束，而决不会一千个读者阅读《哈姆雷特》，结果出现五百个哈姆雷特，五百个奥赛罗。那么怎么能说作品的作者就是读者呢？三，更为重要的是，还需要研究作品的种种价值因素，包括它们的潜在价值。当作品被作家创作出来后，对于作者来说，他实现了他所构思的价值，他实现了他的目的，他把他所看到的、想到的都在作品中实现了；与此同时，他还创造了一种潜在的价值。作家描绘的现象越是广泛地涉及人类的精神生活，它的特征和价值，作品的潜在价值就越大，就越能为人们广泛接受。文学的动态存在，它的历史存在，固然与读者的不同阅读有关，以致好像是读者创造了作品。但是应该明白，作品本体早就存在，没有作品本体，文学本体也无从说起。《三国演义》被置于今天日本企业家的案头，当然与作者原来的意图风马牛不相及。这里主要是小说中的人物的智慧、心机、权术、用人之道，使企业家们感到兴趣，它们可以帮助他们在竞争中击败对手，或赢得顾客。小说的价值、功能获得了新义，但价值、功能的核心仍然是《三国演义》原有的，变化了的功能与新的"创造"，实际上不过是小说潜在价值的发掘、变异、延伸与再创造。而这种发掘、延伸与再创造，对于作品的历史存在来说，确是至为重要的。

接受过程与创作过程正好相反，它是从整体到个别，从凝聚而分解。在创作中，审美价值形成于审美反映结构诸因素，而在接受中，由审美反映结构诸因素而转化为诸种功能，则要通过审美价值的获得。审美价值是作品价值的总体表现，它实际上是以其功能为基础的。但功能不能直接从作品中表现出来，而必须通过审美中介，在接受过程中体现出来。在这里，审美中介就是在审美反映结构的基础上形成的审美形态系统，即我们所说的崇高、优美、悲、喜、奇、丑等，它们构成审美价值的深层结构或是底蕴。与此同时，这一形态系统中的每一种价值的质，内容极为复杂。例如崇高，事实上有各种各样的崇高，可以有呈自然形态的崇高，也可以有政治性的崇高，可以有道德美的崇高，也可以有理想型的崇高。不仅有我们习以为常的美的价值，而且还有丑的、恶的价值，那种使人战栗、令人厌恶的丑的审美或审丑价值。作品中的诸种价值，在其进入阅读时，就发生了变化，其价值取向自然就取决于作品特性的品格和读者主体的品格。在接受过程的不断发生中，阅读使审美价值演化而为功能，并形成审美功能系统。但是这个系统是必须给予新的整合的。

在理解文学的功能方面，单一化的现象长期存在。在很长时期里，例如只把文学功能局限于认识、教育、美感等几个方面评价作品，一般往往以前两种功能为恪守准则，这种理解，给文学接受带来了极大的限制。

韦勒克承袭旧有的说法，认为文学有"愉悦""有用"的功能。20世纪20年代的苏联的文学理论中，文学功能的说法多种多样。有社会组织作用说，认识作用说，交往作用说，教育作用说，纯审美作用说，等等。卢纳察尔斯基认为，文学不仅是认识工具，而且它也组织思想，特别是组织感情。后来文学功能被归结为两大作用：认识作用与教育作用。20世纪50年代产生了审美派之后，在两种作用之外，又加上了审美作用。到70年代，美学家鲍列夫把它扩大到9种作用：即社会改造作用，认识作用，艺术—观念作用，预言作用，信息和交际作用，教育、感化作用，审美作用，愉悦作用。斯托洛维奇先是提出4种功能，后又提出14种功能。它们是：启迪作用，交际作用，社会组织作用，社会化作用，教育作用，启蒙作用，认识作用，预测作用，评价作用，暗示作用，净化作用，补偿作用，享受作用和娱乐作用。也有人提出文学艺术有25种功能，等等。这里有一个问题，对于每一位提出艺术有多种功能的人来说，为什么恰恰是这么一些？为什么恰恰是这样一种划分？原则、方法是什么？没有坚定的理论出发点，即使说上100种功能，也只能算是一种凑合。而斯托洛维奇的功能观给人的印象也是如此，虽然他的美学思想是有其出发点的。倒是卡冈用他的人类活动4种基本形式的理论和系统，作了分析，得出了艺术的功能系统的构思[①]，对它们不必都表示同意，但这不失是一种切入问题的角度。

如果我把审美反映结构作为出发点，则文学的功能系统就成了审美反映结构的潜力的外化。从审美反映结构出发，作家创作首先从感受、感知开始，同样读者接受作品，必须进行感受、感知的还原。在这个过程中，最早发挥的功能是审美，不产生审美的功能，文学就不成其为文学，而且就根本不可言其功能。因为文学的其他功能，都必须以审美功能为依据、为前提。一篇文学作品，不可能具备种种功能，或者说，它的其他功能即使微乎其微，但是它不能不具审美功能。同时，重要的是文学的其他功能，不可能采取独立的方式存在，

---

① 卡冈在《美学和系统方法》中，从人类活动的4种形式，提出艺术创作的4种功能说，即认识、评价、改造与交际功用，这种理论也只是可备一说，中国文联出版公司，1985年，第169—171页。

而只能寓于审美功能之中。如果其他功能竟能脱离审美功能而存在，那么这种作品就不可能是文学作品。因此审美功能是文学诸多功能中最基本的功能。

文学的审美功能主要表现为文学作品的艺术感染力。作品通过对现象的艺术抒写，给人以一种赏心悦目的审美愉快；或是通过对事物的形象描绘，显示出一种激动人的感情、深邃的思想，内容和形式的完美结合，动人以情，使其获得审美感受和理性的满足。白居易在《与元九书》中说："感人心者，莫先乎情，莫始乎言，莫切乎声，莫深乎义"。绿天馆主人在《今古小说序》中讲到小说的作用"捷且深"，这"捷"正是艺术感染力引起的，这"深"正是情、言、声引起的审美活动的结果。此即荀子在《乐记》中所说的"其入人也深，其化人也速"的道理。梁启超谈及小说的熏、浸、刺、提四种力量，主要是指小说的感染作用。马克思说，如果"你想得到艺术享受，那你必须是一个有艺术修养的人"，就是说文学培养人懂得审美。与审美功能十分接近而属于同一类型的功能，还有娱乐、消遣、愉悦、补偿等功能，从而组成审美功能系列。

与审美反映结构第二层次相呼应，文学通过审美功能而具有认识的功能。文学从总体上实践—精神地把握世界，其描写的真实性愈高，范围愈广阔，作品的认识功能也愈高，触及的问题愈深入，就能愈深入地探及事物的本质面。古人"采诗以补察时政"，可知"风俗之奢荡"，"征役之废业"，风尚时习之变异，等等。但它们都通过审美功能而获得，而不同于说理的认识。不少学者对《红楼梦》的解释不一，观点各异，但小说可给读者提供社会、历史、政治、风俗等方面的知识，这也是事实。文学社会学作为一门学科的基本准则，研究文学和社会的种种关系，以认识这种关系。过去由于在这方面搞得很庸俗，因此在一个时期内批判庸俗社会学时，也把文学社会学一起批判掉了。一些人包括一些作家在内，对文学的认识作用屡有非议。但是从审美反映的结构来说，认识的层面正是它的组成部分，因为文学并非仅仅由审美组成，所以想把认识从文学中驱逐出去是徒劳的。有些现代主义作家如新小说派作家，常常说他自己只是为摆弄文字而写作，他写了什么，他自己也说不清楚。这是很可能的。但是因此他的作品也只为少数一些人所赏识。这种认识的曲折，必然会受到曲折的认识所修正。与认识作用相类似的，还有启迪作用，预测、暗示作用，从而形成认识功能系列。

过去文学理论著作对文学的教育作用津津乐道，好像文学作品就是思想教材，好像文学的教育作用是一种独立的存在，而很少研究这种功能如何发生，结果一味强调这种功能，形成一种外加。其实稍加观察，就不难了解，这种作用并无独立形态，它只能产生在审美愉悦、审美认识的基础上。古人也懂得"寓教于乐"，即指文学的教育作用产生自审美的愉悦、享受、快乐之中，强烈的感情活动之中；同时只有在愉悦、满足之中深刻地了解到事物真相与演变，才能引起更深刻的感受。况且文学的教育作用，也不限于美的抒写的影响，不限于寓教于乐。丑的暴露，也能引起惊世骇俗的效果，增长人的见识。所以从本质上说，文学的教育作用，实际上是一种感情教育。与文学教育作用类似的作用，有思想、评价、净化的功能，形成文学的教育功能系列。

文学通过语言、符号形式，传递信息，沟通人们的感情思想，形成交际功能。本国、本民族的文学自不必说，而我们要了解其他国家、民族、人民生活，包括他们的精神生活，文学是极有力的手段。这样便形成不同国家文学之间的交流，而达到相互了解。优秀的文学、文学的潮流，往往能形成一种社会趣味、时尚、爱好，影响着人们的感情生活，组织着人们的精神生活，外国文学的引进，也可能不同程度地发生这种作用。沟通、相互了解、相互影响，便形成了文学的交际功能系列。

此外，文学还有激励、振奋、鼓舞人心的功能，它们直接配合人们的行动，如短诗、颂歌。福克纳曾谈到这点："为了振奋人心——这个目的同样适用于我们大家，适用于那些想当艺术家的人，适用于那些想写纯粹消遣作品的人，适用于想写惊险作品的人，适用于那些完全想解脱自己及其隐痛的人。"[①]

---

① 李文俊编：《福克纳评论集》，中国社会科学出版社1980年版，第258页。

第二编
文学本体的发展

前面讨论了文学的本体结构即文学本体论。文学的发展自然表现为文学本体的发展，审美的历史的发展。

作品是文学本体的基本形式的一个方面，但是文学发展所探讨的，不是具体的作品。从文学发展的整体看，必须找到作品的可供分析、综合的形式。与前面论及的文学本体结构相呼应，需要对语言结构的审美创造、审美主体的价值创造系统、接受中的审美价值再创造和功能系统，进行综合与归类，找出文学本体发展的结构系统，确立分类的思想与原则。体裁作为文学作品分类的抽象形式，是文学发展研究中首先要触及的问题。

作品类型的思想，也即文学分类的思想，是古已有之。在我国古代文论中，如曹丕的《典论·论文》、刘勰的《文心雕龙》中，就已对古代作品进行了分类。在欧洲自19世纪以来，文学分类的研究的思想演变十分复杂。上溯古代，一般认为在柏拉图的著作和亚里士多德的《诗学》中，就已出现了文学分类思想，其中亚里士多德的分类思想，广为流传。这种文学分类思想建立在摹仿论的基础上。他说，摹仿有方式的不同，"假如用同样媒介摹仿同样对象，既可以像荷马那样，时而用叙述手法，时而叫人物出场（或化身为人物），也可以始终不变，用自己的口吻来叙述，还可以使摹仿者用动作来摹仿"[①]。这一分类思想在黑格尔的《美学》中，获得了系统的理论发挥。黑格尔从正题、反题、合题的三段论法出发，把正题视为抒情诗，表现主观；把反题视为史诗，描写客观；把戏剧看作合题，即主客观的结合，并对抒情、叙事、戏剧作了长篇理论阐述。别林斯基在其活动早期就提出主观的诗和客观的诗，

---

① [古希腊]亚里士多德：《诗学》，罗念生译，人民文学出版社1962年版，第9页。

也即抒情诗、浪漫主义小说,和重客观描写的现实主义文学的区别,两相比较,他更推重后者。后来他在《诗歌的种类和分科》的长文中,更加详细地讨论了这一问题。黑格尔和别林斯基的理论,影响久远。

又如17—18世纪文学中的古典主义,也自有一套独特的分类法。首先它崇尚戏剧,把悲剧、喜剧置于最高地位,对其他文学体裁则另眼看待。在人物选择上,也分等划类。悲剧选择王公贵族,喜剧选择市民、下等人物。最著名的是它规定的三一律,这既是它的特点,也是它的一种框架。古典主义的理论家霍布士,把世界划分为宫廷、城市、乡村,并以这种原则来划分文学。史诗、悲剧是英雄的颂诗,适用于宫廷,谐谑诗对应于城市,田园诗对应于乡村。在独尊悲、喜剧的社会审美趣味的条件下,狄德罗提出了悲剧、喜剧的一个中间类型的戏剧,这"中间的类别",即市民戏剧。18世纪末,浪漫主义作为反古典主义的文学思潮而发展起来,席勒写有著名的《素朴的诗和感伤的诗》,提出诗人是自然,或者寻求自然,前者使他成为朴素的诗人,后者使他成为感伤的诗人。在席勒看来,素朴的诗人是尽可能完美地模仿现实,而感伤的诗人,力图表现或显示理想,并进而对他们的作品作了比较。素朴的诗实际上是指古典主义而言;而感伤的诗,则是指浪漫主义的诗。后来歌德回忆起和席勒的争论时说:"古典诗和浪漫诗……引起许多争执和分歧。这个概念起源于席勒和我两人。我主张诗应采取从客观世界出发的原则,认为只有这种方法才可取。但是席勒却用完全主观的方法去写作,认为只有他的那种创作方法才是正确的。"[1] 歌德又说,史雷格尔抓住了这个看法加以发挥,使它传遍全世界。我们知道,史雷格尔兄弟抓住的"看法"不是别的,它就是强调主观、宣传浪漫主义的方法。这样,歌德和席勒实际上从创作原则、方法和文学性质上作了类型划分。

19世纪末开始,文学的分类、类型思想,受到很大的冲击,这主要表现为对类型学的实效性的怀疑。同时,随着哲学、心理学、语言学等不同思潮的兴起,文学类型的研究方法、观点,又显得十分复杂。

一些学派否定文学类型研究的必要性。一般说来,反对类型概括

---

[1] [德]爱克曼辑录:《歌德谈话录》,朱光潜译,人民文学出版社1978年版,第221页。

的理论,"总是这样或那样地与狄尔泰和李凯尔特的历史哲学见解相关联的……这些历史学家断言,人文科学与自然科学有所不同,其目的不在于发现定律,而是在于研究个人的独特的现象。照狄尔泰看来,一切越出个别事件的记述范围以外的东西——一般概念、判断、规律的揭露等等,在人文科学中都是缺乏根据的"①。从方法论上说,这就是专注于个别作品,而不主张分类概括。同时,克罗齐在这方面的影响也不容忽视。克罗齐的艺术即直觉说也广为人知,认为艺术即直觉的表现,各个门类中的艺术都是如此。他以为面对这一直觉的心理表现,对文学进行分类,就毫无意义可言。"各种表现品,直接地按实地看去,不能分类;但是它们是成功的,有些是半成功的,有些是失败的。它们确有完善与不完善、成功与不成功的分别。"② "就各种艺术作美学的分类那一切的企图都是荒谬的。它们既没有界限,就不可以精确地确定某种艺术有某某特殊的属性,因此,也就不可能以哲学的方式分类。讨论艺术分类与系统的书籍,若是完全付之一炬,并不是什么损失。"③ 韦勒克与沃伦认为这是克罗齐的对文学类型说的唯名论式的判决。所谓唯名论,即主张事物的殊相才是真实的,共相与概念不过是同类个别事物的总名,唯名论实际上只见殊相个别。克罗齐的这种对文学分类思想的否定,"显而易见是对古典派的权力主义极端化的一种反动,但这种回答仍不能适当地解释文学生活和历史的事实"④。这一分析看来是正确的,克罗齐的美学理论,艺术即直觉说,正是唯名论的一种表现。克罗齐的追随者美国学者斯宾哈伦在克罗齐的《作为表现的科学和一般语言学的美学的历史》发表后不久的1903年就说:"诗人直接表现自我,这表现就是他们的形式。由此,

---

① 转引自赫拉普钦科《作家的创作个性和文学的发展》,满涛、岳麟、杨骅译,上海人民出版社1977年版,第298—299页。
② [意]克罗齐:《美学原理·美学纲要》,朱光潜、韩邦凯译,外国文学出版社1983年版,第80页。
③ [意]克罗齐:《美学原理·美学纲要》,朱光潜、韩邦凯译,外国文学出版社1983年版,第124—125页。
④ [美]韦勒克、沃伦:《文学理论》,刘象愚、邢培明、陈圣生等译,生活·读书·新知三联书店1984年版,第256页。

不仅仅存在3种、10种或几百种文学体裁；有多少富有个性的诗人，也就有多少种体裁。"① 使文学转向文学本体研究，这是需要的，但是对文学本体作出狭隘的理解，把作品看成是一种自足的封闭形式，使研究专注于个别作品本身，把与作品紧相联系的种种问题，排斥于文学研究之外，就走向另一极端了，在体裁问题上也是如此。

另一流向是承认必须对文学进行分类研究，但是由于出发点不同，因而在文学分类问题上，出现了相当驳杂的观点。20世纪的文学理论中，应用心理学、语言学、存在主义等学说来研究文学的类型问题，可说学派林立。从心理学观点出发，文学的不同种类，被视为种种心理的变化与转换，把抒情诗、戏剧、叙事作品视为诗意的存在，与之相应，它们分别是感情、意志和思想的表现。英国批评家达拉斯用语言学中的人称、时式来划分体裁。他说：抒情诗与第一人称、将来时对应；戏剧与第二人称、现在时对应；史诗则与第三人称、过去时对应。厄斯金从道德—心理观点采划分类型，提出抒情诗表现现在时态；悲剧表现过去时态，因它显示的是对人的过去的末日的审判；史诗是将来时态，等等。雅柯布森从语言结构的理论加以分类，力图使语法结构与文学种类相对应，提出"抒情诗是第一人称单数现在时态，史诗是第三人称过去时态"②，等等。瑞士文学理论家施塔伊格尔在其《诗学的基本概念》一书中，从海德格尔的存在主义时间观出发，认为文学创作表现"人的最纯粹的存在"，所以文学中的"抒情的、叙事的、戏剧的概念，对于人的一般存在的基本可能性来说，就是文艺学的标志……"③ 他把戏剧与将来对照，把抒情诗与过去对照，把叙事文学与现在对照。他提出要从风格的角度，来定义抒情、叙事和戏剧。德国学者马克斯·威尔里说："如果一般认为体裁诗学具有

---

① 转引自契尔涅茨《文学体裁》，莫斯科大学出版社1982年版，第51页。
② 见韦勒克·沃论《文学理论》，刘象愚、邢培明、陈圣生等译，生活·读书·新知三联书店1984年版，第25页。
③ 转引自《文学理论》，苏联科学院世界文学研究所编，莫斯科科学出版社1964年版，第13页。

意义，如果承认它有权存在，那么它不是别的，正是风格的类型学。"① 上面提及的施塔伊格尔实际上把体裁分类变成了风格分类。

毫无疑问，风格的类型研究是十分需要的，但与体裁分类不同，两者不能相互替代，它们属于不同的理论范畴。

此外，韦勒克与沃伦在《文学理论》中，凯塞尔在《语言的艺术作品》中，都分章论述了体裁的问题。从文学体裁研究的角度来说，它们都是有价值的，都有不少值得重视的见解。特别是凯塞尔的详细的论述。但从总体来说它们，都只限于作品的具体分析，在封闭式的文学观念的基础上，文学的真正的类型科学很难建立起来。

苏联文学理论中对于文学的类型研究还是比较重视的，我在前面提及，赫拉普钦科著有专文论述这个问题，其中有好些值得重视的观点。例如，他提出，"文学的分类研究要求揭示在语言和历史命运方面相接近的一些民族的文学的共同的或相似的发展倾向，同时也必须揭示并不具有这些特点的一些民族的文学的共同的或相似的发展倾向"②，提出了对体裁、风格、思潮等进行分类等问题研究的构想。波斯彼洛夫的一些文学史著作、文学理论著作，都涉及类型研究的问题，如《19世纪文学史》《文学原理》等，在这方面，他的论述自成一说，但有时不免出现简单化的现象。此外，在苏联还有关于19世纪现实主义类型的专著。值得重视的是巴赫金的著作，他的类型研究思想主要集中在体裁研究方面，有不少新意，为苏联国内外学者所承认，我们将在下面论及。

文学的类型的研究，目的在于探索文学中某些共同的现象的规律性问题，这里不能把规律性与定义相混，精细地分析具体的作品，难以把握文学具体的规律性现象。特别是在文学发展研究的方面，确立类型分类研究的思想是十分重要的。在我们看来，除了从文学的性质进行分类研究外，还可以从文学的体裁，风格、流派、思潮，创作原则和假定性与创作原则的选择等方面进行分类的研究，形成探讨文学发展研究的联结线。

---

① ［德］威尔里：《普通文艺学》，俄译本，莫斯科，外国文学出版社1957年版，第103页。
② ［苏］赫拉普钦科：《作家的创作个性和文学的发展》，满涛、岳麟、杨骅译，上海人民出版社1977年版，第304页。

第五章　文学体裁的审美特性、规范与反规范

第一节　体裁的历史划分

我们在前面讨论了文学的发生，主要谈的是诗，和诗差不多同时发生的，在我国还有散文。在欧洲，最早的文学形态，不仅有抒情诗，还有史诗和戏剧；史诗（叙事）、抒情诗和戏剧，在西欧历来被认为是文学三大类型，这是根据"摹仿所用的媒介不同，所取的对象不同，所取的方式不同"①规定这种划分，主要从各类作品的性质着眼，是有它的一定的科学性的，所以此说至今仍被普遍接受。

下面讨论文学的体裁问题。体裁的划分，有时在类和体裁之间的界线不易区别，这主要是论者所持的出发点不同。三分法注意从文学性质方面加以划分，而我国现代流行的四分法则主要着眼于作品的形态的区别。两种方式各有长处。

文学作品的形式具体为体裁，体裁的多样性，反映了文学把握现实方式的多样性。这种多样的形式，都表现为一种独特的形式结构的审美统一体。

先看一下我国古代文论中有关文学体裁（文体）的论述及体裁的多种演变。

我国文学体裁理论到了魏晋形成了理论的相对自觉。曹丕的《典论·论文》一文，不仅提出了文学风格、作用问题，而且也涉及文学的体裁问题。"夫文本同而末异，盖奏议宜雅，书论宜理，铭诔尚实，

---

① ［古希腊］亚里士多德：《诗学》，罗念生译，人民文学出版社1962年版，第3页。

诗赋欲丽。此四科不同，故能之者偏也；唯通才能备其体"，即将文章分成四科。其后出现了陆机的《文赋》，这是我国第一部研究文学问题的专著，其中关于文学体裁的论述，比曹丕进了一步，它区分了文学体裁的不同特征："诗缘情而绮靡，赋体物而浏亮。"这比曹丕的描述确切得多。其后不久，又出现了挚虞的《文章流别论》，这是论述文体的专著。这一方面说明了我国文学中已出现了多种体裁，另一方面又反映了人们对这些体裁特征、功能的细致认识。例如关于"颂"，文章说，"颂，诗之美者也。古者圣帝明王，功成治定而颂声兴。于是史录其篇，工歌其章，以奏于宗庙，告于鬼神。故颂之所美者，圣王之德也，则以为律吕"。又说："赋者，敷陈之称，古诗之流也。古之作诗者，发乎情，止乎礼义。情之发，因辞以形之；礼义之旨，须事以明之。故有赋焉，所以假象尽辞，敷陈其志……古诗之赋，以情义为主，以事类为佐。今之赋，以事形为本，以义正为助。……夫假象过大，则与类相远；逸辞过壮，则与事相违；辩言过理，则与义相失；丽靡过美，则与情相悖……"①。挚虞此文不仅论述了当时已出现的各种体裁特点，而且还说明了它的起源功用，具有较强的科学性，故为《文心雕龙》多处引用。萧统编选的《昭明文选》，是文体理论的实践，也是按体裁汇集的文学总集。它力图区分文学与非文学的界限，专收诗、赋、散文一类著作，对诗、赋分门别类，划得更加细致。对于散文，则提出了它的起源与功用，指出了它的特征。《文心雕龙》50篇，有20篇论文学体裁问题，并把它分成34种，其中还分有多种细类，并在分别文笔的基础上，扩大了文学的范围。古代文、史、哲不分，但其中不少文章极有文采，把它们收罗进来，符合文学实际。其后，明代出现了吴讷的《文章辨体》和徐师曾的《文体明辨》。前者把文体分成59类，后者在前者的基础上，扩大到127类，仅诗歌就划分有25种之多，赋则被划为4类。它充分反映了我国文学体裁之丰富。

另一方面，这样的划分也反映了我国体裁分类中的缺点，它过于

---

① 《艺文类聚》五十六，《御览》五百八十七。

碎杂，缺乏概括、归纳与综合，不能上升到理论高度。清代学者在这方面有所发觉，但缺点依然存在，而且把后来得到广泛发展的文体，如小说、戏曲等排斥在外。褚斌杰说："……对于文学的范围，他们囿于成见，始终不出诗、文范围，而对于戏曲、小说以及其它俗文学则很少涉及；其次，即使对于诗、文的编辑和分类，某些学者也过于囿于骈文家、古文家的门户，因而往往限制了他们全面看问题的眼光；另外，历代对于文体的分类，一般都流于繁琐，往往标类不厌其细而不能概括其繁，这固然与中国古代文体的纷繁丰富和多有异名同实的现象有关，但也与当时的研究者们还缺乏严格的科学归纳法有很大关系。"[①] 此说极是。

第二节　体裁的审美特性

体裁是在其历史发展过程中形成的各种文学作品类型，是作品群的内在与外在的统一形式，是作品存在的必要的普遍形式。文学形式通过体裁而把内容物质化，成为揭示文学的不同类别历史变化的形式结构。例如对于先秦时期的文学，我们只能从《诗经》的诗歌形式、楚辞这种形式以及诸子散文中见到。这时期的文学就存在于这些体裁的形式中。它们不是个别作品的形式，而是历史发展中形成的一种为不少作者采用的格局，一种独立的形式结构。

那么，这些独立的形式结构，是由哪些因素构成的呢？第一，在我看来，它主要为语言的审美特性所决定。语言的非指称性特征，它的语义游离、语义抑制，它的表现功能、多义性等作用，在实践中渐渐被人们所把握并总结出了一些规律性的东西。萧统的《文选》大体按此标准选取。《文选》区分了文学与非文学，将混杂着文学特征的散文排挤了出去，虽然这一措施并不完全正确，但注意到了诗与文的不同。而刘勰把先秦散文收入了文学范围，同样基于语言因素，当然还有其他因素。第二，语言的节奏韵律的不同，成了区别不同体裁的

---

① 褚斌杰：《中国古代文体概论》，北京大学出版社1984年版，第41—42页。

重要手段，这在我国诗歌中甚为明显。在这方面，我国诗歌有一整套规则。第三是对象。以诗歌所描写的对象来说，不同的体裁不尽相同，甚至很不相同，而不同的对象也影响着体裁的选择。第四是容量，抒情诗与叙事诗，散文与诗歌，散文的各种体裁的容量都不一致，几乎都有一个自己的定量。第五是功能，从这一角度来说，各种类别的文学作品固然不一，而且同一种类中的各种体裁同样有别。当叙事文学发展起来后，还可以从叙事、对话的角度和运用，来确定体裁的特征。

体裁一旦形成，它就获得了相对的稳定性，作为把握现实生活的艺术形式而会长期存在。体裁是一种"艺术的记忆"，"就其本性来说，体裁反映了文学发展的最稳固的、'经久不衰'的倾向①。"我国旧体诗，作为文学的一种类型的多种体裁，竟流传了两千来年，至今仍有人使用这种形式写作。这种形式已形成一种格局，具有了范式意义。旧时诗人创作，首先面对的是一套使用语言的规则，后代作者不得不继承它们。正是在这意义上，有人把体裁界定为"艺术创作的选择性"，似乎也有一定的道理。首先，作家面对丰富、多样的体裁格式；其次，他必须就其写作意图，进行体裁选择。可能，这种选择是直觉的、无意识的，也可能是很自觉的。总之，作者必须进行选择。

在体裁理论上，是存在着不同观点的，如：体裁是纯粹的形式问题，还是同时还涉及内容？韦勒克和沃伦在《文学理论》中说："总的说来，我们的类型概念应该倾向形式主义一边。"② 我国出版的《文学概论》说："体裁与形式因素，是关于语言的结构以及作品篇幅所形成的外表形态，虽然也和作品的内容有关，但它不是规定作品内容的，而为作品内容所规定，它不规定什么题材和主题，而是规定什么样的语言、结构等，表现这种题材和主题。"体裁在"很大程度上取决于外在形式"。

---

① [苏]巴赫金：《陀斯妥耶夫斯基诗学问题》，白春仁、顾亚铃译，生活·读书·新知三联书店，1988年，第156页。
② [美]韦勒克、沃伦：《文学理论》，刘象愚、邢培明、陈圣生等译，生活·读书·新知三联书店1984年版，第265页。

第五章 文学体裁的审美特性、规范与反规范

体裁的确涉及作品的外表形态问题。如果我们静态地分析作品，只从作品的外形加以比较、区别，那么这种最一般的分析，不失是一种理解的途径。如诗与散文外形有别，散文与戏剧的形态迥异，即使是叙事文学，篇幅的长短、大小，也极有讲究；同时，作品的语言结构，对于体裁的形成也起着重大作用，这些论述也都是有道理的。但要是谈及体裁不规定内容，而仅为内容所规定，不规定什么题材和主题，而只规定语言和结构，等等，那问题就复杂多了。也就是说，当我们进入动态的、发展的分析，就不那么简单了。

体裁实际上是一个具有双重性特征的概念。一方面，它作为一种已被创造出来的形式，具有图式性结构的特点，也即具有形式的抽象性，这使人们往往认为它就是一种形态。但是另一方面，它作为创作的形式，又具有结构的具体性，是一种具有内容性的形式。

我们以为文学是一种并不完全同于贝尔观念中的"有意味的形式"。形式实际上是一个抽象概念，而体裁则把形式具体化了，体裁应该是一种真正有意味的形式，一种有意味的现象。一首诗，不仅与感情化了的、审美理想化了的词意不可分，也与韵律密切相关，结合成一种有意味的形式。词意有意味，它们的组合的全部涵义，完成于具体的体裁的整合之中，使体裁也具有意味，成为有意味的体裁。20世纪20年代，巴赫金提出过"审美客体从艺术的外形的内容（或有内容的艺术形式）中形成的"[①]。到了20世纪60年代，苏联文艺理论界接受了这个概念。在我看来，把这一思想应用于体裁研究，对体裁进行动态的分析，不失是一种有意义的尝试。因为这样一来，在对形式作静态的了解之外，还可进行一种更为重要的分析，即将其置于作品的具体结构之中，使我们可以在内容与形式获得具体整合的体裁中，去理解文学作品。韦勒克、沃伦反对文学作品内容、形式的二分法，提出以"结构"与"材料"的观点来统一形式与内容，这是一种途径。但是当内容与形式通过体裁而也能达到统一，他们说体裁问题的解决"应倾向于形式主义"，这就使自己的理论局限起来了，结

---

① [苏] 巴赫金：《文学与美学问题》，莫斯科，文艺出版社1975年版，第49页。

果拒绝了另一种试图解决形式、内容获得整合的可能性。形式主义是否定内容的，这种理论有它的启发意义，但现在不少人为它护短，又走向一个极端去了。什克洛夫斯基在老年时写道："我在青年时代否定了艺术内容的概念，认为它是一种纯粹的形式。""艺术是认识世界的手段，为此它建构自己的矛盾。我不明白这点，因此成了我的错误。"① 当然，什克洛夫斯基并不认为，艺术就是认识，但他后来意识到了艺术并非绝对的形式。

根据已经完成的作品，来确定内容决定形式这样一种极为流行的观点，实际上是相当困难的，因为这时呈现出来的形式已是真正的有内容的形式，而内容此时则是具有形式感的内容。如果从创作的角度来谈两者的关系，问题可能会更具体化一些。

首先，可以设想，创作主体企图表现什么。当然，表现什么可能对有的人是清晰的，明确的，对有的人可能是模糊的，说不清楚的。但不管怎样，他总想表现某种现象吧。其次，作者选择什么体裁，来表现他想表现的东西。在这种时候，"什么"的问题，似乎决定了"怎样为"的问题；但从另一方面说，当作家在选择体裁时，其实体裁也在选择他想表现什么，特别是当体裁形成了一种程序，一种相当稳定的形式，这时再用内容决定形式来进行规范，就很难说了。倒是往往相反，体裁的形式因素限制了内容。何以如此？因为体裁本身的形式，此时已不能单用节奏、韵律、容量来说明，而是通过上述因素，与对象、语义、功能等因素结合了起来，组成了有意味的形式。就是说，作品的形式是有意义的，意义必须进入形式，组成体裁，否则，意义只能是游离于体裁之外的非审美因素。在这种情况下，形式因素选择着内容因素。如前所说，我国古诗有一套严密的写作规范，这种规范发展到唐代，完全定型下来。用这种形式写出了无数好诗，这是事实。但是这种诗式，严格地规范着被纳入的内容，这也是事实。这种诗歌的表现是丰富的，但又是受到明显的限制的。

---

① ［苏］什克洛夫斯基：《什克洛夫斯基选集》第 2 卷，莫斯科，文艺出版社 1983 年版，第 286、290 页。

第五章　文学体裁的审美特性、规范与反规范

　　把形式、体裁与意义结合起来研究，是一个很有意义的问题。诗歌创作是我国古代文学中的主潮。诗经、楚辞、唐诗、宋词、元曲，形成了我国抒情文学的伟大传统。诗作中的最高成就，当推唐诗。古诗用的是四言，楚辞是不等的长短句，魏晋以后形成五言、七言诗，到唐代达到形式的高度完美。这五言、七言的形式，也即诗的主要体裁，除了它们的纯形式的结构之外，善于表现什么？有的学者对此作了有益的探索，选择了具有典型意义的不同类型的诗作了分析，力图通过体裁的研究，找出一些诗体所表现的"抒情本质"。于是提出五绝主要表现了永不停息的生命之流的本质，形成绝句对生命的"本质主义"的观照。七绝诗中由于其流动性大于停滞性，往往造成了刹那间的感觉印象，形成了这种体裁的"印象主义"。五律较之五绝，大体也是如此，虽然多了四句，聚集了较多印象，但由于中间两句两两相对的整齐性，而被限制于固定的框架之中，使诗仍然趋向于本质的追求，因而"接近于'本质主义'绝句追求的境界"。但律诗中的印象形成也很明显。所以"律诗正是结合中国人本质主义与印象主义的最佳形式"[①]，而人的感情世界的本质化，就是"境界"，可备一说。

　　五言、七言诗的体裁，表现上述所说的内涵，或者还可以发掘出别的意味，这也是可能的。但这样严格的体制，却不能不使人感到，它限制了创作的自由本质。像李白那样才高气逸，腾踔飞扬，自由的创作思维固不受限制，但对于绝大多数作家来说，它凝固了他们的思考，局限了他们的视野，遏止了他们的开拓，这也是事实。形式成了框框，它选择着有限的内容，最后使这种体裁走向僵化，也自在情理之中。

第三节　体裁的规范与反规范

一　稳定性与主体创新意识

　　19世纪末或20世纪初开始，出现了许多文学作品，它们似乎脱

[①] 吕正惠：《形式与意义》，载《抒情的境界》，联经出版事业公司1983年版，第30、32页。

离了原有的创作轨道,标新立异,崇尚新奇,在体裁上大大不同于前。契诃夫的戏剧,好像失去了使人兴奋的情节,剧作笼罩了一股抒情、忧郁的气氛。这能称是戏剧吗?

1928年,托马斯·曼在谈及易卜生的剧作时,引用了一位音乐指挥家的话:"这出剧要不是可笑,那就像瓦格纳的剧作一样伟大。"托马斯·曼说,这位指挥家显然感到困惑:从原有的戏剧理论来说,易卜生的戏剧可能是可笑的,但创作本身却并不可笑。弗·伍尔芙指责现实主义,自己则用意识流手法写作;而詹姆士·乔伊斯、普鲁斯特更是在意识流中遨游,写出了长篇巨著。其后,在戏剧方面出现了荒诞剧,易卜生、契诃夫的作品简直不可与之比拟。在小说方面,除了意识流小说,表现主义小说,还有其他类型的小说。有肖洛霍夫的《静静的顿河》那样的作品,又有加西亚·马尔克斯《百年孤独》式的小说。后者既有惯见的小说叙述手法,同时在惯见的叙述中,又吸收了神话、传说和故事,这又称什么体裁?难怪在20世纪文学理论中,持体裁退化说的作家、学者相当不少。原有的体裁似乎已陈旧不堪,已失去了规范。就是托尔斯泰也认为长篇小说的体裁正在消亡,并且这一说法余音犹存。例如20世纪50年代以后,不少作家认为长篇小说已陷入危机。至于在中国,在五四运动时期,文坛上出现了鲁迅的新式的短篇小说体裁、散文诗、历史故事体裁、杂文体裁,在其他作家那里,则出现了新颖的话剧体裁、长篇小说、速写、随笔等体裁与形式。旧的文学的主要形式与体裁,可以说靠边站了。

体裁的稳定性、继承性受到了巨大的冲击,而且有的竟走上了末路。例如田园诗,在十七八世纪的欧洲曾流行一时,到了20世纪,虽未销声匿迹,但写者极少。又如歌颂英雄、帝王的颂歌,似乎庄严肃穆,实则不过是陈词滥调构成的空洞体式,历来被人弃之如敝履。然而这一颂歌体式曾在我国大为流行。这主要是人们落入了对英雄和对自己的盲目性,一旦清除了盲目性,人们从个人迷信中醒悟过来,这种体裁很快就衰落下去。又如过去的流浪汉体小说,人们虽然饶有兴味地阅读它们,不过现在却较少有人在去创作它。至于当代小说,已使评论不胜惶惑。那些实际上用散文体裁写的,其中只有个影影绰绰的人影，某些不可名状的情绪的表达，它们都一律被标以小说。上述种种剧变，在外国存在，在我国也很惯见。

那么，体裁就真的没有规范了吗？它的稳定性、继承性还起作用吗？

体裁的规范是存在的。无论是我国的四分法，还是欧洲的三分法，都还是有效的。但是体裁的历史发展与变化，一种不断进行着的反规范现象，同样也是存在的。问题在于，一种共时性的标准化了的体裁，只存在于理论分析与认识之中，而作为具体作品形式的体裁，却是千殊万类，形形色色，互不相同的，体裁的动态的、历时形态，要丰富得多。

克罗齐在他的《美学原理》中说："每一个真正的艺术作品都破坏了某种已成的种类，推翻了批评家们的观念，批评家们于是不得不把那些种类加以扩充，以至到最后连那扩充的种类还是太窄，由于新的艺术作品出现，不免又有新的笑话，新的推翻和新的扩充跟着来。"[①] 于是他主张采取如前所说的态度，否定对体裁类型学说研究的必要，这自然要引起异议。但是他指出体裁不断变更的情况却是真实的。就是说，文学艺术的体裁不断在变化、更新、扩大，原有的体裁规范不断处于反规范过程之中。

从总体来观察，我国文学的体裁从《诗经》《左传》等著作算起，可以看出两种不同流向，一是诗，一是散文。诗经过了四言，楚辞，乐府，五言，七言，长短句的词，曲等，已如前述。小说、散文也有各种体制，正式的戏剧较晚才有。在西欧，一般是从神话到英雄故事，到史诗，小说，中世纪小说，宫廷骑士小说，流浪汉体小说，日常生活小说；喜剧、悲剧，它们与史诗发生得一样早，等等。中外文学中的共同现象是，文学体裁的发展与变化，都是一种不间断的传统与反传统、规范与反规范现象，但各有各的特征。例如，我国在神话、民间故事、传说之后，诗歌的形式得到极大的发展，成为绵延几

[①] ［意］克罗齐：《美学原理·美学纲要》，朱光潜、韩邦凯译，外国文学出版社1983年版，第75页。

千年的一种文学体裁,从而形成了我国抒情文学的传统。在西欧,以叙事诗为主,神话、史诗成了文学的源头,而后转向叙事文学,相对而言,叙事艺术比较发达。

二 阅读期待与反规范

在体裁规范与反规范的运动中,明显地受到两种力量的推动,这就是创作主体审美要求与读者期待。

一个作家进入文学创作,如前所说,他首先面临的是体裁的选择,在这方面他受到相当大的限制。这主要是文学体裁虽然多样,但在一定时代,一定阶段,总有多种既定的范式的体裁,或某种占主导地位的体裁,影响着创作主体。赋、诗、词、曲、小说,在我国文学中都曾经各是一定朝代的主导体裁。欧洲文学中也有这种情况,19世纪以来,小说成了主导体裁。因此一般说来,一个作家要在创作上做出贡献,那么他主要还不在于去创造新的体裁,而是在相当稳定的体裁形式里活动,在精神上、创作风貌上赋予这种体裁以新意。以词为例,苏轼、辛弃疾、李清照的不少词牌是同一的,他们的创新,恐怕不在于词作体裁上的反规范,而在于新的艺术境界的开拓,民族文化精神的高扬,文体气势的变幻。小说艺术就有点不同,作为体裁,固然有一定的结构与格局,但是小说是一种自由的形式。创作主体可以运用这种体裁所赋予的自由,给体裁本身注入新的因素。一部优秀小说,在体裁上总有创新特点。就是说,体裁、体制是同一的,但在具体形式上,都是呈现出差异的。

我国新文学的兴起,处在伟大的变革时代,文学创作中除旧布新的成绩十分突出。鲁迅创作了新文学的第一个短篇小说。他的其他短篇小说,几乎是一篇有一篇新的形式。茅盾的《子夜》开创了新文学中的长篇小说的新体裁,而巴金的《激流》三部曲,不同于《子夜》的具体形式,《四世同堂》又不同于《激流》三部曲,《财主的儿女们》又不同于《四世同堂》。它们都属长篇小说体裁,但又各自相异,自有特色。又如新诗,艾青的不同于闻一多的,戴望舒的又不同于艾青的。这里固然还涉及流派、风格问题,但在体裁形式上各具特色。又如在戏剧领域也是如此。新文学中的那些奠基人，几乎都借鉴外国文学样式和体裁，而同时又是新文学中多样体裁的创造人。他们给这些文学体裁都注入了新的审美因素。

至于在外国小说中，比如果戈理把自己的《死魂灵》称作"长诗"，曾使人聚讼多年。普希金把《叶夫盖尼·奥涅金》称作"诗体小说"。托尔斯泰认为俄国每个著名的作家，都给俄国文学形式注入了新的因素，使体裁不断更新。在谈及自己的《战争与和平》时他说："什么是《战争与和平》？它不是长篇小说，更不是史诗，也不是历史演义。《战争与和平》是作者想要表达而且能够表达的形式之中所表达了的东西。作者这种对散文艺术作品程序化的形式的轻慢声明，如果不是故意的，或者是不加引证的，可能会被认为过于自负。"请看，托尔斯泰自己不认为《战争与和平》是长篇小说、是史诗。什么原因？看来他把自己的小说与传统的小说以及当时正流行于西欧的长篇小说作了比较的观察。他继续说："俄国文学自普希金以来，不但提供了许多与欧洲文学形式背离的例子，而且相反的例子竟是一个也没有。从果戈理的《死魂灵》，到陀思妥耶夫斯基的《死屋手记》的俄国文学新时期，没有一部文艺散文作品因其平庸而完全与长篇小说、史诗或中篇小说的形式相符合。"① 不仅《战争与和平》，就是其他俄国作家的作品在体裁这种形式上也自成一格，而与他以前的体裁形式有所不同。这说明伟大作家的作品都具有创新的特点，都有突破，都赋予了原有体裁以创新特征，以至好像不再与原来的体裁传统相合。自然，像《战争与和平》在批评界仍被标为长篇小说、新的史诗。它确与那些专事描写恋爱的西欧流行小说不同，它与古代史诗也迥然有别。体裁同一，而在不同创作主体那里，又要做到各具特色，才能使作品获得艺术的独创性。巴赫金说："一种体裁的生命力，就在于它在各种独具特色的作品中能够不断地花样翻新。"

20世纪文学发生了激烈的变化，特别是在现代主义的各个流派的创作中，出现了多种奇特的体裁形式，它们着实使人眼花缭乱，现实

---

① ［俄］托尔斯泰：《托尔斯泰论文学》，莫斯科，文艺出版社1955年版，第128页。

主义文学也是如此。布莱希特把自己的剧作划入社会主义现实主义范围，但与传统的、苏联的戏剧大不一样。他讨厌传统的古典戏剧，建立了相应的非亚里士多德式的戏剧理论，就像利曼创立了非欧几里德的几何一样。他运用什克洛夫斯基的"感觉更新"（奇异化）的原则，又学习、吸收了中国戏曲艺术的艺术，建立了"间离"原则，建构了自己的戏剧——史诗剧。这种戏剧不主张发生耸人听闻的效果，所以故事情节往往以历史故事为主，要求观众不必与主人公发生共鸣；剧作不是展开情节，而是表现状况，中断情节就是表现状况的手段。这样就出现了布莱希特式的戏剧体裁。

文学体裁由反规范而达创新，不断综合是一种方式。所谓综合，就是作家不断通过原有的不同体裁相互渗透，形成新的体裁形式。这大致有几种方式，它们都以某一种体裁为主，而吸收、综合其他体裁的某些特征，形成新的体裁形式，这主要看创作主体对艺术形式的理解与艺术魄力了。例如鲁迅的《过客》，是独白与象征表现的综合。郭沫若的《屈原》是一种综合。陀思妥耶夫斯基的小说是一种综合，它以现代长篇小说的叙事方式，综合了欧洲古代小说中的梅涅普体裁（一种庄谐体对话），又融入了戏剧因素，并在作者艺术视觉方面进行变革，形成一种全面对话的复调小说。魔幻现实主义小说体裁也是一种综合。又如，据什克洛夫斯基的说法，新的艺术形式，"只不过是把低等的（亚文学的）类型正式列入文学类型行列之中而已"[①]。这又是一种方式。例如后起的长篇小说体裁就是如此，在我国也是这样，它曾被列为低级的文学品种。小说过去是普通民众的一种消闲解闷的艺术形式。西欧资产阶级的胜利，解放了长篇小说，使它迅速繁荣，并形成文学中的主导体裁。在我国，曾被视为不入流的长篇小说，直到"五四"前后，才被尊为文学正宗，获得了应有的地位。

文学体裁的反规范变化，还受到另一类因素的影响，它既是文学本体因素，又具有强烈的社会接受性，这就是读者的因素。阅读使文

---

① 转引自韦勒克、沃伦《文学理论》，刘象愚、邢培明、陈圣生等译，生活·读书·新知三联书店1984年版，第269页。

学本体成为完整的概念，它的影响促进着文学新的体裁的产生。

最明显的是，读者的阅读，对文学体裁是有选择的。可以这样说，一个时期作家趋向于某种体裁，除了作者的爱好、条件选择之外，主要是为了满足阅读的需要。一般说来，读者总是或多或少地接触过一些文学作品，口头的或书面的。哪些作品使他趣味盎然，哪一类作品使他索然乏味，或根本无法理解，这使他不断积累实用的审美经验，逐渐形成一种阅读的期待，其中包括对体裁的阅读选择，最终形成对创作主体在体裁选择上的影响。姚斯认为，"读者可期待的视野是由传统或以前掌握的作品构成的，由一种特殊的态度构成的。这种态度接受一种（或多种）类型的调节，并消解在新作品中"。他又说："一种既定的先已构成的期待视野……它可以引导读者的（大众的）理解，造成全面的接受。"① 因此，作品被读者的接受，和他由于阅读之后不断造成的"阅读视野"是分不开的。

"阅读视野"的形成，可能会出现多种情况。一是这种"视野"会自我封闭起来，如一些读者往往专注于一种体裁，使这种形式成为他们进一步阅读的期待。这不能不影响创作者的选择与适应。具有生命力的、获得不同读者长期阅读的文学作品的体裁形式，都是以这种方式发展起来的。例如科幻小说、侦探小说以至武侠小说，在近百年来相当流行，体裁上规范化倾向相当突出；但故事情节诱人，由于适应了相当大的读者层的阅读水平，满足了他们的阅读期待，所以这些体裁形式长期不衰。二，与此同时，阅读期待也不是一成不变的。对于较高层次的读者来说，阅读期待往往是一种在传统基础上求新的心理表现，反规范的心理表现。传统特点，在这里表现为已有的阅读知识的积累，对文学体裁的熟悉程度，眼界的宽窄，实际的承受力，等等。反规范与求新则表现为对原有形式的心理上的不满足，要求写作的更新，克服一体化，体裁上的创新，乃至花样翻新，以满足新的阅读期待，以期拓展原有的阅读视野，形成新的阅读视野。表现在创

---

① ［德］姚斯：《走向接受美学》，见《接受美学与接受理论》，金元浦、周宁译，辽宁人民出版社1987年版，第100页。

作中，要求创作者使用同一体裁时，能注入一些新的因素，甚至新奇的成分。上面谈及的"感觉更新"即变异、奇异化，其原来意义限于技巧方面，用词方面。手法的变异，十分可能产生新奇的感觉，而至于影响体裁特点的变化，形成创新。这在当代诗歌、小说、戏剧中，有相当明显的表现。布莱希特的史诗剧、荒诞派的剧作，由于观念、手法的变化，使戏剧体裁发生了变异，结果促使戏剧的感觉的更新。小说同然，20世纪的小说家所采用的小说体裁，已大大不同于19世纪的小说形式。"新的文本唤起读者（听众）在其它文本中的期待视野……从而改变、扩展、矫正、而且也变换、跨越或简单重复这些期待视野……变异、扩展、矫正类型结构的范围，一方面打破惯例，另一方面则是惯例的再生产。"① 姚斯的这一表述，大体是符合体裁的继承与更新的规律性现象的。我们可以这样说，阅读视野促使作家再次生产惯例，即原有的体裁形式，同时又突破规范，打破惯例创立新的体裁。一部优秀作品，总是处于体裁的规范与反规范的转换、更新之中，它总是遵守原有的阅读视野，进行体裁生产，同时又超越原有的视野，实现体裁的更新。

前面说的两种阅读期待，一是体裁上的重复生产，二是按其自身规律在规范与反规范中进行创造性的生产。此外还有一种对于阅读期待、阅读视野不甚重视或不屑一顾的态度的体裁生产，这主要表现为后现代主义流派中的某些作家，把形式变异发展到极端。他们竭力不介入读者的阅读视野与期待，只以满足自己个人的审美趣味为快。文学创作的实验，包括体裁的实验，都是正当的，但不应只以作者个人的视野，特别是假定性极其狭隘的个人视野，去替代读者的视野与期待，否则，就难以沟通与交流，不能扩大读者的视野，不能再次造成新的阅读期待。

文学体裁研究中的社会性、历史性问题是十分重要的。自从俄国形式主义者与后来的新批评派强调作品的文本研究，把这一有意义的

---

① ［德］姚斯：《走向接受美学》，见《接受美学与接受理论》，金元浦、周宁译，辽宁人民出版社1987年版，第111—112页。

方面抛弃掉了，结果又走向极端。关于这点，姚斯的看法是对的，他指出：形式主义理论"把文学类型与形式的演变当成一种直线性的过程"；"形式主义无视文学类型在日常生活历史中的功能，他们把同时代人和后人对作品的接受和作品对他们的影响问题，视为社会学主义和心理学主义，一概不予研究"①。形式主义者无视社会学因素，使得他们专注于文学的纯形式方面，以致在体裁问题上未能有什么特别的建树。后来什克洛夫斯基谈道："艺术按照新的方式接受旧的模式和创造新的模式时，是有认识作用的。艺术前进着，变化着。它改变自己的方法，但过去的东西是不会消失的。艺术利用旧的词汇，重新理解旧的结构，同时运动着，又好像静止不动似的。但此时它急速地改变着，不是为了自身的变化，而是为了通过事物的运动和它们的新的布局，在它们的不同中，显示出它们的感觉性。"② 这一观点改变了他原来的"艺术即手法"的论述，对于文学体裁中的规范与反规范运动现象，也是适用的。

第四节　文化交流和其他影响

此外，在文学体裁的变化、更新中，还有其他一些因素，如文化交流中的外来影响，科研和其他门类艺术的作用等。在国与国的文学的交流中，会产生文学体裁模式和体裁改造过程。欧洲的国与国之间的文学交流极为密切。普希金的诗体小说对俄国文学来说是一种创造，但是这种俄国式的文学体裁，是向拜伦诗作借鉴的结果。屠格涅夫的小说在俄国文学中独树一帜，但西欧小说的影响十分明显，即每部小说都贯穿着当时西欧小说中可见的恋爱情节。陀思妥耶夫斯基的小说在体裁上所受的影响十分复杂，其中有古希腊梅涅普体，有中世纪民间文学中的狂欢体，也有当时西欧的冒险小说的体裁因素。但这

---

① ［德］姚斯：《走向接受美学》，见《接受美学与接受理论》，金元浦、周宁译，辽宁人民出版社1987年版，第135页。
② ［苏］什克洛夫斯基：《什克洛夫斯基选集》第2卷，莫斯科，文艺出版社1983年版，第7页。

些体裁因素一到有才华的艺术家手里，都发生了质的变化。

　　印度佛学东渐，在我国魏晋以后，出现了大量佛典翻译，自然也带来了印度文学的影响，"变文"就是由此而来的。印度文学中有一种最特别的体裁，就是在散文记叙之后，往往缀以韵文的偈颂，重说一遍前面的意思。或是在散文记叙前亦往往缀以韵文的偈颂，类似一个提纲。所以要采用这种形式，原因是印度文学自古靠口头相传，但有关神圣的东西不能不形诸文字，这样安排，可以帮助人们记诵。"但是这种体裁输入中国以后，在中国文学上却发生了不小的意外影响。像唐五代产生的'变文'，便是从这种印度文学中得来的。"① 这种文学体裁很讲究结构，散文与韵文夹杂并用，形成说唱，既能引起听者的兴趣，又使道理明白易懂，是以前中国文学中所没有的，这与后来的我国的小说体裁的发展与革新，关系极为密切。

　　古印度民间文学对西亚、欧洲文学产生过积极影响，这可以从西欧一些国家的寓言文学发展中看到。根据德国学者特奥尔多·本菲（1809—1881）对一些国家的民间文学的研究，发现法国拉封丹的寓言源于印度的民间文学。我国学者提出，古印度有部书叫《五卷书》，在4—6世纪时被加工为《益世嘉言集》②；6世纪时，被译为波斯巴列维语；8世纪时，此书的古波斯文本被译成阿拉伯文，更名为《卡里莱和笛木乃》，并加入了一些新东西，成为阿拉伯古代散文的模板。11世纪、13世纪此书又被转译成希腊文，书名改为《斯蒂凡尼托斯和伊赫尼拉托斯》，出现了希伯来文本。13世纪此书又从希伯来文本译成西班牙文，同时原希腊文本被译成斯拉夫文，最后被改造为俄国民间故事。14世纪，此书又从西班牙文本译成拉丁文，其后又从拉丁文本译成了法文本、德文本、意大利文本。拉封丹寓言即从法文本改作而来。本菲的这种追本溯源式的研究，确实说明了一些文学体裁的演变情况。17世纪，法国的丹埃尔·雨埃主教著有《小说的起源》

---

①　见周绍良、白化文编《敦煌变文论文录》上册，上海古籍出版社1982年版，第187页。
②　季羡林主编的《简明东方文学史》写道："根据《五卷书》改编、补充的还有《益世嘉言集》。"6世纪时此书被译成波斯文与叙利亚文，后被译成阿拉伯语，更名为《卡里莱和笛木乃》。可参见《简明东方文学史》，北京大学出版社1987年版，第111页。

一书，认为小说源于东方，因东方人好追求新奇、幻想，符合小说体裁特征。

"五四"以来，我国的小说体裁，分明受到欧洲小说的影响。长篇、短篇小说我国古代也有，但鲁迅、茅盾的作品分明融合了外国小说的体裁特征。巴金创作的长篇、短篇小说，形式特别新奇，在当时中国读者看来，颇具异国情调。巴金说，他并未接受中国传统文学的写法。他认为应该保留的是民族精神，而不是形式。时代不同了，生活样式都改变了，思想的表现手法、写作的形式自然也应该改变。巴金的作品正是在相当欧化的形式中，表现我国的民族精神，与人们的心灵契合，结果反倒不觉得形式的欧化，却成了自己的民族的新形式了，原有的文学体裁得到了丰富。他的《激流三部曲》，作为"家族小说"这种体裁，在哪方面都堪与高尔斯华绥的《福尔赛世家》，托马斯·曼的《布登勃洛克一家》，马丹·杜伽尔的《蒂博一家》相媲美。我国话剧体裁借鉴自外国。曹禺的剧作，在体裁上有着明显的痕迹，三一律味很浓，但也有独特的创造。他的《雷雨》《日出》《北京人》，作为新文学的经典著作将会长期流传下去。

此外其他艺术种类的发展也带动了文学体裁的更新，如电影，不仅以其表现手段为文学所利用，如蒙太奇，同时也给文学增添了新形式，如电影故事、电影文学等。又如音乐，诗与音乐的结合使诗音乐化，音乐诗化，产生了交响诗式的形式。科技的进步，特别是音像艺术的出现，大大地改变了人们的文化生活的方式。文学与音像艺术的结合，将会产生新的文学形式，使得小说不仅可以阅读，同时也可观看人物的活动与对话，使读者进一步身临其境。又如文学与摄影结合，产生了摄影文学，一种新的文学体裁。

第六章　文学发展中的主体性和群体性

第一节　创作个性

一　文学的独创性与创作个性

文学体裁的创新，是文学运动的基础形式之一，是作品形式的历史演变过程。本章讨论的中心问题是，在文学本体内部，哪些因素是推动文学本体发展的内因。在我们看来，这就是以创作主体为核心，并由此而形成的创作个性及文学风格，文学流派与文学思潮即创作群体。创作个性与文学创作风格，是文学流派与思潮的支撑，而流派与思潮又推动着创作个性与风格的演变。它们互为影响，形成一种结构，一个动力系统。

文学体裁的具体形式，要成为真正的文学存在，需要使自身有所创新，成为独创。只有独创，才能形成语言艺术的发展之链的无限延伸与扩展，使文学作品获得生命。

文学的独创精神的涵义相当宽泛。文学作品作为独特的精神生产，是一种独一无二的现象。它作为一种文学样式，所描写的现象，是前人未加描写过的。如果出现了相同的描绘而又能流传下来，那么这也是作者从各自特有的审美感受、认识出发去把握它的。任何一部文学作品的艺术描绘，是对人的生存的一种新的观照，是一种审美发现。每个国家的文学史，实际上是各类作品不断创新的历史。只有表现了与众不同、也表现了与过去的作品的不同特征，从而具有独创的艺术品格的作品，才能经受住历史的检验，成为作品的存在，文学的存在。

例如《诗经》中的诗作，不同于在此之前的民间歌谣；楚辞与《诗经》中的作品，风貌、形式迥异；魏晋诗歌与楚辞在体裁、风格上大不相同；唐诗宋词，各具天籁，风采各别。如果我们把这一现象扩大到世界文学，情况也是如此。一个国家的不同作家的作品不可重复，不同国家的作家作品更加如此。所以我们统观几千年来的文学作品，那些流传下来的脍炙人口的作品的风貌，真可以说是千殊万类，仪态万方。这一奇特的现象，正是文学创作的独创性的表现。

前人对于文学创作的独创性论述极多。陆机说："谢朝华于已披，启夕秀于未振。"[①] 表现为在理论上师法古人，但反对模仿前人、墨守成规。我国古代文论偏重于从风格等方面来揭示文学的独创精神，我们将在后面论及这点。独创性反对因袭模仿。18世纪英国的爱德华·扬格，反对当时文坛盲目崇拜古人的习气。他说有独创性的作家应当是人们的宠儿，因为他们开拓了文学的疆土，而模仿者只给我们已有的可能卓越得多的作品的一种副本。他形容那些富有独创性的作家的笔头，有如女妖阿米达的魔杖，能够从荒漠中唤出灿烂的春天。扬格指出，不应像蒲伯那样号召学习古人，而应师法自然，模仿自然才能显出独创。"只要你对自然和健全的理性的尊重允许你离开伟大的前辈，你就要雄心勃勃地离开他们；在相似方面与他们相距越远，在优美方面你就与他们相隔越近：你由此上升为一个独创作家，成为他们高贵的支亲，而非卑微的后裔。"[②] 文学的独创性，要求作家道前人之未道而有所发现，有所前进。但是标举创新和独创，走前人未走过的路，并不是随意为之，随心所欲地采用一些耸人听闻的题材，稀奇古怪的手段，拼凑成一种可能取悦于读者的怪诞的东西。在黑格尔看来，真正的艺术作品，"必须免除怪诞的独创性，要表现出真正的独创性，它就得显现为整一的心灵所创造的整一的亲切的作品，而不

[①] （西晋）陆机：《文赋》，见张明高、郁沅编《魏晋南北朝文论选》，人民文学出版社1996年版，第146页。

[②] ［英］爱德华·扬格：《试论独创性作品》，袁可嘉译，人民文学出版社1963年版，第10页。

是从外面拾掇拼凑的，而是全体处于紧密的关系之中"①。独创性源于整一的心灵。

那么，如何理解这种"整一的心灵"呢？"独创性是和真正的客观性统一的，它和艺术表现里的主体，和对象两方面融合在一起，使得这两方面不再互相外在与对立。从一方面看，这种独创性揭示出艺术家的最亲切的内心生活；从另一方面看，它所给的却又只是对象的性质，因而独创的特征显得只是对象本身的特征，我们可以说独创性是从对象的特征来的，而对象的特征又是从创造者的主体性来的。"②黑格尔的这一思想是深刻的。一方面，作家创作的独创性，显示了创作主体的内在精神；另一方面，又显示了对象本身的特征，但是对象的特征又是从作者的主体性显示出来的。当然，这不是主体特征代替了客体的特征，客体的特征自然是存在的，但与主体的特征结合一起，为主体性所贯穿和融化。创作主体性有什么特征，创作将会通过对象而呈现什么特征。由此，创作的主体性是独创性的最为本质的内在机制。

二 创作个性与作家个性

在文学的长期发展中，文学主体性问题，早为人们的艺术实践所把握。我们不能说，似乎过去的文学创作，都缺乏主体性的表现。我们只能说，主体性问题由于错误的理论而被歪曲了，带来了种种严重的后果。所以探讨主体性的本质特性作用，就十分必要。

人的社会活动是一种社会实践活动，人在物质生产活动中所生产的产品，无不打上人的印记。人的精神产品就更为复杂，同时各个门类的精神生产方式、要求、结果，又各不相同。理论探索的目的，在于揭示人类共同的新的认识，作者无疑怀着主体的热情和勇气，但要求作者置身于结论之外，以显示认识的客观真理性。而文学创作中，作者主体的精神必须成为创作结果的组成部分，全力地传达出他的感

---

① ［德］黑格尔：《美学》第1卷，朱光潜译，商务印书馆1979年版，第375—376页。
② ［德］黑格尔：《美学》第1卷，朱光潜译，商务印书馆1979年版，第373—374页。

受,赋予他所描写的对象以主体的特色。

创作的主体性,从审美把握来说,是创作的动力,是审美反映的主导方面。从审美反映的对象来说,是它的组成部分;从创作的结果来说,由主体性转化而成的创作个性,是作品的存在、文学发展的起点。

创作个性是作家主体性在作品中审美的人化表现。一,这是在作品中表现出来的一个极具个人特征、人生经验的独特的性格。二,这是一个具有独特的、具体的审美感受世界能力的人,也即具有审美的具体感受世界观的人。三,这是受到时代、社会、心理、审美趣味影响,在作品体现出来的、满足社会、时代要求的人。我们大致可以说,这几个方面形成了创作个性的统一体。个人特征、具有独特的人生经验的性格,这是最基本的条件,但是还应具有独特的具体感受世界的能力,并把他的种种感受,审美地显现出来。

创作个性可以有大小之分,大的创作个性,以特具的强大的人格力量,丰富的人生经验,透过其具体感受的独特的棱镜,吞吐时代,以杰出的作品满足着时代的审美要求,并传诵于后世。小的创作个性多半离时代较远,作品缺乏厚实之感,它们不耐阅读,与读者也较少联系。

文学的发展,大致是靠具有较大创作个性的作家形成它的基本环节的。他们看上去,就像平地上耸起的山峰,忽高忽低,或奇伟或秀美,迤逦在绚丽的文学历史的原野中。我们谈起一个国家文学,首先想到的是几个杰出的作家或作家群。毫无疑问,对于一个国家的文学来说,一个才华出众的作家,要比一大串才具平平的写手来说重要得多。因为正是那些卓尔不群的人物,为文学提供了那种散发着民族芳香的新内容、新形式,从而丰富了文学,成为文学发展中的路标或里程碑。我们先纵观一下文学史。在我国文学史上,要是没有屈原、陶渊明、李白、杜甫、罗贯中、施耐庵、曹雪芹这样的作家,那将是多么荒凉与寂寞。同样,法国文学史上要是没有司汤达、乔治·桑、巴尔扎克、雨果、左拉,那么,那会是法国文学吗?这些人作为强大的创作个性,他们给人类贡献了多少精神财富,而且是各具品格的精神财富。同时，如果我们从横剖面上再做一些观察，那么他们虽然处在同一时代，但是他们的创作个性又各自不同。例如，几乎是同时的李白、杜甫，他们的各自的人生经验，对世界的具体感受，造就了他们各自的个性。他们各自以自己的优美绝伦的创作，给文学注入了新的血液，形成强大的文学创作的个性。我们评价他们，接受他们，不是按照他们的相似一致，却正是依照他们的独创性。对于卡夫卡、普鲁斯特、加缪、萨特、福克纳、海明威，我们同样推崇他们的独特的创作个性。他们以特有的审美感受力，描绘出了只属于他们个人的各自的艺术世界，这样或那样显示着时代的面貌和审美趣味的变化，满足并丰富时代日益多样的审美的要求。

在这里，要提一下作者问题。作者在古籍中是不存在的，一般说来，古籍多半是名人弟子的纪录，所以说古代文学无作者。但这要进行具体分析，因为各国文学的发展并不完全一致。作者问题，我们在这里把它作为个性问题来了解。人的个性的发展是一个漫长的过程。在各种制度下，个人受到不同的压抑，就是对于统治者来说，他们颐指气使的权势，似乎是一种自由，但从人的个性的发展来说，实际上是摧残他人也是给自己套上桎梏的邪恶。18世纪、19世纪，资产阶级在欧洲获得了普遍胜利，这自然使人的个性开始获得一定的解放，得到了进一步的发展，但实际上广大城市居民仍然处于不同的被压迫状态。自然，对于不少大作家来说，他们的个性较之一般人的个性要发达得多。我们可以说，两千年前的大批雅典奴隶，是没有个性的人，但是埃斯库罗斯、索福克勒斯、欧里庇得斯是具有个性的人，他们创造了有着突出个性的人物。文艺复兴开始，市民阶层的意识刚刚苏醒，而那些名震一时的人文主义者，都是一些富于巨大思想力、忠诚于事业的热情、坚强性格、多才多艺、知识渊博的巨人。作为资产阶级代表人物，他们还未受到资产阶级的限制。卜伽丘、拉伯雷、莎士比亚、弥尔顿、塞万提斯等人，以火样的热情，歌颂人间的真正的欢乐与爱情，人的无穷的潜力，美与美德，揭露邪恶与虚伪，反抗强权与暴政。18世纪、19世纪启蒙思想的深入，使得一批诗人更加向往人的解放，个性的解放，当然主要从封建奴役下获得自由，如拜伦、席勒、普希金、莱蒙托夫等，这些诗人本人就是自己时代的强大个性。

一般说来，作家的个性必然会进入到创作中去，强大的个性尤其如此，从而促成创作个性的形成。与此相应，作家是什么个性，具有什么样的特征，他的创作个性会获得类似的特性。屈原的执着地上下求索，愤世嫉俗，沉郁忧愤的品格，反映在《离骚》中，则显示了他的"生命的高扬与思想的飞跃"①，狂热的感情与光明的理想。曹操的《短歌行》，大致显示了作者的创作个性的一个方面，正如刘勰所说："观其时文，雅好慷慨，良由世积乱离，风衰俗怨，并志深而笔长，故梗概而多气也。"② 陶渊明历来被视为隐逸的田园诗人，但其创作，个性呈现多面的特性。鲁迅说："据我的意思，即使是从前的人，那诗文完全超于政治的所谓'田园诗人'、'山林诗人'，是没有的。既然是超出于世，则当然连诗人也没有。诗文也是人事，既有诗，就可以知道于世事未能忘情……由此可知陶潜总不能超于人世，而且，于朝政还是留心，也不能忘掉'死'，这是他诗文中时时提起的。"③ 事实上我们见到，陶渊明不仅有"采菊东篱下，悠然见南山"的个性，还有"精卫衔微木，将以填沧海"，"刑天舞干戚，猛志固常在"的一面。李白好游侠，寻胜访友，性格豪放，他的创作个性与其个人个性大致相合。返看近代，鲁迅、郭沫若、巴金、沈从文、老舍、冰心都有各自鲜明的个性，他们的创作个性也显示着他们的人格特征。

但是也有另一种情况，创作的个性与作家本人的个性并不完全一致。这也是常理，因为在有的作家身上，作家的个性特征较之创作个性要丰富得多，但是在另一些作家那里，创作个性又丰富于其个人个性。如郁达夫，生性浪漫，而其创作个性则偏向深沉，浪漫气息有，但不浓。巴尔扎克曾经说过，拉伯雷的个性，比较矜持，饮食很有节

---

① 刘大杰：《中国文学发展史》上册，上海古籍出版社1983年版，第122页。
② （南北朝）刘勰：《文心雕龙·时序》下卷，人民文学出版社1961年版，第673—674页。
③ 鲁迅：《鲁迅论文学与艺术》上册，吴子敏、徐迺翔、马良春编，人民文学出版社1980年版，第264—265页。

制，而其创作的个性却很奔放，他的关于巨人的荒诞描写，可说挥洒自如。爱尔兰小说家马丘林是个神父，他的作品专写可怕的灾祸；可是在生活中，他自命风流才子，每到夜晚，他就成了献媚妇人的花花公子。[①] 更有意思的是俄国的索罗古勃，他的作品充满了神秘色彩和浪漫主义情调，对命运盲目崇拜。可是在实际生活中，却是一位有着清醒头脑、稳健沉着作风的人。

三 贬低、否定创作个性的几种形式

在文学理论中，创作个性的思想从两个方面遭到贬低和否定，一是庸俗社会学，一是形式主义理论。从社会学的角度研究文学，这是完全可以的，而文学社会学是一门科学，有其自身价值。但是一些人往往把社会学的某些原理，弄到绝对化的地步，导致极端的庸俗化。

庸俗社会学把文学完全与经济对应起来，把作家视为一定政治势力的代表，代言人。作家出身什么阶级，他的作品里的主人公就是作家自身，就具什么阶级的心理。所以人物个性被视为作家的个性。这种观点在20世纪20年代的苏联文学理论中流行一时，20世纪五六十年代在我国也发展到了极端。其次，更其荒唐的是，这种理论将作家的个性、创作的个性与主观主义等同起来。作家不能有自己的观点，否则就是主观性太强，主观性太强就是主观主义，主观主义就是唯心主义，是唯心主义就要遭到剿灭。主观性太强，确实可导致主观主义，但两者绝对不能等同。我们在前面说过，创作的主观性是必需的，这是作家的人格，他对世界的感受与理解，他的感受与理解的特征。再次，还把主观性与个人主义等同起来，认为提出主观性的人的出发点就是个人主义世界观。主观性是人们主体存在的本质和特征的表现，而个人主义则是以个人利益为中心的思想体现，两者是不同的范畴，风马牛不相及，在它们之间画上等号，作家还能表现自己的创作个性特征吗？

---

① 见王秋荣编《巴尔扎克论文学》，程代熙、郑克鲁、李健吾等译，中国社会科学出版社1986年版，第89、90页。

但是，使不少作家难以下笔，失却个性，从而也泯灭了自己的创作个性，这就是作家将一般的世界、政治观，等同于具体感受的世界观或对世界的具体感受的流行观点。庸俗化的理论认为，有了正确的世界观，其中主要是政治观，作家就有了灵魂；认为作家有了进步的世界观、阶级立场、政治立场，深入生活，就能写出好作品来。毫无疑问，作家最好具有正确的世界观，进步的世界观。但是有了这方面的条件，并不能保证他们就一定会写出好作品。何故？原因在于他们写作并不是从这种抽象的世界观出发，而是从与抽象的世界观有联系，但却是独立的、独特的具体感受的世界观出发的。杜勃罗留波夫讲到，有才能的艺术家的观点，可以从他们的作品中表露出来的对世界的具体感受中感觉到，但是它们难以用具体的公式表达出来，而且这样做可能是徒劳无功的，因为在艺术家的意识里，通常不存在抽象的东西。但是这不能绝对化，在一些作家身上又可能存在着抽象的观念。不过，"艺术家甚至在抽象的议论中他所吐露的观念，也常常要和他在艺术活动中所表现的观念，处于明显相反地位，——因为这种观念或者是根据信仰接受而来，或者是用虚伪的、草率架搭起来的、肤浅的三段论法这个手段所得到的。作为了解他的才能的特征的关键——他对于世界真正的看法，这还得在他所创造的生动的形象中去找寻"①。杜勃罗留波夫在这里指出，作家只能依凭自己对世界的具体感受进行创作，他所创造的艺术形象往往和抽象观念不合，这是因为他的抽象观念，一般是根据虚假的信仰、空想的理论体系而来。因此，只有到他们创造的形象世界中，才能了解他们对世界的真正的理解。自然，杜勃罗留波夫也指出，如果作家的抽象观念与他的对世界的具体感受相一致，那么前者可以促进后者。但是这样的情况不很多，一般说来，大多数作家不是思想家式的作家。如果作家长期处在以抽象的世界观、政治观代替对世界的具体感受的气氛中，同时又屈从于这种时习，那么他就会不自觉地、不由自主地遵循抽象的理论去

---

① ［俄］杜勃罗留波夫：《杜勃罗留波夫选集》第1卷，辛未艾译，上海文艺出版社1962年版，第271—272页。

创作，而不是依凭对世界的具体感受去创造形象了。

具体的感受的世界观具有双重性，一，它是指具体的感性的感觉和感受；二，指富有个性特色的感受，它们形成创作个性的主导条件。但是在那种强调政治一致的气氛下，个性只是一种依附，是被忽视的，或个性的存在就是个人主义突出，要受到挞伐。那么，哪里还能容忍作家创作个性的存在呢？我们看到，在20世纪五六十年代的一段时间里，一些老作家纷纷搁笔；或是他们写了，但是由于他们以统一的世界观、政治观不断替代了对世界的具体感受的世界观，渐渐使自己的审美的独特感受，消融于抽象之中，丧失于一般之中，创作变成了没有个性的东西，因为首先他们削弱了自己特有的个性。

政治观、抽象的世界观与具体的、审美的世界观可以统一起来，但毕竟是两种反映的思维方式。政治追求全局、集团、阶级的利益；从政治家的眼光看问题，就是从众多的人的关系看问题；政治只概括总体特征、集团特征、阶级特征。至于个人的特征及个人在家庭里的种种表现，个人与个人的差别，脾性习惯，全不在政治的考察范围之内。而文学就不是如此，它恰恰相反，它需要把握的正是那些抽象关系之外的、个人的、独特的具体性，而这只有通过具有个性特征的作家的审美观察才能达到。如果作家失去了主体性，他的个性变成了人的一般，那么他的人物同样会丧失主体性与个性，那么在创作里怎么可能还看到作家的创作个性的特征呢！巴金和曹禺等一批作家的历程，说明了他们的个性如何消融，他们是如何不断削弱自己的强大创作个性的。巴金的小说是极有个性特色的小说，他以全身心的爱投入创作，

他向往热烈的青春的力，憎恨旧势力的奴役，他对不幸的人们怀有委婉、热切的同情。20世纪50年代，他处于不断改造思想的氛围中，以一般的世界观的要求，代替了自己创作的独特的、具体感受的世界观。审美的、个性的感受日益弱化，使他束手无策，这就导致自己强大的创造个性的衰变。只是到了耄耋之年，才又意识到了创作所需要的真诚，恢复了他的创作个性，但为时已晚，生命的时间已经不多。曹禺同然，20世纪50年代起，他也以一般的世界观，替代了创

作需要的独特感受，使自己30年代独树一帜的创作个性悄然淡化。后来虽然努力写出过一些好作品，但在创作个性的魅力上，已大不如前了。

标榜集体主义，以消灭"个人主义"，这种阉割作家创作个性的谬论，莫过于流行一时的所谓"三结合"了，即领导出思想，群众出生活，作家出技巧。这是以一般世界观代替作家具体感受的世界观的庸俗倾向的恶性发展。说来极为可悲，在这种专制主义的肆虐下，作家不过是提供技巧的木雕泥塑。这种彻底消灭个性、也包括创作个性的"革命"，曾使中国文学走向一片荒原。

在削弱与否定创作个性方面，形式主义思潮也带来了不良影响。前面讲到，艾略特在1917年的《传统与个人才能》一文中，就对作家个性提出异议。他认为，一，诗人所以能引人注意，让人感兴趣，并不是由于他个人的感情，由于他生活中特殊事件激发的感情。他持有的感情尽可以是单纯的、粗疏的或是平板的，但诗里的感情必须是一种复杂的东西。二，"艺术感情是非个人的。诗人若不整个地把自己交付给他所从事的工作，就不能达到非个人地步"。三，所以，"诗人不是放纵感情而是逃避感情，不是表现个性，而是逃避个性"[①]。艾略特的这些论点充满了矛盾。首先，他关于创作中的感情的理解，显然是有偏颇的。人们喜欢一个诗人的诗，当然并不完全注视诗人的个人感情，但是要是没有诗人的感情，哪来诗作的复杂的感情？没有诗人个人感情的渗入，复杂感情会有什么价值？其次，个人的感情自然是个人化的，艺术的感情同样只有个人化的，才能达到更大的涵盖面。个性化了，所以才动人，又是非个人化的，所以才有广度和深度。再次，提出诗要逃避感情，逃避个性，那也就没有了诗，所以这一理论与艾略特自己的诗的创作的实践相悖。他的《荒原》，能说没有他的感受和感情、没有他的个性的吗？没有感情的诗作，没有创作个性的诗作，一刻也不能存在。可见他说，"一个艺术家的前进是不

[①] 《现代美英资产阶级文艺理论文选》上编，刘若端、罗式刚、卞之琳等译，作家出版社1962年版，第55、54页。

断牺牲自己，不断地消灭自己的个性"① 的观念，是与任何方面的创作的实践相抵牾的。

此外，容格的集体无意识理论实际上也达到了对创作个性的否定。无疑，集体无意识对研究前文学形态，特别是神话、民间传说、神奇故事以及古代文学，是卓有成效的理论，对于阐明后世文学中的原型主题、人物、意象的集体心理特征，也是很有启发意义的。但是企图用来说明文学创作的特征的普遍规律，就不能自圆其说而显得捉襟见肘了。文学作品的创作，都为作家的个性所浸润，由此而形成伟大的创作个性。用非个性、非个性化来解释创作特征，在理论上不是深入而是倒退了。

第二节 文学风格

一 风格的个性特征与群体性特征

我们在前面谈到，有创作个性的作家，就像奇伟秀丽的山峰，迤逦在文学的历史原野，山峰之所以成为山峰，在于它具有自身特征，没有这类特征，它们不过是些缺乏自己面目的土堆。那些令人赏心悦目的山峰的特色，也可以说就是它们的风格。风格是文学体裁、形式存在的本体特色，是作品赖以存在的本体的品格，风格的审美价值也正在这里。

风格开始是自发形成的。最早的民间故事、神话、诗歌是集体创造的，个人特征还未充分表现出来，只是在演唱、讲述中带有某个人色彩。这时艺术形式的风格，大致表现为语言的风格和文体的风格。所谓语言的风格，即这类作品使用的语言一开始具有非指实特性并与幻想结合一起，所以是一种感情化了的语言，具有审美特征，形成了与其他意识形式语言的差异，从而表现出了语言修辞风格上的不同。所谓文体的风格，指的是文学作品体制的特征与格调。各种文学作品

---

① 《现代美英资产阶级文艺理论文选》上编，刘若端、罗式刚、卞之琳等译，作家出版社1962年版，第50页。

体裁，自有它们的各自风格特征。

但是人类审美活动的发展，是以其日益个性化为其生命的。首先当然表现在创作方面，即前面所说的创作个性的强化，从作者个人的眼光去审美地把握世界。如果说，创作个性是作者在作品里的内在表现，那么风格就是通过语言所显示出来的作品整体的审美趋向、情趣、风貌、品格、特征的表现了，它在不同作者那里各不相同。创作个性是通过风格而得以显示的。刘勰在《文心雕龙·体性》中说，"夫情动而言形，理发而文见，盖沿隐以至显，因内而符外者也"，大致是这个意思，风格是创作个性因内而符外的一种现象。其次，从审美接受的要求来说，接受者认为，只有充分个性化的作品才是富于审美情趣的作品。《诗经》所收入的诗作，虽无作者人名，但已具某些个性特征，特别是那些抒情诗作，个性特征十分明显。它们所显示的个人感受、情思、意向，仍使现代人激动不已。从屈原起，文学作品正式开始为个人所创造。他的作品现出了三种强烈的风格特色：文体风格特色、修辞风格特色和个性风格特色。首先是楚辞这种体裁，由于从民歌巫唱中汲取了丰富的营养，显得与《诗经》文体大不一样，而自成格式，形成了辞的文体风格，并且成了同一时期的文人创作所遵循的体裁模式，文体模式具有群体性特征。其次是屈原辞作的语言，态势飞动，奇特壮丽，创立了特有的语言风格。最后是作者的个性，深沉、浓烈、馥郁、缠绵，显示了一个民族的强大的诗魂。

在我国，风格的理论主要从品评人的品格衍化而来的。品评人是了解人的品德、才能的特点。魏晋时代，这种风气更为流行。在文人中间，那时很讲究人的神情风貌，以此来了解人的才情、能力。于是在品评人时所使用的一些概念，就被移入了文品诗品。

文学风格的研究，在我国起始于魏晋。曹丕在《典论·论文》中提出"文以气为主"的说法。气为天赋气质，并以此来评论同时代的一些诗人的诗作，和这些诗作的各自特征。他说："文以气为主，气之清浊有体，不可力强而致。""王粲长于辞赋，徐干时有齐气，然粲之匹也。如粲之《初征》《登楼》《槐赋》《征思》，干之《玄猿》《漏卮》《圆扇》《橘赋》，虽张、蔡不过也。然于他文，未能称是。

琳、瑀之章表书记，今之隽也。应场和而不壮，刘桢壮而不密。孔融体气高妙，有过人者，然不能持论，理不胜辞，以至乎杂以嘲戏。"这里提出了如下几个观点：一，文以气为主，气为诗人之天赋气质，得之自然，天赋气质是为文之主干。二，由于天赋禀性之不同，所以对文体选择各有爱好，形成了不同的文体风格。三，所以作家的创作个性有别，在不同文体中显示了各自的长处。这些观点显然不无偏颇，但十分重要，它们开始形成了对风格的自觉认识。

其后，陆机在《文赋》中谈到，"诗缘情而绮靡，赋体物而浏亮"，讲的是文学文体特征，即文体风格。刘勰则作了更深一层的论述。他提出文章有八体，即典雅、远奥、精约、显附、繁缛、壮丽、新奇、轻靡，并将它们分成对应的四组：即雅与奇反，奥与显殊，繁与约舛，壮与轻乖等。这里说的都是包括文学在内的文章修辞风格，并与"方轨儒门""经理玄宗"等要求结合了起来。但是除文章修辞风格，他还深入了文体风格和诗人风格的探索。例如他的《定势》篇，分析了各种体裁及其特征，论述了体裁风格，这对于文学体裁的研究也很需要。而他关于诗人、作家、创作个性的风格的探讨，则比前人进了一步。他说八体的形成与变化，与诗人的个性、才能有关。"才力居中，肇自血气；气以实志，志以定言，吐纳英华，莫非情性。是以贾生俊发，故文洁而体清；长卿傲诞，故理侈而辞溢；子云沉寂，故志隐而味深；子政简易，故趣昭而事博；孟坚雅懿，故裁密而思靡；平子淹通，故虑周而藻密；仲宣躁锐（竞），故颖出而才果；公干气褊，故言壮而情骇；嗣宗俶傥，故响逸而调远；叔夜俊侠，故兴高而采烈；安仁轻敏，故锋发而韵流；士衡矜重，故情繁而辞隐。触类以推，表里必符；岂非自然之恒资，才气之大略哉！"（《体性》）在这段摘录里，刘勰根据对以往有成就的作家的各自气质，确定了他们的情志，由情志而及他们的文辞情采、风格特征。可以说，有关作家的风格思想，至此形成了自觉的理论。这里极可宝贵的理论上的贡献是，阐述了创作的主体因素对风格的决定性影响。什么样的作家个性，决定了什么样的风格的出现。

在国外，在公元前的古罗马文学中，就出现了对风格的论述。那时把在涂蜡版上书写的削尖的小棒，把书写的结果、书面语言的结构的特征称为风格。在古希腊，风格是演说的要求，其涵义主要是指清楚明白。例如，亚里士多德在《修辞学》中说："优良的风格必须清楚明白，因为事实说明，演说者的意思如果不能明白晓畅地传达出来，它就不能完成它的任务。其次，风格还必须要妥贴恰当，粗俗和过分的文雅都必须避免。"① 很明显，风格在这里与如何使用语言有关，并把它与使用语言的特征等同起来了，形成了修辞学或语言学的风格学。在《诗学》中，亚里士多德同样要求风格明晰而不流于平淡，而明晰的风格是用普通的词造成的；他要求语言正确，流畅易懂，这里讲的重点是语言修辞。出现这种情况，自然与当时文学尚不发达有关。

18世纪法国布封的关于风格的观点，被人广泛引用，影响很大，但是出现了争议。他在1753年《风格论》的演说中说道："风格是应该刻画思想的。""只有写得好的作品才是能够传世的；作品里面所包含的知识之多，事实之奇，乃至发现之新颖，都不能成为不朽的确实保证。如果包含这些知识、事实与发现的作品只谈论些琐屑对象，如果他们写得无风致，无天才，毫不高雅，那么，它们就会是湮没无闻的，因为，知识、事实与发现都很容易脱离作品而转入别人手里，它们经更巧妙的手笔一写，甚至于会比原作还要更出色哩。这些东西都是身外物。风格却是本人。"② 布封在这里无疑是说，风格是在思想上留下的印痕，而印痕本身实际上就是作家本人。一个作家的作品如果没有作家自己的东西，没有他的痕迹，那就难于传世。如果我们把布封说的"本人"，看作是创作个性，或是创作者本人的特征，而不是直接意义上的作者自身特征，我以为这一思想是深刻的。但是布封的最后那句话，又确是说得过于直露了一些。

有的西欧的文论家如德国的施皮策尔，就把风格与作家本人等同

---

① ［古希腊］亚里士多德：《修辞学》，见伍蠡甫主编《西方文论选》上卷，上海文艺出版社1963年版，第90页。

② ［法］布封：《风格论》，见《译文》，1957年9月号。

了起来。他说:"把一切在一位作家的风格方面所值得注意的事情都统一起来,并使它们同他们的人格发生关系。"① 克罗齐也有类似观点,并从语言方面入手分析。但如果克罗齐注意的是语言的美学成分,那么施皮策尔关心的是心理成分。"他所探讨的心理成分就是这位诗人作为人的心理的构造。"② 凯塞尔不同意这种观点,他认为风格即本人的说法,是"完全用滥了的老话"。他在《语言的艺术作品》一书中,对风格的各种研究方法作了一个概述。指出除从语言科学、语言哲学、语言心理学等风格研究外,还有艺术科学方法的风格研究,如沃尔夫林的《艺术史基本概念》(中译为《艺术风格学》)。沃尔夫林在此书中,运用对偶的观念、纯粹结构的方法,分析了艺术的主要成分有两个种类,即文艺复兴的与巴罗克的风格。前者呈"线条型",画面封闭,对称,轮廓清晰;后者为"绘画型",画面纵深、遥远、模糊,"是高度完整的、细密交织成的"③。同时,沃尔夫林说明风格是一种时代现象,随后有人把这种风格划分原则,运用到文学研究之中,结果文学风格的变化,成了这两种风格的不断更迭。

值得注意的是凯塞尔的关于风格的观点。他提出在分析作品时,不要先入为主,要在反复的阅读中,借最细致的感觉与直觉之助,让风格与读者直接对话。"风格研究最重要的事情,不光是观察能够表现自己的东西,同时也要观察它怎样表现自己。风格研究要认识语言能够达到的成就和它怎样达到它的成就。"④ 凯塞尔对一些作品的细致分析,提供了这方面的实例。但是当他把作品视为一个封闭于自身的存在物时,他的愿望就不好实现了。他说:"首先把文学作品看作是一个完全独立的、完全摆脱他的创造者和自主的形态。在一个文学作品中,没有任何本身以外存在的东西……它既不一定要指示它的来

---

① 转引自凯塞尔《语言的艺术作品》,陈铨译,上海译文出版社1984年版,第262、263页。
② 转引自凯塞尔《语言的艺术作品》,陈铨译,上海译文出版社1984年版,第263页。
③ 见韦勒克、沃伦《文学理论》,刘象愚、邢培明、陈圣生等译,生活·读书·新知三联书店1984年版,第139页。
④ 转引自凯塞尔《语言的艺术作品》,陈铨译,上海译文出版社1984年版,第435页。

源,也不一定要同一个现实发生关系。"① 德国学者威尔里在《普通文艺学》一书中谈到,时代风格,个人风格,在凯塞尔看来,"是不实际的理论。风格,这不是人。在严格的规律性意义上,只有作品风格,即作为仅仅指向自身的整体结构、隐藏着诗意世界的完整的感知来理解的风格,才能成为文艺学的对象"②。在这里,凯塞尔实际上取消了对时代风格、对风格的历史研究,在这一点上,可以说"新批评"派、结构主义学派是共同的。作家风格自然存在于他的作品之中,但排斥了作品创作者的主体性,就未必能真正理解作家的风格的吧。这一理论较之布封的理论实际上是后退一步了。

近30年来,苏联文学理论界关于风格的论著不少。有的著名的语言学家如维诺格拉多夫主要从语言科学的角度研究风格问题,但是也有像日尔蒙斯基这样的文学理论家(也是语言学家),提出文学风格的研究,应在作品的内容、形式的统一的基础上进行。他说:"一位作家的艺术风格,是他用语言手段通过形象而体现的他的世界观的表现。因此,作家的艺术风格,就其功能的倾向性而言,是不能脱离开作品的思想—形象内容来加以研究的。同时,文学作品的风格,并不仅仅是修辞学,文学作品的主题、形象、布局、它的诗意内容……都是风格的重要因素。"③ 利哈乔夫认为:"艺术风格不仅是语言的形式,而且是作品的全部内容和全部形式结构的联结的审美原则,艺术风格包括作家固有的对现实的基本认识,以及被作家为自己所提出的任务所规定的艺术方法。"④ 从上述的摘录看来,它们的作者都把风格的研究范围划得过分的宽泛了,它们并未抓住风格与现实,与思想内容,与作家世界观之间的联系环节,即审美中介,而直接去诉诸世界观、思想内容去了。至于有的人如拉尔明认为:"把作品内容本身归入'艺术中的风格'概念,是马克思列宁主义美学的卓越成就"⑤ 云

---

① 转引自凯塞尔《语言的艺术作品》,上海译文出版社1984年版,第379—380页。
② [德]威尔里:《普通文艺学》,俄译本,苏联外国文学出版社1957年版,第80页。
③ 《国际文学交流问题》,列宁格勒大学出版社1962年版,第50页。
④ [俄]利哈乔夫:《古俄罗斯文学诗学》,列宁格勒,文艺出版社1970年版,第36页。
⑤ [苏]拉尔明:《艺术方法与风格》,莫斯科,艺术出版社1964年版,第217页。

云，那么，这种简单化的倾向，使人对这种说法倒是要望而生畏了。

另一些学者认为，风格与艺术形式因素相关，较有代表性的是艾里斯别尔格。艾里斯别尔格强调形式是一种"有内容的形式"。他说："我们在这里把作家的个人风格看作为诗学的中心概念，即集中于有内容的形式问题的文学理论领域的中心概念。""在所有艺术形式因素的发展中，在它们的相互作用和综合中，在作品的对象与内容的影响下，在作家的世界观与其方法统一的影响下，从这所有的因素中形成、成长着风格。风格是艺术形式的主要成分，是艺术形式的组成力量。在这一作品形式的发展中，风格越是确定与显著，它对体裁和节奏和其他形式因素的联合与组织的反作用，就越有分量。"① 赫拉普钦科认为，如果把风格仅仅理解为形式因素，那么"文学现象的其它原则和组成部分，在这些文学现象的统一性及其共同性的形成过程中就不起任何作用了"。他认为，即使是"有内容的形式"的前提也帮不了忙，因为形式都有内容的。至于赫拉普钦科本人关于同风格的论述，似乎较有说服力一些。他说："……应该把风格确定为一种形象地把握生活的表达方法，一种说服并吸引读者的方法。"② 这位学者把风格与作品吸引读者联系起来，同时提出风格不仅包括形式因素，如诗情语言、情节、结构、韵律等，而且也包括揭示思想、主题特点、人物特点、人物描写、语调特点等因素，这一说法是比较合理的。

风格是个人的独创性现象。我国文论关于这方面的论述极多，区分也颇为细致。但是承认风格的个人性，也还要看到它的群体性特征。个人风格的形成，不仅受制于个性，而且还受到其他关系的影响。从社会范围来说，有民族、时代因素的作用；从文化的角度来说，有历史、民俗、自然、宗教、哲学、伦理的综合影响；从文学运动的角度来说，有文学思潮、流派的影响，等等。这种种方面就是风格形成中的客观因素了。托马斯·门罗在其《走向科学的美学》一书

---

① [苏]艾里斯别尔格：《个人风格及其历史理论研究问题》，《文学理论》，莫斯科，科学出版社1965年版，第35页。
② [苏]赫拉普钦科：《作家的创作个性和文学的发展》，满涛、岳麟、杨骅译，上海译文出版社1977年版，第118、126—127、141页。

中，做了详尽的论述①，但是读完后让人觉得，有关风格研究方法的论述太琐碎了。在个人风格形成的同时，实际上也往往产生着群体性的风格。

《礼记·乐记》谈道："治世之音安以乐，其政和；乱世之音怨以怒，其政乖；亡国之音哀以思，其民困。"这里谈的是艺术的时代特色，时代风格。政治清明，艺术风格风雅；社会多难，艺术风格怨恨伤悲。在我国诗歌的发展中，建安风骨与盛唐气象，可以说是最具特色的时代风格。前者表现了慷慨悲凉的艺术氛围，但却是从具有不同个性风格特征中表现出来的，如曹操、曹植、曹丕、刘桢等，反映了魏晋时期的时代精神。所谓盛唐气象，说的是艺术"笔力雄壮，气象浑厚"，显示了盛唐文化的宏放大度与社会繁荣的景象。严羽说："盛唐诗人惟在兴趣，羚羊挂角，无迹可求。故其妙处莹彻玲珑，不可凑泊，如空中之音，相中之色，水中之月，镜中之象，言有尽而意无穷。"② 这一评价实际上点明了盛唐诗歌所开掘的艺术意境和风格特征。这里的"气象"同样是通过不少诗人的创作风格透露出来的。这里有陈子昂的"前不见古人，后不见来者"的高昂胸怀；有高适、岑参的雄浑、奇峭；有王昌龄的昂扬、壮烈；有孟浩然的磅礴、明丽；有王维的激昂、空灵；有李白的豪放、飘逸，共同组成了一幅绚烂、瑰丽的风格画。我们再说唐诗的几个时期的特征。明人胡应麟说："盛唐句如海日生残夜，江春入旧年；中唐句如风兼残雪起，河带断冰流；晚唐句如鸡声茅店月，人迹板桥霜。皆形容景物，妙绝千古，而盛、中、晚界限斩然。"③ 评得十分贴切。

风格的时代特征是一种普遍现象，外国作家在这方面的论述也很多。雪莱曾说："在任何时代，同时代的作家总难免有一种近似之处，这种情形并不取决于他们的主观意愿。他们都少不了要受到当时时代条件的总和所造成的某种共同影响，只是每个作家被这种影响所渗透

---

① 见托马斯·门罗《走向科学的美学》，石天曙、滕守尧译，中国联合出版公司，1984年，第286—341页。
② （宋）严羽：《沧浪诗话校释》（郭绍虞校释），人民文学出版社1962年版，第24页。
③ （明）胡应麟：《诗薮》，中华书局，1958年，第57页。

的程度则因人而异。"① 丹纳在其《艺术哲学》里，把时代作为三原则之一，作为艺术发展的源泉，艺术风格变迁的动因。我们在前面提及的沃尔夫林把艺术风格划为文艺复兴与巴罗克两大风格类型，也是从时代这一角度出发的。但他后来承认自己的这种方法的局限性，并且早就认为存在着"个人的"和"地方的"风格②。但是这些论述，包括当代苏联文学理论中的风格论述，都还未论及转化为风格特征的中间环节，即中介因素。

群体性风格中有民族风格、地域性风格等。不同民族的文学风格有其共同之处，但各民族各自受到民族所处的历史、文化传统思想的熏陶，而冶炼了特有的民族性格，特有的民族审美心理和审美习惯，反映入文学成为民族风格。果戈理说："真正的民族性不在于描写农妇的无袖长衣，而在于具有民族精神。诗人甚至在描绘异国时，也可能有民族性，只要他是以自己的民族气质的眼睛，以全民族的眼光去观察它。"③ 伏尔泰在《论史诗》一文中就说到不同民族风格的区别，例如意大利作家语言一般柔和甜蜜；西班牙作家词藻华丽，好用隐喻，风格庄严；英国人的作品风格雄浑有力；法国的作品风格则幽雅、严密、明彻④。此外，文学风格的群体性特征，还表现为思潮风格、流派风格。关于这些方面，我们将在下面论及。

二　风格的生成结构与审美中介

风格的确不仅仅涉及形式因素，同时也涉及作品所要传达的各个方面，在综合的形式中显示出其整体的审美情趣、趋向、风貌，不少论者都指出了风格现象表现在主题、题材、结构、情节、语言等方面，这都是事实。同时也有一些学者探讨了风格形成中的主、客观条

---

① [英] 雪莱：《伊斯兰的起义·序》，上海译文出版社1982年版，第6页。
② 见韦勒克、沃伦《文学理论》，刘象愚、邢培明、陈圣生等译，生活·读书·新知三联书店1984年版，第140页。
③ [俄] 果戈理：《关于普希金的几句话》，《果戈理全集》第8卷，苏联科学院出版社1952年版，第51页。
④ [法] 伏尔泰：《论史诗》，见伍蠡甫主编《西方文论选》上卷，上海文艺出版社1963年版，第323页。

件等等。

但是需要进一步阐明的是,风格生成的深层结构问题。风格的表层构成因素,通过作品的各种成分的显现,比较容易觉察,而深层因素则易被忽略。我国近几年来的风格研究是有成绩的,一些学者提出了风格的构成要素,如"情趣美""识度美""格调美""风姿美""色泽美"等,有的提出如"音容气度""情思韵致""风姿神采""节奏律动"[①] 等,可以看出,这类探讨从我国古代文论中汲取了有益的思想,并与现代心理学结合起来,努力深入事物本质,提出了一些有价值的见解,这是风格研究中的新的进展。

是什么样的审美因素,促使作家以这种方式或那种方式从事创作?是什么样的审美因素造成他们各自的特有选择,最后在作品中形成一种只属于他的特有的审美趋向与风貌?

我以为首先是激情。激情来自现实,它不是抽象的思想观念,而是对现实的强烈的、生动的审美感受,是对世界的具体感受的独特的方式,是创作主体性的喷发的心理投影,是能动的创造与发生。激情是审美的评价,与创作主体的心理气质、才能、审美心理积淀广泛地联系着。人的气质是各种各样的,同一个生活现象对于气质不同的人来说,情绪的激发是很不一样的,它可以是一些人的喜悦,也可以成为另一些人的悲叹。人的才能,对世界的洞察力,他的理解与把握,也高低有别。同时由于审美心理积淀的深浅不同,一些人具有顿悟的、直觉的透视力,能很快地感知事物的动向与发展的潮流,把握事物的底蕴。而另一些人始终只能停留在事物的表层,缺乏大幅度的审美把握的魄力。我们在这里所说的激情,并非专指某种高扬状态的审美感,它也可以是各种平静的审美感情趋向。激情可以是湍急澎湃、奔放热烈、激越昂扬、壮怀激烈、沉郁悲壮、壮丽动荡、飞逸飘动的情态,也可以是宁静明丽、轻盈深婉、伤感流连、冷峻嘲讽的情势。这种对现实所表现的各种心理感情倾向,组成了作家的具体感受世界

[①] 王之望:《文学风格论》,四川文艺出版社1986年版;严迪昌:《文学风格漫说》,江苏人民出版社1983年版。

观的主导色调，成为作家选择创作原则、艺术假定性形式的一种内驱力，成为作家确立风格的内在动力。关于这一点我们在后面谈及创作原则时还要论及。

其次，这种主导趋向，使得作家在创作时，自觉地去寻找一种与之相应的基调，以确立作品的声调。有文学修养的作家都意识到这点。这里所说的声调，不是指人物的具体的对话语调，而是贯穿作品的一种与激情相应的内在的语调、格调、情调，这是风格化的进一步具体化表现，就是说作者在作品中有着自己的声调，否则，无所谓个人风格。现在一些人倡导作者退出小说，这作为一种艺术手法是可行的，即作者尽力做得客观，不介入人物关系之中，不露作者痕迹，改变一下叙述角度，使艺术形式发生变化。但不能把这种艺术手段理解为作者不起作用，人物完全可以自由行动。同时，对于这种内在的语调，我们也可以把它视为作品结构的探索来理解。作家想要怎么说，作品结构往往起着显影的作用，所以结构也往往支撑着作品的语调。诗作如此，小说也如此。有创作经验的作家往往谈到作品的构架费尽他的心力，这也说明寻找一种适合的语调是相当困难的。结构当然可以与现实相似，也可以根本不同于现实，但不管什么情况，它们都是一种创造，一种与作家自己具体感受的世界观的相应的结构的探寻。有时一种结构，得来似乎不费功夫，有时十分困难，找不到相应的调子。正是在这一意义上，我们把语调视为作品风格的又一个审美中介因素，它直接调度着作品的格调，显示出作品的与众不同的独特性来。有的作家认为结构对于小说创作来说极为讨厌，以为很费功夫，而情愿在创作时信马由缰，写到哪里算哪里。这不是矫情，就是缺乏才能与意志的表现，所以也很难写出真正高水平的作品来。

再次，是认识的力度美。大致可以这样说，作家的识度有多广、多深，作品的气魄也就有多大。在这一点上，风格的色调与识度的深浅，总是成正比的。歌德、席勒、巴尔扎克、陀思妥耶夫斯基、托尔斯泰、屈原、曹雪芹、鲁迅等人，对自己的国家、时代、现实都有深刻的理解，广博的知识。这种认识渗入到具体的艺术感受之中，从而，使它变得恢宏大度，而获得了强大的艺术穿透力。现代主义中的一些优秀作家也是如此。像卡夫卡、萨特、加缪等人，对人在资本主义制度下的异化与痛苦的生存状态，有着极其独特的深刻理解。这种认识与他们的创作原则相结合，转化为一种具体感受的方式，为他们的风格提供了一种特殊认识力度。歌德说到，当一位艺术家不再去思索自然、把握自然，他就会愈来愈背离艺术的基础。他说："风格则奠基于最深刻的知识的原则上面，奠基在事物的本性上面，而这种事物的本性，应该是我们可以看得见触得到的形体中认识到的。"① 当然，必须指出，丰富的知识，各种科学的知识，哲学思想，认识本身，不可能成为风格的构成因素；知识的有意卖弄、炫耀，也只能表现出作者的浅薄来。这确是很矛盾的现象。这里主要跳过了审美中介，风格所需要的不是知识本身，而是经过审美过滤后所形成的一种知识的力度，一种深厚的精神力量。

再其次，是在语言基础上形成的节奏、绘画、音乐、音容之美。在诗歌艺术中，这类因素似乎最为明显、最为程序化的了。但是这种不无程序化意味的形式，一到不同的诗人手里，都就变得优美、丰富。李白的诗作，节奏相对突兀，时空跳跃，画面富流动感；王维的诗作节奏相对平缓，时空衔接紧密，一首诗念完，一幅幽静的山水画也就随之而出；普希金的诗歌雅致、馥郁，无论是自由颂，还是爱情诗，诗韵明亮，节奏铿锵，读起来琅琅上口。散文同样有节奏感，读韩愈文，如浪涌潮涨；赏苏轼文，如滔滔大江，千里浩荡，所谓韩潮苏海是。小说也是如此，疏密相间，错落有致。各个作家的语言作为诗情语言，作为艺术话语，各具特色，并常与他们的气质、魄力、趣味相融合。

上述这些方面，形成了风格构成的审美中介，即风格的深层结构，并在这一结构上生成形形色色的风格来。

风格形形色色，但是每个作家都能获得自己的风格吗？在评论里，不少人把风格的内涵无限地扩大了，如把作家的手法、歌德所论

---

① ［德］歌德：《自然的单纯模仿·作风·风格》，见王元化编译《文学风格论》，上海译文出版社1982年版，第4页。

的"作风",也算做风格了,结果什么人都有了风格,好像只要写出了一篇作品就有了风格。一般作家都有自己的写作作风、手法,甚至写得很诱人、特殊,但是如果它们不具高度的审美意义,没有显示出创作主体的强烈的独特个性,很难说有什么风格。歌德说,作风是"用灵巧而精力充沛的气质去攫取现象","在最高意义上,并根据这个词的最严格意义来说它是单纯模仿和风格的中介"。他认为,要"给予风格这个词以最高的地位"[①]。对于有的作家来说,的确,他有风格,他有一部书就够了。但是对于不少作家来说,即使他有一大把小说,也看不出什么风格,只有他的写作作风与手法。

三 风格分类与风格功能

风格主要表现形式为个人的、民族的、时代的风格。同时,这民族的、时代的风格,只有通过个人的风格,才能得以表现,而个人的特征是无限多样的,因此风格也是无限丰富的。但是对风格是可以进行分类的。

在我国文论中,风格分类有简繁之分。简的分法将风格分为刚、柔两种类型,如曹丕在《典论·论文》中已论及"清"和"浊"之说;刘勰则谈到"气有刚柔"。这一理论发展到姚鼐那里,表现得最为明确了。"鼐闻天地之道,阴阳刚柔而已。文者,天地之精英,而阴阳刚柔之发也。""其得于阳与刚之美者,则其文如霆,如电,如长风之出谷,如崇山峻崖,如决大川,如奔骐骥。""其得于阴与柔之美者,则其文如升初日,如清风,如云,如霞,如烟,如幽林曲涧,如沦,如漾,如珠玉之辉,如鸿鹄之鸣而入寥廓。"[②] 这种刚、柔分类法在西欧也有,如毕达哥拉斯学派对音乐的分类。[③] 此外有繁分法,《文心雕龙》提出文章八体的文体风格,涉及作家,则对他们进行具体的风格分类。皎然在《诗式》的《辨体》中提出十九体,即高、逸、

---

① [德] 歌德:《自然的单纯模仿·作风·风格》,见王元化编译《文学风格论》,上海译文出版社1982年版,第6页。
② (清) 姚鼐:《复鲁絜非书》,《中国历代文论选》第3册,1980年,第510页。
③ 见《朱光潜美学文集》第4卷,上海文艺出版社1984年版,第34页。

贞、忠、节、志、气、情、思、德、诚、闲、达、悲、怨、意、力、静、远。到司空图，又扩展到二十四品。简、繁两种分法，各有长短。简分法抓住了文学风格的主要特征，删繁就简。但对无限丰富的风格来说，过于概略，难以涵盖风格的多样性。若采用繁分法，则越分越多，从分类的角度说，使风格划分不得要领，失去概括性。王之望的《文学风格论》[①]一书在论述风格的构成、表现、成因、分类、范畴方面，都有个人见地。它采用传统的类型划分法，把风格分为刚柔与刚柔交错的第三类型，提出风格的基本范畴为：豪婉、庄谐、奇正、华朴、露藏，可自成一说。在我看来，刚柔说毕竟太概括，如果把反映了刚柔的豪婉、庄谐、奇正、华朴、露藏作为风格类型是比较适宜的。第一，它可以克服传统的过简过繁的欠缺；第二，它又能比较全面地表现出文学风格的概貌，具有较强的概括力。

风格研究的目的何在？这就不能不涉及风格的功能问题。风格功能可以分两个方面来说，一是风格的现实功能，二是它在文学发展中的历史功能。两者相互衔接，组成风格的动力结构，成为文学发展的基本环节之一。

风格实际上时时制约着作家，它使创作者认识到，没有风格将没有文学创造，也没有文学的存在。风格是创作中的审美集中表现，有了风格，作品才具有审美意义。在这一意义上说，风格就是审美。我们平常阅读一部作品，固然不会说去欣赏风格。但是如果细细理解这一过程，那么会发现我们除了想从作品中了解作品所描绘的内容方面，我们还强烈地要求从作品中获得一种新鲜的艺术信息，作家风格的信息，没有这种独特的色彩、语调，就难以引起我们的审美兴趣：审美的兴趣得之于审美的情趣与格调。前一种理解是显在层次的阅读，后一种要求是潜在形态的阅读。

对风格的这种自觉认识，使作家形成了一种对具有风格作家的仰慕心理，进而成为一种吸引，成为一种自觉的创造要求。在创作进程中的种种探索，无论是在确定主题、选择情节方面的探索，还是结

[①] 王之望：《文学风格论》，四川文艺出版社1986年版。

构、语言方面的探索，都是他自己声音的探索、语调的探索，属于他自己特有的风格的探索，他的苦恼和喜悦都是由此而来。此外，创作者不会不考虑到一个隐在的他的作品的评价人——读者。没有风格他难以会有读者。高尔斯华绥曾经说过："风格是排除自己同读者之间的种种壁垒的一种能力，而风格的最高成就则是同读者发生密切联系。"因为从整个文学过程来说，作者在一定意义上只是提供了一个具有审美意义的文本，只有在他的文本进入交流，为读者所接受，这个艺术文本才会获得生命。所有这些方面，凝成了作家追求风格的审美心理，使风格成为一种创造发动中的不自觉的隐蔽的内驱力。

从历史纵向来说，首先是风格使文学成为文学。当文学与历史、哲学处于混合状态时，区别它们的标志是修辞风格、文体风格，而表现作家个性的风格要晚一些。在我国漫长的古典时期，文体在缓慢的更新中出现了不同的文体风格，由于个性的发展的限制，体裁上的严格的等级制，自然使以个性为主的个性风格发展受到极大的阻碍。然而即使在种种限制中，无数巨大的创作个性还是发挥了他们巨大的能动性，追求着艺术的创新。这种前进运动，大概在唐诗宋词中表现得最为多样，其创造力大概发挥得最是淋漓尽致的了。拿差不多同一时期的李白、杜甫来说，两人在诗坛上各擅胜场，但其个性的差异多么强烈，以致严羽说"子美不能为太白之飘逸，太白不能为子美之沉郁"，而竞胜千古。拿苏轼与柳永来说，前者词需关西大汉，执铁板唱"大江东去"，后者则要由十七八岁的女子，执红牙拍板，唱"杨柳岸晓风残月"。词的出现，使作家日趋个人化写作，自由个性的发展宽松了些，长篇小说的出现，更加发展了作家的自由个性。但当中国人即将面临个性的更大的解放时，清王朝却封闭了它的道路，使它受到残酷的摧残。在欧洲，古典主义时代同样禁锢了个性的发展，从而出现文学风格的规范化时代，主题、题材、体裁、风格、人物，都被纳入固定的框架之内，风格的程序化十分严重，只是在那些大师那里，如伏尔泰、莫里哀那里才有所突破。资产阶级的兴起，皇权的衰落，个性的解放，促成了文学中的浪漫主义、现实主义运动，作家的个性如火山爆发，冲决罗网，唱出了解放的强音，它成了创作个性的海洋，形成浪漫主义、现实主义风格的大发展。

近期的一些学术著作，描述了我国各个时期艺术精神的显现，这一艺术精神的内涵极为丰富，但其核心部分，则是各个时期艺术风格的表现，其中自然也包括文学的风格的追求与运动在内。我们有关各时期的文学风格的论述极多，特别是古代文论，但对文学精神、审美追求、风格变迁，还缺乏一种总体性的勾勒。楚汉浪漫主义、魏晋风度、盛唐气象、韵外之致、浪漫洪流、感伤主义，具体论点可能会有争论，但也正是需要深入研究的。

个人风格与时代风格是历史的产物，它们一旦结合起来，会形成创作更新的追求，组成一个动力结构，推动文学的发展。

第三节 文学流派

一 流派群体

在任何文学里，作家个人风格与文学流派，是文学发展中的两个相互联系的实体。伟大作家作为一定艺术风格的载体，对于推动文学的发展，其作用是无可怀疑的。他们有两种命运。第一是他们依凭自己的独特风格而存在，成为文学发展中的一个独立环节。他们筚路蓝缕，开辟文学的疆土，独自处于一个阶段的文学的顶峰，成为后人仰之弥高的高山，也无人与之比肩；他们是文学某个发展阶段的"开端的开端"，如李白、杜甫、曹雪芹、托尔斯泰等。

但是，在广袤的原野里，还有簇簇群峰，它们与高峰或遥相对应，或与它们连接一起，蜿蜒而走，或与它们一起组成无数群体，这里就显示出作家的另一种命运了。他们的追随者与他们一起，创作出一种具有类似风格的作品，并形成文学的流派。文学流派在任何文学里都是一种普遍的存在。它们的特点是，首先有着一种共同的艺术追求，思想倾向。流派是一种群体结构，是由不同数量的作家组成的，有代表人物，有一定的或松散的结构。其次，在一定意义上，流派是一种风格的群体性表现，类似的风格因素是组成流派的主导成分。再次，文学风格是一种变动不居、不断交替的现象。作为个人风格或是流派风格，是会长期存在的，但是作为流派本身，则是一种短暂的运动，经历了一代人、两代人，流派就难以为继了。例如我国的东晋的田园诗派，南朝的山水诗派，梁陈宫体诗派等，都是如此，到了现代，20世纪二三十年代的象征诗派、新感觉派小说，时间都不长。但是如果对流派作比较广泛的理解，那么有些流派如唐诗、唐代古文运动，一直至宋代以及明清，仍有它们的余响，即所谓宋诗唐音。

从一般文学史的角度来说，文学流派的出现有两种方式。一种是非自觉的，自然形成的。例如建安文学作为文学流派就是一种自发形成的现象，而不是哪一个人号召的结果。先是曹操父子作诗于前，产生影响，吸引了一批有才华的诗人，跟随其后；继而曹丕对他们的诗作进行评论与奖励而形成的。钟嵘在《诗品》里说："降及建安，曹公父子，笃好斯文；平原兄弟，郁为文栋；刘桢、王粲，为其羽翼。次有攀龙托凤，自致于属车者，盖将百计。彬彬之盛，大备于时矣。"又如后来的豪放派、婉约派，也是在创作实践中自发形成的。李白飘逸，兼有豪放的气概。至苏、辛达其顶峰，其势如天雨海风，登高望远；如金戈铁马，仰天长歌。在这几位巨人之后，有张元干、陈亮、刘过等人，继承着这一流派风格。自然也要看到，苏、辛词作并非都是浩歌，也有不少抒怀低唱。至于婉约派，虽然历来被列为正宗，但从流派角度看，显得更为松散，一般以为花间派开其首。清王士禛认为"婉约以易安为宗"，也有人认为秦观是其代表，这派风格的影响也很深远。

越到近代，文学流派的发展越为自觉。在外国，近一百年来，文学流派林立，代谢极快，特别在法国，这种现象是最为典型的了。法国作家莱翁·莱蒙涅埃说过，大约从19世纪最后20年开始，在法国文学中出现了一种时尚：每隔5年、10年，就要产生一个流派，几个志同道合的作家凑在一起，起草一纸文字，由某个杂志恭恭敬敬地发表出来，然后出版几本诗集和小说，一个流派就算诞生了。当一个流派难以为继，面临结束时，也要由这派的几名作家，做书面宣告，大叫大喊，宣布他们放弃了过去为之捍卫的原则，同时接着新的文学流派又宣告成立。① 这种风气，在西欧其他国家也是如此，如俄国、意大利、德国等。俄国先是象征主义，继而是未来派，谢拉皮翁兄弟，构成派，岗位派等。

作家个人与文学流派的新陈代谢，展示着文学发展的面貌。在这种情况下，必须进一步探讨这种发展运动的方式问题。

我们在上面谈及了文学本体生存的最基本条件，即文学风格，以及它的功能。由于没有风格的作品难以存在，于是求取风格便成了文学创造的追求，文学生命的追求。文学生命的追求形成了文学运动的原动力。风格都是以个性化为其特征的。但是在众多的独创的个性中，在众多的不同风格的表现中，人们又可以看到其中的种种相似之处。我们在上面对个性化的风格进行分类，就是因为它们异中有同，取它们的相似之意。如果将这种分类施加于作家，则不同风格类型的作家就变为文学流派，也即流派风格。

文学的前进，在于不断创新，突破原有的传统。一种创新，是在原有的传统上有所深入，有所突破，有所前进。一种创新是与传统对立，力图建立新的"文学秩序"。于是传统与反传统，在上述两种情况下，构成了文学的创新运动。文学流派的出现，必然是以标新立异为其特征的，它与其他流派比肩并立，或相峙对立，或新的代替旧的，形成文学流派的更迭。从文学的发展来看，一派被另一派所替代，是文学变化的常态。在我看来，它主要采取曲线式的运动方式，即往往是极端的、相反方向的走向方式。例如玄言诗、山水诗之后，是梁陈宫体诗派；宫体诗派之后演变的结果，出现边塞诗派、田园诗派、新乐府运动；骈体文的长久统治，引来了古文运动；新乐府派之后，又引出了花间诗派；如台阁体派之后出现了唐宋派，等等。到了现代，胡适等人创立了白话诗，由于太口语化、直白话、自由化，于是引出了格律派；格律派走向极端，引出了半自由的新诗派。最近几年，出现了朦胧诗派，这正是对标语口号诗的反动；但是朦胧诗派的极端化，又引起了诗歌的新探索，一是走向粗俗化，一是走向清新。

---

① 见王忠祺等译《法国作家论文学》，生活·读书·新知三联书店1984年版，第161页。

在国外，写实派发展到极端变为自然主义；对自然主义的反抗，使一些人走向象征主义、表现主义、超现实主义。这些流派走向极端，又使人回到写实、纪事文学，等等。沃尔夫林提出文艺复兴与巴洛克两种风格的运动是一种钟摆式的摆动，并把它视为艺术的发展运动方式。但从文学方面来看，事实要复杂得多。这里并不是只有两极，也不是来回摆动，而是不断产生对立的、多极的、曲线式的运动。

二 流派的深层结构

在流派的形成中，作家的风格起着决定性作用，当然，此外还有其他因素。20世纪80年代初，我国学者开始在这方面做出了有益的探索。吴奔星在谈及文学流派时说，"创作风格对文学流派的形成起着决定性的作用"[①]。有的学者，如唐弢，也持这种观点："我们谈流派，一定要注意从风格（包括内容和形式）上鉴别。"[②] 这些观点都是中肯的。这里，需要对形成流派的风格因素进行分析。

首先是共同的风格的审美情趣。一些作家对现实生活具有类似的经历与体验，这些审美的经验与体验，和他们的个性特征结合起来，形成一种审美情趣，通过作品而得以体现，也即主要表现在创作的主题、题材、体裁的选择上。例如宫体艳诗，多写贵族、宫廷妇人体态。梁简文帝作为这一流派的提倡者，自称这类诗作"伤于轻艳"，但是一时追随者众。又如唐代边塞诗，共同的主题是边疆御寇、戍边离怨，无论是高适"汉家烟尘在东北，汉将辞家破残贼"，"君不见沙场征战苦，至今犹忆李将军"；还是岑参的"北风卷地白草折，胡天八月即飞雪。忽如一夜春风来，千树万树梨花开……将军角弓不得控，都护铁衣冷难着"，大体表现了类似的题材与主题。山水诗派寄情山水，花间派主要吟唱男女爱情。词到苏轼，引入了各种题材，"以其意无不可入，无事不可言也"，豪放派的作品都有这种特色。如

[①] 吴奔星：《文学风格流派论》，北岳文艺出版社1987年版，第83页。
[②] 唐弢：《艺术风格与文学流派》，见《中国现代文学思潮流派讨论集》，人民文学出版社1984年版，第61页。

果进入现代，我们也可看到"五四"后的各个文学流派，都有自己的审美情趣的范围。有的专写农村，或主要写农村。20世纪20年代中期，就有人提出鲁迅是"唯一的乡土艺术家"。这派作家如王鲁彦、许杰等人的风情画的作品中，显示了古老中国农村的种种风尚习俗，至今影响着一些当代作家。后来的"七月派"，虽然也写农村，但在风格上已不同了。现代主义的各个流派，也有各自的审美情趣，而在题材、主题上表现出来。

其次，是共同的审美识度，一种群体性的认识。流派的形成受到时代要求、哲学思潮的强大影响。例如俄国的"自然派"文学的兴起，与19世纪20—30年代俄国民族的自觉、民主主义思想的传播是很有关系的，它强烈地影响作家，使他们同情下层人物，揭露窒息人的官僚统治。果戈理的描写穷官吏、小人物的作品出来后，不少青年作家跟随其后，专写彼得堡后院的穷巷陋室，并从小说体裁转向速写随笔，形成了一个极有生命力的文学流派，出现了像陀思妥耶夫斯基的《穷人》那样的杰作。法国自然主义流派的崛起，与自然科学、实证主义哲学思潮相关。我国的玄言诗与西方的存在主义文学、荒诞派文学都曾流行一时，分别受到老庄哲学和存在主义哲学的影响，这也是事实。这里有一个问题，在流派的形成中，那些审美因素，如题材、主题、体裁是比较好理解的，但是对于那些非审美因素，就不能理解得那样直接了。它们作为作家的群体认识，只有与主题、题材、体裁的选择结合起来，转化为审美因素，也即风格因素才能促成流派的诞生。

再次，是文学语言的使用上的群体性特征。当然，语言的群体性特征不是指这一流派的成员的语言的雷同，而是指共同的语言色调，例如韩孟诗派中，韩愈好用奇字、险韵、怪句，追求怪险。孟郊在文字上同样有类似追求。但分析两人的语言的个人特色，前者雄浑古拙，后者奇峭瘦硬。及至这一流派中的贾岛，十分注意用词的推敲，与孟郊比，前人有"郊寒岛瘦"之说，后来南宋的永嘉派，竭力追求贾岛等人的风格。西方的现代主义中的一些派别，语言上的追求十分突出。为了创新，为了使作品达到惊世骇俗的地步，他们在语言的

"奇异化"方面花了不少功夫,"奇异化"即"感觉的更新"。如未来派,用词奇特,马雅可夫斯基极好使用这一招。而超现实主义者采用无意识写作的方式,来表现模糊的欲念与梦幻。又如荒诞派的语言,常常是不连贯的,断断续续,欲说还休,因而也是模模糊糊,费人猜度,以表现人与世界本身的荒诞,等等。可以说现代主义中的大部分派别的语言,都有这种特征,所以共同的文风比较晦涩。

当然,文学流派的形成,也往往是文学思想斗争的产物。一,它可能反映着统治阶级的审美趣味,而使文学成为表达它心理、愿望的手段。其中有合乎时代要求的、健康的倾向,如建安文学,也有使之成为自己行乐的工具,如梁陈宫体诗。二,也有一些作家反对某种文学传统,宣扬某种传统,并且身体力行,扭转了局面的,如韩愈、柳宗元所发动的古文运动。他们针对形成于齐梁时代的内容贫乏、矫揉造作、无病呻吟的特点,提倡要弘扬先秦古文风格,文以载道,言之有物,有所出新,结果形成了一个有相当声势的运动,一扫浮艳文风。但不久之后,骈文死灰复燃,于是南宋时再次掀起斗争,并利用权势,以古文取士,使古文运动成果巩固了下来。此后古文断断续续,一直到五四运动,才与八股文一起被反对掉。

又如20世纪20年代的苏联,流派林立,主张各别。斗争时有发生,最后利用行政权力,力排所谓资产阶级文学流派,结果只剩下一派,使文学发展遭到严重打击。与此同时,西欧各种文学派别活跃,如意识流、表现主义、超现实主义、"新小说"等流派兴起时,都要在自己的宣言中,把现实主义贬得一钱不值。但是现实主义又不断地在改变、更新自己的形式,从而有所深入、有所发展,很难被代替。结果倒是攻击它的那些流派,往往走过了一段短促的繁荣之路之后,就落入底谷了。

第四节 文学思潮

一 流派与思潮

文学流派作为具有共同的审美追求与趋向的作家群体,它的发展与存在，往往可以形成一种总体性的审美趋向，引导与规范一个时期的文学。在这种情况下，流派与思潮具有同等意义。在我国的古代文学中，这种现象相当普遍。

我国文学中的文学流派，在大部分情况下，是一种纵向排列存在。就是说在一个时期里，大体上只存在一个创作流派，并成为这一时期的文学创作中的主导倾向。在这种意义上，具有共同审美趣味、风格大体一致的流派，实际上也就是左右着一个时代、代表着一个时代的文学思潮。例如建安文学，这时除了这类作品，别无其他文学可以与之对抗。它的共同的审美情趣、意向，无疑是一个有着独特风格的流派，但它又左右一代文风，统率一个时代，所以也是文学思潮，非严格意义上的文学思潮。

另一种情况就比较复杂些。表现为在同一个时期里，存在着好几个流派，它们风格迥异，但有着共同的思想倾向和相似的审美把握原则，形成一种相互竞艳的局面，汇成一股创作的潮流，即思潮。更有一种情况是，在一定时代，文学流派林立，审美趣味多样，各种思想艺术差别极大，于是便出现多种文学思潮，这种现象在近代十分突出。

出现这种情况，和人们的审美意识的日益分化，艺术创作把握力的日益扩大分不开的。也就是说，到了近、现代，艺术创作的主体性不断得到加强，人们对它的认识不断加深。这种审美的主体性意识的强化，在20世纪文学中最为明显。在要求艺术创新的呼声中，主体的审美创造力的极大可能性，在现代的各种文学艺术流派中，得到了淋漓尽致的发挥。主体的作用及创造的无限可能性被开掘与认识，便产生了日益要求脱离艺术常规的趋向，形成创新的趋势。于是有的作家热衷于探索艺术的社会内容，有的醉心于形式的更新，语言的变异，汇合而成思潮。可以这样说，"五四"后的文学在这些方面都有飞跃和进展，这是文学发展自身的内在要求。例如文学作为语言形式，由于文言造成了对文学发展的极大束缚，在有如火山爆发的反对旧传统的"五四"文学运动中，发生了急剧的变化。文学语言的白话化、口语化，易为大众所了解的白话，代替了失却生活气息的、僵死的语言。胡适说:"形式上的束缚,使精神不能自由发展,使良好的内容不能充分表现。若想有一种新内容和新精神,不能不先打破那些束缚精神的枷锁镣铐。"① 在诗作方面,为了除去文言文的陈词滥调,于是出现了完全口语化的白话诗。这是对旧文学的必然反抗。旧文学束缚个性,在主题、题材、体裁上束缚创作自由。五四运动是大解放。郑伯奇后来说,在"短短10年之间,中国文学的进展,我们可以看出西欧200年中的历史在这里很快地反复了一番";"西欧两世纪所经过了的文学上的种种动向,都在中国很匆促地而又很杂乱地出现过来"②。

文学新思潮的出现,一方面是文学自身发展的需要和自身运动的结果,同时也要看到,它与社会思潮有着密切的关系。社会、政治、道德的趋向,作为一种集团的群体思想的要求,凝聚为一股思想潮流,注入人们生活的各个方面,并且以多种方式,左右着人们的审美趣味,促成各种群体的审美追求与艺术倾向,形成一种群体性的审美理想与时尚,影响并演化为文学自身发展的需要。

"五四"时期,社会的主导思潮是民主与科学,不少作家在他们的作品里相应地贯彻了这一思潮的民主精神。由于创作主体的条件有别,审美情趣差异,信奉的艺术原则不同,十多年间竟然出现了一个极少见的流派林立的局面。但是从文学思潮的角度来说,如果加以归纳,大致有三种思潮,即现实主义、浪漫主义和现代主义。在有的思潮中,流派比较单一,在有的思潮中,流派众多。就小说而论,属于现实主义文学思潮的,有乡土派小说、社会分析小说、京派小说、七月派小说,等等。它们之中的不少作者来自生活底层,对于农村、城市普通居民的生活感受,比较深切。在民主主义思想的烛照下,他们广泛地提出了不少社会问题,对封建主义的腐朽与丑恶,进行了审美的描绘和强烈的批判。由于这些派别贴近生活,在艺术上也有较高成

---

① 胡适:《谈新诗——八年来一件大事》,见王永生主编《中国现代文论选》第1册,贵州人民出版社1982年版,第11页。
② 郑伯奇:《现代小说导论》(三),见《中国新文学大系导论集》,上海良友复兴图书印刷公司,1940年,第146页。作为《导论》,最初发表于1935年。

就，于是就有了一批追随者，所以它们绵延不断，形成了新文学中的流派与传统。又如现代主义文学，"五四"后在我国有小说，有诗歌。其中新感觉派的小说，多写大都市的畸形现象，暴露上流社会金迷纸醉的腐朽生活。由于它承袭了现代主义的观念与手法，与当时社会的氛围、读者的审美趣味有着相当的距离，所以在20世纪二三十年代，读者不多，并且很快就销声匿迹。

流派的运动，形成思潮，由此思潮是依存于流派的。但是在思潮的影响下，可以形成流派，可以推动流派发展。特别是思潮不仅由文学运动的一个方面组成，而且还涉及其他领域，如绘画、音乐等。在这方面，外国文艺思潮的影响十分重大。可以说，"五四"新文化运动，是我国古老文化内部矛盾的必然爆发，同时又是受到外国文化思潮推动的结果。

鲁迅说："新文学是在外国文学潮流的推动下发生的。"[①] 又说："现在的新文艺是外来的新兴的潮流。"[②] "五四"后的各种文学思潮运动，无一例外，都被外国文学思潮所推动。"拿来主义"可以说是各个思潮的共同信条，它们纷纷从外国文学思潮中吸取营养。"没有拿来的，人不能自成为新人，没有拿来的，文艺不能自成为新艺术。"[③] 自然，对于"拿来主义"各有各的理解。20世纪20年代，在一些国家，尽管现实主义已不很走红，但其创作原则对于中国作家来说是极有吸引力的。原因在于，它对于中国文学来说，仍是一种新的原则，而且当时不使用这种创作原则，就难以充分表达许多巨大创作个性的强烈感受。所以当时一些作家开头师法象征主义、浪漫主义，而后又转上了现实主义的道路。在现实主义文学的思潮中，像乡土派、社会分析派、七月派的作家，直接去过外国的不多，但他们的创作思想，大都受到过外国文学思潮的洗礼。

除了现实主义，西欧的其他文学思潮都传入了我国。郑伯奇说：

---

① 鲁迅：《集外集拾遗补编〈中国杰作小说〉小引》，见《鲁迅全集》第8卷，人民文学出版社1981年版，第399页。
② 《鲁迅全集》第7卷，人民文学出版社1958年版，第308页。
③ 《鲁迅全集》第6卷，人民文学出版社1958年版，第33页。

"由1922到1926年这后半的5年……19世纪到20世纪这百多年来在西欧活动过了的文学倾向也纷至沓来地流入到中国。浪漫主义,现实主义,象征主义,新古典主义,甚至表现派,未来派等尚未成熟的倾向都在这5年间在中国文学史上露过一下面目。"特别使人感兴趣的是,早期的创造社,受到过浪漫主义与现代主义的影响。"象征派,表现派,未来派,也都经创造社的同人介绍过。这些流派实在和浪漫主义在思想上,是有血缘的关系。"创造社的倾向"包含了世纪末的种种流派的夹杂物"①,但浪漫主义是它的主导。郭沫若接受的思潮是多种多样的,在谈及自己作诗的经过时,他说:"我的短短的作诗的经过,本有三、四段的变化,第一段是泰戈尔式……做的诗崇尚清淡、简短,……第二段是惠特曼式,这一段时期正在'五四'的高潮中,做的诗崇尚豪放、粗暴,要算是我最可纪念的一段时期。第三段是歌德式了,不知怎的把第二期的热情失掉了,而成为韵文的游戏者。"② 在郭沫若的诗作中,浪漫主义是一种主调。他在1922年写的《〈少年维特之烦恼〉序引》一文中,讲到多年来对歌德心向往之,在翻译此书时,与歌德思想有种种共鸣。这就是歌德的"主情主义""泛神思想"——一切自然都是自我表现,"对于自然的赞美","对于原始生活的景仰","对于小儿的崇敬",等等。这种情绪与"五四"高潮时期思潮相吻合,因此表现得热情奔放。所以郑伯奇说:"郭沫若受德国浪漫派的影响最深,他崇拜自然,尊重自我,提倡反抗,因而也接受了雪莱、惠特曼、泰戈尔的影响,而新浪漫派和表现派更助长了他的这种倾向。"③ 这里所说的新浪漫派,就是现代主义流派。郭沫若主张过生命的文学,说"感情、冲动、思想、意识的纯真的表现便是狭小的生命的文学",这时他抛弃了自然派、象征派、印象派、未来派,认为它们都是模仿的文艺,都未达到创造阶段,都只

---

① 郑伯奇:《现代小说导论》(三),见《中国新文学大系导论集》,上海良友复兴图书印刷公司1940年版,第147、158、159页。
② 郭沫若:《创造十年》,见《沫若文集》第7卷,人民文学出版社1958年版,第68页。
③ 郑伯奇:《现代小说导论》(三),见《中国新文学大系导论集》,上海良友复兴图书印刷公司1940年版,第160页。

是自然的儿子，而文艺，应成为"自然的老子"。于是唱出了"德意志的新兴艺术表现派哟，我对于你们的将来寄以无穷的希望"①。接着他在《文艺的生产过程》一文中，宣传德国表现主义的纲领："艺术是表现，不是再现"，认为这一论断"把艺术精神概括无遗了"，"一切从外面借来的反射不是艺术表现"②。这种主张在当时郭沫若的一些小说如《喀尔美萝姑娘》里有所表现。又如弗洛伊德主义，同样为郭沫若等人推崇过。在《批评和梦》一文里，郭沫若说他听精神分析学者说过，精神分析最好从梦的分析入手。他写过论文《〈西厢记〉艺术的批判与其作者的性格》，并用弗洛伊德学说分析了一些中国名著，如《楚辞》《胡笳十八拍》《西厢记》等，认为它们之中"不能说没有色情的动机在里面"。而在他的小说《残春》里，就写了潜意识的流动。创造社其他成员，也有这种倾向。但不久之后，随着政治形势的变化，郭沫若等人接受了新的国际文艺思潮，热烈宣传文学与革命，批判与摒弃了弗洛伊德主义与表现主义。

至于诗歌方面，国际文艺思潮的影响同样存在。朱自清说，当时"最大的影响是外国的影响"。胡适、康白情的诗，都受过"外来影响"。冰心的小诗形式，受泰戈尔的影响。至于象征主义诗歌，则很大程度上是一种引进。李金发自称"受鲍德莱尔与魏尔伦的影响而作诗"；宣称"艺术是不顾道德，也与社会不是共同的世界。艺术上唯一的目的，就是创造美，艺术家唯一工作，就是忠实表现自己的世界。所以他的美的世界，是创造在艺术上，不是建设在社会上"③。这自然是西方文艺思潮的翻版。朱自清说他的诗，"讲究用比喻"，但"不将那些比喻放在明白的间架里。他的诗没有寻常的章法，一部分一部分可以懂，合起来却没有意思，他要表现的不是意思，而是感觉或情"④，又说许多人看不懂他的诗，但也有许多人在模仿他，他的

---

① 郭沫若：《自然与艺术》，见《郭沫若论创作》，上海文艺出版社1983年版，第6、7页。
② 郭沫若：《文艺的生产过程》，见《郭沫若论创作》，上海文艺出版社1983年版，第9页。
③ 华林（李金发）：《烈火》，《美育》1928年第1期。
④ 朱自清：《现代诗歌导论》，见《中国新文学大系导论集》，上海良友复兴图书印刷公司，1940年，第351、356—357页。

"母舌太生疏，句法过分欧化"。

20世纪20年代末、30年代初我国出现的新感觉派，则主要是受日本新感觉派小说影响的结果。日本的这一代表人物川端康成说："表现主义的认识论，达达主义的思想表达方法，就是新感觉派表现的理论根据。"① 中国的新感觉派一面译介法国、日本作家的作品，一面身体力行，进行创作，他们崇尚意识流手法、弗洛伊德主义、性意识等，在文坛上活跃过几年，随后就瓦解了。

至于欧洲国家之间，由于地界紧相毗连，历史差异不大，所以国际性的思潮传播十分迅速，它们相互激荡，时时酿成一股股文艺思潮，彼此呼应，形成文艺运动。另一种走向是由发达国家地区的文艺思潮，向社会、经济不发达地区流动。如西欧的文艺思潮对俄国文艺思想影响极大，一般是西欧出现什么文艺思潮，在俄国马上有人传播开来。中国的例子也是如此。但发展到现在，却出现了相反的倾向，例如获得世界声誉的拉美的魔幻现实主义，不仅风靡西欧，同时也强烈地影响苏联和中国。

文学思潮的运动主要是通过文学流派的竞争与更迭而实现的，所以有时流派的运动也可视为思潮的运动。在一种思潮的范围里，可能出现几个流派，它们的审美原则大体一致，对事物的具体感受、描绘的方法，各具风格而相互有别。它们可能寓于一体，同时存在，但也可能前后交叉，以更迭形式出现。不同的流派如果属于一种思潮如现实主义思潮，则一般是竞相争艳，各领风骚，不致形成冲突。如乡土小说繁荣一个时期后，便依次出现社会分析小说、七月派小说等。它们虽然是以更迭的形式出现，但不相替代，主要以各自的成就高低为转移。因此会出现这样的情况，原先暂时隐没下去的流派，在获得新的力量之后，又会在发展、深化中继续出现。如乡土小说、社会分析小说，在我国20世纪50年代、60年代、70年代都遭到压制，80年代则都更新了自己内容，陆续复苏。

在国外同一思潮中的各个流派，如现代主义的各个流派，由于常

---

① 转引自严家炎《论现代小说与文艺思潮》，湖南人民出版社1987年版，第155页。

常一开始就宣布自己的出现是对立于前一流派的,所以更迭的趋势比较明显;而它的衰落,又为另一流派的出现准备了条件。何以会迅速衰颓,为别的流派所替代？主要是它们使用的艺术手段以及表现的范围,比较狭窄,并又把它们绝对化起来。这很容易造成内容上的自我封闭,使自己的形式走向程式化。

二　思潮类型

在文学的发展中,文学思潮的出现,不是作家的偶然结合,而是在审美原则、创作思想以致社会观点上,有着"共同纲领"的一股潮流。文学思潮是文学发展的重要阶段,但是文学的发展,从总体上不应归结为只是文学思潮的演变过程,因为文学过程不仅由文学思潮构成。有时并不存在思潮,但文学发展并未中断;有时某个大作家并未处在思潮的中心,但其影响却很大。不过到了近代,文学思潮与文学发展的关系,变得愈来愈为密切。可以这样说,最近几个世纪,文学发展过程就是各种文学思潮演变的历史,作家已很难置身于文学思潮之外。

文学发展的思想,在我国古代文论中论述极多,但是文学思潮的思想,却是外国传入的。研究欧洲文学,探讨它们的思潮运动,由于有各种主义的标榜,有明确的阶段划分,即使有各种争论,也似乎顺理成章。欧洲一些主要国家的文学,有着共同的发展阶段,因此产生过相似的文学思潮,例如古典主义、浪漫主义、现实主义、现代主义、后现代主义等。文学作为人类精神现象,在不同国家的文学发展中,应该并可能找出某些共同的规律性。但是如果用欧洲文学思潮的标准来衡量我国的文学,却至今是个难题。比较文学研究发现了中西文学中不少共同的现象,但还未能提供文学思潮共同性的阐明。

18世纪、19世纪,西欧作家、理论家就开始注意文学思潮,并对文学思潮类型有所关注。我们在前面提及18世纪、19世纪之交,席勒就提出"素朴的诗"与"感伤的诗"的区别。前者指古典主义,后者指浪漫主义,讲的虽是文学创作类型,但实际上涉及当时出现的两大文学思潮。弗·史雷格尔提出浪漫主义和古典主义的不同,他说

"只有像浪漫主义的诗像史诗那样能够成为整个周围世界的镜子,成为时代的反映"①,并认为任何诗都是浪漫主义的。谢林这时也推崇浪漫主义思想,提出艺术家创作作品,是为了满足他们天赋本质中的一种不可抗拒的冲动。他强调艺术创作中的直观、灵感、天才、无意识。"艺术好像给哲学家打开了至圣所,在这里,在永恒的、原始的统一中,已经在历史和自然里分离的东西和必须永远在生命、行动与思维里躲避的东西,仿佛都燃烧成了一道火焰。"②差不多与此同时,斯达尔夫人在《论文学》一书中,将欧洲文学作了南北之分,宣传浪漫主义文学思潮。她认为,源于希腊,包括希腊人、拉丁人、意大利人、西班牙人、路易十四时代的法国文学,属南方文学。北方文学则有英国文学,德国、丹麦、瑞典等国文学。两相比较,她倾向北方文学,因为北方文学富于想象,能引起人们深刻的沉思。"南方诗歌和北方诗歌不同,它远不能和沉思默想和谐一致,远不能激起思考所能验证的东西;耽于安逸的诗歌是和任何有条理的思想格格不入的。"③斯达尔夫人的这种分类,实际上也是对文学思潮的分类,是日益高涨的浪漫主义思潮的产物。从她对浪漫主义文学和古典主义文学的对比中,我们可以读到,"浪漫文学是唯一有改善余地的文学,因为它植根于我们自己的土壤上,是唯一能够成长并再度蓬勃发展的文学";日耳曼人的诗,"运用我们的一切感受来感动我们:使它产生灵感的天才直接诉诸我们的心灵,仿佛把我们自身的一生都召唤出来,像召唤一个最强大、最可怖的鬼怪一般"④。后来别林斯基、丹纳都做过这种尝试。这既是文学分类,也可以看作是文学思潮的一种划分。

巴尔扎克在论述司汤达的文章中,曾提出当时的文学"有三种面貌",即"形象文学""观念文学"和"折衷主义文学"。这实际上是对当时三种文学的考察,对当时三种文学思潮的对比。关于"形象文

---

① [德]弗·史雷格尔:《断片》,见《古典文艺理论译丛》1961年第2期。
② [德]谢林:《先验唯心论体系》,梁志学、石泉译,商务印书馆1977年版,第216页。
③ [法]斯达尔夫人:《论文学》,徐继曾译,人民文学出版社1986年版,第150页。
④ [法]斯达尔夫人:《德国的文学与艺术》,丁世中译,人民文学出版社1981年版,第50页。

学"，他说："每一代和每一民族，都有哀悼、沉思、默想的心灵，特别嗜好高贵的形象，浩大的自然景物，把它们移植过来。"后来这是指浪漫主义文学。所谓"观念文学"，指"有好动的灵魂，热爱迅速、行动、简洁、冲动、动作、戏剧，避免讨论，不欣赏梦想，然而喜欢结局"，意为古典主义文学。所谓"折衷主义文学"，它"要求照世界原样表现世界：形象与观念、观念在形象之内或者形象在观念之内、行动与梦想"。这一派实际上是指现实主义。在谈及他自己时，他说："我把自己摆在文学上的折衷主义这面旗子底下，理由如下：我不相信17世纪、18世纪严峻方法描绘得了现代社会。"① 当然，后来勃兰兑斯的巨著《19世纪文学主流》一书，从丹纳的基本观点出发，对19世纪上半期欧洲主要国家的文学思潮进行了详尽的分析，而在文学史界享有盛名。这是一部真正的文学思潮的分类研究。我们在前面已指出，19世纪末20世纪初，克罗齐等美学家不赞成对文学也包括思潮进行分类分析，稍后的形式主义者、新批评、结构主义学派对此也不感兴趣。

20世纪60年代苏联文艺界讨论文学思潮时，东方学家康拉德曾提出一个观点，认为席卷过欧洲的文艺复兴思潮，早在8世纪中国就已经开始，然后这一思潮西移，引起欧洲文艺复兴运动，一直延伸到17世纪的大西洋沿岸国家②。也有苏联学者认为，从7世纪到15世纪，是中国文学的文艺复兴时期③。8世纪是唐代中期，7世纪到15世纪大致是唐初到明中叶。西欧的文艺复兴，作为一种社会思潮，是封建制度开始衰落、资本主义逐渐兴起时代的产物。运动是采取复兴古代希腊古典文化的形式，在各个领域宣传人文主义思想。文艺复兴运动反对封建教会，以人性对抗神性或通过宗教改革宣传资产阶级思想，历时几百年，为资产阶级在西欧的胜利奠定了思想基础，所以文

---

① ［法］巴尔扎克：《巴尔扎克论文学》，王秋荣编，程代熙、郑克鲁、李健吾等译，中国社会科学出版社1986年版，第265页。
② 见康拉德《西方与东方》，莫斯科，科学出版社1963年版。
③ 见《东方与西方中世纪文学类型与相互关系》，莫斯科，科学出版社1974年版，第52—53页。

艺复兴不是文学思潮。在这一时期的文学领域里，复兴了古典主义，同时也兴起了现实主义、浪漫主义。如果以文艺复兴来衡量中国，那就不能不指出，这一思潮在中国的兴起要晚得多。中国到宋代才出现资本主义萌芽，到明代中叶才有较快发展，稍后出现了反封建哲学、儒学的民主主义思想，才形成明清之交的这一阶段的启蒙主义思潮。束缚个性自由和歧视妇女的封建礼教，日益受到触动。这一思潮波及文学，使得文学日趋民主化，并形成文学中的浪漫主义思潮。

　　李贽是这一思潮的中心人物，他提倡"童心说"，要求尊重人的个性，批判假道学，影响了一批文人，推动了文学的发展。公安派三袁、汤显祖等人，都是这一文学思潮中的中坚人物。袁宏道提倡"穷新极变"，"文之不能不古而今也，时使之也。妍媸之质，不逐目而逐时"（《袁中郎全集·雪涛阁序》）。他张扬真心、真诚，诗人应"独抒性灵，不拘格套。非从自己心臆流出，不肯下笔。有时情与境会，顷刻千言，如水东注，令人夺魂"；"真人所作，故多真声。不效颦于汉、魏，不学步于盛唐，任性而发，尚能通于人之喜怒哀乐嗜好情欲，是可喜也"（《袁中郎全集·序小修诗》）。在创作方面，《牡丹亭》所以成了"当时浪漫思潮的最强音，正在于它呼唤一个个性解放的近代世界的到来"。有的人认为，《桃花扇》《长生殿》《聊斋志异》等作品，都具有"感伤意绪"，属于感伤主义文学思潮，而把《红楼梦》等作品视为批判现实主义力作。这种文学思潮类型划分，在我国文学理论中是一种新的尝试。

　　过去的文学创作大致可以分成三大类型，一类是倾向于现实生活的现实主义创作；一类是幻想占有优势的浪漫主义创作；一类是象征主义创作。作为非自觉的艺术思维方式的产物，很难说它们能形成思潮。例如《诗经》时期的诗歌，抒情、写实的多，可以算作是写实的源头，但很难说是现实主义文学思潮。思潮的出现，是从非自觉走向自觉的结果，与文学发展过程不同。文学思潮是一种阶段性的审美倾向和艺术情趣的群体性表现，这种阶段从时间上说，有的短到几年十几年，有的长达几十年甚至几百年，连绵不断。因此，它的类型显然不等于文学创作的类型。但是问题的复杂性又在于思潮的类型又不能与创作类型截然划分开来。就是说,要避免混淆,又不能否认它们之间的联系。浪漫主义自有文学以来,就在创作中不断得到体现,而作为浪漫主义思潮,则是后来的事,其基本原则同于创作类型。但又要看到,它在特定的阶段得到了强调,或成了一种主导倾向,获得了新质,成为艺术思维的一种自觉运动。这里的所谓得到强调,就是说在特定的时期,为一定的社会集团的审美趋向、艺术趣味所强化,群体的审美趋向、艺术趣味,促成了文学思潮的产生,如建安风骨、田园诗派、山水诗派、古文运动等,但艺术思维的性质变化不大。当然,愈到后来,文学思潮与创作类型又往往是紧密结合的,如现代主义与后现代主义文学中的各种文学思潮。这时集团的特殊的审美趋向、艺术趣味和艺术思维方式结合成一体,而形成文学潮流。

在这种情况下,把文学思潮大致分为浪漫主义、现实主义、象征主义、古典主义、现代主义与后现代主义等大型文学思潮类型是可行的,这些类型各自又可分成若干类型。

拿浪漫主义思潮来说。在我国,屈原、李白的作品,可以算作是浪漫主义文学,但都未形成思潮。他们两人各以自己的天才,赢得无数的崇拜者,并都难以望其项背,这种情境,在宋代文学中也曾有过。但作为浪漫主义思潮,一直到明清之际才告形成。在西欧文学中,浪漫主义也是源远流长,但作为重要的文学思潮则在18世纪末、19世纪初。如果把中外浪漫主义文学思潮加以综合观察,则可以看出一些共同特点。例如它们都是资本主义萌芽期或资本主义急速发展时期的产物,也即封建主义出现了解体的征兆或急速走向解体时刻的产物。它们都受到社会启蒙思潮的影响,对社会现实不满,要求个性自由,要求张扬人性,但又感到理想难以实现。为了找到这种形式,于是我们看到,在我国的一个时期的文学里,便出现了幻想既作为手段又作为对象的情况,为了爱情生可以死,死可以生,那种在现实生活里不能如愿,就到美丽的虚幻中去实现的佳作,显示出了个性解放的强烈要求。在欧洲文学中,则出现了大量充满公民激情、责任感的佳作,以及面向中世纪生活情趣的诗作。

欧洲文学中的古典主义,一般多指十七八世纪的文学思潮。这既是一种独特的艺术思维方式，又是一种特殊的审美趋向、艺术趣味，但在泛义上也可以把古希腊艺术称作古典主义艺术。古典主义理论家同样提出诗要摹仿自然，但在对于自然的具体解释上，就与现实主义分道扬镳了。原来古典主义者所主张的自然，不是感性的、经验的自然，而是一种要求符合一定理念的自然，要求真实服务于理智的自然，这实际上是一种先验的自然。所以这样，原因有几个方面。一是古典主义不把生活视为一个流动过程，而是视为一种处于既定的静止的主观规定中的形态，它所见到的现实，不是客观时空中的现实，而是处于机械时间、空间中的现实，是缺乏变化的、稳固不动关系中的现实。二是古典主义也讲理想，也写个人情欲，但这是个人绝对服从王权国家的理想，是为这种审美趣味、趋向规范好了的理想。三是这种作品倾向于一种新的和谐，但这是被上述理想所显示的理性强制了的和谐，使得人物极端的类型化。四是古典文学中有一批杰出的作品，但是艺术上的规范化、程式化束缚住了自己的发展，使得不少作品成为说教、训诫性的东西。当然，在古典主义文学中，可以进行分类。有古希腊的古典主义，如古希腊的悲、喜剧创作，这种古典主义常在典范意义上被了解，甚至也常被视为早期的现实主义作品。有17世纪专制时期的古典主义，如拉辛、高乃依的作品；有莫里哀式的古典主义；有启蒙主义的古典主义，如伏尔泰、狄德罗、歌德的作品。当然后一些人的作品并非纯粹的古典主义作品而兼有启蒙主义现实主义的特征。

　　如果以上述古典主义的种种准则来衡量中国古代文学，那么我们可以在经典性作品的意义上去理解它们，但不好把几千年的古代文学划入西欧古典主义的那种框架中去。其中原因，看来主要是西欧文学以叙事、戏剧为主，强调自然、摹写、人物、性格、类型；而中国文学主要是抒情文学，抒情传统。无论《诗经》，无论屈原作品，都是抒情诗歌，表现性的文学。抒情则以抒发感受、描绘意象、意境为主。以抒发感受、描绘意象、意境为主，则不在于单纯叙事，于是难以插入理念，难以形成西欧古典主义式的艺术程式。当然，一，诗歌以抒情为主，自然也有叙事，但叙事的典型形式在很长的时期里不很发达，这是事实。二，在那些叙事作品中，抒情意味仍然很浓。叙事诗歌所描写的特定的生活，完全不像古典主义所要求的那样去进行描绘。像《孔雀东南飞》《三吏三别》《长恨歌》《前赤壁赋》《后赤壁赋》等，是毫无古典主义的肌质的。当我国文学进入叙事、戏剧时代，一部分作品当然具有道德训诫意义，但在对于自然、对现实、对人的理解上，在题材的民主化方面，在艺术形式的演变中，在艺术理想的显示上，与西欧古典主义文学的原则也大相径庭。

黑格尔把艺术的分类划分为象征主义、古典主义和浪漫型艺术，艺术就算完成了自己的发展。从他分析的范围来看，浪漫型艺术包括到启蒙时代艺术、浪漫主义艺术。他以为由于这种艺术"构思方式的主要特征就是内在意义与外在形象的分裂"，"一开始就显出满足于自己的内心生活的更深刻的分裂"，即由于创作主体内在的极端发展，造成作品意义与形象的分裂，于是就使浪漫型艺术走向解体，艺术就被宗教、哲学替代了。黑格尔具体分析这种艺术时有不少地方是很精彩的，如有关主体性特征等，但其结论却是与事实不符。黑格尔逝世于19世纪30年代初，但对20年代已露出端倪的批判现实主义视而不见，当然对迅速发展起来的批判现实主义思潮和20世纪兴盛起来的现代主义思潮，更无缘置评了。

事实上，在黑格尔之后，文学的变化极其迅速。批判现实主义作为现实主义的一种思潮形态，在19世纪30年代的一些欧洲国家，飞速蔓延开来，并且在一些国家都出现批判现实主义的高峰。20世纪，现实主义虽然面临强大的挑战，但仍然继续向纵深发展，批判现实主义仍然发展着，同时又出现了新的类型的现实主义，如苏联的所谓社会主义现实主义，布莱希特式的社会主义现实主义，魔幻现实主义，以及中国式的革命现实主义，等等。至于现代主义及后现代主义文学，这是有着共同倾向、不同艺术特征、反传统的总思潮。其中有许多不同流派，它们各自标榜，如象征主义、表现主义、超现实主义、存在主义、荒诞派、新小说、新新小说、反小说等。这些流派往往风靡一时，带有一定思潮的倾向，使得20世纪的文学获得了新的活力，而呈现出艺术的丰富多彩。

第七章 创作原则原型与类型系统

第一节 创作方式的原型

一 创作方式原型思想

文学思潮与文学发展之间的关系，既处于前后同一过程，不相等同，同时又往往交叉重叠，其中重要原因在于，各种文学思想的兴衰，只是文学发展的组成部分，而不是文学发展的全过程。

文学思潮可分类，文学创作方式同样可以分类，它们各自形成自己的系统。从中外文学理论对文学发展过程的描述来看，目前不少学者都承认文学创作的类型说，即把文学分为浪漫主义文学、象征主义文学、现实主义文学、自然主义文学，以及包括各种派别的现代主义文学。但是对于文学创作类型本身及其划分，意见就有分歧。以现实主义文学为例，一些学者认为，存在神话的现实主义，有的学者则认为中国古代文学中不存在现实主义文学，只有古典主义文学。有的承认存在现实主义，但以为古代文学中的现实主义到唐代才成熟。有的认为现实主义是资产阶级时代的产物，我国古代文学中的现实主义出现于宋代资本主义萌芽期，或明清时期。也有学者认为，中国文学与西欧文学是两种完全不同的文学，现实主义这种外国的资产阶级文学理论，到 20 世纪才被我国资产阶级改良派引进，所以在此之前，在创作上、理论上都谈不上现实主义。但也有学者认为，现实主义贯穿整个文学的发展。在国外，有关现实主义的理论也是众说纷纭。有的学者认为，文艺复兴时期是现实主义的成熟期，有的认为现实主义作为创作思潮出现于 19 世纪。涉及文学发展的前景，不少现代主义的理论家认为,现实主义发展到20世纪已穷途末路,应由现代主义取而代之。

根据上述纷纭的意见,可以考虑两个根本性的问题:一是对于中外文学来说,有无共同规律可循?二是如何清理各种主义在概念使用上的混乱情况?

文学理论中由于各种主义概念的滥用而使不少从事作品批评的人感到头痛,他们提出宁愿多做一些作品的具体研究,少谈或不谈主义,或废止各种主义的使用。例如著名学者洛夫乔伊认为"浪漫派"涵义复杂;用得太滥,以至它本身的涵义都没有了,"它已停止履行一个词语符号的功能",这是"文学史和文学批评的丑事",各个国家的浪漫主义并无共同之点,等等。韦勒克在《文学理论》中很少谈论浪漫主义、现实主义等问题,但当他致力于《近代文学批评史》的宏伟构思和写作时,他不能不对洛夫乔伊进行反驳。他的几篇有关浪漫主义、现实主义概念进行辨析的文章,资料丰赡,观点明确,与《文学理论》中的观点已有所不同。他说:"如果因为专门术语的困难就放弃了对这些问题的研究,在我看来无异于放弃了文学史的最重要的任务。"[1]他认为应该对整个文学进程进行研究,而不是支离破碎地研究。

如果承认文学是人类感情、思想的审美表现,一种审美的精神意识,那么不管民族有别,地域各异,它们在创作、创作方式上是存在着共同性的。根据纷繁的文学现象,我们可以把它看成一个类型系统,而创作类型的本质特征,当然要通过对各种创作的分析而获得。但是我们先作另一种更为基本的分析,即从发生学的角度,追溯文学发展的源头,确定创作活动的原型。毫无疑问,当文学产生的时候,不会有后世的所谓创作原则、方法等观念,但是对最初阶段出现的文学现象,就其创作的方式、精神、类型进行分析,却是可行的途径。

前面在论及文学形式的发生时,曾分析了审美意识的原型,主题

---

[1] [美]韦勒克:《批评的诸种概念》,丁泓、余徵译,四川文艺出版社1988年版,第191页。

原型，审美形式、人物特征等原型。在形成这些原型的背后，实际上还隐藏着一种实现这些原型的创作方式的原型。如果把神话、仪式作为文学发生的总源，后来又出现有关先祖的传说、神奇故事，发生了神话的非仪式化与世俗化的非神圣化，加强了自觉虚构的成分，然后逐步向文学的前形式与初生形态过渡，那么神话、传说、神奇故事的非自觉与自觉的创作方式，同样是后世文学创作方式的原型。在神话、仪式、歌唱、传说中，已出现了多种审美把握世界的方式的萌芽。神话思维作为一种混合思维，就包含了多种思维的成分。神话的流传，如前所说，必须靠讲述与秘密传授，才能代代相传。与叙述、传授相辅相成，神话常在仪式上被操演而得到具体描绘，这时有种种隐语、咒语、暗示，并夹杂着操作者的情绪抒发。这种操作固然为了达到实利目的，但他的讲述与操演又不是实利目的本身，因此它的表现过程与目的，就不能不被赋予一种象征意义。隐语、咒语是为了达到某种目的，而不是目的自身，所以它们不能不是一种象征。同时在原始游乐的仪式、歌舞中，初民的强烈的野性的感情的宣泄，也形成了抒情的萌芽。这样，我们可以把抒情、夸饰、神奇虚幻、象征、讲述（也是叙述）这些非自觉的审美把握世界的方式，看作是后世各种创作方式的原型。

神话充溢着浪漫精神与象征精神。由于初民难以把自己的认识与幻想分开，所以他们所创造的神话，也就是一种掺杂着强烈主观情绪的虚幻世界，想象的世界，是一种初民认识不可企及的但又表现了他们崇敬、理想、祈求的神秘世界，一种象征世界。

从今天的目光来看，这种象征世界充满了暗示与比喻。暗示与比喻是象征的主要内容与手段。当然，暗示也好，比喻也好，它们本身有其自身的内涵，不能简单地等同于象征。神话的想象世界是浪漫型的，它处处是无垠的幻想与夸张；同时神话的意义又是象征型的，它并非内容的直接表现。神话的象征，是一种不自觉的象征，非局部的象征，而是一种总体象征。黑格尔说："象征一般是直接呈现于感性观照的一种现成的外在事物，对这种外在事物并不直接就它本身来看，而是就它所暗示的一种较广泛较普遍的意义来看。因此，我们在象征里应该分出两个因素，第一是意义，其次是这一意义的表现。意义就是一种观念或对象，不管它的内容是什么，表现是一种感性存在或一种形象。"他又说："象征型艺术的起点就是艺术内容意义和所追求的象征表现形式之间的虽未分裂而在结合之中却仍有矛盾的那种带有神秘意味的不巩固的统一，这是一种地道的不自觉的原始象征方式。"① 例如女娲作为初民观念中的祖先形象，被描绘成一位有女人的头、蛇的身体的人物。把人头与蛇身结合起来，把祖先想象为人与蛇的联合体，这种稚气的构想，充满了浪漫色彩，但从形象整体，从它复合的目的与功能来看，从其力图表现的深层意义来说，则明显是一种象征。这是地道的具有神秘意义的不自觉的原始象征方式，采用这种方式与初民的图腾崇拜宗教观分不开的，"象征的各种形式都起源于全民族的宗教的世界观"。

随着艺术思维独立化趋向的日益加强，神话世界的逐渐淡化与瓦解，后世的人们可以在前人的创作方式中看到，总体象征的神秘的世界的描写，缓慢地向现实世界描写过渡，强烈而虚幻的主体感情相应面向人世。在神话之后的一些传说、寓言、故事中，象征的倾向虽然保留着，但是由于描写的对象愈益世俗化，所以相对地说，传说、故事里的象征较之神话里的象征同样向世俗化转化，神秘色彩大为减弱，非自觉大为淡化而仍保留着，自觉因素大大增加，比喻偏向于明喻。当然，像比较原始的寓言这种体裁，主要是偏向于总体象征的。

我国用文字记载下来的古代诗歌，在艺术上是相当完美的；它们自然是经过了加工选择了的。《诗经》所选入的诗作，已失却了原始色彩，不见了奇幻、夸饰与神秘，却更多的是抒情言志，和对生活的真实感受的描绘，进入了文明的创造。至于《楚辞》，如前所说，在内容的表现上，似乎是更早于《诗经》的，而在语言形式上更趋于成熟。《诗经》与《楚辞》，作为中国文学的源头，我们从中可以看到从神话、仪式、故事演变而来的三种创作方式与精神，即象征型的、浪漫型的和写实型的。这里需作说明的是，后世形成的象征主义、浪

---

① ［德］黑格尔：《美学》第 2 卷，朱光潜译，商务印书馆 1979 年版，第 10、26 页。

漫主义与现实主义，都是历史发展的产物。在漫长的发展过程中，形成了有作为创作精神的象征主义，浪漫主义和现实主义；有作为创作原则的象征主义，浪漫主义和现实主义；和有作为创作的具体手法的象征主义、浪漫主义和现实主义。

所谓创作精神，这是对创作方式、思想的一种广义理解，说的是作品所表现的主体精神与倾向。作为前文学的神话来说，这是一种非自觉的总体象征，后来的初期文学也充满象征色彩。这里的总体象征与局部象征显然是一种创作精神与倾向，而非创作原则，对于浪漫精神来说也是如此。那种与神话、传说关系密切的早期文学，有的充满浪漫精神，如果有人说是浪漫主义，那么也只应从浪漫主义的倾向上去了解它。至于那种倾向于写实、描绘现实人的真实感受的创作方式，则也只能用写实精神给以规范。这几种创作方式，实际上就是创作方式的原型，它们的绵延发展。有的学者说，现实主义、浪漫主义贯穿整个文学发展，对此，我们只能理解为创作精神，而非原则。浪漫主义精神、现实主义精神，一般适用于描绘文学初期发展阶段，如果也应用于后来的文学，那自然是在泛义上使用。至于创作原则，一般是指创作发展到比较成熟的阶段才出现的创作方式，其标志是创作者已形成了理论的自觉，有了相当完整的创作主张，从而形成了浪漫主义、象征主义、现实主义创作原则。此外，还有与创作的精神、原则相应的创作的具体方法，可以称它们为浪漫主义方法、象征主义方法、现实主义方法。当然，整个文学的演变中，也有其他的原则与方法，但可以相应地归入上述三种创作精神、原则的原型。

二　创作方式的原型、范式的确立

创作方式的发展就是创作方式的演化。如何演化？我们在第二章已触及这一问题，即找出前文学向文学过渡的审美中介。前人一般把赋、比、兴看作是作诗方法，形象思维。我们在此基础上，把赋、比、兴视为前文学向文学过渡的审美中介，审美思维的本质特性，艺术地把握世界的思维原型，从这里来观察创作方式的演化。

在比、兴的运用方面，比较一下《诗经》与《楚辞》是有意思的。《诗经》中的比兴，一般出现于每章之首，以引起所咏之词，比喻多为明喻，也有暗喻；兴则多为"援物入诗"，所引对象多为歌者所见之物，一种已成为文化积淀的无意识象征，如鸟、鱼、乔木等。这种方式一面表现了主体审美感受能力的发展，产生了抒情的效果，由于所援之物与所叙内容极为密切，使所引之物成为所叙对象的组成部分。但另一面，有时所援之物只是为了引起所咏之词，本身意义不很明显，与所写内容甚至有些脱节。

《楚辞》则有所不同。有的学者在谈到楚辞中的兴时指出，它"运用了多种多样的物象，而且赋予它们丰富的社会意义和社会内容"；赋中的比、兴，"是诗歌形象的不可分割的组成部分"。屈赋"使比、兴与赋巧妙结合"①。我以为这些见解是很对的。一，《楚辞》虽然也"援物入诗"，但所援之物十分广泛，从自然界的花草树木、珍禽异兽，直到历史人物、社会现象，都可成为比兴。二，楚辞中的被援之物，并不总是被置于诗的开端，而是插入诗中，自由驱使，随处采用，使诗的形式发生了重大变化。三，它们被引入诗中，又都被作者赋予了一种善美、丑恶的评价。前人王逸在《离骚经序》中说："《离骚》之文，依诗取兴，引类譬谕。故善鸟香草，以配忠贞；恶禽臭物，以比谗佞；灵修美人，以媲于君；宓妃佚女，以譬贤臣；虬龙鸾凤，以讬君子；飘风云霓，以为小人。"四，从比、兴的功能看，《楚辞》已不把所引之物单纯视为起兴之物，这里的所引之物与所叙之事，与人的感情、情绪、好恶结合到了一起，使比、兴与赋，不可分割地融为一体，弱化了相互脱节的现象，从而进一步使文学走向文学。五，需要特别指出的是，《楚辞》与《诗经》中的诗作不同，在于后者的比、兴，是绝对来自现实的象征的事物，它们烘托出来的气氛，是与现实人的情绪、心理相吻合的，所以具有写实精神。《楚辞》的比、兴，既有现实的抒写，也有奇特的幻想，而且主要以后者为主。这样烘托出来的气氛，就具有浓郁的浪漫主义特色，而其描写出来的世界，就往往成为一种象征的世界。在这里，浪漫主义精神与象

---

① 赵沛霖：《兴的源起》，中国社会科学出版社1987年版，第196、197、198页。

征主义精神是结合一起,浑然一体的。当然,从总体上看,《楚辞》表现了超现实的创作精神,但又是指向现实的。

与《楚辞》相比较,《庄子》中的赋、比、兴的使用,又是一种格局。《庄子》中的一些著名篇章,作为赋体散文,有不少神话、传说,自由幻想与夸饰,蒙上了一层奇异的色彩。李白在《大鹏赋》中说:"吐峥嵘之高论,开浩荡之奇言。"这些寓言、神话传说中的"高论"与"奇言",写得神采飞扬,无拘无束,但是它们却不是目的自身。这里就不能不观察一下作者的写作情绪了。有两种情况,一种是作者的情绪虽然倾向幻想世界,但其根本精神是落地生根的;一种情绪则由于愤世而至弃绝尘世,终至超然物外,投入清静无为。庄子的精神显然属于后者。《庄子》不少作品,是一种宣扬上述哲学精神的道的作品。这种道充斥于宇宙,只可意会,不可言喻,但总要设法说出来,使其获得表现,于是便采用了寓言与神话。神话描写的是幻想的浪漫世界,寓言则用极其夸张的手段讲述十分真实的故事。作者借用神话、寓言的具体的幻想形象与现实形象,来揭示社会中的丑陋、险恶,来暗示一种不可捉摸的无为的理想,一种渴望完美与自由、人格的独立不羁的逍遥精神,一种充满辩证精神而又具有浓郁的虚无色彩的人生哲理。在这里,比、兴是一种总体的艺术描写,是充满浪漫精神的,它们显示了一种超脱、旷达、飘逸、无为、清静、恬淡的返璞归真的境界。但是它们的艺术指向与功能,又不在于其自身的描写,而是一种总体象征的艺术追求,是充满象征精神的。"庄子寓真于诞,寓实于玄,于此见寓言之妙。"其文"无端而来,无端而去",又是"意出尘外,怪生笔端"①。在"寓言"、在"怪"之中,总是喻中设喻,喻后出喻,明喻、暗喻层出不穷的景象,显示出生存的凶险的处境与荒诞。庄子提出的"得鱼忘筌""得意忘言",是理解《庄子》比、兴与以往的比、兴以及浪漫精神与象征精神不同的关键。"筌者所以在鱼,得鱼而忘筌","言者所以在意,得意而忘言"。这样看来,幻想、夸张的比兴所作的铺叙、取喻、抒写,也即言,不

---

① (清)刘熙载:《艺概》,上海古籍出版社1978年版,第7、8页。

过是达到意的手段。言的目的在意，而得意后就不必顾及言，于是意从言来，又言意相分；意在言外，形成言在此而意在彼，不相一致，而显得意象朦胧；从中悟出道来，这是象征精神了。

考察《诗经》《楚辞》和《庄子》中的赋、比、兴的运用和变迁，可以毫不夸大地说，赋、比、兴的出现与它们的逐渐融合，是人的审美感受力的一次重大飞跃，其结果是人在自己的审美活动中，通过艺术的语言，使审美活动最终有序化、形态化，并使这种形态有别于前文学，创造出现了现代意义上的文学。其次，赋、比、兴的融合，凝聚成了一种审美结构力，从创作总体上说，即艺术地把握世界方式的动力系统，即前面所说的审美反映结构。从创作来说，由于赋、比、兴的运用总是带有主体的个性特征的，因此赋、比、兴的运用总是千差万别的。但从文学由前文学演化而来而言，从创作方式的类型而言，可以大体分辨出三种创作方式的原型，即我们在前面提出的浪漫精神、象征精神、写实精神。这些类型逐渐被建立起来，就慢慢地演变为范式而获得相对的稳定性。可以看到，后世文学的演变，大体是在这种范式中采用多样形式发生的。

第二节　文学创作方式的多向流变

一　浪漫主义、象征主义与禅趣、现实主义

先谈浪漫主义文学。屈原之后，浪漫主义并不发达，直到李白的出现才又形成浪漫主义的高峰。李白的作品极富豪情仙风，如凭虚御风，凌驾于生活之上，纵横于仙境之中，具有超越现实、藐视世俗的气概。方孝孺在《李太白赞》中写道："麟游龙骧，不可控制。秕糠万物，甕盎乾坤。狂呼怒叱，日月为奔。或入金门，或登玉堂。东游沧海，西历夜郎。心触化机，喷珠诵玑"，极写李白诗作的超脱，风流潇洒，无穷变幻。后来有《西游记》《聊斋志异》《牡丹亭》等浪漫主义文学的崛起。睡乡居士在《二刻拍案惊奇》序中写道："有如《西游》一记，怪诞不经，读者皆知其谬。然据其所载，师弟四人，各一性情，各一动止，试摘取其一言一事，遂使暗中摹索，亦知其出

自何人,则正以幻中有真,乃为传神阿堵,而已有不如《水浒》之讥,岂非真不真之关,固奇不奇之大较也哉。"《聊斋志异》专写狐魅花妖,但别具奇托,以泄孤愤。作者自己说:"集腋为裘,妄续幽冥之录;浮白载笔,仅泄孤愤之书。"作者认为自己的创作与屈原、李贺同一路子。《牡丹亭》用抒情手法写成戏剧,写为爱情而死,为爱情可以死而复生,高扬个性的自由解放与觉醒,成为传奇剧之冠。在这种虚幻中,作者认为存在"真趣",虽写到许多非人间现象,但"意有所荡激,语有所托归"。因此,虽是"奇辟荒诞,若灭若没,可喜可愕之事,读之使人心开神释,骨飞眉舞"。从这里,我们可以概括中国浪漫主义创作原则。一,那就是人与自然与非人世的融合,就是多写幻想世界,神话传说,太虚仙境,鬼怪神灵,狐魅花妖,人与自然。人走向自然,进入幻想的世界,仿佛就像在现实中一般,通过自己与幻想的人物、鬼怪、仙人,演绎人间生活。二,描写奇幻、荒诞、怪异的事物,目的使人心开神释,寄寓着一种超脱世俗的理想与豪情,或是寄托着作者的孤愤激情。三是这一原则,主要使用奇特、虚幻、怪诞、象征的手段,把想象推向极致。如果这一概括大致反映了我国文学中的浪漫主义的主导方面,那么我们自然也会发现与西欧文学中的浪漫主义的某些共同特征,关于这点,下文将会论及。

  前面谈到,《庄子》中的寓言大都是象征性的,并且言意时分,还有理论,较早地就表现了理论的自觉。在后世文学的发展中,象征精神在创作中是有所表现的,但是要用象征主义来阐释我国的文学现象,是不易说清楚问题的。主要是我国古代文学有着自己的发展轨道。在后世的文学发展中,庄子的道家艺术精神与魏晋以后形成的禅宗艺术精神影响极大,象征精神则主要表现于那些体现了道家情趣与禅趣的诗文中。魏晋以来,由于统治阶级的禁锢政策,玄学、清谈大为流行,它们与老庄思想结合起来,使文学创作大受影响。不少文士接受了"得意忘言""言不尽意"观念,并成为文学创作中的一种意境的追求。最易使人想起来的是陶渊明的"采菊东篱下,悠然见南山。山气日夕佳,飞鸟相与还。此中有真意,欲辨已忘言"中的最后两句,极好地体现了"得意忘言""言不尽意"而形成的"意在言外"的象征意境。随后，玄言诗走入旁门，引起了"庄、老告退，而山水方滋"的局面。其实崇尚自然，正是庄老思想的另一个方面，因此说玄学、清谈告退似乎更为合适。同时，魏晋之后，佛学思想得到迅速的传布，又使文学思想更加丰富起来。

在道家思想与特别是在佛学的思想影响下的作家，创作了大量山水田园诗作，这些诗作寄情山水、田园，但显示了一种耐人寻味的人生哲学与禅趣，它们当然不是禅家学说的直接描写，而是在山光水色、阴晴变幻中写出一种自然、人生的意境，追求着那种"言外之意""韵外之致""言外之音""景外之景""象外之象"，即事物背后特有的深层的神韵趣味。在这里，现实生活的物象画面，清晰可见，但在它们的背后却寓有一种独特的情趣，隐藏着一种空灵、朦胧的寓意，不可言传，但可意会。这种表现，与浪漫精神的表现不同，如果浪漫精神以强烈的幻想、主观的尽情抒发取胜，则象征精神通过客观图景的物象抒写，往往表现了一种充溢着人生意蕴和哲理意味的风致神韵，在主客观的融合中，显示出一种超越客体图景的极富机趣的境界。王士禛说："唐人五言绝句，往往入禅，有得意忘言之妙，与净名默然，达磨得髓，同一关捩。"① "木末芙蓉花，山中发红萼。涧户寂无人，纷纷开且落。"（王维：《辛夷坞》）像这一类诗作，用一般的"真实描绘"，难以说明它的内涵。一，它们不仅具有现实感的真实，而且还有一种言意不一的深层的真实，一种象征的真实，一种禅趣。二，而且还是多意性的，读者可以随自己的情绪引发的自由想象，去体味个中涵义。李贺、李商隐的不少无题诗中，象征与比兴结合，物象为心象所融铸，形成象征主义所特有的那种广泛暗示。它们所显示的内涵，已有别于前一种象征诗作的寓意。它们表层揭示的常常是一些似乎是缺少联系的物象和意象的结合，但是在各种暗示中却潜藏着一种曲折、含蓄、朦胧的人生意蕴，那种只能令人意会而分外令人玩味的诗韵。

随着赋、比、兴的全面发展，倾向于写实，描绘现实人的真实感

---

① （清）王士禛：《带经堂诗话》上卷，人民文学出版社1982年版，第69页。

受的创作方式在文学创作实践中形成了一种极为重要的倾向。这种创作方式,可用现实主义精神或原则给以规范。

现实生活的描绘愈是具体化,便出现了从描写走向人物的塑造,也即人物趋向性格化。同时人的社会的自然欲望及其命运,他们的精神生活的需求,渐渐成为创作的主要对象。这种种现象,我们可以从《史记》、古诗、唐诗,特别是白居易的诗作和被人称为"诗史"的杜甫的诗中看到,可以从明、清小说中看到。这类作品当然贯穿着现实主义精神,但是进行具体概括,现实主义精神概念就不够了,特别是它们受到一种理论的指导,形成一种创作原则,这就是文学创作中的"实录"思想。我国古代文史不分,史学家班固提出的"实录"思想,对后世的文学发展起了极大的影响。班固谈到司马迁的时候说:"然自刘向、扬雄博极群书,皆称迁有良史之才,服其善序事理,辨而不华,质而不俚,其文直,其事核,不虚美,不隐恶,故谓之实录。"白居易主张"诗歌合为事而作","直歌其事"。其后,李贽有"童心说",提倡创作的真诚与真实。更有意思的是《红楼梦》作者曹雪芹在其充满了虚幻、象征的第一回里,也宣告了"实录其事"的创作原则。从这一线索来确立现实主义原则,是比较合理的。

现实主义的创作原则在不同体裁中表现并不一致。我国古代文学以诗为正宗,其主流形成了伟大的抒情传统。抒情诗中,感怀的诗极多,就是在记事、叙事诗中,抒情的成分也很突出;但更多的是写景、抒情的诗作。在这种短小的形式中,有的抒情诗以写景为主,作者意在描绘,意藏于言,词尽意出。在另一类描绘山水、田园的诗作中,诗人追求的是其生命的内在的情趣与独创的意境,一种深沉、阔大的情思。这类抒情诗可以是现实主义的、浪漫主义的,或象征主义的。

小说的创作原则更趋向于实录。我国小说艺术发展较晚,但近几百年间发展较快,形成现实主义的创作原则。小说发展线索较为复杂,说史是一个重要方面,而世俗生活的描绘,又是一个重要方面,它的"实录"思想体现于人物描绘,性格刻画,个性化,对人的自我意识的觉醒和命运的关注,细节描写,对结构艺术的多种把握。小说的"实录"是有闻必录？是实书其事？是摹仿？并非如此。《警世通言叙》说："人不必有其事，事不必丽其人。其真者可以补金匮石室之遗，而赝者亦必有一番激扬劝诱，悲歌感慨之意。事真而理不赝，即事赝而理亦真，不害于风化，不谬于圣贤，不戾于诗书经史，若此者其可废乎？"说的是事实的真假，无碍于小说的真实。

小说出于虚构，只要所写的人和事合乎情理，价值自在其中。金人瑞在论及《水浒》时，提出人物性格的描写："《水浒》所叙，叙一百八人，人有其性情，人有其气质，人有其形状，人有其口声。""写一百八个人性格，真是一百八样。"曹雪芹说写小说要"实录其事"，不能"谋虚逐妄"；他反对历来野史"皆蹈一辙"，才子佳人，千人一面，即使环婢开口，亦"者也之乎，非文即理"，不合情理，自相矛盾。他提出"竟不如我半世亲睹亲闻的这几个女子，虽不敢说强似前代书中所有之人，但其事迹原委，亦可以销愁破闷也"，"其间离合悲欢，兴衰际遇，俱是按迹寻踪，不敢稍加穿凿，至失其真"。曹雪芹一面强调生活之真，另一面又提出"因曾历过一番梦幻之后，故将真事隐去"，"用假言村语，敷衍一段故事来"。这是要求小说创作来自现实生活，但又必须通过虚构、改造，使得创作"新奇别致"。在创作中"取其事体情理"，对故事要求是如此，对人物语言要求同然，这才不致使人物落入旧套。在小说结构上，通过对大观园建筑的评述，描绘了中国园林营造之原则，并在实践中，也提供了气势宏伟，开合自如，异峰突起，小桥流水的大观园式的小说结构，走向中国现实主义小说艺术的高峰，确立了现实主义小说创作的原则。

二　19世纪前外国文学中的多种创作原则的演变

由创作方式原型演变而来的三种基本的创作精神与原则，对于外国文学的发展也是适用的。

古印度的史诗创作，极为发达，据说其量超过了历史著作。其中如《罗摩衍那》与《婆诃摩罗多》等史诗，都享有世界声誉。前者描述十车王之子罗摩与他妻子悲欢离合、降妖伏怪的故事，后者描写了俱卢族与般度族大战的故事，是一种神话传说。史诗作为一种叙述文体，往往与历史描写结合起来，但其本身的写作，具有浪漫主义精神，而且由于插入大量神话传说，又往往使这类作品诉诸象征。

　　古代欧洲文学中的长篇史诗，与印度史诗有着类似之处，它们把英雄祖先与神话、传说人物结合一起。这种长篇巨著在创作方式上，必然带有上述几种创作方式的特征。即使稍后的希腊悲剧，不仅具有浪漫主义精神，而且也不乏象征色彩。吉尔伯特·默雷在《古希腊文学史》中，曾谈到欧里庇得斯晚年的两个剧本《海伦》和《安德罗默达》是"纯属浪漫主义的"①。在著名的《俄狄浦斯王》中，人物悲剧的死亡，既是宿命的，也有深刻的象征意味。同时，古希腊的哲学、历史也很发达，其成就虽较悲剧、喜剧创作逊色，但如柏拉图式的对话录，伯罗奔尼撒战争的长幅描写的写实风格，无疑对后世的叙事文学也发生了影响。

　　西欧中世纪文学有几种类型，一种是宗教文学，主要描写基督、圣徒故事，宣扬世俗生活罪恶，以及各种赞美诗等。它们都用叙述、象征手法。这类作品意在彼岸世界，往往是一种总体象征，而在描写方法上，广泛使用象征手段，如十字架表示受难，橄榄枝代表和平，等等。一种是英雄史诗，描写英雄人物战胜妖魔鬼怪歌颂民族祖先的业绩。作品的浪漫主义色彩浓烈，广泛采用寓意、象征。再一种是骑士传奇，大都描写爱情、传奇、荣誉、忠诚，富有冒险的浪漫情调。作为中世纪的最后一位伟大诗人但丁的创作方式，我们可以说，他的"地狱""炼狱""天堂"的构思与描写是浪漫主义的，具有浓重的宗教、传说成分；它的寓意是充满象征主义精神的，它的指向则是现实主义的。

　　随后是文艺复兴时期。文学面向世俗，面向现实，使神性世俗化。为此目的，这一时期的大艺术家都主张文艺要模仿自然，追求世俗的真实。芬奇说："画家的心应当像一面镜子，将自己转化为对象的颜色，并如实摄进摆在面前所有物体的形象。应该晓得，假设你不

―――――――――

①　［英］默雷：《古希腊文学史》，孙席珍、蒋炳贤译，上海译文出版社1988年版，第274页。

是一个能够用艺术再现自然一切形态的多才多艺的能手，也就不是一位高明的画家。"① 芬奇以再现的理论为指导，创作了不朽的《蒙娜丽莎》。卜伽丘的小说歌唱爱情、智慧、友谊、平等，他以为爱情是人的天性。他的小说创作方式竭力揭示生活真实而全面倾向现实主义。为了使文学面向人世，卜伽丘首先看重的是真实情况。因此，当有人攻击他的故事与真相不符，他在《十日谈》的一则故事中说："这些故事我都是用不登大雅之堂的佛罗伦萨方言写成的，而且写的还是散文，又不曾署名，只是平铺直叙，不敢有丝毫卖弄。"卜伽丘以自己的现实主义创作而独树一帜。著名意大利文学史家桑克蒂斯评价卜伽丘的小说时写道："这是新的'喜剧'，但不是神的喜剧，而是人世的喜剧。披上斗篷的但丁消失了。中世纪及其幻影、传说，秘密的宗教仪式和恐怖，同它的阴影和迷离恍惚被逐出了艺术的殿堂。卜伽丘喧嚷地进入这一殿堂，会长久地吸引着整个意大利。"②

莎士比亚的作品里有历史事迹、传说，也有梦幻般的童话仙境。他的创作方式既有浪漫主义的一面，又有现实主义的一面。歌德在《说不尽的莎士比亚》一文中，谈到莎士比亚的著作的"伟大基础是他生活的真实和精悍。因此，来自他手下的一切东西，都显得那么纯真和结实"③。莎士比亚真实地感受世界，独特地说出自己内心的感觉，是"更高度地引导读者意识到世界的人"。他通过自己的作品，让"我们突然发现自己，是道德和罪恶、伟大、渺小、高贵品性败坏者的亲信，并且这些事物，甚至更多的事物，都是通过最简单的方法达到的"④。在歌德看来，由于莎士比亚创作价值主要以现实为基础，所以他不属浪漫派一类，而宁可说是属于素朴的那一类，也即古典主义的一类。莎士比亚创作中引进了大量的幻想、鬼魂、精灵、仙女、

---

① [意] 达·芬奇：《芬奇论绘画》，戴勉译，人民美术出版社1979年版，第41页。
② [意] 桑克蒂斯：《意大利文学史》第1卷，俄译本，苏联外国文学出版社1963年版，第419页。
③ [德] 歌德：《说不尽的莎士比亚》，见杨周翰编选《莎士比亚评论汇编》（上），中国社会科学出版社1979年版，第301页。
④ [德] 歌德：《说不尽的莎士比亚》，见杨周翰编选《莎士比亚评论汇编》（上），中国社会科学出版社1979年版，第298页。

女巫、疯癫、梦魇、预言、异兆,等等,它们是被作为生活的一部分来对待的,因此也是真实的。正如莱辛所说:"整个古代是相信过鬼魂的。古代剧作家有权运用这种迷信;当我们在舞台上表现他们的剧作中出现死者时,如果按照我们的进步见解来处理这个过程,那就不合理了。"① 但是这种方式又无疑是浪漫主义的。

拉伯雷反对中世纪封建社会、经院哲学与一切禁锢人的思想、嘲弄封建骑士制度。他采用讽拟体,借用民间传说,使之与夸张、象征相结合,创造巨人形象,他歌颂"自由意志",暴露旧势力的丑陋,显示人文主义的力量。他的人物从现实走入幻想,又从幻想走入现实。巴赫金把这种创作方式称作"怪诞的现实主义"②。实际上可能更要复杂一些。这里既有怪诞的现实主义,也有中世纪文学特别是民间文化中的浪漫主义。再看《堂吉诃德》。塞万提斯在小说前言中就宣布了自己的原则:"描写的时候摹仿真实:摹仿得愈亲切,作品就愈好。""尽你的才力,要把讲的话讲出来,把自己的思想表达清楚,不乱不涩。"这些写作要求,在于清除骑士小说的影响。小说通过人物对话宣扬戏剧的原则就是摹拟真实,是人生的镜子。令人感兴趣的是这镜子却不是逼真地摹仿真实,而是反映了渗入象征的真实。

从文艺复兴时期这些伟大作家创作来看,创作方式表现为一,力图摆脱中世纪的封建教会的束缚,面向世俗,从神性走向人性,反对禁欲主义,提倡人的天性。二,要做到这点,就必须反对中世纪骑士文学的虚假做作,浪漫情调,提倡镜子说,摹仿说,摹仿自然,推崇现实的真实感。莎士比亚说:"演戏的目的,从前也好,现在也好,都是仿佛要给自然照一面镜子,给德行看一看自己的面貌,给荒唐看一看自己的姿态,给时代和社会看一看自己的形象和印记。"《哈姆雷特》台词上面看到,塞万提斯持同样观点。三,在这些作家强调摹仿真实的时候,并未把创作等同于现实,而是广泛地使用了传说、神

---

① [德] 莱辛:《汉堡剧评》,张黎译,上海译文出版社1981年版,第59—60页。
② [苏] 巴赫金:《果戈理与拉伯雷》,见《巴赫金全集》中译本第4卷,河北教育出版社1998年版,第8页。

话，乃至荒诞、象征、夸张、幻想等手段，初步形成了现实主义的创作原则，而具体到不同作家，就出现了不同特色的现实主义。

在文艺复兴时期文学与18世纪末浪漫主义文学兴起的中间阶段，从文学创作方式上看，存在着古典主义文学思潮。这种创作原则要求摹仿自然，注重道德教育作用，有人把它视作现实主义的一个派别。古典主义文学是政治性非常强的文学，它是一种适应十七八世纪欧洲一些国家巩固封建王权的文学。它静止地了解生活，按照专制等级制度来划分文学题材，崇尚古代，从历史、神话、传说中寻找现成的情节人物，多写他们在国家、民族统一中个人与社会责任感的冲突；它提倡个人服务于社会、人类的崇高典范，谴责堕落，唤醒公民责任心，但又使人物抽象化，使其变为某种观念欲望的体现，把个性融入一般，充满宣传、训诫气氛。它在结构上提出三一律，形成一种静止的刻板模式。古典主义创作方式在其时代发生了重要影响，按照这种方式也创造出了不少高度艺术性的剧作。但当封建专制走向解体时，它的规范化与程式化的原则就越来越不能适应新的文学发展的需求了。

第三节 浪漫主义

浪漫主义文学思潮兴起于18世纪末，这与欧洲封建专制走向衰落以及法国大革命的影响有关。德国浪漫主义力量雄厚，发展迅速，有着明显的历史原因。德国启蒙运动时间短，力量较弱，资产阶级未能形成一支左右社会的力量。科学的昌明，唯理性主义与经验主义的发展，并未使人的地位获得改善。这种情况，首先引起了哲学家的思考，对纯粹理性进行批判，突出了人的自我价值、感情、直觉的探索。德国哲学企图通过美的探索，来获得人类发展的终极答复。德国文学中的浪漫主义运动，显然受到这种浪漫主义哲学的影响。弗·史雷格尔在描述浪漫主义的诗歌运动时说："浪漫主义的诗是包罗万象的进步的诗……它的使命不在于把一切独特的诗的样式重新合并在一起，使诗和哲学同雄辩术沟通起来。它力求而且应该把散文、天才和批评，人为的诗和自然的诗时而掺杂起来，时而融合起来。"他又认为，只有像浪漫主义的诗像史诗那样能够成为整个周围世界的镜子，成为时代的反映。史雷格尔认为，浪漫主义永远处于发生之中，永远不会臻于完成，"唯有它是无限的和自由的，它承认诗人的任凭兴之所至是自己的基本规律，诗人不应当受任何规律的束缚"①。史雷格尔的这一描述，说明了浪漫主义已汇成一股思潮，左右着整个文学创作。他把这种文学视为最能反映时代的镜子，认为浪漫主义诗人不承认任何戒律，是最自由的人，他们的作品永远不会成为规范化的东西。所有种种，无疑都是针对古典文学而说的。

　　浪漫主义在欧洲有无成为一个统一的运动？这一问题在西欧学者中间是有争论的。亨利·雷马克曾著文介绍了持各种观点的浪漫主义理论。他指出，不少人认为，浪漫主义根本不能缩成一个公式，"作为浪漫主义基本要素的独特性和不定性，不允许有一种普遍的界限分明的教条"②。一国的浪漫主义和另一国的浪漫主义之间的差异，掩盖了可能存在的相似之处。可能存在一个浪漫主义时期，不同的浪漫主义作家和特征，但不存在统一的浪漫主义，持这种观点的有阿瑟·洛夫乔伊，我们在前面做过介绍。洛夫乔伊只是主张研究作家特征，不主张去分析一种单一型的浪漫主义。克罗齐也持这种观点。他认为文学研究主要是分析杰出的名作，一个作家的作品与其他人的作品，甚至与作家本人的其他作品都没有关系，而应作为一种独立存在加以考察。这种研究自然也是必要的，但是"如果他的理论完全接受的话，又会在文学史领域造成严重混乱，并使'浪漫主义'这样的时期的概念随之告终，随之而来的将是孤立的名著散布在……一片空白的地图上。"③另一种观点以韦勒克为代表，他倡导一种"泛欧浪漫主义概

---

　　① [德]弗·史雷格尔：《断片》，载《古典文艺理论译丛》1961年第2期，人民文学出版社，第53、54页。
　　② [美]亨利·雷马克：《西欧浪漫主义：定义与范围》，载《中国比较文学》1985年第1期，浙江文艺出版社，第325页。
　　③ [美]亨利·雷马克：《西欧浪漫主义：定义与范围》，载《中国比较文学》1985年第1期，浙江文艺出版社，第325页。

念",他认为"对作为一种国际运动的浪漫主义下定义不是没希望的"。他在《文学史上浪漫主义的概念》一文中,提出了评价作为统一运动的浪漫主义的三个尺度,即想象,作为世界观沉思对象的大自然,构成诗的风格的象征与神话①。他进一步指出,没有一种有相互关系的自然观,就不了解象征与神话的意义,没有象征和意义,诗人就难以洞察它们的真实,而没有想象创造力的认识,就不会有理解大自然,就不会具有一个象征体系。我们在前面概括中国文学浪漫主义特征,与韦勒克的说法不尽相同,但有一致之处。对浪漫主义作为一种普遍的文学运动除三特征说外还有"自然主义""中世纪精神""先验主义"的观点;"无限性""个性"与"社会性"的观念;"有机性""能动性"与"多样性"的观点。雷马克从浪漫主义作家"对过去的态度""总的态度""作品"等几个方面,列出"西欧的浪漫主义的要素",把有关浪漫主义讨论中涉及的种种因素搜集一起,做了分类②,这对全面了解浪漫主义很有好处;不过各种大小特征并列,使人觉得缺乏重点感。

如前所说,浪漫主义作为一种文学现象,不是19世纪特有的,18—19世纪前,这种文学早就存在,它作为古人的一种不自觉的思维方式,无限的想象,奇幻或神秘的幻想,而存在于神话、传说之中。18世纪末出现的浪漫主义文学就较复杂。首先,这是一种自觉的社会倾向,一种自觉的世界观。浪漫主义者在对待生活的认识方面,注意到了生活的复杂性,他们大都把自然视为一个有机整体,一切都联系着、变化着的动态的统一体。18世纪的原子论,将宇宙、人分解为没有生命的单个体。从一方面来说,这是认识的一种深入,但是一旦把它绝对化,就成了机械论,使宇宙失去了相互联系与丰富多彩。

其次,自然观上的反抗,也表现在对人的认识上。启蒙时期的理性主义对人倾向于机械论的理解。浪漫主义者接受文艺复兴时期的自

---

① [美]韦勒克:《批评的诸种概念》,丁泓、余徵译,四川文艺出版社1988年版,第154页。
② [美]亨利·雷马克:《西欧浪漫主义:定义与范围》,《中国比较文学》1985年第1期。

然哲学，认为人不仅是有机体，而且人本身也是一件艺术品。青年谢林提出"人的革命"，"使人得到解放，脱离客观世界的恐怖，这是理性的一次大胆冒险；这次冒险是不会失败的，因为人将随着认识他自己和自己力量，而变得更加伟大"。他认为"人的革命"必须从人的本质开始，而人的本质就在于自由。① 可以说，这种自由思想，是一代浪漫主义作家的共同认识。基于这点，浪漫主义者反对个性束缚，推而广之，他们强烈反对人对人的压迫，封建主义的桎梏，歌颂解放斗争，他们相信人的力量是无限的，其中不少人还参加了当时的实际斗争。

表现在文学创作方面，浪漫主义者主张"人心是艺术的基础，就好像大地是自然的基础一样"②。他们崇尚人的欲望，感性，要求感情的解放，极端强调主观精神以及主观精神在文学艺术中的创造作用。浪漫主义者要求诗作成为感情的自由表现，所以必然形成了一种新的创作方式——自我表现。雨果论诗人的诗，"好像是诗人的心灵让它们从那被生活的震撼造成的内心裂缝里源源而出"。华兹华斯说，诗人"比一般人具有更敏锐的感受性，具有更多的热情和温情，他更了解人的本性，而且有着更开阔的灵魂……他高兴观察宇宙现象中的相似的热情和意志，并且习惯于在没有找到它们的地方自己去创造"；此外，他尚有一种能力，"能从自己心中唤起热情"③。浪漫主义者认为诗人的主体创造，主要表现为想象与幻想。英国的浪漫主义者特别重视这点。柯勒立治提出有第一性想象与第二性想象，前者是上帝的永恒创造力的"我在"，第二性想象则是第一性想象的回声，与自觉意志并存。这无疑把想象神秘化了。布莱克则认为整个自然就是想象本身，同时又认为想象是一种创造的能力，通过它大脑"获得了深入真实的洞察力，将自然解释为一种隐藏在自然后面或自然之中的某种

---

① 转引自谢林《先验唯心论体系》，译者序言，商务印书馆1977年版，第4页。
② ［法］雨果：《论文学》，柳鸣九译，上海译文出版社1980年版，第9页。
③ ［英］华兹华斯：《抒情歌谣集·序言》，见《西方文论选》下卷，人民文学出版社1964年版，第11、12页。

东西的象征，而不作一般的理解"①。

浪漫主义提倡创造，反对摹仿，反对古典主义的程式化，与古典主义的静止描写方式决裂，不承认任何规律，显示了突破传统的勇气。雨果的一些言论表达了这种情绪："我们要粉碎各种理论、诗学和体系。我们要剥下粉饰艺术的门面的旧石膏。什么规则，什么典范，都是不存在的。或者不如说，没有别的规则，只有翱翔于整个艺术之上的普遍的自然法则，只有从每部作品特定的主题中产生出来的特殊法则。"② 雨果竭力反对古典主义的题材选择的戒律。他针对古典主义题材、体裁的崇高、低下之分，提出所谓"对照原则"，即自然中的一切，在艺术中应有自己的地位，生活现实并不是古典主义者所说可以截然划分开来的。美和丑，崇高和低下都是相邻而居。他说近代的诗神会感到，"万物中的一切并非都是合乎人情的美，她会发觉，丑就在美的旁边，畸形靠近着优美，丑怪隐藏在崇高的背后，美与恶并存，光明与黑暗相共"。"根据我们的意见，滑稽丑怪作为崇高优美的配角和对照，要算是大自然给予艺术的最丰富的源泉。"③ 这种丑美相依的美学观，在其小说《巴黎圣母院》里得到了绝妙的体现。同时，他认为崇高与崇高是难以对照的。而滑稽与丑怪也是戏剧的一种"最高的美"，它不仅是戏剧的相宜成分，也是一种必需的要素。

这样，浪漫主义不仅作为一种创作原则，而且也作为一种思潮广泛流行欧洲，以势不可挡的宏大力量，冲击了古典主义。它的特点大致可以归纳如下。一，浪漫主义歌颂人的力量，向往人的自由和解放，具有对社会和自然的整体感，所以使作品表现出一种高瞻远瞩、目光宏放的特色。二，浪漫主义崇尚想象、幻想，充满激情，热情奔放，所以诗作强烈地表现了创作的主体意识，透露出巨大的主观性。三，浪漫主义从理论上完全摈弃了古典主义对生活的抽象的、等级化的先验理解和割裂，促进了题材的现实化，使平凡、粗俗的现象作为

---

① 转引自韦勒克《批评的诸种概念》，丁泓、余徵译，四川文艺出版社1988年版，第172页。
② [法]雨果：《论文学》，柳鸣九译，上海译文出版社1980年版，第58—59页。
③ [法]雨果：《论文学》，柳鸣九译，上海译文出版社1980年版，第30、35页。

生活整体而进入文学；同时它广泛采用神话传说、民间故事，使现实性与浪漫的神秘性结合在一起。四，浪漫主义破坏了古典主义的人为的时空观和死板的情节结构，采用了较为自由的时空结构，给后来现实主义文学结构的复式化准备了条件。五，浪漫主义广泛地引入神奇、荒诞、艳情、异国情调，所以使这种文学显出跌宕多姿和强烈的地方色彩。六，由于浪漫主义偏向于人的主观精神，崇高个性，所以这类小说在表现人的精神心理方面蔚然成风而独树一帜。作为浪漫主义文学的一个支流的感伤主义文学在心理描写的艺术开掘上，尤多贡献。

第四节 现实主义

一 19 世纪文学主潮

浪漫主义作为文学思潮，发展到 19 世纪 30—40 年代，就出现了低谷。19 世纪初，现实主义文学不断获得发展，到 30 年代、40 年代，现实主义文学获得了一种新的形态，这就是 19 世纪批判现实主义。这一情况的出现，可以从两个方面来看，一是社会文明的发展与突进，二是审美思维的新的跃进。

19 世纪初以前的几百年中，欧洲社会各个文化领域发生了重大的变化。历次革命与社会动荡，使人们对现实、历史的理解有所深入，开始摆脱 18 世纪启蒙家的纯理性化的解释，而把现实视为一种变动不居、不断斗争、组合、发展的现象，特别是关于人、人性、个性及其本性，英、法、德、俄各国学者、作家都在进行着探索。而人与社会环境的辩证关系，得到相当普遍的承认。这种种变化，也促进了审美思维、认识的变化。

审美领域的新趋向，使文学创作发生了一个重大转折，这就是现实主义文学思潮的出现，它成了 19 世纪文学的主潮。现实主义文学不仅是一国现象，它在工业化的英国，急剧动荡中的法国，封建分裂的德国，农奴制的俄国，几乎同时繁荣起来。现实主义是"植根于整个文学运动与历史。无论在造型艺术还是在文学中，在其忠实于自然这个广泛意义上，现实主义无疑是批评传统与创作传统的主流"①。韦勒克的观点看来大体是符合文学发展的实际的。

现实主义一词在 18 世纪末就为康德、谢林应用于自己的著作中。1798 年，席勒也曾使用过现实主义一词，席勒认为，"占统治地位的现实主义不能造就一个诗人"。19 世纪 20 年代中期，现实主义这一概念就被应用到了文学上。一位作家在《法国信使》上宣称："有一种信条每天都在增长，它主张不应忠实地摹仿艺术杰作，而应摹仿自然提供的范本，这种信条可以恰当地称为现实主义。根据某些征象，它将是 19 世纪的文学，真实的文学。"② 而一位当时反浪漫主义的批评家普朗什说，文学上的现实主义关心细节描写，它的意义几乎等于"地方色彩"和描绘的精确性。19 世纪 50 年代，法国小说家尚夫里勒出版了《现实主义》文集，此后现实主义这一术语不胫而走，成为文学创作、批评中的流行术语。在上面的叙述中，现实主义的概念显然是不一致的。有趣的是这些纷繁的理解，不仅在不同作家那里不同，而且在同一个作家那里，前后理解也是不一致的。例如托尔斯泰就是如此。他反对摹仿文学杰作而要求面向现实，有时他把现实主义当作真实性，有时把自然主义视为粗俗不堪的现实主义，有时又把现实主义当成艺术中的"地方色彩"③。尽管对现实主义理解不同，但从创作角度看，文学创作转向现实主义，并成为一种主潮，却是真实的存在。

19 世纪是现实主义时代，是司汤达、巴尔扎克、福楼拜、左拉的世纪，是托尔斯泰、陀思妥耶夫斯基的世纪，是狄更斯、萨克雷的世纪，是詹姆斯、易卜生的世纪。而中国文学则是在 18 世纪中叶，就达到了现实主义的高峰的。

---

① ［美］韦勒克：《批评的诸种概念》，丁泓、余徵译，四川文艺出版社 1988 年版，第 215 页。
② ［美］韦勒克：《批评的诸种概念》，丁泓、余徵译，四川文艺出版社 1988 年版，第 218 页。
③ 见拙著《现实主义和现代主义》，人民文学出版社 1987 年版，第 410—414 页。

二 现实主义审美原则

19世纪现实主义的审美原则，显然已不同于文艺复兴时期的审美原则，那么19世纪现实主义的审美原则变化在哪里？看来先要分析它的哲学基础。

探讨现实主义的哲学基础有一种途径，即从作家所受的时代的哲学思想中去找。例如，19世纪法国文学的现实主义，深受实证主义哲学的影响，这大致是不错的。实证主义哲学作为一种理论，虽然形成于19世纪三四十年代，但作为一种思潮，受到自然科学的推动，早就存在。所以可以说，受到这一思潮影响，于30年代初问世的《红与黑》，成了19世纪法国现实主义的奠基作。实证主义对稍后的巴尔扎克、50年代的福楼拜等人影响极大。同时探讨现实主义作家的具体的哲学观使我们发现，有的作家的哲学观是唯物主义的，有的是唯心主义的；信仰唯物主义的作家的哲学观中，有人本主义思想，又有实证主义思潮或实证主义哲学的痕迹。信仰唯心主义哲学的作家的思想中，有神秘主义、基督教宗教思想，等等。前一类作家中，有的固然创作出了伟大作品，而后一类作家，有的同样创作出了巨著。十分明显，我们既不能把唯物、唯心主义都看成是现实主义的哲学基础，也不能单就其中一种哲学认定是现实主义的哲学基础。

可以从另一条途径来探讨。19世纪现实主义作为欧洲的文学运动、文学主潮，已为大家所公认，这个统一的文学运动、文学主潮有它的一套原则，并且具有国际性的特征；它先是兴起于法、英、俄、德，之后遍及欧洲各国乃至北美等地，成为一种国际性的文学思潮。现实主义的哲学基础说的是作为一种国际文学思潮的哲学基础。所以作为现实主义的哲学基础必须放到广泛的背景上加以思考。

19世纪现实主义的出现，是现实主义创作精神的大发扬。自文艺复兴时期以来，现实主义创作受到各种各样哲学的影响，18世纪末、19世纪初的浪漫主义哲学思潮的影响是十分明显的。再就19世纪来说，黑格尔的哲学、孔德的实证主义，费尔巴哈的人本主义，都发挥过作用。黑格尔的哲学是一种客观唯心主义哲学，它给予现实主义作家的影响，不在于左右作家把现实看成是一种观念的化身，而是他辩证的历史发展的思想，理性，人道的思想。又如孔德的实证主义，把实证视为"实在""有用""有利""精确""相对"等意义，重视现象之间的相互联系，这与18世纪以来科学的不断进步思想有关，但是完全用这一意义上的实证主义来说明现实主义的哲学基础，也并不周全。例如实证主义的信徒穆勒对实证主义作解释时说，我们既不知道任何事实的本质，也不知道其现实的产生方式，我们所知道的仅仅是一个事实同另一个事实彼此前后相续或类似的关系。现象的本质特性以及它们的终极原因，不管是动因，还是目的原因，是我们所不知的，不可设想的。不少著名的现实主义作家的思想与创作，与这一思想是大相径庭的。费尔巴哈的人本主义哲学崇扬理性，反对宗教，把人称为本体，自称是新哲学、未来哲学。他将人本哲学与自然普遍的科学结合起来，认为人是自然界的一部分，人的本质体现是两性关系，是爱，是对幸福的追求。人本主义确信人的创造力、独立性，人是理性的动物，追求幸福是人的权利。费尔巴哈说："在人中间构成类、构成真正人类的东西是什么呢？是理性、意志、心情。一个完善的人，是具有思维的能力、意志的能力和心情的能力的。思维的能力是认识的光芒，意志的能力是性格的力量，心情的能力就是爱。理性、爱和意志力是完善的品质，是最高的能力，是人之所以为人的绝对本质，以及人的存在目的。人存在，是为了认识，为了爱，为了希望。"[①]。毫无疑问，上述各种哲学思想都对现实主义的形成与发展产生过影响，但是要把它们之中的一种算作是现实主义的哲学基础，也并不符合事实。

看来，从各国文学的现实主义精神这一角度，来分析现实主义的哲学基础，是比较合适的。描绘历史传说、故事、现实生活的变迁，人与人之间的相互关系，社会的动向，反对宗教愚昧，弘扬人性、正义，维护人的解放的思想，谴责社会的不平等，特别是真实展现社会

[①] ［德］费尔巴哈：《基督教的本质》，见《十八世纪末—十九世纪初德国哲学》，商务印书馆1975年版，第545页。

阶层实在情况，正是现实主义区别于其他文学的创作精神。从这角度说，现实主义的哲学基础就是各个时期切近生活的种种哲学思潮主要如实证主义、人本主义以及黑格尔的辩证思想。这种泛哲学思潮或把世界视为真实存在，把人与其周围世界，视为不以个人意志为转移的客观存在，或承认主体的创作源泉，来自现实生活。司汤达说："应使幻想掌握现实世界的铁的法则。"陀思妥耶夫斯基说："重要的是艺术始终高度忠实于现实，它的偏差是暂时的，很快会消失的；艺术不仅永远忠于现实，而且不可能不忠于当代现实。否则它就不是真正的艺术。"托尔斯泰则说："生活是一切的基础"，"任何艺术潮流都不能脱离社会生活。"当然，真正的大作家思想极为复杂，他们处在各种社会思潮之中，他的哲学观，他的抽象的世界观可能是错误的，但是从他的创作结果来看，他面对的是生活现实，他的对象是为他所感受了的心理现实。他可能从他所信奉的错误的哲学观念中吸取一些合理成分与营养，但不会把它奉为创作的哲学指导思想。如果创作按后一指导思想进行，那么就会使创作变成一种说教和图解。尽管现实主义作家对现实生活的理解不一，但是那面向现实生活的共同性，形成了现实主义的真正的哲学基础。某种具体的哲学，只有当它的或多或少的成分渗入哲学—审美的把握，也即具体的感受的世界观，才能产生影响，发挥作用。

在这种哲学基础上，形成了19世纪现实主义的创作原则，特有的审美规范。

第一，按照生活的本来面目进行写作，是现实主义的首要审美原则，它是古代的诗学原则摹仿说在19世纪的发展。不少享有世界声誉的现实主义作家，都把按照生活的本来面目写作，看作是自己创作的审美构造原则。现在有不少对现实主义的否定理论，一说起按照生活本来面目写作，不加思考就断定这是僵死的模仿，历数现实主义主张有多少害处；或是避开现实主义作家对自己奉行的原则解释，或是把一些现代主义作家对自己奉行的原则的解释，和把一些现代主义作家的浅薄见解搬将过来，或者在理论上搞错位，随意评论。例如托尔斯泰与契诃夫都说过要按生活的本来面目进行写作。如果认为这观点

第七章　创作原则原型与类型系统

是机械论的反映，是直观唯物论，那么应当把这一观点与这些作家的创作实践结合起来进行分析，应该了解一下作家所说的这一观点，到底是什么意思。但事实上没有一个现实主义的反对者肯花些气力做点具体分析，他们只是表现一下鄙夷、不屑一顾的神气就满足了，这种心浮气粗的学风和认真的探索相去甚远。

我们无意把现实主义奉为千古不变的创作原则，但需要了解它的本意。无论从创作角度来看，还是从现实主义作家的解释来看，按照生活本来面目写作的内涵并不那么简单。按照生活本来面目写作，在现实主义作家看来，并不是复制现实。关于这点，甚至雨果就明白说过："艺术的真实根本不能如有些人所说的那样，是绝对的现实。艺术不能提供原物。"[①] 所谓现实，首先是一种客观存在，既是人与人之间的关系的存在，又是一种自然存在。其次，现实不仅是物质的现象，它也是一种精神现象，人的内心世界，心理深层，以及它们之间的相互作用。再次，现实是不断变化、发展的现象，对于现实主义者来说，那些荒诞的、特殊的事物也是真实的。现实生活的这些形式关系，人凭自己的视觉可以看到，凭借自己的触觉可以感到它的气味与芬芳，凭借自己的智解力可以认识到。现实主义作家的创作就在于艺术地再现事物、人物以及他们之间的复杂关系，以达到艺术描写的客观性和真实性。同时，这些复杂关系的揭示，绝对不限于他们或它们的外形描写，而更重要的是揭示事物、人物本身的精神和特征，内在的本质和灵魂。没有这种揭示，形似的描写将成为真正僵死的模仿。托尔斯泰说按生活本来面目写作，但当它进入创作时，又说要"再现人的心灵的真实"。陀思妥耶夫斯基说，他的现实主义在于"刻画人的心灵深处的全部奥秘"[②]。巴尔扎克说："艺术的使命就是把生命灌注到他所塑造的人体里去，把描绘变成真实。如果他真想去临摹一个

---

① ［法］雨果：《论文学》，柳鸣九译，上海译文出版社1980年版，第61页。
② ［俄］陀思妥耶夫斯基：《陀思妥耶夫斯基论艺术》，冯增义、徐振亚译，漓江出版社1988年版，第100页。

现实的女人，那么他的作品就根本不能引起人的兴趣。"① 这种通过人物、事物具体形象的描写，以达到艺术反映的内在真实性的要求，是对那种已经发展到任意虚构、荒诞不经的浪漫主义文学一个反拨。一些反对现实主义的理论，既未去真正理解这一原则的内涵，也不顾它的历史的涵义，更不肯去检验一下这些伟大作家的创作实践与其理论观点的相互联系，照例发一通宣告，就声称现实主义被自己驳倒了，以浮夸掩盖肤浅。

现实主义作家都把自己的作品称作镜子。司汤达说过，"小说是沿着大路前进的一面镜子"，把路上坑坑洼洼映照出来，走向与现实的某种同构。果戈理也说过类似的话。但是他们的镜子说不是像人照镜子的那种反映。自然，把艺术视为僵死的反映是大有人在的，陀思妥耶夫斯基就曾批判过这种观点。他说："照片与镜子中的映象远非艺术作品，如果它们也算是艺术作品的话，那我们只要照相和好镜子就可以了……不，这不是对艺术家的要求，不是照相式的真实，不是机械的精确，而是另一种更多、更广、更深的东西。"② 韦勒克在谈到现实主义时曾说，现实主义描写的真实性是指什么呢？照相式的复制吗？这似乎就是许多著名言论的涵义。"但这样一些论述几乎不可能从字面上理解。一切艺术必须选择和再现，它不能是、也从来不曾是现实的简单的抄写。这些比拟所要说明，更确切地说，是要求在题材上无所不包，是反对排斥以前的被认为是'低下的'、'卑贱的'、'琐碎的'那些主题，犹如镜子前方的路边的水潭。"③ 韦勒克的这段话还是讲得比较公允的。德国学者埃里希·奥巴赫出版于20世纪40年代的《模仿论》，是一本有名的理论著作。奥巴赫从人的审美意识、认识方式描写了现实主义原则的选择。特别是对19世纪现实主义的产生，从历史文化、政治社会等条件以及作者的主观条件作了论述，

---

① [法] 巴尔扎克：《巴尔扎克论文学》，王秋荣编，程代熙、郑克鲁、李健吾等译，中国社会科学出版社1986年版，第147页。
② [俄] 陀思妥耶夫斯基：《陀思妥耶夫斯基论艺术》，冯增义、徐振亚译，漓江出版社1988年版，第74—75页。
③ [美] 韦勒克：《现实主义和自然主义》，载《文艺理论研究》1987年第1期。

指出司汤达是"赋予关于现实的现代意识以文学形式的始作俑者","他的现实主义力量的无情的客观性……他显示出他乃是后来某些思想方法和生活方式的先驱"①。

现实主义的按照生活的本来面目的审美原则,无疑受到理性主义的影响。现实主义作家认为在科学、理性的光照下,现实有如井然有序的世界;他们描写混乱,意在建设有序的世界。

第二,现实主义与浪漫主义相比,大大调整了创作的主体性,使作家的主体性获得了全面的展开。浪漫主义使作家的主体的主观性特征显露于外,现实主义则要求主观性显而不露,以显示被描写对象的客观性,但这不是不要作者主观性,忽视作家的主体创造作用。任何一种创作方式,作者的主观性不能不被融入其中。古典主义的主观性,是一种为极端的理性主义所把握的先验的主观性,它在创作中表现为目的单一性与艺术的程式化。浪漫主义的主观性是对理性主义的强烈反抗。一方面是充分展开了主体的能动性,他的自由意向;另一方面,又从无垠的想象、幻象发展到无限制的随意性虚构,它崇尚的是"感受的方式"。

现实主义的主观性特征包括两个方面,一是它的强大的感性表现,二是它的强大的理性力而非纯理性主义的表现。这两者结合形成了现实主义的深邃的艺术洞察力,在主观性的观照下,最大限度地、冷静地显示事物的客观性。所以,那种把现实主义原则说成是一种阻碍发挥艺术家创造力的说法,实在是一种幼稚的见解。

在现实主义创作中积极地介入了作家的"我",即主观性。福楼拜说:"艺术家在他的作品中,应当像上帝在建造物中的一样,销声匿迹,而又万能;到处感觉到,就是看不见他。"② 他还说:"包法利夫人就是我。"就是说,作者不仅进入作品,无所不在,而且其主观性特征还浸润形象。陀思妥耶夫斯基说:"一幅画也好,一篇小说也好,一首乐曲也好,其中一定能看到他自己:他一定会不知不觉地甚

---

① [德]埃里希·奥巴赫:《模仿现实》,载《外国文学》1987年第1期。
② 见福楼拜《书信8封》,见《译文》1957年4月号。

至违反自己的意愿而流露自己,连同他的全部观点、性格和教养程度。"① 康拉德也说:"即使最狡猾的作家,在大约每三句话中就会暴露出他自己(和他的道德)。"②

那么,这种主观性是如何表现的呢?主观性表现为作家的首创精神,和对现实生活按其本来面目审美感受的创造力。按生活的本来面目创作,其实就是一种虚构,一种艺术假定性的表现。关于这点,下面将涉及。因此当韦勒克说,现实主义"排斥虚无缥缈的幻想,排斥神话故事,排斥寓意与象征,排斥高度的风格化,排斥纯粹的抽象与雕饰,它意味着我们虚构,不需神话故事,梦幻世界,也还包括可能的事物,对纯粹与非凡事件的排斥"。我以为在这里他说得对又不对。特别是谈到现实主义不要虚构,不要神话,故事,梦幻,偶然,等等,都失之偏颇,因为任何优秀的文学艺术都是虚构,否则就只有把它与现实等同。这就涉及文学的本质特点了。他的这种观点在西方文学理论中影响很大。这种不诉诸现实主义创作实际的带有任意评论性的偏颇观点,也曾在我国 20 世纪 80 年代文艺理论中大行其道。

现实主义的创作原则的主观性也表现为作家的真诚。创作真诚就是作者对待现实生活的一种热情,一种感情倾向,甚至一种道德意向,一种执着的追求,或是对生活的全身心的拥抱。"艺术家为了能够真诚地说出他要说过的东西,他必须热爱创作对象。要做到这点,就不要去说你对之无动于衷的东西,或觉得可以不说的东西,而只说那引起你觉得非说不行的东西和你热爱的东西。"③ 如果创作缺乏这种真诚,又何以能成为真诚的作品,给读者以真诚的感受呢?没有这种非说不可的真诚,写作可以变成手艺。真诚也表现在作者的道德判断上。创作自然并非都与道德判断有关,但在涉及社会、人物的描写中,主观性的倾向总会表露出来。所以托尔斯泰对作品中人物持冷漠态度的人十分反感,认为这是缺乏真诚的表现,这当然只是一种见

---

① [俄]陀思妥耶夫斯基:《陀思妥耶夫斯基论艺术》,冯增义、徐振亚译,漓江出版社 1988 年版,第 75 页。
② 转引自韦勒克《现实主义与自然主义》,载《文艺理论研究》1987 年第 1 期。
③ [俄]托尔斯泰:《谈艺术》,见《苏联文学》1980 年第 3 期。

解。真诚也表现在艺术不允许作假,艺术作假意味着艺术的死亡。十分有意思的是现实主义大作家反对艺术中的谎言。契诃夫说:"艺术之所以特别好,就因为在艺术里不能说谎。在恋爱里,在政治里,在医疗中,都能够说谎,能够骗人,甚至可以欺骗上帝——这样的事情是有的;然而在艺术里却没有办法欺骗。"① 为什么?这主要"在生活中,谎言是卑鄙龌龊的,但它不能消灭生活,它只能够以这种卑鄙行为玷污生活……但在艺术中,谎言会消灭现象之间的任何联系。使一切都蒙上粉灰"②,也即使一切关系与联结,使艺术自身走向瓦解。现在一些作者自称他创作是在说谎、骗人,实际上他分不清虚构与谎言,这不是故意说些耸人听闻的话,缺乏艺术的真诚,就是以愚昧为荣。

现实主义的主观性,也表现为创作主体的审美思想与目标感。现实主义的反对者对此一概视而不见,却又指责现实主义缺乏主体创造精神。现实主义文学中的优秀创作,与末流的写实文学相比较,审美理想与目标感是区分两者的一个重要标志。契诃夫在1892年写道:"……最优秀的作家都是现实主义的,按照生活的本来面目描写生活,不过,由于每个都像浸透汁水似的浸透了目标感,您除了看见目前生活的本来面目以外就还感觉到生活应当是什么样子。""可是我们呢?我们啊!我们也按照生活的本来面目描写生活,再往前就一步也动不得了。"可见,按照生活本来面目写作,有两种不同解释,不同创作,不能故意合二为一相互替代。所以"凡是无所要求、无所指望、无所畏惧的人就不能做艺术家"③。

第三,19世纪现实主义原则的主观性,是它的富有理智的暴露与批判性。现实主义相信科学进步,19世纪科学、哲学似乎推断出了现实是一个有序的世界,各种乌托邦主义每每给现实主义作家的心灵以

---

① [俄]契诃夫:《契诃夫论文学》,汝龙译,人民文学出版社1959年版,第394页。
② [俄]托尔斯泰:《托尔斯泰论艺术与文学》第1卷,苏联作家出版社1958年版,第223页。
③ [俄]契诃夫:《契诃夫论文学》,汝龙译,人民文学出版社1959年版,第217、218页。

鼓舞。英国、法国革命固然给社会带来了繁荣与进步，但也随之出现了新的社会结构的矛盾和新的人际关系的对立。压榨着人的官僚、等级制度依然存在，人欲横流，受苦死亡，道德沦丧，人性戕害增加了新的形式。所有种种现象激起了现实主义人道主义精神的探索与强大的理性批评倾向。我们在19世纪现实主义主要代表人物那里看到，他们无一不是人类病症的解剖者、批判者，他们多样的探索，犀利的分析，深刻的批判，既是人类审美力的巨大发展，也是认识力的伟大进步。

现实主义作家的诗意批判，是与他们对现实的诗意感受和认识同步发展的。它指向封建制度、农奴制度，同时也敏锐地发现资本主义制度的新关系是带着血污和掠夺一起确立的。从现实主义前期的倾向性来看，诗意的批判带有乐观的情绪，但是愈到后来，这种批判就愈变得激烈、冷峻和富探索性。一方面仍然保持着强大的理性的解剖力，另一方面特别是到19世纪末，在现实的无休无止的探索中，出现了一些非理性因素，显示着生活发展的极端的复杂性和批判的复杂性。

第四，深化人性是现实主义的又一审美原则。创作主体性的全面发扬，也促进了对被描写对象的认识，深化了对人性的描写。

莱辛曾向往古代希腊文学中的人物的自由个性，人的感情的自由表现。他说就是像钢铁般的战神，当提阿墨得斯的矛头刺中他时，也因疼痛而叫喊起来，使得双方的作战军队为之惊惶失色。中世纪的人的个性，受到神性的禁锢。文艺复兴时期的人的个性获得了解放。那时候出现的文化巨人，都是个性全面发展而活动于各个领域的人。理性主义的极端化，使古典主义文学中的人物个性走向两极结构，一是他们是具有强烈的欲望的人，二是又受一定程式的规范。由于崇高成了这种文学的最高审美原则，所以人物的个性结构，突出了道德性的划分，或善或恶，或幸福或责任。人的个性受制于强化的理性，人物的关系被既定观念大大简化，所以在人物的人性描写方面显得单一、刻板而做作，作品靠情节冲突取胜，不能充分展开人物的矛盾意识。

浪漫主义反抗这种文学,把人的天性、感情、幸福提到首位。浪漫主义文学的崛起,对于人的个性的发展,是一种极大的促进。但是浪漫主义作家认为,只有那些天才人物才有真正的个性,而且往往把他们与具体的环境隔离开来,于是就在文学中出现了傲视一切的"孤独的人",为个人的幸福而奋斗、但不知他人幸福为何物的人,内心丰富、但却是与世隔绝的人。在后来不少的浪漫主义小说中,特别是英雄美人的艳情故事中,人物被漫画化了。别林斯基曾嘲笑说:在这类小说里,主人公"一定是个仪表非凡的美男子,弹得一手好吉他,歌唱得也不错,又能使各种武器,又富于臂力";"如果是个坏蛋,那他就是接近不得的,吃也要把你生吞活剥地吃下肚里去,他是这样的一个凶徒,找不出第二个来"。这类作品,全是向壁虚构,这是一种"矫揉造作的、浮夸的、抡着硬纸做的宝剑的、像涂脂抹粉的演员一样的理想主义"①。这种文学必然要引起读者的反感。

现实主义文学克服了古典主义人物模式描写的先验性与浪漫主义人物个性的非社会的倾向。这种审美思维的更新的基础就是历史主义观念的发展。西欧国家社会的多次变动,促使人们在观察、理解社会关系、历史事件时,采用了历史演变的观点,到 18 世纪就形成了历史主义,19 世纪更甚。那时一些哲学、美学著作中,渗透了这种时代精神——宏大的历史观。19 世纪的现实主义大作家,都自觉不自觉地感染到这种历史意识,在相互联系、不断发展中去观察人与人的关系,并把人与周围的环境联系一起,观察人与人之间、人与环境之间的相互关系。这样使他们对人的本性、人性的认识大为深化,形成一种审美视点与倾向。

巴尔扎克说:"要从整体上描写生活,像它本身那样,描写它的一切德行,一切可尊敬的、高尚的和鲜廉寡耻的方面……作者认为,除了描写严峻的社会病症,其他什么也没有留下和值得注意的地方,而社会病症的描写,只有同社会结合一起才有可能,因为病人本身就

---

① [俄]别林斯基:《别林斯基选集》第 2 卷,满涛译,上海时代出版社 1953 年版,第 122 页。

是病症。"① 托尔斯泰同样表现了宏大的整体联系思想。他说：最重要的是生活，"但是我们的生活，现在过去和将来与另一些人的生活相互联系着，生活，它愈显得是生活，则与其他人的公共生活的联系就愈紧密"②。他在这里所说的联系，实际上就是人与人的关系。现实主义作家正是在人与人的相互联系中来理解人性的，从而克服了旧时理解人性单一化的观点，即要么是善，要么是恶，要么是好，要么是坏。巴尔扎克说："人性非恶也非善，人生出来只有本能和能力，和卢骚的观点相反，社会不仅没有败坏人性，反而使人趋于完善，使人变得更加善良；可是利欲却极大地发展了他的不良倾向。"③ 十分有意思的是他对自己作了客观的分析，发现自己就是一个人性的多方面的综合体："我观察自己，如同观察别人一样：我这5尺2寸的身躯，包含一切可能有的分歧和矛盾。有些人认为我高傲、浪费、顽固、轻浮……另一些人却说我节俭、谦虚、勇敢、顽强、刚毅……"④ 托尔斯泰十分注意人性的多面性，他提出了人的"流动性"的说法："在作品中明显地显示人的流动性。他（指人物——引者）始终是他，一会是个坏蛋，一会是个天使，一会是个聪明人，一会是个白痴。一会是个大力士，一会是个草包，这样来写作品，该有多好"⑤。这样写人其实是很困难的。他在《复活》第一部最后一章开头，发挥了"流动性"这一思想。他说："人好比河：所有的河里的水都一个样子，可是每条河却是有的地方河身狭窄，有的地方水流湍急，有的地方河身宽阔，有的地方水流缓慢，有的地方河水澄清，有的地方河水冰凉，有的地方河水混浊，有的地方河水缓和。每一个人身上都有一切

---

① ［法］巴尔扎克：《巴尔扎克文集》（文学评论集）第24卷，苏联《真理报》出版社1960年版，第292页。
② ［俄］托尔斯泰：《列夫·托尔斯泰论创作》，戴启篁译，漓江出版社1982年版，第9页。
③ ［法］巴尔扎克：《巴尔扎克论文学》，王秋荣编，程代熙、郑克鲁、李健吾等译，中国社会科学出版社1986年版，第64页。
④ ［法］巴尔扎克：《巴尔扎克论文学》，王秋荣编，程代熙、郑克鲁、李健吾等译，中国社会科学出版社1986年版，第341—342页。
⑤ 《托尔斯泰论文学》，苏联文艺出版社1955年版，第488页。

人性的胚胎，有的时候表现这一些人性，有的时候又表现那一些人性。他常常变得完全不像他自己，同时又却始终是他自己。"① 陀思妥耶夫斯基表示了类似的看法。"人属于社会，但说属于，并非全部。"又说："任何一个人是复杂的。像海一样深沉。"他以为在人身上本原地存在着善与恶，人在现实生活的流动中具有"过渡性"的特征。"人只是发展着的人，因此，他不是完成了的人，而是过渡性的人。"② 人是不断变化的，也是不易捉摸的，在他的变化中，不乏突发性、非逻辑因素，所以作家不能平面地、肤浅地看待人，而要在变化流动中了解人。"流动性"与"过渡性"，是两位俄国作家对人、对人性的不谋而合的理解，他们按着各自的方式深入人的内心。托尔斯泰表现了人的"心灵辩证法"，揭示了人的灵魂深处最隐秘的心理动向与过程。陀思妥耶夫斯基描写人物的过渡性，改变了作家的视觉，把过去作家的客观描写，置于人物的视野里，把主人公是谁的问题，变为世界对主人公来说是什么；同时广泛利用双声语、对话原则，使其渗入小说结构，人物对话的各种类型之中，创造出一种复调小说③。

这种对人性的深刻审美认识，至今仍不失其理论意义。正是在这一基础上，现实主义文学创造了众多的有着巨大生命力的艺术形象，而典型人物的创造，则成为现实主义的重要原则之一。

三 现实主义诗学

现实主义审美原则的逐渐确立，使文学创作改变了其艺术形式的特征，形成了现实主义文学的艺术形式的独特性，即现实主义诗学特征。在这里，我是有条件地把诗学作为艺术形式的独特性来理解的。

在现实主义审美原则的观照下，创作题材走向自由选择。题材意味着描写范围。古典主义文学把自己的对象分等划类，浪漫主义破除了这种规定，它把传说、故事、历史斗争、奇遇等题材引入创作，对

---

① ［俄］托尔斯泰：《复活》，汝龙译，人民文学出版社1979年版，第262—263页。
② 《文学遗产》，第83卷，苏联科学出版社1971年版，第422、417、173页。
③ 可见巴赫金《陀思妥耶夫斯基诗学问题》第1章，生活·读书·新知三联书店1988年版。

于社会现实的描写，洋溢激情而较少历史的具体性。现实主义文学吸收了浪漫主义文学题材方面的有益思想，即世俗化倾向，摈弃了古典主义文学题材上的"等级制度"，使自己全面地、充分地面向现实。它以全新的观点审视与描写古典主义文学所表现的上流社会，王公贵族，揭示他们的真相，使这类题材的崇高性荡然无存。它接受了浪漫主义文学中群众斗争、爱情故事的题材，历史的题材，改变了浪漫情调。它全面地深入历史、现实社会、人的心理的各个层面，既要进行雕塑式的刻画，又要进行历史长卷式的描绘。巴尔扎克雄心勃勃地把自己的作品的总体构思命名为"人间喜剧""19世纪的风俗研究"。他的小说的题材几乎达到无所不包的地步。"风俗研究"要反映一切社会实况。"法国社会将写它的历史，我只能当它的书记。编制恶习和德行的清册、搜集情欲的主要事实、刻画性格、选择社会的主要事件、结合几个本质相同的人的特点揉成典型人物，这样我也许能写出许多历史家没有想起写的那种历史，即风俗史。"① 然后进行"哲学研究"，以指明感情的来源和生活的动机，"把典型描写为个人"；再进行"分析的研究"，等等。可以这样说，巴尔扎克所涉及的题材面之广，是前无古人，也尚未有来者。司汤达说，巴尔扎克进行的是"壁画"式的创作。

现实主义文学深入社会下层，穷巷陋室，尽力展现下层人物的被蹂躏状态，并给他们以深切的同情。它暴露了社会的不平等以及小人物的悲惨境遇，于是就在文学中彻底改变了悲剧的观念。狄更斯、陀思妥耶夫斯基的小说，与古典主义悲剧判然有别，悲剧由古希腊文学开始的崇高走向真正的世俗化。又如爱情描写，19世纪前文学中的男女爱情描写，在古典主义文学中完全是一种从属于社会责任的现象，爱的激情总是被纳入与社会责任的冲突之中，而社会责任又始终处于主导地位。这矛盾一旦解决，被规定了的秩序一旦得到遵守，爱情与社会责任的冲突也就随之消失。浪漫主义文学中的爱情描写，多

---

① ［法］巴尔扎克：《巴尔扎克论文学》，王秋荣编，程代熙、郑克鲁、李健吾等译，中国社会科学出版社1986年版，第62页。

属激情式的发动，或蛮荒艳遇，富有异国情调，或贵族青年与村姑不般配的爱情，凄婉动人，但是社会容量较小。现实主义文学中的爱情描写，既是真正的家庭生活本身，又处于极为复杂的社会关系之中。在《红与黑》《白痴》《高老头》《安娜·卡列尼娜》中，爱情既是真正的感情的萌发，也是一种攫取功名利禄、暴露社会等级观念的手段。

题材的自由选择与解放，推动了现实主义文学体裁的多样化。悲、喜剧获得了新义，诗歌也丰富了自己的声调，短篇小说、故事或中篇小说确立了自己的现代形式。但是现实主义文学的主导体裁是长篇小说，长篇小说从低级体裁一跃而为被普遍接受的群众性的体裁而风靡于19世纪。同时长篇小说的体裁形式，还渗入了诗歌，促成了诗体小说的出现。戏剧也小说化了，它的叙事性、抒情性得到了加强。巴赫金对长篇小说的变化，作过一个很好的描述，他认为"长篇小说的体裁主干，至今还未定型下来，我们尚难预测它的塑潜力"[①]。所以也很难提出一个定义，它至今仍在发展之中。至于其他语言艺术作为体裁，早已定形，不仅是现成的，同时也已走向衰老。和史诗比较，巴赫金认为史诗这种体裁不仅衰老，也早已过时，因为它的特征是面向过去，多写先祖英雄、先人精英人物。当然史诗的衰老、过时说还可讨论。长篇小说主要面向现实，写现实的人，写有身份的人，也写低贱的人，深入各种社会阶层、人的关系，这正好是19世纪审美趣味扩大的反映，审美需求增长的反映，也是读者要求广泛艺术地认识周围世界的反映。其中大量长篇小说是家庭爱情史的描写，历史故事的描写，风习的描写，个人传记描写。它们大都是一种情节小说，以纯粹的趣味取胜；它们不劳读者费神思考，带有审美的消费性质。但是19世纪小说的主流，既是情节性小说，又是心理小说，是两者结合一起的小说，有的是社会问题小说。在一些优秀之作中，有的是三者兼而有之，既有诱人的情节故事，也有出色的心理描写，同时还提出重要的社会问题，属社会心理小说；有的则并不写重大的冲

[①] [苏] 巴赫金：《文学与美学问题》，苏联文艺出版社1975年版，第447页。

突，而使生活描写淡化，情节淡化；它们没有动人的故事，只有细微的心理刻画，当然在艺术的结构中，透露出社会问题来，倾向于心理小说。至于纯粹的心理小说数量不多。

从情节布局看，19世纪前的长篇小说，起讫分明，线索单一，结尾则带有团圆、终了的特点，显示了布局上的某种封闭性。19世纪的小说逐渐变为多布局、多线索的小说，这种特征愈到后来愈加突出，名家的长篇小说无不如此。同时，19世纪后期的小说，慢慢显示出一种"未完成性"的特点，小说末尾没有结局，没有终了，作者不提供已经完成的特征。这种小说的特征的形成，一面与小说艺术审美意识有关，一面也与人们对现实认识的不断深入有关。人们意识到生活的发展，未有定形。理性主义的规范不断受到生活本身发展的挑战，那种无序的非理性因素不断被认识，也不断产生，从而被全面描写现实生活的长篇小说结构所吸收。巴尔扎克、左拉的整体、全局性的小说结构是一种方式，托尔斯泰的复式结构是一种方式，陀思妥耶夫斯基的带有未完成性的小说结构又是一种方式。

时空观念在现实主义文学中同样发生了变化。文学创作中的时空，自然有别于客观现实的时空，这是主观的感受与体验。就文学中的时间来说，可以不断缓缓地前进，也可以中断而发生变化；可以作历时性的书写，也可以共时性的描述；可以加速，记千日于一瞬，也可以缓延，使瞬间无限放大。各类体裁都受到时空的限制。史诗一般叙写重大事件，历史人物，节奏平和、舒展。古典主义文学中的三一律有其局限性，但是对于时空的要求，又显示了主体的一种深刻认识。说是深刻认识，不是说这种规定十分合理，而是指创作主体可以强化对时空的把握。浪漫主义的时空观，具有强烈的主观性特征，它以一种自由心态，规范往来古今，超越地域差异。如果从微观方面讲，则浪漫主义心理描写的开掘，无疑扩大了对时空的认识。19世纪现实主义文学主要面对现实的时空，它有循序渐进式的时空结构，有前后错落，开始使时序颠倒式的时空结构，有前后不断交叉式的时空结构。但是更显得重要的，有一种是把故事事件、人物置于对称、平行的复式时空结构；一种是在横剖面上设置多种情节与冲突、形成平面的时空结构，我把它称之为共时艺术。这种共时艺术的时空结构，大大加强了小说情节艺术的紧张性。如陀思妥耶夫斯基长篇小说中的艺术描写。

巴赫金把时空视为"时空体"，是形式兼内容的一个范畴。"时空体还决定着（在颇大程度上）文学中人的形象。这个人的形象总是在很大程度上时空化了的。"[①] 就是说人物历史、经历、性格特征，都是在特定的时空形式中完成的，有的在极短时间里完成，有的在相互交叉的时空形式中完成，有的则经历很长很长时间，很宽很宽的空间，从中可以区别人物重要到什么地步。但是19世纪现实主义文学中重要作品的人物时空的特征，是一种与社会思考结合的时空特征。这种心理时空特征，从客观方面来说，它把时间延向永恒，思索人类的生存、痛苦、命运；把空间扩大为人类容身之处。这种心理时空特征具有两重性，一是它的视界的宏阔与深邃性，二是它的抽象性，但却具有激动人心的力量。第二种是微观的心理时空特征，这里有两种情形。一种形式就是描绘人物内心的各种细微活动，或让人物作内心独白，一个动作、思想，总要透入它的起因，触及它的源头，即"心灵的辩证法"。另一种是人物的内心独白中的多种形式的对话，人物的对话。内心独白或内心独白中的多种形式对话，时间一般都很短暂，但由于已是一种心理时空，所以时序可以颠倒，事件可以前后交叉，从而可以自由地容纳大量的不同形态的心理时空。这种微型的不同的心理时空体的运用，不在于揭示人物的外形与经历，而在于显示他的思想与精神，并在紧张的对话、独白中的对话中完成自己。这些诗学特征，后来在20世纪的现实主义文学里获得进一步的发展。

第五节　象征主义

一　前奏：为艺术而艺术

在现实主义新的审美原则的确立过程中，另一种审美原则也

---

① ［苏］巴赫金：《文学与美学问题》，莫斯科，文艺出版社1975年版，第235页。

在酝酿形成之中,这就是象征主义。它对19世纪下半期的非现实主义文学流派和20世纪现代主义文学的兴起,产生了不可估量的影响。

与宗教观念联系在一起的象征主义文学,自文艺复兴以后,虽然深有影响,但在理性主义确立与流行的年代,一切都趋向明朗、清晰、现实,所以19世纪以前的几百年的西欧文学中,并不存在一个象征主义文学流派。但是到了19世纪上半期,"为艺术而艺术"的理论开始在文学中形成,并且随后成了新的象征主义文学的出发点,在其自身的发展中获得了新质。

"为艺术而艺术"的文艺思潮,和现实主义一样,是从对浪漫主义的批判中发展起来的,同时也是逐渐针对现实主义而来的。浪漫主义任意张扬主体意识,只要求作者个人情绪的抒发,神秘性,诗化人生,缺乏历史具体性,把善恶绝对化、观念化,最后有的诗作发展到迷恋过去,美化过去,任意编造艳情、惊险故事,成了文学中的新的程式化。现实主义文学从批判中接受了它的历史发展观念,社会责任感,心理描写特征,使文学面向人生。主张"为艺术而艺术"的作家,则完全从另一面出发,他们接受了浪漫主义中的被夸张的主体性、神秘性,一反浪漫主义文学的社会责任感表现,认为浪漫主义文学保持了古典主义文学的功利性、"明晰性与逻辑性",必须纠正浪漫主义的"松散性"和清除它的"过分性"①。

"为艺术而艺术"的倡导者戈蒂耶的理论大致有下面几个观点。一,他认为艺术并无用处,无实用价值,例如用书不可能做出美味的汤,用小说不能做出皮鞋。"只有毫无用处的东西才是美的,所以有用的东西都是丑的。"他反对把文学道德化、工具化。他的这一思想是针对当时资产阶级的艺术的功利性说的,同时也包括古典主义以及空想社会主义影响下的评论家而说的,但是一旦加以绝对化,也就排除了一切艺术的功利性。二,宣称"艺术的绝对独立,不容许诗具有除了在本体之外的其他目的,也不容许诗具有除了在读者心中唤起绝

---

① 见埃特蒙·威尔逊《象征主义》,载《文艺理论研究》1986年第6期。

对美感之外的其他任务"①。"诗不但并不证明什么,而且甚至也不叙述什么。"② 强调文学艺术的独立性,当然十分重要,但把文学完全独立于其他意识形式,事实上是不可能的。三,他认为诗的美决定于它的音乐和韵律,"光芒四射的字眼,加上节奏和音乐,这就是诗歌"③。

当戈蒂耶在19世纪30年代提出"为艺术而艺术"的理论时,爱伦·坡也在此时提出更为系统的"纯文学"理论。正如后来波德莱尔说的,爱伦·坡从一个贪婪的、渴望物质世界的内部冲杀出来跳进了梦幻。坡在《吾得之矣》的前面写道:"我将此书献给这些人,他们相信梦幻是唯一的真实。"④ 这种出发点,一下就使文学闯入了一个虚幻世界,精神世界。坡把精神世界分成三个组成部分,即"纯粹智力、趣味和道德感"⑤。智力本身与真理有关;道德感重在道义,而趣味导向美。可以这样说,梦幻与趣味是爱伦·坡的美的观念的出发点,美的产生和形成尽在其中。这是一种冲淡了的康德的思想。在《诗的原理》中,坡说:"我用美这个词来包括崇高——我把美作为诗的领域,不过是因为艺术的一条明显的规律就在于种种效果应该尽可能地直接产生于它们的种种原因。"⑥ 他显然认为,热情的鼓手,一些道义的语言,甚至真理的教训,都可能被介绍到诗里,产生益处。但是"真正的艺术家要经常设法冲淡它们,使它们适当地服从于诗的

---

① 转引自普列汉诺夫《没有地址的信 艺术与社会生活》,曹葆华、豊陈宝、杨民望译,人民文学出版社1962年版,第206页。
② 转引自普列汉诺夫《没有地址的信 艺术与社会生活》,曹葆华、豊陈宝、杨民望译,人民文学出版社1962年版,第224页。
③ 转引自柳鸣九主编《法国文学史》中册,人民文学出版社1983年版,第305页。也可参阅《唯美主义》,中国人民大学出版社1988年。
④ 转引自[法]波德莱尔《波德莱尔美学论文选》,郭宏安译,人民文学出版社1987年版,第192页。
⑤ [美]爱伦·坡:《诗的原理》,见伍蠡甫主编《西方文论选》下卷,人民文学出版社上海分社1964年版,第499页。
⑥ [美]爱伦·坡:《诗的原理》,见伍蠡甫主编《西方文论选》下卷,人民文学出版社上海分社1964年版,第501页。

气氛和诗的真正的要素——美"①。

那么这种美到底如何产生呢?爱伦·坡说:"我认为,那个最纯洁、最升华、而又最强烈的快乐,导源于对象的静观、冥想。在对美的观照中,我们各自发现,有可能达到予人快乐的升华或灵魂的激动;我们把这种升华或激动看作诗的感情,并且很容易把它区别于真理,因为真理是理智的满足;或者区别于热情,因为热情是心的激动。"在爱伦·坡那里,人通过对美的静观、冥想而把握一种精神,即快乐的升华,灵魂的激动,也即诗的感情。它们来自人的本性,一种人的不可抑制的渴望。"这渴望属于人的不朽性。这渴望是一个自然的结果,同时也是人的永恒存在的标志。它是飞蛾对星星的向往。""我们由于预见死后的或者说彼岸的辉煌灿烂而欣喜若狂,所以才能通过时间所包蕴的种种思想之间的多样结合,努力争取一部分的美妙,而这一部分也许只是属于永恒的世界的。"② 这样,爱伦·坡把诗的感情与人的本性的渴望,完全导向彼岸世界了,美就被说成是存在于彼岸的"辉煌灿烂"。

这种对彼岸的美的渴望如何实现?存在于人的精神深处的本能,显然是一种诱惑。它可以使生存于其中的各种形式、声音、气味、感性都能提供愉快,但它们被重复时,也即把它们再度呈现于人类之前,那还不是诗,它们必须被音乐化。"也许正是在音乐中,诗的感情才被激动,从而使灵魂的斗争最最逼近那个巨大目标——神圣美的创造。"所以,文字的诗可以简单界说为"美的韵律的创造",它的唯一裁判者就是趣味。于是趣味既是诗的出发点,也是诗的评判标准。

爱伦·坡提出文学创作必须求诸内省,这是一种封闭于自身的美的探索:"为文学而文学","为艺术而艺术"。"只要我们让我们自省自己的灵魂,我们立刻就会在那里发现,天下没有、也不可能有比这

---

① [美]爱伦·坡:《诗的原理》,见伍蠡甫主编《西方文论选》下卷,人民文学出版社上海分社 1964 年版,第 502 页。

② [美]爱伦·坡:《诗的原理》,见伍蠡甫主编《西方文论选》下卷,人民文学出版社上海分社 1964 年版,第 501 页。

样的一首诗——这一首诗本身——更加是彻底尊贵、极端高尚的作品——，这一首诗就是一首诗，此外再没有什么别的了——这一首诗完全是为诗而写的。"① 我们对爱伦·坡"为艺术而艺术"的主张，从它对美的出发点，从它的梦幻与趣味，从它的静观、冥想，从它的人的本性、彼岸性、音乐化、自省灵魂等作了一些介绍与评论，这确实是一种与那种主张此岸性，但并不主张实用、纯功利的现实主义文学理论相反的理论。可以说，它也是19世纪人的审美思维的一个转折。后来的文学史表明，这一文学思想与现实主义文学思想，各自形成了一个庞杂的审美思想体系，推动了20世纪创作多元化倾向的出现。

二　应和论

波德莱尔发现了爱伦·坡，他对坡的思想大力推崇，并把它介绍到了法国。波德莱尔是一个过渡性的人物，他的文学思想是从浪漫主义向象征主义过渡性的一种形态。纵观他的思想，开头我们见到，他站在浪漫主义立场上是反对"为艺术而艺术"的。他在《论彼埃尔·杜邦》一文中说："'为艺术而艺术'派的幼稚的空想由于排斥了道德，甚至常常排斥了激情，必然是毫无结果的。它明显地违背了人类的天性。以普遍人生的最高原则的名义，我们有权将其斥为异端。"② 但是随后他逐渐改变了自己的观点，特别是到19世纪50年代中期，他激赏爱伦·坡的文学思想，撰写了大量论文，最后建立了一套自己的文艺思想——从浪漫主义转向象征主义的审美原则。

波德莱尔吸收了爱伦·坡把诗看作是一种为诗而写诗的观点。他进一步提出："诗是自足的，诗是永恒的，从不需要求助于外界。"③

---

① ［美］爱伦·坡：《诗的原理》，见伍蠡甫主编《西方文论选》下卷，人民文学出版社上海分社1964年版，第498页。
② ［法］波德莱尔：《波德莱尔美学论文选》，郭宏安译，人民文学出版社1987年版，第25页。
③ ［法］波德莱尔：《波德莱尔美学论文选》，郭宏安译，人民文学出版社1987年版，第106页。

爱伦·坡提出精神世界的三分法，即智力、道德、趣味，并对三者关系作了界定。波德莱尔在1857年论坡的文章中，几乎是逐字逐句地作了摘录。他说："纯粹的智力对准的是真实，趣味向我们指出美，道德感教我们知道责任。"因此他反对将教诲、改良风俗、增强道德当作诗的目的。在这点上，波德莱尔是对的。他只是不赞成把上述目的外加给诗，而不反对诗有淳化风俗的作用。诗人如果追求道德目的，就减弱了诗的力量。"诗不能等于科学和道德，否则就会衰退与死亡；它不以真实为对象，它只以自身为目的……真实与诗毫无干系。造成一首诗的魅力，优雅和不可抗拒的一切东西将会剥夺真实的权威和力量。"① 如果是为了反对教诲主义，从对象上主张将诗与科学区别开来，那自然是有道理的；但是把诗与真实完全分离开来，把诗限于自身，这就走向唯美主义了。"诗除了自身外并无其他目的，它不可能有其他目的，除了纯粹写诗而快乐而写诗之外，没有任何诗是伟大、真正无愧于诗这个名称的。"② 这种诗的目的封闭性理论，与已经出现于文学史上的伟大诗作的事实完全不符，同波德莱尔自己的优秀诗作也不吻合。他在创作《恶之花》时，说过"许多著名诗人早就把诗国中更花哨的省成分光了，我发现从恶中抽出美来，更有趣，更愉快，因为这个工作更困难"。这样的说法，怎么能够证明诗的目的在其自身，而不是相反呢？《恶之花》写城市、社会之恶，人性之恶，把它们视为文学对象，展示社会之丑，怎么就是无目的呢？流放中的雨果见到诗人的诗之后，在给波德莱尔的信中说："你给艺术的天空带来说不出的阴森可怕的光线，你创造出新的战栗"③。其实，波德莱尔也是主张诗的真实的，不过这是一种彼岸世界的真实。他说："诗表现的是更为真实的东西，即只在另一个世界是真实的东西"，这是现实世界之后的另一个世界，一个神的世界。

---

① ［法］波德莱尔：《波德莱尔美学论文选》，郭宏安译，人民文学出版社1987年版，第205页。

② ［法］波德莱尔：《波德莱尔美学论文选》，郭宏安译，人民文学出版社1987年版，第205页。

③ 转引自戈蒂耶《回忆波德莱尔》，陈圣生译，辽宁人民出版社1988年版，第31页。

第七章 创作原则原型与类型系统

在关于诗本质的讨论中,波德莱尔的观点与坡的观点也是一致的,他以为诗的本质,仅仅是人类对一种最高的美的向往,这种美表现在热情之中,表现在对灵魂的占据之中。诗表现的是"超自然领域中的纯粹的意愿,动人的忧郁和高贵的绝望",还有"生命的神秘"。有时他又说诗应表现梦,如果艺术满足于外部现实,则就表现不了梦,而"梦幻是一种幸福,表现梦幻的东西是一种光荣"①。

波德莱尔最有影响的理论是"应和论"(亦译"感应")。浪漫主义特别重视想象力。波德莱尔的贡献还在于把想象力的认识,提到一个新的高度:应和关系。他说,想象是一种神秘的能力,是一种创造力。他认为是想象力告诉人颜色、轮廓、声音、香味所具有的精神含义。它创造了比喻和隐喻,产生出对于新鲜事物的感觉。他以为想象力有如梦幻,产生于紧张的沉思的幻想;它不用思辨方法而能觉察事物之间的内在的隐蔽关系,即应和的关系。同时,波德莱尔还认为,诗歌同绘画、音乐、雕塑、装饰艺术、嘲世哲学等有着相似之点,它能从各种艺术中吸取微妙之处,于是提出了应和说。戈蒂耶指出:"波德莱尔像他那个时代的大多数诗人一样,具有对绘画的兴趣的爱好、鉴赏能力和实际知识。当时,各门艺术不如以前那么明显地区分开来,彼此之间的融合现象也表现得更多一些,经常还可以将这一门艺术的方法移用到那一门艺术中去。"② 波德莱尔常常著文评论绘画,这种风尚对他的应和论的形成,无疑很有影响。

应和论的思想,哲学上来源于瑞士神秘主义哲学家斯威登堡的理论。斯威登堡认为:"天是一个很伟大的人,一切、形式、运动、数、颜色、芳香,在精神上如同在自然上,都是有意味的,相互的,交流的,应和的。"③ 波德莱尔接过这一思想,不断在自己的论文中加以应用,在论及法国画家德拉克洛瓦的一个地方,他指出这位画家的特

---

① [法]波德莱尔:《波德莱尔美学论文选》,郭宏安译,人民文学出版社1987年版,第96、403页。
② [法]戈蒂耶:《回忆波德莱尔》,陈圣生译,辽宁人民出版社1988年版,第70页。
③ 转引自[法]波德莱尔《波德莱尔美学论文选》,郭宏安译,人民文学出版社1987年版,第97页。

征,"那是大脑的真正的欢乐,感官的注意力更为集中,感觉更为强烈;蔚蓝的天空更为透明,仿佛深渊一样更加深远;其音响像音乐,色彩在说话,香气述说着观念的世界"。后来他在《应和论》一诗中,全面地表达了这一思想:"自然是一座神殿,那里有活的柱子,/不时发出一些含糊不清的语言;/行人经过那儿,穿过象征的森林,/森林露出亲切的眼光对人注视。/仿佛远远传来一些悠长的回音,/互相混成幽昧而深邃的统一体,/像黑夜又像光明一样茫无边际,/芳香、色彩、音响全在相互感应……/"在这一诗的描写里,波德莱尔表达了一种天人感应的思想,人和自然界相互感应,在这自然的神殿里,万物是统一的,它们组成了"象征的森林",相互依凭,互为象征,各自发出模糊的声音,启示着往来的人们。在幽昧而深邃的统一体中,人能够感应自然的各种特征。芳香可以使人见到,颜色可以发出气息。这些不同的感觉相互交流,形成一种精神、心灵的感应,用中国文论的术语来说,就是通感。对于现实主义和浪漫主义的诗来说,取喻多为直喻,如讲颜色,则从色的方面加以想象;如果说的是度量,则从短长方面加以夸张。即使有横向的取喻,如声色的交替,一般也只作修辞手段。但是对于象征主义诗人,则主要采用横向的比喻,即以不同范畴,相互形容,互为渗透。我国古代诗歌中的象征主义诗作,有一部分就属于这种创作原则。关于这点,可见钱锺书的《通感》一文。

自然,万物既然作为"象征的森林",出现于诗人之前,那么诗人的人格也就发生了变化。他不再自命为先知先觉者、预言者,也不必给自己委以重任,介入人世的纠纷、痛苦和烦恼的红尘。他的角色就是解说这"象征的森林"所发出的细语、隐语及万物之间的象征关系。因此,波德莱尔说:"纵情于由地上和天上生活展示的无穷场景暗示的梦幻,都是任何人、主要是诗人的合法的权利,诗人有权用一种有别于散文和音乐的华美语言来解释好奇的人类所进行的永恒的猜测。"① 这种"永恒的猜测",就是使诗人去翻译、辨认那些事物后面

---

① [法]波德莱尔:《波德莱尔美学论文选》,郭宏安译,人民文学出版社1987年版,第103页。

所隐藏的象征关系，而"象征的隐晦只是相对的，即对于我们心灵的纯洁、善良的愿望和天生的辨别力来说是隐晦的"。所以，"诗人……如果不是一个翻译者，辨认者，又是什么呢？在优秀的诗人那里，隐喻、明喻和形容无不教学般准确地适应于现实的环境，因为这些明喻、隐喻和形容都是取之于普遍的相似性这一取之不尽的宝库"①。所以诗人如果去描写现存之物，在波德莱尔看来，这就是降格成了教师；而去叙述可能之事，他就忠于职守。"他是一个集体的灵魂。询问、哭泣、希望、有时猜测。"

毫无疑问，从上面分析看，波德莱尔力图发掘隐藏于事物之后的一种隐秘关系，并把它们表述出来，这一思想是深刻的。同时，他把通感这一思想作为一种诗的创作原则，也是极有意义的，它扩大了艺术的视野，标举了一种新的创作原则，虽然仍称浪漫主义，但与浪漫主义的涵义已经不同。不过也要指出，在这一原则中，也混杂着谬误与偏见。例如，他对现实的简单化的理解（主张现实主义的人也有简单化的理解），为后世所有攻击现实主义的种种简单、庸俗的解释，开了先河。他在理论上最终把应和论导向神秘主义，把诗的光辉投向彼岸世界，"人生所揭示出来的、对于彼岸的一切的一种不满足的渴望，是我们的不朽最生动之证明。正是由于诗，同时也通过诗，由于同时也通过音乐，灵魂窥见了坟墓后面的光辉"②，而与爱伦·坡相呼应。

三 象征主义创作原则

爱伦·坡与波德莱尔的理论与创作，为象征主义的兴起作了准备。其后，有魏尔仑、韩波、马拉美、莫雷阿斯等人的探索，其中特别是马拉美对象征主义作了系统的论述。

19世纪70年代初，象征主义作为创作原则、思潮最终形成。19世纪80年代前，魏尔仑自称颓废主义者，戈蒂耶在为《恶之花》所

---

① ［法］波德莱尔：《波德莱尔美学论文选》，郭宏安译，人民文学出版社1987年版，第97页。
② ［法］波德莱尔：《波德莱尔美学论文选》，郭宏安译，人民文学出版社1987年版，第206页。

写的序文中，也曾用了"颓废"一词，有的人则称波德莱尔为"颓废主义理论家"。但所谓"颓废"，"意味着艺术家的道德之孤立，而道德的孤立主义又与他的反常的愤世的神秘主义结合在一起"。"颓废的言行保护了自己，不受小资产阶级繁琐生活形态的干扰，也可抗拒工业化愈来愈重的世界之单调枯燥。"① 如果颓废是指上述思想，那么我们今天的理解与它原来的本意是有出入的。1885年，一些颓废派作家抛弃了颓废的头衔，自称为"象征主义者"。1886年，莫雷阿斯在其《象征主义宣言》中，认为象征主义的代表人物是莎士比亚、中世纪的神秘主义者、波德莱尔等人；指象征主义反对自然主义，它的特征是"朦胧性与多义性"，宣称"象征主义诗歌力图在可能及其形式中体现观念，但这种形式不是目的自身，而是为表现'观念'服务，并保持其从属地位"，表现内心的"最高真实。"

象征主义的兴起，是一部分文学青年反对实证主义、自然主义的结果。象征主义认为，艺术不应描写现实世界，因为后者不过是一种表面真实，在其之后还隐藏着一种最高真实。马拉美在谈到左拉时说，左拉"对于生活的感受力是前所未闻的，他对于群众活动的描写，对娜娜皮肤的描写——我们都曾经亲抚它上面的痣，所有这一切，都描写得有声有色，令人惊叹……但是文学总必须富于智力才行，因为客观事物本来就已存在，我们不必去创造它们；我们只需把握它们的关系；正是这些关系的相互联系，构成了诗和管弦乐队"②。马拉美称赞娜娜描写得好，但他以为这在生活中本来就有，不必创造，这种创作方式缺乏智力，认为写作的关键在于把握事物的各种关系。这些论点明显存在矛盾。娜娜被写得使读者抚摸到了她身上的痣，说明形象写得生动，而娜娜的意义，不在于她的痣，恰恰在于作家写出了她与周围人们的关系，要是没有这种关系，娜娜不过是一个僵死的形象。我们发现，后来好多作家、理论家，都重复过马拉美这

---

① ［美］卫姆塞特、布鲁克斯：《西洋文学批评史》，颜元叔译，中国人民大学出版社1987年版，第547页。
② ［法］马拉美：《关于文学的发展》，见伍蠡甫主编《西方文论选》下卷，人民文学出版社上海分社1964年版，第265页。

句话：客观事物本来就已存在，还用得着再去创造它们吗？但是创造并不是再造客体提供原物。不过说实在，马拉美在这里比他的后来者说得还是比较客气的。

针对描写客观事物，马拉美发挥说，人们"选出一定数量的宝石，把它们的名称都写在纸上，名称都写得非常之好，这就算是创造出宝石来了。直到现在为止，文学的儿戏始终都是如此"。马拉美认为："不对！诗在于创造，必须从人类心灵中撷取种种状态，种种具有纯洁性的闪光，这种纯洁性是这样的完美，只要把心灵状态、心灵的闪光很好地加以歌唱，使之放出光辉来，这一切其实就是人的珍宝：这里面有象征，有创造性，诗这个词才取得它的意义。总之，这就是人类可能具有的唯一的创造性。"[①] 马拉美的这一观点，说明了象征主义文学，主要在于写出作家的一种心态，主观内省意识，并把这当作唯一的创造。那么这种主观的内省意识究竟具备些什么特点呢？他说与直接表现对象相反，"我认为必须去暗示"，"巴纳斯派诗人仅仅是全盘地把事物抓起来加以表现，所以他们缺乏神秘性"。"指出对象无异是把诗的乐趣四去其三。诗写出来原是叫人一点一点地去猜想，这就是暗示，即梦幻。这就是种种神秘性的完美应用。象征就是由这神秘性构成的：一点一点地把对象暗示出来，用以表现一种心灵状态。"[②] 马拉美的这段话，比较集中地阐明了象征主义的涵义。一，象征主义就是反对直接地去描写生活现象，直接描写会使诗趣丧失殆尽。二，他认为诗创作是一种暗示，暗示就是让人去猜想，就是一种梦幻状态。三，由梦幻状态、暗示而形成诗的神秘性，这是诗的本质特征。四，所以"诗永远应当是一个谜，这就是文学的目的所在"[③]。象征主义所说的文学的象征，就是要求文学是一个谜，无数暗示，一

---

① ［法］马拉美：《关于文学的发展》，见伍蠡甫主编《西方文论选》下卷，人民文学出版社上海分社1964年版，第264页。
② ［法］马拉美：《关于文学的发展》，见伍蠡甫主编《西方文论选》下卷，人民文学出版社上海分社1964年版，第262页。
③ ［法］马拉美：《关于文学的发展》，见伍蠡甫主编《西方文论选》下卷，人民文学出版社上海分社1964年版，第263页。

种梦幻状态,种种神秘性表现。可以说,马拉美把爱伦·坡、波德莱尔的文学观——纯文学观,全面地系统化为一种新的文学原则——象征主义创作原则。

象征物如何表现象征的东西?也就是说文学这个谜如何让人去猜,它的暗示、梦幻神秘性如何得以体现,有何特征?这主要是通过诗的音乐化来达到。我们在前谈到,爱伦·坡认为只有在音乐中,诗人的灵魂才能逼近神圣之美。几乎所有前期象征主义诗人的诗作,都是往这个方向发展。"马拉美的诗,显系音乐性的,文字被组织与配音,俨然如音符一般。但是魏尔仑的诗,是更直接更实在的'音乐'。"① 有趣的是中国古诗词是与音乐结合在一起的,诗词配乐可唱,但是空灵、流动、明白、易懂,唱是为了更大的抒发。而象征主义倾向于音乐性,不仅是看中音乐的音响性,流动性,而且还有它的模糊性、不确定性、多义性,从中显示出神秘性、晦涩性来。于是,象征主义者在语言方面大力寻找这些因素。马拉美认为语言里本来就有诗存在,散文也是有节奏的诗句。他要求灵感,要求新颖,要求在诗句中间创造出"流动感""灵活性"。铜乐震响,固然很美,但一味敲打,就会令人讨厌。所以"未来的诗将具有容纳着首创性的大诗体的容量,而这种诗体又带有那种来自个人听觉的主题的无限性"②。但是流动性、灵活性、听觉主题的无限性如何得以具体体现?

有位批评家说过:"马拉美的文字提示性的理论,源于一种信仰:即每一人的内心都潜藏着,一种部分遗忘部分活着的原始语言。这种语言和音乐及梦,有非常密切的关系。"③ 把语言和梦、音乐类比,并从这些方面挖掘语言的潜能,这确实冲破了语词的单一性、停滞性,涵义的直露性和明确性,加强了曲折与含蓄,强化了诗语的转义,引

---

① [美]卫姆塞特、布鲁克斯:《西洋文学批评史》,颜元叔译,中国人民大学出版社1987年版,第546页。
② [法]马拉美:《关于文学的发展》,见伍蠡甫主编《西方文论选》下卷,人民文学出版社上海分社1964年版,第261页。
③ [美]卫姆塞特、布鲁克斯:《西洋文学批评史》,颜元叔译,中国人民大学出版社1987年版,第549页。

发出词的种种联系，增强了词的空灵感与多义的奇妙感。马拉美说："继过去那种刻画得清清楚楚的旋律之后，出现了片断的旋律的无限性，这种旋律丰富了音乐织体而不使人感到有十分显著的节拍划分。"① 但梦自然多为虚幻，似有若无，如云若烟，稍纵即逝，神秘奇特，不少青年从音乐中获得冲动，摹仿梦幻，通过隐喻、暗示，再由语言、音乐的暗示，引出联想，构成复杂的意象，表达诗人的复杂感情，"表现更为纯粹的感觉"，使诗风为之一变。这些方面，确实显示了作为创作原则的象征主义的新颖和魅力。瓦雷利在论及《恶之花》时说道："那里一切都是魅力、音乐，强力而抽象的感官……豪侈，形式和极乐。""在波德莱尔的最好的诗句中，有一种灵和肉的配合，一种庄严，热烈和苦味，永恒和亲切的混合，一种意志与和谐的极罕有的联结，这些都使他的诗句和浪漫的诗句判然有别，一如使它们和巴纳斯派的诗句判然有别一样。"②

象征主义作为思潮发展到19世纪90年代末出现低谷。主要是象征主义诗人把他们的创作原则发展到了绝对、荒诞的地步。他们追求隐喻，暗示，过分迷恋音乐性，过分崇拜多义性、神秘性，结果带来了另外许多问题，使语言单纯地为音响服务，以音害义；使隐喻变为纯粹的猜测，读诗有如猜谜；使暗示变得无法沟通，失去感应的效力。于是"文字颠覆了它们的认识内容……在魏尔伦的作品里，'语言被蒸发了，而重新被吸收于韵律之中'"；"象征主义的诗，达于巅峰状态时，便把自己纯粹化得丧失了存在……诗篇脱离真实存在而进入空想，虚幻之域了"；"象征主义渴求纯粹的结果，把自己毁灭了"③。这是两位美国批评家的意见，说得很是实在。如何使诗变成了"纯粹""虚幻"？马拉美最终认为，诗是"不可表达的"。不可言传，

---

① ［法］马拉美：《关于文学的发展》，见伍蠡甫主编《西方文论选》下卷，人民文学出版社上海分社1964年版，第260页。
② ［法］瓦雷利：《波德莱尔的位置》，见《戴望舒译诗集》，湖南人民出版社1983年版，第115、116页。
③ ［美］卫姆塞特、布鲁克斯：《西洋文学批评史》，颜元叔译，中国人民大学出版社1987年版，第546、549页。

不可表达的最好方式就是"沉默"。"在马拉美那里，沉默具有正面的特征，这是其纯诗美学的极致，这是积极的沉默。"① 但是这样一来，文字、音乐性、象征、暗示、感应，等等，都消逝于诗人的冥想之中，也就不再有诗了。

19 世纪末，在俄国文学中也出现了象征主义思潮。1894—1895年间，《俄国象征主义者》三册诗集出版，同时还有巴尔蒙特、勃留索夫等人的个人诗集问世。苏联学者把象征主义者分成三个流派，一是梅列日柯夫斯基等人一派，这派的诗作强烈地表现了寻神的宗教哲学观点。宗教神秘主义者梅列日柯夫斯基在诗集《象征》以及诗作《夜的孩子》中，把诗人看作是预言者，能见到神秘、人所不知道的东西；在另一些诗里，他把世界历史视为两种宗教精神斗争的场地。二是巴尔蒙特、勃留索夫等人一派，他们采用表现主义手法革新俄国诗歌。三是更年轻的一些诗人如勃洛克、别雷等人的一派，他们信奉宗教哲学，别雷说过："艺术的最终目的是再造生活……在艺术中隐藏着宗教的本质。"② 这三派并不相同，但在艺术观上是一致的。

像法国象征主义诗人一样，勃留索夫把象征主义称作"暗示的诗歌"。勃留索夫认为有两种诗，一种是以普希金等人为代表的诗歌；"另一种则是不断脱离可见的、表面的诗，走向超越感觉的诗，为神秘的、令人猜不透的人的精神隐秘所吸引的诗，为意识之外某处感到的不可名状的感觉所吸引的诗。它的范围是纯粹的抒情诗。"③ 象征主义者把自己的兴趣，引向所谓表面后面的东西，"不从它的外在方面，不从它的部分现象方面那种描写生活的意向，而是通过象征的形象道路，从本质上描绘那隐藏于偶然的、零散的现象背后的东西，组成与'永恒'，与宇宙、世界进程的联系"。所以对于象征主义诗人来说，象征"是通向永恒的窗口"。而象征主义，则"是通过形象描写观念

---

① 见《法国文学史》第 3 卷，苏联科学院出版社 1959 年版，第 368 页。
② 见普鲁茨柯夫主编《俄国文学史》第 4 卷，俄文版，苏联科学出版社 1983 年版，第 420、423 页。
③ [苏] 勃留索夫：《勃留索夫文集》第 6 卷，苏联文艺出版社 1975 年版，第 219 页。

的方法"①。

巴尔蒙特是 20 世纪初俄国象征主义的诗歌中成就最突出的人物。勃留索夫曾说:"在俄国文学诗歌艺苑中,无人可与巴尔蒙特比肩而立。"② 巴尔蒙特与爱伦·坡等人的观点是一脉相承的,1895 年他翻译坡的诗作出版,在前言中他写道:"我把这种诗称作象征主义诗歌,它除了具体内容之外,还有隐蔽的、与最最柔情的线条联结、有机地交织一起的内容。"③ 他同样把现实主义视为表面性的描写,而象征主义的任务在于借助暗示与朦胧,透入神秘的意义。他在把《燃烧的大厦》一书寄赠托尔斯泰时说:"这本书是一个被撕裂了的灵魂的不断呼号,如果您愿意,可称它是贫乏的和畸形的书。不过我不准备放弃其中任何一页。到现在为止,我对畸形的爱,较之对和谐的爱并不更少。"④ 大厦的形象实际就是正在崩溃中的社会形象。

巴尔蒙特的诗作特别富于音乐性,他说:"诗歌是内心的音乐,是有节奏的言语外在表现。"苏联学者提出巴尔蒙特在诗歌的重大贡献时说:"巴尔蒙特的诗作的音乐性和谐性(作曲家十分喜欢用它们来创作音乐),艺术手段的多样性(巴尔蒙特在很多方面丰富了俄国诗歌),对他所见的所作的玲珑剔透的印象主义的速写,人的精神活动的微妙的再现,这一切不仅吸引了诗歌爱好者,而且还有诗歌的创作者。"⑤ 此外如勃留索夫、勃洛克、别雷、安德列耶夫等人,或在诗歌或在剧作中显示了象征主义的活力。像勃洛克甚至在写革命题材的《12 个》中也不自觉地移入了宗教性的象征形象。

俄国象征主义思潮中有思想消极的一面,如梅列日柯夫斯基的一些宗教神秘主义的诗作,索罗古勃的不少歌唱坟场、棺材、出殡、黑暗等的诗作。当时就有人进行过批评:巨大的黑影,星星隐没,乳白

---

① [苏] 别雷:《小品集》,莫斯科,友谊印刷所 1911 年版,第 229、139 页。
② [苏] 勃留索夫:《勃留索夫文集》第 6 卷,莫斯科,文艺出版社 1975 年版,第 256 页。
③ 转引自普鲁茨柯夫主编《俄国文学史》第 4 卷,苏联列宁格勒科学出版社 1983 年版,第 463 页。
④ 见苏联《俄罗斯文学》1970 年第 3 期。
⑤ 转引自普鲁茨柯夫主编《俄国文学史》第 4 卷,苏联列宁格勒科学出版社 1983 年版,第 436 页。

色的云雾在覆盖下来，温柔的陶醉，愉快的死亡①，等等，确也反映了世纪末的无望情绪。在这种意义上，后人称它为精神、诗风颓唐的"颓废派"，也不是没有道理的。

总括一下前期象征主义文学理论及其创作，可以说这是一种与现实主义原则大异其趣的创作原则。如果我们不是像过去那样把它们与现实主义对立起来理解，那么应该承认，象征主义创作原则的出现，是艺术思维本身的新发展，这种文学的兴起，也是对文学本身的丰富。

首先，象征主义原则开辟了新的领域，即人的内心精细的感受领域。人的内心生活的描写，在浪漫主义文学、现实主义文学中都是存在的，但很少把它们作为一种单独的形态来写，而总是与社会、历史、具体人物结合一起描绘的。象征主义则不然，它也写具体事物，但其目的在于透过具体的现象去发掘隐蔽于其后面的一种或多种涵义，一种彼岸世界的、不可名状的、只可凭直觉去意会的东西。或者是它虽写具体事物，但完全是为表现一种观念，使观念入诗。因此在20世纪初，就有人提出新的思潮的出现，使文学转向内心世界，并专注于人的内心、意会。这正是后来现代主义各个流派的创作的出发点。

其次，创作原则中的非理性因素大大加强，这主要表现在把文学视为梦幻，看作是谜一样的东西。在艺术把握上，加强直觉、透视，使用暗喻，去一点一点地暗示，从而使象征不再局于修辞的角色，而成为总体象征。非理性和直觉因素，对于创作来说这是完全可以理解的心理现象，创作中的无数环节，藉它们之助而得以发生与完成。发掘、应用这些因素，无疑极大地丰富了文学创作的手段。但是也要指出，象征主义的文学观念并不是很实在的，文学可以不是谜，不是梦幻，而可以是对现实的审美观写照；文学可以是象征，也不一定是象征。在不是象征的文学里，在真实描写的艺术结构中，照样可以显示出它的内在的深邃涵义，它的最高真实，而不必猜测，到往往并不能

---

① 见卢那察尔斯基《艺术之社会的基础》，水沫书店1930年版，第139、140页。

给人启示的暗示中去寻找；暗示、隐喻、猜测增加了阅读的难度，引起变异与奇异化的兴趣，但也并非一定就是如此，难度是有一个限度的。越过有一定限度的"难度"，作品就难以被人接受，而会被阻于人们的阅读之外。

再次，象征主义原则的使用，加强了语言方面的探索。人的感受不能被重复，必须通过语言去把握它那瞬间的音调。语言在象征主义者那里要求变为一种音乐性的语言。同时，音乐性的语言受到象征的左右，语义含混，朦胧模糊，形成一种多义歧解的不确定性，一种诗意的朦胧美。象征主义者避免了诗的直露，使诗意曲折幽邃，含蓄耐嚼。但是也有一些象征主义诗人，剥夺了语言的涵义，使诗歌成为摆弄韵律的场地。马拉美后来把诗语神秘化，以为诗不是交际和传达感受，而是行使巫术影响，就像韩波把诗看作是"炼金术"，而别雷称诗人为"巫师"一样。

象征主义的主要成就是在抒情诗方面，而流行于后世的自由诗体裁，正是象征主义者的创造。韩波的诗作，成了现代自由诗的滥觞。

第八章　20世纪文学创作原则多元化与艺术假定性的多向选择

第一节　社会思潮蜂起与艺术思维的重大转折

一　方法

我们在上面把浪漫主义、现实主义和象征主义列为创作原则的三种原型，描述了它们的发生和它们在19世纪的形态。

进入20世纪，文学思潮、流派的产生与变化，突然进入了一个迅速转换的多元的境界。各种主义竞生蔓长，使人眼花缭乱，目不暇接，原有的创作原则时时受到非议。如果对这些新出现的原则做些分析，它们与上述三种具有原型意义的创作原则，都有着广泛的联系。

今天的文学评论不喜欢概括，这自然有其合理的方面。例如，现象一加综合，它们本身的种种特征就可能被忽视了，血肉不见了，而只剩下了简单的骨架。无疑，现象总比概念更丰富，自然也比原则多样，但是就是对于单个现象的研究，如果摈弃综合、概括的方法，也只能成为一种就事论事的描述。对于世界范围内的文学现象，综合、概括其原则，无疑会使它失去原有的丰富性，但是这样做，也无疑可以窥见其共同性、规律性。所以具体的描述的方法是需要的，印象主义式的批评也可存在；但分析、概括、综合的方法同样需要，它们并不矛盾、排斥，并各有自己的对象。问题在于要使概括、综合具有普适性，又有科学性。排斥研究中的综合、概括，是理论上的浮躁与盲目。纵观20世纪文学，尽管思潮迭起，但主要有三大潮流：浪漫主义、现实主义与现代主义，20世纪50年代之后还有后现代主义的兴起。20世纪的浪漫主义文学在不少国家时有表现，但在这些国家文学中常常只是处在支流的地位，似乎没有成为一种世界性的主潮。作为真正的世界性的主潮是现实主义与现代主义。提出这样的综合方法，可能会招致非议，但是如果从总体上来把握文学发展，则不失是一种主要途径。自然，我们所说的现实主义，是作为一种创作原则的综合系统来了解的。20世纪现实主义打破了19世纪的单一性，形成各式各样的现实主义，走向自身的多元化。现代主义同然，它包括了众多流派，同样是一种多原则的创作系统。可以对这些流派进行缜密地条分缕析的探讨，只谈它的点滴经验，但是客观的分类、综合的方法是与前者并行不悖的。当然，主要的是避免无边现实主义的概念、大现实主义的概念，以为凡是在艺术结构中反映了真实性的作品，都被赋予现实主义精神，或现实主义称号。同时也要避免大现代主义、无边现代主义的概念，以为20世纪文学全是现代主义，其他文学都不存在了，或是把手法上有所变化的文学都归入现代主义文学、后现代主义文学之列。

二 非理性主义思潮的复杂涵义

探讨20世纪文学创作原则，不能不对影响整个文化进程的文化哲学思潮有所了解。

20世纪文学的最大特点是多元化特征。人的艺术创造力显得无比旺盛，人的审美趣味与节奏随时变换，过去的审美原则不断裂变，新的审美方法时时形成，终于导致人类审美思维的重大转折。如果再进一步，那么可以发现，这一重大的转折与社会变动，科学、哲学思想的伟大影响是密不可分的。文学发展的自身规律，必须置于这种文化大背景下，才能理出它的基本线索，本节只是简要地论及这点，下编将详加讨论。

19世纪下半期开始在发达国家与不发达国家都发生了革命与改革运动；随之是第一次世界大战；俄国、德国革命，成功与失败，专政与反奴役；红色的20世纪30年代，大萧条，大危机；法西斯上台，第二次世界大战。人在世界范围内从来没有处在这样动荡不安、恐怖悲观的环境中过活，各式各样的思想家思考着这一问题。

中世纪教会崇信仰而贬知识，宣扬神的信仰与意志，以为信仰高于知识，意志高于理性，上帝统摄一切。资产阶级兴起时，嘲弄与批判神学，大力宣扬理性主义，提出"知识就是力量"，颂扬科学与人类进步，科学上的重大发展造福人类，推动社会不断前进。黑格尔的美学、哲学，都是建立在理性主义基础上的。19世纪上半期以前，大部分哲学家，不分唯心主义与唯物主义，都是理性主义的拥护者。

但是这种情况，从19世纪中叶开始或更早一些时候，就发生了变化。敏感的思想家们发现，资产阶级的理性王国并不美妙，他们看到了它的弊端。于是一部分人继承传统，创立新说，谋求对社会的改造，以为在新的科学的理性主义的指导下，世界可以走向普遍的幸福与繁荣。理性、科学、知识、阶级斗争、发展生产，被看成是社会发展的动力。如马克思、恩格斯的社会主义、哲学学说，到了20世纪初就被应用于实践，建立了无产阶级专政；而当资本主义陷入经济危机年代，这种学说曾大为流行。1960年，托马斯·门罗在《马克思主义文艺理论史》一文中谈道："马克思和恩格斯的思想在社会科学中的传播十分广泛……乃至这一领域里的任何人都无法否定它们的重要性。"但在一些国家的实践中，由于把它当作教条，引向极端，当作超越知识的迷信与信仰，阉割了其科学性，以及东方封建制度的根深蒂固的影响，于是造成了多种形式的社会动荡，使其受到严重挑战。但是近半个世纪以来，这种学说在西欧国家也正受到重视。

另一方面，从19世纪中叶开始甚至更早一些，出现了非理性主义的思潮，它冲破了唯理性主义认识论的束缚，开拓对于人类自身的深层认识，意义极大。我们在这里无意全面评述，只就与文学艺术发展相关的学说做些介绍。叔本华提出世界上的一切，都以主体为条件，并为主体而存在，主体是一切客体存在的先决条件。主客二体，"存则共存，亡则两亡。双方又互为界限，客体起处便是主体的止处"。在这种基础上，他认为世界是人的表象和意志，意志"超越现象直达自在之物，现象就叫表象……一切客体，都是现象，唯有意志是自在之物"。叔本华把认识与理性视为意志的产物，是意志发展到一定的高度阶段才出现的现象。直观是真理源泉，"理性认识只是直观世界的摹写与复制"，近似于"镶嵌中的碎片"①。艺术只是纯粹审美而掌握真理的复制品。同时，叔本华又把人的意志视为本源，而意志又表现为欲求与生命，因此意志也即生命意志。但人的欲求又永远不能满足，于是十分痛苦。何以解脱？唯有在寂灭、涅槃中找到极乐。这是一种悲观主义的意志哲学。不过这种哲学虽属悲观主义，但是对于理性主义思想却是一种深刻的反思，它至少看到了世界并不像唯理性主义设想的那样美妙，以致罗素竟然说："有了他的悲观论，人们就不必要相信一切恶都可以解释开也能致力于哲学，这样，他的悲观论当作一种解毒剂是有用的。"②

克尔凯郭尔像叔本华一样，贬低乃至反对理性，批判黑格尔的理性主义。他说："你必须与理性斗争，甚至不认识它，甚至把它杀死，否则一个人就不能进入天国。"③"我们的时代缺乏的不是反省力而是热情。"④ 在这种反理性主义的思想基础上，克尔凯郭尔认为哲学研究的是作为个人存在的人，即人及其存在，但是个人是这个人的"孤独的个体"，是具体的人，肯定自己存在的人。孤独个体是人的精神，而精神就是自我，自我又是什么呢？自我就是一个与自我本身发生关系的关系。这样，在克尔凯郭尔那里，个人是真正的存在，个人就是一切。那么这个个人的真正的存在形态是什么呢？这就是恐怖、厌烦、忧郁、绝望。恐怖是痛苦，也是人意识到自己的表现。"绝望的人不能死去……也不能消灭凭以为生的永恒自我"。"人之所以绝望，是因为它不能消灭自己，而令自己成为他物。"⑤ 这样，我们就听到了他唱的是人的孤独绝望之歌⑥。非理性哲学出呈现了过去哲学中不被

---

① ［德］叔本华：《作为意志和表象的世界》，石冲白译，商务印书馆1982年版，第29、164—165、98页。
② ［英］罗素：《西方哲学史》下卷，马元德译，商务印书馆1982年版，第310页。
③ 转引自考夫曼编著《存在主义》，陈鼓应、孟祥森译，商务印书馆1987年版，第10页。
④ 转引自考夫曼编著《存在主义》，陈鼓应、孟祥森译，商务印书馆1987年版，第9页。
⑤ 转引自徐崇温主编《存在主义哲学》，中国社会科学出版社1986年版，第61页。
⑥ 见拙著《现实主义与现代主义》，人民文学出版社1987年版，第6页。

重视的种种非理性因素，深化了对人自身的认识。

在19世纪下半期的非理性主义哲学中，尼采的论点是表现得最彻底的了。他认为科学并不能为人生提供目标，各种学说、发明使人不注意人的本体、人性的发展，它们压抑了人的生命的本能，文明、科学使人性产生片面化、异化。他以为两千年来，从苏格拉底起人们就奉行乐观的科学主义。但是现实的情况是，当"我行走在人们中间，如同行走在人类碎片断残的肢体中一样"。人在社会中失落自我，发生异化。人怎样找到一条返回自身的道路？要崇尚非理性，贬低理性，因为非理性是人性的最根本因素，人的一切行为都受非理性制约。其次，尼采反对以基督教为基础的传统道德，他以为这种道德同样扼杀人性、人的自然本能，并导致人的衰退。在此基础上，尼采提出了权力意志说："生物所追求的道德是释放自己的力量——生命本身就是权力意志。"这是强者的生命对弱小的生命的支配，而其理想的人，就是"超人"。尼采的"上帝死了"的观点，是其理论的极致。不管上帝是给众人打死的，还是由于怜悯太多窒息而死，反正"上帝死了"。在陀思妥耶夫斯基的小说里，如果上帝死了，那就"百事可为"，可以无所顾忌。在尼采那里，其意义是原有的理性、认识、道德死亡了，原有的理性、迷信崩溃了，原有的道德规范解体了，人可以对自己的人性做出新的规定，人是价值的创造者，人是"超人"。但是"上帝死了"还有一个更为深远的意义，这就是上帝死了，原来依赖上帝布道，按照上帝教导相信天堂美于现实的广大群众，发觉人群、发觉了自己飘零无依的窘境，他们不能成为"超人"却又不得不踯躅于陌生的人世，受苦死亡。无疑，尼采的这种反理性主义的哲学，窥见了科学、知识、单纯理性发展给人带来的消极一面。事实上，在社会现实的发展中，充满了非理性因素，并发生了不可估量的巨大作用，它们难以为理性立刻认识，过后才能把握它们，并给以调整。不过，叔本华、尼采的反理性主义对理性与认识的否定，走向了虚无主义的极端。

柏格森的生命哲学同样向非理性主义跨出了重要的一步。他认为存在没有规律性，智力不能透入生活本质，只有本能才能认识生活，而本能就是直觉,其中艺术的直觉是一种真正的认识事物的能力。"所谓直觉就是指那种理智的体验,它使我们置身于对象的内部,以便与对象中那个独一无二、不可言传的东西相契合。"①至于分析,他认为这仅是一种转述,就是把一种东西用不是它本身的东西表达出来;而直觉则是"一个单纯的进程"。艺术创造是一种瞬间创作,"是以一个不可分割的直觉的投影来感动我们,表现也就越完整了"②。直觉与智力相比,前者能抓住后者不能提供的东西。在《笑,论滑稽的意义》一书中,柏格森指出,艺术之所以需要,在于能够沟通我们和自然,引起共鸣,其时我会听到在我们心灵深处发出的我们的内在生命的永不中断的旋律,就像听到一种有时欢快、更多的时候则是在哀惧的东西,但是,"在大自然和我们之间,不,在我们和我们的意识中间,垂着一层帷幕,一层对常人来说是厚的,对艺术家和诗人来说是薄得几乎透明的帷幕"③。何以厚厚的帷幕到了诗人那里就变成透明的帷幕?在于诗人与艺术家有一种直觉能力,能穿透隔阂,直逼对象。要做到这点,必须采取非功利的态度,只有毫无功利观的艺术才给人以巨大享受。"艺术唯一的目的就是除去那些实际也是功利性的象征符号,除去那些为社会约定俗成的一般概念,总之是除去掩盖现实的一切东西,使我们面对现实本身。"④ 总之,知觉的纯粹性蕴涵着与功利的成规的决裂,即不计功利。生活的某种非物质性,即"理想主义",对现实形成一种超越。柏格森说这是一种自然的超越,是人的感官结构中的天生的东西,可以通过视觉、听觉而得以表现。"如果这种超脱是彻底的超脱,如果我们的心灵不再通过任何感官来参与行动,那就将成为世上还从来不曾见过的艺术家的心灵。有这样的心灵人将在一切艺术中都出类拔萃,也可以说他将把一切艺术都融

---

① [法]柏格森:《形而上学引论》,见洪谦主编《现代西方资产阶级哲学论著选辑》,商务印书馆1982年版,第137页。
② [法]柏格森:《创化论》,见伍蠡甫主编《现代西方文论选》,上海译文出版社1983年版,第86页。
③ [法]柏格森:《笑——论滑稽的意义》,徐继增译,中国戏剧出版社1980年版,第92页。
④ [法]柏格森:《笑——论滑稽的意义》,徐继增译,中国戏剧出版社1980年版,第96页。

而为一。"① 这种超越论，使得柏格森认为伟大的艺术家是与世隔绝的。"艺术是与社会的决裂"，艺术不必了解情欲在周围横行的情况而又能进行忠实的描绘，主要在于求诸"自己的感受"，使用内省的方法，"深入进行内心的观察"。"他进行内心观察时付出的努力是如此巨大，以致能使捉住潜在于现实之中的东西，并能把自然留在他心中的处于素描式轮廓状态的东西重新捡起，把它补足成完整的作品。"②所以如果诗人创造的人物给人以生动的印象，那是因为他的人物就是诗人本人，就是分解成了几个身子的诗人的再现。

存在主义通过海德格尔、雅斯贝尔斯逐渐形成，而萨特是存在主义集大成者。存在主义主要表现在对人的存在、现实关系、荒谬状态的探索。存在主义探索人的存在的自我意识、情绪、激情，通过它们揭示人的生存的荒谬处境。海德格尔说，人的存在是首位的，要是世界没有人，其他一切就没有意义。萨特认为，人的存在先于本质，其意思是说首先有人。人在世界上出现，然后给自己下定义。"如果人在存在主义者眼中是不能下定义的，那是因为在一开头是什么都说不上的，他所以说得上是往后的事，那时候他就会是他认为的那种人了……"③ 存在主义者说，人除了他认为的那样以外，其他什么都不是，人就是要对自己成为怎样的人负责。这样，人应是自由的人，与其存在联系一起。萨特把人的这种自由视为绝对自由，人处于困境之中，就会意识到自己存在的处境，就会去进行选择，所以"自由是选择的自由"，每个人都可以确定这种选择，确定自己的本质。但是社会是人与人共同组成的，一个人的绝对自由必然会与另一个人的自由与选择发生矛盾冲突，所以要维护个人的自由与选择，必然会排斥他人的存在。"他人就是地狱"，在亲友、恋人之间都是如此。摆脱的办法就是介入社会的斗争。海德格尔则从另一个方面论述实现个人的存

---

① [法]柏格森：《笑——论滑稽的意义》，徐继增译，中国戏剧出版社1980年版，第94页。
② [法]柏格森：《笑——论滑稽的意义》，徐继增译，中国戏剧出版社1980年版，第103页。
③ [法]萨特：《存在主义是一种人道主义》，汤永宽译，上海译文出版社1988年版，第8页。

在。他把个人的存在不是看作人的实体存在,而是某种超出感觉和思维的本能活动,是人面临孤寂、苦闷、焦虑,甚至面临绝境、死亡等状态下的各种心理本能活动。人只有处在这种心理状态中才会真实地感到自己的存在。因为其时他才懂得生的意义,所以"死是人的存在的最高可能性"。海德格尔一面把人的生与死的临界状态视为存在的最佳形式,另一面又提出要超越个人存在,以达到普遍存在,转向他人、世界。但是完成这种超越,或是靠宗教信仰,或靠内心体验,别无他途。

除了上述哲学思潮,20世纪心理学中的进步,在非理性认识方面也对文学产生了巨大的影响。其中主要流派当推威廉·詹姆士的意识流理论与弗洛伊德的精神分析学说,此外,还有后来的格式塔心理学、认知心理学、人本主义心理学等。

意识流理论克服了心理学中的机械反映论。第一,詹姆士提出意识是一种连续性现象。客观事物是分离的,断断续续的。但是作为事物反映的意识,却不会感到前后中断,它在时间上感觉不到事物的间隔。"意识在自己看来并非是许多截成一段一段的碎片,乍看起来,似乎可以用'链条'或'系列'之类字眼描述它,其实这是不恰当的。意识并不是一节一节拼起来的。用'河'或'流'这样的比喻来描述它说得上是恰如其分。"因此,詹姆士把这种意识现象称为"思想流或主观生活之流"[①]。第二,詹姆士认为意识是"常变的"。波林认为詹姆士有一种极端的观点,以为"任何状态都是一去不返的,也必不同于以前的状态",即"由于时间不同,所以回来的东西随而不同。他的意思以为每一种意识状态都是整个心物总体的一种机能,更以为心灵是积累的,而非重复的。物可再至,但感觉或思维则否"[②]。第三,詹姆士认为,心理时间有其自身特点,可以前后颠倒,客观事物的流程是分离的,不连续的,但其时序是难以改变的;而主

[①] [美]詹姆士:《心理学原理》,见《文艺理论译丛》(1),绿原译,中国文艺联合出版公司1983年版,第236页。

[②] [美]波林:《实验心理学史》下册,高觉敷译,商务印书馆1982年版,第583、584页。

观生活之流就不同,在意识中,时序世界不甚分明,可以相互穿插,或加以颠倒。"事实上,要在人的意识中找到完全属于现在而与过去毫不相干的情形将是极端困难的。"① 就是说,在意识中,过去与现在之间并不存在绝对的界限。这样就形成了心理时间的概念。

精神分析学说的内容,我们在前面已作过评述。

可以看到,展现我们面前的19世纪下半期和20世纪的各种学说,既是人类认识的深化,也有不少谬误。其中既有力图使空想变为科学的学说,人类社会发展轨道的设想,所以表现了理论的乐观的声音,批判的声音;同时也有种种相反的声响。上帝死了,成了后一倾向中种种学说的指导精神。它的积极意义是让人们清醒地看到人的异化与荒诞的处境,他的存在并不乐观;使人深入到了人的意识、心理的另一面,他的内心世界,心理深层的非理性方面;揭示了生活的发展按照理性的设想还存在许多问题。因为存在还有理性取代不了的非理性方面,这是人的生存与存在的组成部分。

于是种种非理性主义:上帝死了,旧有的信仰崩溃了,个人是真正的存在,其他一切皆属虚妄,人是痛苦的存在,人的本质是自我规定,于是生命意志论成为西欧哲学主潮,而直觉主义、自然本能动因说、内省方法论等等,一方面深化了人对自身的了解,自身处境的认识;另一方面,由于这些理论都企图把自己视为绝对真理,构建成一种哲学原理,走向绝对化,从而必然使它们走向谬误。理性主义思维的进一步发展与非理性思维的思潮的形成与深入,促成了艺术思维的世纪性转折。

三 世纪性的转折

20世纪文学正是在上述文化气氛中产生的,这种文化气氛促进了人们审美意识的巨变。同时这种变化,也是文学自身内在需求发展的结果。19世纪下半期的文学大体是现实主义、自然主义、浪漫主义、

---

① [美]詹姆士:《心理学原理》,《文艺理论译丛》(1),绿原译,中国文艺联合出版公司1983年版,第238页。

第八章 20世纪文学创作原则多元化与艺术假定性的多向选择

象征主义的文学。随着社会思潮、文化心态的变化，作家与读者的审美趣味的变化，主要表现在对原有的审美习惯、方式的不满足，文学创作要求出新。

一种是现实主义作家本身要对现实主义进行新的探索，特别是对发展到极端的自然主义描写颇多批评。在现实主义的新的探索中，有两种方式。一种是向其他创作方式转移，例如契诃夫这样的戏剧大师，后期的作品具有了象征主义色彩，易卜生同然。另一种也是主要的一种，不断深化现实主义，采用新方式，开辟新道路，使之创新与发展。同时由于各个国家文学发展的不平衡状态，使现实主义发展形成时间上的起伏状态，并且产生多种流派。出现了传统因素比较强而又各具特色的现实主义。它的代表作家有高尔斯华绥、毛姆、易卜生、高尔基、德莱塞、辛克莱·路易斯、罗曼·罗兰、莫里亚克、马丹·杜伽尔以及鲁迅、茅盾、老舍、巴金、沈从文等人。出现了所谓社会主义现实主义，其中有肖洛霍夫、安娜·西格斯、阿拉贡式的社会主义现实主义，有布莱希特式的社会主义现实主义，有艾特玛托夫式的社会主义现实主义。至于社会主义现实主义的创作原则本身的问题，我们将在下面论及。有以茨威格为代表的心理现实主义；有以巴尔加斯·略萨为代表的结构现实主义；还有加西亚·马尔克斯式的魔幻现实主义；中国式的革命现实主义。

另一种是在象征主义、浪漫主义基础上发展起来的现代主义。现代主义是一个相当笼统的名称，用它来称呼20世纪以来的西方文学，并不十分确切，主要是20世纪文学都是现代文学，各国文学都是现代文学的一部分。其次，认为现代文学中现代主义文学才是现代的，并不符合事实，非现代主义文学中也有最新式的文学。现代主义派别众多，在创作原则上有其共同性，主要是它的非理性倾向，这也是现代主义创作原则区别于现实主义创作原则的地方。现代主义经历了几个发展阶段，如现代主义阶段，后现代主义阶段，而后者也往往被视为前者的余波，所以一般也仍以现代主义称呼它，但这样做又不尽合适。现代主义各个流派都带有标新立异的实验性特征，因此创新常常伴随着读者不懂的问题。如果我们把现实主义和现代主义的艺术更新加以综合的观察，就可以窥见20世纪审美思维的伟大转折。

这种审美思维的转折，一方面表现为现实主义审美思维的不断更新，建立了多种创作原则形式。另一方面又表现为现代主义各种流派的崛起，并向现实主义、自然主义文学等创作原则不断地进行挑战。这一挑战既来自美学家也来自作家。前面论及的叔本华、尼采、柏格森、弗洛伊德、海德格尔、萨特等人，都有关于美学方面的论著。上一节我们对他们所作的理论上的概括，正是他们美学、文学思想的核心，也成了现代主义文艺思想的出发点。20世纪现代主义文学的一个重要特征是，它的出发点或中心思想，常常是哲学思想的演绎。在以现实主义为标榜的作品中，确有大量平庸之作，特别是自然主义的生理遗传病态的不分巨细的、点滴不漏的事物描绘，败坏了读者的胃口，而要求审美趣味有所改变。不少读者、作家也像敏感的哲学家一样，在巨大的历史变动面前，发觉上帝已经死了，自己变得无所依恃，内心惶惶。现实有如梦幻，白云苍狗，变化莫测，不可理解。他们的处境引起了心理的审美内向，转向精神的颤动，内心的反省，细腻的感受，精致的形式。另一方面，不少作家、艺术家标榜自己新的理论旗号的时候，都会对现实主义贬斥一通。他们把现实主义理解为简单的模仿，僵死的再现，用庸俗化的理解反对庸俗化了的理论，形成了理论错位。同时，他们提倡创作中的非理性，描绘人的异化，人性的变形，人的荒谬处境。各种审美心理的变化与哲学思潮的结合，推动着创新与变革，形成艺术思维的重大转折与创作的不同走向，使20世纪文学出现了一个琳琅满目、争奇斗胜的局面。

第二节　现实主义创作原则系统

现实主义文学创作在19世纪达到了高峰状态，但到了20世纪，它在不断地受到挑战中逦迤前进。现实主义原则具有深厚的审美潜力。拿比较接近传统的现实主义作家来说，他们在现代主义潮流成为世界思潮的环境中,仍然注意现实生活的变动,按照现实生活的本来面目的原则进行写作。例如前面提及的一批家族小说,都是20世纪文学中的杰作。它们显示了旧的制度和生活无可挽回地走向死亡。大家族的没落与更迭,原有家庭、道德关系的崩溃,人性恶的肆虐,美的被扼杀,这是这批家族小说的主题与魅力。罗曼·罗兰的《约翰·克里斯朵夫》描写了一个心灵高尚的、奋力拼搏的人的一生,主人公作为艺术家,不肯与世俗观念、等级制度妥协,他有博大的人道主义胸怀;但在拼搏中不断受苦,临死前仍想负起爱人的使命,小说这富有象征意味的结尾的人道主义光辉,激励着广大读者的心。

两次大战战后,不少国家出现了一批现实主义杰作。多斯·帕索斯的《美国》三部曲,以各种艺术手段,特别是用"蒙太奇"、新闻短片、报告等形式,连缀成了20世纪头几十年的美国生活画面,概括性地独创一格地描述了另一个美国,一个黯淡的美国。海明威与雷马克在三四十年代是齐名并称的。战场的屠杀,种族的迫害,血腥的镇压,使人跌入了苦难深渊。人们有如一群牲口,被反动势力追东逐西,飘零、迷惘、抗争、流亡、生死无依。普遍的命运的失落感、苟安、死亡,这种种迷惘情绪,大概在《永别了,武器》《生死存亡的时代》《凯旋门》中,表现得最为淋漓尽致的了。当不少作家感到生活无望,原来表现迷惘情绪的海明威,在20世纪50年代初推出了《老人与海》,小说带有象征主义的意味,但非象征主义小说。在小说中,人是失败者,又是胜利者,它所表述的理想却是极端的理性的:"可是一个人并不是生来要给打败的","你尽可把他消灭掉,可就是打不败他"。可以说,与此同时,福克纳几乎表述了同样的思想。当荒诞派兴起,宣告人的荒诞与绝望,战争阴云仍未退去时,福克纳说:"我不想接受人类末日的说法……我拒绝这种说法","人是不朽的,我相信人类不但会苟且地生存下去,他们还蓬勃发展"。作家的"特殊光荣就是振奋人心,提醒人们记住勇气、荣誉、希望、自豪、同情、怜悯之心和牺牲精神,这是人类昔日的荣耀"。显然,福克纳的作品主要是运用意识流的手法写成的。他往往通过失去理性的人的非理性视角来折射出现实,但他所表述的思想却充满理性,我们从未从哪一位现代主义大师那里,听到过如此清晰、豪迈的声音,对人类充满希望的声音。

所谓社会主义现实主义作为一种文学思潮,无疑是20世纪的文学事实。这一思潮由不同流派组成,这主要采取了传统的现实主义方式写作。20世纪30年代苏联确立的社会主义现实主义原则,"要求艺术家从现实的革命发展中真实地、历史—具体地描绘现实。同时,对现实的艺术描写的真实性和历史的具体性应该与用社会主义精神从思想改造和教育劳动人民的任务结合起来"。这一公式的严重失误在于以政治统制文学,忽视文学本身的特征,使自己变为一个规范化的式子。要求从现实的革命的发展中真实地、历史—具体地描绘现实,这是现实主义的一种形态,拿一种形态要求现实主义,这已经使现实主义狭隘化;再通过行政手段把这种式子作为唯一的写作要求,就堵死了非常态现实主义写作,即那种真正透入生活深层的批判性的现实主义的写作,而又不符合社会主义精神的写作。这一式子把历史的认识,当作对审美认识的统一准则与要求,结果清除了历史发展中的偶然性与特殊性,过程的曲折性,人性的复杂性、变动性与流动性,好像现实生活都是按着人的主观的美好理想的设计而进行的。这一式子堵死了非现实主义流派的写作,如表现主义、荒诞夸张、浪漫主义、象征主义的写作,形成了独尊一家的局面,使创作走向极端的单一。这一式子的后一要求又把艺术的一个方面的功能加以绝对化,贬低并削弱审美功能,只能写正面现象、正面人物,结果使文学公式化、教条化,以至走上粉饰生活的道路。从20世纪50年代中期开始,社会主义现实主义这一式子,不断在苏联作家中间引起争论,并在其他一些国家发生反响,一些作家对它的种种规定提出异议,除了理论本身的失误,也还有无法用它来概括苏联文学的全貌的原因。于是就有学者提出"社会主义文学"这一概念,指出社会主义现实主义文学不过是苏联文学中社会主义文学的主要部分,反对将社会主义现实主义作品与社会主义文学、苏联文学等同起来。20世纪70年代初,德·马尔科夫提出了社会主义现实主义是"真实表现生活的历史地开放体系",这是"艺术意识的新类型,原则上的新的美学体系,就其广泛地把握和真实地表现生活来说,是历史地开放的体系"。"它对客观认识生活的合乎规律的发展,从而对表达这种发展的艺术形式,都是开放的,正是应当从这种体系的联系中看到,社会主义现实主义具有把过去和现在的艺术的其他各种流派在表现手法方面的成果结成一个整体的可能性。"① 这样,别的体系的诗学成分加入到社会主义现实主义的体系中来,认为这是一个完全消除不协调因素的过程,是根据新体系的要求改造这些成分的功能的过程。这一原则提出来后曾引起长期争论。一些学者认为这是一种无限的开放,会变成"无边的现实主义"。20世纪80年代,苏联文学发生了巨大变化,一切都在受到再评价,所以社会主义现实主义又引起了进一步的争论。一种意见认为社会主义现实主义应予坚持。第二种意见是概念本身无错,错在对它的理论阐述,作为一种"方法",确是一种存在,要用新观点在理论上作出令人信服的阐明。第三种意见认为社会主义现实主义过去有它的代表作,即经典式的作品,但当代已进入危机阶段,再要恢复过来,将经过几代人之后,那时将发生回归,但是已不是简单的重复,而是在更高阶段上的回归;将不再描写乌托邦,而是与理想真正一致的生活了。第四种观点是上面论及的"开放体系",由于弹性过大,有大现实主义之嫌,故此争论不少。第五种意见是认为社会主义现实主义概念化、公式化严重,理论上的失误,严重危及创作,是一种否定性的观点。② 20世纪90年代初,苏联宣告解体,这种维护苏联社会主义的文学陷入了极大的危机。

社会主义现实主义文学作为历史事实,在历史上是体现了社会主义精神的一种文学,它的一些重要作品确实与20世纪文学的其他流派的作品有所不同,它的存在是一种客观事实,不能采取虚无主义的观点一笔抹杀。例如有高尔基、肖洛霍夫、阿拉贡式的流派,这一流

---

① 见《70年代社会主义现实主义问题》,中国社会科学出版社1979年版,第123、155页。

② 见拙作《苏联文学理论研究近况》,载《文学评论》1988年第4期。

派主要继承现实主义原则,描写底层群众的觉醒与走向新生活之路,具有很高的艺术技巧与艺术深度,如《母亲》《静静的顿河》《死者青春长在》等。肖洛霍夫的《人的命运》揭示了战争中和战后的苏联普通人的悲剧命运,迷惘与失落,重建生活的艰辛与坚强的信心。《人的命运》问世后,作家曾收到雷马克与海明威的贺电。毫无疑问,《人的命运》与《老人与海》在歌颂人的坚毅与不可战胜方面,堪称是世界文学中同等力度的杰作,但《人的命运》在人物所表现的信念方面,确与硬汉性格的老人还有所不同。

近20年来,苏联文学力图挣脱教条公式的束缚,艺术思想、形式逐渐活跃起来,相当频繁地采用了现代主义文学中一些常见的手法,如情节淡化、幻觉、回忆、时序颠倒、象征手法、传说故事、神话等,使小说的容量大为扩大,艺术表现大为丰富。艾特玛托夫的小说《一日长于百年》《别了,古里萨雷》《死刑台》等,使用了虚构性的东方传说、神话、故事素材,同时又引入了大跨度的回忆、宇宙幻想,使得东方情调与西方文学中的一些艺术手段结合起来,充分调动幻想、联想、象征、隐喻,形成一种奇特的艺术氛围,使想象与现实的画面相交融,显示了叙事的神奇诡谲,造成了一种新颖的艺术风格,一个新的文学流派,它分明不同于将在后面论及的魔幻现实主义文学。

社会主义现实主义文学中又一重要流派是布莱希特式的,布莱希特自称他的作品是社会主义现实主义性质的。布莱希特是位艺术的创新家。早年他倾向于表现主义。他后来说他向现实主义者学习,也向表现主义者学习,但向后者学习的多。"对我来说,表现主义不仅是一种微妙的事情,并且仅仅是对道路的背离。"他说对于好学不倦的现实主义者来说,在表现主义那里有许多好东西。他说他向凯泽、托勒尔、戈林等人学习技巧,要比向托尔斯泰学习容易得多。他认为时代的审美趣味变了,19世纪的现实主义创作原则、方法已不够用了,他要求有新的突破。他说:"我们不应该从特定的、现实的作品中,归纳出现实主义,而应当采用一切手段,旧的和新的,尝试过的和未尝试的，为艺术所产生的，和来源于其他方面的，以帮助人们革新现实。"① 他说："如果人们不断重复'我们的老祖母完全不是这样讲故事的'，这会使我们今天那些讲故事的人感到莫名其妙，不知所措。就算老祖母是个现实主义者吧，那么假定我们也是现实主义者，我们就必须同我们的老祖母讲得一模一样？"② 他提出现实主义的写作方法应该多样，不要把过去描写事物的老方法，当作唯一的方法。他努力使用蒙太奇手法、内心独白手法："请不要以严正的口吻宣告，唯有一种正确描写房间的方法，请不要把蒙太奇革出教门，请不要把内心独白列入黑名单，请不要用老名称去败坏青年人。不要以为艺术技巧只发展到1900年为止，此后就停步不前了。"③ 布莱希特的这些话，主要是针对卢卡契而说的。布莱希特说，他广泛采用一些非现实主义的方法，运用了中国古典戏曲中的表现手段，目的是为了建立一种"史诗剧"，这种剧作在艺术上使用"间离效果"的原则，即使演员勿陷入角色，观众又与演员演出的剧情保持一定距离，不必进入戏剧情境去体验，理解戏剧提供的思想观念即可，通过这种方式达到教育目的。从布莱希特的艺术创作原则来说，离按照生活的本来面目写作、社会主义现实主义的原则来说较远，这主要是一种表现主义艺术。但他自己标榜的剧作是社会主义现实主义的，看来原因比较复杂，一是从艺术的功能、作者与现实的关系以及创作的理性主义方面来看，与现代主义大为异趣的；二是社会主义现实主义文学又是排斥现实主义以外的原则的，没有别的叫法，作为一位左翼作家，只好把自己的创作归入社会主义现实主义。

20世纪现实主义文学、原则的重大发展，是拉丁美洲的结构现实主义与魔幻现实主义。有些学者把它们归入后现代主义，但从它们的

---

① [德] 布莱希特：《布莱希特论文学》，俄译本，莫斯科，文艺出版社1977年版，第182页。
② [德] 布莱希特：《布莱希特论文学》，俄译本，莫斯科，文艺出版社1977年版，第156页。
③ [德] 布莱希特：《布莱希特论文学》，俄译本，莫斯科，文艺出版社1977年版，第156页。

创作原则来看，却与后现代主义创作原则并不契合。

秘鲁作家巴尔加斯·略萨被赞誉为结构现实主义大师。这位作家认为，艺术应该全面地描绘现实。"伟大的小说不去抄袭现实，而是把现实解体，而又适当地加以结合和夸张。这并不是为了标新立异，而是为了把现实表现得更富于多面性。"① 更富于多面性，也就是多层次性，多方位，多时序性。十分明显，这种现实主义一方面仍然保持了对现实的了解，要求文学多方面地、全面地审美反映现实，这是十分合乎现实主义的观念的。另一方面，结构现实主义显然吸收了意识流手法，对现实各条线索进行分割，使之解体，然后又从不同方面、层次，进行新的组合，组成新的艺术结构，再现现实生活和人物，使其描写的对象体现出一种立体、交叉的感觉，构成一种新的艺术现实网络。同时，作家在新的结构中，还插入了电影、戏剧的形式；采用了"心理结构""音乐结构"，几组故事平行叙述的"连通式结构"，戏中戏式的"套盒式结构""录音式结构"，等等。这不仅多方调动读者的听觉，同时也调动他的视觉，建立一种总体感受。

但是影响更大的是魔幻现实主义文学，它是当今拉美文学中的重要一翼，在某种意义上它显示了20世纪现实主义的强大生命力。自然，要是真的把拉丁美洲的魔幻现实主义当作现实主义的一翼，那实在又把它简单化了。魔幻现实主义文学是一种极为丰富、复杂的文学现象，我们很难找到一个合适的名词，来概括它的极端的复杂性，它的迅速突起，使一贯自恃的欧洲人，再次发现了新大陆——拉丁美洲新大陆。这种创作原则的特点，具有极为清醒的现实主义态度，但是与土著居民对生活的神秘、虚幻感受和认识结合在一起的。墨西哥评论家路易斯·莱阿尔说："魔幻现实主义首先是对现实的一种态度……不是去臆造用以回避现实生活的世界——幻想的世界，而是要面对现实，并深刻地反映这种现实，表现存在于人类一切事物、生活

---

① 见《长篇小说》，1984年第18期，第270页。

和行动之中的那种神秘。"① 加西亚·马尔克斯认为，所有优秀的小说都是现实生活的再现，创作小说，"总是基于一个目睹的形象"。这种态度，使得他的作品不避各种政治事件而面向现实。《百年孤独》发表后，作家收到大量来信，作家说："他们感到我所写的，正是他们熟悉的人和事……他们觉得它（指小说）就是他们生活中发生的事"。这里值得注意是说"人与事"，"生活中发生的事"，而不仅是一种感觉。当然，这种作者与读者熟识的事，并不是真的事，它们带有某种极端愚昧、落后、残暴、神秘和不可思议的色彩。"我避免去打破那些似乎是现实的事物和似乎是虚幻事物之间的界限，因为我力图表现的世界中，并不存在这种藩篱。"所以，"我的作品的人物在表现这些虚幻的现实时是真实的"②。在事物之间发现神秘虚幻，因为现实之中就存在着这种虚幻。同时这也反映了拉美当地居民观察、了解事物的审美特征。危地马拉作家安赫尔·阿斯图里亚斯说得好，魔幻现实主义的艺术思维原则，是借用印地安人的信仰来描述世界的，这也是印地安人对待现实的一种审美态度，印地安人相信彩云、巨石可以变成人和巨人，旁人听来以为是一种幻觉，但印地安人对此十分认真。"在那里，人对周围事物的幻觉和印象，渐渐转化为现实……显然，魔幻现实主义同印地安人的原始意识，有着直接的关系。"③ 事实上，这是印地安人一种认识事物的方式，同时这也是他们的一种非自觉的艺术思维方式。这种艺术观与艺术思维方式，与后现代主义艺术观及其思维方式，相去甚远。这种方式一旦与现实主义要求相结合，也即自觉地使用这种不自觉的艺术思维，并且融合西欧文学中的荒诞、超现实主义因素，其时就能爆发出巨大的审美力量来，产生一种特有的艺术魔力。

从创作和现实的关系，从作家对其创作的多种功能的认识，从作

---

① 转引自陈光孚《国际间有关拉美"魔幻现实主义"的讨论》，《外国文学动态》1984年第8期。
② 转引自李政文摘译《苏联杂志介绍加西亚·马尔克斯及其创作》，《外国文学动态》1982年第12期。
③ 转引自陈光孚《国际间有关拉美"魔幻现实主义"的讨论》，《外国文学动态》1984年第8期。

家对其创作主体作用的自我认识，从作家的多种艺术手段的运用来说，结构现实主义与魔幻现实主义文学，提供了一种与 20 世纪现实主义文学有着不少相同点的新的创作原则与创作形态。

第三节 现代主义创作原则系统

20 世纪艺术思维的转折，十分突出地表现在现代主义的崛起与创作原则的多样性。20 世纪文学由于现代主义文学的兴起而与现实主义文学交相辉映。关于后现代主义将在后面另谈。

"上帝死了"，非理性主义哲学的流行，理性的被嘲弄与毁灭，生活的梦幻感、虚无感，反映了 20 世纪社会情绪的一个方面，并且由此形成了一种审美趋向的理论基础，现代主义艺术的理论基础。人们在不断事变中对灾祸的预感与命运的被播弄，不安与惶惑，使他们关上大门，遁入内心，然而即便如此，也往往已找不到安逸，19 世纪的小说已帮不了他们的忙，难以抚慰他们的忐忑不安的心灵。在这种审美趣味的影响下，一些人反对文学去再现

生活，文学被要求去表现人们内心的颤动，不安的灵魂，似烟如雾的梦幻。于是文学沿着象征主义文学这条线索，创造了后期象征主义、表现主义文学，出现了超现实主义，存在主义文学以及荒诞派（有时也被视为后现代主义），汇成一股现代主义文学思潮，组成了现代主义创作原则系统。

后期象征主义继承了 19 世纪象征主义理论，它的代表人物如叶芝、艾略特、里尔克、瓦雷利等人的文学观，与前期象征主义者比较同又不同。在一脉相承的方面，这些诗人继续宣扬一种总体象征的理论，声、色、味形式的感应，提倡暗示、隐喻，同样把诗的音乐性提到首位，强调想象和诗的朦胧感、跳跃性。叶芝把隐喻与象征手法视为一体，认为当隐喻不能成为象征时，就失去了动人的深刻性，象征使诗句获得美感。他提出，一种感情在找到它的表现形式之前，是不存在的，不可被感知的。就是说，象征主义的诗作的感情并不直接抒发，而通过声音、颜色、形式来达到。"全部声音，全部面貌，全部

形式,或者是因为它们固有的力量或者是由于源远流长的联想,会唤起一些难以用语言说明、然而却又很精确的感情。"只有当三者和谐一致,才会出现预料的感情。其时,就像是"当恍惚或疯狂或沉思冥想使灵魂以它为唯一冲动时,灵魂就像在许多象征之中周游,并在许多象征之中,呈现自己。"①叶芝同样十分重视想象,认为那绿宝石的美,在于"展现心中的画面,不是为了照出我们兴奋的脸,或窗外摇曳的枝叶"。在那些有时"确很晦涩",或者在不合文法的诗中,表现出"无法分析的完美"与"微妙"。

在瓦雷利提出的"纯诗"概念中,同样可见到后期象征主义的特征。他说诗歌通过语言,使我们感觉到"一个世界的幻象,或一种幻象",这个"诗的世界就与梦境很相似,至少与某些梦所产生的境界很相似",所以诗的任务,在于"创造与实际事物无关的一个世界或一种秩序,一种体制"②。十分有意思的是,瓦雷利把走路与舞蹈用来比喻散文与诗,走路像散文一样,有明确目标,这就是想达到的地方;而诗则如舞蹈,"这套动作本身就是目的",跳舞并不要跳到那里去,跳舞只追求"一个虚构的物体,一个状态,一个幻境,一朵花的幻象,生活的一个末端,一个微笑"③。

后期象征主义与前期象征主义不同之处,在于给象征主义理论注入了理性因素:例如叶芝提出感情象征与理智象征的界说以及两者的关系。他说对于诗作,感情的象征仅仅唤起象征的感情,是与韵律、形式没有关系和捉摸不定的象征,这是不够的;还有理智的象征,"这种象征或者仅仅唤起观念,或者唤起与感情错综的观念"。感情的象征唤起感情,但无法说明为什么感动,如果与理智的象征综合,并使这些象征获得理智的特性,那就会与其他象征融合一起,促使读者深思。如果进

---

① [爱尔兰]叶芝:《诗歌的象征主义》,见伍蠡甫主编《现代西方文论选》,上海译文出版社1983年版,第54—55、59页。
② [法]瓦雷利:《纯诗》,见伍蠡甫主编《现代西方文论选》,上海译文出版社1983年版,第27、28页。
③ [法]瓦雷利:《诗与抽象思维》,见伍蠡甫主编《现代西方文论选》,上海译文出版社1983年版,第36页。

入仙境，不仅会与奇妙的形象结合，还会在空中与上帝会合。艾略特的诗的非人格化的理论，要求作者隐退，同时在前人的象征主义理论基础上，提出"客观对应物"的观点，即在创作中使用一连串的象征暗示，形成系统。他的《荒原》贯彻了这一理论。《荒原》象征大战后的欧洲，失去了信仰，理性与人道荡然无存，到处是疯狂、丑恶、死亡，原有的世界成了一堆支离破碎的意象，成了一片满目疮痍光怪陆离的荒原。作者利用古老传说，各种"客观对应物"来象征荒原与它的复苏之途，淋漓尽致地揭示了欧洲人的幻灭、绝望与迷惘的心态。然而大量"客观对应物"的使用，造成用典过多，诗作晦涩、艰深也是事实。

后期象征主义广泛流行于英、法、德、俄、美等国家，成为一种国际性的文学思潮。除上面提及的诗人外，还有庞德、梅特林克、勃洛克等大家。他们的诗作探讨人的处境，描写转向人的内心，生与死，永恒与瞬间，宇宙玄思，痛苦与迷惘，开了世纪之风，成为后来现代主义文学发展中的一根中轴线。

文学中的表现主义先在德国后在美国比较流行。早在20世纪初的瑞典人斯特林堡的创作中就显示了一个新的创作原则特征。如在《鬼魂奏鸣曲》《到大马士革去》，作者广泛采用心理独白形式，深入人物内心，使荒诞的幻想与现实相交织，人与鬼魂在舞台上同时出现，揭示了世纪初所呈现出来的社会的衰落与混乱。第一次大战前后，德国文学中表现主义大盛。当时不少作家信奉表现主义，同时又倾向革命，成为德国文坛上的一支重要力量。其中有托勒尔、凯泽、德布林、伍尔夫以及奥地利的卡夫卡等人，还有早期的布莱希特与贝歇尔。表现主义左翼作家关心人类前途与革命命运。他们之中的不少人把当前的斗争的现实视为伟大的开端。"早在革命前很久，表现派左翼所肯定的那种理想的、正面的社会观念，现在与改造世界的实际过程汇合了起来。许多作家把革命的发生，看作他们的理想的实现，看作乌托邦之终于降临人间。"① 但到革命危机结束，作为一个有明确

---

① 苏联科学院编：《德国近代文学史》上卷，项星耀、范一译，人民文学出版社1984年版，第74—75页。

纲领的表现主义文学流派也就不再存在，作为思潮也就走向低谷，但作为一种创作原则，仍然发生着积极影响。

德国表现主义文学广泛使用象征主义的手段，荒诞情节，力图表现主观感受与激情；反对摹仿，崇尚非理性活动，显示人的内心的孤独与绝望。埃德施米特作为表现主义作家，于1918年提出了表现主义的创作原则："世界存在着，仅仅复制世界是毫无意义的。"同象征主义者一样，他把模仿说视为复制。他说一定要纯粹确切地反映世界的形象，但这一形象就存在于我们自身。"表现主义艺术家的整个用武之地就在幻象之中。他并不看，他观察；他不描写，他经历；他不再现，他塑造；他不给取，他去探索。"于是客观事物只存在于它们的幻象之中。表现主义者说，他们要创造一个崭新的世界图像，"这种图像和那种靠经验而能把握的自然主义者的图像毫无共同之处，和印象主义者那种割裂的狭小范围也毫无共同之处"[①]。那么他们所说的图景是什么呢？这就是"事实背后的东西"，事物的"真实的本质"，是"在最为切实的核心中进行探索"。

表现主义的原则倾向于人的心理与精神，描写的向内转，内心的外化，与立体派等流派的艺术观相呼应。立体派画家早在1912年就说过："在我们之外不存在任何现实的东西，只有个人的感觉和智能方面的意识才是现实的。"又说："我们根本不想怀疑能对我们的感觉起作用的客体的存在；但明智地说，除了客体在我们头脑里留下的形象以外，我们对任何东西都没有把握。"[②] 这些观点是很主观化的，有的是针对机械反映说的，但在创作实践中，为新的表现方式提供了可能。托勒尔的《群众与人》，使用了抒情的自白、象征的方法，表现革命与牺牲。作者认为人是个人又是群众，革命与牺牲"存在于每一个人的心灵中"，为了使这种冲突外化，主人公就成了这种抽象思维的外化表现。凯泽的《加来的市民》以戏剧叙事诗形式写成，它把历

---

① ［德］埃德施米特：《创作中的表现主义》，见伍蠡甫主编《西方现代文论选》，上海译文出版社1983年版，第153页。
② 转引自库里柯娃《哲学与现代派艺术》，王守仁译，文化艺术出版社1987年版，第38页。

史、现实的冲突,写成人的内心世界的冲突,来歌颂"新人"的诞生。

20年代在法国兴起的超现实主义,全面接受了直觉主义、弗洛伊德主义,并把它们交织成了一种超现实的文学观。布勒东对弗洛伊德主义做过研究。他对建立在实证主义哲学基础上的法国现实主义十分不满。"从圣·托马斯到安·法朗士,现实主义的态度无不发祥于实证主义:我以为它对智力和伦理的任何升华,莫不以敌意相对,我厌恶它,因为它包孕着平庸、仇恨与低劣的自满自得。"① 超现实主义原本"起源阿波利奈尔,他说得深思熟虑,之后,我确实认为采用超现实主义一词比我最初使用的超自然主义一词要妥贴"。阿波利奈尔还说到,人模仿行走,创造出了与腿不同的轮子。到了20世纪20年代,布勒东大力宣传,使超现实主义获得了新的意义。布勒东说,超现实主义是"纯粹的精神自发现象,主张通过这种方法,口头地、书面地或以其他任何形式表达思想实在的活动。思想的照实记录,不得由理智进行任何监核,亦无任何美学或伦理学的考虑渗入"②。

布勒东提出了"超现实"的观念。所谓"超现实",就是一种"梦和现实"结合的"绝对现实",是一直遭到忽视的某些联想形式,它"相信梦境的无穷威力和思想能够不以利害关系为转移的种种变幻",它摧毁一切精神结构,取而代之,"以解决人生的主要问题"。1924年,超现实主义团体发表了一项声明,说超现实主义绝对不信奉正统的态度,是彻底解放思想和类似事物的手段;他们决心进行一场革命,把超现实主义与革命一词联系在一起,是为了表明这场革命的不偏不倚,没有任何私利;说他们是反抗专家,是思想对其自身的呼喊。在1930年第二个现实主义宣言中,布勒东提出超现实主义与"马克思主义思想的行为"是联系在一起的,"最简单的超现实主义行为就在于:举起手枪,走上街头,并且尽其可能向人群开火"。从

---

① [法]布勒东:《第一次超现实主义宣言》,见柳鸣九主编《未来主义、超现实主义、魔幻现实主义》,中国社会科学出版社1987年版,第242页。

② [法]布勒东:《第一次超现实主义宣言》,见柳鸣九主编《未来主义、超现实主义、魔幻现实主义》,中国社会科学出版社1987年版,第259页。

上述超现实主义的几个宣言来看,超现实主义者有时候确是主张革命的,口号喊得也很响亮。但是能否说超现实主义就是一种什么与社会生活密切相关的"实践美学"①呢?超现实主义者表现了20世纪20年代一些有着进步倾向诗人的狂热情绪、无政府主义思想和不彻底性,他们在文艺思想上是相当混乱的。一,它对现实的观念作了补充,力图使现实与过去被人忽视的梦幻相结合,组成"超现实""绝对现实"。但是梦幻只是现实生活中的一种潜意识的曲折反映,有的梦是有一定的真实性的,有的是一种虚幻。把梦幻作为创作对象,只有它的那种与现实有关的部分才有意义,而大部分无意识现象是没有什么意义的。把梦幻与现实结合成"超现实",作为一种艺术描写与艺术手段,乃至形成个人风格,自然是值得欢迎的,但是要打倒其他文学,以为唯有这种创作方式才能得到艺术真谛,就十分荒谬。二,超现实主义者实际上更重视的是梦幻与无意识,要求排斥理性的监督,以为在无监督下的梦幻才是真实的,并把写作视为一种自动的无意识活动,这无异于把创作活动当成一种做梦、呓语过程,一种纯粹的非理性现象。三,这种下意识的写作活动,最后发展为扶乩式的集体文字游戏,思想的拼凑。当然,超现实主义对梦幻、疯狂、精神病现象的观察,给人有启示之处,作为一种艺术手段移入文学,也有它的独到之处。不过把创作活动与它们等同起来,就使自己走入了困境。他们使现实与梦幻结合,不是对梦幻因可以丰富现实而感兴趣,而只是对现实投入梦幻、融化为梦幻感兴趣。超现实主义者在自己身上播种的是龙种,收获的却是跳蚤。但是,不少作家从超现实主义那里有所收益,并不在于这种"实践美学"的实践,却是吸取其思想、手法,清醒地使用的结果。

现被归入后现代主义的存在主义与荒诞派文学,在创作意图、表现形式上各有特点,又有相似之处。

萨特的作品是他存在主义哲学的诗化表现,所以了解他的哲学思想,他的文学创作原则也就一目了然。倒是加缪的作品更加具有艺术

---

① 见老高放《超现实主义美学思想初探》,载《外国文学评论》1987年第4期。

的细腻感。加缪在《西绪福斯神话》一书中，认为世界是荒谬的，"这个世界本身并不合乎情理"。"荒谬在于人，也同样在于世界。它是目前为世人与世界之间的唯一联系。"① 荒谬构成了人的存在形态，一种悲哀而难以摆脱的处境："起床，坐车，四小时工作，吃饭，睡觉，星期一，星期三……等一成不变的日常琐事"，突然，这种程序倒塌了，人对上述情况进行反思，进入了清醒状态，于是他们也就发现了自己。人处在无序之中，但他又充满理性的希望，两者的关系造就了荒谬，也造就了人的悲剧。但是如何克服这种悲剧状态，加缪的主张就是面对现实，尽情地生活，当自己命运的主人。像西绪福斯那样，在众神看来，不断推动巨石上山是一种无尽的徒劳的苦役，但西绪福斯能把忍受苦役变为不屈服，以行动反抗荒谬的处境，这种意识既是痛苦的，又是幸福的。小说《局外人》传达了这种情绪。萨特在评价这部小说时说："他的主人公不好不坏，既不道德也不伤风败俗。这些范畴对他都不适用：他属于一种特殊类型的人，作者名之曰'荒诞'。但是这个词在加缪笔下有两个大不相同的含义：荒诞既是一种事实状态，也是某些人对这一状态的清醒意识。一个人根本上的荒诞性毫不留情地引出必然导致的结论，这个人便是荒诞。"② 局外人莫尔索对一切都漠然处置，他并不逢场作戏，玩世不恭，但也不思索什么，一任生活安排。他莫名其妙地来到人世，莫名其妙地生活、死亡；他的生存是荒诞的，他的死亡也属荒诞，从而使他成为人间的西绪福斯，荒诞的主人公。这一小说在揭示社会生活的荒谬状态方面，具有一定深刻的力量。

荒诞派文学也正是建立在存在主义基础上的。如果存在主义文学力图创造一个西绪福斯式的人物，由"境遇"去创造人物，那么荒诞派文学要直露得多，显出浓重的、无所适从的、悲观的情绪，一片荒漠似的荒谬，人的荒谬的存在状态。尤奈斯库说，在远远看起来是幻

---

① [法]加缪：《西绪福斯神话》，郭宏安译，生活·读书·新知三联书店1987年版，第26页。
② [法]萨特：《萨特文论选》，施康强译，人民文学出版社1991年版，第55页。

觉和虚假的世界里,"一切人类的行为都表明荒谬,一切历史都表明绝对无用,一切现实和一切语言都似乎失去彼此之间的联系,解体了,崩溃了"。① 在这个世界上,人痛苦万分。阿达莫夫说:"我只知道我存在。可我是谁?我只知道痛苦难受。我痛苦难受,因为在我的本源之处,就是残缺与分离。我是被分离了。跟什么分开了,我叫不上它的名字(过去它叫作上帝,现在它没有名字)。"在这种认识前提下,荒诞派作品如《等待戈多》,显示了人像处在荒漠中一样等待什么,又茫然不知所措;他们的行为显得无意义、荒诞;《秃头歌女》中的夫妻甚至都形同陌路。在《椅子》中,人被物替代了;而阿尔比的《动物园的故事》则使人感到处处都是栅栏。人的自身异化,使他感到孤独、空虚与失去立足点的痛苦。

20世纪由于现代主义文学的兴起,使得文学的发展大为多样,各个现代主义文学流派带入文学许多新东西,但与此同时,也出现了许多虚无主义的谬说。

第四节　两大创作原则系统比较分析及其诗学特征

在上面我们对两大文学思潮、创作原则系统做了一些具体的分析,本节拟对两大创作原则系统进行进一步的理论概括,探讨一下我们凭什么把一些原则归入现实主义,另一些原则归入现代主义。

第一个划分现实主义与现代主义原则的原则是理性主义与非理性主义,这一问题前面有所分析。19世纪末开始,社会动乱与科学进步,在人的意识里引起了极大的震动。一方面是:屠杀、失业、死亡、理性蓝图的破裂、宗教道德的贬值;一方面则是非欧几里德几何、量子论、狭义和广义的相对论的出现,使人深入宏观与微观的世界,拓展了认识。爱因斯坦说:"我们在物质问题上被蒙蔽了,真正的世界并不像我们认为的那样,那些最牢固的观念只对我们的生活常

---

① [罗马尼亚]尤奈斯库:《出发点》,《外国现代剧作家论剧作》,中国社会科学出版社1982年版,第168—169页。

规有用，在此之外它们便是错误的了。我们有关空间的概念是错误的；我们制造的时间是错误的。光以曲线传播，而物体的质量是完全可变的。"① 不少有识见的作家，面对知识的革命、社会大厦的破裂声，仍然承认科技的发展将导致文明的进步，造福于人类社会，他们相信人的智慧与人生的价值，以为社会的改造力量就在人的自身。因此他们歌颂人的觉醒，以及对命运的不屈服的执着的抗争，表现了对理性、理想的向往。这类作家一般属于现实主义思潮。在相同的情况下，另一些作家则建立了相反的思维方式，皈依了非理性主义，向科学的微观世界的深入，反而引起了不少人认识上的危机。一些有关人性、心理的学说，提供了对人的新的构想，于是对不少人来说，人反而成了谜，以为一切都难以认识。与此同时，审美思维中的种种特征的研究，到了19世纪以及20世纪初，有了长足的进步，创作中的非理性的能动、积极的原力被发掘，人的神秘的深层结构逐渐被揭开，呈现了人的丰富与多样，从而使得一些人专注于此，而鄙薄对现象的所见所闻。结果在艺术创作中形成了理性的和非理性的两种审美观念，成了两大创作原则系统的哲学出发点。比较一下尤奈斯库和加西亚·马尔克斯两人的生活哲学就可一目了然。20世纪70年代末、80年代初，尤奈斯库说他自己写了一辈子，现在已经到了极限，他说"对人们已经没有期待了，甚至也不想得到他们的理解。"② 说出这种话，其内心的痛苦固然是可想而知，荒诞的世界、荒诞的人确是随处可见，看来也难以改变。但是这时的加西亚·马尔克斯却对现实充满无限的希望：他说面对人类过去的乌托邦现实，现在着手创造一个新的乌托邦还为时未晚。"这将是一个崭新的、灿烂如锦、生意盎然的乌托邦，在那里任何人都不会被人决定死亡的方式，爱情真诚无

---

① 转引自柳鸣九主编《未来主义、超现实主义、魔幻现实主义》，中国社会科学出版社1987年版，第97页。
② [罗马尼亚]尤奈斯库：《答〈新观察家〉杂志社问》，见《法国作家论文学》，王忠琪等译，生活·读书·新知三联书店1984年版，第596页。

欺,幸福得以实现……"① 当然,这本身也可能又是一种乌托邦思想,但是毕竟是一种对人怀有深厚同情的积极的人道主义思想。

当然,在这一问题上也不能绝对化。例如表现主义文学中有些现象就比较特殊一些,它在形式、手段的运用方面及艺术效果方面,属于现代主义艺术,但就创作主体的观念来说,与崇尚非理性活动的另一些表现主义者有所不同,这些作家自觉地使用夸张的、奇特的、荒诞的象征手段,来揭示生活的非理性。20世纪20年代初扎米亚金的反乌托邦小说《我们》,运用科幻文学体裁,以极其严峻的分析态度,以大量的讽刺、揶揄,揭示了在一个千年之后的"大一统王国"里,人们在"大恩主"的统治下,都变成了失去思维能力,一律穿着蓝灰制服的符号。他们饮食、行动,步调绝对一致。这类作品明显地带有表现主义色彩,一些"奇异化"了的文字的质感性很强。但就作者的观念来说是充分的理性主义的。

第二,现实是什么,始终是两大创作原则系统冲突和并存的一个焦点。两大创作原则的区别,不在于一个承认现实,一个不承认现实,而表现在对现实的不同理解。我们在前面分析、论述了现实主义原则关于现实的多层次了解。现实主义的审美反映对象以现实为基础,高扬人的主体创造精神,揭示人们的相互关系、感情心理、思想、欲望以及其他冲突的变化,所以现实主义要求创作主体对现实生活有广泛但又是独特的理解。这是对社会的深入,也是对人的内心世界的深入,心理、感情、意识与无意识的深入,以及作家对自我的深入,各种欲望的深入,微观世界的深入。罗曼·罗兰说:"我们的创作应该深深扎根于当代现实的肥沃土壤之中,并且从我们的时代精神中,从它的激情的战斗中,从它的意向中,汲取营养。"但是在他看来,这仅是问题的重要一面,同时作家还要"深入到生活的内部去,要探及人类的各种强烈的欲望的最低层"。他又说:"艺术的领域在两极之点,只有既向这个极点,又向那个极点往来自如的人,才是伟大

---

① 《加西亚·马尔克斯在诺贝尔文学奖授奖仪式上的讲话》,载《外国文学动态》1983年第3期。

的作家。"① 有关魔幻现实主义对现实的观念，前面有所分析，并指出了它对现实理解的丰富。但是它的对现实的总体观念，则是充分现实主义的："创作的源泉永远是现实"，"小说中的现实不同于日常生活里的现实，尽管前者源于后者"，"文学的最佳模式始终是真实"，要"努力以谦虚的态度和尽可能完美的形式反映现实"②。加西亚·马尔克斯的这些话肯定会受到现代主义者的嘲弄，在20世纪80年代说出这些话，是要有很大的勇气的呢！

现代主义者对现实的理解要复杂得多，各派观点也不尽相同。它的总的倾向是对现实的非理性化，使现实微观化、幻象化、绝对的心理化；不是去感受它并理解它，而是止于感受，满足于它的不可理解，即使如"新小说"中的"实物主义"理论也不例外。伍尔芙的现实观，是从理性的分析走向非理性的结论。应该说，伍尔芙的论文反映了20世纪初的审美情绪的转折，是真实的。她对高尔斯华绥、贝纳特、威尔斯的嘲讽是尖刻的，她对现实的分析，从一个方面看是精彩的。她说"生活并不是一副副匀称地装配好的眼镜；生活是一圈明亮的光环，生活是与我们的意识相始终的、包围着我们的一个半透明的封套"。她说作家的任务就在于描绘"这种变化多端、不可名状、难以界说的内在精神"，"尽可能少羼入一些外部杂质"。那么，这种"光环""半透明的封套"到底是什么？她说："心灵接纳了成千上万个印象——琐屑的、奇异的、倏忽即逝的或者用锋利的钢刀深深地铭刻在心头的印象。它们来自四面八方，就像不计其数的原子在不停地簇射；当这些原子坠落下来，构成了星期一或星期二的生活，其侧重点就和以前有所不同；重要的瞬间不在于此而在于彼。"③ 伍尔芙对构成生活的心理底面的理解是深刻的，把生活的不同层面分解为无数细小的原子、光晕，不停变化、发展，难以名状的半透明的封套，也是

---

① [法] 罗曼·罗兰：《论作家在现代社会中的使命》，见《法国作家论文学》，王忠祺等译，生活·读书·新知三联书店1984年版，第42—43页。
② [哥伦比亚] 加西亚·马尔克斯、门多萨：《番石榴飘香》，林一安译，生活·读书·新知三联书店1987年版，第35、46页。
③ [英] 伍尔芙：《论小说与小说家》，瞿世镜译，上海译文出版社1986年版，第8页。

很有见地的，这是生活本身的组成的一个方面。表现这些方面的原子、光环，这是小说艺术的一种深化，并会使小说获得"一点诗情"。但是深入了原子与光环，而它们的相互关系又何在？不把这些关系描绘出来的小说，是否就一定能替代现实主义小说？伍尔芙说当你得意地描写事物时，事物本身早就变化了，从你笔下流走了，所以要写小说中的中心人物的"生命"与"人性"。这自然是对的。但是仅仅去描写原式的心理活动，而淡化关系，那个人物的内在真实是否会照常丢失呢？

如果上述的现实感突出心理因素，由于淡化、忽视现实关系、整体，而从理性分析走向非理性化，那么超现实主义、荒诞派的现实感则已发展成一种非理性的现实观。这种超现实的现实观是现代主义的一个根本性原则，它促成了文学的超现实化。可以这样说，20世纪的现代主义的艺术，基本是一种超现实化的文学艺术。超现实主义企图把现实与梦幻结合成"超现实"，如前所说，它的实际效应是使现实融入了梦幻之中，使现实梦幻化。现实梦幻化，曾是浪漫主义的一种手法，实现在现实中无法实现的理想。超现实主义把梦幻视为对象本身，把虚幻的、无意识的心理因素引入文学，力图从中寻找"最高真实"，这在艺术形式、手段上有所创新，但把真正的现实关系消解掉了。荒诞派把现实视为荒诞与虚无的超现实。尤奈斯库在《出发点》一文中说："所有我的戏起因于两种基本意识……两种基本意识就是对消逝、对实在的觉察，对虚无、对大量存在的觉察，对世界虚假的可理解性，对它的不可理解性的觉察，对光、对沉沉黑暗的觉察。"[①] 当他感到世界有如梦幻走向超越，全部历史对他变得毫无价值、毫无意义。最后，尤奈斯库在自己身上体验到了荒谬的存在："不管怎么说，处在我意识或者无意识深处的是空虚。"当然，持这种观点的现代主义作家是很痛苦的。这种非理性的生活随处可见，而且很难使人摆脱它们，最后逐渐形成一种由非理性而走向悲观主义现实观，这在

---

① ［罗马尼亚］尤奈斯库：《出发点》，见《外国现代剧作家论剧作》，中国社会科学出版社1982年版，第168页。

一些人身上也是有着它的合理性的。

这里需要简略谈几句关于文艺理论、创作实践中的唯物主义、唯心主义概念问题。在一个时期里这些概念经常使用。我们以为在评价一种创作思想体系的出发点时这些概念是有效的。例如对待现实持何观点的问题，是承认客体的存在，认识中的主客观的双向交流，还是只承认创作主体的存在，其他一切都是虚无？但是进入具体创作，主观、客观总是混成一体的，而创作成果的色彩，也就是创作主体的色彩，主义在这里必须化为具体感受的世界观才会发生作用。在创作中，主义之争是没有实际意义的，更不能把它用作评判艺术高低上下的标准。

如何描写、表现审美对象，构成了现实主义与现代主义创作原则系统的第三个根本区别。现实主义主要采用按照生活的本来面目审美地反映生活，实际上这是摹仿论的原则的继续。20世纪以来的重大历史变迁，心理研究、科学认识的深入，理性主义地对现实的探索，未能使现实主义作家失去对生活的整体把握，相反倒使他们进一步深化了生活的全方位的整体的观念。所以在他们的作品里，生活并未解体为绝对的心理因素，无意识梦幻，而仍然能够掌握着人与人的现实关系，显示出生活的本来面目，既是表象的，又是深层心理的。什么是"生活的本来面目"？生活的本来面目只是一种形象的说法，只是指一般从感觉、视觉出发感受认识到的生活现象，人际关系，欲望与理想，历史、现象的过程。这种种方面进入意识，大致会形成一种类似的认识。如果进入个人意识，则这种"生活的本来面目"，也会因人而异，成为见仁见智的现象。至于在审美活动中所说的"生活的本来面目"，实际是一种艺术假定性手段，它可以为人们体味到的类似生活的同构。

在不少现代主义作家对现实主义原则进行挑战的时候，那些有着深厚功底的现实主义作家，并不讳言自己信奉现实主义。辛克莱·路易斯在接受诺贝尔奖的授奖仪式上，讲到了德莱塞对美国文学的贡献，他说德莱塞"把美国文学从维多利亚式和豪威尔斯式的怯懦、装腔作势下解放出来，并把它引上了真诚、勇敢和热情描写生活的道路。我怀疑,要是没有德莱塞筚路蓝缕、以启山林的艰辛,我们当中有谁敢于按照生活的本来面目描写生活,描写生活的美与全部恐怖,难道有谁愿意糊里糊涂地去冒坐牢的危险"?[①] 可见在一定环境下,描绘生活真实,可能还有杀身之祸。按照生活本来面目的原则,20世纪的现实出现了多种样式。现实主义仍旧是现实主义原则,不改自己的主导特征,它采用了其他创作原则中的一些手法,但也不是无边现实主义,"大现实主义"。如前所说,多斯·帕索斯奉行传统的现实主义,但他又采用了新手法。如"新闻短片",其中有新闻要目,广告,官方文件等,有各种人物传记的插入,勾勒出时代社会轮廓;还有"摄影镜头",意识流手法,不加标点符号。布莱希特对这种写作方式大为赞赏,认为这是"蒙太奇"手法在小说中的运用。斯坦倍克主要用按照生活的本来面目的方式写作,但他兼收象征主义手法。结构现实主义运用多线索、时空的切割与新的组合,创造了一种不同于意识流小说,却是重新构建了生活本来面目的艺术新形式。

现代主义文学中的一些重要流派,在它们的现实观的指导下,纷纷采用了变形原则。应当指出的是,按照生活本来面目写作,其实也是一种变形,因为艺术不可能提供原物。但是现代主义采用的是一种特定的艺术假定性原则,是一种改变了事物外观的形式。我们在上面谈的现代主义现实观大体有下面几个特点。一是非理性化,这是十分普遍的思想。二是现实的碎裂感,现实被分解成碎块、原子因素,极少见到人与人的具体关系的联结。三是现实的心理化,作家主要倾向人的内心,使现实变为人的心理流程,如"潜意识"、潜现实、"潜对话"。四是现实的梦幻化、超现实化。五是现实的抽象化、哲理化,如把世界视为荒谬与虚无。六是现实的不可理解性。所有这些对现实的理解,给现代主义中的一些流派,提供了较大的想象自由度,采用特殊的变形方式来描绘他们所理解的对象,使用奇特的比喻、极端的夸张,使对象象征化。在这种情况下,现实基本上改变了原有的形

---

① 王春元、钱中文主编:《美国作家论文学》,刘保端等译,生活·读书·新知三联书店1984年版,第228页。

态，成为一种被扭曲的变形现象。我们在这里没有使用审美一词。现代派文学所显示于我们的问题也正在这里。既然它提供于我们的是一种扭曲、变形的精神现象，那么就很难说这是一种审美的创造。现代主义大部分流派的创造，实际上是一种审丑的创造。不少学者认为，审丑也属于审美创造。文学艺术不仅给人提供一种审美欢愉，同时也出现了一种审丑的文学；它不是通过审美给人以美感，使人心灵受到净化。相反，这展现种种丑，使读者的心灵为之震动，产生恐怖，揭示生活之非理性与人的生存尴尬处境。对于这种文学，人们不能再用现实主义文学的规范、准则去要求它们，否则就会南辕北辙，形成不理解与排斥。在这些文学作品里，与其我们见到什么人，不如说是感受一种情绪，人的生存处境的情绪。这是恐怖、厌烦、忧郁，这是荒诞、沉沦、颓唐。暂时还看不到医治它们的处方，因为它们与世纪、社会进程俱来，而理性的乌托邦的创伤，又会再一次把人投入这痛苦的境地。西方人实际上已变成三重（人与自然界、与其他人、与自己）异化的人。如果包括人与社会，那么就是四重异化的人。在这种精神、物质的冲突中，可想其灵魂的迷惘是何等的深沉。

第四，现实主义与现代主义原则的区别，表现在重建的再现与表现的统一，和全面侧向主观的自我表现的关系上。在前面我们曾从审美反映结构这一角度论及这一问题。现实主义强调再现，再现是人审美地反映世界的根本方式，是人几千年来形成的审美心理习惯，是人审美地把握世界，经过千百年淘汰、选择而保留下来的基本方式，所以要把这种思维方式反对掉，首先要改变人的本性。再现不是对象的移位，这在真正的艺术中是不可能的。再现是通过主体的再现，没有人的主体的再现，是根本不可能存在的。主体进入再现，也就是使表现透入再现；没有主体的表现，也就没有表现的再现，也就没有再现的重建。再现的重建是一种大体符合审美主体的心理现实的审美重建。在这一审美的重建中，审美主体的各种潜能，意识与无意识，想象功能与建构功能，全都会被调动起来，形成审美创造力而被体现于外。庸俗机械论排斥主体能动性，使再现成为机械反映；现代主义中的庸俗批评不加辨析地把僵死的反映与能动的再现等量齐观，可说两者殊途同归。

现代主义各派侧重自我表现。一些作家离开了现实的整体性，强调它的碎裂，把微观世界绝对化，认为文学的任务仅在于描述人的心理要素，反对因果论，过分重视无联系的偶然性，割断了这些心理要素与源泉、与发生动因的联系，结果自然会把文学归结为自我表现。当然，自我表现对于现实主义来说也是必要的，如抒情诗。在现代主义艺术中，使用这种原则创作，也确是创造出了不少佳作。例如荒诞派文学中的形象，强烈地表现了作者的主观意图，它的形象虽然成了一种抽象的符号，但由于其内涵的丰富性，极能震动人心，如日奈的《女仆》。又如存在主义文学，它们实际上是作家哲学观点的诗化，但是由于其开掘的深刻性，同样获得了读者。又如一些现代主义小说，它们虽然从各方面再现场景、事物，甚至好像是按照生活的本来面目写作，但种种侧面的场景描写，无不有意地显示了作家对生活结构的迷惘、无序感与不可探知的特征。这些派别特别是超现实主义的理论上的浮夸、不成熟性与极端性，导致了它们在艺术上的盲目排他性。

第五，表现在叙事实体结构上的差别。叙事实体包括故事、情节、人物。由于现实主义侧向整体地审美把握现实，因此无论小说、戏剧都必然求诸上述因素，以求形成结构框架。例如结构现实主义、魔幻现实主义；当然也有故事、情节、人物、典型淡化现象的发生，形成散文体小说，但是目前尚未见到传世佳作。

现代主义文学则倾向主观心理、潜现实、梦幻、哲学观念的表现，使得故事、情节、人物的描写与功能大为削弱，故事向无序的原色状态的生活现象转化，以致使结构走向解体。情节自为化，人物意绪化，不知起讫，不可完成，造成了淡化的诗意状态，哲理化也得到加强。这种倾向对我国当前文学影响很大，这虽然并不是文学的唯一出路，但还会发展下去。倒是拉美文学，原先主要引进西欧文学一套模式，无有起色，后来与本国现实、民族精神结合，融化外来影响，形成创新，出现了所谓"爆炸文学"。一般说来，这类作品故事、情节诱人，人物的日常性与奇特性相结合，形成了多种新颖的叙事结构。

第六，两大原则系统在创作中，读者的地位是大不一样的。现实主义倾向于群众性，作家心中有潜在读者或隐在读者，所以注意叙事、表现的可读性、可理解性，重视审美的功利性。现实主义原则强调传统基础上的创新，尊重读者趣味的创新。这是它的优点，也可能成为缺点。优点是现实主义有更多的读者，作家创造的文本，机会较多地进入流通，转化为真正的文学；其缺点是它行动趋向稳定，时有保守，易为功利主义的外力所利用。现代主义原则的实验性强，强调创新，多有标榜，创造了多种艺术形式。缺点是排斥传统，任意破坏原有形式，目无读者（当然有的派别并不如此），以致作品只为少数知己所激赏。一些名作成为少数教授的研究对象。虽然教授们真诚地说他们并未读懂，并且还在不断发现、插入原小说的异文，不知其所以然，但还得恭恭敬敬奉它们为名著、经典。所以，这类作品进入流通的范围很小。

第五节　大宗文艺、后现代主义

如果像西方的一些学者把后现代、后现代主义当作一个时代来理解，那么我们先要来谈一下大宗文艺，因为这是后现代的一种极其重要的文化现象。Mass culture 通常被译作大众文化、文艺。我在这里把大众文化中的一部分称作大宗文化。

西方的大宗文化，有如下特点。一，它实际上是西方社会"工业文化"的产物，表现为多种成批的大宗文化产品，如平庸的电影与电视剧、低级录像与激光唱盘、广告艺术、一次性处理的消闲刊物。二，由于大宗文化是"工业文化"的组成部分，以盈利为目的，所以这是一种完全商业化的文化。如果说今天理论都成了商品，那就遑论文艺了。三，由于是大量生产，因此它们又是一种机械复制的产物。在文艺方面，它宣布不要天才、蔑视风格。四，这类文化、文艺作为商品文化的重要特征是粗俗化，它以懒得思索、厌恶思考的平庸趣味为其准则。这类作品多为诲淫诲盗、描写打家劫舍、格杀打斗的东西，它们不断改换题目，变易封面，成批生产。因此，我们应该把这类大宗文化、文艺产品，与真正的大众文化、文艺区别开来。在后工业社会大众文化、文艺也是存在的，这种文化与文艺，虽然也以商品的形式出现，但它们不同于大宗文化与文艺。它们一般是老百姓自己创作的雕塑、装饰物、艺术器具制作，带有民间传统的舞蹈、歌曲、艺术表演、故事说唱，或者通俗文艺作品，探案冒险小说等。在集市艺术节上，这种文化与文艺，特别诱人，具有强盛的生命力。

大宗文化文艺不是今日始，但由于传播媒介的高度发达，今日的大宗文化更普及化了。大宗文艺如何被制作出来？这里需要了解一下市场和对象。大宗文化、文艺所以能够大批量生产，主要它们有众多的阅读对象。这对象就是整天被机器看住的劳动者、来回于交易所的奔忙者、各种公司中的职员、设计人员、穿梭于大街小巷的各种销售人员、第三产业的广大服务人员。他们一天忙活下来已是疲惫不堪，精力已被"耗尽"，思维已经麻木。由于缺乏肯定生活的理想，于是只得退而求得对本能的依赖。实际上对于已"耗尽"精力的人来说，确实只剩下本能的要求了。一是调整体力本能，二是恢复精神的本能。大宗生产的工业文化投其所好，大宗文艺应运而生。它们成了人们的别无选择的选择。三是寻找刺激，本能的刺激，或是看看激发人性中凶残的本能的影片、小说，从劫舍打斗中发现乐趣；或是看看敞露性本能的电视节目、画报、专写性事的小说，把白天隐伏的性本能引发出来。四是逗趣幽默、令人哄笑一通的肥皂剧演出。五是对观众不依不饶的经过艺术包装的广告剧演出，在接受推销中使你轻松一下。要是一时没有合适的节目，就干脆自我娱乐一番，来个卡拉 OK，自编自演，唱唱流行歌曲，自我发泄一通。大宗文化的日益普及化与粗俗化，是后现代文化的根本特征之一。

在后现代主义的文化中，文艺与文艺批评占有十分重要的地位。20 世纪 50 年代，当后现代主义理论尚未形成的时候，较高层次的文艺创作却已得风气之先，就不断出现具有新特征的作品，即后现代主义的作品。这种作品一反现代主义的传统，指责现代主义文艺有如过去的现实主义文艺，同样在玩儿"深沉"。后现代主义作品中有一些荒诞派的小说和戏剧；有"新小说"，"新新小说"，"反小说"，活页小说，即类似于扑克牌式的小说，页码可以自由穿插，故事可以任意连接，读者爱怎么阅读就怎么阅读的小说；还有黑色幽默、"生成性小说"和所谓不可解释的小说等等。一些西方学者，甚至还把出现于20世纪五六十年代的拉美魔幻现实主义文学、社会现实主义文学，也归入了后现代主义文学。但是这些拉美文学流派，除了与后现代主义文学在时间上有共时性之外，在诗学原则上实际是大异其趣的，我们在前面已有论及。

先看一下"新小说"。

"新小说"是20世纪50年代初兴起的文学流派，其中由于作家的倾向、观点不同而手法也不同。新小说的共同处，就是强烈地反对现实主义文学，强调创新，认为小说创作要建立新的形式，所以着重形式实验。纳塔丽·萨洛特在《怀疑的时代》中说，由于生存的不断运动，朝着变化不定的方向发展，它本身就会冲破旧形式。旧小说设计的人物，再也不能见容于今天，主要在于被设计的人物不能展现其心理现实。对现代主义作家来说，"小说的兴趣中心已不再是例举境遇和性格，再也不是描述风俗，而是要揭示新的心理材料"，或称"心理要素"。这种"心理现实""心理材料""心理要素"，实际上就是人的最深层的秘密，矛盾的感情，"潜对话""潜现实""内心的颤动""极微妙的颤动"。[①] 这样，作家就不必再去追求形象的"栩栩如生"，"生动逼真"。纳塔丽·萨洛特要求作家"不是再继续不断地增加文学作品典型人物"，否则，以人物为支架的心理刻画，就会丧失真实感。所以在今天的一些新小说里，主人公已只剩下一个"我"，其他一切都"只是我的一些幻象、梦境、恶梦、幻想、模套、反照"等的淡淡的投影，人物只剩下一个影子。

罗布－格里耶的理论不同于萨洛特的理论，如果萨洛特倾向潜现实、潜对话，那么罗布－格里耶恰恰相反。他说："世界既不是有意

---

① ［法］纳塔丽·萨洛特：《对话与潜对话》，见《文艺理论译丛》(1)，绿原等译，中国文艺联合出版公司1983年版，第326页。

义的，也不是荒诞的。它存在着，如此而已"；作家的任务，"必须制造出一个更实体、更直观的世界，以代替现有的这种充满心理的、社会的、功能的意识世界"。① 作者必须改变过去小说的写作方法，以事物的本来面目、原有的样子来表现世界，"让物件和姿态首先以它们的存在去发挥作用"，通过它去表现人。所以罗布－格里耶的小说是描写物，从各个角度去描写物，来显示人。在他的小说里，"人的眼睛坚定不移地落在物件上，他看见它们，但不肯把它们变成自己的一部分，不肯同它们达成任何默契或暧昧的关系，他不肯向它们要求什么，也不同它们形成什么一致或不一致"，② 结果人物的描写也被当成了物的描写。所以，皮·布瓦代弗在《当代法国文学史》普及版（1969年）的《序言》中说到"新小说"时指出："'人物'可以取消，但并没有被别的东西所取代。"③

罗布－格里耶在谈到"新小说"的真实性时，与现实主义小说的真实性作了比较，认为后者以为现实世界的一切都是可以解释的，作家的任务就是解释这个世界，而前者恰恰与不可解释的东西有关，与难于描述的各种事物、各种世界的关系有关。"真实性不是已经完成的、不变的、而是未完成的、可变的。"至于作者和创作的关系，罗布－格里耶说，写作是"为自己"，或是"什么也不为"，或是为"摆弄字句和句子的需要"④。

在文学主张上，"新小说"派中以上述两人的观点最为突出，影响也最大。一是进一步要求文学向内转，把人的内心活动视为潜现实，创作对象，排斥事物的客观描写以及历史事件等的描绘。罗布－格里耶则提倡"实物主义"，认为世界不可解释，所以他的小说也只显示迷宫般的物的世界，引导读者去猜测，见仁见智，全由读者自

---

① ［法］罗布－格里耶：《未来小说的道路》，见伍蠡甫主编《现代西方文论选》，上海译文出版社1983年版，第313、314页。
② ［法］罗布－格里耶：《自然、人道主义、悲剧》，见伍蠡甫主编《现代西方文论选》，上海译文出版社1983年版，第319页。
③ ［法］皮·布瓦代弗：《20世纪法国文学发展趋势》，见《外国文学报导》1982年第6期。
④ 见张放《访法国新小说家阿兰·罗布－格里耶》，见《外国文学动态》1984年第10期。

便。这一面固然发挥了读者的积极性，另一方面也使他们如堕五里雾中，失去了阅读的兴趣。他的这种不为什么、只是为了摆弄文字的写作意识，在以标榜形式创新的文学青年中影响很大。

从上面分析可以看到，"新小说"派正如他们自己所说，不是一个真正的文学流派，它没有共同的文学主张与风格。这派作家只是在主张进行形式实验这一点上使他们聚在一起的。

如果法国后现代主义文学提倡"实物主义"而展现了"迷宫"般的世界，或把小说制作弄成阅读的扑克牌，或在小说结构上进行对称的拱形的形式实验，则美国的后现代主义小说，同样通过"迷宫"的形式，极力表现了生存之虚幻。巴思的《迷失在开心馆中》，一切似真非真，并且文体混杂，标有图案，提供了小说的新形式。巴思自称是"枯竭的文学派"，认为"今日文学已经枯竭"，"形式已经枯竭"，所以要进行实验。像冯内古特的小说《顶呱呱的早餐》，是篇讽刺世态的小说。说是小说，实际上是篇信笔写来的杂感，充满嘲讽意味，并且画上了各种图案，如国旗、金字塔、年代数字、中国阴阳图、纪念碑等。这种作品，真是五花八门，让人眼花缭乱。

后现代主义文学创作原则的主要特征是"话语膨胀"①，在这里我借用了查尔斯·纽曼的说法。现代主义的兴起，引起了文学语言的变化。作家们看重语言的多变、变异感、奇异化，以引起艺术感觉的更新，进而引起艺术形式的更新、艺术本身的更新。但是这一更新，并未完全使文学失去自身的目的性，中心思想，体裁界限，深层含义，可读性，确定性与超越，虽然这种种因素已开始在发生变化。"现代主义最初是出于对社会、秩序的愤恨，最后是出于对天启的信仰，这一思想轨迹，使现代主义运动具有永不减退的魅力和持续不衰的激进倾向。""但是回到艺术本身来看……这种寻找自我根源的努力，使现代主义的追求脱离艺术，走向心理：即不是为了作品而是为

---

① ［英］查尔斯·纽曼：《后现代氛围》，见王岳川、尚水编《后现代主义文化与美学》，北京大学出版社1992年版，第152页。

了作者，放弃了客体而注重内心。"① 这用于评析后现代主义也是适用的。

后现代主义文学一反现代主义的艺术目的，它借助"话语膨胀"，把现代主义的逻辑推向极端。所谓"话语膨胀"即对语言能指的崇拜，对语言能指功能的无限扩大。语言能指的分离与运用，原有助于语言形式的更新。但是看来有一个度，即以有利于技术的更新为限，艺术要成为艺术。语言能指功能的过度扩张，必然导致言语的失控，造成组合词组、句子、叙述形式的随意性。在这里，变异、多样，成了变幻不定，最后反客为主，由表演的角色变为无所不能的新的造物主。语言成了一切之源，它所产生的本文就是一切，本文之外一无所有。这种把语言能指功能极端化的结果是，使本文出现了众多的新特征。如哈桑所指出的那样，有本文的不确定性，分裂性，非神圣化，无我性，无深度性，不可呈现性，不可表现性，反讽，杂交即不同体裁混用，混成模仿以及内在性，即"心灵通过符号概括自身的能力"②，以"重建宇宙"。哈桑把不确定性与内在性作为其两大主要特征，这是很有概括性的。

语言能指无节制的膨胀，形成本文的自恋与语言的自我运动。这种语言运动，到底是语言的自身运动，还是以人为主导，是人与语言的共同的运动，是不言自明的。后现代理论家、作家宣布了作者的死亡。"谁在说话，又有什么关系"，"谁在说话，有何差别"？福柯说，"这种无所谓的冷漠表现了当今写作的基本伦理原则之一"。这样当代写作就从表达的范围中解放了出来，"写作只指涉自身"，"这就意味着符号的相互作用与其说是按其所指的旨意还不如说是按其能指的特质建构而成。"于是写作就像一场游戏，"不断超越自己的规则又违反它的界限并展示自身"，"从而创造一个可供书写主体永远消失的空间"。于是写作者的个人特征消隐，"书写主体消除了他独特个人化的

---

① ［美］丹尼尔·贝尔：《资本主义文化矛盾》，赵一凡、蒲隆、任晓晋等译，生活·读书·新知三联书店1989年版，第98页。
② ［美］伊哈布·哈桑（山）：《后现代的转向》，刘象愚译，时报文化出版企业有限公司1993年版，第265页。

符号，作家的标志降低到不过是他独一无二性的不在场（或非在、隐在），他必须在书写的游戏中充当一个死去的角色"①。这样，后现代主义理论家就宣布了作者的彻底的死亡。不过，作者之死只是在纯粹的写作的意义上说的，完全是一种策略，其目的不在于彻底清除作者，而在于强化语言能指和叙述的自由度。因为一旦真的要清除作者，那实际上是会构成对作者版权的侵犯的呢！但是，又要说作者死了，叙述可以自由活动，这种策略不过是为了消解写作中的一系列其他成分而说的，我们还会在下面看到。作者提供的只是语言的自身运动的方式，也即他的文字游戏方式。作者完全存在于这种方式之中，同时也存身于这文字游戏的背后，只是策略性地宣告他的不在场而已。

后现代主义理论家宣布作者之死，这里涉及艺术创作的主体性问题。作者的主体性曾是现代主义所竭力争取的，以致使得他们把写作当作自我表现，专注于作者内心的自我活动。但是一到后现代主义那里，作者被宣布不见了。作者死了，还有何主体性可言？罗布-格里耶说，他写作纯粹是钟情于文字的摆弄而已，没有别的想法。他的小说中描绘的，多是一种不具主体性特征的客体，所以他的小说也称作"客体小说"。这类小说的叙述确是很客观，似乎缺少了创作主体的特征。但是小说本文表现了一种叙事的多视角特征。由于小说意在展现多视角中的一个事物，所以一开始给人一种新鲜感。但不久就会发觉，小说形式变新了，而小说内涵平平，意义未有增值，却是狭小得很，有限得很。而这狭小与有限，正好体现了作者的主体性特征。所以，后现代主义理论家说作者死了，主体性已寿终正寝，这不过仅仅是一个策略罢了。

不过在这一宣告中，我们倒是见到了作者的主体性的自我贬抑。而对主体性的自我贬抑，必然带来作家创作的主观性的自我贬抑。有时作家在作品中确像死去一般，他如物化的机械那样，以零度感情去

---

① ［法］米歇尔·福柯：《什么是作者》，见王岳川、尚水编《后现代主义文化与美学》，北京大学出版社1992年版，第287、288、289页。

第八章　20 世纪文学创作原则多元化与艺术假定性的多向选择

描绘静物，起到了一架多镜头照相机的作用。但他有时也以零度感情去描绘那些令人发指的罪恶暴行，这时读者就会感到作者犹如舐血的苍蝇一样全无心肝。此时的零度感情使作者从物化机械一变而为冷血动物。他想在语言背后隐去，但语言无法遮蔽他的无人性的一面。

后现代主义消解了现实主义同现实的关系，甚至还有现代主义自我表现的原则。由于迷信写作的纯语言性质，由于只重视语言的自我指涉性，以致只能使现实与历史置身于语言之中，现实、历史倒成了语言的产物。于是这就切断了文学与边界的多种联系。这是现代主义所倡导的文学自律性的极端发展。文学的自律性运动是文学自身发展的一种自觉过程，问题全在于人们把握这种自律运动的分寸。在谈及这种文学自律性运动的无节制的发展时，甚至像纽曼都认为太过分了。"我坚持认为，这种摆脱任何相互关系倾向的自律观的当代时尚，是一种欺骗。"[①] 在这种情况下，讨论文学的真实性问题就纯属多余。如果认为真实性还存在的话，那不过是作家随意虚构的一种自我感觉而已。

有种被称作"生成性小说"，"本质上是非联系性的"，从相互关联方面来看，"生成者与外部社会的、地域的、心理的或其他方面的观点没有联系，它是从自身逐渐发展起来的"。又有一种被称作"未来的"文学，这是"一种与外部现实相隔绝的文学"[②]。这些小说纷纷割断了与现实的联系，同时在那些描写历史的作品里，所谓历史自然不过是作者随手拈来的语言衍生物，所谓历史的真实性，自然不过是作者随意虚构的自我感觉的真实性，无须多作讲究。虚构与事实的混同，发生了"历史被种种媒介剥夺了真实而变成了偶然事件"。这种语言的自身展现，似乎脱离了创作的主体意识，离开现实、历史的真实，那么它想说明什么呢？它什么也不想说明，它只想满足语言能指的自我扩张。因为在它背后的作者，认为一切出于偶然，无可追

[①] [英] 查尔斯·纽曼：《后现代氛围》，见王岳川、尚水编《后现代主义文化与美学》，北京大学出版社 1992 年版，第 155 页。

[②] [荷兰] 厄勒·缪萨拉：《重复与增殖》，见佛克马·伯斯顿编，王宁、顾栋华、黄桂友等译《走向后现代主义》，北京大学出版社 1991 年版，第 160、161 页。

求，世界万物都处于无序之中，不可理解，难以沟通。于是意义、价值，或意义的生成、价值的生成，全都成了解构的对象。意义是主体对客体的把握中不断生成的认识，价值则是在人对满足他需要的外界事物的关系中产生的，没有主体的需要就无所谓价值。既然主体已消亡，客体已幻化，于是去追求意义本身就变得毫无意义，价值本身也无所谓价值。后现代主义作品拒绝对人的生存意义价值的终极追问，因为在它看来人的生存本身本来就是一种幻觉，而幻觉之后仍是渺茫。那些终极追求，不过是故作深沉，自寻烦恼。今天已沉沦于万劫，何能再相聚于明天？

意义、价值的解构，导致叙事的不确定性。对这种本文的不确定性，哈桑作了如下的描绘：这就是含混、不连续性、异端、变态、变形。而变形又表现为反创造、分裂、解构、离心、位移、差异、分离、消失、分解、解定义、解秘、解总体性、解合法化，等等。"上述符号凝聚着一种要解体的强大意志，影响着政体、认知体、爱欲体和个人心理，影响着西方论述的全部领域。在文学中，关于作者、听众、阅读、书籍、体裁、批评理论甚至文学观念都突然变得靠不住了。"[①]

后现代主义文艺的又一重要特征，是作品深度性的解体，而呈现平面感、复制的特征。深度性的消失是从城市建筑开始的。弗·詹姆逊说，后现代主义对城市的改变，消灭了旧有的透视感，即取消内、外向对立，无法找到一个方向，从而取消了深度[②]，而呈现平面感。与此相应，后现代主义反对在作品中表现意义。后现代主义作家认为，作品不可解释，也无须解释，如品钦的《万有引力之虹》。阅读就是体验，意义已全部写入作品，意义就是书的一部分。有的论者说，"我们需要的是新的经验，文学应该给我们带来新的经验。文学的刺激性就是目的，而不是要去追寻隐藏在后面的东西"。阅读是一

[①] ［美］伊哈布·哈桑：《后现代的转向》，刘象愚译，时报文化出版企业有限公司1993年版，第155—156页。
[②] 见弗·詹姆逊《后现代主义与文化理论》，唐小兵译，陕西师范大学出版社1987年版，第159页。

种陶醉，不要求解释。照詹姆逊的说法，这会导致对四种深度模式的强有力挑战。一是针对辩证法的现象与本质相区别的深度而说的。后现代主义不承认内外有别，也不需要别人告诉他们事物的意义何在。二，抛弃弗洛伊德式的所谓明思与隐含的深层心理模式的区别。三，是排除存在主义的确实性与非确实性的区别。四，是废除所指与能指二层次的符号区别。传统的作品，在能指的展现中揭示所指，而现在只重表述自身和表述的变化，写下大量文字，写下句子，这就够了。今天不在思想错了、对了，而在文字是否对了，还是错了，争论的焦点不在思想而在语言的表现方式。现在诗人不再重视音韵、表达，而是写下各种句子，构成本文即可①。哈桑也谈到，"自我在语言的游戏中丧失，在多样化现实的种种差异中丧失，还将这种丧失拟人化为死亡，悄然追踪它的猎物。它以无深度的文体向四面八方飘散，回避解释，拒绝解释"②。

在体裁上，后现代主义文学中出现了反体裁的倾向。在文学史上，一种文学体裁为了重构自身，通常会兼并一些亚体裁，形成新的体裁。但在后现代主义那里，这种兼并却导致了体裁的瓦解。后现代主义"喜欢剪辑、拼贴、随处发现的或支离破碎的文学客体、喜欢并列形式胜过关联形式"；"倚重悖论、非逻辑推理、与剧情无关的合唱、超批评、开放的破碎性、无法证明的边缘事物"③。实际上，后现代主义以平面的拼凑代替创新，在体裁的随意混合中进行无体裁写作。这种无体裁写作抹去了文艺体裁的不同的界限，而且甚至是文艺与论著间的界限，将论著引入小说。查尔斯·纽曼说："小说家……侵占了曾被认为是其他体裁独有领域的版图"，"小说已侵入了批评领

---

① 见弗·詹姆逊《后现代主义与文化理论》，唐小兵译，陕西师范大学出版社1987年版，第161页。

② ［美］伊哈布·哈桑：《后现代的转向》，刘象愚译，时报文化出版企业有限公司1993年版，第259页。

③ ［美］伊哈布·哈桑：《后现代的转向》，刘象愚译，时报文化出版企业有限公司1993年版，第257页。

域……小说行为现在蕴含着一种批评行为。"① "后现代文本不论语言的或非语言的都要求表现，要求写定、修改、回答、表演。确实，许多后现代主义艺术在入侵其他体裁时都称自己在表演"②，即参与。而体裁的混同、拼凑，也就取消了体裁。就小说而言，它丧失了自己的独特性，转向抽象而不堪卒读。所有上述这些方面，使我们可以说，后现代主义文艺在日益走向非审美化，其中一部分渐渐融入大宗文化与文艺，而变得粗俗。一部分则仅为作者自己及其同好把玩。当然，在后现代，文艺方面也并不都是后现代主义文艺的天下，还存在非后现代主义的、重在表现意义和价值的文艺。

在批评方面也是如此。从根本上说，后现代主义反对释义、拒绝释义。它认为文学作品不存在预先设好的意义。一个作品的意义，决定于解释这篇作品的方式，它没有固定的规则。后现代主义批评认为，作品自身矛盾重重，批评就是利用其矛盾，即以子之矛，攻子之盾。解析作品的目的，就是为了使说法多样，消解得作品没有一个固定的意义。如果把一部作品看作是一个封闭体系，则批评纯属多余。"一篇文章就是一封要求对话的邀请信"，批评者一旦找到话头，就可顺势而入，解放"飘忽不定的思想"，在语言能指的自由组合中遨游，进行重建。而这种话头，处处皆是。

这种批评的话语膨胀，给予评论者以充分的思想自由，可以使其自由参与文本的游戏，开辟对文本多条渠道的理解，进行一番创造，也许这正是它的长处了。但是缺点也是致命的，它勾销了文本与读者之间产生的意义与价值，使评论成为漫无节制的自说自话，十足的语言智力游戏。

那么批评怎么办呢？哈桑有段话是颇耐人寻味的。他说："要想使我们这片'沙漠'稍微变得绿一点，除了创造一块块温和的权威的飞地，在这些飞地上认真恢复公民的责任感、宽容的信仰和批评的同

---

① ［美］查尔斯·纽曼：《后现代主义写作模式》，见《后现代主义文化与美学》，北京大学出版社1992年版，第243页。
② ［美］伊哈布·哈桑：《后现代的转向》，刘象愚译，时报文化出版企业有限公司1993年版，第263页。

情心外，我不晓得还有什么办法。要想使文学、理论或批评在世界上有一个立足之地，除了使想象（至少局部的）重新神秘化，使奇迹的支配作用重新回到我们的生活中，我不晓得还有什么别的可能。"[1] 看来他信心并不很足，在结尾处也是如此。是的，要想在一片对虚无的崇尚声中，建立几片批评、理论的飞地，那是谈何容易！在我看来，我们还得关注生存，还得承认生存的意义和价值，这是最重要的。文学、理论和批评，总得关注人的存在，他的生存，他的命运，他的伤痛，他的忧愁。舍此，它们的前景自然飘忽不定。飞地并非真正的乐园，而是要有一个坚实的立足点。如果没有这个立足点，那绿色的飞地总归虚幻，甚至我们何能承受那生活之轻！

后现代主义文化思潮是一种极为复杂的现象，这方面的著述极多。目前这一思潮在西方已日趋衰落，但影响极广。它抓住了传统哲学、知识的弱点，力图改变人们的思维方式。就这点而言，它颇吻合那些竭力想摆脱传统束缚、闯出新路的人的心理。但它对传统采取全面颠覆的态度，会走向极端的反理性主义与虚无主义。因为人类的文化是在几千年的实践过程中积累起来的，它形成了自己稳固的传统。在人文科学方面，人们只能继承传统，同时给以现代化的改造，更新传统，形成新论。传统具有极强的惰性，但完全可以给予改造，使之参与新理论的建设。自然科学的发展会对人文科学起到促进的作用，但并非任何科学方法都适用于人文科学。用激进的手段不分青红皂白来颠覆以往的一切哲学、知识的积累，也将使自己被彻底地消解，在一片荒原之上进行玩家家式的语言嬉戏，把人驱逐出他的精神家园，最终将是一无所有，于是人只能踯躅于茫茫的虚无。

第六节 激情、艺术假定性与创作原则的选择

为什么一些作家选择这一创作原则，另一些作家选择那一创作

---

[1] ［美］伊哈布·哈桑：《后现代的转向》，刘象愚译，时报文化出版企业有限公司1993年版，第282页。

原则？

创作原则的选择大致可以说是创作模式的选择。那么这种选择是被什么因素决定的呢？以往一般都用世界观来做说明，然而这一问题被大大简单化了。如果说创作原则是被世界观决定的，那么具有进步的世界观的作家，自应创造出伟大作品来，但是事实却很复杂。

作家创作原则的选择，当然可以说受到抽象世界观的影响，但起主导作用的则是他的具体感受的世界观。作家身处社会的各个角落，总有所感所思，产生创作的冲动，并从这种冲动中产生审美情绪与激情，形成一种具体表现的要求。关于创作的激情，我们在前面已有论述，它如何给风格定调。这里主要论述它如何促成创作原则的选择。激情是充溢着感情的思想，是凝结着思想的感情，是感情和思想的融合。别林斯基说："激情永远是观念在人的心灵中激发出来的一种热情，并且永远向往观念。因此，它是一种纯粹精神的道德的极其完美的热情。"① 但是还可以深入一步探讨。激情是审美感受、想象和认知的沸腾状态，或者说也可以是沸腾状态之后一种沉思，激情要求向艺术形式的转换，使其在物质上找到结构的归宿，以显示对现实的审美评价，做出诗意的判断，表现出主体的艺术精神。波德莱尔说："每种特殊成分的美来自激情，而由于我们有我们的特殊激情，所以我们有我们的美。"他又说："马丘林（爱尔兰小说家——引者按）在小说中，拜伦在诗中，坡在分析小说中，都出色地表达了激情的谴责性部分……"② 激情要求找到结构形式，决定美的种类，同时渗入艺术结构。

但是，激情本身不可能直接转化为形式，它必须通过审美中介才能达到，必须通过以创作主体的审美心理定势为基础的艺术视角、假定性形式以及创作原则的选择才能完成。创作主体都拥有个人的审美趣味、习惯，独特的观察才能，经验，艺术修养以及其他因素，而形

---

① ［俄］别林斯基：《别林斯基全集》第 7 卷，苏联科学院出版社 1955 年版，第 312 页。
② ［法］波德莱尔：《波德莱尔美学论文选》，郭宏安译，人民文学出版社 1987 年版，第 300、135 页。

成他个人的审美心理定势,一种动态的审美心理结构,一种潜在的创作内驱力。激情出现于这种审美心理定势的基础之上,两者一经结合,其时审美心理定势与激情产生一种相互的顺应,形成一种新的格局,一种新的结构力量。这是创作的真正动力,它搜索并找到实现形式转换的审美中介系统,从两个方面架桥过河,一是确定基调,二是选择新的视角。

基调就是作品的声调。一部作品,如果是叙事、戏剧作品,会有各种各样人物的声调。但我们在这里说的是作者个人的声调,即基本态度,一种统摄作品的声调。声调向风格转化,成为风格形成的审美中介,这已在前面论及,但其涵义要丰富得多。当声调尚未形成,创作只能停留在构思阶段。创作的基调是在作家原有的审美心理定势的基础之上,为创作主体的激情的意向性所决定的。创作主体在其审美激情的观照下,究竟如何对待自己的对象?对它们或他们企图做出何种诗意判断?是颂扬,批判,不爱不恨,采取一种自由心态,还是给以否定?在这基础上形成创作主体的叙事或戏剧的文体特征。至于艺术视角,主要是指创作主体切入艺术对象的出发点与角度,是一种对现实形式的把握。是一种整体的把握,还是把对象击成碎块,以至解体为心理原素的把握?是类似于生活本来面目的把握,还是极度变形的把握?这种艺术视角的实现,主要依靠对艺术假定性形态的选择。从这里形成体裁的选择,这是一条线;形成创作原则的选择,这是另一条线。基调与艺术视角的选择,推动文体、体裁和创作原则的形成。我们这里主要探讨艺术假定性原则的选择与创作原则选择的关系。

近百年来,倡导现实主义的一些作家如托尔斯泰、普列汉诺夫、卢纳察尔斯基、高尔基、卢卡契,对现代主义文学艺术,作过否定性的评价。甚至像爱因斯坦这样充满现代意识的伟大科学家,也偏爱古典文学,指责过现代主义文学。他在1952年的一篇短文中写道:"一个世纪里,具有清彻的思想风格和优美的鉴赏力的启蒙者,为数很少。他们遗留下来的著作,是人类一份最宝贵的遗产,我们要感谢古代的少数作家,全靠他们,中世纪人才能从那种曾使生活黑暗了不只

500年的迷信和无知中逐渐摆脱出来。没有什么还有比克服现代派的势利俗气更紧要的了。"① 显然，爱因斯坦的艺术趣味过分古典化了，并在艺术视觉选择方面单一化了。但从科学的理性主义、艺术的人道主义角度看，他说的"势利俗气"也是有根据的。现代主义竭力否定现实主义、古典文学，以为唯有自己的艺术视角的选择才最高明，这同样是一种单一化思想的表现。

任何文学艺术都是一种艺术假定的方式，艺术假定性是文学艺术存在的必不可少的条件。我们即使把文学艺术视为生命本体的表现，成了生命本体的一部分，那时它显示出来的寓意、印象，仍然不是生命本体自身，而是某种假定性的存在。"得鱼忘筌"，筌可以被遗忘，但只是遗忘，却仍然是一种存在。各种文学艺术都要求真实，真实自身不能成为存在，只能存在于无数事物、人物的相互关系、各自的特征之中，即艺术假定性的形式之中。毕加索说："艺术是一种使我们达到真实的假想。但是真实永远不会在画布上实现，因为它所实现的是作品和现实之间发生的联系而已。"② 苏联作家费定说："如果剥夺艺术的假定性，它将失去其本质……把生活转移到书本上的观念本身，就已存在……虚幻性。"③ 这样看来，广义的艺术假定性，应该被当作文学创作的一个本质特征，而广义的艺术真实性，可以看作是作家通过各种艺术假定性手段所建立的艺术真实、各种事物、人物与现实的相互联系，在不同程度上反映了事物和精神现象的特性的一种属性。

文学艺术一产生出来，就使用了艺术假定性手段。神话、传说非自觉地采用了幻想的手段，真诚的、热情的、天真的幻想是它的激情，变形是它采取的艺术假定性，是它的形式，也是它的创作原则，不过是非自觉的原则。随着文明的发展，理性认识的进步，人们普遍在模仿现实的再现图景中感到审美的愉悦。于是崇高、悲剧、喜剧、

---

① [美]爱因斯坦：《爱因斯坦文集》第3卷，许良英、赵中立、张宣三编译，商务印书馆1979年版，第303页。
② [西班牙]毕加索：《毕加索论艺术》，载《艺术译丛》1981年第2期。
③ [苏]费定：《作家·艺术·时代》，苏联作家出版社1961年版，第411—412页。

对人世的各种具体的感受成了激情，模仿自然包括人的本性所形成的形式，成为普遍采用的艺术假定性，构成创作原则。

19世纪的批判性是19世纪文学的基本激情，激情形式多样，但它们主要选择了"按照生活的本来面目"的艺术假定性手段，通过这一类型的假定性形式，即与生活结构类似的再现艺术形式结构，全面地、情节化地、细节化地重建事物、人物之间的相互联系，并对其进行诗意的审判。"按照生活的本来面目"写作，这本身就是一种艺术假定性的类型。这种艺术假定性我把它称作为常态类型的艺术假定性，不过它的特征往往被人忽视了，使用了这种艺术假定性手段而又不使人觉得使用了假定性手段的审美反映方式，正是现实主义文学创作的特征之一。在很长一个时期里，这种常态类型的艺术假定性手段的使用，在现实主义文学中占有绝对优势。和常态的艺术假定性相对应的，还存在一种非常态的也即特定形式的艺术假定性，这类艺术假定性手段，主要使用象征，幻想，荒诞，传说和神话。这两种艺术假定性手段在现实主义文学中往往交织一起地使用着，当然，主要是使用常态性的艺术假定性手段。现实主义创作在使用非常态的艺术假定性手段时，有几种情况，一种是使用了象征、幻想、荒诞等手段，但属于局部性的，虽见假定痕迹，但与常态的生活画面结合一起。一种是明显采用了一些魔幻手段，使现实生活与幻想、象征、荒诞手段结合一起，从而大大增加了故事的奇特性，创造了一种奇妙的新现实，往往造成现实主义与浪漫主义因素相结合的艺术局面。

对于现代主义作家来说，非理性主义地对世界的把握已使他们不再相信破碎的、易变的现实的真实形态，真实只存在于主观心理之中。"按照生活的本来面目"的原则进行创作，根本无法达到隐蔽的真实。因此在这种非理性主义思想的指导下，他们的兴趣在于寻找一种与生活常态完全相异的形式。"日常现实是没有实在意义的，是悬吊在虚无之中的，而只有超越感的现实才有着丰富的内容。"超越感正是现代主义作家的激情的发动。超越感把现实化为主观现实，多层次的心理现实，如潜意识、无意识、本能、意识的自由流动；或是一种意识的整体的观念，人生的观念，哲学的观念。这些超感觉的激情在寻找契机，寻找形式。于是原有的非常态的特定的艺术假定性便成为现代主义作家的主要艺术手段，变形成为他们采用的创作原则的主导方法。他们采用象征，不是为了美感，而是展现种种腐朽，使人震惊；他们使用梦幻，制造一种超现实，给人以精神上的某种补偿；他们使用变形的或不变形的荒诞，揭示人的痛苦的尴尬处境。非理性的激情形成非理性的音调，以非理性的手段揭示非理性的世界，这就是现代主义创作原则的选择。它所显示的总体观念、思想我们不必一一同意，但它的不少优秀之作，透入了人的痛苦的心灵深处，让我们为人的某种处境而无限伤痛；而它夸张、奇特的手法，又确是对人类艺术的丰富。

把特定的艺术假定性作为创作方式的唯一选择，是不符合文学创造的实际的。特定的变形的艺术假定性只是艺术假定性中的一类。我们在这里又要回到本节开头的议题上，即激情的创作原则的选择上。当作家较多的感受、认识到社会、历史，当他并不把世界完全视为一团混乱与混沌，当他仍然相信理性，当他对生活的改造与文明的进步怀有希望，当他需要实实在在地把自己的审美感受传达给广大读者，那时，由此而形成的激情，即使会使他采用许多变形手法，但他主要采用常态的艺术假定性手段写作，基本上会倾向现实主义。当作家为非理性主义哲学所指导；当生活被当作荒诞，压得透不过气来；当他的孤独、悲观、痛苦、消逝的感觉和感受需要发泄；当他把文学当作一种摆弄文字的手段，那时，由此而形成的激情，会使他把特定的艺术假定性手段当作艺术创造的唯一形式，倾向现代主义和后现代主义。看来大体是如此，当然也有少数例外。

第七节　创作原则发展的规律性问题

一般理论著作，都认为一种文学的出现，是取代前一种文学的结果，或是说浪漫主义取代古典主义，现实主义取代浪漫主义，现代主义取代现实主义，这就是文学的更迭现象，文学进化论。在现代主义和现实主义的不断辩论中，一般也常常认为现代主义取代现实主义是一种历史的必然；也有人认为文学更迭是文学进化论的表现，但要说到现实主义文学必为现代主义取而代之，又并不如此，如此等等。

这里的问题的症结在于不同概念、不同范畴的混用、交叉或相互替代，以至把不同的问题都弄糊涂了。在文学发展的讨论中，实际上涉及好几个层次的问题。有文学流派、思潮的问题，也有创作精神、方式原则、方法的问题。这些问题内涵不一，但又有联系，把它们混在一起是无法真正说明文学发展的现象的。

如果我们在文学发展中，对上述范畴加以区分，那么可以看到，有的范畴是一种更迭现象，有的范畴则并不具有更迭的特性，因此从整体来说，文学发展是更迭又不是更迭。

先从体裁的角度说文学是更迭现象。从神话、史诗、悲喜剧到各种小说形式；从古典主义文学、浪漫主义文学、现实主义文学、象征主义文学到现代主义文学确是一种更迭过程，特征非常明显。在我国，文学体裁表现为诗歌、赋、诗词、戏曲、小说的更迭，最后是白话体文学，等等。

又如，文学作为流派、思潮，同样存在更迭以至消亡的问题。这主要因为，流派是由一些具有共同风格、艺术趣味以至地域因素组成的集团，一旦这一集团解体，人员变故，流派也就风流云散，或为别的流派所取代。至于思潮，作为一种时代现象与其他社会思潮密切相关。它由共同创作纲领不同风格的作家、流派组成，形成一种文学发展趋势，影响几代人甚至一个很长的历史时期。然后随着社会思潮的变化、审美规律本身的变化而衰落，以至为另一种文艺思潮所替代。上述这些现象，表现为一种更迭或中断的形式。

但是涉及创作精神、方式、原则、方法等范畴，问题就比较复杂了。我们在上面归纳了三种创作原则的原型，即象征主义、浪漫主义、现实主义；20世纪文学中则演化为浪漫主义、现实主义、现代主义三大原则系统。随后，现代主义经过极端发展后出现了后现代主义。三大原则系统是三大类型，各个类型还可以进行细分。对于古代文学，特别是还处于形成时期的文学，我们很难拿创作原则去进行规范，而用比较泛义的创作精神进行概括比较合适，例如使用浪漫主义精神、象征主义精神、现实主义精神等，在这种意义上，也可使用创作方式的概念，表示人对现实世界审美把握的几种最基本的形式。同时，创作精神这一概念使用于不需进行严格区分的整个文学发展，也是可行的。如前所说，创作原则一般是在创作相当发展、已经形成理论自觉的时期出现的。创作精神、创作原则一经形成，它们就取得了相对的独立性。它们是文学的组成部分，但不是具体的文学现象，所以它们的存在形式就不同于文学形式，不同于流派，也不同于思潮。流派、思潮消失了，更迭了，但作为文学创作精神与原则，作为人类审美把握的多种方式而保留了下来。

何以如此？我们可以把审美把握的思维形态与科学思维作一比较。科学思维的特征是它的知识性、科学性，它的价值在于深入原有的认识，扬弃旧有的结论，建立新的观念。当新的观念一旦形成，旧的结论与体系可能就会土崩瓦解；其中有用的部分被吸收，成为新观点的组成部分，而一部分陈旧的、错误的就被扬弃，而失去了使用价值与独立性。新的科学的兴起，往往使原有的学说变得陈旧不堪，在新旧对比之中形成一种更迭现象。

文学创作精神与原则和上述情况有所不同。一，原型性的创作精神一经形成与发展，它就会被作为人类审美地把握世界的独特方式而保留下来。它在很长时间里的具体的表现形式可能有所不同，但作为创作精神却是同一的。二，在审美把握方式的发展中，新的审美把握方式与形式不是推倒原有的方式重来，而是以新的创作精神、方式来丰富它，所以它们可以前后存在，或并行存在。三，发展到后来，文学创作精神、创作原则在一个时期可能不合当时潮流而发生假死现象，潜伏下来，但一旦审美趣味有所变化，又会被重新贯彻与运用。四，所以对于创作精神、原则来说，不能说更迭与替代，因为没有什么可以更迭与替代它们，作为创作精神与原则是会长久存在下去的。因此不能说因为现代主义遇到困难就说现代主义快完蛋了；不能说一些人在试验现代主义原则，就说现实主义的概念都已死亡了。我们只能说，运用这一或那一文学创作原则的文学思潮暂时走向低谷或消失了。很明显，消失的、没落的是一时的文学现象，某一流派或思潮，而不是文学的创作精神与原则。以精神、原则指代文学思潮与流派，在理论上是不科学的。

当然，作为文学创作原则，它们不会是一成不变的，在不改变其主导精神、原则的情况下，它们将不断得到丰富与更新。

第三编
文化系统中的文学

从体裁的演变、创作的主体性与群体性因素、创作原则等方面来探讨文学的发展，只是阐释了文学的自律方面的因素，还未揭示文学发展的深层原因，即他律方面的因素。文学发展的深层原因，存在于文化之中。文化是一个极为广泛的系统，既有物质的文化，也有精神的文化，需要确立文学是文化的组成部分，才能从整体上把握文学本体的发展。

文学作为文化的组成部分，似乎并非什么新思想。我们在前面谈过，古代所谓的文学，范围宽阔，有关文学的观念是一种杂文学思想，用文字写出来的东西，就称为文学。现今流行的文学观念，则是一百多年来人文科学获得飞速发展，学科不断分化、不断精细化的产物。文学作品反映了各个时代、社会的风尚习俗、感情思想、心理道德、哲理思考、种族、阶级关系、集团利益，以及作家个人的才能等等因素，并将这些因素视为自己的血肉。少数文学作品可以不必涉及上述各种现象，但是真正具有巨大的审美的、社会的涵盖力的文学作品，上述因素却是它的内在的血肉，与其他人文学科所研究的对象有着天生的内在联系。一个有趣的现象是，政治、哲学、伦理学、历史问题、心理学、社会学等学科中，都有自身研究的特定对象，而文学研究则要宽泛得多，即使它从人文科学中分化了出来，逐渐获得科学的说明，但是人们在研究中，仍然可以把它与其他人文科学广泛地联系一起，吸取其方法上的有用成分，建构文学研究的方向、方法上的多样性，而分化出多种学科来。

人们看到，19世纪、特别是下半世纪在欧洲出现了多种文学研究的派别，一是强调了文学研究与上述各种文化现象的关系，出现了人类学派、社会学派、历史学派、心理学派、传记学派等学科，但多以文学本身研究为主；二是由于研究者取向于这些学派的理论，强调了这些学派的理论，把文学本身当成了社会科学、人文科学的说明资料，而忘掉了文学本身，这两种现象都是存在的。

这样，文学自身是什么的问题，它的本质特征是什么，在文学研究中进展不大。如前所说，正是在这种情况下，在19世纪末与20世纪初，出现了文学研究中转向研究文学作品构成的学派，即后来被称作"形式主义"的学派，以及在20世纪中期前后延续了几十年的"新批评"学派。这些学派，一反过去文学的社会、历史、心理、哲学、时代、阶级等的研究，而将文学研究局限于所谓文学的自身的"内在研究"，即作品构成的研究，并取得了公认的成绩。但是由于它把文学局限于作品自身，却是大大地缩小了文学本身的应有之义。

正当"新批评"派的内在研究在欧美风行之时，在我国流行的则是被庸俗化了的马克思主义社会学的研究，最后发展到为阶级斗争、为政治服务的宣传。

20世纪70年代末开始，西方的文学研究厌倦了作品的内在研究，把文学研究引向了政治、阶级、女权、后殖民主义、"新历史"、大众文化、图像、网络、影视、广告、身体、知识分子、公共领域、仪式、时尚、文学性、日常生活审美化等现象，结果把文学的外在研究引到了非文学研究，即泛文化研究。而我国的文学理论与批评，此时厌倦于庸俗社会学，正在寻找解脱之途。由于对外国文论的隔膜，结果不少学者转向了正好被西方学界诟病的文学"内在研究"，于是出现了中外文论研究中的一次错位。

本编正是针对文学的"内在研究"而发的，意在连接文学与其它文化部门的内在关系，把那些浑然渗入文学的多种文化因素，视为文学的组成因素和文学的本体，探讨文学本体的应有之意；并把文化整体，看作是文学发展的深层原因与变革的动因。

一个民族的文化必然渗入到文学创作中去，并影响着文学的发展，这种影响力的集中体现就是其民族文化精神。民族文化精神中有积极的文化因素与消极的文化因素之分，要使民族文化精神对文学创造产生积极影响，就必须使民族文化精神与当代意识相互结合，使得前者不是停滞不变,而是流动发展,不断适合于时代的需求。

本编将文学置于文化系统的宽阔背景上来讨论文学,同时将文化又具体分为审美文化、非审美文化以及界乎两者之间的文化现象,如何融入文学,以凸显文学的各种不同的文化内涵,在此基础上建立文化诗学;至于恰恰掏空了文学的文化内涵和价值、已经走向相对平静的西方后现代主义"文化研究",固然在思想方法上为文学研究提供了不少有益的东西,但不在本书论列之内。

第九章 文学与文化精神

第一节 文学与民族文化精神和国际文化

一 民族文化精神

文学的发展是审美本体系统的自身运动。我们把文学看作是一种文化现象，在前面曾把它置于文化系统中作过简略的考察。

关于文化，把它看作是物质文化与精神文化的共体是一种比较宽泛的了解，还有一些狭义的解释，把它们加以归纳，可以把文化视为一种具有规范性、整体性、历史发展的价值观念、行为系统[①]，这与泛义的文化并不矛盾。文化是具体的，由价值系统构成的传统观念，体现在各个方面，如典章制度、民俗风尚、科学技术、宗教信仰、政治、伦理、文学艺术等。文学作为文化系统的一个组成部分，加入了文化运动的大循环，它的发展自然要受到各种文化因素的制约与影响。

说文化是具体的，一是指每种文化具有自身形态；二，每种文化的价值系统是具有实际内容的；三，这种具体的形态，具有国家的、民族的特色。因此，如果说文化是一种具有整体性的、规范性的、历史发展的行为系统、价值观念，那么它首先是指民族的，是一种民族文化。民族文化是在特定的历史空间、地理环境、语言交际、经济体系、社会制度、家庭生活等环境中形成的文化系统。

---

① 可参见哈维兰《当代人类学》，王铭铭译，上海人民出版社1987年版，第241—251页；怀特《文化的科学》，山东人民出版社1988年版。

当今的文化主要是以民族文化的形式出现的。民族文化在其长期的发展中，形成了它自身的结构，它的思维特征，它的价值系统，最后，在这些因素的综合作用下，形成一种民族文化精神。正是民族文化精神，它的潜在形态的强弱兴衰，有形无形地制约着民族文学的发展。决定一种文化的去向与发展，了解这种文化内涵的结构是十分重要的。

在世界上为数不多的几种有着古老历史传统的文化中，中华民族文化是唯一保留至今、未被解体的文化，它的顽强的生命力自然值得我们骄傲。这种文化具有极大的包容性，它不断被创造，不断兼容，不断被丰富，不断吸收外来文化，不断被激活，成为一种有着源远流长的传统和内涵充实的文化。从历史观点看，文化不是固有的，而是一种习得现象，一种历史发展现象。先秦文化是各种地域性的文化。两汉文化融合了秦、春秋战国时期的各国文化，特别是中原文化与楚文化。魏晋时期，在两汉文化的基础上，又融合了早已东渐的佛学，使我国文学艺术的面貌发生了变化。唐代的对外开放，使西域文化涌入中原，形成中西文化的大交流，使得中华文化更新与光大。汉唐时代的人们的文化心态，是一种意识相当开放的历史的心态。对此，鲁迅曾作过描述，"遥想汉人多少闳放，新来的动植物，即毫不拘忌，来充装饰的花纹"；"汉唐虽然也有边患，但魄力究竟雄大，人民具有不至于为异族奴隶的自信心，或者竟毫无想到，凡取用外来事物的时候，就如将彼俘来一样，自由驱使，绝不介怀"。正是在这种与外来文化的融合中，中华文化不断获得充实、更新与发展。中华民族文化的形式构成，自然包括 56 个民族共同的文化创造，但决定这种文化绵延不断的主导因素，则是儒家文化与和它相辅相成的道家、释家文化。可以这样说，这几家学说融合而成的文化与思想，成了几千年来中国人的生活哲学。儒道释三个方面的世界观、人生观、政治观、哲学观、伦理观、宗教观、文学艺术，组成了一个庞大的思想体系，制约着我国人民的精神生活，也影响着我国几千年的文学艺术的发展。

这个思想体系的价值是多方面的，可说自成系统。我们可以从人与自然的关系、人与社会的关系、人与自我的关系等方面来观察它的价值取向。儒家将天地人三个方面置于共同相互的关系上,所谓宇宙三才者,即天地人。在原始形态的儒学中,提出了"人"为贵、"民"为本、君为轻,水可载舟,也可覆舟的思想;提倡"仁"学,"仁者,爱人";确立了一套君臣父子、长幼有序,忠、恕、孝、悌,重人伦、讲礼义的伦理规范,在不断被改造之后,成为被历代封建阶级用来维护其统治的思想工具。几千年来,由于这种文化特征、自然地理条件及政治体制制度,形成了一种以"求善"为目的的道德型文化,和以"求治"为目的的政治型文化。这种"伦理—政治型"文化,或称"政教型"文化,以纲常、人伦为原则,以个人"修身"为本,作为维系国家、社会、民族发展的精神体系,由地域的多元化,到政治制度的大一统,形成了以入世思想为主导的儒家文化。

当然,儒家文化并不是一开始就占有主导地位。孔子周游列国,其学说并未受到欢迎。作为齐鲁文化的代表,它只是当时地域文化中的一个派别,并发生一些影响。像屈原其人,虽然是楚文化的代表,但其思想、创作,是明显受到儒家思想的影响的。他的创作充满了为国为民的激情、不能实现自己抱负的那种忧愤之情,而至于"虽九死其犹未悔"。在秦代,儒家文化几乎遭到毁灭性的打击,焚书坑儒主要是针对儒家的。只是到了西汉才有"独尊儒家"之举。其后儒家学说屡经起落,几经变迁,特别到宋代理学兴起之后,儒家才成了封建社会的真正占有主导地位的统治思想,在政治、文化、思想等方面,起到主导影响。

道家学说似乎是针对儒家学说而提出来的。庄子把自己的学说与当时其他的学说作了比较,认为自己的学说是从事对于宇宙、人生的探本溯源的思索,当属"天人""圣人"之为,而其他学说,如讲仁义、行礼乐的儒学,只是"君子"之为;而从事法、数术一类的则不过是"一曲之士"的劳作了。老子提出"人法地,地法天,天法道,道法自然"[①],支配人的是一种充斥宇宙的道,是自然。在庄子那里,道的涵义多样,最为根本的涵义,道是宇宙的最后根源,道生万物,

---

① 《老子新本》第26章,中国文史出版社1994年版。

是万物的源头。在对待社会、制度方面，庄子持有一种批判、否定态度。当儒家四出奔走、游说，为社会、人伦、制度构设一种理想的规范时，庄子却视规范、制度为桎梏，它们把人异化了。他认为当时的社会风气是，"合则离，成则毁，廉则挫，尊则议，有为则亏，贤则谋，不肖则欺"。他反对通过儒家的仁义道德对人的雕琢，而改变其本性，主张人返回本真之地，"复归于朴"；他崇尚自然、无为、无君，进入实际上是初民的"至德之世"。这样，庄子提出了人的人格、精神的建构，这种人格、精神应是自由的、独立的，应当做到"物物而不物于物"，摆脱各种有影之物的羁绊；应当理解人之死生，是命，是"物之情"，"死生存亡之一体"，追求一种安宁、恬静的境界，使自己成为"真人""圣人""大人"，成为自由"逍遥""无待"的，即精神上自由的无所负累的人。老庄的学说，实际上到魏晋时期，与清谈结合一起，才兴盛起来。原因是"清谈之兴起由于东汉末世党锢诸名士遭政治暴力之摧残，一变其指实之人物品题，而为抽象玄理之讨论，启自郭林宗，而成于阮嗣宗，皆避祸远嫌，消极不与其时政治当局合作者也"①。这种远避世俗、超然物外的思想，实际上成了后世文人人生观的一部分。老庄学说对我国古代哲学、文学艺术产生了极大的影响。陶渊明、李白、苏轼、辛弃疾、曹雪芹等人的思想、创作中，都能见到庄子的影子。可以说，在我国的文化思想的深层，起主导作用的是儒道学说，但同时还有释家学说。

佛教在西汉末已受人注意，魏晋以后，佛教受到玄学的影响，同时有的帝王亲自讲解佛经，石刻佛像成风，寺院林立，在我国不断流行开来。杜牧诗云："南朝四百八十寺，多少楼台烟雨中。"到了唐代，佛教经过了中国化的过程，演变而为禅宗，它慢慢与儒学相融合，使佛教儒学化。佛教是一种摆脱人世困扰的学说，它认为人世、自然一切皆苦，生老病死是苦，寒热饥渴是苦，人生变幻无常是苦，不息的生死轮回是苦，愚昧、贪、欲是苦，所谓苦海无边即是。何以

---

① 陈寅恪：《陶渊明之思想与清谈之关系》，见《陈寅恪史学论文选集》，上海古籍出版社1992年版，117—118页。

解苦，走向理想的境界，达到涅槃？唯有通过"觉悟"，做一个像佛祖一样的"觉者"，"悟者"。觉悟什么呢？觉悟"我"自己本身，其实是并无实体的"无我"，因为美艳的躯体转眼之间即可变为腐朽；至于人世万象，都是虚妄、都是幻化。所以对内不应迷于自我，我即无我；对外不应迷于境，境即虚无，即空，四大皆空。顿悟于此，人就脱离人世苦海，进入了静寂、涅槃境界。

　　我们简述了儒、道、释三家思想各自的价值内涵，但是作为中华文化的一个重要方面即精神文化来说，它们实际上是融为一体的，它们相互渗透，互为补充，深入社会，附丽个人，成为我国民族精神文化的价值系统，从对社会、人生、个人所作的思索来说，显示了中华文化思维的鲜明特征。一是它的直观性，特别是儒家学说，它信奉"经世致用"的原则，思考的是实实在在的国家政治，人伦教化，长幼有序，个人的修身养性，等级的行为范等等。它不讲乱、力、怪、神，认为那是难以把握、不可知晓的事；它不讲死，因为对于生也觉得不可捉摸，于是情愿所谓"讷于言"而"敏于行"。这种直觉主义思维的长处是务实，实用，接近生活；它的弱点是缺乏理论思维的概括力与深度，不利于科学发展与理论建设。二是整体性。道家思想全方位地思考道、天、地、人之间的相互关系，"道"是包罗万象的天地之母。老子提出"道大，天大，地大，王亦大"①，思考了以"道"为本体的自然观以及人的位置。《庄子·知北游》篇认为，圣人"原天地之美而达万物之理"，顺照自然的规律，"观乎天地"，与万物的自然本性相通，并意识到生命的"无动不变，无时不移"，显示了其自然观的思维的整体性和辩证性。同时他提出问题，每每从具体的故事出发，富直觉性，却又是议论风生；襟怀恢宏，而又"体物入微"，而且好用"跳过法"，即类似于当今的意识流手法。《文心雕龙·神思》篇云："古人云：形在江海之上，心存魏阙之下，神思之谓也。文之思也，其神远矣。故寂然凝虑，思接千载；悄焉动容，视通万里；吟咏之间，吐纳珠玉之声；眉睫之前，舒卷风云之色；其思理之

---

① 《老子新本》第26章，中国文史出版社1994年版。

致乎。故思理为妙，神与物游。"这简直是对道家学说思维方式的写照。三是重思维的顿悟性。释家思想是一种非理性思想，它的无我皆空的基本点，使它走向出世的沉思冥想，而重觉悟、顿悟，在觉悟、顿悟中使主体消弭于无形。上述思维的几个方面的特征，实际上已成为我国文化思维的一种心理结构，成了一个心理整体结构。几千年来，中国人的思维方式可能在不同时期表现不同，但大体在这一心理结构的框架内进行自我调整。总的说来我国文化的思维特征一方面是重直观，另一方面又重玄想，把先验的天道视为万物之源，并且对这种超验的源头，大多数学说只作肯定而不作寻根究底的探索。它们提出人与万物一体，重视了人的生存及其在宇宙间的位置，但又使现实的世界与超验的冥冥世界融为一体，使之相互适应，形成一种非理性的内向性思维，难以达到知性的、理性的科学的逻辑把握。

在这方面，欧洲正好相反，它重理性，推导出一个理念世界，并力图使它与现实世界结合起来。所以文化思维重感性、知性与理性的结合，重理论体系建设。但是，当理性解决不了这种统一，就推导出一个至善的"上帝"，接受了基督教的观念，使得理性与宗教信仰结合起来了。当科学的发展促进了理性的胜利，最终使宗教信仰黯然失色，人们发现，上帝死了，理性也已变得苍白无力，不可信任，于是人们便进入了"无家可归"的处境，这种思考成了当今最热门的话题。

中国式的内向性思维由于宗法制度、小农经济的长期影响，科学理论的不发达，强调自给、上下等级和谐，固守地域传统、先人经验、共同的道德准则，形成了一种极强的种族、家乡观念与社会凝聚力；而长期的封建专制统治，使得中国人伦秩序分明、等级制度森严，民主力量发展极为微弱。在人伦方面，有血性侠义的好的一面，也有极端野蛮落后的一面。在人与自我的关系上，中国人强调感情与理智、欲望与意志的统一，注意内心的自觉、自省、个人修养。上面所作的简单分析，大体勾画了我国民族文化的心理结构，它的思维特征。欧洲则不同，由于地理条件和经济的多元化，流动性较强，人的思维呈外向性，思维方式就比较开放，社会意识形态较为松散而多变动,并使社会很快向民主化方向发展。在人与人关系方面,在欧洲就比较淡薄,平等增多了,但又形成了极端,特别是金钱成为社会的轴心后,人伦关系走向解体,对他人丧失信心。欧洲人强调自我,并把自我视为对象,宣布天赋权利。近代科学还从心理学等方面,分析人的本能,人的内驱力,强调个人欲望、权力意志的合理性。

民族文化精神正是在文化心理结构、思维特征的基础上凝聚、演变而成的。这是几千年来我国民族文化心理的历史积淀。这是一种"观乎天文,以察时变;观乎人文,以化成天下"(《易·贲·象》),有血性和良知;爱人、尊重人的尊严与价值,讲究人伦;注意自身自省、反思与修养;有强烈的文化自豪感、乡土观念的文化心理形态。这是一种"先天下之忧而忧,后天下之乐而乐"(范仲淹),或是"为天地立心,为生民立命,为往圣继绝学,为万世开太平"(张载)的历久不衰的忧患意识,重社会利益,重个人对社会的责任感、爱国主义的责任感。这是一种坚持个人的人格尊严,维护自身价值,"与天壤而同久,共三光而永光"的"独立之精神,自由之思想"的崇高观念。它具有使中华民族获得生存、发展、团结、进步的强大的凝聚力;它胸怀宏放,能够广泛地吸收他人文化精华,为我所用,不断创新,使我中华民族自强不息,而独立于世界民族之林。另一方面,东方制度、亚洲制度虽已被摧毁,但是这种文化的落后形态,仍然在现实生活中产生强大的破坏性影响,而且无孔不入。因循守旧、衰老惰性、保守野蛮、封建等级的无意识心态,严重地阻碍这种文化的进步与繁荣。这是一种极为复杂的、自成一格的世界性的文化现象。不过,它的崇高的智慧,那种能够不断更新自己的内驱力,它的兼收并蓄的宽宏精神,作为带有自己色彩的独特文化形态的传统因素与体系,还会长期发展下去。

民族文化精神作为民族的深层心理结构,影响着文学艺术观念的形成。文化精神进入文学艺术,将会转化为相应的文学艺术性的观念,或是促成文学艺术观的形成。例如,与那种以政治—伦理或政教为主导,又糅入了道家、释家文化观念的文化精神相应,在我国文学中主要是形成了为人生而创作的文学精神,并且作为文学的主导传统而支配了几千年。当然,文学"为人生"的涵义是相当广泛的,它的主要内容可以说是一种忧患意识。中国古代文学与伦理、政治十分接近。自然,伦理化、政治化的文学是不足为训的,因此必须清除文学与道德、政治关系上的庸俗化理解,并应把政治当成社会文化的组成因素,当成文学的文化背景之一,在政治自身的涵义上去理解政治。不过我们不能对含有政治、社会、道德意义的作品视而不见,贬低它们,不屑一顾。例如,我们不能说文采华美的屈原诗作,就不是文学了,他那为国为民的忧思,就一钱不值了,他那无限深沉的感情的篇章,就不是千古绝唱了!刘鹗在《〈老残游记〉自序》中,把哭泣归结为人之灵性的表现,并把它分为有力类与无力类。有力类中有以哭泣为哭泣者,有不以哭泣为哭泣者。他说:"《离骚》为屈大夫之哭泣,《庄子》为蒙叟之哭泣,《史记》为太史公之哭泣,草堂诗集为杜工部之哭泣,李后主以词哭,八大山人以画哭,王实甫寄哭泣于《西厢》,曹雪芹寄哭泣于《红楼梦》"。这里所说的哭泣,就是家国情、身世情,其情愈深,其哭愈痛。这种"为人生"的文学观念,在欧洲也有,那些大作家往往宣布自己要当社会的书记官,或是强调创作的真诚,寄情于客观的描写之中。但是中国作家则如刘鹗所说,往往寄心之哀痛于实录之中,或浪漫的幻想之中,显示了这些作家的至性的一面。同时,中国作家由于久受诗词的影响,所以主体感情分外强烈。他们创作的文学,是艺术地审视人生、充溢忧患意识的艺术。

充溢为人生的忧患意识的文学,从实际情况来说,只是整个文学的一个方面。魏晋以来,当审美思维获得独立发展的机会,形成文学自觉的时代时,人们发现,文学的写作是可以纯粹的审美需求为目的的。徐复观在《中国艺术精神》一书中说:"老、庄思想当下所成就的人生,实际是艺术的人生;而中国的纯艺术精神,实际系由此一思想系统所导出。中国历史上伟大的画家及画论家,常常在若有意若无意之中,在不同的程度上,契会到这一点;但在理论上尚缺乏彻底地反省、自觉。"① 确实,这时期的文学艺术较之先秦、两汉文学已有所

---

① 徐复观:《中国艺术精神》,春风文艺出版社1987年版,第41页。

不同。魏晋时期的诗人们已开始对人生的苍凉发出慷慨的悲歌，后又转向山水，而至于感到"真意"却又"忘言"。看来，这种纯粹的艺术离开政治、国家大事已是很远的了，但是细加考究，一，它开头寄情山水，实际上正是由于不适意的人生促使成的。二，它用纯粹的艺术手段，描绘自己的感受，实际上正是在描绘一种人生处境，是离开了具体的社会生活需求的描绘，但却是在形而上地思虑更高层次的人生的处境与状态。在我看来，这仍然是为人生。后来诗作中出现的禅意—象征，它们本身表现了一种人生况味。像苏轼的《前赤壁赋》与《后赤壁赋》，可说不受政治、伦理的羁绊了，它们写了赤壁夜游，一片明月清风。但在清风徐来之中，不正思虑自己有如"沧海之一粟"，"哀吾生之须臾，羡长江之无穷"，"知乎不可骤得，托遗响于悲风"，"盖将自其变者而观之，则天地曾不能以一瞬。自其不变者而观之，则物与我皆无尽也"，这正是一种出世的复杂的人生体验。

　　民族文化精神作为创作的深层心理结构，使艺术思维方式成为一种富有民族特性的审美把握方式，并在人们的气质中表现出来。法国人睿智、热情；美国人富于求实精神；英国人沉静、机智；德国人长于思辨，富于理性；俄国人喜深思，富社会责任感；中国人内向，含蓄，富于哲理悟性。所有这些在长期审视世界中形成的心理特征，在进入创作时便相应地转化为审美把握世界的特征。于是人们在狄更斯、萨克雷那里就看到了幽默、讽刺，多情善感；在巴尔扎克、左拉那里看到恢宏的构建；在托尔斯泰、陀思妥耶夫斯基那里看到深沉的道德、宗教探索；在惠特曼那里看到新大陆交响乐式的明快、奔放；在曹雪芹、汤显祖那里看到灵悟、雅致、沉郁的抒发。至于在人物、风尚习俗描写、语言手法使用方面，无不都渗透着民族文化精神或特有的民族心理气质。聂赫留道夫式的忏悔贵族不同于最后出家的贾宝玉；勃朗蒂的罗彻斯特与简·爱和屠格涅夫的罗亭与叶林娜也判然有别。即使是歌德的浮士德与马洛的浮士德的内涵也是不一样的。至于风尚习俗往往带有地方色彩，被描写的对象愈有审美价值，地方色彩愈浓烈，民族特性也就愈强。

　　文学的民族性特征形成文学传统的组成部分。文学传统一旦确立，就会成为一种极为稳固的因素，而不断受到后人选择；它的核心会被保留下来，流传下去，成为文学创作的广泛的参照系数而被继承下来。另一方面，稳定的传统又会成为一种排它惰力，显示出它的保守方面。因此文学本体要获得生命，就不能把民族特性视为一成不变的东西，而应看作是一个过程，即民族化变动的过程，就是不断地现代化的更新过程，使文学传统不断适应时代的审美需要，从而不断变更自己的观念，充实和完美自己的语言、形式、技巧，酿成创新。由此，对于文学的发展来说，传统和继承是它的出发点，而更新、创造则是它的目标和主导。文学发展就是由无数创新的环节构成的，是文学本体特征、民族性的不断演变过程；文学发展的历史，实际上就是继承传统又不断突破传统、不断创新的历史，没有突破与创新，文学也就失去了生命。

二　当代意识

文学的突破和创新，不在于对传统和继承采取虚无主义的态度。继承不是静态的、简单的重复，而是动态的、历史的过程。创造新文学需要现代化，说的是文学需要不断突破僵死的形式，使自己成为一种不可重复的东西，也即不断通过现代化来改造传统，创造一种适应当今潮流发展、与读者审美需求相适应的当代形态。

现代化的内容是多方面的，不过它的核心是当代意识问题。在文学理论中，当代意识尚未取得共同认可的涵义，解释因人而异。例如常见的一种情况是，认为当代意识就是现代化，现代化就是西方化。其实这是对它的一种曲解。所谓当代意识，应是一种搏动着当代时代精神的宏放、宽容的开放性意识；一种富有民族进取精神的创造性意识；一种能够确立创作主体自身价值的自主性意识，是千百年来被压抑的人的独立精神的发扬。

千百年封建统治，把人们套入了前面所说的各种政治、伦理框架和一种人身依附的秩序。人们必须"循规蹈矩"，从而失去了个性意志。人们必须遵照祖传旧章办事，于是新的发明，往往被视为异端，从而扼杀了人们的首创精神。人们必须把古人的思想观念，特别是有利于封建阶级的著述，当作宗教信条；他们生来的任务就是顶礼膜拜，就是代圣贤立言。他们面对腐朽的思想、意识，不能对它们进行理性的分析与批判，更不能有思维的更新与发展。其实，当代意识就是"五四精神"的继续，就是在时代先进思想的指导下人的献身精神的光大，就是民族精神的弘扬，就是自我人格的确立，就是个性主体意识的觉醒，就是人的首创精神的普及，就是理性批判精神的发扬，就是以文明与启蒙消除野蛮与愚昧。当代意识的自身功能，是一种极为活跃的活力。它与民族文化精神的撞击，肯定与批判，选择与扬弃，才能不断改造与丰富民族文化精神的内容与观念。

当代意识一方面投向传统，投向当代审美需求；另一方面，也要求把文学的发展、传统的丰富与更新，置于国际文化环境之中。一个国家的文学，既要有自己的独立标榜，也要不断与外国的文学经验融合，才能时时更新。在我国古代，文化交流与文学交流相伴而行。一是地区性的，如先秦时期国与国之间的交往；随后是国际性的不同民族之间的文学交流，如中国的魏晋文化曾受惠于印度文化、佛教；而唐代文化、文学一面吸收西域文化，同时又对日本文化、文学产生了极大影响。"古希腊在许多方面曾受惠于古埃及，而在有些方面，曾受惠于当时位于希腊在亚洲的版图之内的那些国家"[①]。

随着19世纪科学的发展，航道的疏通，坚船利炮的轰击，通商口岸的开辟，一些老大帝国再也坚守不住自己的古堡，于是各国文化交流进入了一个新时代。表现在文学上，是各国文学的传播，并受到国际性的检验。歌德在19世纪20年代讲到近代意义上的德国文学在成长过程中说："我们德国文学大部分就是从英国文学来的！我们从哪里得到了我们的小说和悲剧，还不是从哥尔斯密、菲尔丁和莎士比亚那些英国作家得来的？就目前来说，德国哪里去找出三个文坛泰斗可以和拜伦、穆尔和瓦尔特·司各特并驾齐驱呢？"[②] 稍后，歌德以敏

---

① [英]托·艾略特：《诗歌的社会功能》，见王春元、钱中文主编，刘保端译《美国作家论文学》，生活·读书·新知三联书店1984年版，第192页。

② [德]爱克曼辑录：《歌德谈话录》，朱光潜译，人民文学出版社1978年版，第48页。

锐的目光见到一种新的文学格局即"世界文学"的来临。他在读过中国传奇之后说:"我愈来愈相信,诗是人类的共同财产……所以我喜欢环视四周的外国民族情况,我也劝每个人都这么办。民族文学在现代已算不了很大的一回事,世界文学的时代已快来临了。"① 果然,文学的交流,一下摆脱了地域的束缚,汇入了文学的国际交流之中,成为扩大审美领域、了解他民族文化精神的一个有力手段。1948年,法国作家莫洛亚在一次文学史讨论会上,描述了文学交流所产生的影响。"伏尔泰得益于斯威夫特,拜伦得益于伏尔泰,缪塞又从拜伦处索取拜伦自认为得之于法国的东西。普鲁斯特奉罗斯金、艾略特、狄更斯为业师。""美国小说家今天在法国红极一时,但他们之中有的人承认曾受惠于福楼拜和左拉,另一些人则称得益于普鲁斯特。我们同时代的作家,即莫里亚克、杜哈曼、于勒·罗曼这一辈,颇得益于托尔斯泰、屠格涅夫和契诃夫,殊不知托翁诸氏声称他们是师承某些法国小说家的,而这些法国小说家在法国现在已很少有人问津。"② 我国"五四"后的许多著名作家,莫不从外国文学中吸取营养。

但是更重要的是,对于文学本身来说,交流不仅是为了互通有无,而正如艾略特所说的,一是为了使自己复苏,二是使自己成为不朽,这是更深一层的意思了。他说欧洲国家中没有哪一种文学能独立于其他文学而独立存在。"……在一定时代里,它们当中每一种都依次在外来的影响下重新复苏。在文化领域里专横的法则是行不通的;如果希望使某一文化成为不朽的,那就必须促使这一文化去同其他国家的文化进行交流。"③ 当一种文学处于绝对的封闭状态时,陈陈相因的格局,定型的思维,定势的教条、规范,必然会使它缺乏生气,走向停滞与蜕化。外国的文学的触动,新的文学思维的形式,可能会赋予它以新的机杼,在文学观念、语言、形式、技巧等方面有所借鉴。广泛的文学交流,给有的国家的文学注入了生命的活力。谁能想象没

---

① [德]爱克曼辑录:《歌德谈话录》,朱光潜译,人民文学出版社1978年版,第113页。
② [法]莫洛亚:《文学史会议上的讲话》,载《文艺理论研究》1985年第3期。
③ [英]托·艾略特:《诗歌的社会功能》,见王春元、钱中文主编,刘保端译《美国作家论文学》,生活·读书·新知三联书店1984年版,第193页。

有外国文学的影响会有中国"五四"新文学呢?"五四"新文学就其本身来说,是在外国文学影响下的新的创造,就其对传统文学来说,它是中国文学的复苏。同时复苏也可以在更广泛的意义上去理解,如接受了外国文学影响给本国文学带进了新东西,或开辟了新的航道等。像拉美作家从欧洲、美国文学中吸取了各种艺术手法,庞德从中国古代诗歌中获得了更新诗作的"意象",等等,也是给本国文学一个复苏的契机。

一个国家的文学的不朽,可以从文学的两种价值上去理解。一是它作为有价值的审美创造物而被保留下来,成为一种历史形态;二是它所显示的典范意义,由于其自身的生命力而能够流传下去。但为此必须又要继承又要更新,使这两种价值融合在一起,才能使作品成为不朽。前一种价值是一种已完成的形态,后一种则在动态中完成,即吸取外国文学的新的良规,融合新机,造成新的艺术,并使之成为新的传统。并不是所有从外国搬来的东西,都能成为不朽,只有那种能为本国人们逐渐接受,激活了旧传统的因素,进而自身形成一种新传统才能造成文学的不朽。如"五四"新文学中的惠特曼式的气势、泰戈尔式的韵味、左拉式的精神,或是为人生的文学观念,以至"为艺术而艺术"的思想,它们既是外来的,又促成了新的文学的诞生。

在与外国文学关系研究中,常常提出世界文学与民族文学关系的问题。我们在前面已谈到,所谓"世界文学",只是对各国文学发展的一种总体把握,不宜把它视为一种文学实体,一种统一格局。歌德在谈及世界文学时,并不是指一种一体化的世界文学的来临,一种单一化的世界性的文学现象。有的学者目睹各国文化的交融,提出了"一个世界的文化"的论点,也是可以理解的。如闻一多说,世界四大古国的文化,慢慢地起着变化,"互相吸收,融合,以至总有那么一天,四个的个别性渐渐消失,于是文化只有一个世界的文化"[①]。于是有的论者认为将出现一体化的总体文学,这是值得探讨的。一,这种一体化的文学只能在一个极其漫长的历史中出现,现在我们虽然可

---

① 闻一多:《神话与诗》,见《闻一多全集》第1卷,开明书店1948年版,第201页。

以看到交融，但是一体性尚只是一种设想。二，不能把文学与自然科学等同起来。世界各国文化，如果是指自然科学、技术发明、共同道德准则，等等，我想在这些方面实现一体化是不难的。由于人类的共性、审美爱好、理解的日渐接近，文学在不少方面逐渐融合那是可能的。至于只是把文学作为自我表现，单纯地抒发各种感受、心理无意识，这倒可能很快会使文学一体化起来。但是文学是最具个性化的东西，是具有特定社会、环境、心理、地域色彩、风尚习俗特征的现象。在国家、民族消亡之前，文学是不可能成为单一化的世界现象的。而且只要众多的人种不为单一的人种所代替，地域永远是一种差别，文学就很难一体化。文学又并不总是按照某种心理学化的式子创作出来的，所以仍然顽强地保留着民族特色。

在未来的、长久的发展中，文学将仍然是民族文学，它的发展的途径将是主导、多样与综合。对于一个国家来说，民族特征将是它的主导，如果失去这一特征，那么这种文学就会失去被人称道的品质。大量描写格杀打扑的通俗文学，它的普适性很大，人们的兴趣主要在于它们的刺激性、较浅层次的审美价值，而不在乎民族性特征，所以它们的文学品格不会很高。这类作品中的人物，换个外国人的名字照样可读。所谓多样，就是指对外国文学采取开放态度，提倡创作风格、流派的多样化。所谓综合，就是吸取他人之长，为我所用，创造新的形式。我们在前面论及的拉美"爆炸文学"，正是这种创新的文学。

第二节 文学与审美文化[①]

在上面，我们探讨了民族文化精神与民族文学的一般关系，在这里，我们将把文化具体化，研究它的实在的形态和文学的关系。我们

[①] 文学与审美文化，这里仅谈了文学与音乐与绘画的关系。当今，图像艺术如影视艺术、音响艺术、电子文学艺术日新月异地发展着，正在以极快的速度"侵占"着以文字为营构的文学的传统场地，或者说正在改变着传统文学的面貌，这是需要严重关注与深入研究的。

把它划分为审美文化、非审美文化和介乎两者之间的文化形态,这就是音乐和绘画,宗教以及科学、哲学,伦理道德与政治。

一 文学与音乐

文学与音乐、绘画同为审美文化,它们的共同性比较明显。例如,它们都用实践—精神的方式审美地把握世界,但方式却各不相同,不可替代。贝多芬说,诗歌和音乐相比,领域不受限制,但和别的领域相比,它的境界无限宽阔。门德尔松则认为语言代替不了音乐:"语言在我看来是含混的,模糊的,容易误解的,而真正的音乐却能将千百种美好的事物灌注心田,胜过语言。"① 门德尔松的这种认识,自很别致,但对于大多数人来说,恐怕正好相反。

文学与音乐关系密切。文学的产生,无疑晚于音乐。古代诗歌,体裁不一,但无论中外,都是诗与歌的结合。根据史书记载,"《诗》三百五篇,孔子皆弦歌之,以求合《韶》《武》《雅》《颂》之音"。孔子自己说:"吾自卫返鲁,然后乐正,《雅》《颂》各得其所。"《诗经》之后是《楚辞》,也是与音乐结合一起的。楚国有着特有的色调浓烈的民间音乐,它"富于幻想,变化曲折,悦耳动听",史书上称之为"南音"。这些乐曲,源于民间的祭神歌曲与巫歌。王逸说:"昔楚国南郢之邑,沅湘之间,其俗信鬼而好祠,其祠必作歌乐鼓舞以乐诸神。屈原放逐,窜伏其域,怀忧苦毒,愁思沸郁;出见俗人祭祀之礼,歌舞之乐,其词鄙陋,因为作《九歌》之曲。"这说法是可以接受的。《九歌》中巫灵天神,云神命神,河神山妖一一登场,充满浪漫色彩,最后是《国殇》,以"合乐合唱合舞"收场,诗、歌、舞合而为一的场面,是可以想象得出的。

乐府兴起于汉代,也是诗与音乐的结合。《汉书·礼乐志》说:"至武帝定郊祀之礼,乃立乐府,采诗夜诵。有赵、代、秦、楚之讴。以李延年为协律都尉,多举司马相如等数十人,造为诗赋,略论律吕,以合八音之调,作十九章之歌。"乐府有机构采来民间诗篇,包

---

① 《作曲家论音乐》,人民音乐出版社1986年版,第77页。

括乐调在内，这诗篇就叫作歌诗，也即歌辞。然后配以"声曲折"，即歌谱，供乐工演唱。这种能够合乐的诗，发展到东晋，就直接被叫作乐府了。汉诗以相和歌、杂曲为其精华。宋人郭茂倩谈到相和的含义时说："凡相和，其器有：笙、笛、节鼓、琴、瑟、琵琶、筝七种。"因此汉魏以来的那些歌，都可算作乐府。如曹操的《薤露歌》《蒿里行》《苦寒行》等十分有名，而他的《短歌行》也传诵千古，现在其曲已失，但可以想象配乐后的铿锵、苍凉的歌唱。蔡文姬的《胡笳十八拍》，不仅留下了辞，而且留下了曲。郭沫若说："那像滚滚不尽的海涛，那像喷发着熔岩的火山，那是用整个灵魂吐诉出来的绝叫。"音乐歌辞，紧相配合，跌宕起伏，激越悲愤，深沉流荡，声情并茂。

南北朝时期，乐府的发展随着民间歌曲的发展而发生变化。民间不断有新声出现。如"吴歌声""西曲歌"。它们不断被文人采用，在其基础上进行创作。北朝又吸收了北朝的民歌民乐。最后到了唐代，乐府演变成了各种诗体。它常使用"歌""行""曲""吟""谣"等为题，与乐调的性质相合，具有极强的音乐特征。

唐诗把乐府的创造推向一个高潮，唐诗的律绝体、歌行体、长短句新诗体，以及后来的宋词，无不都从乐府演化而来；而元曲则使文学与音乐的结合发展到了一个全新的境界。

纵观诗歌的流变，是否可以说诗的多种体裁是与不断发生、出现的民间"新声"有关？当然也要看到，并不是所有的诗都可入乐，这类不能入乐的诗谓之"徒诗"。乐曲中也有没有舞蹈、唱词的纯乐器演奏部分，称作"但曲"。南朝开始，诗、乐、舞开始出现分离现象。一些乐府诗歌不再"被之金竹"，而逐渐由唱而变为吟。此外乐谱的记述不科学，大量散失，失去依凭，也是原因。脱离管弦的诗，由于按诗的格律而作，而且用法极严，所以虽不入乐，但可吟唱，音乐性仍很强。

与诗一起发展的还有赋与散文。赋是诗的衍变物，是楚国的一种新兴文体。赋的原义是"铺陈其事"，由于叙事成分的增加，诗的因素就势必减弱，这样便形成了诗与散文之间的一种形式。但赋在文采、音节上又受诗的影响，因此赋的音乐性是明显不过的。在五言诗尚未风行之时，赋是汉初文人喜用的一种文学样式。至于散文，原是史书、哲学著作，由于它们之中的部分著作的艺术性极强，所以后世都把它们视为散文作品。

音乐与诗的结合、音乐与诗的分离，对于文学发展各有其特殊的意义。除了上述音乐造成诗的韵律特点外，同时在诗歌描写中，还引进了听觉艺术的特征，使视觉艺术的描写，与幻象的听觉艺术的抒发，相互结合起来，形成一种"通感"，增强了诗的意象的变幻与新奇感，显示出诗意的丰富性。这种通感的沟通，在我国诗词艺术中极为普遍，形成了一种特有的艺术手法。诗的音乐性影响了我国散文的发展，表现为我国名家的散文，不是通过无声的阅读而必须通过诵读，才能领会其妙处。旧式私塾中，把这种诵读叫作"叹文章"，即按文意起伏，或缓舒或急促、或读或吟、抑扬顿挫摇头晃脑地像唱歌一样。这里有诗的一唱三叹，令人回肠荡气，有赋的音韵对称与排比似如歌行板。钱穆说："然中国文言亦尚声，中国之文学尤以音为重，如诗是矣。散文亦寓有音乐妙理，故读其文、玩其辞亦贵能赏其音。高声朗诵，乃始得之。"又说："中国古文，字句章节，长短曲折，亦皆存有音乐妙理，非精究熟玩者不能知。今人务求变文言为白话，但白话中亦有语气，有音节，亦同寓音乐妙理，不可不知。"[①] 此说极是。如陶渊明的《桃花源记》，王勃的《秋日登洪府滕王阁饯别序》，柳宗元的《钴鉧潭记》，杜牧的《阿房宫赋》，范仲淹的《岳阳楼记》，欧阳修的《秋声赋》，苏轼的前、后《赤壁赋》，归有光的《项脊轩志》，都充溢诗声音韵，可供朗诵叹读。当然，一些现代的诗歌散文，也是有节奏、乐感的，如戴望舒的《雨巷》，音韵多么流畅响亮。至于一般平庸的诗作，如当代不少人的所谓诗，不仅不知乐理为何物，而且只是一种自我发泄的鼓噪。

作为听觉艺术，音乐对后代小说的影响也是很独特的。小说叙述往往通过音乐的曲调来点染人物心理和环境，烘托出一种特殊的隐秘

[①] 钱穆：《现代中国学术论衡》，岳麓书社1986年版，第278、279页。

状态、神秘气氛。这在《红楼梦》《老残游记》里都有十分著名的段落。

诗与音乐的分离，同样意义重大，其最大影响是使文学和音乐各自成为自身，形成文学、音乐的自身的特征。诗固然难以摆脱音乐，但叙事却逐渐离开了音乐，成为新的艺术形式。当然，像小说这类艺术，开头是一种说书艺术，而说书艺术是要使用韵文的，特别是它受到变文的影响，因而在中间也往往会插入韵文。就是到成熟期，这种影响仍然十分强烈。只是到了现代，才彻底摆脱了音乐的束缚，形成新的体裁。这里说彻底摆脱音乐束缚，只是说明创作主体的自由度与体裁特征，却不影响创作主体自觉地在叙事艺术中注入音乐感。

在西欧文学中，古代剧场上演悲剧是以合唱的形式相配合的，而流传至今的叙事诗，则是民间艺人代代相传吟唱的记录。近代欧洲歌剧的兴起，是文学与音乐联姻的结果。不少歌剧是以著名的文学作品为本事的；而有的诗则入了交响乐，如席勒的《欢乐颂》，成了贝多芬第九交响乐的主调，开创了交响乐与诗体结合的新形式。欧洲诗人、作家像中国诗人、作家一样，广泛地把音乐乐曲名引入文学，如浪漫主义作家笔下的浪漫司、颂诗、哀歌等。音乐不仅与诗联姻，而且也渗入中、长篇小说创作。不少作家在表现方式上常常求诸音乐或音乐结构。如有的作家把自己的长篇小说称作"三部曲"。"三部曲"在音乐中指大型作品，小说三部曲取其结构宏伟、历时久长、前后连贯、各自独立之意。或把中篇小说称为"朔拿大"，或把长篇小说称为多声部小说、复调小说，或在结构上把音乐对位移入小说。如海明威就曾说过："我觉得我个人向作曲家学习的东西和从和声学、对位法学到的东西是很明显的。"① 也有不少作家音乐修养极高，托尔斯泰、罗曼·罗兰、契诃夫，他们的小说中的一些段落描写充溢着一种音乐感，如契诃夫的《草原》、罗曼·罗兰的《约翰·克里斯多夫》、托尔斯泰的《战争与和平》等。至于在象征主义的作品里，象征主义

---

① 董衡巽：《海明威研究》，中国社会科学出版社1980年版，第64页。

者又特别强调音乐性是他们的基本美学准则,通过音乐性以显示出朦胧性、多义性、不确定性,对此我们在前面已有论述。

二 文学与绘画

现在很少有人再将文学与绘画进行类比或视为一体了,它们早就相互独立,自成系统。但把诗画视为一体,中西古代文化自古皆然。苏轼谈及王维的诗画时,曾说过:"味摩诘之诗,诗中有画,观摩诘之画,画中有诗。"画是视觉艺术,诗是语言声音艺术。这就是说,苏轼把视觉与声音听觉相互沟通了。他在视觉中感应语言听觉,又在语言听觉中感应视觉,形成艺术思维中的通感与联觉。于是他又得出结论:"诗画本一体,天工与清新。"说明诗画创作,原则相同,一在天然自成,二在清新独特。诗画的这种关系,宋代的张舜民也有类似的表述:"诗是无形画,画是有形诗。"张舜民着眼的是形,或是无形,本质上诗画同一。这种同一说、一体说,指出诗画开辟的境界有所不同,但只有有形无形之别。

持诗画同一说,在西欧也不乏其人。公元前500年的古希腊抒情诗人西蒙奈底斯就说过:"诗是有声画,犹如画是无声诗"。贺拉斯也说过:"诗歌就像图画:有的要近看才看出它的美,有的要远看;有的放在暗处看最好,有的应放在明处看,不怕鉴赏家敏捷的挑剔;有的只能看一遍,有的百看不厌"。[1]贺拉斯在这里把诗完全当作画来对待了。诗本是朗诵的,但也与视觉艺术通,可以近看、远看,如同玩赏绘画一般。

有意思的是文艺复兴时期的雕塑家、大画家达·芬奇在比较诗画时却大力推崇后者,贬低前者。他说眼睛是灵魂之窗,是心灵的要道,绘画能够通过这条要道,畅通无阻。"绘画包罗自然的一切形态在内,而你们诗人除事物的名称以外一无所有,而名称不及形状普

---

[1] [古罗马]贺拉斯:《诗艺》,见《诗学·诗艺》,罗念生、杨周翰译,人民文学出版社1962年版,第156页。

遍。"① 英国的散文家赫列斯特（1778—1830）则相反，他说："诗歌比绘画更有诗意。尽管艺术家或鉴赏家喜欢说画中有诗，但这只表现他对诗缺乏认识，对艺术缺乏热情。画呈现事物的自身的形象，诗呈现事物的内涵。画所表现的对象，限于事物自身所有；诗所暗示的对象，则超越事物，并以任何方式与之联系。"② 但是在文艺评论中，后人很少用这种比较两者孰优孰劣的方法来讨论诗画。翻开我国古代文论，不少论者往往以画论诗；打开画论，则不少人常常以诗论画。那么到底是什么因素促使人们把诗画并论的呢？

如果认为，苏轼的"诗中有画""画中有诗"确有道理，那么这诗中的画与画中之诗中间，就存在一种共同性的东西，这就是诗画所共同要求的境界或意境。"境界"最早出现于佛教典籍，后在画论中所使用。画论中有形、神之说。有人以为画重形似，如陆机："丹青之兴，比《雅》、《颂》之述作，美大业之馨香。宣物莫大于言，存形莫善于画，"③ 以为画是重形。有的重主观情思，如庄周等，而东晋画家顾恺之提出"以形写神"（《论画》）和"迁想妙得"。所谓"以形写神"，即形乃神之依据而不陷于形，写形是为了显示神，神就是对象的内在精神和特征。因此他画人不马上画眼睛，而要经历数年，反复揣摩，其缘故在于"四体妍蚩，本无关于妙处，传神写照，正在阿堵之中"。他的"迁想妙得"，说的是画家把自己情意注入绘画，达到情景交融的地步或境界。历代画家大体上围绕上述问题张扬自己的观点。南朝谢赫提出的绘画六法十分有名，其中气韵说最为历代画家所乐道。钱锺书在《管锥编》中谈到，谢赫的六法由于过去句读标点有误，往往读作"气韵生动"，而按本意，应以读作"气韵，生动是也"为好，并指出神韵与气韵即状貌、风度，在当时是同义。唐代张彦远在谈及绘画六法时，提出气韵与形似的关系，提出"夫象物必在于形似，形似须全其骨气"，"若气韵不周，空陈形似，笔力未遒，

---

① ［意］达·芬奇：《芬奇论绘画》，戴勉译，人民美术出版社1979年版，第21—22页。
② 转引自伍蠡甫《中国画论研究》，北京大学出版社1983年版，第199页。
③ 转引自张彦远《历代名画记叙论》，俞剑华编著《中国画论类编》上卷，人民美术出版社1986年版，第28页。

空善赋采，谓非妙也"；"以气韵求其画，则形似在其间矣。"① 宗白华在《中国艺术意境之诞生》一文中，引录了方士庶在《天慵庵随笔》里的一段话："山川草木，造化自然，此实境也。因心造境，以手运心，此虚境也。虚而为实，是在笔墨有无间，——故古人笔墨具此山苍树秀，水活石润，于天地之外，别构一种灵奇。或率意挥洒，亦皆炼金成液，弃滓存精，曲尽蹈虚揖影之妙。"② 他认为这里包含着中国绘画的精粹。艺术境界，就是"以宇宙人生的具体为对象，赏玩它的色相、秩序、节奏、和谐，借以窥见自我的最深心灵的反映；化实境而为虚境，创形象以为象征，使人类最高的心灵具体化、肉身化"③。此说极有见地，显示了画的诗韵。

  诗论论及意境较画论为晚，但也先有形神说。陆机在《文赋》中就说道："期空形而尽相。"《文心雕龙·物色》篇提出"自近代以来，文贵形似"。唐代王昌龄提出"搜求于象，心入于境"；皎然提出"采奇于象外"，"假象见义"。司空图在《诗品》中谈到"意象"，即象与象外的合一，主观与客观的融汇。他的"象外之象"，"景外之景"，"超以象外，得其环中"，以及"韵外之致"，"离形得似"，"不著一字，尽得风流"的诗论，对意境理论的形成十分重要。韵就是从字义到言外之意，"韵外之致"追求的是诗作语言表面之后更深层、深远的意义，"离形得似"即脱离事物外貌而达其内在之真。这些观点，无疑深化了诗歌理论。其后宋严羽在《沧浪诗话》中谈到诗的意境、神韵，如"羚羊挂角，无迹可求。故其妙处透彻玲珑，不可凑泊，如空中之音，相中之色，水中之月，镜中之象，言有尽而意无穷"④。近代王国维进而对"境界"作了进一步的阐发。历来诗歌都把情景交融视作境界，实际上这只是境界的条件，要构成境界，还应在情景交融的基础上体现出一种深邃的内涵，一种人生的意境，一

---

① 张彦远：《论画》，见沈子丞编《历代论画名著汇编》，文物出版社1982年版，第36页。
② 转引自宗白华《美学散步》，上海人民出版社1981年版，第59页。
③ 宗白华：《美学散步》，上海人民出版社1981年版，第59页。
④ 严羽：《沧浪诗话》（郭绍虞校释），人民文学出版社1962年版，第24页。

种艺术理想。

宗白华认为"艺术意境"不是一个单层的平面的自然的再现,而是一个境界深层的创构。从直观相的模写,活跃生命的传达,到最高灵境的启示,可有三个层次。他引用蔡小石在《拜石山房词》序中的一段话,作为他境界三层次说的佐证:"'夫意以曲而善托,调以杳而弥深。始读之则万萼春深,百色妖露,积雪缟地,余霞绮天,一境也。(这是直观感相的渲染)再读之则烟涛溟洞,霜飙飞摇,骏马下坡,泳鳞出水,又一境也。(这是活跃生命的传达)卒读之而皎皎明月,仙仙白云,鸿雁高翔,坠叶如雨,不知其何以冲然而澹,脩然而远也。(这是最高灵境的启示)'江顺诒评之曰:'始境,情胜也。又境,气胜也。终境,格胜也。'"① 这段论述,确是深得意境之妙。宗白华把三境与印象主义和现实主义、浪漫主义、象征主义相比,有些形似之处,但作如此类比,又恐太实,怕显得勉强。

从画论、文论来看,对诗画精神的论述,画中有诗、诗中有画,通过境界、意境确是相互贯通,而我们看到,不少诗人往往就是画家,不少画家,往往就是诗人,所以他们在作品中也就诗画并论,如梅尧臣说的,"诗中须有我,画中亦须有我",强调两者精神的一致。

但是这一致性,并不是同一的东西。钱锺书敏锐地觉察到在我国的传统的文艺批评里,对诗和画有着不同的标准。南宗画在绘画传统中有公认的崇高地位,与南宗画相呼应的诗歌中的神韵派,却得不到承认是标准的诗风。例如王维的画,是画中"大写",他的《卧雪图》中有雪中芭蕉,体现了兴会神到的独特神韵,和削多成一、意高笔减的"大写"精神而受尽颂扬。他的诗风与画风相同,而后世的王士禛标举神韵说,形成神韵诗派,却未能获得公认正宗地位,千百年来为各派所公认的大诗人却是杜甫,神韵派诗人只能算是"小的大诗人"或"大的小诗人"。他们对此持有异议,暗有"谤伤",甚至公开说"摩诘不宜在李杜之下",但都无济于事。于是便形成这样的情况:王维在旧画传统里"坐着第一把交椅",但在旧诗传统里却数不

---

① 宗白华:《美学散步》,上海人民出版社1981年版,第63—64页。

上他，而为杜甫所占有。因此明显地出现了诗画评价中标准的不一。"中国传统文艺批评对诗和画有不同的标准；论画时赏识王世贞所谓'虚'以及相联系的风格，而论诗时却重视所谓'实'以及相联系的风格。"① 再进一层，有的著名画家如董其昌在比较著名代表人物时，往往认为王维高于吴道子，认为吴道子是"画工"，但在并论画风、诗风时，却又把"'画工'吴道子与'诗圣'杜甫齐称。换句话说，画品居次的吴道子的画风相当于最高的诗风，而诗品居首的杜甫的诗风只相当于次高的画风"。也就是说，"用杜甫的诗风来作画，只能达到品位低于王维的吴道子，而用吴道子的画风来作诗，就能达到品位高于王维的杜甫"②。钱锺书要求对这种"中国旧诗和旧画有标准上的分歧"进行解释。

中国诗画批评标准不同的存在，是一个具有普遍意义的问题。它的关键所在，就在于诗画具有共同的特性，但到底是两门不同的艺术。在《拉奥孔》里，莱辛就它们的不同特点进行了探讨。此书的另一标题就是"论画与诗的界限"。莱辛反对古典主义把诗画视为一体的说法，指出两者在符号、媒介、对象、功能上均有不同，并从时空的关系，论述了两种艺术的差异。莱辛从摹仿说出发，认为诗画都是摹仿艺术。"出于摹仿概念的一切规律固然同样适用于诗和画，但是二者用来摹仿的媒介或手段都完全不同，这方面的差别就产生出它们各自的特殊规律。""绘画运用在空间中的形状和颜色，诗运用在时间中明确发生的声音。前者是自然的符号，后者是人为的符号，这就是诗和画各自特有的规律和源泉。"③ 所谓自然符号，就是色彩、线条、物形，所谓人为的符号，就是声音和语言。由于绘画只能进行并列的布局，所以它的对象"只能运用动作中某一倾刻，所以它应该选择孕育最丰富的那一倾刻"，或称"包孕最丰富的片刻"，通过它可以上承过去，下见未来。由于媒介关系，这片刻只能存在于空间，而"必

---

① 钱锺书：《旧文四篇》，上海古籍出版社1979年版，第20页。
② 钱锺书：《旧文四篇》，上海古籍出版社1979年版，第23、25页，后出版本作者文字有改动。
③ [德]莱辛：《拉奥孔》，朱光潜译，人民文学出版社1979年版，第181—182页。

然要完全抛开时间"；所以，绘画的对象只能是单纯的物体。诗运用语言、声音这种人为的符号，可以进行持续性的模仿，表现事物的动作、通过运动暗示物体，而不是对事物进行详细描绘，但画则以物体暗示运动。从功能上看，作为视觉艺术在于体现事物发展的瞬间，而且是并非高潮的瞬间，即包孕性最丰富的一瞬。诗为语言艺术，在于展现生活的流动，使人感觉到动态的美。莱辛也承认，绘画也能摹仿动作，但是只能通过物体，用暗示的方式去摹仿"动作"，"诗也能描绘物体，但只能通过动作，用暗示方式去描绘物体"①。

钱锺书在《读〈拉奥孔〉》中指出，"包孕最丰富的片刻是个很有用的概念"，这一美学观念强调了"画家应当挑选整个'动作'里最耐人寻味和想象的那'片刻'……千万别画故事'顶点'的情景，因为一达顶点，情事的演展已到尽头，不能再'生发'了，那个'片刻'仿佛女人'怀着身孕'，它包含从前种种，蕴蓄以后种种"。②他指出这一避开"顶点"的道理，中国古代画家早就了解，而且认为，这一手法，实际上也适用于文字艺术的。他说，诗文里的描叙是继续进展的，可以将动作原原本本写出，"但是它有时偏偏见首不见尾，紧临顶点，就收场落幕，让读者得之言外。换句话说，'富于包孕的片刻'那个原则，在文学艺术里同样可以应用"③。事实正是如此，叙事文学虽然主要描绘行动，但同样广泛使用了这一艺术原则。

近代以来，当人们对时间与空间的观念发生变化后，特别是认识到时间不仅可以是历时的，还可以有心理的时间，时序可以颠倒，并且可以进行共时的艺术描写；诗与绘画在某个方面又发生了新的一致，而意象派的诗人也力图把绘画搬入他们的诗作。

讨论了时间艺术、空间艺术的对象、手段、功能以及它们的特征的不同，就可以对"中国旧诗画有标准上的分歧"问题进行初步的说明了。这就是绘画可以突出王维的富有神韵的大写，以表现"包孕丰

---

① ［德］莱辛：《拉奥孔》，朱光潜译，人民文学出版社1979年版，第93页。
② 钱锺书：《旧文四篇》，上海古籍出版社1979年版，第40页。
③ 钱锺书：《旧文四篇》，上海古籍出版社1979年版，第43页。

富的片刻",神思的飞扬和空灵。但这只能满足人们对空间艺术的审美的一个方面。人们还需要另一种审美形式,这就是动态的审美,不是凝固、瞬间的,而是连续不断的动态的审美,而这点,只有文学描写才能做到,即使是连环画,也无法取代,这是一方面。另一方面,诗画之间确是存在着不同的批评标准,同时还存在着诗与诗的不同准则。王维的诗无疑具有巨大的审美价值,他的不少优美的诗作,说明了人的审美感觉能够精致、空灵到什么程度。但是杜甫的诗比之王维的诗,同样有巨大的审美价值,而且从动作方面来说,非王维的诗可以比拟,叙事诗、史诗以及另一种类型的抒情诗、感事诗,在表现审美意象的变幻中,还能广泛地、深入地描绘现实生活和历史,广阔地表现人类精神的价值。这就是为什么神韵派诗人想谤伤杜甫而又无法贬低杜甫的真正原因,甚至连苏轼也无法办到,而只得承认杜甫的不可动摇的地位。

第三节 审美与非审美文化的宗教与文学

文学与宗教,较之文学与哲学、道德的关系来说,是极为特殊的。这种特殊性在于宗教在把握世界的方式上与文学非常接近,而在内在联系上却愈来愈远,日益淡化,以至若即若离,相互脱离。但是宗教却又是那样深入人心,有仪式的、有教义的宗教,有把思想当成信仰而至迷信的宗教,还有因为没有信仰,或是信仰毁灭而以为生活本身、人的本身存在就是荒谬的宗教。我们在这里说的是狭义的宗教。

海涅在《论德国宗教和哲学的历史》一书中,开头就说:"法国人最近读了我们的一些文学作品,就以为能够理解德国了。然而他们借此只不过从完全无知的状态,刚刚上升到问题的表面,因为只要他们不理解德国宗教和哲学意义,我们的文学作品对他们仍是一些默默无言的花朵,整个德国思想对他们仍是一个拒人于千里之外的哑谜。"[①] 海涅的这一论断,思想十分深刻。这对于其他国家有着悠久历

---

① [德]海涅:《论德国宗教和哲学的历史》,海安译,商务印书馆1974年版,第11页。

史，曾为哲学和宗教长期所左右和影响的文学来说，也可提出这种要求。不了解欧洲宗教，就难以理解欧洲的文化和文学。

巫术是一种原始宗教，而后世的宗教与原始宗教不同之处，在于前者已从混合思维中分化出来，形成一种独立的思维形式，一种独立地认识和把握世界的特有的方式，它与哲学、伦理道德把握世界同又不同。相同之处是宗教是一种戒律、清规、信仰以至迷信。不同之处是，如果哲学、道德力图从现象探入事物本质，揭示事物的规律，则宗教是一种非理性的先验理论，是建立在人对现实虚幻认识的基础之上，成为对现实生活的颠倒反映。可以这样说，"一切宗教都不过是支配着人们日常生活的外部力量在人们头脑中的幻想的反映，人间的力量采取了非人间的力量的形态"。同时，它们的不同之处表现在宗教还是一种实践的力量。它所规定的戒律、清规，都是以信仰、盲目服从的准则形式出现的，形成善男信女仪式化的顶礼膜拜；并以虚幻的满足，来对抗似乎是难以改变的现实。"宗教里的苦难既是现实的苦难的表现，又是对这种现实的苦难的抗议。宗教是被压迫生灵的叹息，是无情世界的感情，正像它是没有精神的制度的精神一样。"

文学与宗教的思维都从混合思维中分化出来，但却在把握世界的方式上有惊人的一致之处。比如，宗教的教义主要通过丰富的幻想，建立了自己的形象系统，在生动的描述中表现出来的。这里同样有动之以情，也有潜移默化，而且靠着特有的仪式的外力干预，建立一种人生理想。我们就从这几个方面对两者进行比较。

先说幻想与现实的关系。文学需要幻想，宗教也需要幻想，这是两者的共同性。文学的幻想源于现实，宗教的幻想同样源于现实，但它对现实作了非现实的理解。文学的幻想是为了创造艺术真实，审美地反映真实的人生，即使采取多种变形的艺术形式，甚至是远离现实的形式，但仍然是主体的现实精神的折射，其立足点主要是现实。艺术幻想创造一种虚幻的世界，它并不把它的作品当作现实；虽然如此，这种虚幻的现实却使人感到真实般的现实。宗教的幻想在目的上就不同，它虽同样以幻想创造了一种虚幻世界，但却把自己创造的世界，当作一种真实存在的现实；这个世界不存在于现世和此岸，却以

第九章 文学与文化精神

为存在于来世和彼岸,从而以虚幻代替现实。

　　文学与宗教的另一共同特征是它们的形象手段。所谓形象,说的是生动、具体、可感的特征,和形象的抽象特征。文学审美地反映生活,借助于主体感情的把握,对生活画面的描绘,人物、情节的穿缀,即使把它们予以淡化,也不过使其特征淡化就是。宗教的形象性是十分突出的。现今流行于世的宗教,一面有仪式的教义的宣讲,另一面又无不通过生动的故事,进行形象的宣传。原因在于形象性具有直观性、可感性、生动性,易为读者、听众所接受,并且在此基础上形成宗教文学。《圣经》《可兰经》,佛教典籍,《佛本生故事》,实际上就是文学作品。除此而外,宗教的形象性特征,还表现在以绘画来描绘宗教教义,以及对宗教的始祖、圣者、圣徒等一系列人物的塑造,形成一种宣扬宗教思想的形象的实体与体现,如泥塑、雕刻、绘画,成为一种特有的宗教艺术。宗教的形象性特征还表现在宗教音乐之中。宗教形象与文学形象的不同,在于文学形象具有生活现实本身的特点,生命变化的特点,人的个性化特点;而宗教形象则是一种符号,一种建立在想象基础上的虚幻的象征,一种对此岸世界深深的失落与对彼岸世界寄予无限厚望的象征,他是抽象的人。神是完美的人的形象,它的产生是由于各形象的相似,由于类似的形象不断地融合为同一个形象。在这里,神就是"完美的人"的形象。但真正的各种佛像雕塑,却富有神韵生命。后世的人也许应该感谢宗教信徒的无限虔诚与坚毅的力量,他们创造出了无数艺术珍品,并尽力保藏至今,使后人站在巨佛石刻之前,或聆听圣乐时,能够感到人的绝妙创造的无比伟力,和人的庄严、和谐与永恒。

　　文学以生动的描写动之以情,发生潜移默化的作用,宗教同然,并进行公开说教,形成动人的感受与说教相结合的特殊方式。宗教说教往往通过仪式进行。仪式本身是一种形象化的过程,它具有一种神圣感、神秘感、畏惧感,这是文学所不具有的。最后,文学与宗教都力图建立一种理想。文学建立的是一种世俗的人的理想,人的完善的理想,社会生活崇高、和谐的理想。当然,当非理性主义突入生活,突入今天的文学,文学也就离开了理想,或是理想往往变成乌托邦理想，使人厌倦、失望。宗教则始终是一种理想，一种来世的理想，一种寄希望于彼岸的理想。自然，宗教给人以理想。人是需要理想的，他需要符合于自然界的人的理想，而不是超自然的理想。但是这还不够，人还要一种符合于社会繁荣、和谐的理想，要求建立人与人是一种对话关系的理想。

　　宗教文学比宗教本身似乎要复杂一些。我们可以把宗教文学分成两类：一类是描写那些宗教创始人、圣徒的活动传记故事；一类是为宗教传播的目的而创作出来的故事、寓言、箴言、启示录等。这两类著述都有文学价值，而且相对地来说，后一类记载完全可以被当作文学创作，《圣经》《可兰经》、佛教故事，就是由这几方面的记述组成的。《圣经》中的《旧约》是古代以色列与犹太部落的文献汇编，它记载了公元前13世纪至3世纪有关创世的传说、历史、教规、法律、诗篇、箴言、情歌等。这里充满幻想，箴言极富智慧，诗篇歌颂神威、正义。《新约》则是基督教兴起后写成的有关耶稣及其信徒的传说。中世纪建立神权统治之后，《新旧约全书》就被奉为《圣经》。《可兰经》记载了伊斯兰教创始人穆罕默德创教、教义内容、传教活动、社会理想以及种种神话、传记、故事、寓言等。佛教国家流传的《佛本生故事》，则是一部寓言、童话、故事的结集，故事富有寓意、智慧，形式生动活泼。

　　在世界各国文学中，宗教与宗教文学对文学创作影响巨大。欧洲中世纪只知道一种意识形态，即宗教和神学，文学自然也处在宗教与神学的统辖之下。但是也不能把问题简单化，要对中世纪的文学作进一步的研究。看得比较清楚的是中世纪以后的文艺。例如基督教对欧洲文学的影响，十分复杂。它表现为不少作家受到宗教思想的影响，并从《圣经》中汲取思想，采取其中的故事素材，进行再创造；有时不少作家实际上是反对教会的封建专制的，但他们却采用了宗教文学中的一些情节，创造出宣传反宗教的人文主义思想的作品。和人文主义时期的雕塑、绘画一样，文学中的宗教故事中的人物，已失去了神圣的光环，而变得世俗化了。但丁把宗教里的境界地狱、炼狱、天堂，搬入了《神曲》，向往着人文主义的光明；弥尔顿以《圣经》中的故事为题材，描写了亚当因受了引诱而失去乐园，今后只能依靠自己劳动生活以及歌颂撒旦的叛逆精神。他的《复乐园》取材于《新约·马太福音》，描写不受任何物质、精神引诱而复得乐园，《斗士参孙》取材于《旧约·士师记》，描写力士的复仇，歌颂人的反抗精神，歌德同样把宗教故事中的形象，改造为艺术形象，如《浮士德》里的靡非斯托菲勒斯成了一个"否定的精灵"。

欧洲不少作家不仅受过宗教教育，而且进行宗教探索，表现在创作中，效果各不相同。在果戈理身上，宗教探索是毁灭性的，他晚年屈服于宗教教义，害怕自己著作的批判倾向，在追求宗教的爱、和谐的狂热中毁了自己。托尔斯泰否定教会，揭露它的虚伪、腐化，为此被革出教门。但他宣传基督教的普遍的爱，爱一切人，也爱你的敌人，罪孽的获赎则全在普遍的爱。在艺术主张方面，托尔斯泰宣扬一种宗教艺术观。他认为："现代的宗教意识——即承认生活……的目的在于人类的团结——已经显示得够清楚了，现代的人们只须摈弃美的理论（这种不正确的理论认为艺术的目的是享乐），那么宗教意识就自然而然地会成为现代艺术的指引。"① 他认为基督教义不仅所有的人都能了解，而且整个现代生活都渗透了这种学说的精神，有意无意地都受着这种学说的指导，"基督教的艺术的任务在于实现人类的兄弟般的团结"。陀思妥耶夫斯基的探索也极为独特，他在艺术探索中把艺术、宗教、伦理、人性的探索融汇一起。例如他作品中的伦理、人性探索中的失败者，最后往往只有求诸宗教的探索，而形成作品中的某种神秘色彩。可以这样说，在这些作家的小说里，凡是赤裸裸地宣扬宗教、伦理的地方，使人心惊不已；把笃信宗教的人物视作最高尚的理想，最能排除人间烦恼的形象，但并不总能获得读者好评。

宗教对我国文学产生重大影响。我国的道教从原始巫术演变而来。"道"就是从古代神道设教的神道演变而来。在古代主神道者有专门的官职，即巫祝史，他们通过仪式，沟通神与人，随着封建社会的兴起，出现了神仙方士。"所谓的'方'，主要就是不死的仙方。

---

① ［俄］托尔斯泰：《艺术论》，豊陈宝译，人民文学出版社1958年版，第183页。

这种方士，也从事巫祝术数，自称他们能够通神仙，能够炼不死的丹药，能够飞升成仙。"① 这类神仙思想在《庄子》里就有描写，如在荒山云岭，有异人居住，吸风饮露，不食五谷，能乘云气，御飞龙等。这种宗教思想反映到文学中，大概以《楚辞》为最突出，其中宗教思想与神话浑然一体。但是作为宗教，对中国文学影响更大的是佛教。佛教输入需要通过翻译，不少著名文人或参加翻译，或参加监护勘定，无形中使释、儒二家结合起来。儒家多半为文人学士，他们的参与使经文典范化，使经文不亚于本民族创造的经典文学。在唐代，《法华经》《华严经》《维摩经》，都是文人案头必备之书。同时不少文人又大量翻译了佛教故事、寓言，进而扩大了佛教的影响，佛教的影响最集中地表现为一种出世文化精神的形成。佛教宣扬人生皆苦，苦海无边，生老病死，轮回不已，四大皆空。根绝人间一切烦恼的办法，就是实行禁欲主义与苦行，即"灭谛"，通过"寂灭"，以解除自我烦恼。"圆满"一切"清净功德"，而达到"涅槃"境界，即扑灭一切生死轮回而征得一种最高的寂静的精神境界。这是一种回避现实、世俗的出世思想，它深深地影响了儒家的人生观。儒家思想原是入世的。所谓入世，就是建立功名富贵的人生观。出世思想一经确立，于是这两种思想形态就在儒家身上产生了一种奇妙的结合，如前所说形成了入世、出世互补的文化心态。当他们仕途得意，就以儒家学说为本，充满建功立业、封妻荫子的思想；同时辅之以佛教的思想，以作为个人的内在的修性养身之道。这就是白居易说的"外服儒风，内修梵行"，也就是柳宗元说的"统合儒、释"，以儒家学说为本，以佛济儒。当他们失意时，无法获得功名利禄，就转向释道思想，以为人世皆浊，并以啸傲山林为清高，从佛道思想中求解脱。这种思想精神不能不透入他们的创作之中，映照到诗歌里，就形成一种诗风，这在唐代的诗作中特别明显。韩愈辟佛，情绪十分激烈。但当自己仕途受挫，就悟到佛理之妙，赞颂起佛家的生活情趣来了。柳宗元谪贬永州，他的诗文表现了一种超脱现世的境界，颂扬禅趣的意

---

① 卿希泰：《中国道教思想史纲》第1卷，四川人民出版社1980年版，第34页。

境。王维仕途受阻,就去佛教中寻找慰藉:"一生几许伤心事,不向空门何处销"。他的诗作不仅提供了闲、空、寂的悠然自得的田园境界,而且使其诗作走向了象征主义,而在诗歌中独树一帜。佛家思想在后来的文学中如宋词、元曲中,都有表现;而且有的以禅理入诗,形成一种风气。

佛教文学的传入,对我国的文学体裁、表现方式、语言等方面,都有深远的影响。例如唐代的变文,就是佛教的佛经变文。为了宣传佛教思想,于是有人将宗教故事写成了供讲唱的韵文散文体。变文"是一种新发现的很重要的文体……'变文'的意义和'演义'是差不多的。就是说把古典的故事,重新再演说一番,变化一番,使人们容易明白"[①]。变文和变相在唐代都极流行,庙宇巨壁上,都有地狱变相等壁画,同时据说没有一个庙宇不曾唱过变文的。变文开始是讲唱佛经故事,随着这种宣讲方式的不断发展,很快就为文人们所利用,用以讲唱民间故事和传说,于是就为文学开创了新的文体。"这种新文体的'变文',其组织和一部分以韵、散二体合组起来的翻译的佛经完全不同;不过在韵文一部分变化较多而已。翻译的佛经,其'偈言'(即韵文的部分)都是五言的;而变文歌唱的一部分,则采用了唐代的流行的歌体或和尚们流行的唱文,而有了五言、六言、三三言、七言,或三七言合成的十言等等的不同。在一种变文里,也往往使用好几种不同体的韵文。"[②] 变文还有散文部分,其间插入了骈俪文,尽管并不对仗,但大多仿效使用,蔚成风气。这种混合使用的文体,对后世的文学体裁影响深远,如诸宫调、宝卷、弹词,甚至以后的话本形式。此外由于大量佛教故事、寓言的输入,也丰富了我国原有文学的表现方法与语言。

佛教的输入,对我国古代文学理论发展也产生了良好作用。《文心雕龙》吸入了佛家思想;皎然以佛理说诗,他提出的诗式、意境等观念,影响了后来的司空图、严羽等,一直蜿蜒曲折而达于王国维。

[①] 郑振铎:《插图本中国文学史》(2),作家出版社1957年版,第449页。
[②] 郑振铎:《插图本中国文学史》(2),作家出版社1957年版,第451页。

第四节　文学与非审美文化

一　文学与科学精神

自然科学与文学的关系，从中国古典文学来看，两者是截然分开的；从欧洲古代文学来看，两者是相互激荡、互施影响的，而且愈往后去，文学主要受到科学进步、科学精神的影响，而发生重大的变化，而且看来这种方式将是主要的趋势。

科学和文学的关系大体表现在下述几个方面。

一是，一些作家，特别是古代作家的作品，以优美的文学语言，描写了一系列现在看来纯属科学方面的问题。这一情况生动地表明，在古代人类思维形态确是混合性的。例如屈原的《天问》，天问就是问天，过去的解释是"天尊不可问，故曰天问"。这里所指的天，就是泛指自然、社会现象。《天问》构思奇特，对人类、历史、自然现象，根据神话提供的材料，一连提了170多个为什么，其中如远古开端，谁人传之？曾是昼夜不分，谁来划分？宇宙明明暗暗，原因何在？天高九重，是谁筹划？东南地势为什么倾塌？等等。公元前的罗马，有卢克莱修的《物性论》，探讨物质运动，却用长诗形式描述，当时人的思维就已如此精深，提出问题为后世科学所证实，确是令人惊异不止。不过后来思维分工，就很少见到这种形式了。

二是文学在一定时期能够给予科学以巨大的推力，这种情况在历史上不多见，像文艺复兴时期表现得最为明显。那是欧洲文化全面发展的时代，各种科学获得了迅猛的发展。但是作为文艺复兴精神的体现，作为人文主义思想的旗帜，作为开路先锋，作为各个学科发展的鼓舞，则是文学艺术。文学艺术是文艺复兴中最为辉煌的成果。但丁、卜伽丘、彼特拉克、塔索；乔叟、琼森、莎士比亚；拉伯雷、蒙太涅；洛卜·维加等人，在冲决中世纪的罗网，张扬人性、人道，反对黑暗统治、愚昧、歌颂人的伟大方面，都是时代的旗帜。他们使人文主义思想广为发扬，引起各个领域的变化，并且也促进自然科学的发展，"自然科学也就是在这场革命中诞生和形成起来"。

我国新文化运动发轫于五四运动。五四运动原是文学运动，但它以民主、科学感召世人。中国现代意义上的自然科学，只是在"五四"以后才兴盛起来的。

三是自然科学的蓬勃发展，又以其认识世界的方式和求实的精神影响着文学。

自然科学发展到 18 世纪末，仍然主要是搜集材料的科学。但是到了 19 世纪，自然科学从整理材料，研究过程，事物的发生和发展，形成了一个具有伟大整体联系的科学。这种整体联系的科学精神，就是观察、比较、研究、分析、综合。这种科学精神强烈地影响着 19 世纪现实主义文学的形成。

司汤达作为小说家，作为法国现实主义文学奠基人，也研究史、哲学、机械、数学，特别是心理学。他说："一种艺术永远有赖于一种科学，它是一种科学方法的实施。"[①]"在政治中，有如在艺术中一样，不研究人，就不能取得高度的成就，因此必须勇敢地从自己本身，从生理现象起步。"[②]司汤达要求语言明确、正确，"感情的语言"要达到数学的精确。他的《论爱情》一书，是欧洲有关人的精神生活的复杂现象心理分析的最初尝试之一，所以此书往往被选入感情心理学文选。《论爱情》对爱情作了分类，有表示强烈欲望的爱情，有使人倾慕的爱情，有肉欲的爱情，此外还有追求虚荣的爱情。同时司汤达还进一步探讨了爱情的产生：先是喜悦、神往，想得到对方青睐，于是产生希望，继而形成爱情，最后产生第一次定形。接着又出现怀疑，改变了原先希望，害怕得不到幸福，于是出现第二次定形；交织着怀疑与希望，感到唯有对方才能给以幸福。之后又产生第三个思想。……同时司汤达指出，爱情的定形是一个不间断的过程，不断变化，不断定形。[③]《论爱情》作于 1822 年，这对他后来的小说创作

[①] 转引自李健吾《科学对法兰西 19 世纪现实主义小说艺术的影响》，载《文学研究》，1957 年第 4 期。

[②] 转引自片金《艺术与科学》，任光宣译，文化艺术出版社 1987 年版，第 122 页。

[③] [法]司汤达：《论爱情》，维柳纳斯等编《感情心理学文选》俄译本，莫斯科大学出版社 1984 年版，第 280—286 页。

无疑极有影响。1831年问世的《红与黑》，以对人物微妙的心理分析闻名于世。

19世纪强大的科学精神，也显现于巴尔扎克身上。这位作家说他的《人间喜剧》的构思得益于自然科学之处甚多，"是从比较人类和兽类得来的"。动物学研究当时已相当盛行，"只有一种动物。造物主只使用了一个同样的模子来创造一切有机存在物。"他说这类学说"早已深入我心，我注意到，在这个问题上，社会和自然相似。社会不是按照人展开活动的环境，使人类成为无数不同的人，如同动物之有千殊万类么？"① 在创造人物方面，巴尔扎克提出"分析""综合"是他主要的方法。我们知道。这也正是自然科学的方法，获得新成就的方法。

在福楼拜的身上，实证主义的自然科学精神同样极为明显。他提出人类"越前进，艺术越是科学的，同样科学将变成艺术的。二者在底面分手，又在顶点相合"。又说"文学将越来越采取科学的姿态"。福楼拜有一个医生的家庭环境，"他从父亲方面得到他的实验主义倾向，这使他用无限的时间去理解最小的细节地对事物的绵密观察，以及这种使他同时成为一位学者与艺术家的渊博爱好"②。这种实证主义科学思想，使他在写作小说时总要在他描写的地方，进行实地的细致观察。他的笔像解剖刀一样划入人的心灵深处，有时甚至到了极其严酷的地步。文学"将主要是展览的，意思是说，不是教诲的。应当画成画，显出自然的本来面目，而且是完整的画，里外统统画出来"③。像福楼拜这样的艺术家，曾经历了无数次革命与随之而来的反动，以为社会、改革不能产生决定性影响，社会进步是依照"自然规律"进行的，他以为唯有科学与艺术才能拯救社会。因此他的文学观常常与

---

① ［法］巴尔扎克：《巴尔扎克论文学》，王秋荣编，程代熙、郑克鲁、李健吾等译，中国社会科学出版社1986年版，第58页。
② 转引自李健吾《科学对法兰西19世纪现实主义小说艺术的影响》，载《文学研究》1957年第4期。
③ 转引自李健吾《科学对法兰西19世纪现实主义小说艺术的影响》，见《文学研究》1957年第4期。

生理学联系起来的。

左拉更是如此。他重自然科学,他的文学宣言取名自然主义。自然主义者的前身,就是博物学者①,重视科学方法,以及一些具体门类的学科,如生理学、遗传学、医学等。他把这些学说当作他写作《卢贡·马卡尔一家》的指导思想,以致把一些人的社会特征都从遗传、血缘关系加以处理。他说:"我要自己研究的卢贡·马卡尔家族的特征是纵欲,我们这一时代追求享乐的疯狂倾向。就生理而言,一个家族初次受到一种有机的病害,病害形成神经和血液的症状,就一步一步慢慢发展成为这种特征,按照环境,决定家族每一个人的感情、欲望。"②

四是在科学与文学的相互关系中,科学也往往可以成为描写对象。如儒尔·凡尔纳、威尔斯等人的科幻小说,至今吸引着读者。我们看到一种奇妙的现象,文学在这方面远不是消极的。在这些作家的作品里,有不少伟大的科学猜测或预测。像凡尔纳海底旅行工具;像巴尔扎克在一部小说里写到人的心理时提出,在人的机体中,有一种尚未为科学探知的液体存在,它对人的心理状态产生影响。这是一种"假说"。几十年后,科学家发现了"荷尔蒙"这种激素,建立了"内分泌学说"。

20世纪科技的急剧发展,使社会生活发生了极大的变化,出现了一些新的艺术品种,如音像艺术等。与此同时,科技的发展给文学以巨大的影响,其中最大的是心理学。意识流的研究与运用,改变了文学中的时间观念、空间观念;精神分析学说的运用,扩大了文学描写的对象,对作家发挥"自我观察""自由联想"都有启发,深化了人对自我的认识。

科技的发展,使一些人预言,文学将彻底改变其性质。一种预言是书面文学将不复存在,而代之以音像艺术、视觉艺术。不过,我以

---

① 转引自李健吾《科学对法兰西19世纪现实主义小说艺术的影响》,载《文学研究》1957年第4期。

② 转引自李健吾《科学对法兰西19世纪现实主义小说艺术的影响》,载《文学研究》1957年第4期。

为只要人仍然用语言交往，文字的语言艺术恐怕仍会流传下去，继续被创造着，因为别的艺术无法替代它。另一种观点是要求文学彻底"科学化"，这在苏联20世纪六七十年代十分流行。这些问题常常是在崇拜科技进步的名义下进行的，而很少注意这种进步本身的矛盾，而且非常重要的是，文学的作用在本质上被贬低了。那时一些理论家断言，文学的未来取决它在多大程度上掌握了科学方法。但也有不同看法，它强调文学的巨大的审美意义，认为审美意义并不取决于"科学化"。十多年过去了，文学仍以它固有的方式创作着①。

文学数学化是文学科学化中的又一论点。数学偏于抽象，善于从繁复中归纳出公式定理。文学显示的是具体，某些诗作的抽象化，仍然要通过形象获得，即使只是淡化了的形象，否则它就会向哲理转化。说科学与诗、文学的合流，文学数学化，这实际上使人们退回到混合思维状态去，取消诗与科学的区别，尽管可以把这种混合思维说成是高级的，是否定的否定。但从思维发展的过去和现状来看，这不过是一种科学主义的表现。

二 文学与哲学和文学的哲理追求

文学与哲学，两者的关系就文学的角度来说，文学有过哲学化的时代；就哲学的角度来说，哲学有过文学化的时代。不过愈是晚近，哲学著作愈是失去文学价值；而文学却不尽然，它仍紧紧地缠住哲学。有的派别的作品，如存在主义文学，哲学意味很浓，使其失去哲学意味，它自身就不存在了。一首怀古的诗，或是写景的诗，如果就事写事，给人印象不深，如果蕴含某种哲理，就使人值得玩味了。所以文学与哲学之间至今保持着一种深刻的内在联系。

文学与哲学自然已构成两种独立的文化现象。就文学与哲学的相互关系来说，文学还仍旧能够施加影响于哲学，如文艺复兴运动中的文学，不过后来文学的这种作用愈来愈淡化了。倒是哲学不断地影响着文学，甚至时时赋予它以一种精神，以不同的质感、形态，透入文

---

① 见苏联《文学报》1984年12月19日。

学机体。排斥这种影响是可以的，但这只意味着自己的浅薄，一种文学的萎黄病。

哲学对文学的作用与影响表现在哪里？从各自的目的来说，哲学在于阐明世界、人的处境及人生的意义。文学则在于感受世界、领悟人生，品味人的命运的斑驳色彩。而人从哪里来，又到哪里去，往往成了它们共同探索的命题。然而在这些问题上，哲学的探索则是主导的。

从静态的角度来看，哲学的影响造就作家和形成文学的哲理追求。创作主体的人生观的形成有多种途径。一种是结合生活实践，自觉地把握哲学理论，吸取营养。这类作家的知解力一般说来较高。如作为文学家的先秦诸子，后来的柳宗元、刘禹锡，以及清代的一些诗人，如龚自珍等。外国文艺复兴、启蒙时期的文学家，不少都是哲学家。一种是，不少作家广泛涉猎社会、科学著作，形成了自己对生活的独特理解和人生观，影响他们的具体感受的世界观，如鲁迅，他所提出的阿Q式的国民性问题，是一种文学性的哲学发现。当然也有不少作家对理论不感兴趣，思想的抽象观念较少，他们主要从生活本身吸取形象和直觉的观念。

哲学进入文学，有两种方式。一种是直接介入，它往往是一种说教，即使是《战争与和平》的尾声的历史哲理的抒发，虽然对于了解小说、作者的历史观念极为有益，但一般读者是不注意的。所谓哲理，就是对人生的一种哲学思考，就是对人、人的命运，他的处境，他的过去与未来的一种独特的感悟。它们组成了作品的精髓，作品的意味，在人物的况味中获得。可以毫不夸张地说，任何有意味的作品，那种有较大的审美价值，社会底蕴的作品，都是以一种人生哲理为核心的。固然不少作品不具这种品格，也可能是优秀之作，但蕴含着人生哲理的优秀作品，其审美价值要丰富得多，其艺术的品格要隽永得多，其艺术生命要长久得多。在屈原的作品中，不是有一种可以和今人相通的无尽的忧患而执着的崇高的追求，以致"惟天地之无穷兮，哀人生之长勤"？曹操的《短歌行》："对酒当歌，人生几何？譬如朝露，去日苦多！"发出对短暂人生的慨叹，音调何等苍凉！他的

《龟虽寿》，却又显示了"老骥伏枥，志在千里"的志趣。读陈子昂的《登幽州台歌》，其印象会随年龄和阅历而变幻。"前不见古人，后不见来者。念天地之悠悠，独怆然而涕下"，显示了独立苍茫，古今易变，天地无穷，人生易逝，个人不得志的孤独喟叹。这类寄寓人生哲理的诗作，极富深度，它们给人以启迪。有不少风景诗作也是如此。苏轼的"横看成岭侧成峰，远近高低各不同。不识庐山真面目，只缘身在此山中"，人生哲理何等浓郁。又如朱熹的"半亩方塘一鉴开，天光云影共徘徊，问渠那得清如许，为有源头活水来"，把读书收益与流动的自然景色相比，极富理趣。

《三国演义》《红楼梦》等小说，处处充满着生活的哲理，令人回味无穷。"滚滚长江东逝水，浪花淘尽英雄。是非成败转头空：青山依旧在，几度夕阳红。白发渔樵江渚上，惯看秋月春风。一壶浊酒喜相逢：古今多少事，都付笑谈中。"艺术上，此词十分通俗，千年往事，是非成败，转瞬皆空；唯青山依旧，春风长驻，夕阳长红，说得悠闲、轻松。接下去马上是"话说天下大势，分久必合，合久必分"。从历史的变迁来说，极富历史辩证精神。于是从合到分，就引出了一幕幕金戈铁马、斗智斗勇的历史画面。最后三国一统，归结为天数，自然是一种历史唯心主义。但暂时的一统又会再回到小说开场的调子上去。这部小说的人物关系、对话、诘难、反难，充溢着哲理意味与智慧，让人叫绝。

中国文学中的哲理的探索，一般表现为对人生的慨叹，时空的易逝、转移，灵悟和沉思冥想。在西欧的文学中则有所不同，它多探索人的本身，人的自然天性，人的欲望与情爱。莎士比亚借哈姆雷特之口说："人是一种多么了不起的作品！理性是多么高贵，力量是多么无穷！仪表和举止是多么端正、多么出色，论行动，多么像天使！论了解，多么像天神！宇宙的精华，万物的灵长！"这虽然是用嘲弄的口吻说出来的，但它表达了人文主义对人的一种理解。伊丽莎白时代的诗歌中充溢着文艺复兴的柏拉图主义，如斯宾塞、马娄等人。德莱登写过哲理诗，蒲伯的《论人》充满了哲学观点，英国的浪漫主义诗人哲理气息十分浓厚。歌德也是哲理诗人，他的《普罗米修斯》一诗，歌颂天神创造了自由人，人之全能，人讥笑神，人可以成为神的典范，认为"纯洁的人性在赎偿人类所有的缺陷"。伏尔泰的悲剧不很成功，但其哲理小说脍炙人口。他的哲理小说，是对现存社会、王权、神权、"一切皆善"的嘲笑与批判。这种哲理的探求在19世纪文学中特别强烈。哲学家们看到了人的复杂性，人是一个秘密，要从各个方面、各种观点来探索人。当然，文学中的哲理探索，只能是文学探索的一个组成部分，而无独立意义。一旦独立出来，也就不存在文学的哲学追求了。

同时，从动态的观点看，文学发展往往会被哲学思想的发展所左右。在社会运动中，当一种哲学成为统治阶级维护其政权的思想基础时，它将被渗入到生活的各个方面；当一种哲学成为一种社会思潮时，它将左右着文学的面貌。前面所说的儒、道、释互补的哲学思潮，贯穿着中国文化与中国文艺，形成了三种艺术风格，相互消长。一种是"先天下之忧而忧，后天下之乐而乐"；一种是"大鹏一日同风起，扶摇直上九万里"；一种是"江流天地外，山色有无中"。

当代不同的外国哲学思潮，纷纷介绍到了我国，其中存在主义哲学特别容易被人接受，这主要是存在着某种适合于这种哲学的现实土壤。这种思潮正在影响文学，并使这种文学获得进一步的发展，这是一个值得探讨的现象。

三 文学与道德探索

为了审美，今天不能再从道德角度对文学进行评价了！人学中的人是个复杂的现象，他的种种非道德行为，他的反人性行为，甚至性变态，如果放到审美的镜子里，就能见出其复杂性，就能扩大读者的审美感受。如果要作出道德判断，这就是线性思维，就是非审美批评！

审美批评是批评的主导方式，还存在其他批评方式。这里问题的困难在于那种复杂的人性，是否被一种批评说清楚了？同时问题的困难，还在于文学能不能描写道德问题，进行道德、伦理探索？

如果把那些进行赤裸裸的道德说教的作品，称作文学，这当然与对一般关于文学的理解相去甚远。文学当然可以与道德无关，但也不能把道德从文学中驱逐出去。如果文学本身在审美的把握中进行道德的探索，批评却说它与道德无关，仅是一种审美活动，这恐怕连审美也说不清楚的。这不是评论对读者的嘲弄么？

道德伦理把握世界的方式，一定程度上与文学相同，但最终目的不同。道德主要在于调整人们的关系，行为的准则，区分善恶、是非、美丑；通过舆论、习俗、规章，作出判断，影响人们的心理、意识与行为，这是一方面。另一方面，道德准则又是很具体的，从历史观点看，各个社会、阶级、集团除了共同的道德准则，还有不同的道德规范。封建社会就有一整套三纲五常、愚忠愚孝、家长统治、盲目服从的规范；资本主义社会有以金钱为核心而建立的道德，但也有人道的道德规范。它们作为生活的组成部分，必然要被描写到文学作品中去。文学则主要是通过美与丑来审美地把握。审美地把握什么？审美地把握善与恶，人性与反人性，假与真。因此，美与丑的评价，并不是与善恶、真假对立的，而是一致的。我们固然可以说，审美不必求之于道德、伦理，例如一般的风物小景的描绘，具有普遍哲理意味的短小篇什，它们不具社会意义，也不涉及道德，不应去追索微言大义。但是应当看到，大部分作品直接或间接地写到道德、伦理关系，而渗入艺术结构。可以这样说，人的道德、行为关系，较之与政治、哲学的关系要深入得多，广泛得多，它们涉及社会、家庭、个人的各个方面。没有这种关系的反常情况发生，老实说，文学不知要缩小多少阵地而变得单一乏味。

文学使善恶描写升华为美与丑，因此许多理论家都把善恶、美丑联系一起，认为"善是一种美"。当爱克曼谈到古希腊悲剧把道德美看作一个特殊的目标时，歌德说："与其说是道德，倒不如说是整个纯真人性；特别是在某种情境中，它和邪恶势力发生了冲突，它就变成悲剧性格。在这个领域里，道德确实是人性的主要成分。"[①] 有的作

---

① [德]爱克曼辑录：《歌德谈话录》，朱光潜译，人民文学出版社1978年版，第127—128页。

家说:"美学和伦理学,这是一根杠杆的两臂,一臂延长变轻,则另一臂必然缩短变重。正如一个人失去道德意义,则他对美就特别敏感。"① 更进一步,西欧作家常把善与美、真并提,即所谓真、善、美的统一。古典主义理论家布瓦洛提出"处处能把善和真与趣味融成一片",在"欣赏里能获得妙谛真知"。② 夏夫兹博里认为,"凡是既善而又真的,也就是在结果上愉快和美的"。③ 狄德罗在《绘画论》中说:"真、善、美是十分相近的品质。在前面的两种品质之上加上一些难得而出色的情状,真就显得美。"④ 托尔斯泰对此持反对意见,认为真、善、美的统一是不可能的,因为"真是事物的表达跟它的实质的符合,因此它是达到'善'的手段之一,但是'真'本身既不是'善',也不是'美',甚至跟'善'与'美'不相符合"⑤。显然,托尔斯泰的话是有一定道理的,真、善本身并不就是美,但美必须建立在真、善之上。真有时是丑的,重要的是创作主体对这种真—丑的态度,是对它表示善,还是表示恶,还是其他倾向?

在文学理论、美学中,也有把美与善绝对分离开来的现象,如柏拉图、康德。前者认为美不是有用的,不是善;后者认为审美与利害无关,也即审美是非功利性的。反映到创作中,唯美主义流派断然割裂了美与善、文学与功利、道德的关系,也即本节一开始所说的那种情况。

应该承认,文学与道德就其渊源来说非常密切,它在发展中成功地脱离了道德,但只是部分的。各个社会的道德观念渗入文学,是一种根深蒂固无法清除的现象。中国儒家道德,有封建性的道德,如父子、君臣、夫妇中的封建性部分;也有可以继承的部分,如长幼有序、朋友有信等;至于忠孝节义,要看什么场合,愚忠愚孝自然都在清除之列。与此同时,也有民主性的方面,可以改造与发扬。这两个

---

① [俄]托尔斯泰:《论创作》,戴启篁译,漓江出版社1982年版,第13页。
② [法]布瓦洛:《诗的艺术》,任典译,人民文学出版社1959年版,第64页。
③ 《西方美学家论美和美感》,商务印书馆1980年版,第64页。
④ 《西方美学家论美和美感》,商务印书馆1980年版,第135页。
⑤ [俄]托尔斯泰:《艺术论》,戴启篁译,人民文学出版社1958年版,第64页。

方面都进入文学，成为它的血肉。《诗经》中既有歌颂统治者的颂诗，也有鞭笞他们的讽刺诗。在屈原诗中有高尚志士的形象，在文天祥的《过零丁洋》《正气歌》中，有伟大的爱国主义者的激烈忠怀。这些诗作都是违反审美规律而创造出来的么？读者感动时是非功利性的么？在抗日战争时期，当唱起《满江红》时，不是总会使人热血沸腾起来的么？当然，非功利性也是存在的，不过在这里，只能在这种意义上去理解，那就是当读者阅读岳飞的《满江红》而激动不已的时候，并非一定要马上拿枪去打仗。

在欧洲，各时期都有自己的道德观。古希腊的英雄时代，荷马史诗记载着最受人称颂的道德就是尚武勇敢，就是人的智慧，只要有此品质，不分阵营敌对，一律给以歌颂，其后出现了"公正""幸福""和谐""忘我"。在柏拉图的理想国中，提出统治者要有理智、智慧，武士要有意志、勇敢，生产者要有欲望、节制的道德观念。其后又出现了伊壁鸠鲁的合理的快乐主义道德观，斯多葛派的节欲主义。中世纪盛行先知摩西的十诫，提出宗教道德，勿抗恶、原罪、赎罪，等等。文艺复兴时期反禁欲主义，提倡世俗的、感性主义的道德观。自由爱情，友谊，人生享受，幸福，高贵，善良，爱自我，都成了小说家、诗人们歌颂的品格。以后，又出现了利己主义、利他主义和合理的利己主义道德观。它们都渗入18世纪、19世纪欧洲文学之中，而同时宗教道德观也深深影响着不少作家。

文学的道德探索大致表现在下述几个方面。

一类是道德因素胜于审美因素的作品，这主要是道德训诫小说、醒世小说。它们多半产生于封建时代，部分地、直接地宣扬封建道德伦理，颂善抑恶，劝人为善，宣扬恶有恶报，善有善报观念，有时通过迷信的超自然的力量来达到。这类小说思想艺术都不高，但在一般断文识字的读者中间比较流行。我国的武侠、公案小说，对封建统治者的腐朽有所揭露，但主要宣扬封建伦理、善恶因果关系，把少数侠客义士的行为视为济世之术。18世纪与19世纪初俄国的训诫小说也是如此。这类小说宣扬古风遗俗、逆来顺受的奴隶道德，描写好人，必定好得世上无双，描写恶人，则集恶德于一身。有的作家，利用民间故事体裁编织故事，劝人为善，改恶从良，进行说教。这类小说又被称作宗教小说。

第二类作品具有一定的道德探索价值。这类作品在世界文学中极为普遍，实际上几乎所有重要作品，都贯穿着这类主题的探索。我国的封建伦理道德，到宋代大为加强，后来形成了宋明理学的"去人欲，存天理"的主张。所谓天理，就是封建道德的准则，所谓人欲，就是违背封建道德的感情和行为，其中包括正常人的道德行为。明清的一些小说，在进步思想的影响下，反其道而行之，竭力歌颂男女爱情，为了反抗封建婚姻，为了自己的青春情爱而不惜牺牲、殉情。像《西厢记》《牡丹亭》颂扬了青年男女之间的新的美好的道德关系，以致像《牡丹亭》中的人物可以因爱情由生而死，由死而生。这类文学在西欧更是大量存在的。

文学的道德探索和理想的人的探索往往结合一起的。这种情况的出现，是由于旧的道德规范已不能满足新的社会关系、运动，于是社会先进人物提出了新的理想人物的主张。例如布鲁诺曾提出过英雄的、热情的道德理想，他以12种新的道德来代替12种罪恶。如用诚实、守信代替残忍、欺骗、虚伪，以明智代替狡诈，以智德代替诡辩，以法律代替罪行，以判断力代替不义，以勇敢代替虚弱，以知识代替粗野，以悔悟代替自制、放任，以纯朴代替虚荣，以勤劳代替懒惰，以仁爱代替阴险等等。这适合于一般人，而对于少数人则应具有英雄热情。文艺复兴的巨人们，都具有这种品德。布鲁诺说："宁愿体面的英雄的灭亡，也不要不体面的和卑鄙的胜利。"他本人就是一个由于反对教会、抨击教会而被烧死的英雄人物。16世纪、17世纪的空想社会主义者提出金钱是万恶之源，新的道德准则是快乐即德行，认为这是"自然的命令"。其后这种空想社会主义的道德观为另一些人所发展，到19世纪中叶，车尔尼雪夫斯基把这种新人新道德的理想，写到了他的小说《怎么办？》中，在这种社会里，人人劳动，道德高尚，有合理的利己主义的品格。合理的利己即利他人。所以在小说中，当男主人公见到自己的同伴同样爱着他的女友时，他可以毫不踌躇地自我牺牲，以成全同伴的爱情需求，潜离他乡。俄国的无产阶级文学有些英雄人物形象与此一脉相承。

三，更有一类作品的道德探索，具有永久的魅力和震撼人心的力量。之所以如此，主要在于这种道德探索与深刻的哲理探索结合一起的。例如陀思妥耶夫斯基、歌德、塞万提斯等人的作品就是这类作品的典范。人类的命运，善恶爱恨，宗教道德，复杂交叉，显示了强大的艺术力度。

20世纪的文学中，文学的道德探索方面多样。有莫里亚克、肖洛霍夫、索尔仁尼岑式的道德探索。同时由于非理性主义哲学的影响，如弗洛伊德主义的影响，出现了道德消解主义的文学思潮与流派，如"新小说"等。

四　文学与政治的多层次关系

很长一个时期，文学被政治纠缠得十分苦恼。文学与政治的关系相当复杂，否认这种关系的存在，以为就不存在了，这在理论上过分天真了些。

政治是什么？从文化系统来说，它是物质文化，又是精神文化。从物质文化方面来说，政治就是权力设施，社会制度。从精神文化来说，政治是一种意识形态，一种社会理想。两者比较一致地结合一起，政治就较平稳；两者不相协调，就表现为社会斗争以致战争。

分析文学和政治的关系，我以为不能把政治当作一个笼统的概念，引出一些同样是模糊、笼统的论点。可以把政治作为一个系统，从不同层次分析它与文学的关系。

第一，政治作为政权机构，在任何社会里，都要求有相应的文化设施与之配合。各种形态的政权，对于文化形态包括文学，具有极大的制约意义。如果文学与之发生对抗，它会运用自己权力予以改造，使之弱化，或动用暴力予以消灭。因此普列汉诺夫看到："任何一个政权只要注意到艺术，自然就总是偏重于采取功利主义的艺术观。它为了本身的利益而使一切意识形态都为自己所从事的事业服务，这也是可以理解的。"但是政权只在少数情况下是革命的，而在大多数情况下是保守的、反动的，甚至革命的也会变质的，所以不能认为艺的功利观只为思想进步的人所具有。这种情况可以说比比皆是。中国封建政权，历来把文学视为附属品，驱使它为统治阶级服务。在外国，各个时期的政治势力同样十分重视文学。18世纪法国革命期间，剧院只准上演歌颂新政权的戏剧，而不容许演出古典主义作品。斯达尔夫人先是由于其思想倾向于吉伦特派，而不能见容于雅各宾派，被迫流亡英国、瑞士；继而由于其《论文学》一书，颂扬自由，而被拿破仑逐出巴黎，不得不亡命于德国和意大利；她的《论德意志》一书，则被拿破仑下令销毁。在19世纪的文学史里，法国作家不断遭到迫害，或参与政治斗争。俄国作家也是如此，拉其谢夫、普希金都因随笔与诗作，获罪于当局而被放逐。在我们社会，一些人提出文艺要为社会主义服务，为人民服务，这就是社会主义文学和政治的关系。当然，也存在着反对使用"社会主义文学"的主张。在一个时期里，不少人因文学创作而获罪，遭到残酷迫害，而因此丢掉身家性命。

第二，从政治作为社会斗争、战争的角度来看，那么它对文学的影响也是一目了然的。就以两次大战为例，不少作家以它们为素材，不知写出多少好作品。例如，有《火线》《西线无战事》《生死存亡的时代》《太阳照常升起》《丧钟为谁而鸣》《人的命运》《幼狮》《裸者与死者》《第二十二条军规》《生者与死者》《这里的黎明静悄悄》，等等。

第三，从政治作为一种社会理想、思潮来说，它在文学中得到了广泛的反映。曹操的诗表现了他的政治抱负，想做到"周公吐哺，天下归心"。陶渊明有山林诗人美名，但他的《桃花源记》勾勒出了一幅不知有秦汉的理想的乌托邦图景。李白想实现"安社稷""济苍生"的政治理想，不满统治阶级的穷奢极欲，但得不到赏识，发出"大道如青天，我独不得出"的慨叹。杜甫的诗作，常常描写历史事变过程，也写征战、苦难。"自谓颇挺出，立登要路津；致君尧舜上，再使风俗淳。"此后的无数文人如白居易、柳宗元、欧阳修、王安石、苏轼、李清照、辛弃疾、陈亮、刘克庄、张元干、文天祥等人的诗词，无不维系着国家、民族的命运，而充溢着诗人的博大的爱，深沉的忧思，献身的精神。19世纪、20世纪的外国作家，如雨果，在《惩罚集》里就喊出："在这样一个国家里，制定出来的法律是为了保卫罪恶的行为"；惠特曼、马克·吐温、德莱塞、托马斯·曼、罗兰都在自己的作品里追求一种社会理想；高尔基、肖洛霍夫、帕斯捷尔纳克、普拉东诺夫、布尔加科夫都以不同的方式和艺术形式，显示出自己的曲折的社会理想的追求与向往。

第四，不少作家本人就是政治家、思想家、革命家，他们写出的作品中，明显地会流露出他们的政治抱负。

从上面几个方面看，文艺和政治的关系是分层次的。因此在讨论这一问题时，首先要明确所谈的问题属于哪一个层次。如果笼而统之，反而会使问题纠缠不清。从文学与政治的第一层次来说，大概问题最多。一般说来，政治要求文学与它保持一致，与它有所配合，组成一个与之相应的文化管理系统，于是就出现了一大批歌功颂德的作品。当政治趋向清明，矛盾并不突出，这类与之相呼应的作品中也必然会出现一些好作品。但是还有另一种情况，不能否认，文学与政治有时是会发生矛盾的。这种矛盾的发生源于各自的性质和对象。比如，一般说来，政治从集团利益出发，考虑的是千百万人的关系；它要求文学为它服务，表彰它的德政。文学同样考虑千百万人的关系，乃至人的命运，但这只能作为一个出发点。作家进入创作，思考的却是具体个人的遭遇，他的个人的情思和心理。政治家要求文学家把他描绘成人类广大利益的表现者，文学家按此要求写作可能写出好作品来。但为了使他笔下的政治家变为活生生的人物，他不仅要写政治家的豪情壮志，雍容大度，而更主要的是描写他的日常个性和言行，甚至不为人知的个人生活的一面，以显示其多面的人性。或是相反，描写那些在政治上并无任何定见，知识浅陋的政客，但在家庭生活中却可能是个模范丈夫，在朋辈中则可能是个谦谦君子；或对外国人卑躬屈膝、慷慨大度，而对国人则是一副居高临下、盛气凌人的主子嘴脸。巴尔扎克就窥见了这种矛盾，他说："作家的法则，作家所以成为作家，作家能够与政治家分庭抗礼……或者比政治家还要杰出的法则,就是他对于人类事务的某种抉择,就是他对于一些原则的绝对忠诚。"① 这里所说的"人类事务",大概就是指对人的命运的具体思考;这里所说的"分庭抗礼",大概指领域不同,不理会政客们那一套骗人的政策;这里所说的"原则",大概是指人性的复杂性;这里所说的"忠诚",就是对艺术法则的服从,就是对反动政治或是反动的集团利益自觉不自觉的抵制,就是去写出真正的艺术形象,而非政治家的抽象要求和抽象形象。但是要做到文学的独立是很不容易的,为此很可能要作家付出艺术生命,如屈原,普希金。这就是作家的真知灼见,否则何来"杰出"之说?

文学与第二层次的社会斗争、运动的政治关系,可以表现为两种倾向,一种是顺应,接受影响,参加斗争;一种是反抗的倾向。文学参与的程度一般取决于作家卷入的程度。与第一层次的政治相比,这一层次的政治较少强制性。但有一种不由自主地把大批作家卷入潮流的情况,这在历史上很多。卷入运动未必不能写出好作品来,如民族解放运动、民主革命运动。

文学与第三层次的政治关系是一种真正的平行的关系。作为社会思想、社会理想的政治,文学可以写它,也可以不写它,作家的选择在这方面是自由的。有的论者认为描写政治斗争,这是一种浅层次的文学现象,这是没有根据的。谁能说《三国演义》是浅层次的文学现象呢?谁能说一些写了无意识、性本能的作品就一定是高层次的文学现象呢?这里问题仍然在于怎么写,而不应在题材上又设置框框。

文学是一种独特的文化现象,它随着整个文化的大循环而运动、发展。各种文化因素的变化,都会反映到文学中来。文学可能成为纯文学,即不关哲理、不及伦理、不写政治的文学,专写心理因素、意识流,原色展示,进行文字调度的文学,只有纯审美意义的文学,并被作为文学向自身回归的表现。但是这样的文学,缺乏巨大容量,显得像是一个精瘦、干瘪的女人。一些人以为社会、伦理、政治哲理等

---

① [法]巴尔扎克:《巴尔扎克论文学》,王秋荣编,程代熙、郑克鲁、李健吾等译,中国社会科学出版社1986年版,第63页。

因素进入了文学，就会使文学非审美化了。这是一种唯美主义浅见。因为这类因素一旦进入创作，首先已被审美主体所感受，其次进入艺术结构网络，就完全成为审美的因素了。文学的灵魂和精神，正由于它们才显得灵动与丰满，这一现象在现代外国文学中也是如此。有排斥社会文化因素主要以显示文字调度的那种文学和令人回味的文学，前者如某些"新小说"，后者如某些象征主义作品。有融合社会文化因素，并且给以升华和造成强烈震动的文学，如某些荒诞派、表现主义作品，它们无疑丰满而有血色，虽然都不在于美的创造，但它们的展示足以使人惊心动魄。至于现实主义文学，似乎较少受到限制，整个文化是它们的创造场，这场地显得无限广阔与厚实，深沉而真切。

  文学作品不写政治，不写其他文化因素，是可能的，但是阻挡不住其他部分文学要去写这些文化因素。拉美的"爆炸文学"的代表人物，写的作品充满政治色彩，从未听说他们的作品是属于浅层次的文学。宣称文学不写其他文化因素才算是文学回归自身，这在纯艺术论、象征主义、一些现代主义流派理论中早就有过。提出这种主张，主要是受到纯文学的理论的影响，这是一；二是认为现代主义特别是后现代主义文学才是发展方向，是把它们的一些代表人物的理论奉为圭臬的结果；三是由于文学与政治的一些实际矛盾所引起的。但就总体来说，这是片面的，是唯美主义浅俗见解的极端化表现。

  这种种经验能否使我们可以说：文学具有排斥非审美文化的可能性与最终的不可能性？

第四编
文学史问题

文学发展的探讨，有作家、作品具体问题的探讨，有一个阶段或一个朝代文学的论述，但是进行文学总体的研究，则是近几百年来兴起的文学史学科。

　　本编主要讨论文学发展中所形成的历史意识，导致文学史这一学科的形成；需要描述文学史的历史发展形态，现代外国文学史的发展情况以及我国文学史的写作出版情况；介绍与概括世界范围内的文学史写作，由于文学观念、指导思想的多种多样，而形成的多种不同的文学史类型。最后通过各种文学史的比较，将提出本书作者撰写文学史的观念：审美的、历史的社会的文学史观，可能在众多的文学史观中更为合理一些。

第十章 文学史

第一节 文学史：历史的和现代的形态

文学的总体发展，最终是文学史的形式来进行探讨的。

我们需要文学史吗？写作文学史是可能的吗？如果像艾略特所说的，"从荷马以来的整个欧洲文学都是同时并存着的，并且构成一个同时并存的秩序"，那就很难说文学史的写作是必要的了。柏格森的创化论排斥编年思想；克罗齐的艺术即直觉说取消了文艺类型说与进化可能。这样来处理文学史，事情就简单得多了。

但是人们还在探索文学史写作的可能，姚斯的文学史论引起了挑战，虽然还未化为丰硕的成果，而且他的理论在20世纪70年代的西欧已渐渐失势。20世纪80年代初香港大学主办的第2届国际文学理论讨论会主题是"重写文学史"。1986年，美国哈佛大学出版《重写美国文学史》，指出了1948年初版、1978年再版的罗·斯皮勒主编的《美国文学史》过去曾被指为经典教材，但已日益不符教学之用。《重写美国文学史》文集的编者伯科维奇在序文中说："新批评"派注意文本而产生了局限性；其他学派将历史作为文学作品的产生背景处理时剖析不深；对过去的文学现象仅根据一致而提出文学准则，缺乏论证检验。所以当前一代学者的任务就是根据分析来重写美国文学史。1987年、1988年起苏联大量发表过去被禁的文学作品，文学史同样面临重写的局面。1988年我国也开始发出重写文学史的呼声。

我国古人说，"时运交移，质文代变"；"文变染乎世情，兴废系乎时序，原始以要终，虽百世可知也"。中国人在谈及文的变化时，似乎早就具有了历史意识。诗歌方面的历史性短评很是不少，但在漫长的一千多年中，除了一些有关文体方面的历史，未有系统的诗歌史、总体文学史著作问世。19世纪末，先有日本人笹川种郎写了一部中国文学史——《支那历朝文学史》，该书于1898年（明治31年）8月由东京博文馆出版，1903年译成中文由上海中西书局出版。1904年（光绪三十年），林传甲的《中国文学史》作为京师大学堂国文讲义，由日本东京弘文堂出版发行。这是中国人编写的第一部文学史，1910年出版石印本，线装两册。据《作者叙记》称，该书系仿日人的中国文学史编撰而成，共16篇，每篇18章，共288章。该书包括文字、音韵、名义、训诂、演变、文章之本、作文之法、经学文体、传记杂史文体、诸子、诸史、四史文体以及历代文体等，内容上包括了今人理解的文史哲等方面，显然不是现代意义上的文学史。1904年，黄人也开始了《中国文学史》的写作，但到1909年前后才完成，未流行开来。我国学者认为，该书"既吸取了西方的治史方法，又学习了传统的编史体例，创立了一种既有近代特点，又具有传统色彩的新文学史"，在我国文学史的写作中，具有重要地位[①]。

欧洲稍有不同，1764年德国温克尔曼的《古代艺术史》大概是文学艺术史的开山之作了，韦勒克称这部著作"是第一部使用丰富的具体知识对进化理论体系进行追溯的艺术史"。后起的弗·史雷格尔于1798年出版了《希腊诗歌》。至于在英国，1774—1781年间出版了托·沃顿的《英国诗歌史》，这是"第一部初具格局的英国文学史，做到了把历史感与重视评价个别作品的态度相结合"[②]。18世纪末，歌德与席勒提出古典诗与浪漫诗，以及席勒的《论素朴的诗和感伤的诗》的分类思想，为威·史雷格尔应用于自己的文学史讲座[③]。

19世纪是历史科学兴起的时代。黑格尔就艺术发展提出了三大模式，即象征主义、古典主义、浪漫主义，而后走向消亡。19世纪上半

---

① 见黄霖《近代文学批评史》，上海古籍出版社1993年版，第806页。
② ［美］韦勒克：《近代文学批评史》第1卷，杨岂深、杨自伍译，上海译文出版社1987年版，第173页。
③ 见克罗齐《美学的历史》，王天清译，中国社会科学出版社1984年版，第306页。

期，欧洲一些国家的文学史著作开始增多，1809 年，俄国尼·格拉马京的《论古俄罗斯文学》一文，在俄国第一次确立了俄国文学史研究对象，同时开始提出分期研究。1864—1869 年间丹纳出版了《英国文学史》，在这部文学史中，他提出了文学发展的三个原则，对此我们在第 3 章已经论及，即种族、环境和时代这一文学艺术发展观念，作为文化史派的文学思想，对 19 世纪文学史写作影响极大。科学、技术发展与科学化精神，形成实证主义哲学。实证主义使用进化论方法，结合社会科学阐述文学进化。丹纳说："我的方法的出发点是在于认定艺术品是孤立的，在于找出艺术品所从属的，并且能解释艺术品的总体。"[①] 他把文学艺术当作生物一样来说明。其结果是这种观点大大深化了文学史现象的研究，但也产生了忽视文学审美特征的弊病。文化史派的思想，在俄国十分流行。佩平的 4 卷本《俄国文学史》（1898—1899 年）是这方面的代表作。佩平认为文学是历史文化的见证，是社会历史的一部分。"文学史是整个社会的一部分，我们可以通过文学来考察社会的自我意识的增长。"[②] 佩平把文学史的研究任务视为民族意识的变化与发展，实际上使文学史变成了文化史。在他那里，文学与社会几乎是同义语。在该书第 2 版《引言》中，他认为文学史研究要在新科学如"人类学""民族学""文化史""民族心理学"的指导下着手，把文学视为"风尚习俗和心理活动各个方面的'演变史'，氏族和家庭、私有财产、法权、艺术的'演变'，语言、诗歌创作心理、神话学的起因，等等"[③]。所以在他两千多页的《俄国文学史》中，竟找不出一页用于美学的、纯文学的分析。佩平处处都把文学仅仅理解为总的精神文化的一部分，几乎处处都把文学看作历史文化实例的辅助角色。在论及普希金的诗作时，佩平反对为艺术而艺术，认为如果真有为艺术而艺术的诗人，那么这个诗人必定是处

---

① ［法］丹纳：《艺术哲学》，傅雷译，人民文学出版社 1963 年版，第 4 页。
② 转引自尼古拉耶夫《俄国文艺学史》，刘保端译，生活·读书·新知三联书店 1987 年版，第 132 页。
③ ［俄］佩平：《俄国文学史》第 2 版第 1 卷，圣彼得堡斯塔秀列维奇书馆 1902 年版，第 2 页。

于时间、空间之外，人类共同生活条件之外的。佩平在文学与文化之间划不清界限，他意识到非常复杂，他写道："怎么能把文学本身从社会运动中分离出去，又为它找出一条规律呢？"① 但他终于把文学史视为社会生活、教育、道德史。佩平文学史观，应该分析对待，从一个方面来讲，文学确实是一个民族的文化精神的表现，作家的作品，也确实表现了自己时代的影响与时代的印记。只是在文学史与文化史之间如何更好地把握好各自的分寸。

19世纪还有两部值得一提的文学史著作，一部是勃兰兑斯《19世纪文学主流》，另一部是桑克蒂斯的《意大利文学史》。由于实证主义的流行，丹纳的巨大作用，所以上述几部文学史都在文化史派的影响下写成的。《19世纪文学主流》演讲于1872—1875年间，1890年才全部出版。它以磅礴的气势，概括了19世纪上半期法、德、英等国家的各个流派的文学。作者企图在这部著作中，"由研究欧洲文学某一些主要的集团和运动，探寻出19世纪前半期的一种心理学的轮廓"。勃兰兑斯认为文学应与生活紧密结合，并要不断地提出社会问题，反映社会问题，否则文学就难以自立。"在现在，文学的生长，是从它所提供的问题而决定的。例如，乔治·桑是以两性的关系，拜伦和费尔巴哈是以宗教，普鲁东和斯屠阿特·弥勒是以财产，屠格涅夫、施皮尔哈根和爱米尔·奥吉叶是以社会状态为论争的对象。文学提不出任何问题来，就是逐渐地丧失了它的一切意义。"② 19世纪文学关心社会问题，于是文学的发展就被置于和社会变动的关系中加以考察。"尽可能深入下去，以图把那些最幽远、最深邃地准备并促成各文学现象的感情活动。"勃兰兑斯的几个思想是值得注意的，一是他认为人心是一重海洋，里面藏有海底植物和可怕的居民。也就是说他注意到了人的心理复杂性。二是他对19世纪上半期的欧洲文学进行了分类，提出了浪漫派、自然派等观念，虽然未必确切。三是继承

---

① 转引自尼古拉耶夫《俄国文艺学史》，刘保端译，生活·读书·新知三联书店1987年版，第141页。

② ［丹麦］勃兰兑斯：《十九世纪文学主流·原著者序》第1卷，张道真译，人民文学出版社1958年版，第6页。

了丹纳的三元素说,评价了文学运动,使文学史的面目为之一新。

桑克蒂斯的《意大利文学史》出版于1870—1871年间。作者在哲学上倾向于唯物主义,他以为人类历史运动是不断前进的,历史不是偶然事件的堆积物,而是一个有着内在联系的、有规律的过程。他把这一观点移植于文学史研究。他以为文学史的过程是一个不平稳的进化的过程。他在评价《十日谈》时一开始就写道:"当你第一次打开《十日谈》,只消读完第一个故事,你就会像被晴天霹雳所惊,与彼特拉克一起叫起来:'我怎么会落到这里,什么时候到这里的?'这已不是渐进的变化,而是崩溃。革命,你好像立刻来到同一个世界,这里不仅是对中世纪的否定,而且也是对它的嘲弄。"[1] 他把中世纪到文艺复兴的转折,看作是一种跃进。文艺复兴以后,不少人陶醉于旧时的成绩,同时由于社会变化等原因,所以相对来说,意大利文学发展缓慢。桑克蒂斯对但丁、卜伽丘等人的评论,雄辩热情,振聋发聩。他的文学史研究了一些重要范畴,如艺术,幻想,风格,文学作品的分析系统,文学史与语言问题,作家的思想观点,文学史分期等。他说:"……艺术的基础不是冒险,不是错综复杂的情节,而是'性格'。如果您想知道是怎么发生的,那么请看一下演员是怎样的,是什么力量促使他们表现的。艺术不能只以外形为满足,和把事件作为不同寻常的偶然联系为满足。它应当透入深处,从人的内心寻找那些看来好像命中注定的偶然的原因。这样,艺术不再成为空洞无聊的想象的游戏,而是现实中的生活的严肃的描绘,不仅是表面的,而且也是内心的。"[2] 这使他的文学史写得活泼而又有思想深度。同时,与其他文化史派代表人物一样,桑克蒂斯在这部文学史中也广泛地涉及意大利的政治、文化、道德发展的过程。

俄国奥夫相尼柯-库里科夫斯基主编的6大卷的《19世纪俄国文学史》(1911年)是20世纪初的一部社会学派的大型文学史。这部

---

[1] [意]桑克蒂斯:《意大利文学史》第1卷,俄译本,苏联外国文学出版社1963年版,第340页。

[2] [意]桑克蒂斯:《意大利文学史》第1卷,俄译本,苏联外国文学出版社1963页版,第534页。

文学史集中了不少学者撰写，明确按照社会学原则，评价文学现象，资料详尽。文学史的具体编写原则是："社会和政治生活以及其他的不同潮流，和组成它们历史内容的利益、思想与欲望的斗争，它们的运动与发展，成为文学所熟知的、产生着各种现象的秩序的土壤。不事先了解社会、国家的生活，不了解基于这一基础的社会经济制度，就不能了解该时代的文学。但是，另一方面，如果我们根据上述思想，把文学只当作消极反映这一影响的现象的生活镜子，或者只是机械重复生活的一切声响、叫喊和呻吟，那么我们也不能了解这一或那一时代的文学，和不能搞清文学现象种种矛盾。"① 我们所以要摘录这段较长的文字，主要觉得它相当完整地表现了这一学派的纲领性思想。很明显它与文化史派的文学史思想大不相同，例如前面的佩平的文学史观念。这篇序言还谈道："在文学中再现着生活的形式与色彩，听到生活的声音，表现了社会力量的斗争。但这与其说在这里反映出来，不如说它在文学思潮、学派、艺术过程心理，一般的智力劳动、作家个性、最后在思想和创作、民族心理特征中折射出来。"② 这部文学史在每一历史时期开头，先是进行历史时代分析，作出历史概述，其中包括政治、经济、文化的广泛评论。接着是这时期的理性思潮如"哲学、社会思想、意识形态"的分析。然后是"文学思潮、学派"、历史发展前景；再接着是作家分析。"我们的路线是从社会政治环境的历史概括，走向这时期的社会的理性生活。从这里描述历史发展中的文学现象（思潮、流派、问题、方法）……"尽可能地研究作家创作的个性。"这是社会学的道路，但道路的目的是文学—历史的：在发展中描绘文学的合作，和作家创作个性的研究。"③ 这部文学史的方法思想，我们在后世许多文学史中可以见到，它明显地把文学发展

---

① ［俄］奥夫相尼柯－库里科夫斯基：《19世纪俄国文学史》第1卷，俄国"世界"出版社1911年版，第1页。
② ［俄］奥夫相尼柯－库里科夫斯基：《19世纪俄国文学史》第1卷，俄国"世界"出版社1911年版，第4页。
③ ［俄］奥夫相尼柯－库里科夫斯基：《19世纪俄国文学史》第1卷，俄国"世界"出版社1911年版，第4页。

第十章 文学史

阶段与政治发展阶段结合到了一起，和经济制度结合到了一起。

目前我们接触较多的是苏联的多种文学史。高尔基的《俄国文学史》写于1908—1909年间，但在1939年才出版，这是一部未完成的书稿。高尔基像普列汉诺夫一样，十分强调文学的功利性和阶级性的特征，他把文艺上的种种冲突与斗争，理解为社会阶级斗争的反映。高尔基把文学视为各阶级的意识形态的形象化的表现，思想宣传的手段，把文学史的任务归结为揭示"俄国文学和俄国知识分子对人民的关系"问题，所以这部极不完整的著作以大量篇幅研究了俄国政治、经济、社会思想的演变的问题。这实际上把文学当成了上述诸因素的附属品。这种观点是对奥夫相尼柯-库里科夫斯基《19世纪俄国文学史》的某种偏离文学本身的社会学的强化，其中不少观点曾对后来苏联、中国文学史的写作发生不少影响，这本文学史实际上是社会思想史，文学本身的规律被忽视了。20世纪20年代再版、实际上初版于1908年的弗里契的《西欧文学史概论》（中译为《欧洲文学发展史》），则是根据普列汉诺夫的艺术社会学思想撰写的文学史。该书的根本特征是把文学完全当作一种阶级意识的表现，文学成了社会经济基础之上的对应物，作家不管表现什么，都是一定社会阶级、集团的代言人。弗里契对西欧各时期的作家如但丁、卜伽丘、莎士比亚作了阶级划分，而他的学生彼列维尔泽夫则对俄国作家作了阶级划分。这些观点在20世纪20—30年代苏联文艺界被批判过。20年代卢纳察尔斯基曾开设过《西欧文学史的最主要阶段》和《俄国文学史》讲座。在讲座中，他探讨了什么是文学，文学研究的马克思主义方向，文学内在运动的基本规律和文学史的方法论问题。他认为社会学理论、马克思主义对待文学可以采取不同的观点。一是把文学当作社会生活的反映，"自然，不仅在现实主义作品中文学反映生活，而且在那些最最远离现实主义的作品中反映生活。在这里，马克思主义接受文学作品既从一定的日常生活条件或多或少的现实主义反映的观点出发，又从反映于其中那些倾向、感情、理想出发"。二是马克思主义对语言艺术的需求如何产生、如何反映出来、如何发展、如何作用于社会感兴趣。三是研究文学对读者、听众的影响，对艺术的宣传作用问题感兴趣。卢纳察尔斯基认为，文学史的任务就在于"指出每个时代的作家和作品的联系和它们的特征，揭示它们的阶级实质"，①并教会读者正确地对待文学遗产。

20世纪50年代至70年代，苏联出版了五卷的《德国文学史》、四卷的《法国文学史》和十卷的《俄国文学史》。《俄国文学史》收入了大量非文学作品，后几卷主要以论述大作家为主，主要谈作家、作品，真正需要了解的作家思想的材料却不多，这是一个十分矛盾的现象。20世纪60年代出现了布拉果依主编的三卷本《俄国文学史》，它的特点是以时期、综述为主，以思潮、流派为主，作家的论述汇入分段的时期之中。它在谈及十卷本文学史时，说十卷本不见了文学历史的总体图景，所以它自己的任务是提供文学发展过程的有机联系的观念，不是堆积作家资料，而是把作家与总体发展结合起来。它还提出过去的文学史只研究作品思想，使文学史变成了社会思想史；或只研究形式现象，特别是语言现象，使它脱离了文艺学的对象而转向语言学、修辞学。它还提出语言的文学作品的形式内容的价值性、一致性与统一性，重申了列宁的两种文化观点，强调人民性、文学与社会政治生活、阶级斗争的关系，与国家统一斗争、爱国主义的关系，文学史分期与历史总体的发展关系，不完全一致但又有相同之处。这部文学史在体例上确有特点，与过去有所不同。但它又以现实主义为主线；虽然修正了现实主义与反现实主义的公式，但对其他流派的描绘极不充分。同时由于以时期为主，所以一些大作家被切割成段，纳入各个时期，不易见出其全貌。至于这时期出版的三大卷《俄罗斯苏联文学史》（1958—1961年），又回到了传记—作品分析的老路上，而且即使是传记，材料也很难寻找，主要是以作品论述为主，就事论事。更为严重的是它掩盖了许多苏联文学中的真相，许多流派不见了，著名的作家不见了，对错误的东西采取掩饰态度，篇幅极大而资料极端贫乏。阅读这种文学史，使人感到厌烦。所以重写苏联文学史

---

① ［俄］卢纳察尔斯基：《卢纳察尔斯基文集》第7卷，莫斯科，文艺出版社1967年版，第337—338页。

势在必行。1980—1983年又出版了普鲁茨柯夫主编的4卷本的《俄国文学史》，编者明确提出以"具体的—历史社会学方法为原则"，揭示文学发展的历史、社会制约性，力图从广阔的社会—意识形态、政治的上下联系中观察文学事实，不同的艺术—思想倾向，不同思潮、流派的共存和冲突，对不同作家创作广泛采用比较—类型分析方法，以揭示文学的内在联系，注意"思想、形式前进发展中的继承性、规律性作用的阐明，种类、体裁，风格的多样性，文学思潮、流派的形成，相互影响和斗争"；分析一些主要作家，以显示文学史中不可重复的个性。"理论和历史在这里是紧密交织一起的。"[①] 这本文学史比以前的俄国文学史确有进步，对于不同思潮、流派有所分析、概括，力图恢复它们的原貌，如对一直被抹去的俄国象征主义、阿克梅派的代表人物都有涉及，对他们的诗作有所分析，这对于用社会学观点的文学史来说显然是一种进步。但随着研究的深入，这种文学史观将会继续变化。另外这部文学史有思潮、流派的分析，也设作家专章，总体发展与作家个体研究相结合，也是它的一个特色。

西德学者撰写的18卷的《德国文学史》无疑是部巨著，副标题就标以社会学方法，即社会学的文学研究，由于我们未能见到此书，也无从和其他社会学文学史著作进行比较。

至于在我国，如前所说，文学史的出现是20世纪初的事。后来有曾毅的《中国文学史》，1915年在上海出版，约15万字（1929年上海泰东图书局出版了他的《订正中国文学史》，分上下卷）。1918年谢无量的《中国大文学史》约30万字，由中华书局出版。葛遵礼的《中国文学史》13篇于1920年由上海会文堂新记书局出版。同年还出版了穆济波的《中国文学史》上卷。1922年商务印书馆出版了林独见的《国语文学史纲》，约5—6万字。还有鲁迅的《中国小说史略》（1923年、1924年）、《汉文学史纲要》，前者在文学史界最为著名。该书写作虽然"粗略"，但是钩玄提要，独具只眼，梳理爬抉，

[①]〔苏〕普鲁茨柯夫主编：《俄国文学史》第1卷，莫斯科，科学出版社1980年版，第1、7页。

极见功力,奠定了后来我国小说史的框架。它的不少见解,多属开拓,至今未有超过的。1925 年有汪剑余的《本国文学史》约 7 万余字,由新文化书局出版,该书以林传甲的《中国文学史》为蓝本,加以改编而成。1926 年有顾实的《中国文学史大纲》,约 7 万余字,由商务印书馆出版。1928 年,胡适的《白话文学史》出版,但只出了上册。胡适提倡白话,与其他时代人物一起。改革旧文学,功不可没。《白话文学史》的方法是"进化论"原则。他说:"历史的进化有两种:一种是完全自然的演化;一种是顺着自然的趋势,加上人力的督促,前者可以叫做演进,后者可以叫做革命。演进是无意识的,很迟缓的,很不经济的,难保不退化的。""革命不过是人力在那自然演进的缓步徐行的历程上,有意的加上了一鞭。"① 他写白话文学史,目的就是要说明中国文学史上有白话文学,并且认为白话文学史是中国文学的中心部分,正是白话文学代表了时代的变迁,"最富于创造性,最可以代表时代的文学史"。胡适从白话的角度,重新论述了文学史上的许多作品,主张并论证了白话代替文言的必要。但从立论的精当、立场的宏放等方面,是远不如《中国小说史略》的。1930 年有赵景深的《中国文学小史》33 篇,10 余万字,由光华书局出版。1932 年胡云翼的《中国文学史》,10 余万字,在北新书店出版。1933 年郑振铎的《插图本中国文学史》问世。此书目的在于向中国读者介绍"中国文学的整个发展过程和整个的真实面目"。作者以为近 30 年来的 10 多部中国文学史都残缺不全。在取材方面,郑著收入了"唐、五代变文",宋、元的戏文与诸宫调,元明讲史与散曲,明、清短剧与民歌,以及宝卷、弹词、鼓词等等。在分期上,郑著以"自然进步"说为出发点,批评了日人分期上的不科学性,如"将中国文学史分为上古、中古、近古及近代 4 期,又每期以易代换姓的表面上的政变为划界。例如中古期皆开始于隋,近期皆中止于明。却不知隋与唐初的文学是很难划分得开的;明末文坛上的风尚到了清初的几十年间

---

① 胡适:《白话文学史》,岳麓出版社 1986 年版,第 5、6 页,着重号是原有的。

也尚相承无变。如何可以硬生生将一个相同的时代劈开为两呢？"①1936年北新书店出版了赵景深的《中国文学史新编》，20余万字。1947年林庚的《中国文学史》约15万字，作为厦门大学丛书之一出版，有朱自清先生序。20世纪30—50年代初，还有多部这类著作问世。写于三四十年代的刘大杰的《中国文学发展史》，于50年代曾改为3卷出版。据我看来，是目前中国文学史中较好的一部。此书史料丰富，脉络分明，文学、思潮，兼顾论述，追本溯源，理论性强，自成体系。

  1962年、1963年，中国科学院文学研究所余冠英和北京大学游国恩等人主编的两部《中国文学史》相继出版。前书何其芳为实际领导，因此，此书的指导思想可见其《文学史讨论中的几个问题》一文。此文提出文学史著作要"准确地叙述文学历史的事实"；"总结出文学发展的经验和规律"；"对作家和作品的评价恰当"。这几个原则的具体化，即针对当时文学史中的问题，提出"中国文学史是否贯穿着现实主义和反现实主义的斗争"？"民间文学是否是中国文学的主流"？"编写中国文学史应该用什么样的政治标准和艺术标准"？何其芳是我国较早起来反对文学史是一部所谓现实主义和反现实主义斗争史的错误公式的学者之一。同时他分析现实主义特征，反对把所谓积极浪漫主义归入现实主义范畴和证论了民间文学并非文学主流。针对把山水田园诗视为诱导人们脱离现实，从而把这类诗人贬为"彻头彻尾的反现实主义诗派"，何其芳也作了不少辨析工作，提出"按照文学艺术科学的理论，只要他们的作品反映了一定的生活，有一定的意义，而且在艺术上优美，有特色，那就应该在指出和批判它们的消极方面的同时，也适当地肯定它们的可取之处"②。这种评价现在看来已大大不够，但在当时一片斗争声中敢于作出比较科学的说明，是难能可贵的了。要知道，那时是我花独开百花杀的时代。文学研究所的这部文学史大体是在纠正了一些极"左"思想的基础上写出来的，所以

---

① 郑振铎：《插图本中国文学史·例言》(1)，作家出版社1957年版，第2页。
② 何其芳：《文学艺术的春天》，人民文学出版社1963年版，第124—159页。

一般说来，分析作品比较细致，注重艺术色，持论公允。它把整个中国古代文学分为"封建社会以前文学"和"封建社会文学"，然后按朝代划开。先列各朝代社会、政治、思想对文学影响，后引入流派、运动，作家分析。这种方法实际上就是比较重视历史主义的马克思主义社会学派文学史思想。

游国恩等人主编的《中国文学史》，同样具有上述特点，使用的也是同一种方法。此外它更注意到"各种文学形式的发展和相互影响，以及它们的源流演变"，对各种形式的发生多有探讨，在分期上也主要按封建王朝作为分期标志。上面两部文学史同刘大杰的《中国文学发展史》一起，显示了20世纪60年代前我国半个多世纪来的文学史水平，虽然亟待重写，但目前尚无新作可以替代。

第二节　文学史理论类型

我们在上面展示了一些文学史的实例，自然只是极小的一部分，像著名的《剑桥英国文学史》等，都未涉及，目的是想概括出一些文学史的编写原则。一本文学史；有时它的原则、线索清晰，有时它以一种原则为主导，采用多种原则与方法。在下面我们拟对文学史的编写原则做些归类，当然对它们的归类划分也不是绝对的。

第一种文学史编写原则是编年史式的方式。主要是它把文学史与历史著作加以比附。最明显的特征是随着王朝的变换、君王的登位与死亡，来命名文学发展时期。这种倾向在不少国家都有，一般是在文学史编写的最初阶段较多。如在英国，文学史著作分期就以君王的名字命名。这种情况至今仍能见到。如"伊丽莎白时代""詹姆一世时代"文学、"维多利亚时代"文学等。这种文学史写法，实际上把文学当成了历史的一部分，所以往往忽视文学本身特征。当然，上述的一些提法，有时可能和特定时期文学与王朝政治、文化特征相一致，但也并不总是如此。例如郑振铎指出的20世纪30年代前的一些中国文学史，模仿日本人对中国文学的分期的做法，就是一个很好的说明，它使文学随着封建政权的改朝换代而决定分期，但改朝换代并未在文学中划出界线。当然，作为文学史总有一个历时性的问题，编年原则体现了历时性，问题是历时性在文学发展中却有它的自然段落。

　　第二种文学史编写原则是进化论思想。达尔文、斯宾塞的生物进化论的出现，极大地影响了文学史理论。托多罗夫在《文学史》一文中，把这种模式归纳为"植物"，"可变性的原则就是有生命的机体的规则"。在进化论看来，文学就像一个有生命的机体，有其产生、繁荣、衰亡的过程。在德国，温克尔曼就从进化论观察艺术；弗·史雷格尔描绘希腊诗歌"如何生长、繁殖、开花、成熟、枯萎并变成尘埃"；布吕纳耶蒂企图用"生存竞争"来对比艺术类型之间的斗争；而丹纳认为，"美学本身便是一种实用植物学，当然对象不是植物，而是人的作品"。这种思想在20世纪初传到我国，对胡适、郑振铎等人的文学史观颇有影响，不过都改变了其意义。胡适提出"历史进化""演进"与"革命"；郑振铎标举文学史的"自然的进展的趋势"，都各有成就。但是把生物界的进化论应用于文学研究，在方法上是有争议的。韦勒克认为"并不存在同生物学上的物种相当的文学类型，而进化论正是以物种为基础的。文学中并不存在着不可避免的发展和退化这些现象，不存在着一个类型到另一个类型的转变。在类型之间也不存在生存竞争"[①]。不过单从一种文学类型来看，似乎这种进化论的线索也是清晰可见的。但是也必须区分广义的与狭义的。这种思想使用在散文、戏剧、诗歌等方面并不适合，但使用在某种体裁上还是可以的。有的美国学者提出任何文学的发展中，经常出现的规律性现象是"从纯朴到衰颓"。"任何文学的开端都是自然的，纯朴的，无拘无束的。它处在序列过程的开端处，无须为担心与前人雷同而焦虑，也无须为担心前人而挣扎奋斗。""荷马史诗、莎士比亚戏剧、狄更斯小说、盛唐诗歌、元代戏剧、五四散文，作为这种开端的素朴的'乐园之诗'的代表，之后，虽有起伏升降，但总的趋势则是走向衰落。"[②]。这位学者以"变"的历史主义，解释了"乐园之诗到衰

[①] ［美］韦勒克：《批评的诸种概念》，丁泓、余徵译，四川文艺出版社1988年版，第57页。
[②] 转引自《历史·文学·文学史》，载《文学评论》1988年第3期。

落"的模式。从某种具体的体裁来说，如旧体诗、杂剧来说，确是这种发展轨迹；但这里说的范畴似乎不甚分明，恐怕不能把文学与某种具体体裁等同起来。在文学史过程中，体裁的衰变现象是完全存在的。

第三种文学史编写原则是文化史派的原则。如上面介绍过勃兰兑斯和佩平的文学史观。但是在后世文学史界乃至文学理论中，这派的真正代表人物、影响最大的人物是法国文学史家朗松。朗松在其1910年发表的重要论文《文学史方法》一文中，直截了当地把文学史纳入了文化史中。他说："我们的方法主要是历史的方法。""文学史是文化史的一部分。法国文学是法兰西民族生活的一个方面；它把思想和感情丰富多彩的漫长的发展过程全部记载下来。"① 这一指导原则，使得文化史派学者一方面认为文学必须是社会生活、社会问题的反映，另一方面，把文学研究变成是对社会、政治、宗教、意识等现象的文学说明。文化史派提出文学研究的对象是一个又一个作品，目的之一，是为了弄清文学作品产生的背景，弄清作品中的问题。二是认识历史、文化，"我们最高的任务就是要引导读者，通过蒙田的一页作品，高乃依的一部戏剧，伏尔泰的一首十四行诗，认识人类、欧洲或者法国文明史上的某些时刻"。朗松认为，他的工作在于认识文学作品，进行比较，以区别其中属于个人的东西和集体的东西，区别创新与传统，"将作品按体裁、学派、潮流加以归纳，确定这些方面与我国智力生活、精神生活及社会生活的关系，以及与欧洲文学及文化发展的关系"②。同时朗松反对丹纳的方法，认为他效仿物理学或博物学方法，"歪曲或毁伤了文学史"。自然朗松也认为，只有那些"由于其形式的性质，它们具有能唤起读者的想象，激动读者的感情，使它们产生美学的情操这样的特性"的文本，才值得研究，所以"文学研究不同历史研究"。并且设想"通过形式的相似性而编制各种类型史；通过各种思想感情的相似性编制思想史与伦理思潮史，通过不同类型

---

① ［法］居斯塔夫·朗松著，［美］昂利·拜尔编：《方法、批评及文学史——朗松文论选》，徐继曾译，中国社会科学出版社1992年版，第3页。
② ［法］居斯塔夫·朗松著，［美］昂利·拜尔编：《方法、批评及文学史——朗松文论选》，徐继曾译，中国社会科学出版社1992年版，第17页

第十章 文学史

不同精神的作品中某些色彩与技巧的并存而编制鉴赏趣味的断代史"①。

朗松的文学史思想，影响巨大。在这种思想指导下，大量文学研究与文学史著作，都纷纷把注意力集中于文学所反映的政治、思想、道德、风尚等方面，作家的历史、传记方面，而把文学的审美特征、形式结构等因素置于一旁。这一倾向自然并不全由文化史派造成。结果到20世纪初，就引起了另一些文学研究者的不满与反抗，形式主义学派，特别是"新批评"，把这种研究宣布为文学的"外在研究"，进行猛烈的抨击，结构主义者也批评"朗松主义"这种原则，但是未见这方面的范式文学史。20世纪80年代，在经历了结构主义、解构主义文学研究思潮的冲击之后，大概是物极必反，朗松的历史学派的文学史思想，在法国文学研究中又大为流行。

第四种文学史编写原则，可以称作社会学派的文学史原则，马克思主义文学史观是其中的主导学派。这一学派的第一个原则是确立经济基础与上层建筑意识形态的观点。第二，把文学发展与阶级斗争结合起来。第三，提倡现实主义是马克思主义文艺思想的一个原则，所以在评价文学史现象时，主要着眼于这些方面。马克思主义的文学史思想原则，更新了文学史的观念。把文学视为上层建筑意识形态，如何具体分析十分重要。在一般分析论证中，都强调文学的阶级性，但是真正的好作品，还具有全人类性；有的文学史家甚至走向庸俗社会学，如在研究中必定要给作家划分阶级成分，代替科学的阶级分析。把文学中的冲突斗争与阶级斗争联系起来观察，对于认识一定时期的文学发展情况是有效的。但是把它贯穿文学发展始终，什么现象都与阶级斗争联系起来，文学发展就被搅得面目全非了。其后果是把文学史的分期标准完全依附于政治斗争、阶级斗争的划分，使文学发展完全失去了自主性。二是用这种标准划分，势必造成文学史的政治史化倾向；应用于作家，在选择、评价作品方面，形成了极端的政治简单

---

① [法]居斯塔夫·朗松著，[美]昂利·拜尔编：《方法、批评及文学史——朗松文论选》，徐继曾译，中国社会科学出版社1992年版，第19页。

化、狭隘倾向。

在20世纪50—70年代的中国，文学史的写作不断向政治斗争靠拢，以致发展到最后把一部文学史当成是"儒法斗争史"，成为当时阴谋人物的附庸。再一个问题是强调现实主义，这一理论思想，用于观察19世纪末的一些文学现象，是有普遍意义的；要求作家描绘工人斗争画面，要显示其自觉的成长，也是合理的。但是后来把这一式子加以绝对化，如苏联的社会主义现实主义式子，理论阐释中是有谬误的，结果制造了大量粉饰现实的作品。把现实主义崇拜应用于文学史中，并把它与阶级斗争思想相结合起来，就出现了一部文学史是现实主义与反现实主义的历史的谬说。当这一谬说成了文学史的取舍标准，文学史的复杂性、丰富性就被阉割掉了。于是不少非现实主义作品就被说成是反现实主义之作、地主阶级之作；不少优秀的浪漫主义作品，要么被肆意否定，要么被塞进现实主义框架之中。至于如象征主义文学，在一些文学史中是被绝对排除掉的。又如对精华与糟粕的区分绝对化倾向，对劳动人民态度的简单化理解，对古为今用的过分的实用主义态度，都给文学史写作带来困扰与损害。又如在自然主义问题上，以恩格斯有关左拉的论述代替了具体分析，结果自然主义不断被批判，同时也失去了其本义，几十年里也根本没有人研究。高尔基提出的积极浪漫主义与消极浪漫主义的划分，对文学史写作影响巨大。一种向上的充满激情的浪漫主义作品，可以振奋人的精神，一种充满神秘色彩悲观厌世的浪漫主义作品，确能产生消沉影响。但是第一，文学作品的价值的取舍还不完全取决于振奋作用与消沉影响；第二，消沉的概念也往往不是绝对的，并且常常被歪曲；第三，审美价值比消沉、振奋要宽广得多。所以完全采用积极浪漫主义与消极浪漫主义来评价文学史现象，也会出现重大的偏差。

这样看来，这种文学史原则在实践中必须从理论上进行新的调整，即要真正把握住文学自身发展的原则，克服过去的简单化倾向，充分认识文学艺术本身的特征以及在历史发展过程中所显示出来的普遍的与独特的规律性，避免简单的比附，辩证地分析文学史现象，使其更加科学化。

第十章 文学史

文学史编写的第五种类型是形式主义文学史原则。形式主义崇尚"文学性"与"奇异化",它把作品与作者的生平、社会现实的关系置于自己的视野之外。它的一些代表人物如"艾亨鲍姆和蒂尼亚诺夫应用形式主义技巧分析俄国文学作品,使俄国文学史呈现出一个崭新的面貌",他们坚定地把文学史与风格史、文明史区分开来,"用纯文学的观点写出了一批文学类型和技巧的历史"[①]。另一方面,形式主义者认为"文学性"不仅是共时性的,同时也是历时性的。什克洛夫斯基说:第一部作品"被置于其他艺术作品构成的背景中,在与它们的联系中被感觉",其时,"对艺术作品的阐述也必须以它与其他先在形式的关系为条件"。这样,又使他们的论述回到历史之中,通过文学体裁、风格的演变的分析,发现了"文学史上的'新形式辩证地自生'"[②],"奇异化"使文学获得了更新,更新之后形式渐渐僵化、麻木,又要求在战胜旧形式时进行新的更新。姚斯认为:"形式主义学派已经非常接近于一个在起源、标准、流派的衰落领域中展示新的对文学史理解。"[③] 形式主义文学理论在探索文学发展的内驱力,这较之过去专注于文学发展的外因,无疑是一种进步。但是也应指出,由于形式主义总的说来肢解了文学,所以它在文学史方面的贡献主要是在技巧、体裁演变方面的著述,它未能历史地概述文学的总体面貌。至于像结构主义者,虽然如罗朗·巴尔特在 20 世纪 60 年代初就指出以往的文学史不过是一些作家论,缺乏纵横面的历史概括;托多罗夫虽然写了文学史专论,提出了文学史的对象、定义、模式,但他认为"文学史应当研究文学话语而不是作品,在这方面文学史被确定为诗学的一部分"[④]。他对文学史中的一些理论问题如散文诗学、象征、幻

---

① [美]韦勒克:《批评的诸种概念》,丁泓、余徵译,四川文艺出版社 1988 年版,第 261 页。
② 转引自姚斯《文学史作为向文学理论的挑战》,见《接受美学与接受理论》,周宁、金元浦译,辽宁人民出版社 1987 年版,第 21 页。
③ 转引自姚斯《文学史作为向文学理论的挑战》,见《接受美学与接受理论》,周宁、金元浦译,辽宁人民出版社 1987 年版,第 22、23 页。
④ [法]托多罗夫:《文学史》,见《美学文艺学方法论续集》,文化艺术出版社 1987 年版,第 131—134 页。

想理论作过它们的历史形态的很有价值的探讨，不过这一学派还未能写出一部结构主义观的文学史来。在我看来，与形式主义学派一样，它只能探索文学整体中的局部现象，如作品的各种结构成分，而对于历史来说，它是无能为力的。

第六种形式是接受理论的文学史原则。姚斯认为，文学社会学与作品内在的批评方法作为两种对立的方法，虽然都离开了实证主义的盲目经验主义，也抛弃了德国精神史式的形而上学的审美，但在争论中没有解决文学史问题。主要原因是两者"把文学事实局限在生产美学与再现美学的封闭圈子内，这样便使文学丧失了一个维面，这个维面同它的美学特征和社会功能同样不可分割，这就是文学接受和影响之维"。正是这种思想，使得姚斯发表了《文学史作为向文学理论的挑战》一文，提出了"作品的历史延续只是作为作品的现时经验的史前史时才有意义"，进而建立了他的"重写文学史"的方法论。

在这篇纲领性的文章中，姚斯提出了重写文学史的七个论题。关于这些论题的部分意思，在第四章中已经论及，如关于文本的概念与作品的概念，读者与文体的关系等。可以认为这些阐释是对20世纪的文学理论的重大丰富。在这一理论基础上建立起来的文学史原则，主要是从读者的作用出发，形成了接受中心或读者接受中心论的文学史原则。读者成了一部新的文学史的仲裁人，"文学史就是文学作品的消费史，即消费主体的历史"。姚斯在谈及读者的作用时提出了"读者期待""期待视野"是不断变化的，这必然会在"视野交融"中促使文本的意义不断变化。因此，照他的说法，这种重新理解世界的"重新组合"，可以"使审美体验过程中的视界变化成为可以理解的"。他认为从这种观点出发，通过"共时性的审察"建立新的文学史的选择：即在文学发展中的视野的改变，不仅在所有的历史性事实的网络中达到，而且也可能在共时性文学系统发生变化的残迹中建立起来，从横剖面的分析得出。这样，"通过历时性与共时性之间一系列任意的交叉点，对这些系统的历史承继中的文学进行描述是可能的。文学的历史维度它那因传统主义（就像因实证主义）而丧失的多变的连续性，只有在文学的历史主义者找到了各个历史交叉点，并使作品显露出来时，才能重新恢复。这些作品把'文学发展'的类似过程的特性按其历史的构成因素与其各时期之间的停顿加以连接"①。这要求文学史家在文学发展中发现"文学的社会构成功能"，并"跨越文学与历史之间、美学知识与历史之间的鸿沟"。姚斯的文学史的观念，照我看来，主要是在文学观念方面的意义。使用这一理论写出来的文学史，实际是读者的文学接受史，它无疑扩大了原有文学史的理解，但只是文学史的一个方面。姚斯认为"文学的历史性不在于一种事后建立的'文学事实'的编组，而在于读者对文学作品的先在经验"。他运用柯林伍德的话说："历史什么也不是，只是在历史学家的大脑里，将过去重新制定一番而已。"② 他以为这种"假设对文学更为有效。"这种侧重主观精神的历史相对主义理论，可能会使接受美学的文学史理论，建立在极不稳定的基础之上。

按照读者反应批评的观点来讨论文学史，一方面固然十分重视了读者在文学过程中的地位，但是另一方面，这样撰述的文学史也只是使文本失去了客观性的读者的"经验"积累的文学史。

形式主义文学史论也好，接受美学的文学史论也好，各有自己的特点和贡献，但从整体看，这些理论在各自的范围内是可行的，但就文学的总体性来说，理论的不彻底性是很明显的，它们都缺乏一个能够涵盖文学整体的文学理论轴心。

最后一种文学史论我把它称作全景文学史观，这是 1983 年苏联开始出版的 9 大卷本《世界文学通史》的文学史思想。这种类型的文学史在其他国家也有，但如此规模宏大的世界文学史尚属少见。从已出版的前几部文学史的作者队伍来看，它集中了当时苏联最有成就的各个国别文学研究家。这部著作力图从世界文学的最古时期一直写到 20 世纪 50 年代，来探讨世界文学运动的主导规律性。

这部著作的导论提出，历史一元论思想，社会的统一思想，是世

---

① ［德］姚斯：《文学史作为对文学理论的挑战》，见《美学文艺学方法论续集》，文化艺术出版社 1987 年版，第 368 页。

② ［德］姚斯：《文学史作为向文学理论的挑战》，见《接受美学与接受理论》，周宁、金元浦译，辽宁人民版社 1987 年版，第 26 页。

界文学史的基础，指出这部著作对于现实主义著作的写作、风格、方法，系统原则的阐明，艺术进步的比较原则，各民族文学的相互关系与相互影响，类型方法的地位，东西方艺术文化的比较分析，世界文学过程统一原则的内容，历史发展的不平衡原则与前一原则的相互作用与问题等方面，都企图确立一种统一的认识①。导论提出了一系列的实体性的理论问题。首先是"世界文学"的内涵及其组成问题。前面提及歌德早在19世纪20年代提出了"世界文学"问题，19世纪40年代马克思恩格斯指出由于资本主义关系、商业的发展，民族的片面性与局限性将不可能存在，各民族的精神产品将成为各民族的共同成果，提出"从无数的民族的和地区性的文学，将组成一个世界文学"。导论提出文学史将在广义上使用"世界文学"，是指从古至今的文学总体，但"不是简单的机械的总数"，而是不同文学中具有内在联系的、显示其基本规律的现象。导论提出，西方的"世界文学"概念与范畴，常被解释为人类艺术文化中的最高重大成就，当作一种把不同民族类别抽象化的"超民族的"现象。这部《世界文学通史》则采取了下述方针，把各国语言艺术的各国文学的贡献，尽可能广泛地包括进去，所以此书也吸收了对世界文学来说具有明显艺术价值的文学现象，企图克服旧有的欧洲中心论与东方中心论的偏颇。

涉及东西方文学，认为要确立比较原则。导论提出要避免比较研究中的那种十分简单化的做法，如不顾各国特点把东西方文学作直线性的比附，但又不能认为两者格格不入，要阐明两者发生学的关系、类型对比。又如东西方文学发展的阶段不尽相同，在世界文学的构成中，在何种范围提出国别文学，同样是个理论问题。一面要避免只取艺术文化中的"最宝贵部分"思想，另一方面也要注意其合理性。历时性、共时性的特征使文学史既要突出杰出人物，又要顾及文学传统的总体性。

在世界比较文学史的结构方面，有一种把单个艺术文本作为比较文学史的结构的基本单位，也存在把主导的文学状态从属于体裁的做

---

① 见别尔德尼科夫主编《世界文学通史》第1卷，莫斯科，科学出版社1983年版，第6页。

法，还有将风格、思潮类型作为世界文学史的基本情况。这种种现象都会使文学过程变得支离破碎，难以构成整体，如何突出各国民族文学的特征、规律性，同时又要阐明各自在世界文学中的适当位置，导论提出了所谓"历史语境"（或译历史前后关系）问题，即各国文学并不互相分离："它们不仅在自己的具体的社会历史前提下被研究，而且也在世界艺术文化的变革、共处的前后关系中被研究"[①]。两者的关系在于"民族文学发展的内在逻辑的揭示，是与它们在作为某大系统的世界文学多变的总体发展中，在这一或那一历史阶段上占有确实的地位相结合一起的"。在对不同民族的比较透视中，所谓"历史接触"不仅是共时的，同时也是历时的。地区问题，各民族相互影响问题，各自发展的不平衡性问题，可从不同的比较中得到阐明。这是这部《世界文学通史》的方法论和原则系统。在同类著作中，它也许是一种具有原则意义和代表性的文学史类型。所以我称它为全景文学史类型，也包含了这一意思。

第三节 构架与问题

文学史最好有一个什么样的构架与模式？有各式各样的文学史，自然有各样的模式。我们这里谈的主要是一种总体文学史，国别文学史。

先从最好不是那样或不能那样写作开始吧。

一，编年史式的文学史写作是最初发展阶段的一种形式，早已过时。它与历史发展同步。但是历史毕竟是一种存在过的实体，历史著作记述的是实有的事，其基体作为存在的主干的记述，必须是客观的，否则就不是历史了。文学则不同，文学作为现实的审美地反映而折射出来的人的精神、生命的发动。它有自己的萌发与发展，具有历史意识，但它没有历史的实体性、结构性、递进性，与纪实的编年史是截然不同的。所以编年史式的文学史无异把文学当成一种历史实有

---

① 见别尔德尼科夫主编《世界文学通史》第1卷，莫斯科，科学出版社1983年版，第9页。

的现象了。自然，编年文学史作为文学史资料还是有价值的。

二，文化史式的文学史，自然可以编写、研究，但不能替代文学史。文学与哲学、政治、道德、教育，等等，相互影响，形成一个文化系统；而文学的创作，自然要涉及上述方面，通过文学的折射研究其他文化因素，也不失是一种方法。比如人的感情的形态的表现与发展，随着人们的死亡而一起逝去，能留下来的除文学外，只是一般抽象的记述，科学的分析与认识。但在描绘古人的文学作品中，感情恢复了原有的色彩，被赋予了生活的血肉，显示了它固有的丰富与复杂。又如风尚习俗，在地方志、民族学里都有记载，文学则恢复了它的动态与生命。但是通过文学专注于文化因素的描述，这是文化史研究，而不是文学史研究。

三，完全以政治、阶级斗争为纲的文学史，也不是真正的文学史研究。政治、阶级斗争主要反映集团利益，有的是正常的，有的是盲目性的，有的是宗教性的，要作分析。毫无疑问，一个时期的文学可能反映着某种政治斗争，这是事实，例如法国大革命时期的文学，俄国革命民主主义作家的文学，苏联20世纪20年代的大量作品，斗争气息浓烈。但同样有大量文学并不反映阶级斗争，这也是事实，它们不过反映了人在复杂的社会生活中的心灵的波动与历程，生存的状态，生命的呼唤。它们固然也显现出社会集团的愿望，但文学的双重性特征又显示着人类的普遍的感情。直接用阶级斗争来代替社会分析，就把文学现象庸俗化了。一是曲解了文学；二是使文学变为政治附庸；三是分期按政治斗争来划分；四是排斥各种文学，只承认一些于某些人有利的文学；五是制造错误的文学斗争理论，如现实主义与反现实主义等。

四，文学史可以用阐释学、接受理论观点撰写，阐释学与接受美学改变了人们对文学的了解，但这是一种丰富，却不是一种整体上的替代。文学史也不可能用读者反应批评的观点写成，这一学派的一个重要观点是，文本的意义是被读者所赋予的，所以归根到底是读者创作作品，原来的作者被排挤掉了。作为一种文学批评，它是对新批评、结构主义的一种反拨，但作为文学史观，则只能偏安一方，无总体意义。同样，比较文学史的原则对文学史的写作是极有意义的，特别是在国别文学比较研究、全景性文学史研究中,扮演着主导的、重要的角色,但同样不能替代总体文学观。

使用形式主义的文学史观念写作,从已有的实例来看,这是文学技巧、音韵体系、音位学、构成原则、音响模式、体裁等的历史的研究,这显然是文学史的一部分。"新批评"原则视作品为自足体,实际上它是排斥文学史观念的。韦勒克、沃伦的《文学理论》揭示了"新批评"文学观的各个方面,但是当他们写到最后一章《文学史》时,就不得不赋予它以历史主义色彩。如前所说,当韦勒克在出版他的第1卷《近代文学批评史》时,就把历史主义贯穿其中了。他后来说:"我有一个观点,必须对于文本和作家有所选择。完全中立的纯粹说明性的历史这一想法我认为是一个幻象。没有方向感、没有对于未来的感受……没有某种标准……因而没有某种后见,就不可能有任何历史。"① 至于强调人的本体的直觉说、表现说、原型说、精神分析说,它们在原则上是难以容纳文学史观念的。例如克罗齐怀疑文学史的可能性,因此这种学说,都未能提供过与之相应的文学史。

人文主义、科学主义的文学史观念,所以不能提供真正的文学史,主要在于它们对文学理解的割裂性。这是各种不能把理论、批评、文学史统一起来的文学观,是各种只涉及文学一个方面的文学观,所以它们是不具总体性、统一性文化的文学观。它们在自己的范围里是彻底的、有活力的,但有的根本就认为不可能有文学史或提不出科学见解的文学史观,所以作为文学观念都带有不完整性、不彻底性。

从上面各种文学史类型的分析中,我们看到,文学史著作是受到一定的文学观指导,而文学史观又是为文学观念所制约的。这样,我们也就把自己推入困境:能否提出一个比较完整的,但一定会引起争论、遭到非难的文学史观来呢?问题又要回到文学观念上去。

我们的文学观念是审美本体论的文学观念,我们的方法是以这种思想观念为主导的多样、综合,既有自身的主导特点,又广泛吸收人

---

① 转引自韦勒克《近代文学批评史》第1卷《译者序》,杨岂深、杨自伍译,上海译文出版社1987年版,第6页。

本主义、科学主义中的大量合理因素的方法。我们主张有多种多样的文体史、体裁史、技巧史、文学语言史等，但还有一种总体文学史，这是其他文学史所不能替代的。

文学是审美意识形态，是一个审美本体系统，即它是语言结构的审美创造，审美主体的创造与审美价值创造系统，接受中的审美价值功能创造系统。在作为审美本体系统的发展中，它相应地、动态地演化为文学体裁的多种形态及其发展；因创作主体积极参与而形成的创作个性、风格、流派思潮的发展；创作精神、类型原则的发展；创作激情、艺术假定性类型选择以及创作原则的规律性、诗学原则变化，以及各个时代不同读者的接受与再创造。文学作为文化系统中的一个组成部分，它不能不受到民族文化精神的影响，不能不受到审美文化与非审美文化的熏染浸润。

文学发展的动力，主要是内在审美特性的变化。审美特性永远趋向于新的独创，新的趣味、形式、体裁。形式主义的"奇异化"要求更新，新而成为程式，要求继续更新。但是这样说十分抽象，难以实现。作为主体性的创造作用和接受理论的出现，解决了这一问题，它们使审美更新走向外化，使运动成为可能。另一方面还要看到，这种内动力的进一步外显与发展，并成为运动，又受到各种文化因素的影响；各种文化因素的推动是文学发展的外力。内力与外力的结合，形成合力，左右着文学的发展。这种文学史方法，就是审美的历史社会学方法。

审美的历史的社会学方法，排斥文学史研究的单一化倾向。它既不是单纯的只讨论语言、音韵、词群、结构、情节、风格、体裁的审美的方法，也不是把文学等同于社会、历史、文化的文化史派、社会学派方法，而是广泛研究它自身所把握的对象，组成它的艺术结构中各个网点所显示的各种现象。它是审美分析与历史社会分析的结合。

审美的历史社会学方法，主张文学发展史是一种进化。说它是进化，指历史发展总意味着有所前进，例如审美趣味的变化，体裁的更新，创作原则的多样化，等等，但不是生物进化式的进化；说的是文学并不像一棵树一样，萌芽、开花、结果、死亡。文学是一种审美的、历史的、社会的精神现象，它与人类的生命的一样，不可能死亡，死亡的只可能是局部的东西，如某种用旧了的体裁，等等。这是社会文化形态，而社会文化形态并不总是进步的，它可以停滞不前，可能受阻于外力的淫威，如社会哲学思潮、黑暗政治；也可能受阻于缺乏创造力的迷信时代、思维定势等。

同时，文学发展既是更迭又不是更迭。说是更迭，文学往往表现为文学运动，而一个运动往往是有始有终；而文学精神、创作原则一旦形成，它将得到不断的充实与丰富，辐射开去，趋向多样。

文学发展是代代更迭，又不是代代更迭。目前，代代更迭理论相当流行。如把作家从年龄上分类，从创作类型上分类，以为新出现的一代一定胜于上一代，后出现的创作类型一定优于前一代创作类型。这是一种似是而非的观点。因为新的一代，很可能在使文学走向非文学化，被拒之于阅读门外，永远成为一种本文。同时从年龄上划分作家创作，不一定能说明年轻的创作的审美价值就一定高于年长的所创作的审美价值。自然，从历史时期看，代代更迭这是一种常规现象。

最后，文学发展方式不是钟摆运动，但却是一种斜向前进式的钟摆运动。钟摆运动是指一种文学发展到它的顶端、极端，按照对立规律，必然要向反方向摆去，这是可能的。例如现实主义作为流派思潮，发展到自然主义，以至达到自然主义的顶端，引起审美趣味的反感。于是就向空灵、梦幻、虚幻摆动；而梦幻、空灵、超现实使人不知所云，审美或审丑的情绪又要求向写实摆去，等等。但是这种运动，不是沃尔夫林在讨论风格时所说的机械钟摆运动，而是一种斜向走动的钟摆运动。这种钟摆运动不是定向的反复，而是斜线式的之字形的摆动。在那之字形的顶端，很可能出现杰作；但在两端之间，很可能是文学发展的最佳状态，它在原有的基础上，消融吸着种种新的因素，成为有广泛借鉴的新的艺术创造。

参考文献

郭绍虞：《中国文学批评史》，新文艺出版社1955年版。

郭绍虞主编：《中国历代文论选》，第1、2、3、4卷，上海古籍出版社1979—1980年版。

《后现代主义文化与美学》，北京大学出版社1992年版。

胡适：《白话文学史》，岳麓出版社1986年版。

蒋孔阳：《美学新论》，人民文学出版社1993年版。

李泽厚：《美的历程》，文物出版社1981年版。

梁启超：《饮冰室诗话》，人民文学出版社1963年版。

刘大杰：《中国文学发展史》3卷本，上海古籍出版社1982年版。

《鲁迅全集》，人民文学出版社1956—1958年版。

罗根泽：《古典文学论文集》，上海古籍出版社1985年版。

罗根泽：《中国文学批评史》一、二、三，中华书局1961年版。

《马克思恩格斯选集》第2卷，人民出版社1972年版。

茅盾：《神话研究》，百花文艺出版社1981年版。

敏泽：《中国美学思想史》3卷本，齐鲁书社1987—1989年版。

（南北朝）刘勰：《文心雕龙注》，范文澜注，上、下卷，人民文学出版社1961年版。

（南北朝）钟嵘：《诗品》，人民文学出版社1961年版。

（南北朝）钟嵘：《诗品注》，人民文学出版社1980年版。

（南宋）严羽：《沧浪诗话》，郭绍虞校译，人民文学出版社1962年版。

钱锺书：《旧文四篇》，上海古籍出版社1979年版。

钱锺书：《谈艺录》，中华书局1984年版。

（清）刘熙载：《艺概》，上海古籍出版社1978年版。

（清）袁枚：《随园诗话》上、中、下，顾学颉校点，人民文学出版社1982年版。

（清）章学诚：《文史通义》，古籍出版社1956年版。

（唐）司空图：《诗品集解》，人民文学出版社1981年版。

《王国维文学美学论著集》，周锡山编校，北岳文艺出版社1987年版。

王运熙、顾易生主编：《中国文学批评通史》7卷本，上海古籍出版社1989—1996年版。

《伍蠡甫艺术美学论集》，复旦大学出版1986年版。

伍蠡甫主编：《西方文论选》上卷，上海文艺出版社1963年版；下卷，人民文学出版社1964年版。

徐复观：《中国艺术精神》，春风文艺出版社1987年版。

杨伯峻译注：《论语译注》，中华书局1980年版。

以群主编：《文学的基本原理》上、下册，上海文艺出版社1979年版。

余冠英主编：《中国文学史》3卷本，人民文学出版社1962年版。

袁珂：《山海经校注》，上海古籍出版社1980年版。

袁可嘉编：《现代英美资产阶级文艺理论文选》上、下编，刘若瑞，罗式刚，卞之琳等译，作家出版社1962年版。

赵毅衡编选：《"新批评"文集》，中国社会科学出版社1988年版。

郑振铎：《中国俗文学史》，作家出版社1957年版。

朱东润：《中国文学论集》，中华书局1983年版。

《朱光潜美学文集》第1、2、3、4卷，上海文艺出版社1984年版。

《朱自清古典文学论文集》上下卷，上海古籍出版社1980年版。朱自清：《诗言志辨》，古籍出版社1957年版。

宗白华：《美学与意境》，人民出版社1987年版。

[奥]弗洛伊德：《精神分析引论》，高觉敷译，商务印书馆1984年版。

《巴尔扎克论文学》，程代熙、郑克鲁、李健吾等译，中国社会科学出版社 1986 年版。

［波］英加顿：《美学研究》，苏联外国文学出版社 1962 年版。

蔡仪主编：《文学概论》，人民文学出版社 1979 年版。

曹基础：《庄子浅注》，中华书局 1982 年版。

陈廷焯：《白雨斋词话》，人民文学出版社 1962 年版。

《陈寅恪史学论文选集》，上海古籍出版社 1992 年版。

［丹麦］勃兰兑斯：《19 世纪文学主流》6 卷，张道真译，人民文学出版社 1958、1981、1982、1986 年版。

［德］爱克曼辑录：《歌德谈话录》，朱光潜译，人民文学出版社 1978 年版。

［德］丁尼采：《悲剧的诞生》，周国平译，生活·读书·新知三联书店 1986 年版。

［德］格罗塞：《艺术的起源》，蔡慕晖译，商务印书馆 1984 年版。

［德］黑格尔：《美学》3 卷本，朱光潜译，商务印书馆 1979 年版。

［德］卡西尔：《人论》，甘阳译，上海译文出版社 1985 年版。

［德］姚斯：《走向接受美学》，见《接受美学与接受理论》，金元浦、周宁译，辽宁人民出版社 1987 年版。

［德］伊塞尔：《阅读行动》，中国社会科学出版社 1990 年版。

《狄德罗美学论文选》，人民文学出版社 1984 年版。

（东汉）王充：《论衡》，上海人民出版社 1974 年版。

［俄］别林斯基：《别林斯基选集》第 1、2、3 卷，满涛译，上海译文出版社 1980 年版。

［俄］康定斯基：《论艺术的精神》，查立译，中国社会科学出版社 1987 年版。

［俄］佩平：《俄国文学史》，第 2 版增订 4 卷本，斯塔秀列维奇印书馆 1902—1903 年版。

［俄］普列汉诺夫：《没有地址的信　艺术与社会生活》，曹葆华译，人民文学出版社 1962 年版。

［法］柏格森：《笑——论滑稽的意义》，徐继曾译，中国戏剧出版社 1988 年版。

［法］波德莱尔:《波德莱尔美学论文选》,郭宏安译,人民文学出版社 1987 年版。

［法］丹纳:《艺术哲学》,傅雷译,人民文学出版社 1963 年版。

［法］居斯塔夫·朗松著,［美］昂利·拜尔编:《方法、批评及文学史——朗松文论选》,徐继曾译,中国社会科学出版社 1992 年版。

［法］列维-布留尔:《原始思维》,丁由译,商务印书馆 1985 年版。

［法］马拉美:《关于文学的发展》,见伍蠡甫主编《西方文论选》,上海译文出版社 1983 年版。

［法］斯达尔夫人:《论文学》,徐继曾译,人民文学出版社 1986 年版。

［古希腊］柏拉图:《文艺对话集》,人民文学出版社 1980 年版。

［古希腊］亚里士多德:《诗学》;贺拉斯:《诗艺》,人民文学出版社 1962 年版。

［美］艾布拉姆斯:《镜与灯——浪漫主义文化及批评传说》,郦雅牛等译,北京大学出版社 1989 年版。

［美］爱伦·坡:《诗的原理》,见伍蠡甫主编《西方文论选》下卷,人民文学出版社 1964 年版。

［美］哈桑(山):《后现代的转向》,刘象愚译,时报文化出版企业有限公司 1993 年版。

［美］拉尔夫·科恩主编:《文学理论的未来》,程锡麟等译,中国社会科学出版社 1993 年版。

［美］苏珊·朗格:《艺术问题》,腾守尧译,中国社会科学出版社 1983 年版。

［美］韦勒克:《近代文学批评史》第 1、2、3 卷,杨岂深、杨自伍译,上海译文出版社 1987、1988、1991 年版。

［美］韦勒克、沃伦:《文学理论》,刘象愚、邢培明、陈圣生等译,生活·读书·新知三联书店 1984 年版。

［美］詹姆逊:《后现代主义与文化理论》,唐小兵译,陕西师范大学出版社 1987 年版。

［苏］巴赫金:《话语创作美学》,苏联艺术出版社 1986 年版。

参考文献

［苏］巴赫金：《陀斯妥耶夫斯基诗学问题》，作家出版社1963年版。
［苏］别尔德尼科夫主编：《世界文学通史》9卷本第1卷，莫斯科科学出版社1983年版。
［苏］波斯彼洛夫：《文学原理》，王忠琪、徐京安、张秉真译，生活·读书·新知三联书店1985年版。
［苏］什克洛夫斯基：《什克洛夫斯基两卷集》，莫斯科文艺出版社1983年版。
［瑞士］荣格：《心理学与文学》，冯川、苏克译，生活·读书·新知三联书店1987年版。
［匈］卢卡契：《审美特性》第1卷，徐恒醇译，中国社会科学出版社1986年版。
［意］克罗齐：《美学原理·美学纲要》，朱光潜、韩邦凯译，外国文学出版社1983年版。
［意］桑克蒂斯：《意大利文学史》2卷俄译本，莫斯科外国文学出版社1963年版。
［意］维柯：《新科学》，朱光潜译，人民文学出版社1986年版。
［英］贝尔：《艺术》，周金环、马钟元译，中国文艺联合出版公司1984年版。

跋*

20世纪80年代初，我参加了文学研究所文艺理论研究室订下的一个项目——《文学原理》的写作工作。当时只觉得原有的文学概论一类书籍虽然已有几种，但由于它们写于"文化大革命"之前，在以阶级斗争为纲的指导思想下，把不少文艺理论问题简单化了，它们和文学的现实不相吻合。理论失去了自身的力量，重写一本新的文学概论或文学原理势在必行。

但是随即感到，当前正处在一个转型期，随着改革开放之风的起动，不少旧有的观念将被废弃，而新的观念的形态尚未形成，要用几年时间写出一本不同于原有的文学原理的著作，真是谈何容易！第一，新的著作应该吸收前人的成果，在此基础上起步，我们对自己的文学理论固然有所了解，但是在封闭的生活中过了几十年，我们了解当前外国文艺理论的发展趋势吗？不把握整个文艺理论的态势，我们能站到学术的前沿吗？第二，我们这些参与写作的人，虽然都痛恨极左文艺思潮，但在其阴影下生活了几十年，就我自己来说，我做过深入的反思、清除了其影响了吗？第三，写一本新的著作，对文艺问题，起码应有自己的见解，要用新的观念、思想，丰富、更新文艺理论。那么，我形成了自己的观念，具备了这一条件了吗？

一想到这方方面面，我就感到十分惶恐。

所幸一场新的思想解放运动，挽救了我们的民族，也挽救了我们

---

* 1998年，《文学原理——发展论》增订了有关后现代主义文艺思想部分，更名为《文学发展论》，作为中国社会科学院研究生院教材，由经济科学出版社出版，此为原书跋。

的文化。在参与写作文学原理的开始，我就收集到美、苏、德、荷等国家的文学理论著作，在室里作了介绍，其中像美国人的著作，实际上是20世纪40年代末的东西，但是由于种种历史原因，直到20世纪70年代末才看到。随后我提出建议，广泛收集各国有价值的各类文艺理论著作，组织翻译出版，这就是后来《现代外国文艺理论译丛》编辑出版的缘由。在后来几年里，外国文论、文艺思潮如潮水般地涌入我国，极大地冲击了我国的文艺思想，形成了前所未有的争鸣的大好形势。出现了"文学方法论年""文学观念年"，就文学方法、文学观念的改造与更新，进行了全国性的大讨论。值得回忆的是，我那时不仅参与了这些活动，而且也组织、主持了这类全国性的学术讨论会。

20世纪80年代的前5—6年，可以说胜过了过去的几十年。我和不少同行一样，如饥似渴地学习新东西、吸收新东西，几乎浏览了整整一个世纪的各种外国文艺思想与思潮的有关著作。在这一过程中，意识到我们过去的文艺理论所以出现种种问题，主要在于离开了它自身的学理性的探索，被外加了许多非它自身的东西，如行政指示，临时需要，或以哲学、政治原理，代替文学的原理，或是配合临时任务，强行改造文学原理，从而破坏了文学原理自身的学理性。错误的指导思想曾经左右一切，它以为自己是唯一正确的，所以颐指气使，指令什么都要为它服务。结果如何呢？结果它并不正确，而且危害甚大。一些实用性的研究应该是为现实及时服务的。但错误指令往往是先定下调子与结论，再让人去研究，这只能掩盖事实真相。所以往往说得很是动听的：遇事要调查研究。可事实上总是结论在先，调查研究在后，这除了害怕事实，需要隐瞒事实，不求事实真相，还有什么可解释的呢？这样的所谓研究，能会有什么结果呢！

至于学术研究，由于错误的指导思想不断干预，结果事物自身的学理探讨，自然就成了对指示的探讨了。20世纪80年代初，文学所的一位领导不无感慨地说过，现在一本书出来，一般是管用2—3年，能管用5—6年，那算是很好的了。著作的短命，在于把指示的揣摩当成事物学理的探讨，这不就是原因么！这样的所谓学术探讨哪会有什么生命呢，哪会造就学术个性呢！我的最美好的青春年华，不就是这样被浪掷掉的么？其实何止是我个人的呢，一代人的美好年华，不就是这样被耗费尽的么！几十年里，在人文科学领域，未能造就几个像世纪初那样有重大影响的学术大师来，这不就是原因么！这岂不让人感到悲哀么！意识到今是而昨非，我得在学术中寻找自我，虽然这一认识来得太晚了些，但也是一种长进吧！这就是我在写作《发展论》时的思想历程，也是在《发展论》中所做的一些探索，它也算是我生命的一种体验吧！同时在这个不断学习新事物、清理过去旧有影响的过程中，也逐渐形成了自己的文学观念，这是我在激荡不安、令人振奋的20世纪80年代里最大的收获了。当自己的文艺思想大体梳理清楚，初有眉目，我似乎发现在理论上找到了自我，好像获得了一种未曾有过的思想的自由。

《文学原理——发展论》的写作，用了2年的时间就完成了，但实际上在写作之前就反复思考、酝酿有6—7年。这期间我虽然出版了别的著作，发表了不少论文，但它们很多方面都是与《发展论》的写作相呼应的。我自知生性笨拙，所以平常只知劳作，未敢懈怠，婉言谢绝了好些外出机会。1989年5月初书稿交出后的半年中，我内心总是郁郁不乐，接着几乎被一场重病击倒。当我在病中看到了自己的新作，我不敢说十年磨一剑，但我感到它确是用我笨拙的生命写下来的。所幸命运之神宽容了我，让我活了下来，至今犹在工作，只是精力已不复如前。这犹如一辆向着不少目标行运的快速列车，突然被重重一击，虽未倾覆，但不得不蹒跚而行了，懊丧的心情可想而知！阅读与写作，对我来说，实在是一种爱好与愉快，一种精神的遨游，这是我生命的最佳存在方式。但是由于体力的原因和杂事缠身，往往不能做到充分如愿，有时不免为无奈的命运而感到若有所失！

《文学原理——发展论》于1989年年底出版，由于种种原因，文字上误植之处较多，装订质量也很差，有时我自己都羞于见到自己的劳动成果，这真使我深以为憾。徐州徐放鸣教授在我养病时，曾细读拙著，帮我检错，每念及此，总是令我感动不已。

1990年冬，我和杜书瀛先生曾去上海、杭州两地，就《文学原理——作品论》《文学原理——创作论》《文学原理——发展论》征求前辈、同行意见,《作品论》由于寄出太晚,与会者未曾收到。两地会上徐中玉、蒋孔阳、吴中杰、朱立元、叶易、张德林、黄世瑜、宋耀良、王元骧、骆寒超、金健人、徐岱等教授就《创作论》与《发展论》两书,提出了许多宝贵的意见,并给予了很多肯定性的鼓励,也指出了其中的缺点。蒋孔阳、徐中玉、朱立元、黄世瑜等教授认为拙著,在理论体系上已不同于我国过去的《文学理论》,也与不断介绍过来的外国文论迥然有别。所以建议译成外文介绍出去,在当时西化声中,真可谓空谷足音了。当时就听到一些老师说,一些大学已指定拙著为中文系研究生必读参考书,并还就书中提出的问题让研究生进行专题讨论。后来遇到北方、南方、西南、西北的一些大学的老师与研究生,也不断对我如此说。有的还对我说,从图书馆借到的此书,已很破烂,可书店又买不到,要我帮忙。但我也只有几本被我涂改的书,只好请他们与出版社联系了,看来《发展论》还有一些读者。自然我的书不好与时髦的小说相比,这里没有媚俗的叫卖,撩拨人心的噱头,所以注定了读者是不会很多的。但有人在读,这对我来说,也算是一种慰藉了。1993年《文学原理——发展论》获中国社会科学院1978—1991年优秀科研成果奖,并获1993年国家图书奖提名。书中的某些概念、观点,不断被一些同行在专著、论文中征引;到1997年,已有10多篇专论,评述了此书,有的学者的专著还设专节,进行评述。

    如今文艺理论中新说蜂起,成绩斐然。20世纪90年代学术界的理论探索较之80年代深入得多了,真个是走向宏放、走向纵深。同时我觉得一些论者的起点还不很高,缺少对理论把握的整体性。表现在对不同的文学观念进行评说时,不是充分理解它们不同的特征,多一些宽容,多留一点理论建树,而是突出他们所从事的或是他所喜欢的理论观点,自称这是最新最高成就了;或是要按他们提倡的观点来写文艺学,以为那就是理论的胜利了。于是其他的观念一个接一个地被撂倒,最多也只能算简单的原始形态,好像又展开了新一轮的理论的排座次活动。这样人文科学中的观念,就被当作自然科学观念,一个顶替一个,而忽视了人文科学的积累性特征。看来,唯科学主义与似曾相识的 80 年代浮躁学风至今犹存！

  本书初版至今已有 9 年，这中间，我对自己的文艺思想不断在进行检点，自我更新，但觉得本书的系列观点还可自成一说。这次重版，做了少许修订，并更名为《文学发展论》，是为记。

钱中文
1998 年 3 月 20 日于京郊桐荫居
2020 年 12 月稍有改动